Roman Fantastique

幻想と怪奇

紀田順一郎・荒俣宏 監修

傑作選

新紀元社

『幻想と怪奇』、なお余命あり

紀田順一郎

本書は一九七三年（昭和四八）四月より、翌七四年一〇月まで、全一二冊を刊行した雑誌『幻想と怪奇』より、代表作を選び出したものである。紙数の制約で収録できなかった作品も少なくない。

七〇年代前半のわが国における怪奇幻想文学界の状況といえば、荒俣宏氏と私が共同で編集した叢書『怪奇幻想の文学』全七巻（新人物往来社、一九六九～七七）が刊行の途上にあったことからも推測されようが、長編を中心に未訳の作品が多く、国内の新人作家が生まれるような環境でもなかったが、こうした片隅の文学を、推理小説やSF並みに大舞台に引き上げようと、私たちは努力していた。今日から見れば古めかしい部分も多いと思われるが、あえて読者の要望にこたえ、アンソロジーを編むゆえんである。

創刊から終刊にいたる経緯は、回想録『幻想と怪奇の時代』（松籟社、二〇〇七年）および『幻島はるかなり』（同、二〇一五年）などに繰り返し述べたが、発端は一九七二年（昭和四七）初秋、ある会合で顔見知りの林宗宏氏から声をかけられたことにある。

「どうですか。うちから一つ、怪奇小説の専門誌を出しませんか?」

意外な提案だった。林氏は軟派本を得意とする三崎書房の社長で、自ら性科学誌「えろちか」の編集長をつとめていた。一度わいせつ文書頒布罪で起訴されたこともあるが、テレビなどで真正面から表現の自由を主張するなど、徹底的に争う姿勢を崩さなかった。関西の大学を出て、硬派の出版社に勤務したのち教養書と実務書の出版社を創業したが、あえなく倒産、その後三崎書房を創業したもので、いわば硬派と軟派の両面を備えた特異の出版人だった。怪奇小説誌の提案は、直接的には前述の『怪奇幻想の文学』を見てのことと推測されたが、私には一つだけ念を押しておきたいことがあった。

「とかく世間で怪奇小説といえば、エログロ色の濃い黒魔術や、血みどろの吸血鬼ものがせいぜいで、そのほかはせいぜ

いお岩さんや吉田御殿でしかないようですが、私たちはもう少しメルヘンや異次元の恐怖とか、これまで等閑視されてきたゴシック文学などを発掘するとか……、いまのところそういう方向にしか、関心が向いてないんですが」

サブカルチャーとメイン・ストリームが対立依存の関係にありながら、たがいに新しい読者を生み出していた過渡期である。推理小説やSFに比し、著しく紹介が遅れていた怪奇幻想小説の普及には、安易な方法は世界を狭めないかという考えだったのだが、意外にも（むしろ当然というべきか）林氏は賛同してくれた。「私もそのように考えています。あなたに一切お任せしますので、自由にやってください」

もはやためらうことはない。この瞬間、私の脳裏には『幻想と怪奇』という誌名までが浮かんできた。早速相談した相手が荒俣氏であることはいうまでもない。当時多忙な勤務生活を送っていたが、非常に喜んでもらえた上、ただちに「魔女」「吸血鬼」「黒魔術」という強力な三本の企画案を作成してくれた。雑誌の刊行は私たちの夢であった。よく怪奇小説は短編に限るといわれるが、実際にはレ・ファニュの『アンクル・サイラス』やエーベルスの『アルラウネ』のごとき長編を欠くことはできない。アダルト・ファンタジーの中には天国よりも長大なものがある。これらの翻訳は雑誌さえあれば連載が可能である。

創刊号は「魔女特集」と決定し、編集会議には瀬戸川猛資、鏡明の両氏が参加してくれた。翻訳や評論を主体に、絵画や映画の記事を配するなど、幻想文化誌を目指したまではよかったが、困ったのは訳者不足で、やむなく一人で二篇を訳した場合、別名を用いて体裁を整えるほかなかった。編集実務は三崎書房の新人早川佳克氏に任せることとした。

創刊号（隔月刊、定価五〇〇円）は予想外の反響で、一万部売れた。せいぜい三千部と見ていた林氏は、さらに読者の熱烈な反響（たとえば「興奮に胸かきむしられる思いです」25歳、公務員）を見て、おどろきの表情を隠さず、「このさい別会社をつくり、安定的に刊行するという案はどうでしょう」と提案してきた。第2号から版元名が歳月社（照井彦兵衛）に変ったのはそのためである。事実は、このとき三崎書房は倒産の危機に瀕していたので、印刷所の一つに編集・発行権を移したのである。

林氏の配慮もあり、歳月社に代わってからの経営は比較的順調だった。注目度も高まり、創作の売り込みも増え、天井桟敷の岸田理生、京都出身の新人山口年子など、有望な人々も多いので、第6号では日本作家特集『幻妖コスモロジー』を出せるまでになったのだが、ここで問題が生じた。隔月刊から月刊に切り替えたことで減ページを余儀なくされ、内容が薄味になってしまったのである。当然部数も減少した。熱心な読者や怪奇小説のファンクラブからは、全体をエンターテインメント路線にせよという意見など、編集の改革を求める声が高まってきた。

いずれの方向に舵をとるべきか。編集実務の増強も必要だった。私たちの悩みを林氏に伝えたところ、編集者候補として鈴木宏氏を紹介された。後に風の薔薇社（現、水声社）を興した鈴木氏は当時都立大学院生で、小池滋助教授の指導を受けていた。『幻想と怪奇』の従来の方針には反対で、もう少し文学性の高いものにせよと熱っぽく主張するのにはいささか困惑させられた。私たちのほうでも、『インゴルズビー伝説』のような伝承怪談の訳出など、積み残したものは多いのだが、版元の経営もじり貧で、雑誌の存続そのものが問われる段階となっていた。詳細にふれる余裕はないが、私たちは非常な決心の末、雑誌をひとまず休刊とし、新しい歴史的な展望と現代幻想文学の紹介を兼ねた叢書の企画を立てることにした。リストに、堰を切ったように意中の作家と作品を並べまくって版元を探したが、どこからも袖にされ、最後に最もアウェーと思われた国書刊行会に示したところ、佐藤今朝夫社長がこともなげにいった。「いいですよ。で、いつごろ出来ますか？」。これが翌年から刊行が実現した『世界幻想文学大系』（全五五冊、一九七五〜八六）だった。編集担当者は当然鈴木氏に依頼した。

雑誌『幻想と怪奇』の連載からは、荒俣宏「世界幻想文学作家名鑑」や、A・フォン・アルニム『エジプトのイザベラ』ほか、枚挙にいとまない作品や研究が単行本化されたが、その多くに類書が出現しなかったのは、昨今の出版界の状況をも考えあわせると千載一遇の機会であったと思われる。ここに当時ご助力をいただいた多くの方々に対し、改めて感謝を申しあげるとともに、本アンソロジー企画と並んで『幻想と怪奇』、なお余命あり」と、雑誌自体の継承復刊を目指す方々の活動にも、大きな期待を寄せたいと思う。

『幻想と怪奇』の頃

荒俣宏

『幻想と怪奇』は、日本で最初に刊行された幻想・怪奇文学の専門誌である。昭和三十年代に東京創元社が刊行した『世界恐怖小説全集』全十二巻をはじめとする欧米の怪奇小説移入以後、同全集の実質的な監修者だった平井呈一や、戦後いち早く「探偵小説」の中にいわゆる「幻想・怪奇文学」が多量に含まれていた事実を知った江戸川乱歩らが、このジャンルを独立させた。そこから約十年にわたり、このジャンルの継続は同人誌により担われた。紀田順一郎・大伴昌司・桂千穂による「恐怖文学セミナー」発行の同人誌『THE HORROR』、および荒俣宏・竹上昭による同人誌『リトル・ウィアード』がそれである。

しかし昭和四十年代にはいると、出版界に地歩を築かれた紀田順一郎氏が商業出版に向けて怪奇・幻想文学の企画を精力的に提案され、その一つ『怪奇幻想の文学』シリーズが新人物往来社で出版される運びとなった。この企画は好評を得、昭和四十八年には、私たちの念願であった専門雑誌の誕生につながった。『幻想と怪奇』誕生前後の詳細については、紀田順一郎氏の序文を一読されたい。

この雑誌が刊行されていた昭和四十八－四十九年は、いわば異端思想、異端文学の再発掘ブーム期に当たっていた。雑誌発刊の前後には夢野久作や小栗虫太郎の華々しい復活があったし、ひょっとすると岩波書店『泉鏡花全集』の再刊までも含めた「忘れられた日本ロマン派」の再評価と続いて、幻想・怪奇小説の小さな出版ブームがその後を受けたのだった。元来マイナーなジャンルだったものが陽の目を見たことはうれしかったが、逆に拡散して消えるのではないかという不安もあった。私たち編集にあたった者から見ると、本や雑誌が売れない苦労も大きく、ごく少数の熱烈な読者から寄せられる声援だけが頼りであった。ただ、四十五年前の日本には勢いがあり、私たちには若さがあった。

こころみに、『幻想と怪奇』第六号、

〈幻妖コスモロジー日本作家総特集〉を開いてみよう。冒頭を飾る大内茂男氏のエッセイ「日本怪奇文学の系譜」は、いきなり、「最近は怪奇幻想小説のブームだという」「このブームを支える読者の多くは、ハイティーンから二十歳代前半の青年たちであると聞く。実にうらやましい。私の青年時代には、とてもこんな恵まれた状態ではなかった」という文章で始まっている。たしかに広告ページを眺めれば、表紙裏に東京創元社が一ページ広告を掲げ、「名作歌舞伎全集」の全二十五巻完結記念　として『鶴屋南北

集』その他の細目を載せ、裏表紙の裏面には月刊ペン社も1ページを費やして『アンソロジー●恐怖と幻想』全三巻（各六五〇円）を告知している。また一ページ広告では森開社が「シメール叢書」の最新刊行書を並べ、フランス装仕立てに平均定価一三〇〇円の『スマラ』『メリメ幻想奇譚集』『少年十字軍』などを宣伝する。さらに半ページ広告では牧神社が平井呈一のマッケン作品集成（定価一七〇〇円内外）を、盛光社が雑誌『奇想天外』の創刊第二号（三八〇円）を喧伝している。早川書房『ミステリマガジ

ン』三月号（四二〇円）、および『芸術倶楽部』〈特集ロシア・アヴァンギャルド芸術〉号（七五〇円）も半ページ広告を掲げるなど、じつに賑やかであった。

　だが、内部の実情はどうだったであろうか。ここで、寺山修司や唐十郎、東野芳明らが編集に参画した『芸術倶楽部』が広告を出しているという違和感に注目したい。じつはこの雑誌は、広告から四か月ほど前に、寺山のリードで〈特集＝逆宇宙もしくは怪異幻想〉と題した号を刊行し、「科学から空想へ――魔術・霊媒師たち・現代」なる座談会を企画し

て、寺山のほかに笠井叡と紀田順一郎両氏を招いた縁があった。そのとき紀田氏はこう発言された――「ぼくはフランスの歴史はくわしくないんだけれど、十九世紀末という挫折ムードのなかでオカルトが出てくるわけでしょう。でも、（今のブームは）量的にも質的にも違うと思う。非常にブームになっているという、その拡がりにおいて、昔の比ではない。昔はとにかく学生とか知識人が中心ですよね。ところが今はそうではなくて、中間層というか、もっと下のほうにまで拡がっている。（十九世紀のオカルト流行はブラヴァツキーが出てくるまでで終わるが）、最近のはどうもそうは思えない。延々と地下水のように流れていたものが自然的に浮かび上がってきた」感じがある、と。

寺山氏もその考えに同調して、「その何かを解放するということは、部分的な変化を集大成することではなく、位相をひっくりかえすことではないですか」と受けた。

これに笠井叡氏が加わって、オカルトのいかがわしさの本質に「主体と客体の差がなくなる世界」があると語りだし、「そうした対立がないのが霊媒師や魔術師で、昔はそれを秘密にしてありがたがっていたが、今は大衆が真の知識に興味がなくて捨てたものを、回収してまわっている屑屋のごとき」存在だ、と盛り上がる。

いずれにしても、『幻想と怪奇』という雑誌を世に出した紀田氏は、このような人々とも切り結びあった上で、雑誌の創刊に踏み切られた。あの座談会でも、寺山さんが『幻想と怪奇』に対し、「今までの文学史とは違った、リアクションでなくアクションとして新しい怪物を創造していく方向へ行けばおもしろくなるが」と注文をつけたとき、紀田氏は「そのうちやりますよ。既成のものを単に位置づけたりするだけでなくて、自らが生み出すようにしなければ（中略）。まず最初の方法としては、光と影というような発想ではなく、ゴシック・リヴァイヴァルのような現象を読書体験となりうるように提示する。具体的に言えば体系的かつ十分な翻訳によって移植する」と回答された。

だが、そういう期待に応えられたのか

どうか。私たちは紀田氏の示された「体系的な翻訳」だけでも成し遂げようとして、インターネットもメールもない時代に海外を巡って原書の発掘に邁進し、若い同志との連携を探っただけかもしれない。その先はまだ見えていない。

ただ、私たちは『幻想と怪奇』という雑誌名に、そんな意気込みだけは反映できたと思っている。そもそもこの言葉は江戸川乱歩が自作の短編集のために考えついたタイトルだった。探偵小説ともいえず、さりとて古めかしい江戸期の怪談でもない。そこで「変格探偵小説」と呼ばれてきた分野に、ほんとうは古くて深い怪物のような文学資源が隠れていたと知った乱歩が、自作を含めたそれらの短編に与えた名称だった。それがたまたま二十世紀に欧米で発展した近代怪奇小説やファンタジーの内実を、言い当てたのだった。

いまは、ことさらに「幻想と怪奇」と声を荒げる必要もない、静かな混沌がこのジャンルを覆っている。量は十分に供給されているが、たとえば「ゴシック・リヴァイヴァル」のような現象を読書体験となりうるように提供する」試みは、むしろ文学以外のメディアに移ったかのように見える。当時の私たちでは手も足もでなかった中国、東アジア、あるいは東南アジアの「東洋的怪奇」についてなど、今これからアプローチが始まってほしい肥沃な領域は、「幻想と怪奇」の地層にまだいくらも残されているのだから。

『幻想と怪奇』傑作選　目次

《前説》
幻の雑誌、ふたたび

牧原勝志

読書に親しむ人には、〝幻想と怪奇〟とは馴染み深く、心惹かれる言葉だろう。ありえざる物語の総称として、さらには、それらを拾い集めたアンソロジーの表題として。そして、その言葉を誌名に冠した雑誌がかつてあったと知れば、さらに心を惹かれずにはいられないだろう。

その雑誌――『幻想と怪奇』は、海外幻想文学の紹介を先導し続けてきた紀田順一郎・荒俣宏の両氏により、一九七三年四月に創刊された。翌七四年十月に通巻第十二号をもって休刊したが、今あらためて読むと、各号ともアンソロジーと呼ぶべき充実した内容であると同時に、その時代の文化を反映した、類を見ない雑誌であったことが実感できる。ただ、手軽には読めるものではなく、〝幻想と怪奇〟を愛する読者には、まさに幻の雑誌だった。

本書は、その幻の『幻想と怪奇』のアンソロジーである。

休刊から四十五年の今日までに、書籍に収録された小説は多く、同誌の品質の高さを実証しているが、本書ではそれらに比べても遜色のない書籍未収録作を中心に選んだ。

海外では、デ・ラ・メア（2／数字は掲載号。以下同）、シェリー（7）、ブラックウッド（11）といった巨匠の埋もれた作品、コッパード（1）やウェイクフィールド（2）、エルクマン＆シャトリアン（5）の知る人ぞ知る名作、知られざる作家、ロバーツ（3）やランゲッサー（10）の傑作に加え、未だ名のみ高いまま未邦訳のラドクリフ『ユドルフォの秘密』の一部（4）を再録。掲載号の導入文ともどもお楽しみいただきたい。

また日本の作品では、第6号《幻妖コスモロジー　日本作家総特集》から石川鴻斎「夜窓鬼談」の現代語訳と、恐怖文学セミナー同人でもあった脚本家・翻訳家、桂千穂の「鬼火の館」を採り、さらに一九六〇年代後半にデビューした純文学の作家、山口年子の「誕生」（8）を再録した。

また、評論やコラム、書評なども、発行当時の空気を反映して興味深い。

評論では、江戸川乱歩とM・R・ジェ

イムズの作品の恐怖を比較した紀田順一郎「人でなしの世界」（1）、歌舞伎に描かれた怪異を現代文化と並行して語る落合清彦「日本怪奇劇の展開」（6）、フォークロアからトールキンやル・グインに至るファンタシィの道をたどる荒俣宏「閉ざされた庭」（10）と、今なお知的興奮を誘う三編を収録した。また、ラヴクラフトの長文の書簡（2）の邦訳は、小説が紹介の途上にあった当時では画期的だったことだろう。

　コラムからは、ロック・カルチャーとオカルティズムを取り上げた先鋭的な秋山協介（鏡明）「地下なる我々の神々」（1〜4）と、中国古典文学の想像力を考察する草森紳一「胡蝶の夢(1)」（8）を。後者は筆者指名による井上洋介の挿絵一点を共に収録した。また、『幻想と怪奇』の視覚面の充実も再現すべく、幻想美術のカラーページ連載、麻原雄「Fantastic Gallery」はラッカム（2）、ピラネージ（5）の回を初出レイアウトに近い形で再録。さらに紙幅の都合でカット的な扱いにせざるを得なかったが、大蘇芳年、竹中英太郎（ともに6）の作品を各一点掲載した。

　映画コラム「ホラー・スクリーン散歩」からは公開まもない「激突！」（2　瀬戸川猛資）と、当時は見る機会も稀だった「怪物団《フリークス》」（5　石上三登志）を、書評は山下武（1）、石村一男（2）、紀田順一郎、瀬戸川猛資（ともに4）によるものを再録した。コラムやエッセイには種村季弘、石川喬司、権田萬治、都筑道夫、川又千秋らによる寄稿もあり、いずれも捨てがたいものだったが、紙幅と内容のバランスを考慮し見送らざるを得なかった。またの機会を待ちたい。

　さらに、「創刊の辞」と編集後記「not exactly editor」全号分および、休刊の「ごあいさつ」を再録した。『幻想と怪奇』という雑誌の創刊から休刊までを一望するとともに、一九七〇年代の出版界の一端を知ることができるだろう。

　なお、収録作品はいずれも四十年以上前の著作物なので、現在とは表現の基準がやや異なり、現在では差別的と見なされる語句も見られるが、歴史的な価値を考慮してそのまま収録した。出版当時の状況を反映したものとして御理解いただければ幸いである（ただし、著作権者不明の翻訳作品中、明らかな誤訳と思われるものは、原文と照合のうえ適宜改めた）。また、海外作品の仮題や翻訳状況については、掲載当時のものを活かした。

　巻末には、当時の寄稿者である桂千穂、鏡明、安田均の三氏によるインタビューとエッセイを収録し、さらに『幻想と怪奇』の前身と言うべき恐怖文学セミナーの同人誌『THE HORROR』全巻を若干の縮小のうえ復刻した。併せてお楽しみいただきたい。

＊以下の著訳者もしくは関係者の方の御連絡をお待ちしております。（編集部）
（敬称略、収録順）矢沢真、八十島薫、琴吹夢外、山口年子、落合清彦、石村一男

ジプシー・チーズの呪い

Cheese

A・E・コッパード
鏡　明訳

A・E・コッパード（1878〜1957）は、英国、ケント州フォークストーンに生まれた著名な短編作家である。彼の作品はしばしばロード・ダンセイニやサキのそれと比較されるが、彼のファンタスティックなストーリー展開、一見平易な文体に秘められた暗喩の織りなす奇妙な世界は、サキやダンセイニにも劣らぬ。ほとんど独学であった彼は民話に深く傾倒しており、彼の作品にも民話的寓意が色濃く投影されている。ここに紹介した「チーズ」もまた民話の恐怖感覚が、現代的な背景のうちに見事に甦った傑作である。ことにクライマックスに至るまでの反復効果による作品構造の迷路化は、読者を一挙に非現実空間にひきずりこみ、コッパードならではの奇妙な恐怖を創造することに成功している。

なおテキストにはアーカムハウス版「Fearful Pleasures」（1946）を使用した。

（荒俣）

信ずるも信じないも、お好きなように――選ぶのは、あなただ。その代わり、この私も、望むがままに語ることにしよう。それも、この物語がそう語られねばならぬような形で。けれど、あくまでも、読者諸氏よ、選択は依然としてあなた自身のものなのだ――信ずること、疑うこと、あるいはやっぱり汚ないいんちきだと思うことも。この物語のこつを呑みこむまで、何度も何度も様々な方向から読み返す。そうすることによって、楽しみを得ることになるかもしれない。それともまた、この物語にとりつかれてしまうことになるかもしれない。しかしまあ、そうやってみることだけが、この物語のような話を扱うただ一つのやりかただろう。誓ってもいい。ただ一つのやり方なのだ。

男は、エディ・エリック。彼の商売の世界では皆に知られている男だ。といって、皆に好かれているというわけではない。どちらかといえば小柄な、顔色の悪い男で、手相を信じていた。彼はことのほか煙草を好み、それ以上にエールを好み、妻がいた。彼女のことはまったく問題にならない。実際、この話には無関係なのだが、この女は大きな、実に大きな女性だった。彼女は、エディのことをひどく気にかけていたので、ときには彼にかみつくこともあった。或る商会の外交員をやっていた関係で、しばしば、しかも長い間エディは家をあけることがあったのだ。この女は灯台守とでも結婚するか、そうでなければエディとは結婚などしないほうがよかったのかもしれない。それが結婚してしまったのは、ただ、エディが透視に少しばかり手を染めており、二十通りもの方法で、彼女の運命を占うことができたことと、友人たちの家でとりおこなわれる降霊会に連れていってくれるということだけの理由にすぎない。降霊会では、なんとか、霊を出席者の中に喚びだせれば、そいつから返辞がもらえた。まったく奇妙な友人たちだった。彼ら――退役陸軍少佐と引退した俳優――は、とある店の一番上の部屋に住んでいた。その建物で、このとても奇妙なことがとりおこなわれたのだ。店のことは問題ない。エディたちには何の関係もない。船舶用雑貨の店だった。ウィンドウの中の銅と真鍮のランタン。巻いた旗布、赤、青、黄、緑。まっさらのロープの束と、かわいいちいさな錨。眼にも快い店だ。しかしその建物の一番上にある例の部屋は、どうも愉快というわけにはいかなかった。何やら薄気味悪い感じがしたものだ。壁にかかっているものといったら、マダム・タッソーの〝戦慄の間〟の写真と、そのとなりの晴雨計だけなのだった。

或る降霊会の折に、エリック夫人は彼女がまもなく人の妻でもなく、未亡人でもなくなることを告げられた。このようなお告げの意味のとりかたは一通り以上もあるのだから、エリック夫人はその本当に示しているものを知ろうと懸命になった。彼女は猛り狂っていたのだ。というのも、そのお告げが何やら配偶者が間もなく裏切ることを示しているかもしれなかったからだ。彼女は警戒していたのである。どんな女性でも、夫の不義によって見捨てられるのを好む筈はないものだ。その上、エリック夫人は、本来のロマンティックな性格から、興奮してもいた。霊媒（ラビ風に装った少佐その人だった）が突然、あえぎながら唇に泡を吹いていった。「もうよろしいかな、我が姉妹よ」すると、エリック夫人は身を焼く不安に浮かされて、いった。「まだよ！　あと三分だけ、お願いだから！」

しかし、この善良なる女性についてはこれ位にしておこう。問題にしているのは彼女の夫の方だ。エディ・エリックは中年のチーズの外交員だった。驚くべき男。おのぞみならそういってもいい。外見もまた驚いているように見えた。驚きが顔の造作の一部だった。抗うような眼。額から突立っている髪の毛。青白い頰は未知なるものへのぼんやりとした恐怖を暗示していた。それはあたかも、最近何かひどく不快なものと顔つきあわせ、そいつにこっぴどい罵詈を浴びせられたかのようだった。それでもこの男には気にかかることなどなかった。いってみれば、何もなかったのだ。商売は商売。まったくこいつは単なる言訳なんてものじゃない。


がんばれ、水夫たち、この船《スクーナー》を沈めるな！

「スクーナー、おれの相棒よ！」

軽い、同時に怒りもこもった返答。

帽子をぬぎ去り、周囲のリボンを示す。

「見よ！　軍艦《H・M・S》エクスキャリバー。何千という乗員。この速力《ノット》。この大き《トン》さ。この砲の数。船首から船尾までの食料と燃料。戦闘大隊。それがおれ。スクーナー！」

ほおい！　こりゃいったい何だ？

がんばれ、軍曹、忘れちまえ。


このエディ・エリックという男は、R・Cとして名高いチーズの銘柄の大市場を握っている或る商会に向かう旅の途中だった。なにしろこのチーズは、ブルー・ヴィニィ、ロシュフォート、スティルトン、リトル・ダブル・グラスター、それにその他の有名なチーズを多くの優良な貯蔵庫から追払ってしまったのだ。エディは取締役会の開かれている場所へ、いま向かっていた。なぜなら、このR・Cの処方は、彼がしっかり握っているからだ。商売は商売。エディ・エリックは、どんなにまずい時にあっても、頭だけは切れる男だった。たとえば自分の評判を平日だけでなく日曜日にも役立たせるためなら、そいつを半分ずつにしてしまいかねないといった類の男だ。ヨセフとエルサレムにかけてもいい、彼ときたら、そのチーズの処方に一シリングの金もかけていない。信じられない？　だが彼はジプシーの男とおしゃべりしていて、そいつを手に入れてしまったのだ——R・Cとはロマニー（ジプシーの意）カイの頭文字だ。ほんの酒の一、二杯で、聞き出してしまったのだ。それが一財産の値打があるとわかると、すぐに相手のジプシーの長は、エリック氏に心づけをくれといいだした。さて、ジプシー殿はそいつを手に入れたろうか？

エリック氏はポケットやら財布やらに手を入れさえしなかった、と思って下さっていい。エリック氏は、そのジプシーともうしばらく駄弁り、無駄口をたたいた。また、いかなる答も必要としない次のような質問を並べたてて、ジプシーの男を押しまくり、苦しめたものだ。

質問項目：　いったいエリック氏を何様と思っているのか？
〃　：　もしかしたら、英国銀行とでも思っているのか？
〃　：　それともまた福祉団体と間違えているのではないか？
〃　：　それともまた、精神病院から出てきたとでも思っているのか？

相手の正当な申し立てを丸くおさめるのに必要なのは、ほんの端《はした》金《がね》だけであったのに、エディはそれを認めようとせず、考えようともせず、何一つしてやろうとしなかった。そこで、このエリック氏から何か得ようとしても無理だということを見てとったジプシーの男は、旅をしている同族の仲間たちにちょっとした合図をこっそりと回した。仲間たちは何もいわなかった。一言たりともだ。いかなるおどしもなかった。しかし通告はなされ、銘記された。合図は出され、呪いははじまり、そしてエディは自分の身に起こることを夢にも考えつかなかった。

さて、ここで再び話をはじめよう。リンゴが落ち、象とまだら馬が曲馬団といっしょにりんりんと鐘を鳴らしながら、道を歩き回る季節がやってきた。素敵なリンゴ！　バラ色のリンゴ！　波止場の夕方。お祭りはきらめき、ざわめく。冷かし声といんちき弁士でいっぱい。回転木馬、うごめく人ごみ、活気でいっぱい。未来が銀貨のために告げられ、銀貨は金時計や真珠の紐と取り替えられる。一ヤードもあるシナモンの棒が二ペンス。そして生気の失せた老人たちが恋の唄を売り歩く。業を競わせるゲームが、何の景品もなく、あるいはまた僅かなものに対してほんの少しばかり景品をつけて、道行く人々の足をとまらせる。それを取り囲むのは、ダンケルクの砂上の英国軍みたいに堅固で爆弾にすら平気な固い頭の人たちだ。航海灯を点けた高いマストのヨットが一隻、威風堂々、まったく超然として湾に浮かんでいる。廃棄された倉庫の後ろにジプシーたちの幌馬車が、三、四台並んでいる。そのそれぞれが虎（スマトラのジャングル産の狂暴な人食い虎）やブロワヨ産の猿の番《つがい》、それに何処かの口をきくオウムを入れた野獣用の檻を一つ二つ伴っている。

素晴らしいリンゴ！　バラ色のリンゴ！

エリック氏が捕えられたのは、ある土曜日の夜だった。ずばり、その場でのことだ。運命とは人の世の物事にはあまり関わりを持たぬものなのだが、そいつに見はなされることは、ままある。このエディ氏は、まったく自分の方から運勢を占ってもらおうと〝バビロニアの女占師〟の幌馬車の中に飛びこんでしまったのだ。そして彼の手相を見ることになったきりっとした顔だちの娘の前にすわってしまった。彼女の手といえば汚れ、爪は何週間も摘んでいなかったのだが、それでも可愛らしい娘だった。

「旦那さん」娘がいった。「貴方の手からは幸運が感じとれます。今日は幸運の日ですよ。いいですか、世の中には、ついてる日とついてない日があるんです。ご存知でしょう？　それで土曜日はいつも豊かな良い日なのです。そうでしょう」

エディは、そのことについてはあまり知らないと答えた。

「貴方は軌道に乗ってます」娘がいう。「だからこのままお続けなさい。しかし何をするにしろ、足場だけは見失わないように気をつけて。奇妙だわ、本当に」

「何が奇妙？」

「貴方の身におこること」

「しかし何だ、それは？」

「気になさらぬことよ。今、貴方はうまく軌道に乗っている。ほら、すぐそこまできてるわ」

「たしかに！」エディがいう。そしてより一層好奇心に駆られて、もっと情報をよこすようにと娘を悩ませた。

「もう尋ねないで、旦那さん」娘は重々しい口調でいった。「決して決して尋ねないで下さい」

それにもかかわらず、エディは尋ねた。「いくらかのお金になるのかね?」

「いいえ、いいえ! そんなことじゃないわ。二度とあたしにきかないで」

「結婚に関することかね?」

「ちがう、ちがいますよ。ちがうんです。もうきかないで」

「でも、そいつは良いことなんだね?」

「ええ、もちろん!」娘がいった。

で、エディはすっかり興奮させられてしまい、この〝バビロンの女占師〟の前に腰をおちつけて話しこんだ。霊やら予言やら諸々のことに関して彼の知っていることを話して聞かせた。娘の方も、エディが自分の話していることをよく心得ているものだから、本当に好奇心をそそられて耳をすました。たしかに彼はそいつを心得ていたのだ。幌馬車の中には誰も入ってこなかった。娘は〝ロバとマッチ箱〟の物語を語った。それから、彼が出ていく前に一杯飲んでいってはどうかとさそった。エディがいう。「ありがとう、でも結構だ」彼は出ていこうと立ち上がった。しかしきりっとした顔だちの娘はすでにグラス一杯の飲物をさしだしていた。

「ぐっとおやりなさいな」笑いながら、いった。

「これは何ですかな?」エディは尋ねた。

「ブドウ酒ですわ、旦那さん。まぎれもない〝速やかな死《キル・ミー・クイック》〟よ、さあ呑み干してしまって。来るべき貴方の幸運のために——もうそこまで来てますわ」

エディはひとすすりしてみた。「おや」彼はいった。「これはいい酒だ」

「ご立派だこと!」娘は嘲笑するようにいった。「どうなさったの。一口飲めば、死人さえ目覚めさせられるわ」

「死人だって!」エディが驚いていった。

「そうよ」と娘。「そのとおりだわ」

「しかし、これが死人を生き返らせるだなんて」エディは笑った。

「私、そんなことといわないわ」と娘。「死人は死人、そうじゃなくって。もちろん死んだ人はこの世に戻ってこない——もし死んでしまっているのなら、どうしてそんなことができて? それと同じように、死んでしまう人のほんの僅か、ほんとに僅かの良い人たちは、ただ単に去《い》ってしまうだけなのよ。私のいう意味がわかる?」

「死人の中のいくらかは、死んでないという意味かね」

「いくらかはね。もちろん、大勢じゃないわ。意味がわかるわね?」

「わかったとはいえないな」とエディ。

「全部が全部といったわけじゃない。多くともいっていないわ。いくらか、ほんの僅か、選ばれた人たちといっているのよ。他の人たちはアンナ伯母さんと同じように完全に死んでしまっているの。でもこの僅かな人たちはそうじゃないし、決して死ぬことはない。この言葉をよく憶えておいてね。彼らは去《い》ってしまうだけで、また戻ってくる。今度はわかるでしょう?」

「いや、まだだ」とエディ。「完全にはわからない」

「何てこと!」女占師が叫んだ。「こんな簡単なこともわからないなんて! その人たちは……去《い》って……しまうのよ。もうわかったでしょう? 去《い》って、やってきて、去ってしまうのよ。でも、これだけはいわしてね。その人たちが戻ってくるとき、自分たちが何処に現われるのか、彼らはまったく知らないの。いい。自分たちの足場を見失ってしまっているのかもしれない、ねえ。どこに出るかわからないのよ、ね。その人たちにとっては、とても大きな危険てわけよ、そうでしょう?」

　エディは、まるでうまく頭が首におさまらないかのように、頭を前にやったり後ろにやったり、ぐらぐらと動かした。「頭がまるで混線しちまったようだ。まともに考えられやしない」エディが答えた。「どこから戻ってくるって?」

「本当に何てこと!」娘はあきらめたように叫んだ。「さあ、それをもう呑み干してしまって」

「気楽にいこうや」エディがいった。「好きなようにやるよ。時間なんてほっとけ。うまい酒だ、うまい、ほおい。だが何て強いんだ」

「まあまあ! 貴方に何といいましたっけね。さあ、一口いかが? チーズを食べてごらんなさいな、どお?」

「チーズ!」

　エディは、もちろんチーズの鑑定家であった。それは彼の仕事であった。決して最上の部類に属してはいないにしても。そしてまたエディは、ずいぶん以前に、あるジプシーからR・Cの素晴らしい処方を手に入れたことを思い出していた。娘が小刀の先にたっぷりと楔形の切れ端をのせてくれたとき、「はい、はい、どうも!」とエディはいった。彼はそれをつまみあげ、一口嚙んでみた。そして、そのとき……よろしいかな、そのときの彼の味わった感覚やら、そのチーズを舌にのせたときの風味やらを描き出すことなど思いもつかない! もしR・Cがチーズの中の貴族であるとしたら、このチーズは王だ、太守だ、皇帝だ! 黄金のクリーム、永遠の不老長寿の秘薬! もしも真珠が食べられるものであったなら……

　(おお、がんばれ水夫たち! この船を沈めるな!)

　エディはこの若い女を大変考え深げに見つめた。まったく長い間、じっと見つめたものだ。なぜなら娘は美しい容姿をしていたから、はっとするほど素晴らしかったから。しかし、今、彼が考えこんでいるのは、ただ彼女についてだけではなかった。

「悪くはない」と彼はいった。「これをなんと呼んでいるのかね?」

　娘は、その整った顔にすっぱい笑みを浮かべて、エディを見返した。

「何でもない。〝速やかな死《キル・ミー・クイック》〟よ」

「ふん、どうやって作るのかね?」

「造らないわ」と娘。腰に両手をあてて、戸口に立っている。

「どこからか、持ってくるというわけか、え?」

「持ってくるのよ」娘が答える。

「こいつはとても素適なチーズだ」エディがいう。「この私にぴったりの味だ。こういったチーズが欲しいのだがね。分けてくれるほど持っているかね?」

「たぶんね」娘がいう。「その素敵なブドウ酒はもういらないというわけじゃないでしょう?」

「もちろん!」とエディ。「だがもう十分だ」

「飲んでしまって!」娘がうなるようにいった。「呑み干してしまうのよ。無駄にしないで」

　そこで、エディはチーズの最後の一かけらを嚙みしめ、酒の最後の一滴を呑みほした。そうやってしまうと、さあここで私からいってしまうが、彼はもはや二度と同じ人物ではなくなってしまった。少なくとも、知られているかぎりのいかなる生命活動にも属さなくなってしまったのだ。わかっていることといえば、彼が一種の幻惑状態におち入り、何もかも忘れ果ててしまったということだけなのだ。何かひどく奇妙なことがエディ・エリックの身に起こった。それが何なのか、この私自身にすらわからない。ほんの僅かの人間だけしかこれを理解できまい――それはあなたが信ずることに慣れているものによるのだ――そしてまた私の知っているかぎり、このあわれなエディには、そいつを理解する時間もチャンスもなかった。もしかしたら、彼は理解していたのかもしれぬ、だがどうやらそうでないと考えたほうが、本当らしい。

娘は幌馬車の半扉の上から顔を突き出し、唇に二本の指を当てると、ぞっとするような口笛を吹きならした。その音のおかげで、エディにも、さきほどからの間に何やら外の様子が変わっていることが、だんだんわかってきた。音楽はやみ、どこもかしこもひどく静かだ。騒音もしない。娘の肩ごしに見えるものは、暗闇だけだ。まるで壁のように。祭など何もない。暗闇が、彼の見わけられるもののすべてを遮蔽し、流し去ってしまったのかもしれない。それでもはしごの下に立っている何人かの男たち、ひどくみにくい男たちの姿は見ることができた。物もいわずに見上げている彼らの顔は、幌馬車の扉から洩れる光で照らされている。エディは、自分がいったいどうなるのか心配になりだした。

「いらっしゃい、ネズミさん」娘がいった。

エディは気を取りなおした。「おれの名はエリックだ」と答える。

「この人の名はエリックさん」娘は男たちに向かって叫びかけた。

「ほう、ほう。エディ・エリック、エディ・エリック！」

「こいつは普通じゃないぞ」エディはそう思った。

「彼はチーズを欲しがってるのよ」娘は男たちに向かって笑いかけた。

「ほう、ほう。彼はチーズを欲しがってる！」待っていた男たちはまるでどこかの教会の聖歌隊のように、声をそろえて節をつけながらいった。

「チーズを持っているわね？」娘が訊ねる。

「ほう、ほう。奴のために用意されてる」男たちが詠《うた》うようにいった。

「いらっしゃい、ネズミさん」娘がいった。

彼女はエディのために扉を開けてやり、彼が足をもつれさせるようにしてはしごを降りる間、ランプを差し出していた。それから夜の暗闇は彼の視力を奪った。それと同時に、エディの頭をも混乱させた。というのは、奇蹟でも起こったのだろうか、お祭の一かけらも残っていないようであったからだ。あの男たち、あのみにくい者たちすら、消えてしまったようだ。なぜなら、今や彼らを見ることができず、声も聞くことができなかった。どちらにしろ、そのならず者たちを信用できなかったので、娘が降りてきて手を摑んでくれたとき、エディはその手をしっかりと摑んだ。そうしたら、ずっと安心した。その前ならエディは引き返すことができたのに、今や、魔法はすっかり彼を捉えてしまっていた。そいつは効果を及ぼしはじめていた。彼のほうは何も知らないというのに！　エディは、死んでしまったほうがよかったのかもしれない。ただ死んでしまったほうが。なぜならそれはちょうど真昼の光の中から一歩か二歩、歩み出て、おそらくはしごを降りるようなものでしかないのだから。そして永遠に闇の中に葬られることになる。ちょうどあなたが十分そいつを満喫したころ、だれかが手を摑んでくれないかぎりは、そして……そう……一巻の終わりだ、知るも知らぬもない。

一言も発せずに娘はエディを導いていく。どこにいこうとしているのかわからなかった。娘は、猫の瞳をもっているにちがいなかった。足早に、まったく躊躇せずに進んでいく。ついでに猫の足ももっているにちがいない。なぜなら二人が砂利道にやってくるまで、彼の足が草を踏みしだく音を立てているのに、娘はまったく音をさせずに歩いてきたのだから。赤い灯の点が二つ、空中に現われた。湾の中のどこかのヨットの航海灯だ。娘が立ち止まって、手を離したとき、彼はひたひたという水の音を聞いた。二人は古い倉庫の脇にいたのだ。穴だらけの老朽した姿。しかし、彼は知る筈もない。彼には見えない扉があったにちがいない。なぜなら娘は彼を倉庫の中に押し込んだのだから。扉が音をたてて背後で閉じた。

しばらくの間、エディは娘が彼を押し込んだ場所にじっと立っていた。彼女を待って、物も言わずに、動く勇気もなく、それから声を出した。「これから、何処へ行くんだ?」

答えはない。

「え?」そういいながら、娘に触れようと手を伸ばした。「何処にいるんだい?」

娘はいなかった。彼は自分が一人ぼっちなことに気付いた。「行っちまった!」彼はつぶやいた。

外側でも十分に暗いというのに、今、彼がいるところは暗黒の穴そのものだった。たとえ彼の二つの瞳が眼窩からすべり落ち、咽喉《のど》の奥に座を占めてしまったとしても、これほどまでに盲目にはなるまい。事実、彼は自分の咽喉もとに固まりがあるのを感じていた。扉を見つけ出そうと両の手を伸ばしたとき、彼はあたかもはじめて綱渡りをする者のように振まっていた。扉を見つけることはできなかった。手は煉瓦の壁に触れたのだった。恐る〳〵と壁に向かって進むと、ぴったりと体を押しつけた。近くでぽたぽたとしたたる冷たくかすかな水の音が聞きとれるからだ。この床のどこかにあいている穴から、水の中に落ちこんでしまうという恐怖がとりついて離れない。この暗黒の孤独の内で、ひっそりと動くその水の音は、容易に消え去らぬ恐怖となるのだった。彼はすすり泣きはじめていた。それから怒声をはりあげた。「助けに来てくれ! 誰か、聞こえないのか!」谺がわきたつように高まり、消え去っていくにつれて水のしたたる音が大きくなっていく。ただそれだけ。誰も来ない。ざらつく壁の表面に沿って徐々に両の手を伸ばし、彼は少しずつ少しづつ床に沿って足を動かしていく。まるで難しい岩壁にへばりついた登山者のように。息をこらして左の方向に移動していくと、ようやくのことで隅の角にたどりついた。それからゆっくりともう一つの壁面に沿って進みもう一つの角にたどりついた。彼はそうやって進んでいき、ついには自分が建物の四つの壁全部を歩いてしまったことを知った。それなのに出口を見つけ出すことはできなかった。明らかに彼は大きな木の床の建物の中にいるのだった。すべては空ろで空っぽな印象。聞こえるのはただ規則正しいひたひたという水の音、感じられるのはただ壁、壁だけ。壁以外には何もない。扉もない。窓も、通路も、穴も、そこにはない。

「おれは扉から入ってきた。ここには扉がなければならない」彼はいった。そこで四つの壁面の周りを回るために再び進みはじめた。ここでは一匹の動物の音もしない。鼠も、蝙蝠も、猫もいない。彼は苦役に汗をかき、不安で気分が悪くなってきた。「じきに昼間になるさ」彼はいって、それがやってくるのを待つために、壁によりかかって腰をおろした。再び彼は水のひたひたという音を耳にした。下にも、隣りにも。周り全部から聞こえてくるようだった。彼はもうそれに慣れっこになっていた。その恐怖にもかかわらず、いねむりさえしはじめた。ちょうどそのときだった。何か新しい事態が彼を仰天させ、すっかり眼を覚させた。光が現われ、大きさを増していく。その理由を知っているのは神だけだ――それは夜明けではなかった。ほんの一瞬前にはなかった。今、そこにある。大きなぼんやりとした拡散した光。エディは今や周囲のものを見てとることができた。巨大な古い倉庫の天井、壁、床。しかし眼の届くかぎり、そこには扉はなかった。どうやってここに入ってきたのか、それは頭を悩ませる難題だった。奇妙な光は片方の端の薄黄色の壁に焦点を合わせた。その黄色の壁の全面に沿って頭上高くバルコニーが設《しつら》えてある。このバルコニーの中央に向かって、床から木の階段が傾きながら登っており、ここから逃げ出す道を提供しているように見えたので、エディは跳ねおきた。彼が闇の中で扉を求めて壁に沿って回る度に、そんなものがそこにあるとは知らずに、その階段の下を何度も通り過ぎていたわけだ。今や彼は、その長いバルコニーから黄色の壁の中に抜ける出口を三つ見ることができるのだ。両端に一つづつ、そして中央、階段を登りつめたところのすぐ前に一つ。光が彼を困惑させていた。その光がどこからやってきたのか理解できなかった。夜明けではなかった。それは屋内の光だった。柔らかで、ぼんやりと。黄色の壁の上のバルコニーを舞台用のライムライトのように奇妙に強調して照らし出している。あたかもエディの視線の焦点をそこに合わさせようとでもするかのように。彼は穴の中に落ちこむかもしれないという自分の恐怖がまったく根も葉もないことであったのを見てとることができた。なぜなら床は完全であったから。それにもかかわらず、彼は用心深く、爪先立って、こそこそと階段に向かって進んだ。その理由を告げることは彼自身にもできなかった。階段にたどりつく前に、バルコニーの右手の出入口から突然人影が現われたので、彼はひどくびっくりし、ほとんど気が違いかけた。若い貴婦人が一人バルコニーを急いで駆け抜けていく。エディは彼女を見上げたまま、ぎょっとして立ちつくしていた。幸運の恩寵によって、女はエディを見なかった。見おろさなかった。ただ、あたかも誰かに追われてでもいるかのように、飛ぶように駆けていった。たぶん舞踏会へ行こうとしているだけなのかもしれなかった。というのは、彼女のドレスときたらひどく風変わりなもので、エディはそんなものを女性が着ているのを見たことがなかったからだ。白の薄い外衣は、女が滑るように進むにつれて、彼方になびく。その服装は、こんもりとしたペチコートの一種を思わせる。何から何まで緑がかった青で、彼女の足の動きを隠してしまっていた。大きな灰色の幅広の帽子をかぶり、一本の簡単なピンクのリボンでそれをとめていた。黄色の壁に沿って、バルコニーの上高く、貴婦人はほんの数秒の間、流れるように駆けていった。美しく、妖精じみて。この女もまた素晴らしい女性だったが、あのジプシーの娘とは似ても似つかなかった。唐突に彼女は階段の突き当たりの中央の出口に駆け込んでいった。それで終りだった。去《い》ってしまった。あたかも一瞬の幻のごとく。

　エディは茫然としていた。しかし女が去《い》ってしまった途端、一時に二段づつ階段を駆け登り、彼女を追った。用心深くではあったが、よろしいかな、彼は女のあとを追わなければならなかったのだ。階段の頂上に近付くにつれて、彼は身を屈め、その出口を注意深く覗きこんだ。暗がりの内に白い外衣をなびかせて、そこに貴婦人はいた。そしていまだに彼女は彼を見てはいなかった。エディは矢のように出口に駆けこんだ。唐突に立ちどまって身をこわばらせ震えだした。なぜなら、背後の光が消え、再び暗黒の中にいたのだから。狂ったように通路の壁を求めて両手で手さぐりしだすと、再び光が前方に現われた。そしてエディは再び美女を見つけた。彼女は右に曲がって別の出口に入るところだった。エディは彼に残されたただ一つのことをやってのけた。動悸と不安であえぎながらも、彼女のあとを追って全速力で駆けたのだ。なぜなら彼は心に決めていたのだ。あの女か光か、どちらかを視界の内にとどめておこうと。

　女の曲がった場所に到達したとき、エディは新しい通路が、より小さく、より短かいことを除けば、彼らがあとにしてきたばかりのバルコニーとそっくりのバルコニーに通じているのを発見した。そのバルコニーは、これもまたより小さく、より狭いことを除けば、ちょうど今あとにしてきたばかりの倉庫とそっくりな空っぽの倉庫を見おろしているのだった。あの光景が繰り返される。黄色の壁、バルコニー、階段、出口、美女を照らし出す謎の光。彼女は、今度はバルコニーから階段を下っていく。まるで小枝から落ちるバラの花弁のように、音もなく、宙に浮いて降りていくように見える。貴婦人は階段の底部に達した。エディが降りはじめる前に、暗い隅のもう一つの出口に向かって、床を半分ほど横切っていた。彼女に追いつこうと必死になっているにもかかわらず、何の成果も得られなかった。もはや彼女は急いでいるようには見えなかった。それでもエディはどうしても近付くことができないのだった。女が隅の出口の中に姿を消すと、再びエディの背後で光が消えた。もう一度女のいる前方の通路の中に現われた新しい光以外は、あの恐ろしい暗闇の中にいることになるのだった。明らかにその光は、女のためだけに方向を示し、役立っているのだ。時には彼女の前方に、時には後方に。エディなどまったく関係ない。再び一人だけ取り残されるのがひどく恐ろしく、エディはそのあとを追って出口に飛びこむ、そしてそれとほとんど同時に、二人はまたもや、もう一つの倉庫の中に入った。前の二つとそっくりだが、もっともっと小さい。一番はじめのそれの四分の一ほどもない。それでもまだ同じ木張りの床、バルコニーに通じている階段、何かの魔法の光で照らし出されている黄色の壁。そして目に見えぬ大気の動きに運ばれる羽毛にも似て前を行くその美しい者は階段に向かって床を横切る。そこを登り、再び出口の中に姿を消す。そのときあの光も消える。エディは、必死になって音をたてまいとするのだがはたせず、足音も高く、懸命にあとを追う。どうしたわけか、慎重に足を運び、女に自分のことを気付かせないようにするのが分別ある行動だとエディは考えていた。しかし、これらの出口の恐怖、そして階段を昇り、降り、光が消え、暗黒が彼を引きとめるといったこのかくれんぼによる疲労が、すべての分別を押し流してしまった。「おーい」彼は叫んだ。いったいその行為から何を期待していたというのだろうか？　そしてまた、どうして天使が老いぼれの偏屈者の叫び声をかえり見ることなどあろうか？

　貴婦人は気付きもしなかった。あたかも彼の声が聞こえなかったかのようだ。あるいはまた、何か切迫した約束に急いでいる途中であって、足をとめる時間もないかのようだった。そうやって進んでいく最中にも、彼女はまったく音をたてていない。エディはもう一度それに気付いた。彼自身のそれは音高く周囲に谺しているのに、彼女の足音を聞くことはできないのだ。そしてこれらの場所は、その空虚な感じにもかかわらず、奇妙にこぎれいに見えた。ごみも、くもの巣も、がらくたもない。床はきれいで傷一つなく、磨きあげられてさえいた。実際、女が進んでいくにつれ、その姿が微かな影となって床の上に反射するのを見てとれるほど、輝いていたのだ。彼女はここにおけるただ一人の人間、ただ一つの希望、恐ろしい暗黒の中の光。それ故彼は息を切らせてそのあとを追った。もっと多くの階段と黄色の壁の上のバルコニーを備えた空っぽの部屋を通って、光がともり、消えて、より小さくなっていく部屋に通ずる出口を通って。そこで彼は思った、

「まるで、学校にいた時分にもっていた〝日本製のパズル〟みたいだ。組箱、全部が箱になっている。一つの箱の中にもう一つ箱が入っていて、終わりになるまでどんどん小さな箱になっていく。そして最後の一つの中には何も入っていない。だが、もしこれがこのまま続くなら、そこであの女に追いつかなきゃならん！」

　最後の場所は小屋よりも大きくなかった。エディは彼女がその中に入るのを見た。彼は急いでそのあとを追った。エディは彼女のすぐうしろに迫っていた。しかし女は月下にけぶる雲の一筋のようにふっと消え失せた。彼は女を見ることができなかった。その痕跡すら認められなかった。女はそこにいなかった。彼から逃げおおせてしまったのだ。しかし光の輝きは残っていた。小さく、長方形だった。そこは他のすべての場所とはひどく異なっていた。バルコニーはない。階段も、壁もない。壁のかわりに鉄の棒がまわりを取り囲み、床から天井まで、まるで檻のように部屋を遮蔽していた。それでは、ここが終わりなのだ、最後の最後なのだ！　エディは数本の鉄の棒を指で追ってみた。その感触が気に食わなかった。ここにとどまっていたくなかったので、再び出口から外へ出ようとしてあとずさった。何かが肩の間に触れた。はっとあえいで振り返った。それは低い天井から吊り下がっている鉄の鉤だった。その針先には何かが突き刺さっている。それに触れてみるまで、彼はボールか何かそんなものだと思っていた。それは結構な丸いチーズだった。じっくり匂いをかいでみると、あのジプシーの女占師が彼にくれたチーズと同じ種類であることがわかった。「もちろんそうに決まっている」笑いをこめていった。「これだ、まったく同じやつだ」エディはそれをねじって、鉤からはずした。すると……ぞっとするような金属的な音をたてて、鉄鉤は視界から消え、最後に一際高いがちゃんという音が残った。

　エディの心臓は、肋骨にぶちあたらんばかりに動悸した。チーズは落っこち、床ではねかえり、ころころと転がった。エディはその罪深き心の奥底まで驚かされ、あたかも破滅の瞬間にある男がそうなるように、すっかり震えあがってしまった。身を翻して、出口へ向かった。だが、先ほど入ってきた入口はもう消えていた。出口もない。鉄棒がすっかり周囲をとりかこみ、上にも下にも出口がない。エディは罠に捕われた。ちょうど鼠にも似て。あのジプシーの

売女の手でたぶらかされて、こんなところに追いこまれてしまったのだ！

それがエディの最初の思いだった。そして次の考えでもあった。事実、それが考えうるただ一つのことだった。それ以外には考えつかなかった。一人の人間たりとも近くにこない。声もない。足音もない。扉の閉まる音も、鎖の鳴る音も、耳にしたいと思う音は何一つしない。長い間、彼は鉄の棒に身を押しつけ、よりかかっていた。やがて、とうとう、あまりに疲れ果てて何ものにも気を患わせなくなってしまい、床に沈みこみ、じきに眠りはじめてしまった。

目覚めてみても、何の変化もない。ほの暗い光の中で、扉も出口もないのが見てとれた。エディはほんの二、三歩歩けるだけの空間しかない鉄の棒の中に閉じ込められてしまっていた。罠の中に封じこめられ、大地の穴の奥底に埋められてしまったのだ。怒りに燃えてその鉄棒をゆさぶり、絶叫した。「出してくれ、この悪魔奴！このおれが何をしたというんだ？」そして呻き続けた。「何をしたというんだ？」憶えのあることは何もない。何も悪いことなどしてない。思い出すことのできる恥知らずな行為など何一つなかった。彼の瞳は隅に転がっているチーズの上に注がれた。奇妙な考えが、痛む心の中に湧きあがってきた。

「この場所は……そうだ、ただ大きいだけで、……何てことだ！……まるで鼠取りだ！」

その考えに、思わず大声で笑い出してしまいそうになった。「おれは気が狂いかけているにちがいない！」とはいうものの、彼の周囲を鉄棒が取り囲み、チーズがちょうど餌のように鉤に突き刺さり、それを引っつかむと……あの音、罠が作動したのだ。で、今や彼は出ることもできない。これはいったいどういうことなんだ？ネズミさん――あの女は、彼のことをそう呼んだ。そしてチーズのひとかけらでこいつをやってのけたのだ！

「ひどい冗談の一種さ、馬鹿な、何の意味もありゃしない」彼は自問自答した。「なぜなら、こいつはちっとも恐ろしくないから。おれはそんな類の男とはちがう。だが、こいつはいったい何のためだ？　奴らは人間《ひと》違いをしている――おれはあいつらを知らない、あの汚らしい畜生奴ら――何かの間違いだ」

それから、残されたすべての希望や考えを打ち砕くように、音もなくひっそりと鉄棒の外を動き回っているものを見た。その途端、血液は強い酸のごとくに、体中のすべての血管と臓器の内を駆けめぐった。ぞっとするような金切り声をあげて、エディは罠の真中に平たく伏して、それを見まいとした。

「あれは猫なんかじゃない！」エディはあえいだ。実際、彼は正しかった。ビロードの足でそんなにも悪意に満ち満ちて歩きまわっている縦縞模様の獣は、虎にちがいなかった。エディは気が狂ってしまったほうがよかったのかもしれない。たとえ、あとで勇気をふるってもう一度目をやり、この虎がいなくなっていることに気付いたとしても。

「幻を見ているに違いない」震えながら彼はいった。「こんな目にあって、狂いかけているのだ。おれは、わかってる、おれは気が狂いかけているんだ。いいかい」そしてもはや虎を見ることができないにもかかわらず、彼は自分がそいつを見たと思っている場所に向かって舌を突き出してみせた。

「何もかもが気に入らない。だがどちらにしろこいつは冗談に決まっている。そしてあれは猫だったんだ。単なる大きな猫さ」

しかしながら、それと同時に、あのジプシーたちが彼らの見世物で虎――それもスマトラ産の人食い悪魔だ――を使っていたことが思いだされてしかたなかった。「くそ、いったい何てもんに巻きこまれてしまったんだ?」

おそろしく奇妙なことが、彼を待ち受けていたのですよ、皆さん。

知られているかぎり、彼は大変長い間、その罠の中に捕われていたのです。ビールもなく、煙草も、妻もなく、あるのはただチーズだけ。そしてときどきパンのかけらとカンに入った僅かな水が鉄棒の間から押しこまれてくる。しかし、エディは、こんな親切をしてくれるのが誰なのかを、一度として見つけたことがなかった。エディはチーズからかけらを割りとるのを常としていた。この一かけら、また一かけらとやることだけが、彼の内にある人間性を保つただ一つの作業だった。最も打ちひしがれた気持になったとき、エディは次のように考えることにしていた。

「誰かがおれの面倒を見てくれている。だから、結局のところ、奴らはおれが死ぬことを望んでいないのだ。こいつは遊びだ、冗談だ。それでも奴らにこの償いはさせてやるぞ。きっとだ。だが永遠に閉じこめられてしまうのかもしれない。いったいどうなってしまうのか、そいつが知りたい」

ほどなく、チーズはほとんど食べ尽されてしまった。

「これがなくなってしまったら、どうすればいいのだろうか?」一人言をいう。「どうも浪費してしまったようだ」なぜなら彼は、このチーズが無くなってしまったら、何かもっとひどいことがそれに続くような感じをいだいていたからだった。何とか残そうとしたが、飢えというのは、御存知のとおりのもので、あなたの世界の一部に最高のチーズがあり、それといっしょにただ一人でおかれているというほど、誘惑に駆られることはない。パンはひどいものだった。チーズなしではごみと灰だった。しかしチーズといっしょなら、それは神の糧《マナ》となる。よろしいかな、そのチーズは神のチーズだった。そしてエディはそれを知っていた。

「……家に帰ったときに、分析するために、一かけらは残しておかなければならない。こいつはR・Cをかなくそみたいにしてしまう。こいつには幸運がかかっている」

ひげが頬と顎に生えそろい、エディは自分が肥りはじめていることに気付いた。時々あの足を忍ばせた虎の姿を見た。そして真実が光のように閃めいた。「奴らはあいつのためにおれを肥らせているのだ! 何てことだ、そんなことはさせないぞ。恐くなんかない。奴らを負かしてやる!」彼は僅かな水の入った罐を蹴とばし、パンのかけらを鉄棒の間から押し出した。それから破滅と破壊のときを待って横になってしまった。昼か夜か彼にはまったくわからなかった。無理やり住まわされているこの鈍い光の中では、時間はまったく同一のものでしかなかった。外側を徘徊している虎にさえ慣れてしまった。そいつはぐるぐるあたりを歩き、時にはエディを見つめるために立ちどまり、あくびをするようにその大きな顎をあけたりするのだが、今となっては、エディはまったく注意を払おうとしなかった。事実、あれやこれやで、エディは自分自身のことすら忘れ果てて、眠っていびきをかいてばかりいた。かわいそうなエディ、かわいそうなエディ!

さて、冗談は冗談、悪戯《トリック》は悪戯《トリック》、夢は夢だ。だがこれは、冗談なんぞではない。夢とはすべての人が見ることのできるものだ。策略《トリック》ならそこにあったかもしれない。ジプシーたちは、たしかに魔法の才能を持っている。事実、魔法を語ることとは、この話の解決を示すことだ。エディは魔法にかけられたのだ。R・Cのことに関する彼の不公平なやり方の故に、このジプシーたちの手によって、魔法にかけられてしまったのだ。それが真実のすべてであり、それ以上の何ものでもない。そしてもしあなたがこの目に見えぬ原理の力を疑うようであったら、あなたはかわいそうなんだ。あなたはその原理を見ることができないかもしれないが、それらはちゃんとそこにあるのだ。このようなことはしばしば起こるわけではない、だがそれは確かに起こりうるのであり、現に起こっている。エディ・エリックはその生きた証だ。なぜかといえば、彼は、うんざりするその期間の後で、そうすることによって、また別の時間の呪いの内に引き戻されてしまうこともかまわず、なんとかして自分にかけられた魔法を打ち破ろうとするだろうから。私はこれがどのようにして起こったのかを説明しようとは思わない。

そのような情報は何の助けにもならないし、実際のところ、そのような知識を公開してしまうことは私自身にとっても危険なことになるかもしれないからだ。それに、魔法をかけられた者だけがその真価を味わうことができるのだ。

時というものは奇妙なものだ。我々はただ、日や月や年をめくりとるカレンダーによってそいつが沢山あるということを知っている以外、時についてはほとんど知らない。しかしカレンダーとは何だ？　それは時そのものではない。それ以外にあなたは何を持っている？　ほんの僅かの間の認識だけだ。後方にははるかなる永遠が、前方には尽きることのない永続がある。そして目に見えぬ原理はそこら中に存在しているのだ。魔法は、時がいかなるものであろうとも、それを無視している。ほんの僅かな関わりも持たぬ。それは良く知られていることだ。もしあなたが魔法にかけられたとしたら、あなたはしばらくの間、時の外側に置かれる。しかしながらあなたがそこから脱出するや否や、過去と現在と未来のすべてがあなたをひっつかまえようと待ちかまえていることになるのだ。一瞬が一年かもしれない。一年が一世代かもしれない——おそろしく慎重にやらねばならないのだ。その慎重さというものこそ、このジプシーたちが持ち合わせていないものであり、それ故に彼らは物事のひどい混乱をもたらしてしまう。だから、どちらにしろそれがエディのせいだとはどうしても思えない。彼は魔法から脱け出した。しかし彼が入ったのと同じ場所に出てきたわけではなかった。彼は過去に出てきてしまった。現在などではなかった。だから私は、彼が将来、ここに再び飛び出してきたとしても、ちっとも驚かないだろう。彼が出てきたのはずいぶんとはるかな昔、ジョージ四世が王だった時代だった。そしてエディのことは世間に知られることもなく、彼の物語も信じられなかった。実際、誰が信じようか？　それは完全な混乱だった。ジョージにまつわる誤りだったのだ。六世のかわりに、それは四世だったのだ。それでも彼は（エディのことが）大変な好奇心の対象となり、ワーキンハムに設立されていた〝自然の驚異〟収容所に収容された。もちろん、当然のことながら、エディは今日に至るまでそこで生きているにちがいない。それが道理というものだ。しかし私はワーキンハムをまったく知らないし、一度も行ったことがない。

闇なる支配

Monstrous Regiment

H・R・ウェイクフィールド
矢沢真訳

M・R・ジェイムズを代表格とする今世紀の正統的恐怖小説作家のうち、そのソフィスティケートされた持ち味と、適度のヒューモアと、暗示技巧の卓越ぶりとにおいて、おそらく他をだんぜん圧しているのは、このH・ラッセル・ウェイクフィールド（一八九〇―一九六六）だろう。バーミンガムの僧正を父に持ち、オックスフォードで学業を修めたかれは、両次の大戦で出版業者のノースクリフ卿の秘書をつとめた以外、生涯の大部分を作家で通し、犯罪小説、心理小説、恐怖小説を多数書きのこした。

近代異常心理学とフロイト派の精神分析学とに深い造詣を示し、都会的でスリリングな恐怖小説を得意としたこの大物は、意外にも日本での紹介にめぐまれず、今日まで、旧宝石誌に掌編『幽霊ハント』（一九四七）が訳されたにすぎない。

ここに掲載する短編は、かれ最後の恐怖小説集『奈落から迷い出た者』（一九六一）に収められた傑作で、ウェイクフィールドの本領が遺憾なく発揮されている。

（荒俣）

はじめてわたしの振子が静止状態から揺れ動いた——といったら、こじつけに過ぎるだろうか？　わたしは、まあ一応、いろいろな主題に取り組んできた一人前の作家だが、このような主題、つまり自分自身について語ることは、今までぜんぜんやってみたためしがなかった。こうして屈辱的に自己をさらけだすことには、強い抵抗をそれも精神的な抵抗を感ずるのだ。それに、今はたしかに妥当な時だけれども、こうして自叙伝風な作品を推敲するには、ここはおかしな場所だ。国王陛下には、よくよく奇妙なお思召を賜われたものだと思う。しかし、こんな場所でも、荒れ放題の原野や、ありふれた南京虫のいる家などと比べたら、まさしく天恵島にちがいないだろう。それでも、わたしがここから抜けだせないという事実は、あいかわらず残っているのだ！　現世の煉獄で悶々とするのはご免だ。ルソー的な自己宣伝癖や自己同情など、その手の趣味は、わたしにはまるでない。これを書いているのは、ただユースタス卿が、わたし自身の憶えていることを表面にまで出して浄化してみてはどうかと忠告してくれたからに過ぎやしない。わたしの記憶というのは、どうやら無気性のものらしく、菌類や細菌類のように、空気なしに生きることができるのかもしれない。というのは、これを書くことがわたしにとってカタルシスになるかもしれないのだから。

さて、ことの始まりというのは、わたしが七歳の頃のことで、ある休日をウェストン・スーパー・メアで楽しく過していた時だった、と記憶している。父は毎夏、海辺やその近辺に、六週間ほど家を一軒借りることにしていた。父の趣味は建築法の研究だが、本職は実業のほうで、大きな鉄の鋳造工場をノッティンガムシァのマンスフィールドで経営していた。我々は、十マイル離れた田舎の真ん中にある大きな家に住んでいた。（やれやれ、なんて難かしいんだ、「良心のとがめに反して」書くなんて！　反感のせいで一行一行がもつれたり、「どもり」がちになっているみたいだ。）ここまでのことはすべて枝葉末節の話なのだ！　しばらくのあいだ発作に苦しまなければなりそうだ……ああ、やっとまた気分が良くなってきた！　まったく驚くべきことだ、この発作が出たり治ったりするときの力ときた日には！　この発作に襲われると、きまってわたしには荒々しい苦悶がやってくる。それも、ひどく傷つけられてしまう。それで、わたしの気性はゆっくりと、だが確実に腐っていっている。そのうちにジェンキンズも、こんな気狂い患者とは縁が切れるだろうな！

さて、父の趣味のお陰で、わたしは、あちらこちらにそびえ立っている村の教会など、地方特有の建築法上の興味をそそる建物を調べに行くためのドライブに連れていってもらうことになった。父はよく、おびただしいメモや写真をとったりし、時には、考古学関係や建築法関係の雑誌などから研究の成果を抜き刷りにして、出版社に郵便で送ったりしていた。ところで我々は、ある日の午後、サマセット州のとある教会のなかに居あわせた。わたしは一人でぶらぶら歩き回っていた。気がついてみると、わたしは壁の奥まった所にある墓石をじっと見ていた。そこには一人の男があお向けになった彫刻像が置いてあった。その男はよろいを身に着けていた。胸当てやすね当ても着けていたと思う。それから、顎には四角く切りそろえた黒ひげがあって、体には高い襞襟の服を着けていた。家の紋章のついているよろいの外衣は、この小さな墓所のうしろの壁にかけてあった。この騎士の眠っている墓台の厚い石板の台座には、何人かの人々が浮彫りにされていた。片側には男たちが、反対側には婦人たちが。かれらは、膝をついて手をあげ、指先を合わせて祈っていた。色の塗り分けは単純で、白黒とかささぎ色が使われている。わたしがその彫刻像を見ていると、それはゆっくりと頭の向きを変え、警告と予言でも啓示するような目つきの黒い目を開けた。わたしは、ぎょっとして、父とコニーのところに駆け戻り、今しがた見たことを話した。考えてみると、その日がコニーと出会った最初の日だったのだ。

父は怒ったらしい顔付きをして、こう言った。

「クロード、それは嘘だろ。そんなものはなんにも見なかった。そうだな?」

「ううん、パパ。見たんだよ、ほんとだったら」と、わたしは答えた。

「よかろう。それなら、コートニーさんにお仕置をしてもらわんといかんな。こんなに早く先生のお世話になるのは残念だが、おまえも、とりわけ正直ということを学ばねばならんからな」

「その通りですわ、マートンさん」と、コニーが言った。ほほえみながら、「坊っちゃまのお尻を思いっきり強くたたいてさしあげますわ」彼女は大そううれしそうにみえたが、わたしはそれがなぜだろうかと、ばくぜんながら不思議に思った。

家に帰ってくると、父はこう言った、「おい、クロード、もう一回だけチャンスをやろう。おまえは、あの彫像の頭が向きを変えたり、目を開けたりするのは見なかった、な、そうだな?」

わたしは頭をふった。

「そうか、それじゃ、お仕置だ。コートニーさんはおまえに、ことの善し悪しをたたきこんでくれる。おまえをこれからさき、もっといい子にしてくれることは間違いないからな」そう言って、父は彼女を尊敬のまなざしで見ていた。

コニーはわたしを寝室へつれていき、自分の服を脱ぎ、わたしも裸にした。それから、膝の上にわたしを乗せて抱きしめ、キスをした。あんまりきつく抱きよせるので、彼女の強さがどれほどのものか身をもって感じた。

「あなたはとっても手におえない子ね、クロード。でも、とってもきれいな子よ。わたしもうあなたのこと大好きになったの。いいこと、これからほんとにわたしの子になるのよ、分かるわね? お父さまがおっしゃったからって、あなたのことたたいたりはしないつもりよ。でもね、あなたがたたかれるような悪さをしたと思った時には、ぜったいにたたくわよ。それもとってもきつく。それはね、あなたがわたしのいうことをきかなかった時のこと。もしお父さまがお尋ねになったら、わたしがたくさんたたいたっておっしゃい。いいこと?」彼女の口調はするどく、命令するようだった。

「はい、分かりました。コートニーさん」と、わたしはほっとして答えた。

「わたしのことはコ、ニ、ーって呼びなさい。そして、わたしたちふたりきりの時には、コ、ニ、ーち、ゃ、まって言うの。わかった?」

「はい、コニーちゃま」

「そう、かしこいのね」そう言って彼女は、またわたしを抱きしめた。

「ねえ、クロード。わたしを愛してくれる?」と彼女は訊いた。唇をわたしに近づけながら——

「はい、コニーちゃま」と、わたしは答えたが、ある意味でそれはわたしにとって、もうすでに現実のことになりはじめていた。

この出来事からわたしは、多くのことを「たっぷりと」学んだし、空想したほうがいいことまで、ずい分余計に叩きこまれた。それから秘密を守ることと、用心深くしていることも教えられた。コニーは、これから先、わたしの裁判官になるのだ。もし言う通りにしなかったなら、わたしはお仕置を受けるのだ。彼女は、父にはまったく従わないという覚悟をきめていたことも分かった。だからばくぜんと、コニーが今まで一度も可愛がってもらったことのないようにわたしを可愛がってくれること——つまり母とは違っているということや、わたしには理解できないものに興味をもっていることに気がついていた。あとでコニーの口から聞いたことで、彼女がわたしを見たその瞬間からすっかり虜になってしまった話とか、その彼女の愛の中には、はじめから強いセックスの要素があったこととかを知って、理由は分からなかったが、わたしはとても嬉しく思ったものだ。とにかく、それからというもの、二度と再び、わたしは彼女の考えの外にいることがなくなってしまった。（そして、これを書いている今でさえも、事情は同じことだ。）

三日のあいだ、わたしはひどい頭痛で寝こんでしまった。ユースタス卿の意見にしたがえば、これは完全に、「病気と関係のあるもの」だという。しかしそんな簡単な診断は、あんまり信用しないことにしている。

次に、両親と家族の生活のことについて述べてみよう。コニーについても書いてみるつもりでいるが、どうせ満足なことは書けないだろう。けれど、幾人かの人々——歴史家などはこんな陳腐な話をむりやり認めさせられる傾向にあるのだが——には、とにかく彼女を見てもらって、それを世間に伝えてもらいたいと思う。眼は、舌がぜんぜん言うことのできないもの、筆が書くことのできないものを、見ることができる。コニーは、最も完全な意味における、筆舌に尽しがたい女なのだ。

父はこの時四十三歳で、母よりは十歳ほど年上だった。大男で、たくましく、そんなに目立つほどではないがハンサムな人だった。商売は親から相続したものだったが、けっこううまくさばいていた。器用な気質《たち》で、かなりな美的感受性もあり、とりわけ、生まれつき数字にはつよかった。わたしは非常に多くの気質を父から受けついだ。父は大食漢で、ワイン鑑識家、そして並はずれた激しい動物的情欲の持ち主だった。コニーがなによりもそのことをはっきり証明してくれた。それに、誰よりもそのことを述べるには最適な地位にいた。コニーは、決して不必要に嘘はつかなかった。不必要に本当のことをまくしたてもしなかった！　さて、母が病気になるまでは、父は世間の人々から厚く尊敬されていた。事実、父は普通の人々よりも知的にも肉体的にも抜きんでていた。だが、コニーが姿を表わしたのを機会に、父のすべてがズルズルと堕落しはじめ、死の直前まで、多くの旧友からまったく爪弾きされるほど落ちぶれてしまった。そんな彼等はみな、母に対して衷心からなる尊敬と賞賛とを寄せていたが、問題のコニーにはひどく非難と憤慨をぶっつけていた。

それでも、事実はどこまでも事実だった。絶え間のない、しかも親密な、女との同居生活は、父にとって、それをとやかく言う人たちの朝食と同じく、たしかに必要なことだったのだ。彼等の非難は主に父の「精神的」堕落と没落を結びつけるための暗黙のとがめだった。しかし、だからといって母の病気にまで父の責任を問う必要はなかったのだ。それまでの父と母は、本当に仕合わせな夫婦だったし、ずっとそのまま仕合わせを護っていけたはずだった。これは確信をもって言える。だからこそ、あの出来事は無情な一撃だったのだ。

母はとても頭がよく、芸術の心をもった女性だった。わたしは音楽やその他いろいろな芸術を母に手ほどきしてもらった。姿かたちも、たいそう美しく、そのくせ素晴しく強靱で、大胆、エネルギッシュな女性だった。生まれは貴族だったから、完全にそのように振るまい、日々を送っていた。彼女も全く父と同じ位情熱的だったから、わたしはまちがいなく両親の愛の結晶というべきものなのだ。わたしは両親が結婚してから五年目に生まれた。それから三年後に、母はもう一人子供を生もうとして、心臓をひどく損ってしまい、それからというもの、心臓がなんとか動いているあいだは体ひとつ動かせない不具の病人でいなければならないという重いリューマチ熱に冒されてしまった。大好きな母だったが、病気になってからは、苦痛のために美しさを失い、美しかった肢体はゆがめられ、心にも暗い翳りができ、寝台に横たわっている彼女を見るのは痛ましいほどだった。母はどんなものをもってしても埋め合わすことのできない、かけがえのない人だった。この時、私の中で何かが死んでしまった。そしてこの事件が、コニーの愛を受けいれる端緒となった。

この強制的で宗教的な独身生活のせいで、父はすっかり気難かしくなり、興奮しやすくなった。それがコニーにもつけ入れられる結果となったのだ。そのせいで家庭はすっかり不幸になり、わたしも敏感に気配を察して暗い気分になった。確かにわたしの家庭は、お金で買えるものなら全部そろっていたが、逆にお金で買えないものは何一つ持たなかった。

コニーの父親はもともとわたしの父の仕事仲間だったが、自分の全財産を同僚の悪事のために失ってしまい、夫婦して銃で自殺した男だった。もし、コニーが友だちの所に泊っていなかったならば、おそらく父親は彼女も心中の道連れにしていたことだろうと思う。そうなっていれば、このわたしの仕事も、ここまでメロドラマ的にはならなかったにちがいない。彼女はひとり、無一文でとり残されてしまった。父はもうすでに彼女に会ったことがあった。それはさておき、父はコニーにわたしの子守りという仕事を与えたが、おそらくは、それ以外のことを期待していたとみえる。それに対して、彼女は一つだけ条件をつけた。決める前に、このわたしに会わせてくれというのだった。ところが、わたしを見たとたん、彼女はその場で子守りを引き受ける気になった。一年五〇〇ドルの初任給だったそうだ！　だったら話は分かる。なにしろ、この仕事ならほとんど無限の見込みがある！　前にも述べたように、この瞬間から彼女の精神生活は、突然に、決定的に、変わってしまったのだ。わたしがうぬぼれで言っているのではないことを、どうか分かってもらいたい。実際のところ、今まで一度もうぬぼれを言ったことはない。どう転んだって、わたしの運命から遁れることはできないのだから。しかし、わたしが実に可愛らしい子供だったことは確かだ。コニーの言うには、これまで見たり、想像したりしたうちで一番愛らしかったそうだ。いつも、気狂いじみてくるほど真摯に、わたしの貌をほめていた。わたしには——もちろんユースタス卿もだが——確信をもって言える。コニーはなんとなく情緒不安定な女だ、それも遺伝的に獲得した精神的欠陥のために感覚が混濁している女なのだ、と。考えられることは、父親が彼女のために精神的に汚染されたということだ。

コニーは、わたしを指して、七歳にしてはませて男性的で、小さいけれど一人前の男として、なぜか不思議に性的魅力をただよわせている、と言った。彼女が家《うち》に来たのは、わずか十八歳の時だったが、とても背が高く、五フィート十インチは優にあって、大へん力があり、もうすっかり成熟していた。(いつだったか彼女が、父は強く大きな女たち、それも欲望だけでなく、肉体も自分と同じ位立派な女だけに魅力を感ずるのよ、とわたしに教えてくれた。)欠点などはひとつもない身体をしており、脚がすらっと伸び、ウエストは細く締まり、胸はふっくらと豊かで、足と足首の形は理想的であった。手も、特長こそないが、形だけはよかった。髪の毛は、赤く照りかえる栗色で、大へん長く、ふさふさとしていた。目は別として、顔についていうと、ふつうの整った顔だちの娘で、きめの細かい肌をしていたが、その目がさまざまな表情の中心をなしていた。異様なほど細いのだ。東洋人の目がほとんどいつも閉じているみたいに見えるのをご存知だろう(あんまり鋭くにらむので、いつの間にかそうなってしまった特徴なのかもしれない)が、彼女のはちょうどそんな目だった。下心があって、わざとそうしている目ではない。はじめからそのようになっていたのだ。色はうすい緑色。生まれつき上まぶたがとても長く、まつ毛も長かった。こんなふうなので、とっても謎めいていて、微妙な、むしろ鋭い表情にみえた。いうならば、狂信的な偏執狂の目だった。事実、あまり頭はよくなく、全く無能で、人間の精神の素晴しさには興味ひとつ示さなかった。芸術的才能というものもまるっきりない。彼女の常識は、滑稽なほど貧弱ではあったが、自分の目的の為には極端に悪賢かった。肉欲をくすぐって男を罠にかける方法を正確に知っていて、いざとなると心得たものだった。彼女の性質の中には、取柄《とりえ》となるような——他人への思いやり、親切心など、これっぽっちもなかったし、無慈悲なほど自己中心的な女だった。生まれながらの高級売春婦でありながら、けっしてふしだらな女ではなく、むしろ生まれながらに思いつめたらただ一筋といった偏執狂のタイプだった。それにまた、始終ある種の華やかさと朗らかさを撒きちらす女でもあった。

わたし自身、女性については専門家ではないが、このようなものすごい肉欲動物が、時としてそんな逆説的な効果というか、目に見えない雰囲気を持っている場合があることをよく知っている。こうした強烈な活力は、人間の属性のうちでも特に大事なものである。なにしろ、そうした活力の補償的な価値は非常に高いとみえて、自分のからだには細心の注意をはらっていた。食べ物から飲み物までいちいち気にかけ、タバコは喫わず、一週間に三回もマッサージを受けていた。マッサージについては、わたしにそのやり方を教えてくれた。彼女が少しでも不快な気分になるのを見たことなんか、一度もない。ましてや頭痛やかぜなど問題の外だ。彼女の体は、機械のように正確に機能をはたらかせていた。この高度に経験豊かな、抑制された快楽主義者、堕落した女神である女が七歳のわたしと恋におち、わたしから受け取れる満足のためにだけ生きる決心をしたというわけだ。そして彼女はこのわたしを、自分に恵まれた能力の最大限度にまで、支配し、制御し、訓練する決心をし、わたしが彼女のもの、それも彼女だけのものとなるまで、「しこみ」はじめたのだ。気狂いじみた計画？　そうかもしれない。しかし、そんな支配のもとでどうやって暮していけるのだ？　そんなこと考えてみたくもない！

　恐ろしい発作が、また……この三日間、ひどい発作で一行も書くことができなかった。

　母は、コニーに会ったその瞬間から彼女を信用していなかった。確かに、はじめから母は、コニーをただの性的魅力でなり上がった女連中、ありきたりな報酬めあての淫らな女、やとい主をねらう金あさり女の典型的な見本、と考えていた。母はコニーの正体を即座に見抜いたらしい。コニーは父にとって肉体的に必要不可欠なものだったけれど、彼女の目的は要するにこのわたしだったのだ。はっきり言うと、わたしは、彼女が父をじらして苦しめている場面や、淫らに挑発しているところをこっそりと覗いたことがある。服装はとても簡素にしていたが、いつも若い、素晴しい躰を見せたり、隠したりするようなふうに着こなしていた。香水もつけず、化粧もしないのが常であった。それはすべて、彼女の健康さ、若さ、強さ、自然さなどを、母の病気と虚弱さとに比べて対照的にきわだたせるために考えられた悪知恵から出たものだった。「あなたのお姿を見てごらんなさいな、何があるっていうの！」これが、口には出さないコニーの嘲笑だった。ふだんから明き盲目《めくら》で不注意な父の弱点を見つけては、それを攻撃するのも彼女の手だった。父は、なんとしてもコニーが欲しかった。結果は必定。コニーの性格は、父には全然意味がなく、一方父の性格は、手におえない動物的欲望と、とても調和するどころではなかった。母がコニーのことを夫の情婦として以上に考えていたとは、どうしても思えない。母は父のことをよく知っていたし、同情してもいた。母も自分自身のそんな欲望をよく知っていた。しかし直感的に、わたしに対するコニーの変態的あこがれと、わたしの運命とに恐れを感じていたのも事実だ。それを今節流行の言葉で言えば、母の心配は「ぜんぜん正しかった」ということになる。

　腕がいたい。そのうちいつか、あの「付添人」のジェンキンズを「消して」しまおう。あいつを信用させ、裏に回って、左腕を首ねっこにひっかけて、両手でやつの顎をねじまげてやるんだ。

　もちろん、ユースタス卿にはこの手稿を見せてから、相談することとしよう。それが我々の約束だから。この話の中には、わたし自身の現在の不満は持ち込まぬようにしたい。これはわたしの過去の出来事なのだから。

　さて、ここからが、この物語の難局にさしかかる。ユースタス卿は、もしもこの話が出版されることになれば、当局によってもう無茶苦茶に削除訂正がなされるだろう、と言う。けれど今、かれが欲しているのは、わたしの心を完全に洗い清めることなのだから、それに報いるには心をむなしくして、洗いざらいさらけ出すしかないのだ。このような恥を出版するのは、人類に対する知識と警告とに対するわたしの義務なのだが、このような体験が公《おおやけ》に出された場合、たいていは作者の親か、教育者か、社会学者などのごくごく少数にしか読まれないのだそうだ。こんな暗闇の森を通る小道みたいなところに入ってみようっていう人間は、いつの時代でも非常に少ないものだ。けれど、数えきれないほどの命が、子守りの手により、しかも子守りのベッドの中で失なわれたとか聞くし、また、変態性の両親というのも恐ろしく普通にいるらしい。ユースタス卿自身の実際の仕事においても、もうそこからまともに回復するのは不可能となってしまったほど重症の若い患者に、その昔おそいかかった変態性の大人たちのショッキングな行為は、枚挙にいとまがないという。俗にいうきちがいや「変人」などは、このようにしてつくられたのではなく、そこには、潜在意識のものすごい圧力がふき出すのを必死にこらえている、見た目にはふつうの人間といったまったく潜在的な患者がいるのだ。だからこそ、この話をどうか教訓物語として考えてほしい。他人を殺しめる矢を、身代わりになってこの身ひとつで受けている、あわれないけにえこそ、このわたしなのだと思ってもらいたい。なぜならば、信じてほしいことだが、生まれつきの性質、性格として、わたしはたいそう引込思案で、おとなしく、大へんな禁欲主義者だったのだ。だから、精力旺盛で、ホルモンあふれんばかりに生命力がつよい、疲れをしらない女たらしになり下ったわたしでも、もしコニーさえいなかったならば、こんなうるさい本能の呼び声などに悩まされる羽目にはおちいらなかったはずだ。だいたい、もっと頭をつかって上手くものごとを操作し、無理にでも強烈な活力を他の方面にやりくりできたはずだ。だいいちわたしに押さえきれなかった欲望は、たったひとつだけだった。学問に対する、芸術や哲学への欲望だけだった。

とにかく、説明をしてみよう。コニーは一度、胸をえぐるほど正確な、ありのままのことばを使って、こんなことを言ったことがある。

「わたし、男の人を崇拝しているの。男の人のすべてに魂を奪われてしまうの。でも一人だけに集中しないといけないわ。いろいろ違った男の人に同時に愛されているなんてつまらない。肉体的に魅惑されるのは、他にもわたしの興味をひくものを持っている人だけ。もし、あなたと知り合いにならなかったとしたら、わたし、愛人をつくっていたでしょうよ。でも、一回に一人だけ。それも長いあいだ。そんな人に愛想をつかすのは長い時間がかかるかもしれないわね。その人のこと、隅から隅まで調べて、研究して、独占するの。善人になろうとしたら、わざと悪人にして、その人のなりたいものと違ったふうにしてしまう、それもただわたしのためだけにね。きっと、そんなことしていたでしょうよ。その人の情婦じゃなくて、主人になっていたかもしれないわ。注意して選ぶべきだったのね。でもあの人たちは、いつも素晴しいからだつきだったし、魅惑的でもあったけれど、わたしのいうことを否定することはできなかったわ。その人たちが用済みになったら、殺しておきたかったわ。そうすれば、誰のものにもさせないで済むもの。うまく愛してやって、その人たちの脳みそをわたしのからだで征服してもよかったんだわ」

そうして、コニーはその恐るべき仕事、吸血鬼の思想を（表現は、この場合いささかふさわしくないけれども）、まったく正確なやり方で、発展させ、みがきをかけつづけた。だがそれは、他人の眼には、若い女の子たちが気ままに空想するときの、あのおかしな白日夢にしか映らない性質のものだった。やがて彼女は、枝葉末節の話はさけて、クロード・マードンのこと——つまりわたし自身のことを話しだした。

「そしてね、わたし、あなたに会ったの。もうちいさな男になっていたあなたにね。おどろくほどの感激をうけたし、気絶か悲鳴をあげてしまいそうだったわ。からだ中がぞくぞくふるえたの。だって、あなたのために、このわたしは生まれて来たのだもの。ほんとうに完全なちっちゃい男の人だったわ、あなたって。わたし、あなたを引き剝そうとする人がいたら、きっとその人を殺すと思うわ。すぐに完全な恋に落ちこんでしまって、そのとき、あなたをどうするか心に決めたんですものね。そう、あなたをわたし一人のものにしようと思ったの。わたしが育て上げてね。はじめは、あなたのお母さんよりずっとお母さんらしくなろうとも思ったわ。訓練して、仕込んで。あなたがわたしの思い通りに大きくなるのを、見守ることができたわ。あなたの中で性《セックス》が眼覚めて成長していくのを見守れたし、それを成熟させる過程も見守れたわ。あなたに、女とはどんなものか、女とは何のためのものか、わたしがあなたにとって何なのかを、教えてあげた時、あなたの眼に燃えた妖しい光も見たわ。あなたはね、いよいよわたしの息子から、わたしの愛人に変わるのよ。わたしもあなたの母親から情婦に、そして支配者に変わるの。あなたが女性について知るすべてのことは、わたしから習うの、それもわたしだけのためにね。わたしだけがあなたにあげられるあの激しい快楽、絶え間のない愉悦を、こんどは逆にわたしに返してくれるまで鍛えてあげるわよ」と。

ところで、ある時期までは、彼女も仕事をうまく進めた。こうしている今ですら、告白するのは気恥ずかしいけれど、それでもなおわたしは、彼女のことを変に崇拝しつづけている。時々、我慢できないくらい、彼女がいないので寂しくなる。もし、今、彼女がこの部屋の中に入ってきたら、やりたい放題のことをやってしまえるのだが、と思ったりする。それは本当だろう。とにかく、わたしが他の女性を見るときに、かりそめにも欲望を持ったことなんか一度もなかった。コニーがわたしを、そんなふうに仕立てあげてしまったのだ。依然として、わたしは、彼女がいないとまるっきり子供に戻ってしまうように感ずる。もし彼女に呼ばれたら、走ってそのそばへ行きたい。こんな汚らわしい告白をするのも不快だが、厳しい報告を世間の人々に与えたいからだ。人間の自我というものは、とてつもなく複雑なものだ。どんな小説家や劇作家、たとえシェイクスピアのような人物でさえも、表面をかすめることしかできてはいない。奥深い部分は完全に分析から身をかわしてしまう。こんな反駁論をまことしやかに語りかけたり、ましてや興味深く述べたりするのは、ちょっとできない。だからドストエフスキーがあんなに難かしい読み物と考えられているのは無理もない。読者にとっては、あちらこちらに流れ狂い、決して安らかな砂浜には着けるわけのない行きあたりばったりの逆流を、夏の太陽と冬空の下で、案内も制約もなく泳ぎわたっていくようなものだ。

こうした愛と憎しみのクサリを断ち切るには、ただ一つしか方法はなかった。このことをまず頭に入れてほしい——今わたしは、ちょうど十九歳になったところなのだ。時間は、わたしをほとんど全ての点にわたって変えてしまったのかもしれない。とにかく彼女は、わたしを慎重に性的な禁制下に置きつづけた。彼女の手腕はまったく確かだった。新しい、変わった型の快楽を味わうのに、わたしは彼女ひとりに身をまかせるようにしつけられた。ゆっくりと、だが確実に、そんなに深くもなく、といって速くもなく、しかし非常に巧みに、彼女は仕事を進めた。十三歳になるころには、わたしはすっかり早熟しており、成長して思春期をむかえていた。彼女は大きな、教養豊かな先生だった。わたしは小さな、貧弱な生徒だった。

（長文一節の削除ありA・S）

わたしがうぬぼれを完全に欠いた男であることは、前に述べた通りである。なにしろ、うぬぼれが強いためには、心が安らかでなくてはならないのだし、小川をのぞき見るためには、頭に余裕がなければならないけれど、そういうことを、わたしは一度も経験していない。だから、わたしが読者に信じてもらいたいと望むのは、わたしが一見好青年風の印象を人に与える、立派な肉体標本となるために成長した人間だった、ということなのだ。当時のわたしは、背たけが六フィート三インチもあった。ジェンキンズとその同僚たち――わたしを押さえつけるには五人もかかるのだ――に訊けば、わたしの肉体の強靭さを詳しく教えてもらえるはずだ。わたしが、もっと「生き生き」していたころには、その強靭さは今よりもずっとあった。女性はいつもわたしに惹きつけられていたようだ。知っている幾人かの女たちは、そのことを口に出して誘いかけさえすれば、オーケーだという様子を見せていたから、あらためて物欲しそうに同意を求める必要もなかった。けれど、ほかの女を誘ったことは一度もなかった！ わたしが欲しかったのは、そんな女たちではなく、コニーなのだ。この性格は、ひょっとするとマゾヒズムによる強度のひずみだろうか？ もしそうなら、生まれつきよりも、もっとずっと後天的なものだ。

ユースタス卿の言によると、コニーのような女は、顕著な淫魔の性格を持つタイプだとか。もっとも彼女の場合は、彼の知っているうちでも一番極端な事例だろう。けれど、そういう女たちは、わたしのようにいつも独りぼっちで、友だちもなく、目立たない存在として生活している完全な犠牲者を見つけることは滅多にないのだそうだ。彼は、そういう女たちが、本能の不調和ともいうべき――たとえば猟犬がキツネの子を舐めしゃぶるような！――そんな理解できない母性本能を持った淫魔を代表しているものと信じかけているようだ。その結果は、息子でもあり愛人でもありながら、そのどちらにも扱われない幼い男の子に対する変態欲情へつながる。わたしは、コニーが以前にそんなことを言ったのを聞いたことがあったから、ユースタス卿に、あなたのは、あまりたいした仮説じゃありませんよと言ってやった。むしろそれよりも、事のおこりとおわりの間には、はっきりとした区別があることを心得ておくべきです、と。それはさておき、もしも彼女のような事例にまだ呼び名がついてないのなら、「コニー・コートニー症」とでも命名したらおもしろいし、間違いないのではなかろうか。

「きみはね」とユースタス卿が言った。「そんなタイプに、観念的にもせよ、生まれつきとり憑かれていたんだよ。何人かが話してくれたが、きみは女性が抵抗できなくなるような魅力を発散しているんだ。体が良くなったら、そのことを思い出すんだ。いいかい、あのパンドラは、サディスティックにも、彼女の箱の中に入っていた最も忌わしい贈りものをきみにおくったのだ。そうだよ、七種類にも及ぶ最も忌わしい贈りものをね」と。

しかし、その警告は必要ではない。もう体は善くならないのだ。わたしには分かっていることだが、善くなりたいとも思っていない。コニーと比べたら、他の女たちはみんな愚にもつかない下品な鬼婆だ。おっと、口が滑ってしまった。けれど、たまには本心を言うのもいいもんだ。今はずっと気分がいい。わたし自身がどれほどコニーを崇拝していたかを思い出させてくれるので、心がなごむのだ。いくら彼女が遠くにいようと、彼女の色香を忘れさせてくれるような人間なんか、ひとりもいない。こうやって彼女のことを考えると、もう一度ちいさな子供に戻ったような気がする。

八歳半になったとき、母が突然亡くなり、それから六ヶ月後に、父はコニーと結婚した。実際、彼女はむしろ、父を嫌ってさえいた。一緒の時よりは、夫が遠くにいたほうが楽しそうだった。それで彼女は、父を片付けてしまおうと決心した。一度かれを手に入れてしまってからの彼女は、まちがっても父が好きだなどと口走らなかった。要するにコニーは父の金とわたしが欲しかったのだ。なるほど、彼女はどちらも手に入れた。もし、できることなら、わたしが成長するまで、自分の処女を護っておきたかったんだけれどね、と彼女が教えてくれたことがある。父とのセックスは、彼女にとって、なんの愉悦でもなかった。ただ、わたしへの欲望をより一層高めたに過ぎなかった。彼女は復讐を心に誓っていた。父の血圧は高かった。若い妻は高血圧の夫に相応しくなかった。生活の全ては、病的状態と性欲倒錯の中に、どっぷりとつかるようになった。そういうわけで、わたしはいまここにいるのだ。

父は、その昔ひどい学校生活を送った。いつも、英国のパブリック・スクールは悪の教化のための鋳型でしかない、と言明していた。どんなことがあっても、決して自分の受けた苦しみを、息子に繰り返させたくない、と言っていた。そしてそのことが、わたしを見舞った悪運に力を貸した。だいいちわたしは、イートン校やウィンチェスター校が組んでいた堕落的な教育方針のために、自分がこれほど堕落したとは、どうしても思えないのだ！　なのにわたしは、うちで教育された。十歳になるまで、わたしには家庭教師がただ一人いるだけだった。その後は、ちょうど四人の家庭教師がやってきた。みな精選され、高い給料を支払われているものばかりで、一人は古典学と哲学、一人は数学、一人は歴史と関連科目、一人は音楽を教えてくれた。父はかれらのために、大奮発して自邸の空地に家まで建ててやった。この大げさな教授法は、部分的には罪の意識のしからしむものだったようだ。というのは、父はコニーとの一件に釣り合いを取ろうとして焦っていたのだ。もしも父が、わたしを彼女の奴隷の身分から脱け出させる努力を断念したのなら——もっともそんなチャンスはほんの少しもなかったが——当然に次善の策として、父は効き目の強い解毒剤を注入しようと思い立つはずだろう。ところが、父の思惑に反して、家庭教師のうち二人までが、空しくコニーの虜になってしまった。他の二人は、自己防禦のためと、もう一つはわたしの将来を思って、彼女を嫌いはじめた。彼女は、新しい家庭教師の影響がどんなものかに気がついてからというもの、極端な軽蔑の態度でかれらに対し、執念深い対立を通して、かれらがわたしに及ぼそうとした新しい影響とたたかった。

また、恐ろしい発作にとり憑かれた。それもまるっきり予想しなかった発作だ！　とても文など書けそうにないが、やらなければならぬ。ついさっき、ジェンキンズの耳、あの見なれた付添人の耳もとに、十三個も石を投げつけてやった。それでもかれは一フィートも動かなかった。ユースタス卿の言うことには、かれらはわたしの自虐的行為からわたし自身の体を守るために、とにかくガンとした態度をとらなければならないのだそうだ。こうなったらわたしも、もう少し強く抵抗する必要がある。もしもジェンキンズをもう一度うまく捕まえたら、穴ぐら暮らしで肥やし食いの連中の、そうだ、あいつの先祖どもの、仲間入りをさせてやろう。聞くところによると、やつはちょうど意識を取り戻したところだそうだが、どうしてこんな目に合わなければならなかったか、その辺のことがまだ理解できないでいるらしい！

　わたしは、あらゆる科目に対して、ずいぶん物覚えのよい生徒だった。はじめから、勉強の用語がいつも見慣れ聞きなれたもののように思えたから、いわばシンボルの雲を追いかける優れた数学者や音楽家としてこの世に生まれてきたみたいな気がした。もちろん、ギリシャ語やラテン語の古典語関係にも異和感はなかった。形而上学については、はじめのころほんの少し、これが純粋に頭の訓練で（ああ、何と言えばいいのだろう？）、つまり現実とはまるで関係がないということを把握するまでに時間がかかっただけだった。各体系が純粋に専門の哲学者による公理の任意的な撰択に基づいている、全く気分による撰択の学問だということを理解するのにだ。このように精妙な精神を持った人間の馬鹿々々しいしかつめらしさ、加減と、その粗野な言葉ときたら、ひどいものだった！　それからあの歴史というやつも、ずいぶん主観的にできていた。ぼくが言いたいのは、ある主題を採り上げた場合の歴史学者の事実選択方法のことではなく、かれらが抱く視覚的な主観性のほうだ。わたしが歴史的状況を――たとえば、シャルマーニュ大帝の戴冠を――理解しようとする前には、目で見て、死人の顔の表情の変化を読みとったり、かれらだけでいる場面を、つづれ織りの掛け布の影から観察したりしなければならないわけだ。〈個人的《パーソナル》〉という言葉が持つ二つの意味において、なるほど歴史とは、極めて個人的なリクリエーションなのだ、と思った。わたしにしてみれば、そのつきせぬ謎、宇宙を洞察する方式は、数学と音楽のふたつしかないように思える。だからわたしは、「啓示」の宗教を信じてその教示を受けるいなか者を、たえず一番酷いやり方で軽蔑してきた。数学は、我々にその構造の、あるぼんやりとした暗示を与えてくれ、音楽はその本質のほのかな響きを与えてくれる。ところで、音楽の九十九・九パーセントは、ただ音とリズムのくり返しを楽しむか楽しまないかというだけで、何かを意味するということはない。ブラームスやかれに匹敵するほどの音楽家たちは（つまりブラームスがもっとも偉大であるという意味からなのだが）ただ時おり、神秘的な洞察という一筋の糸によって、巨大な割れ目に橋をかける作業を行なう。そして、すでに言ったように、そうしたものが「何かを意味することはない」のだ。そのような曲は（まさしくもっとも偉大な作曲家たちだけが時たま素晴しい深淵に到達するのだが）、そうした大音楽家の在庫商品とも言うべきものであり、聴く人々に絶妙な楽しみを与えることができる。そして、それらは一から十まで自分の手でやった創造物なのだが、しかし偉大な作曲家たちは、それらを決してより高く評価することはしない。それでも二流の現代作曲家たちは、二流の現代詩人たちと同じように、常に深遠たらんとしていて、もっとも崇高なインスピレイションの時どき――ただしそういうものがあるとしてだが――に、その創造を行なったりはしない。このことは、かれらの作品がぎこちなく、また独りよがりであることを説明している。本当のインスピレイションというものは、決して個人的なものではない。それは、互いに相通ずるものである。それは、ふたつの力をつなぎ、交換するひらめきなのだ。それは発信者でもあり、また受信者でもあるのだ。霊感を得た人間は、その熱情的な結合を成しとげ、それをかれの選んだ象徴で公にする。そこには幾分か、数学と同じような特質が認められるだろう。数学というものは、みな実際的な問題の解決に応用されるものだが、技師の数学というものもある。わたしの父は、けっしてそれに優れていたというわけではないが、そうしようとは思っていた。しかし芸術としての数学は、そういうものが終るところで、はじめて始まるのだ。偉大な芸術がつくりあげられるまえに、その象徴は「超然」として、中立的で、非個性的なものにならなくてはならない。また、互いに交錯したそれら媒体によって、同時に、そして厳密に同じ感覚の中で、象徴は用いられなければならないのだ。乱暴な類推をするならば、もっともすばらしい歌の中では時として――そのようなものは一ダースもないが――相克する象徴が非常によく調和し、溶けあっている場合がある。このような取りとめもない、雲をつかむような話にそれてしまったことを許していただきたい。こうした余興とも言うべき話は、わたしの精神的な負担を軽くし、またもとの話を続けてゆく力になるらしい。

　さて、わたしはユースタス卿に、この発作が軽くなるかどうかたずねたことがある。かれは、そのうちに軽くなると言ってくれたが、原因は身体の調子が狂いはじめているからだとも言った。それは、潜在的な記憶が蘇り、それがあまりにも長く続いたための精神的ショックともいうべき症状なのだそうだ。「きみは、わたしが知っているうちで、もっとも複雑な人間だ」とかれは言った。「そしてそれは、まったく自然にきみに与えられた性質なのだ。もしほかに何もしてあげられないなら、わたしはきみをここから連れ出してあげたい。そうすれば、またよくなるよ。きみは、あまりにも残忍な虐待を受けてきたからね」と（どうせわたしが、けっしてここからのがれ出ることはないのに）、そう言った。

　わたしは、またかれに（無味乾燥な答を求めて！）わたしの――さて、一体何と言うべきか？　超自然的な経験とでもいうか？――について訊ねた。この変幻極まりない幻夢妖景が、いったいどこからはじまったのか？　それは、ブラームスの交響楽を支配するのか？――と。

　コニーがわたしの父と結婚してからまもなく、わたしは第二の大きな恐怖を経験した。それは、わたしの愛育していたブルテリア（ブルドッグとテリアの雑種犬―訳者註）ジャスパーが、ひき殺された時だった。我々は、湖の縁に生えている柳の下にある空地の、はるか端の方にその犬を埋葬した。わたしはその夜、目を覚ますと、犬が墓の中でもがいている音を聞いた。そこから出ようとして、もがいている音だった。最初わたしはちょっと当惑したが、それでもあの犬が死んでいなかったことを知って大いに喜んだ。しかし、それから背すじが寒くなった。その犬は、わたしが見た時には、確かに死んでいたのだ。犬が穴を這い出してくる音が聞こえた。そして胴ぶるいをすると、家の方へ駆け出しはじめる。わたしは、その犬がくんくと悲しそうに鼻を鳴らしながら正面の扉に足をぶつけ、階段を登りはじめる音を聞いた。父が道路からつれて入ってきたときには、それはつぶされ、血を流し、全身の毛が乱されていて、ふた目とは見られない酷たらしい死骸だった。それを思い出したとたん、わたしの恐怖は極限に達し、身動きひとつできなくなった。その犬は、わたしの戸口にまでやって来て、鼻を鳴らし、爪で扉をひっかきはじめた。するとその時、コニーが父のベッドからわたしのところへやって来た。彼女は、わたしに何か困ったことが起きると、かならず直感的にそれを探り当てる特技をもっていた。わたしは、自分が聞いた物音のことを彼女に話した。

「あなた」と彼女は言った。「もしわたしがパパにこのことを話したら、どうなると思うの? パパはとても怒るんじゃないかしら? ええでももちろん、わたしはそんなことしないから安心して。そのかわり、わたしがお仕置しますからね」彼女は笑っていた。彼女は、わたしをベッドの縁にかがませると、荒々しく平手打ちを喰らわせた。彼女は知っていたかどうかしらないけれど――たぶん知っていたとわたしは思うが――苦痛は、恐怖をやわらげてくれる薬だった。それにわたしは、彼女がわたしに対してしてくれることなら、とにかく何であろうとも、みな大好きになっていた。それから彼女は、わたしと一緒にベッドに入るとわたしが眠ってしまうまで愛撫してくれた。

朝になると、彼女は言った。「悪い夢をみたのね。あなたはわたしのものよね?」

「そうさ、コニー」

「これは、わたしたちだけの秘密よ」と彼女は言った。「ほかの人には絶対に分からないわ」それから彼女が、あんまりきつくわたしを抱きしめたので、まるでふたりの身体がひとつになったような気がした。

その朝、彼女は土の中からジャスパーを掘り出したが、一体それをどう始末したのか、わたしは知らない。

ユースタス卿が、わたしにはっきりしない答を与えてくれたことは、すでに書いた通りだ。わたしが真実を話そうとしていることは、もちろんかれも知っていたけれど、それが、わたしの狂った精神が「去って」しまってから形成された自由意志による正当な真実かどうかという点になると、確信がもてないようだった。わたしは全く正気のつもりだったが、かれが疑うのも無理はなかった。わたしはかれに、寝室の壁に「汝は病める精神を救い得るか?」と書いておくように言った。そうすれば、毎朝起きる度に、それを見ることになるからだ。精神病医というものは、確かに、全ての賢者のうちでもっとも経験に頼らざるをえない者らしい!

わたしとコニーとの同体的な感覚は――愛だとか強迫観念だとかいう言葉は、この場合、滑稽なほど不適当だろう、なにしろわたしは彼女に接木《つぎき》されていたのだから――いよいよ絶対的なものとなった。たとえ半時間でも、彼女がわたしのことを考えていなかった時があったなどとは信じられない。わたしは彼女の作品だったのだ。彼女は、わたしを生みたかったと口癖のように言った。彼女は、わたしの肉体の成長ぶりを検べるのに没頭していた。わたしの家庭教師たちが父に送った報告が、議論の余地のない証拠をちゃんと示している。そして最初のうちは(それが彼女の命を奪う敵になると分かるその時まで)彼女はわたしの知性を誇りに思ってもいた。彼女は、年を追うごとに素晴しくなってゆく自分の健康と容貌に、常に最大の注意をはらっていた。たしかに、彼女の身体はますます強靱になっていき、しかもみごとに肉づいていった。

わたしが十五になるまでは、こうして年が過ぎていった。そしてその頃には、もはや彼女も自分の熱情を制することができなくなり、とうとうわたしを誘惑しはじめるようになった。わたしは、彼女の考えを初めて知ったという訳ではなかった。彼女は、その点に関しては抜け目ない家庭教師であったし、わたしもその点についてすっかり飼い慣らされてしまっていたから、彼女の教えは抵抗なくわたしの脳に吸収されることになった。

ある日父は、来週までに片づけなければならない仕事がロンドンにあるからと言って、二晩ほど家を明けなければならないことになった。わたしはすぐに——彼女の魂胆はもうとっくに分かっていたので——わたしの入信の儀式が、間近に迫ったことを知った。わたしには、彼女が、正確に制御していて表面には出していないけれども、極度の興奮状態にあることがよく分かった。父が家を出て行くや、彼女はわたしを腕に抱いた。そして、これから起こることを予期して震えていた。わたしは、彼女の腕がわたしの両脇で、小きざみに震動しているのを感じていた。「ねえ」と彼女は言った。「今晩、あなたはわたしのものになるのよ。こうなることを、八年もの間待っていたんだもの。あなたはもう完全に、そして永久に、わたしのものになるのよ」それは正しかった。このように恐ろしく、強烈な、なかば近親相姦のような交わりを味わったわたしは、彼女に殺されてしまうのではないかとさえ思った。彼女は、長年たまっていたフラストレイションのために、淫獣のように貪欲になっていた。わたしもついには彼女に同調し、彼女がわたしを楽しむように、わたしもまた彼女を楽しんだ。しかし、彼女はあまりにもわたしを苦しめすぎていた。それが彼女の最初の誤ちであり、誤算であった。その鉄のような統制の、初めての破綻がそこにあった。わたしはあらゆる点で年よりもませていたが、彼女の方は、男盛りの強者たちをたっぷりと経験していたに違いない。わたしは、実際数日間病気になってしまった。そして、このような恍惚感には両面があって、その一方は暗い様相を呈しているのだということを知った。彼女は、愚かにもわたしにそのことを教えてしまったのだ。わたしは驚いた。というのは、彼女は本当にわたしを殺しかねないと思ったからだ。わたしは、父が帰ってきたのを喜んだ。もし彼女がもうすこし自制していたら、こんなことにはならなかっただろう。しかし、いかに剛健だとはいってもまだ十五の少年を、このように無慈悲にいためつけることは、少年を怯えさせ、ことさらに警戒心を殖えつける結果を招くのだ。けれど、わたしは依然として、彼女の奴隷だった。わたしはそれでも彼女を欲していたし、彼女を楽しませることに喜びを感じていた。けれど、こんなことをしていたら本当に重い病気になるかもしれないという不安も、陰にはあった。わたしは、今まで病気らしい病気をしたことがなかったから、その分だけ極度に病気を嫌っていたのだ。

不幸にも、彼女は自分の誤ちに気づいた時、自制心をすべてとりもどした。不幸にも、といったのは、もしそうでなければ彼女はわたしを殺していただろうし、そこまではいかないにしても、わたしはこの快楽の全てを失なうことになったからだ。彼女は、身をささげるようにわたしを大切にし、わたしの部屋からもほとんど出ないようになった。彼女はわたしが何よりも素晴しいものを持っていることを知ってはいたが、それ以外にもわたしに別の能力が備わっていたことをすっかり忘れていた。つまり、抽象的な、少なくとも間接的に彼女自身に触れてこないようなものに全く無関心だったということだ。彼女は、他人の中にある刺激、とくにませた活発な少年のもつ刺激に対しては、完全に盲目的だったのである。彼女がわたしに迫ってきたとき、わたしは、ベートーベンの最後のふたつのソナタを夢中に勉強していた。といっても、なにも楽譜を奏したり憶えたりしていた訳ではない。そんなことは、わたしにとって少しも難かしいことではないのだ。わたしが熱中していた問題は、その曲を作ったときにベートーベンが何を経験していたかを学ぶことだった。わたしは前に一度、ブゾーニ（イタリアの音楽家—訳者註）が、レコードに吹きこんだように正確に作品三番を演奏するのを聴いた経験があった。わたしはそれに全く満足しなかった。それどころか、不快感に汗ばみさえした。ブゾーニはたぶん、もっとも偉大なピアニストだろうが、かれもベートーベンが語ったことを繰り返しはしなかった。その時わたしは、数学者の生活の中で常に重要だと思う、教会の合唱指揮者の、最初の一ヶ月の勉強を、ちょうど完全に終えたところだった。数学的に、わたしは自分自身を考えはじめていたのだ。そのときちょうど、わたしはイエイツの三十編の詩を、ラテン語とギリシャ語に翻訳し終えていた。わたしはそれを古典の家庭教師に贈り、その後雑誌に掲載された。たしか古典研究雑誌だったと思う。絵も少し描いていたが、それ以上に絵を鑑賞することをおぼえた。勉強したのは特に、ありふれた表面的な風景画だ。偉大な芸術というものは、いや、見るにたえるという程度のものでさえ、根本的には自分自身の創造物を作り上げるということであり、それはきわめて個人的な夢想の結果なのだということを、わたしは知った。見たり、聞いたり、読んだりする価値のあるものを完成するまえに、芸術家はまず自分自身の創造物を作りだし、それと一体にならなければならないのだ。わたしの対象はいつも、自分の対象の中から本来のものでない要素を除外し、排除していく傾向を持っていた。

　こうしたことがすべて、大いに議論の余地があり、解き明かすことのできない審美的な問題であることは、よく分かっていた。わたしはまた、片手間に四人の家庭教師を目隠し将棋《ブラインド・チェス》でなで斬りにし、その間にかなり難しいクロスワードも解いたりした（この遊びでは、誰の持ち手も〈中の上〉より良くなりはしなかったと記憶している）。しかしこの時、わたしの頭脳はきちんと区切られていた。わたしは、ちょうど自分の欲しい絵を集めたり、散らばせたりするようなことを、脳を使って行なえた。奇妙なことだ！　もちろん、今はそうしたものもみな消え失せた。人間の創り上げたもの、特に音楽や数学や建築などの基本的な創造を強調し、ほとんどそれを基礎として、文明の歴史を著わすことに一生を捧げようと、わたしは少しばかり傲慢な気持で、仕事に着手していた。ごく限られた人々の創造について述べる仕事を。大衆はいつでも、自分たちの運命に悲嘆と不満の声をもらしたりする。そのようなわびしい宿命は、それが無知に根ざしている限りまぬがれがたいのだ。かれらは自らの嘔吐物の側に横たわり、稲妻はかれらのはるか頭上でひらめいている。わたしの家庭教師たちは、正確にいうと、もうわたしの先生ではなかった。わたしはある点で、かれらの先頭に立っていたのだ。かれらはわたしの忠告者であり、刺激者であった。だからわたしは、一方で、もっとも包括的な、万般にわたるような限りない仕事にこの身を献げ、そしてもう一方では、コニーの魅惑によって、このか弱い知的組織を押し崩されたあとの、恐ろしい野獣の欲望生活があった。

　家庭教師たちは、なにが起きたかをすでに知っていた。わたしは、そのことでかれらが言い合っているのを聞いたのだ。「あの好色な猫め！」とひとりが言った。音楽の教師だ。「あいつは父親を半殺しにして、こんどはクロードにまで手をつけはじめたじゃないか。鷲にたかる青バエめ！」

「かわりに、このぼくを狙えば良いのに」と小さな、彼女を求めて失敗した、歴史の教師が言った。

「一週間もすれば、きみもやられてるさ」ともうひとりの教師が、軽蔑するように言った。「もしクロードを助けられないと分かったら、わたしは今夜で手をひくさ。ああいう女どもは、こっぴどくやっつけなきゃだめだ」

「あの子に注意しようか？」とひとりが言った。

「むださ」と別のひとり。「しかし、こんど父親が出かければ、あの子はパルプみたいにカラカラにされてしまうだろうよ。あの子のすることに片ぱっしから文句をつけておいて、それから一体なにが起きたのか訊いてみよう。いろんな面から考えるためには、あの子を放っておかなきゃだめだ」そして、その意見は全員に受けいれられた。

　もし、わたしが二十一にもなっていれば、母親の残してくれた金が、毎年千ポンドづつ入ってくるのだから、どこかへ身を隠してコニーと縁を切るぐらいのことは実行したかもしれないと思う。けれど実際には、次の列車でまっしぐらに家に戻ってきて、彼女にむしゃぶりつくのが落ちなのかもしれない。いずれにもせよ、そのような真似はできなかったし、彼女から長い間離れていることなど、決してあろうはずがなかった。いちど彼女の前に立ったら最後、わたしはなにも拒否することができなかったのだ。

　父が再び外出することになるまで、彼女はわたしをずっとひとりにしておいた。こんどは三日間だったが、その時になると、彼女は例によってわたしのところへ飛んできて、二晩後には以前と同じようにわたしを衰弱させ、三度目にはとても彼女と一緒に寝られないところまでわたしを疲弊させた。わたしも強かったが、彼女はもっと強かった。そのうちの一晩のようすを、ここに書いてみよう（長い一節は割愛する。A・S）

　彼女はわたしを一時的な麻痺状態におとしいれ、そして全くの当て推量をするなら、カサノバやソロモン王、そしてドン・ファンやアレキサンダー教皇から成り立つリレーの一員に、わたしを加えようとしたのかもしれなかった。わたしは、また心が軽くなっている！　コニーの腕の中で再び自分自身を感じ、彼女の胸の早鐘を打つような、力強い響きを、自分の腕に感じることができる。彼女は、その体のすべての原子を、この死の恍惚の中に集中していた。わたしは、一秒たりともそれを逃さなかっただろう。このような女性たち、クレオパトラやヘレン、それにクレシダやコニーといった女性たちは、無慈悲なエゴイストで、わがままで、残虐で――否定的な呼び名をいくら浴びせても浴びせ足りないが――しかし逆に、彼女たちは、創造的な男にとっては素晴しい、抵抗し難い、絶対最高のものだった。つまりそのような男は、頭の中に女性を棲まわせているのだ。だから、かれらは一面で必ず両性的な性格を持ちあわせているのだ。そして、その中にある女らしさは、コニーのような女性たちによって具体化される。男は自分の鏡をのぞきこみ、そこに自らの姿を半分だけ見ることになる。つまり自分の支配者たる女性と、そして残りの姿とをそこに見るのだ。アルケスティスやアンティゴネから、アンナ・カレニナやマダム・ボヴァリーに至るまで、女性がある意味では軽蔑され、社会的にも経済的にもほとんど奴隷のようであった時代でも、偉大な創造的精神がその代表作に女性の名をつけたのはどういう理由なのか？　そういう素朴な疑問を投げかけた一文を、わたしはどこかで読んだことがある。わたしはそれを解き明かした。つまりみなそれぞれの場合に、天才は自分の女性的魂を具体化したのであり、その手段として、自分をもっとも良く補い満たしてくれる女性を選んだからだ、と。その女性はほとんどいつも、限りなく高い塔の上で燃えるランプの炎のようであり、破壊的で、ほほえみをうかべ、生命にとっては危険な淫夢魔だった。そして、おそらく彼女たちは、これと見込んだ男を、貪欲に求めるに違いない。それというのも、その女性は、かれら男性を補い満たす理想的な存在であるからだ。国会議員だとか、ヴィクトリア勲章をもらったとかいう立派な女性たちもいるが、彼女たちは干上がった乙女《おとめ》で、ただひたすら忙しい、知性的な存在に過ぎない。しかしそのうちのひとりでも、伝馬船で運んだ砂利を荷おろしするだろうか？　朽ちて乾いた落葉のように、か細くばりばりと音をたてはしないだろうか？　気まぐれで、ゆれ動いて焦点の合わないわたしと同じような堕落した知性の不安定な所有者ではないだろうか？　わたしの書くものは、全く正常な精神が抑圧される過程について、価値のある洞察を与えてくれる、とユースタス卿は言う。つまりわたしが、かれらの考えようとはしないことを時たま書くからというわけだ。それはまさしく、コニーに対するわたしの感情をかれに理解させるのに役立つ、明らかな情緒の不安定ぶりの証拠になるはずだ。

母のまぼろしがはっきりとわたしのまえに姿を現わしたのは、三日目の夜だった。しかしわたしは、それまでに何度も、母が近くに来ていることを感じていたし、実際にこの目でも幾度かその姿をかいま見たことはあった。わたしはコニーに、きみはぼくを殺すつもりだろう、と言ったことがあった。「殺すわよ」と、その時彼女は答えたものだ。「もし、わたしから逃げようとしたらね。分かったわね？　あなたは、日毎にだんだん強くなるわ。すぐには分からないでしょうけれど」わたしは、二人の関係を父に話すべきだと言った。その時、私はとても気分が悪かったのだ。すると「もし、そんなことをすれば」と、彼女は嚇すように答えた。「その責任はすべて、あなたにとってもらうわよ。もう、言うべきことは考えてあるのだから。おとうさまはね、あなたを愛している以上に、わたしをずっと多く愛しているのよ。わたしを守るためなら、あの人はなんでもするわ。あなたの方こそ、痛い目に会うのよ。家庭教師なんかもういらない！　それはまかせてちょうだい」このおどしがごまかしであることを知るには、わたしはあまりに若すぎた。父なら、彼女の言葉が嘘であることを見破っただろう。もし父のところへ行っていたなら、そのショックで父は、彼女に対する肉感的な恍惚感などいっぺんで醒めてしまったかもしれなかった。そうなれば、ふたりとも救われていたのだ。というのは、父も彼女に殺されかけていたのだから。しかし、我々は救われることを望んだだろうか？　わたしだって、その時父のところへ行く気になったかどうか疑わしい。ともかく、彼女のおどしは効いたのだった。それからすぐに、彼女はいよいよ無謀になり、その性的欲求は彼女の自制心をぼろぼろに破壊してしまった。父がガラス工場に行って、わたしが五、六日ほど学校を休むことになったそのあいだに、あの淫らな兇行がはじまった。彼女は、わたしを自分の私室へ連れこんで、そこで肉の饗宴を繰りひろげたのだ。

ここで話を整理してみよう。彼女がどのようにしてわたしを何年も支配したか、その辺のことは、すでに話したと思う。彼女は実行力に富む、直観的な好色家だ。そしてわたしを完全に、自分の芸術の中に引き入れた。ミイラの腰でさえも、彼女は動かすことができたかもしれない。わたしは彼女に、もっとも強烈な、できる限りの肉欲的楽しみを与えられ、自分でもその返礼に彼女を喜ばせることを、心から望んだ。わたしが彼女に身をまかせたのは機械的だった。その刺激に向かって、即時的に、ただ一心に彼女の指す方向をめざして進んだのだった。肉体的に可能であれば、彼女とふたりきりでいる限り、彼女に抵抗することなど、わたしにはできなかっただろう。しかしわたしがひとりきりになり、とくに夜、母を除いては誰もいないときになど、わたしは絶望的な状態に陥り、救いようのない嫌悪を感じ、自分の精神と肉体とが、たとえようもなく異様なものに思える苦しみを経験することがあった。わたしの家庭教師たちも、みな最善をつくしてくれた。かれらは、わたしの気の弱い行動を非難したが、コニーはかれらにとっても強すぎる敵だった。たとえもっとも剛健な青年期の男性でさえも、その貯えをはるかに越えるような、それほどすさまじい試練を、わたしの肉体と知性は負わされていたのだから、こんな状態が長らく続き得るはずはなかった。それでわたしは激しい欲望に悩まされ、罪の意識にとまどい、その性《セックス》の天才に身も心も涸らされたあげく、脳炎にかかり、体中の神経を摺りへらされて気がくじけ、数週間は今にも死にそうな重症におちいってしまった。その病いから回復しはじめるとすぐに、母のまぼろしはずっとわたしのそばに近づいてきた。

このときの危険を思いだすと、いまでも背すじに悪寒が走る。あのいなか者のジェンキンズは、しばらくのあいだ、ちょうどわたしの手のとどかないところを動き回っていたが、わたしは結局追いついて、そのピテカントロプスのような顎に、みごとな左をお見舞いしてやった。かれは、そそくさと退散していった！　その乱闘の間のことはみな、多少今でも意識しているが、ユースタス卿はわたしを慰めてくれて、そんなことならすっかり忘れてしまった方がきみのためだよ、と言ってくれた――ただし、ジェンキンズはそれに異議を唱えたそうだ。心の病いが治ってゆく過程はいつもゆっくりとして、つらいものだ――ジェンキンズもその辺は分かってくれるだろう――しかし、回復するためにはそれも仕方ないのだ。もっとも治りにくく、肉体的な病いでない病気にかかった精神は、自分のノイローゼ症状を表面にあらわすことができないので、心の腐敗をどこか内部へ追いやってしまうものだ。何だか変な話になってきた！かれは、本気でわたしを騙すつもりではいないと思うが、あるいはそういう下心でいることもあり得る。わたしの書くものに非常に興味を持っていたものだから、かれは、わたしを元気づけようとしてあまりに甘く慰めすぎたのかもしれない。とにかく疑いや不信は、わたしの病気に特有の、避けがたい心の状態なのだ。

あれからあと、母のまぼろしはいつもわたしのそばにいてくれた、というところまで話が進んだと思う。もしこの話が出版されたら、それを読んだ九十九・九パーセントの人は、ただ肩をすくめてこういうだろう。「また、年寄りのぐちなんだな」と。そう言われても仕方ないが、それは事実ではない。母がいつもコニーを嫌っていたことは、すでに言った。いわゆる女性の直感というものは、単なる理解力のことであって、自分自身の性《さが》についての女性としての認識を、経験を通じて知ることなのだ。しかしそれは普通、男性が相手の場合になると、みじめな敗北におわる。母は、コニーがどういうタイプの女性かということと、彼女がわたしに対して抱いていた下心とを知っていた。というのは、母は多面的な女性だったからだ。あらゆる怪しげな支配力が、母の心の活動範囲の中には、すでにあった。母は、すべての女性の縮図だったのだ。そして、コニーがこれからしようとしていることを知り、すでにしたことを知っていたのも彼女だった。母はベッドの前に立ち、わたしの目をじっと見つめた。わたしは、その最初の命令が何かを知っていた。「闘いなさい！　抵抗するのよ！　わたしも、おまえのために闘っているのだから。わたしたちが勝つまでは、決しておまえを見はなしたりしないからね！」母は、解決がただひとつの方向でしか行なわれないことを知っていた。わたしはコニーの奴隷であり、我々ふたりは一体だったのだ。そしてコニーを恐れ、ある意味で嫌うことはあったとしても、わたしは決して彼女に反抗することができなかった。いまだに彼女を崇拝していたし、彼女に再び会うためなら、地獄の門にでも突進して行きかねないわたしだった。もしこのいまわしい錯綜と、心理的な混乱を理解する人がいたら、その人は、わたしが自由になるためにできることは、たったひとつしかなかったことを理解してくれるだろう。彼女を殺すことだ！　それこそが、母の教えてくれた叡智だった。もちろん家庭教師たちは、わたしの病状がとてもひどく悪化したときに、見切りをつけて家を出ていってしまった。その出来事は、わたしの精神がなかば元のように回復し、充分に物ごとを理解できるようになったとき、わたしにひどい打撃をあたえた。わたしはひとりきりで、全くコニーのなすがままになっていた。拳銃を買って撃ち殺すなどということは、できるはずもなかった。だいいち、彼女の前にでたら何もできないわたしだった。他人に支配されたことのある者なら、誰でもその理由は分かるだろう。もしそんなことをしたら、わたしはもう一度破滅し、少なくとも何年かは監禁される運命におちいるはずだった。

すでに半分は役に立たなくなっていたとはいえ、わたしは素晴しい知慧を持ちあわせていた。そしてその知慧をあとあと役に立たせるために、わたしは大きな計画を企てた。といっても、わたしは邪《よこしま》なことなどなにもしていなかった。ただ、吸血鬼のような女に誘惑され、堕落させられただけに過ぎない。わたしには、この世にひとりとして友人はいない。たよる者もない。父でさえも、わたしがこの病いから回復しかけているときに死んだ。コニーのために身も心もぼろぼろにされ、死んだのだ。わたしと同じように、父も、彼女に抵抗するだけの力を持ちあわせてはいなかった。こうした知識はすべて、幻の母がベッドの向こう側からわたしの顔を覗きこんだ時に、わたしの意識の中にその母の手で押しこまれたのだ。ユースタス卿は、この考えを捨ててみたらどうかと、ややもすると耳やかましい位に忠告してくれるが、将棋《チェス》の用語を使わせてもらえば、かれは単に「定石」に従ってそう忠告してくれたにすぎない。かれが言うには、わたしはまだ自分自身がかわいいので、罪の意識をよそへ移し、幻想に安らぎを求めているということだった。ところが、それについてわたしの言えることといったら、罪の意識など感じていないということのほかに、ずいぶんたくさんのものを失ったものだという、苦悶の意識に苛まれていることぐらいだ。あとはただ、できる限り真実を話そうと努力するだけだ。もしも母がわたしのとるべき行動をひとつ〱教唆してくれなかったら、わたしはどんなことをしたらいいのか思いつきもしなかっただろうし、事実わたしのしたことといったら、本当に限られたごく少数の行動だけだった。母はいつも自分の意志を、わたしに厳しく押しつけた。わたしが、再びコニーの腕に抱かれるようになったときでさえ（そしてそれは、わたしがようやく床を共にすることができるまでに体力を回復した直後のことだったのだが）母はそこにいて監視をし、わたしの意志に働きかけていた。わたしはこのように、ふたりの女性の板ばさみに合い、彼女たちふたりの力の領域の間を右に左にゆれ動いていたのである。

ある日、わたしは新聞を読んでいた。母もそこにいた。紙面をながめていると、突然小さな記事が目にとまり、そこに釘付けになった。そこには、浴槽の中に落ちこんだ電気ストーブのために感電死した、ひとりの少女のことが書いてあった。わたしは、その記事を十二月の、つらく不快な時期に読んだ。（人を電気椅子に送るまえに、死刑執行人は、あらかじめ電極の中のスポンジを湿しておくものだ。そして今度、コニーの死刑執行人にならなければならないのは、このわたしだった。「人はみな、自分の愛するものを殺す」という言葉どおり、ユリシーズの弓は、ペネロペーのためにつがえられたのにちがいない！）また発作が！……（それは、わたしにとって激しく恐ろしい発作だ。）

わたしとコニーの浴室には、ちょうどお誂え向きなヒーターがあった。わたしは、科学に通じた振りをして、彼女に、浴槽の上の方に棚を作り、そこにそのヒーターを置けば、もっと熱効率がよくなるだろう、と忠告した。母の霊が、わたしの口に、この呪うべき言葉を語らせたのだ。コニーはその提案にまるで興味を示さなかったが、いつも、こうしたちいさなことでわたしの機嫌をとり結ぶのが習慣の彼女であってみれば、わたしがそういう棚をつくりつけ、それをしっかり取りつけることに反対はしなかった。そこでわたしは、自分の作業場へ行って棚をつくり、色を塗ってから、浴槽の上にとりつけた。母は、わたしを一時もひとりにしておかなかった。この悪行は、すべて母のそそのかしたものだった。母の指示で、わたしは、ある長さの、きれいな白い絹糸を買った。我々の浴室は、全体に真白なタイル張りだったからだ。そしてある晩、わたしは、コニーのすぐまえに入浴することにした。入浴後、母の不吉な目にみつめられながら、ヒーターの底に糸を結びつけ、そして室を出るときに、床にそって糸を引き、扉の外四ヤードのところに、その糸の片端を置いた。そしてコニーが浴室に入ると、わたしは入浴する音が聞こえるまで、耳をそばだてていた。すると彼女は、湯があまり熱いからといって、ちょっと声をたてた。そこで、わたしは糸の端をつかんだ。だがわたしには、それを引くことができなかった。頭の中で何かがうなり、目のまえを、巨大な影がよぎった。母がそばにいて、燃えるような眼光を投げかけるなかで、わたしは思いっきり糸を引っぱった。ヒーターが浴槽にバシャンと落ち、コニーが大声で叫ぶのを聞いた。わたしは、よろめくように浴室に入り、電流を切ってからヒーターを引き上げ、糸をほどき、それをポケットに押し込むと、コニーの体に眼を落とした。彼女は仰向けに横たわり、わたしの方をじっと見上げていた。彼女は死んでいた。わたしが殺したことを、彼女は知っているだろうか？　もしそうだとすれば、それはわたしには耐えがたい苦痛だ！　わたしはもう一度、扉の方へよろめいていった。母がそこに立ちつくしていた。その顔は、ある感動のためにひきつっていた。わたしはわたしで、恐ろしいばかりの喪失感に打ちひしがれていた。そして、力なく立ち上がると母に悪態を吐きつけながら、自分のしでかした犯行を呪った。けれど母は、わたしに道をゆずろうとはしなかった。恐怖と絶望と、そして嘔吐感に打ちのめされていたわたしは、母をおしのけて駆けだすと、自分のベッドに、まるで崩れ落ちるように倒れこんだ。意識がもどったとき、わたしは病院にいて、ベッドのそばには警察官がすわっていた。（電流を、またもとのように入れておくのを、わたしは忘れたのだ。）この世には、ほんのわずかでもコニーと比較できるような人間など、ひとりだっているはずがない。もう一度、彼女の腕の中に還るのだ——あのただひとつの恍惚の中に！　この告白を語りながら、わたしは死んでいく！　また、発作が……

殊勲十字章受賞の理論家アンストラザー・リーブリッジ従男爵による後書きと追悼文

以上の物語は、尊敬するわが旧友にして、ときには無意識に疑い深くなるという欠点を顕わすことがあるにもせよ、精神医としては世界的に有名な、ユースタス卿から送られたものである。筆者はこの一文を、拙著『現代の心霊研究』から抜粋した。見聞の広い読者はご存知だろうが、ユースタス卿は、ロンドンに自身の精神病者療養所をもっており、そこはまた、かれの研究所ともなっている。そこには、病状のきわめて複雑な精神病患者が収容されており、そこで手厚い看護と治療を受けた者のうちの何人かは、時とするとかれのおかげで理性を回復することがあると聞く。かれの療養所の研究員がわたしの地方に心霊研究家として、あるいはオカルト研究家としてときどきやって来ては、わたしに、いろいろと特殊な病症の報告をもたらしてくれる。この話も、実はそのうちのひとつである。

その男が教えてくれたところによると、本文の著者は、巡回裁判で殺人罪を宣告されたすえ、弁護の必要なしということになり、国王の意のもとに、留置されることを命ぜられたと言う。しかし被告はまだ未成年でもあり、そのときの国務大臣（つまり前国務大臣）が、慈悲深く、問題をよく理解した人であったということに加えて、状況が何んとしても異常で不明僚だったことから、特別なはからいにより、ユースタス卿の病院で手当をうけることを許されたのだ。ユースタス卿が言うには、この告白録の著者は自分が知っているうちでは、疑いなく、もっ<ruby>と</ruby>もすぐれた若い肉体を保持していたという。そして、その知能の良さは群を抜き、きわめて広い知識を持ってもいた。数学の分野では、もっともすぐれた天才のうちにはいり、そのひらめきと論理の正確さは、かれを検査した科学者たちの度胆を抜いた。かれこそは、幾人かの稀れにみる天才と同じように、生まれつき測り知れぬ能力に恵まれた人間である、という点で、科学者たちの評価は一致していた。つまり、かれは、神秘的な意味で、生まれながらの数学者だったのである。ユースタス卿はさらに、家庭教師たちにも会見したが、かれらもまた、患者の知能や芸術的才能、そして物事の吸収力や創造性が驚くべきものであるということについては、口をそろえて同感の意をあらわした。それらの才能が、みなひとつにまとまって、かれに授けられていたのだから驚異だ。古典学者として、音楽家として、そして更には画家として、かれは、この上なく豊かな天分をそなえていた（しかし同時に、そのような頭脳は、まれにみるほど傷つきやすく出来ていたことを忘れないでほしい）。かれは肉体的にもすぐれた男性だった。わたしはいちどかれの写真を見たことがあるが、驚くほど整った顔立ちの青年で、そのなかには鋭さが感じられた。

ユースタス卿は、この話の内容を、すべて事実として信用している。「コニー」という女性は、疑いなく、人を死に至らしめる吸血鬼であり、同時に（それとも、あるいはと言おうか）あまりにわれとわが身に溺れこみすぎた、自分自身の性格の犠牲者と言えるかも知れない。ユースタス卿は、この患者を魅力的すぎるくらい魅力的な男性だったという。家庭教師たちによれば、彼女もまた、同じように身震いするほど魅力的だったらしい。たとえ彼女を気嫌いしている人間でも、ある意味ではかれらふたりが、互いに相手のために作られたような人間同士であったことに、一も二なく同意するほどだったらしい。そして、かれらふたりを見つめることこそ、人間に叶い得るもっとも素晴しく心愉しい光景を見つめることなのだという。過敏な神経を持つ、天才的な芸術家の生気というものほど、クロードの運命を決定づけたものはなかった。しかし、たぶんまた、かれの中からは、そうした永遠の情熱以外の何ものも湧き上がりはしなかったろう。といっても、これはなかなか難解な仮説だ。

当時かれはまだ重病人にはちがいなかったが、それでも、ゆっくりと回復してゆくようにみえた。しかし突然、かれは、つづりはじめていた言葉を半分だけ「発作が……」と書き終えたときに、脳溢血で他界した。かれがそこで言った「発作」というのは、もっとも烈しい感情の昂ぶりか、あるいは神経の発作に類するものだったようだ。

ユースタス卿は、クロードが述べた心霊的な経験の本体を、かれの心霊的投影物と信じようとしている。かれは、このようなぎこちない言葉を好む人物だ。けれど、かれには何度となく言ったのだが、こういう抽象的な用語を使うことは単にものごとを混乱させるだけで、ちょうど闇夜にブラインドを巻き上げるほどの効果しかないものである。わたし自身の見解について知りたい向きには、サセックスのソーブリッジ・ホールに住むわたし宛に、御一報下されば、拙著『現代の心霊研究』の内容見本と注文書を御送りする。この書籍は、最近わたしが（漠大な）自費を投じて出版したものである。本書には、今回ここに掲載した症例の他に、かなりの長文に渡る異様かつ錯綜せる症例が、（自分ごとながら）極めて科学的に論じられていると信じる。

A・S

運命

Kismet

W・デ・ラ・メア
紀田順一郎訳

「現《うつ》し世は夢、夜の夢こそまこと」を信条としたデ・ラ・メア（一八七三―一九五六）は、大作家のわりに日本では紹介が散発的で全貌の知られていない作家の一人である。現在までのところ長編「死者の誘い」（一九一〇、田中西二郎訳）のほか、短編「シートンの叔母」「なぞ」に少年ものが一つ訳されているにすぎない。ここに紹介する作品は小品であるが、孤独の絶望と現実逃避を特色とする彼の個性がよくあらわれ、緊密な構成とともに味わうに足る佳作である。

（紀田）

老いた雌馬が、一歩一歩ふみしめるような足どりで長い丘の道をのぼりつめると、馭者は遙か彼方に人が歩いているのを見つけて、なんとなしに喜びを感じた。無口でつきあいのわるい男だったが、今夜は妙に人恋しい気分になっていたのである。とりわけ頭上にせまる木立のあいだを臆病そうにすかして見たり、凍えた大地にひびきわたる蹄の鈴の音に夢を破られた鳥の群が、いっせいに飛びたつのには、思わずゾクッとさせられるのだった。そして、そのバタバタという羽音がだんだん遠くかすかに消え去っていくのをじっと耳すませているのだった。記憶の底に忘れ去っていた怖ろしい物語のくさぐさがよみがえり、それが新たないまわしい想念といっしょくたになって、彼の背後にもやもやした影を生み出すのであった。思わず身震いすると、彼は厚い外套の襟をかき合わせ、恐怖に息をつまらせた。

だが、いまや道がゆっくりと下り坂になり、遠くに人影が見えると、彼の勇気も回復した。のみならず夜の魔物に挑むような唄を小声でうたいはじめたので、おどろいた馬がクルリと耳をうしろにまわしたほどである。

馬車がその人影に近づいていったとき、とつぜん海鳴りにも似た重々しい響きが凍った大気の中からわきあがった。馭者はハッと唄をやめて、深いおどろきと喜びのいりまじった気持でその音に耳を傾けた。海鳴りにも似た音の調べは、彼の血をさわがせ、全身をふるわせた。その調べは起こったときと同様、急に鳴りやんだ。歩いていた旅人は近づいてくる馬車の音を聞きつけ、道の端で待ちうけていた。

馭者はそのかたわらに馬をとめると、好奇の目で旅人を観察した。馬もまたそのほうを訝しそうに見やったが、いきなり身ぶるいをしたので、金属の馬具がガチャガチャと鳴った。旅人は馭者に話しかけたが、それがあまりにも熱心なようすだったので、馭者はびっくりした。

「バロメアまでは、まだ遠いかね?」と、男は訊ねた。

「七マイルそこそこだて」と、馭者はこたえたが、こんな真夜中にさびしい道を一人歩いている男の勇気に感心した。

「ありがとうよ」と、男は言葉すくなに言った。ぶっきらぼうだが、実《じつ》のある声だった。それから彼は歩きはじめた。

馭者は馬を二、三歩あるかせながら、相手を観察していた。「水夫だな」と、彼は一人ごちた。「家に帰る途中なんだろうよ」そこまで考えると、彼は手綱をひきしめて馬を急がせようとしたが、このとき、どうせ同じ方向へ行くのなら乗せていってやろうという慈悲深い気持がおこり、顔をパッと輝やかせた。

「あんた、バロメアと言ったね」

男は器用にくるりと振りむいた。「バロメアさね!」と、うたうような口調で答えた。

「おれもバロメアさいくとこよ。乗って行かねえかね?」

旅人は喜びの声をあげると、逞しい腕を用いて馬車の中へ身を躍らせてきた。

「そこに腰かけなよ」と馭者は言い、鞭の先で馬車の床にころがっている粗布包みの箱をさした。

旅人はその上に腰をおろした。

馭者は一言もいわずに手綱を持ったが、その顔には奇妙な笑いがひろがっていた。

やがて彼はむっつりと不機嫌になってしまった。心の中で、自分の親切を受けいれた旅人を呪っていた。

顎のところまで厚いジャケツにくるまった旅人は、馭者と話をかわそうとしたがむだだった。そして、相手が気が進まないのを見てとるや、もっと楽しいことを考えようとした。じきに会える女房のことを考えたとき、日やけした顔に微笑がうかんだ。彼女のおどろきを想像して、彼はクスクス笑った。そして、いつ帰国したのか知りたがる彼女をひやかしてやろうと思いながら、何度も両手をこすりあわせるのだった。

満月が荒野を照らし、現実よりも粛条たる光景に見せていた。ほんのわずか雪が降りはじめ、木立や灌木にまとわりついた樹氷が、きらきらと白い光を放っていた。わだちと蹄の音のほかはひっそりとしていた。時おり馬が荒い鼻息をたてた。寒気はきびしく、男たちは血行をさかんにしようと、しきりに両の腕を身体にうちつけるのだった。

息づまるような沈黙と真夜中の淋しさが、二人の心をしめつけた。それまで気分的に浮かれていた水夫も、いまはきびしい表情となり、なにかいやなことが迫りつつあるような予感におびえていた。いままでの愉快な気持がうそのように思えた。彼はおし黙ったまま、白い道の上を音もなくかけ去る黒い木立のくっきりした輪郭を眺めたり、馭者のうずくまった後姿をうさん臭げに盗み見ながら、女房が熱烈に腕をさしのべてくる場面を夢想しつづけるのだった。

彼は車の中で立ちあがると、馭者の背ごしに前方を窺った。谷あいのほうに村はずれの家が見えた。そのわが家に近づいたことを示す目じるしの一つ一つが、彼の血をわきたたせた。

彼はわが家の屋根の下で、愛する女に接吻することを想像した。そして、彼の同僚の水夫が、この世に迎えてくれる友だち一人すらないことを思って、あやうく涙しかけた。

馭者は振りかえると、しわがれ声で呟いた。「あれがバロメアだよ」

旅人はそれに気づかないようだったが、すぐとこの車を降りて、のこりの道を歩かねばならぬことを悟った。どうやらこの気むずかしい馭者は、おれが女房と再会する場面を見る気はないらしい。そう思った彼は馭者の背を叩いた。相手はむっつりと振向き、止まれという合図と知ってのろのろと従った。水夫は馬車のうしろからとび降りるや、一枚の硬貨を馭者に投げた。馭者はぶすっとした顔でうなずくと、再び馬を走らせた。彼が馬の耳の間に向かって語りかけたとき、奇妙な笑いがその表情にひろがっていた。

「さあてと、やっこさんうまくやるといいがな」

そして、水夫は田舎道を足どりも重く家路をたどった。人づきのわるい道連れと別れたことがうれしかった。だが善意の彼は、とつぜん哀れっぽい犬の遠吠えを耳にしたとき、思わずいまの馭者をなつかしんだ。――恐怖が彼の胸をしめつけ、息がつまった。足がよろめいた。彼はこの地を呪い、もう女房を連れて海へでも逃げ出したら、二度と戻っては来まいと心に誓った。

あまり気の進まぬような足どりになった彼は、自分の家が見わたせる道の曲り角に近づいた。灌木の小さな枝の一本一本が蒼白く輝やいていた。夜空は晴れて、無情な冷たい月が、死のような沈黙の世界を照らしていた。その光景に彼の心は痛みを覚えた。いまやひどく脅えていたが、その正体が何であるのか、彼にはわからなかった。息をつめて彼は角を曲がった。そこに、蒼白い月光のもと、彼の家があった。だが、小さい質素な門のまえに、たったいま乗ってきた馬車が止まっているのを見た彼の驚きは非常なものだった。馭者が家の中に入っているのは明らかだった。馬は首を垂れ、手綱で門のところにつながれたまま、主人を待っていた。妙な疑いの念にとらわれた彼は、足音をしのばせて家に近づいた。彼は家の中に入るのを怖れた。車の中をのぞきこんでみると、彼が椅子にしていた箱がなくなっていた。彼は自らの不安を打ち消そうと弱々しく笑おうとしたが、みじめにも失敗した。

道路に面した窓は真暗だった。人っ子一人いる気配はなかった。水夫は足音をしのばせて家の裏手へ廻った。またもや、身の凍るような犬の遠吠えがきこえた。彼は垣根から身体をのりだすようにして、そっと犬の名を叫んだ。犬――彼の愛犬はうれしそうに鼻を鳴らし、主人を迎えようと鎖もちぎれんばかりに尾をふった。

彼は低い垣根をとびこえた。真夜中に、自分の家の廻りをまるで泥棒のようにうろついているという考えがひらめいた。ちょっと息をついた彼は、いきなり灯りに照らされて目がくらんだ。灯りがくる方角を見あげると、窓の一つにカーテンのすき間ができていて、そのせまい裂け目から洩れているのだった。――部屋は彼の寝間であった。

息を切らしながら彼は犬に近寄り、愛撫したが、そのあいだも眼は一条の灯りに釘づけになっていた。犬は喜びを抑え切れぬように、主人の手をなめていた。

男は窓の中をどうしても覗いてみたくなった。彼は内心の衝動と闘った。ドアをノックしようとも思ったが、いやな予感と怖れのようなものを感じ、あやうく思いとどまった。そして、窓に近づく方法がないかと、あたりを見まわした。

大きな木が家から少し離れたところに立っていて、その枝が窓に接近していた。彼は子どものころ、眠れぬ夏の夜など、その枝が窓枠をコトコト叩いていたことを思い出した。ためらうような足どりでその木のほうへと歩みよると、突きでた節《ふし》をつかみ、年おいた幹をのぼりはじめた。やっとのことで、家のほうへ延びている枝にたどりついた。手は霜と寒さのために、すっかりこごえてしまった。ぶるぶる身を震わせ、大きく喘ぎながら、彼はその枝の上にのろのろと腹這いになった。恐怖にうちのめされそうになりながらも、そうした自分を冷笑していた。最後の必死の努力で、窓を正面に見る位置に身を横たえた。灯りが彼の青い目を射た。

だんだんその灯りに馴れると、彼は部屋の中が見えるようになった。

ベッドが白いシーツに覆われていた。女房の母親が頭を垂れ、身をかがめてシーツをそっと持ちあげていた。彼は妻の穏やかな、蒼白い死顔を見た。カーテンのすき間から、例の馭者があらわれた。さきほど水夫がこしかけていた棺桶を手にしていた。彼は目の前が真暗になり、血の鼓動をはっきり聞いた。狂気のように、かじかんだ手をのばして枝の上を這った。身体が空中で大きくゆれた。息がつまり、歯が鳴って舌を噛んだ。彼は部屋の中のかすかな囁きをはっきり耳にした。すべてのことを彼は目撃した。

彼は自分の手の力が失せていくのを感じた。天地がぐるぐるまわった。落ちまいと枝にしがみついたので、彼の頭ははげしく苔むした枝にぶつかった。ぐにゃりとなった彼の身体は、すさまじい音とともに落下し、芝生の上に生命なき者として横たわった。

犬が胴をふるわせ、あわてふためいて駈け寄った。そして主人の血にまみれた手をなめると、舌を突き出して恐怖の吠え声を発した。

黒弥撒の丘

The Hill

R・エリス・ロバーツ
桂 千穂訳

黒ミサを小説化したものには、ユイスマンスの『彼方』を除けば、傑作とみなせる作品がほとんどない。その傾向が、とりわけ英米文学にあっては著しい。『黒魔団』の作者デニス・ホイートリィが“The Satanist”ほかの連作長編を発表しはじめるまで、小説として鑑賞に耐えるものはまったく不作だったといっても過言ではあるまい。そんな中にあって、当時英国で書かれた黒ミサ物の小説が一般に帯びていたタッチを忠実に反映している本編は、質的に見て貴重な例外といっていいだろう。作者R・エリス・ロバーツは英国の文芸雑誌〈ポールモール・ガゼット〉ほかの編集者をつとめたジャーナリズム出身の小説家で、怪奇小説の短篇集としては“The Other End”（1923）を残しており、本編もこの作品集から選出したが、有名なドロシイ・セイヤーズのアンソロジーにも採られていることを付記しておきたい。

（荒俣）

空もようのあやしげな、ある夕暮れだった。そんなとき、日没前にはなにもかもが立体感を失うように思え、すぐ目の前にひろがる野づらは、ボール紙みたいにまっ四角に切りとられ、ブロードオークにくだる街道は、田園へのびているのではなく、黒衣のなかへとつづいているようにみえるのだった。そして、サイモンスベリへ通じる小道へアーチ状に蔽いかぶさった木立の群は、そよとも動かない。ひとそよぎでもあれば、この幻覚にも似た風景はかなり現実味をおびてくるのだが。というのは、田舎の風景が装《よそお》いの色を帯びる時には、幻覚そのものが現実となるからだ。人々は、自然の女神が人間わざよりもはるかに巧みにしつらえた完全な舞台をこわすのをおそれるように、低い灌木の道を頭をたれて歩くのである。

私は疲れて、いささかものうげに歩いていた。ブリッドポートに用事があった。六時よりずっと前に着いていなければならないのはわかっていた。それなのに私は、四月はじめのゆらゆらした太陽の光が新らしく芽ぶきはじめたカラマツから漏れて、緑色にきらめいている間、あるいは砂が多い土の上のわだちや蹄《ひづめ》のあとにできた、小さいかすかな茶色の水たまりが光りを放っている間は、ぶらぶら歩きをたのしんでいた。快い疲労を感じていた。そして、もう帰途につこうという気になっていた。だが、いまだにふしぎにぼんやりした気分だった。この一週間というもの働きづめだった私の神経は——あたり前のことだが、いまや麻痺しかけていたし、こういったすべての身体や思考の状態が、本質的には美しい夢以外のなにものでもないようにさえ感じられた。思いだすかぎり、私の心は歩きっぷりと同じくらいのんびりし、ある漠然とした愉しくて若々しい感情に、とらわれていたといえよう。

こんなことを、くどくどと書くのは、私が注意散漫なムードだったということと同時に、あんな冒険をしでかす状態では全くなかったということを主張したいからなのだ。この話をするとみんなは、私の〝イマジネーション〟か〝幻想〟が、事実以上のことをつけくわえていると言い張る。なにかの影にだまされたのか、さもなければ反射を見まちがえたのだ。つまり、眼が疲れていてゴマカされたか、記憶していることそのものが誤りで、正確と断じるには不適当だという。そこで私は、私のイマジネーションはいつもとほとんど変わらないし、もともと私の心は奇妙にすべてを受けいれる性質だし、それにあの四月三日の夜の思い出をなまなましく語れるものは、この目でみた真相のほか何もないのだと、いつも主張することにしてきた。測量部の地図に記載された地形より田園風景のほうが、はるかに非現実的にみえるような時がある。まさにこの話の不合理の点は、私の精神的な条件のせいだけでなく、あの夜現実に起こったことや、あのドーセットの春のぎこちない不自然さのせいであって、そのことじたいあの体験が真実だったことを証明するものなのだ。

私は全くあの〝丘〟を忘れていた。森のしげった丘の下へ、そして「犠牲《いけにえ》の丘」のすそへと道がさしかかるのに気がつくと、いつもハッと身構えるのが私の習慣だった。誰がそんな名前をつけたのかはわからない。まったく、この地方のちょっとしたジャーナリストのモダンな機知以上の命名だった。だが、ピッタリの名だったと思う。チャイドオックからブリッドポートへの本道ぞいに進む者は、誰でもその丘を見なくてはならない。だが、丘のもっとも特徴的な景観は、ノース・チャイドオックとサイモンスベリの間の街道からしかとらえられなかった。それは奇妙な円錐形をして緑の草に蔽われ、無数のヒツジたちが放牧されていた。その丘をみるとだれでも昔のヘブライ人たちがエホバ以外の神をまつった高地、ソロモン王が異教徒の妃たちのために、彼女たちと同族の神をまつる寺院を建立した場所を思いだすのだった。誰でもこう感じていたから、ある先入観念にとらわれて犠牲とか石像、それに古代信仰の祭壇とその丘とを結びつける者はなかった。私もそうだった。私はその丘にのぼったことがなかった。のぼっている者を、一度も見かけたこともなかった。まわり道になるし、簡単だとはいっても、青春の元気を失なったジャーナリストにとっては、徒労でつまらぬ山登りに思えたのだろう。放牧されていたヒツジたちは、谷間にひろがる農場のもので、勝手にあちこちへはいりこんだやつだった。

さて、前にも書いたように、その夜私は丘のことを忘れていた。だから、ひと目見たときショックを受けた。最初、衝撃を感じたのは、見なれたものを忘れてしまっていたせいだと思った。ひとは時としてまったく見なれた対象をふと見なおしたようなとき、物めずらしいものに触れた時よりいきいきした活発な影響を神経に与えられるものである。たしかに、私は丘を見てとびあがった。身体を固くしてじっとみつめた。凝視するにつれて、いま受けたショックは丘を見直したせいばかりとはいえず、私が忘れっぽいためもあるのに気づいた。

私はあわただしく道のほうをふりむいた。それから左手を見た。そこには野原がぼんやりと拡がっていた。道も野原も、一瞬前と変わりなく快適で、近代絵画にみられる風景に似ていた。やおら、私は丘へ向きを変えた。丘には私がこれまで気づかなかった一種の神秘感がみなぎり、まがまがしい、生気があふれているようにみえた。犠牲《いけにえ》の丘というのに、これまで誰一人神秘的なものや異常なものと関係づけて考えたことがない事実を、私は書いておくべきであった。丘は明らかにある種の根強い、むしろ上品な信仰に奉仕していた。紀元二世紀、ドーチェスターからやってきた僧侶たちがこの丘で、夜明けごろになると厳粛な占いの儀式をおこなったという。だがこの夜は、すべてが異なっていた。丘は威嚇していた。自分以外の風景と激烈にあらそっている。ニューモードで貴族的な服装をした人群れの真只中に、裸で立ちはだかっている人間と言ってもいい——ようにみえた。それは、フランスの古寺にある、どこか素朴なコート族の偶像のようだった。でなければ、ゴーガンの描いた油断なさそうなタヒチの土民がひとり、ワットーの絵のなかに切り貼りされたような具合だった。

私は立ちどまり、じっと丘をみつめていた。そのうちに、ふたつのことに気がついた。第一はヒツジたちが一頭もいないことである。それが、丘を裸にしたような妙な感じを助長していた。つぎに考えたのは、このような丘の変貌など、しょせん幻想なのだろうということだった。そのうち、見ていると丘は突然傾いた。むろん、それは誇張である。しかし、ほとんど頂上のあたりで、なにかが動いたことが私に錯覚をもたらしたのである。そんな動きにつれて、丘の力はだんだん活発になっていった。突然、私も敵意をおぼえ、さっと緊張した。丘と私がそこにあった。たがいに敵同士なのだ。だが、書割りの前の演技者という点では同類である。以前とかわらず、緑の野が背景にひろがっている。両袖に走る舞台の上の道のように、依然として道はのびている。もう、うすれてはいるが、やはり太陽の光りは緑色にあるいは褐色に輝やきつづけ、道や野原を書割りのようにみせている。――しかし、いまや舞台上にあるのはふたつの生命なのだ。芝居ははじまった。

向かっていく前に――私の敵へ直接近づく道は、一つしかなさそうだったことは、記《しる》しておく価値がある――私はもう一度丘を見た。なぜなら藪を突っきり、野原を懸命に横切っている間、しばらく頂上が視界から切れていたからだ。私は丘が身をふるわしつづけているのをみつめた。それから、私は一つの影を見た。人間の影のようだ。重い荷物をかついでいるらしい。いま、頂上ではまさに太陽が強烈な金色に染まった青黒い雲に向って動いている。私はまだ人影から遙かに距ったところにいるので――私はいつも近眼になやまされている――相手が男か女か、またそれがなにを運んでいるのか、ハッキリ見わけられない。まったくたいした警戒もせずに、私は藪をつたって、できるだけの速力で丘の天辺めざして歩き出した。

つぎの野原へさしかかると闇が濃くなり、すこし重苦しい雰囲気になってきた。その上、空気中に麝香《じゃこう》に似たムンムンする香りが漂ってきた。むろん、私の想像力はそれまでに活動しはじめていた。だが私が見たり感じたりしていることについて、こじつけの解釈をする気持はまったくなかった。ただ自分を圧迫してくるすべての事象に対して、自分の知覚と繊細な感覚を集中させようと試みただけである。その時の私は、いったいなにが悪なのか、なにが善なのかさえ、はっきり判断することもできなかった。人影が敵なのはわかっていた。――だが、いまのところ、反目を感じるという程度の相手にすぎない。そいつが邪悪な存在だときめつけることはできないのだ。生いしげった繁みの中になおも身を隠しながら、丘の低いスロープへのぼっていきながらも、私には決定的な狙いなど、まったくなかった。どこへ行くべきかは知っていたが、なにを見つければいいのか、なにをしたらいいのかは、皆目見当がつかなかった。しかし、最後の灌木の列へもうすこしというところで、闘わなければならない相手についての疑問が去った。突然、長い吹きぬけるような調べが、奇妙な音楽があたりの静けさを破ったのである。夕暮のもの淋しい静寂の中で演奏された最初のかん高い調べののち、音楽は悪意のこもった華麗な奔放さで、つぎへ展開していった。それを聞くと、これまで悪魔の音楽についてぼんやり知っていたことを思いだした。その音楽は下品でも、エロティックでも、挑発的でもなかった。けっして尊敬できるものではなかったけれど、悪魔が統治する王国を支配しているプライドとか力とか確信がもつ鋭い音色とともに、あの挑戦的な高い調子が、旋律に流れていた。

そのひねくれた禁欲的な調べの中に、神の子がなしうるように、悪魔の子たちにもなし遂げ得ると思われる恍惚と、努力と冒険の心情が張りつめていた。妥協や譲歩の色はこれっぱかりもなかった。それは空気の稀薄な高地や、不毛の原野や、巨大な砂漠の音楽だった。さもなければ、偉大な悪魔どもが冥想にふけったり、寡黙な計画をたてたりする、涯てしない悪の海を表現していた。

それを聞くと、いっさいの疑惑が私の心から消えた。周囲の情景もすべて消滅した。私はその音楽がわかった。ともかく私には演奏している者がわかった。そして、楽器も知った。なおも丘をのぼりつづけるにつれて、自分の前に横たわる仕事、そして自分が格闘しようとしている相手を、私は知った。恐怖もなければ信念もなかった。恐怖心や戦いの限度について、心配してはいなかったし、その結果についての確信もなかった。まだはじまろうとしている段階ではあるけれど、この出来事のすべてが私の生命の一部であり、もはや私にできるかできないかの問題ではないと同様、これにぶつかっていかなければ、私の存在価値はないようにすら思われた。

灌木の繁みをぬけているあいだに、日が沈んだ。だが、あたりはまだまったく明るかった。私はもう一、二時間ほど暗くならないでくれれば、と思った。丘の頂きを見あげると、さっき見た人間の姿が、ひざまずいて石を積みあげているところだった。彼は——その人影は若い少年だった——私のほうへなかばふり向いた。しかし、前かがみになって仕事をしていたので、私が近づくのにまったく気づいていないらしかった。刻々と高まってきた音楽は、丘の頂上から聞こえるように思えた。しかし、演奏者の影も形もみえなかった。実際のところ、見たいとはまったく思わなかったのだが——。

私は手にしたステッキへ、注意深く目をやった。材料は桜だったが、もっと頑丈な木だったらよかったのにと思った。なおも歩いていくうちに、音楽の性格が変化してきた。挑戦から脅迫へ、脅迫から、どこか私以外の者の耳に聞かせている感じの、妙に怒ったような調べへと移っていった。その通りだった。少年は上を仰ぐと当惑の表情をうかべた。そして私は直観的に、音楽が少年にむかって、なにか語りかけているのだなとわかった。それから彼はこちらを見、私を認めたらしいが、やおら丘を降りはじめた。音楽はやんだ。

私はのぼりつづけ、数分ののち少年と真正面から出くわした。ふたりとも、ほんのすこし息を切らしていた。そして一瞬、みつめあいながら立ちつくした。少年は並はずれて美しかった。彼の顔は、年をとっていかつくざらざらになったときのありさまを、考えつくこともむずかしかった。彼は十七歳ぐらいだった。いつかアリントンとアイプの間で働いていたのを、私は覚えていた。少年の美しさは、ぞっとするほどだった。その美に知的な性質はなかったし、個性的な点もほとんど見られなかった。だが、まさにあの、花ひらく年代の若い獣だった。しかし、その瞳は獣のものとはほど遠かった——狂喜した耽溺のまなざし、それは私の考えている仕事が簡単ではないぞと語っていた。少年の言葉とその容貌とは、ふしぎなコントラストをかたちづくっていたし、私たちふたりの心の中にあるものとは、奇異な不調和すら感じさせたが、いっぽう丘の頂きで、すくなくとも今夜古き祭壇に礼拝を要請している、年老いた楽士の心のなかには通じるものがあったのである。

「無断ではいりこみましたね。オブライエンさん」

「たぶんね」私は答えた。「不法侵入をまったくとがめられないような田舎にいるということは、とても愉快なことだね。だから私はドーセットが好きなんだ。きらきら光る広い野原がね」

少年は、田舎の人間が言われたことがよくわからないときするように、私を見つめた。それ以上心を打ちあけて話し出そうとはしなかった。

「誰もここへのぼってくることは許されてないんです。もう一度お願いします。おりていってください」

非常に礼儀正しい調子だった。だが、目は見ひらいたままだった。指がぴくぴくひきつっているのがわかった。そのうえ、心臓の鼓動でシャツがかすかに波をうっているのが認められた。

「ばかばかしい」私はいった。「こっちは頂上へのぼるつもりさ。おやすみ」そして、いささかせわしなく、それでいてちょっぴり威厳をみせながら、少年をやりすごそうとした。私は怖かったのだ。

鋭い叫び声をあげて、少年は私の前に立ちはだかった。私は彼がなにか言いだすまえに、できるだけきびしい調子で話しかけた。――というのは、その時の私は、争いを避けるためには、そして少年を家へ帰らせるためには、どんなことでもしたかったからだ――。「いったいお前はなにをしているんだい？　坊や。私がこの土地をどこへいこうと、グデラーさんが気にかけないことはよく知っている。それにだ、お前はこんなところに用はないんだ。お前はグデラーさんの傭い人ではないし、あのひとがお前に立入りを許した話も聞いていない。どきなさい」

瞬間、私の理路整然とした叱責の調子が、少年をひるませた。ほんのすこしの間、彼はぎこちなくはあったが〝目上の者のひとり〟に悪いことをしたときの自嘲気味で平凡な若者に変わった。彼が恥ずかしそうに顔をあからめて立ち去るのを、私はそのままの姿勢で待機しつつ、見送った。これが戦いなら、私が怖がる必要はなかったのだ。少年は、なにか言いわけをつぶやきながら、クルリと踵《きびす》を返そうとした。そこで私はのぼりつづけた。その時、突然ふたたび、音楽がはじまった。執念ぶかく、反抗的に挑戦するように。瞬間、パッと少年がまわりこんだ。私の行手を邪魔しようとして、腕にまといついてきた。――「ぼく、あなたを行かせるわけにはいきません――あのひとが女の子に会うところなんです――。あのひとはぼくをお許しにならないでしょう――もし旦那をいかせたらあのひと、ぼくをこなごなに――」嘘や泣き落し、ねちねちした脅迫のようなものがつぎからつぎへと絶え間なくつづいた。のぼっていかないでくれと頼むうちに、その顔はふたたびあの異常な美しさと奇妙な歓喜を帯びていた。

そして音楽はますますテンポを早めた。

争いのいのち――それはたった数分しかつづかなかったと思う――私はさっと少年から離れて、頂上へと走りだした。もう、なりふりを構ってはいなかった。私のねらいを少年に知られたからだ。仲間の〝あのひと〟が誰なのか、そして、春の野のたそがれの静けさを破ったあの怖ろしい音楽が、なにを意味しているのか――都会の文明が放つ騒音より古くからあり、遙かに凄絶に挑んでくる力が、その音楽にはあった――私がその正体に気づいたことも、彼は知ったのだ。

私はぴったりとついてくる少年をしたがえて、丘の上へ倒着した。頂上に立ったとき、夜になっているのを覚えた。普通《なみ》の世間では、まだまっ暗になってはいなかったろう。だが、鼻を衝くような匂いを罩《こ》めた霧が、丘の天辺を這いまわっていた。霧は少年が建立した粗末な祭壇の上に、ふんわりと垂れこめているようにみえた。

少年の姿が見えなくなった。しかしすぐ右のほうで吐息が聞こえた。私はもう一度、争いを避けるための最後のチャンスを試してみたいと思った。――いまや恐怖が、私の骨の髄にまでしみこんできていたからだ。

「降りていくのだ」できるだけ冷静にふだんの調子を出そうとしながら私は言った。「降りるんだ。そうすれば私も去る」

答えはなかった。だが少年の呼吸《いき》づかいが早まった。そのとたん、楽の音に乗って、少年は歌いだした。その言葉にはかすかにドーセットのなまりがあった。そしてその声は美しいテノールだった。普通より遅く変声期を迎える少年のそれだった。彼の歌った事柄を、私はここに記述するわけにはいかない。想像もつかないほど邪悪に、水晶のように透明に、この世界が使うのをやめたと信じられている思想や言葉でいっぱいになるまで、エスカレートしていったからだ。音楽は彼の声に合っていて、微妙に邪悪さの度を増してきた。魔王の讃歌は高まり、人間の言葉で表現されてはいるが、私のいまだ知らなかった罪の高みへと蠱惑的に冴えわたり高潮するのだった。空気は熱くなり、霧は奇妙なぼんやりした輝やきを放った。つーんとした匂いは、ますます強烈になった。そして音楽は、まるで奇怪な啓示の序曲のように、一段と奔放に高鳴った。

　その時、前ぶれもなく沈黙がやってきた。なにも聞こえなかった。私自身の呼吸づかいさえ、聞こえなかった。そして、祭壇のすぐ上あたりのおぼろげな光のほかにはなにも見えなかった。そのとき物音がした。声だ。が、アクセントは人間のそれではない。しゃべる言葉は英語ではなかった。自分が住んでいるドーセットの野辺で、土地の訛《なま》りも年輪も感じさせない話しぶりを耳にしたときの驚きを私はいまでもおぼえている。声はとても低くとても明瞭に、そして非常に年とった老人のもののように響いた。年老いてはいたものの、まったく震えがなく、その代り老人や偉大な伝統に生きてきた永年の経験に富むひとが、しばしばとり憑かれる聖職者的な信念にみちていた。それなのに、この言葉の深い恐るべき壮厳さを除くと、人間の声だと確信させるものはなにもなく、影にしかすぎなかった。声は人を魅するように響き、恍惚とさせ、永遠の保証を唱えていた。声がつづいている間の数瞬、私は耳をそばだてて聴きいった。なにもわからなかったが、たぶんπ《パイ》だと思われる一語だけは聞きとった。これはギリシャ語かなと思った。

　それまでに私の感覚は、異常に鋭敏になっていた。私は怯えの段階を通りこしていた。ひとがすべてをしっかりと見透すと、肉体や魂までも危うくする危険さえも、正確に判断できる、そんな状態まで強くなり成熟してきていた。この状態と、このために培われた大胆さで私は、いまだに祭壇に輝やいている光のほうへ、一歩ふみだした。すこし前ならずんずん進んでいくこともできたであろう。だがしかし、いまや私は恐怖を感じていた。――眼前のどろどろしたおぞましいムードに、へたに関わって傷つけられたくなくなった。それまで私は、自分の目の前の状況に手も足もでなくなった経験は、一度たりともなかった。その恐怖感は、部分的には流砂のひき起こすものに似ていた。生きもののような砂が、人間の足や腕につかみかかる。必死で躰を脱けだそうとするのは、まるで生きた動物の顎からとびだすようなものだ。そう思ってハッと私は、われ知らず身を動かした。跳びすさって呪縛から解放された。その時、光はいっそうキラキラと白熱した。すると、私の相手の姿がみえた。相手――つまり少年は、ローマの地下墓地に描かれたオランテの壁画のように、腕をさしのべて全裸で立っていた。唇はまだ動いていた。その視線はさっき自分で積みあげた荒削りの石の上の、燃え立つ輝やきへ、じっと釘づけになっていた。刻一刻輝やきは増した。私は祭壇からほんの三ヤードぐらいしか離れていなかったが、輝やきはまったく熱くなかったし、煙も立っていなかった。それから、光度が強くなるにしたがって、その中心に人影があらわれた。人影というよりは、むしろ顔であり、顔というより幽霊でしかなかった。それはおなじ美しさを持っていた。少年と同様の耐えがたいほど罪深い美しさだった。美そのものと言ってもよいかも知れない。

それは、だがしかし、一刻も静止していなかった。信じられぬほどのす速さで眼のさめるような表情がつぎつぎと過《よぎ》っていった。その表情は俗世間の顔にはほとんど見られぬ、あの最もまれな特質、つまり統一が完全に欠けていた。——そこには中心点や、細部が本来そなえている有効な性格がなかった。この幽霊に並はずれた邪悪さの、罪の感覚をもたらしていたものこそ、統一の無さだった。それは淫猥な対照を示していた。だが、その美しい風情、まさにその表情のもつ風情は、むしろ活動写真を思いださせた。物まねの人生が、呼吸もつかせず本物の人生のあとを追いかけていくが、それでもけっして追いつくことができないあの恐ろしい活動写真を。おなじような、平和や喜びや、真理の、絶対的な欠落を、このサイモンスベリの丘の輝やきは私にむかって放射したのだった。

　感覚が麻痺し、いつしか祭壇をとりまいている地獄の障壁を破ろうと努力することに吐き気を感じながら見ていると、少年は身をかがめ、私が気づかなかったなにかを拾いあげた。彼がまた躰を起こした時、それがスパニエルだとわかった。犬が頭をだらりと垂れている加減から、薬をのまされているか死んでいるかのどちらかだった——私は前者だと思った。犬の首のまわりにあったのはコードだった。そしてその一端にはナイフがあった。その刃は不気味な光りを、夜の闇のなかにギラギラきらめかせていた。スパニエルを両手にかかえながら、少年は前に進んだ。私は胸をドキドキさせて待っていた。光りの環のなかへはいってきた彼は一段と優美であり、不安の色はなく、最高に健康的にみえた。もしも、顔に妙な表情さえうかんでいなかったならば、そして犬を運んでいくときの投げやりな態度がなかったら、少年は地獄そのものへと歩いているのではなく、天国へむかっているのだとひとは判断するところだろう。彼が祭壇へ近づくにしたがって、その上の幽霊はあとずさった。というより上昇し、これからはじまることに対して一種の祝福を与えるかのように、不気味に空を舞った。

　そのふしぎな宵のうちで、いちばんふしぎなことは、おそらくいろいろな事件ではなくて、それらを敢然と受けいれた私の態度だったであろう。前に言ったように、初めて丘の上の動きをみたとき、私に全く予断はなかった。それなのに、頂上に見えるのが祭壇だと疑わなかったのである。少年の目的がなにか、礼拝の対象が一体だれなのか、疑問すら抱かなかった。少年も、先刻さり気ない押問答を見せかけたにもかかわらず、私が彼の儀式を妨害にきたのを——その理由も手段も——疑いすらしないように見えた。どうしてこんなことが起こったのか、センサクは読者にまかせる。私はただ事実だけを記録しているのだ。

　少年が祭壇に踏みだした時、私は何らかの挙に出なければと感じた。それがなにかはわからなかった。犠牲のそなえられた光芒のなかへ侵入していっても、ムダなように思われた。暴力に訴える以外は、少年になにもすることができないのも明らかだった。それに、私は自分しかたよれないのに、彼ははるかに巨大な力を味方につけている……。だが、そうだろうか？　恥じ入りながら、私は自分の信仰心を思いだした。このぞっとしない仕事をはじめてから、一度も意識的に祈りの言葉を唱えなかったし、美と聖なるものの側にある、あの無窮な精神の機能を発揮するために、祈りという手段をとろうともしなかったのだ。愚かに心をかき乱されながらも私は自分のあやまちをすぐ改めようとした。あわてて「わが父よ」「聖母マリア」と唱え、十字を切りつつ祭壇のほうへ歩いていった。もう一度、私は呪縛に吸いこまれた——今度は神の大きな力を背景にしていたけれど——それなのに環にひきこまれまいとするには、自然にさからうのと同様、すくなからぬ努力を要した。そしてそのとき私は、奔放にざわざわとそよいでいる薄暗い草原の上へあおむけに倒れてしまった。

　私がよろめくと幽霊は笑った。少年がそれに和した。かくも恐ろしく、純粋に無とんじゃくな征服の笑いを、この耳に聞こうとは思わなかった。私は敗北し、降参したばかりか、すべてがばかばかしく感じられた。まるであるとてつもなく大きな力が、私にうち勝ったというよりむしろ取り憑いたような感じだった。少年は私が抵抗することができないことを知っていて、それ以上積極的に邪魔することなくほうっておいたのである。笑い声にカッとなった私は、いま一度祭壇へ突進した。そしてまた初めは吸いこまれ、それから自分の躰の強力な反応の力で、輪のそとへ意気地なく投げだされた。こうして三度目に敗北した時、またもや音楽がはじまった。

　今度は淫蕩な罪深い音色はこもっていなかった。もっと形式的で骨ぬきになっていた。しかし依然として、その本質の悪を低音部で奏しつづけている。やはり灰色や真紅の小節と漆黒の節で、音符が描かれている。音楽がはじまると、少年はかがみこんだ。犬を壇に横たえた。ナイフのさやを払った。そしてすばやく、犬の四肢を縛ってあった紐を切った。そうすると、麻薬のきき目が切れたためか、少年のナイフがこのあわれな動物に触れたせいか、犬はかすかに鼻を鳴らした。このようなクスリの効果が私にも及んだら、と思うといい気持はしなかった。と、まったく突然、この犬を救うことが私の使命だと感じた。それをすれば必然的に少年と争わざるを得なくなるだろう。そしてそれは未だに祭壇上に浮かんで、夜の闇のなかに光を放っている幽霊と闘うことをも意味する。しかしそのほかに犬を救う手だてはないのだ。

　少年は、今や新たに讃美歌を歌いだした。そして今度もまた、英語ではない言葉を使っている。もう一度私は前へと一歩踏みだした。犬がかん高い声で身の毛もよだつ悲鳴をあげた。私は突進した。一瞬にして戦慄と活力の混淆した雰囲気にまきこまれた。今度は闘うかわりにその雰囲気を無視しようとした。犬を救わなければという事実に、単純に心の的《まと》をしぼった。まさに少年がうしろから、犬の肩先へナイフをふりおろそうとした時、その腕をとらえた。そしてすばやく、彼の手首をぐいと後へひねった。ナイフは手を離れて宙へ飛んだ。はげしい怒りで混乱した少年は、私に手むかってきた。——それでもまだ私は無視し続け、犬を片手につかむと暗がりのほうへつっ走った。その時、なにかが私を捕えた。燃え立つような輝やきが、無数の蜂のようにうなっていた。怪物の顔は急激に変化してぼやけ、そしてもう一度現われると、すさまじい勢いで迫ってきた。手ではないようなそいつの手は、スパニエルをもぎ取ろうとした。足でないその足が私の足をすくってひっくり返そうとした。私がすがりついたものはなんでもふくれあがり、そして縮んだ。何度も何度も、自分の手のひらへ指先をつっこんだり目をくらまされながらどろどろした淫猥な空気にむなしくつかみかかっているのに気づくまで、そいつは姿を変えつづけた。匂いはいまや悪臭と毒気を放った。熱気はないのに、額を汗が流れおちるのを感じた。少年は倒れていた。発作を起こしたらしい。なのにまだしっかり私の足首に、まつわりついていた。私は、それを押したり持ちあげたりしながら、光りをたよりに少年の躰をひきずっていった。最初のうち怪物はなおも邪魔をするようにみえた。だが一瞬でやめた。そして、積極的に妨害されるかわりに、私は殺到してくる薄い膜に蔽われた塊のようなものと、闘わねばならない破目となった。万策尽きた窮地に、私は追いつめられていった。それなのに、白熱した光から外に出るには、まだ一ヤード半もあった。闘いつづけているうちに、抱いていた犬が身動きすると、小さく吼え、怒って宙に噛みついた。ふしぎなことに、この獣の奮闘が私に新たな力を与えた。私をわし摑みにしようとしている敵の手から、私はパッととびだした。犬は昂奮して吼えつづけていたが、力尽きた私は倒れてしまった。しかしそこは光りの外側だった。倒れる時、頭がなにか冷たくて鋭いものにぶつかった。そして私は気を失なった。

　朝になって、小さなスパニエルが心配そうに私の手をなめているのに気づいて、私は目をさました。

　起きあがると、農場の人足たちが、担架がわりの手編みの簀《す》の子を持って、近づいてくるのが見えた。私は弱よわしく手をふった。すると、手が血まみれなのに気づいた。頭が耐えられないほど痛んだ。手をやってみると、頭髪に乾いた血がこびりついていた。その時、地面にナイフがみえた。刃に血がついていた。男たちがのぼってきた。

「気分はよくなったですか?　オブライエンさん」

「ああ。だいじょうぶだ」そして私は足をふんばろうとした。が、頭がフラフラして、恥ずかしいことだが、また地べたへすわりこんでしまった。

「担架は要らんと思う――それにしてもどうもありがとう。いったい全体どうしてこんな――」私は最後に経験したことはなんだったのだろうと、思い返してみた。するとあの鼻を衝く悪臭が、まだ匂っているのに気づいた。

「なぜこんなところへいらしたんで?　ちっとも知らなかった。グデラー旦那んとこのスパニエルの仔犬が、あっしたちをここまでひっぱってきたんでさあ。すごいケンマクでしたぜ。なにもかも覚えてねえんですかい?」

　私は覚えていた。しかしこの男たちにはなにひとつ言えなかった。私は岩の上へ落ちたとかなんとかモグモグつぶやいた。みんなは、納得していないようにみえた。

　私はふたたび立ちあがった。どうやら立てるのがわかった。

そうだ。ここに祭壇があったのだ。祭壇の廃墟といったところかもしれない。石が崩れ落ちていた。私は男たちと歩きだした。そのとき、祭壇のまわりに小石がいくつか、妙なぐあいにならべてあるのが目についた。近くへ寄って見ると――小石でギリシャ文字の言葉が書いてあった。「牧羊神《パン》、男性生殖神《プライアパス》、太陽神《アポロ》」

　そして、その時私は知った。あの少年がどんな資格があって、悪魔に犠牲をささげにきたのか、昨夜私と闘った相手がいったい誰だったのかを。私は腰をかがめて、犬をなでてやった。犬は私のまわりを、ムチャクチャに喜んでじゃれついていた。

「あんた、あの牝犬の仔を一匹、飼ってやらなきゃいけませんぜ。オブライエンさん――あいつはもう永くないからねえ」

男のひとりが言った。

その日の午後、私の家へたずねてきた者がひとり――ふたりだと言ったほうがいい――あった。私のかわいい召使がきて、ツーグッドの奥さんがお目にかかりたいそうです、と言った。そしてこの辺でよく見かける女がはいってきた。彼女は明らかに、非常に悲しんでいた。彼女はすこし落ち着くと、近頃どんなに息子の――鉄道の赤帽として働きはじめたばかりの息子の――様子が変だということを話した。ひとりでハミングしていたり、何かをぼんやり眺めていたり、要するに彼女の言葉をかりれば〝いつもぼっとしている〟という。今朝も息子を起こしにいくと、死人のようにまっ蒼《さお》だった。昏睡状態から、どんなに努力しても目をさますことができなかった。彼女は決心して、駅へ欠勤の断《こと》わりを言わせ、医者を迎えに走りまわった。医者がきた時、少年の意識が戻ったという。

「オブライエンさん。あの子は子供にもどっちまったみたいなんです。腕をあたしにまわしてキスするんです――このところずっとそんなこと、しなかったのに――でも口をきけませんの」

「口がきけないって?」私は問い返した。

「一言も」彼女はすすり泣いた。「医者《せんせい》が言われました。あの子、何かのショックを受けてるって……」ここでまた言葉をとぎらせ涙に暮れた。

私はすわったまま考えこんだ。「ツーグッドの奥さん。奥さんは知らないんじゃないかな? 昨晩息子さんが外出していたのを」

「そとへですって? とんでもありませんわ。旦那さま。あの子がベッドへはいってから、ちゃんと見にいったんですもの――それに九時半には寝てましたし。だけど、とても変ですの。目がさめているのに、私に一言もいわないんですよ」

「ああ、そうか! しかし夕方には――日暮れ時にはどうだったね?」

「いいえ、旦那さま。夕ご飯には家にいました。これっぱかりも食べませんし、話もしようとはしなかったですけど。でもね、今朝《けさ》でしたわ。旦那さま。あの子ったら、大変やさしくて素直で、たのしそうでしたけど、妙なことを考えていました。石板をとって、それに書いたんですよ〝ぼくはオブライエンさんのもの〟って」

「なんだって!」私は言った。「ぼくはオブライエンさんの――」

「はい。旦那さま。申しあげたいのはそのことなんですよ。で、医者《せんせい》は、昂奮させないようにって。あの子、ふだんみたいに世話をやかせないんですけど。それであたし、ここへ連れてきましたの。旦那さまなら助けてくださるかと思って」

「どこにいるのかね?」

「部屋のそとです」熱心な表情で起ちあがると、

「いれてもいいでしょうか?」

「うん」私は答えた。

彼女はすぐに息子をつれてもどってきた。疑いはなかった。例の少年だった。前夜見たときに劣らぬ美貌だった。しかし、今朝はその美しさに、いささかの不吉さも悪意もなかった。息子は私を見、それから、英国の少年には非常に稀にみる優雅な態度で、ひざまずきながら私の手に接吻した。私はあわててそれを払いのけると、少年に訊ねた。

「なんの用だ?」

まったく陽気な、少年らしい微笑をうかべて、彼は部屋の隅へ突進した。そこには私の古いブーツがあった。彼はそれを磨こうとした。それから、最初に私を、つぎに母親のほうを訴えるようにみつめた。

私はしばらく母親と話しあった末——必要以上に長く続いたが——少年は私の召使となった。彼は完全に正気だった。たいていの田舎の少年よりも、子供っぽくはあったが。声は回復しなかったが、身体はすぐ丈夫になったので、ひとは彼が啞ということにほとんど気づかなかった。どうして犠牲の丘にいながら、同時に家で夕食をとっていたのか、私には説明がつかなかった。しかし、一時的に家から連れ出され、魔王の誘惑にかかった男女に仮りの住みかが与えられるという古い黒ミサの伝説には、現代のなにごとも信じまいとする人間の知識を超えたものがあるのだと思う。

農場のグデラー氏は、仔犬ではなくて、母犬のジェシーそのものをくれた。というのは、ジェシーがその夜私の家へ走ってきて、そのまま住みついてしまったからだった。

呪われた部屋

The Haunted Chamber

アン・ラドクリフ
安田 均訳

アン・ラドクリフ（一七六四―一八二三）は、ゴシック文学ではウォルポールにつぐ存在として名高く、代表作「ユドルフォの秘密」（一七九四）や「森のロマンス」（一七九一）などは英米の基本的な叢書に必ず収録されているが、わが国では一行たりとも訳されたことはない。冗長とか古めかしいとかいう評判もあるが、まさにその冗長さ、古めかしさの中に意義を求める読者もいるのである。

ラドクリフの実像がどのようなものかは、ここに訳出するサンプルによって判定されたい。「ユドルフォの秘密」から最も有名な部分を抜いたものので、この個所はのちにジェーン・オースチンが「ノーザンガー寺院」の中にパロディとして用いた。その意味で英文学研究家にも興味ある企画といえよう。

（紀田）

伯爵は北面の部屋をあけて、ルドヴィコの接待を準備するようにと命じた。しかし、まだ先程そこで目撃した事実が忘れられないドロテーにとって、その命令に従うことは容易なことではなかった。他の召使いたちも、誰一人としてそこへ行こうとしなかったので、部屋は夜、ルドヴィコが引下る時まで閉じられたままにしておかれた。夜、そこが開かれる時こそ、かねてから、家族全員が首を長くして待ちわびていた瞬間であった。

夕餉ののち、ルドヴィコは伯爵の依頼によって、小部屋に二人だけで閉じこもり、小半時間ばかり話し込んだ。話も終り、立ち去る際《きわ》に卿は一ふりの剣を差出した。

「これは、数々の死闘の際に役立ってくれたものです」伯爵はおどけるように言った。「怪しげなものが出れば、それはきっと目ざましい働きぶりを見せてくれる事でしょう。これを渡しておきますから、明日はひとつ、城に亡霊など全く残っていなかったということをお聞かせ願いたいですな」

ルドヴィコは丁重に謝意を表わして、それを受けとった。「伯爵、お望みの役目は確かにお引受致しましょう」彼は言葉をきった。「今宵以後は、亡霊などに城の平和が脅かされたりしないと誓います」

彼らは再び晩餐室へと戻ったが、そこでは来客たちが、北面の部屋まで付き従おうと待ちかまえていた。鍵を持ってくるようにと命じられたドロテーが、しばらくしてそれをルドヴィコに手渡した。そこで、彼は多くの城の人々を後に従えて通路を進んで行くこととなった。やがて、裏手にあたる階段にたどりついたが、そこで幾人かの召使いはすくみ上り、それ以上進むことを拒んだ。が、残りの勇敢なものたちは彼に続き、階段の上まで達した。そこは少し広い踊り場となっていたので、一団の人々は彼の周囲をとりまき、彼が鍵穴に鍵を差しこんでまわす間中、あたかも魔法の儀式がとり行なわれているかの如く、熱心な好奇に満ちた眼射しを注ぎ続けた。

その鍵に扱いなれていなかったルドヴィコは巧くまわすことができなかったので、後方にいたドロテーが呼びだされ、その助けによって扉がゆっくりと開かれた。彼女は薄暗い部屋の中に視線を這わせたが、急に叫び声を上げたかと思うと、後ずさりした。この驚愕を合図に一団はわれ勝ちにと階下に殺到した。その結果、調査を続けるために残ったのは伯爵、アンリ、ルドヴィコの三人だけであった。時を移さず、ルドヴィコは今しがた鞘から抜き放ったばかりの剣を握りしめ、伯爵はランプを手に、そしてアンリはこの勇気ある騎士のために、その夜を過ごすためのこまごまとしたものを準備した籠を持って、部屋の中へととびこんだ。

最初の部屋にはざっと見渡したところ、さきの叫びに応えるようなものは何もなかったので彼らは次の部屋へと向った。この部屋もまた静まりかえっていた。更に緊張した足どりで、彼らは第三の部屋へと進んでいった。伯爵はいまや先ほどの狼狽ぶりを照れ隠しに笑うだけの余裕を保ち、ルドヴィコに今宵過ごす予定の部屋を尋ねたりした。

「向うには部屋が幾つもあります。伯爵」ルドヴィコは扉を指さしながら言った。「そのうちの一つに寝台が備わっているそうです。そこで夜を過ごしましょう。見張るのに疲れてくれれば、横になることもできますし」

「結構です」伯爵は言った。「さあ、奥へ進みましょう。ごらんのように、この部屋々々には湿った壁と朽ちかけた家具しかみあたりませんな。この城へ来てから、もうかなりになるというのに実をいうとこんなに注意深く見てまわるというのは初めてなのです。ルドヴィコ殿、明日になったらこの窓を全て開けるように家政婦に言って下さい。あのダマスク織の壁かけもちぎれて落ちそうだ。あれをおろして、こんな古ぼけた家具は全部移してしまいましょう。」

「伯爵」アンリが口をはさんだ。「しかし、これはまたがっしりとした揺り椅子ですね。ルーヴルにあるあの高貴な椅子にうり二つだ」

「その通り」伯爵はまるで味わうかのようにゆっくりと間をとってこたえた。「その椅子には秘められた歴史がある。が、それを説明している時間はないでしょう。先へ進みましょう。この建物はわたしが思っていたよりもずっと奥行きがあるようだ。この中に何年も住んでいたというのに。ところで、ルドヴィコ殿、あなたの言われた寝室はどこかな。これらはみな大広間に通じる控の間ですよ。私はこの部屋々々が栄華の極にあった頃を覚えておりますがね」

「伯爵、寝室は」ルドヴィコは応えた。「彼らに聞いたところでは、大広間の向うに位置する部屋で、建物の端になるそうです」

「おお、ここは今言われたその大広間ですよ」彼らが先刻ドロテーとエミリーの休んでいたその広々とした部屋に入るなり、伯爵がそう叫んだ。彼はしばしの間そこに立ちつくし、今や色あせてしまったその偉容の跡にじっと思いを馳せた。かつてその壁には贅をつくしたつづれ《タペストリー》にしきが掛けてあり、床には縁を重厚な彫刻で飾られ鍍金《メッキ》された天鵞絨《ビロード》の長椅子が横たわっていた。床は床ですばらしい大理石の小さな方陣がはめこまれ、その中央には見事なつづれにしきのじゅうたんが敷かれていた。開き窓は、ステンド・グラスになつており、更にはその時代のフランスでしか作りえなかったような大きな良質のヴェネシアン鏡がおかれて、その光はこの広々とした部屋の隅々までをあまねく照らしていたのだった。以前はこの鏡の中に陽気で光輝に満ちた光景が映し出されていたのだ。なぜなら、ここは城の中でも最も高貴な部屋であり、侯爵夫人の結婚の祝いを兼ねた宴が催されたこともあったのである。もしも魔法使いの杖がかつてこの磨きぬかれた表面を横切って消え去った人々を呼び起してくれたなら、――現に、彼らの多くは永遠にこの世から消え去ってしまった――どんなに様々なそして印象的な情景が今ここに示し出されたことであろうか。今は、その光の奔流や素晴しい喧騒もまるで存在しなかったように、伯爵の手にする、それも部屋にじっとたたずむ三人の淋しい姿を照らすにも事かくような一すじのゆらめくランプの光と、それをとりまく寒々とした埃っぽい壁がそれに反射するだけだった。

「ああ」深い幻想から目覚めたように伯爵はアンリにいった。「最後に見た時から、何という変りようだろう。あの頃は私も若かったし侯爵夫人も元気であられた。もちろん花婿も。他にも多くの人々がここに居たものだが、今はもういない。あそこにオーケストラが控え、ここで私は何度も陽気に踊った。あの壁がダンスの音楽でふるえていたものだ。それが今ではたった一つのか細い声しか響こうとせず、それさえもすぐに消えてしまう。アンリ、私もかつてはおまえのように若かったのだ。おまえもきっと自分に先立つものたちが通ってきた道を辿らねばならないだろう――この一番陽気な部屋で、歌い踊って、時というものが刻一刻と進みながら、墓場へと近づいて行くということを忘れていたものたちのようにな。しかし、こういう感慨も、永遠に対する準備としていつも我々の内に蓄えられないのであれば、何の益もない――というよりむしろ危険といった方がよいだろう。というのは、もしそうでないなら、感慨は我々を未来の幸福に導かず、現在の幸福をも曇らせるだけだからだ。さあ、もうここは充分だ。行こうではないか」

既にルドヴィコは寝室の扉を開けていた。伯爵も続いて入ったが、その暗いアラス織がおりなす重苦しい雰囲気にハッと胸をつかれた。彼は厳粛な面持ちで寝台に近づき、それが黒い天鵞絨の棺おおいで覆われているのを見付けた。「これは何を意味するのだろう」じっとみつめながら、彼は言った。

「私はこう聞いております」その傍に立っていたルドヴィコはこたえ、かがみこんで、天蓋から垂れたカーテンの内側をのぞきこんだ。「ドヴィルロワ侯爵夫人はこの部屋でなくなられ、墓に埋葬されるまで、ここに安置されていたということです。ですので、伯爵、この棺おおいの意味がわかると思いますが」

伯爵は言葉を返さず、じっとその場に佇《たたず》み思いにふけっていた。明らかに感動している様子だった。そしてやにわにルドヴィコの方を向いたかと思うと、ごくまじめな調子で、彼に勇気をもってその夜を過ごすことができるかどうかを訊ねた。「もし疑いがあるなら」伯爵は付け加えた。「決してそれを恥じることはありません。召使いたちのしたり顔にあなたを露さなくとも、この役目は御破算にできますよ」ルドヴィコは少し間をとった。誇りと、何か恐怖に近い感情とが胸の内で闘っていた。が、ほどなく誇りが勝利を握った。彼は赤面しながらも、躊躇に終止符をうった。

「いや、伯爵」彼は断言した。「自分が始めた事は最後までやり通すつもりでおります。その御配慮には感謝しますが、この炉にあえて私は火を点《とも》すつもりです。この籠を携えて勇気をもってやれば、きっと巧く行くでしょう」

「では、そうして下さい」伯爵は告げた。「しかし、眠らないとしたらどのようにして気をまぎらわせるつもりですか」

「疲れてきたとしても」ルドヴィコは応えた。「眠りにおちることは別に恐れておりません。その間、何か暇をつぶすために本でも読んでおきます」

「そうですか。では何ものにも心を乱されないことを祈りましょう。万一、夜中に危惧を感じたなら、私の部屋に遠慮なく来て下さい。もっとも、あなたの正しい判断と勇気は充分信頼していますから、軽々しく驚いたり、この部屋の怪異や隔絶感にまどわされて、想像上の恐怖に脅えたりする事はよもやと思いますがね。多分、明日はあなたのこの重大な行為に感謝の念を抱いていることでしょう。そうなれば、部屋は大きく開け放たれ、家族のものもその誤りに気付くことでしょう。では失礼します。ルドヴィコ殿。明日の朝早く、お目にかかりましょう。そうすれば、私が今ここで言ったことも思い出話になるでしょう」

「その通りです、伯爵。では、私も失礼します。明日、明るい所でお会いしましょう」

彼は灯火を掲げ、部屋を横切って伯爵とアンリを扉のところまで案内した。踊場にはランプが一つ置いてあったが、それは先刻逃げ出した召使いが残したものだった。アンリはそれをとりあげ、再びルドヴィコに別れの挨拶をした。ルドヴィコも丁重に言葉を返した後、二人の前で扉を閉め、部屋に鍵をかけた。そして寝室へと引退ったのであるが、そこで彼は以前よりも綿密に自分の通った部屋を調べてまわった。というのは、誰かが彼を嚇かせる目的で、部屋の隅に隠れているかもしれなかったからである。結局、自分自身を除いては誰も部屋には居なかった。そこで、彼は通ってきた扉を開け放したまま、再び大広間に引返したが、その広さと妙に静かな陰鬱さとはまだ驚きに足るに充分だった。その場で彼は立ち止り、自分が今通ってきた部屋の長い奥行きをじっと凝視めていた。ふと振返ると、大きな鏡の一つに反射している自分の姿と灯が見え、肝をつぶした。他の物もまた、ぼんやりとその暗い表面に映ってはいたが、あえてそれらを注意して見わける気はなかった。急ぎ足に寝室へと戻る途中、張出窓の扉を見かけたので、それを開いてみた。内部は静まりかえっていた。あたりを見まわすと眼が、故侯爵夫人の肖像の上にとまった。かなりの間、その画は彼の注意と驚きをとらえて離さなかったが、やがて、その小部屋も調べ終え、彼は寝室へと引退った。炉で焚木を燃やすと、その明るい輝きと共に萎えかけた彼の精神はよみ返り、その場の沈黙と陰鬱さとを払い去った。今では時たま吹く一陣の風に沈黙が破られるだけだった。次に、彼は小卓と椅子とを火の側に引き寄せ、籠の中から一本のワインと夜食をとり出して、それを楽しんだ。食事が終ると、剣も小卓の上に置いてしまったが、別に睡気も感じなかったので、先程話に出した本をとりだした。それは、一巻のプロヴァンス（フランス南東部の州。中世の吟遊詩人を生んだ地方）本だった。椅子を炉に更に引寄せると、彼は読み始めたが、注意はすぐさま、その本の内容に全くといってよい程ひきつけられて行った。

その頃、伯爵は晩餐室に戻ったが、そこでは北面の部屋まで参加はしたものの、ドロテーの叫び声に雲の子を散らすように逃げ返った人々が集まり、例の部屋に関する質問をドロテーに熱心に浴せているところだった。伯爵は我がちに逃げまどった招待客たちをからかいながら、それをひき起した人々の超自然嗜好を揶揄した。この話題はやがて発展して、魂は肉体を去った後、果してこの世を再び訪れられるだろうか、とか、その場合、魂は五感に感じられるかどうかなどと、さかんに論じられだした。ある男爵は、最初の疑問は大いに有得べきことであるとし、後の方も可能であるという立場を採った。彼は自己の意見を正当化しようと熱中して、古代から近代にわたる賢哲の言葉を持ち出して引用した。これに対して伯爵は断固として反対側にまわった。結局、二人の間には長い論議が戦わされることになったが、こういう主題は通常、双方の腕と互いの公平さとによって、大いに盛り上るものである。しかし、この場合はどちらも他方の意見を補うところまではいかなかった。これを聞いていた人々の態度は様々にわかれた。伯爵はその論理性においては男爵の説に数段優っていたものの、賛同者は意外に少なかった。というのも、人間の心には驚異という感情への愛着が生来根強く残っていることから、男爵の側に付く人々が圧倒的に多かったからである。伯爵の問いかけに答えられない者がほとんどであるのに、彼らが、超自然的事象を信じたがっているという事実は、彼を打負かす程力強い論理が存在しなかったということより、むしろこんな抽象的な議論に聞き手の方の理解力がついてゆけなかったからといった方が正しいであろう。

ブランシェは真っ青になる程熱心に聞いていた。時には父の皮肉な一瞥が彼女の頬を紅潮させたりもした。やがて、彼女は、尼僧院で聞かされてきた怪談は忘れてしまおうと思うに至った。一方、エミリーは自己の非常に関心がある議論に、我を忘れて聞き耳をたてていた。そして、時折、例の侯爵夫人の部屋で見た光景を思い起し、背筋が凍るような恐怖を覚えた。何度も、彼女は自分が見たものを述べようとしたのだが、伯爵に与える苦痛と彼の嘲笑を買う恐れに耐えきれず、じっと自己を抑制していた。結局、ルドヴィコの大胆な行為に期待をかけ、話さないでおくかどうかはそれによって決めようと決心した。

深夜となり、その集いが解散した後、伯爵は化粧室に引籠ったのであるが、つい先程、自己の城で眼のあたりにした荒涼たる光景を心に浮べ、深い想いにとらわれた。突然、その思索と沈黙をたちきるものがあった。「私の耳に聞えてくるあの音楽は何だろう」彼は驚いて従者に訊ねた。「こんなに夜遅く誰が奏いているのだ」

従者は答えなかった。伯爵はしばらく聞き惚れていたが、おもむろに言った。「とても普通の奏者とは思えない。何か繊細な腕が楽器に触れているようだ。あれは誰なのだ、ピエール」

「閣下――」男は躊躇しながらもこたえようとした。

「誰があの楽の音を響かせておるのじゃ」伯爵はなおも繰返した。

「それでは御存知ではなかったのですか」思いきったように従者はいった。

「何を言いだすのだ」伯爵は幾分とがめるように応えた。

「いえ、何も。別に何も意味しているわけではありません」男は言下に否定したが、「ただ――ただ、あの音は真夜中になるとよく家のまわりを包みこんでしまうのです。私は卿が以前からあの音をよく御存知のものと思っていたものでございますから」

「真夜中に楽の音が家をつつみ込むだと。馬鹿な！　誰かあの音楽にあわせて踊ったりするというのか」

「あれは城の中で鳴っているのではございません、きっと。あの音は大層近くで聞こえますが、人々は森のかなたから漂ってくるといっております。しかし、まあ幽霊には何も出来ないことでございましょうから」

「おお、愚か者め」伯爵は口をついた。「お前もあの部屋の残りの連中と同じく馬鹿な男だ。明日になれば、その致命的な誤まりに気付くことだろう。が、それにしても！　何という美しい声だ、あれは」

「おお、閣下。あれも私どもが音楽と一緒によく聞く声でございます」

「よくだと。どのくらいだ」伯爵は続けた。「祈りだろうか。それにしてもよい声だ」

「全くです、閣下。私自身は二、三回しか聞いたことはございませんが、ここに長く住んでいた者は、嫌になる程きいたと申しております」

「何とすばらしい」伯爵はそう叫んだかと思うと、また息をひそめてきき入った。「おお、今度は死に魅せられたような韻律になった。これはとても生きている者に出せるような音色ではないな」

「仰せの通りです、閣下」従者は意気込んだ、「あの声は絶対に生きているものには出せないと言われております。少し私の考えを述べさせて頂けるなら――」

「静かに！」伯爵は遮り、その調べが絶えてしまうまで熱心に聞き入った。

「妙な事もあるものだ」窓から振返り、彼は命じた。「窓を閉じてくれ、ピエール」
ピエールはそれに従い、伯爵はすぐに彼を退らせた。が、その音楽の想いはそう簡単に胸中から消し去ることはできなかった。驚きと困惑とが頭の中を占める一方で、とろけるような甘い韻律がいつまでも幻覚のように振動していた。

その間ルドヴィコは遠く離れた寝室で、家族の者たちの寝室に退る弱い扉の響きを時々耳にしていた。そのうち、更に遠くの方でホールの大時計が十二時を打った。「真夜中か」彼は独りごち、疑わしげに広大な部屋を見まわした。炉の中の火は今やほとんど消えかけていた。というのも、彼の注意がほとんど本によって占められていたからである。全く他の全てのものを忘れ去っていた。そこで、すぐに彼は新たな木をついだ。外は嵐が吹き荒れていたが、寒いという程でもなく、それよりも勇気が徐々に薄れてきたのが恐しかった。ランプの芯を再びきり、ワインをまた杯に注ぎ、椅子をパチパチとはじける炎のそばに引寄せて、窓の外に吼え狂う風の音を耳から消し去って、自分に襲いかかってくる憂鬱からなんとか気分をそらせようとした。彼は再び本をとり上げた。それはドロテーが以前に侯爵の書斎の薄暗い隅で拾っていたもので、彼が借りていたのだった。拾ったあと、彼女は頁を繰り、中で語られている様々な奇譚を眼にとめて、注意深く自分の娯楽として保存しておいた。本の状態は、それがあるべきところから彼女が勝手に隠匿《とく》してもどうこうと到底いえるような代物ではなかった。湿った隅に落ちていたために、表紙は黴だらけで型くずれし、その一葉々々はしみで汚れており、文字を苦労もせずにすらすら読むことはとてもできなかった。それでも、プロヴァンスの作家の小説は素晴しいものがある。その中には、サラセン人によってスペインに持ちこまれたアラビア伝説を引きうつしたものがあるかと思えば、或いはまた、吟遊詩人たちが付従った十字軍の英雄たちの手柄を列挙したものもある。それらは常に情景描写と出来事の両面にわたって魅きつけるものを持っているのだ。ドロテーやルドヴィコも例にもれず、その気ままな空想の翼にとらえられた作り話に古えの社会の全ての層が熱狂したのと同じく、夢中になった。しかしながら、この本の中でも幾つかの話は十二世紀の頃の寓話を通常特徴づけている優れた構成と英雄的な行動を著してはいないものもあり、今のルドヴィコにも単純な筋だと思われた。以下に述べる話も、彼がたまたま開いた所に載っていたものである。原文は更に長いものであったが、このように短く縮められたのであろう。今の読者なら、あるいはこれが往時の迷信に余りにも色付けられ過ぎているというかもしれないが。——

プロヴァンスの伝承

かつてブルターニュ（フランス北西部の地名）の地に高貴な男爵が居を構えており、その聡明さと客に対する礼儀正しい厚遇ぶりとで有名であった。彼の城は絶世の美女たちで色彩られ、音にきこえた騎士たちの参集の場となった。それというのも、騎士道に賭けた男爵の名誉が、遠く離れた国々の勇者たちにも伝わり、彼らはその列に加わらんものと寄り集ってきたからである。その結果彼の宮廷は他の多くの諸侯たちよりも遙かに眼をみはるものとなった。八人もの吟遊詩人たちが、彼のもてなしの下にあり、各々琴を手にしては、英雄の歌をつまびくのだった。その中にはアラビアから題を得たものあり、十字軍遠征の途上、騎士に襲いかかる勇しい冒険あり、あるいは男爵のそして諸侯の武勇談があった。一方ではまた、多くの騎士や貴婦人たちの居並ぶ宴会が大広間で催されもした。その壁には先祖以来の肖像画が飾られ、或いは高価なタペストリー《つづれにしき》が掛けられているかとおもうと、盾の紋章を形どったステンド・グラスの大窓があり、眼を外に転じれば屋根の上では豪華な旗がはためき、更には贅を尽した天蓋、金や銀を惜しげもなく散らした側壁、食卓を覆う無数の皿、多くの参列者の陽気なさざめき、招待客の騎士道的で優雅な振舞等々が重なり合って、現在のように堕落した時代にはとても眼にすることを望むべくもない素晴らしい光景が顕現していた。

この男爵については次のような奇譚が伝わっている――ある夜、宴が終り、参列者たちとも別れて部屋に下った男爵は、高貴な雰囲気を漂わせながら、どことなく悲しげで意気銷沈とした顔付の男が突然現われたので、非常に驚いた。これはきっと部屋に隠れていたに違いないと確信した彼は（なぜなら卿の部屋に侵入しようとする者を防ぐために従者たちが控えており、夜遅く見とがめられずに通りすぎることなど、不可能とも思えたからである）大声で人々を呼び、未だかつて脇から離したことのない剣を抜き放って身構えた。男はゆっくりと近づいたかと思うと、彼に向って何も恐れることはないと語りかけた。男は男爵に恐るべき秘密を知らせるために現われたので、別に敵意を抱いているわけではないといい、その秘密は是非とも知ってもらわねばならないのだとも語った。

男爵は男の礼儀正しい様子に宥和されたのか、少しの間沈黙したまま男を見つめたが、剣を鞘におさめて、男に部屋に侵入した方法とこの尋常でない訪問の目的を説明することを求めた。

男は口を聞いたが、この質問には共に答えようとしなかった。その内容は自分を説明する事は今はできないが、それよりも、城から程遠からぬ所にある森のはずれまできてくれるなら、きっと重要な事を見出せるだろうということであった。

この要請は男爵を再び懐疑的にするのに充分であった。こんな夜更けにそのような淋しい所に連れ出そうとするとは、自分の命に対して悪意がないなどとても言えた代物ではないと思わざるを得なかった。そこで彼はきっぱりと拒絶した。同時にまた、もし男の目的が崇高なものであるなら、今向きあっている部屋に訪れた目的を説明しないはずはないとも思えた。

彼はこう述べながら、そのあいだ先程より更に注意深く男を眺めた。が、その顔色には何の変化も顕われず、悪意を底に秘めた様子も全くうかがえなかった。その態度は相変らず騎士のようであり、高くがっしりとした身体は威厳を備え、礼儀をわきまえているように見受けられた。頑なに今まで述べた事以外にはいかなる処であろうとその使命の意図を明らかにしない様子である。しかし、男はやがて秘密の一端を暗示してくれたので、男爵の心の内には真摯《しんし》な好奇心が少し芽生え、遂にある条件をかたに男に従おうと決心するに至った。

「騎士よ」彼は口を開いた。「森まで従うことに致しましょう。ただ四人の者を私に付けて下さい。我々の合意の証しとするために」

この条件さえも男は拒絶した。

彼は威厳をこめて断言した。「これから見せようとしている事は、あなただけに関わりがあるのだ。この状況を知らされているのは僅か三人に過ぎない。それにその説明よりも、あなたとその家族にとってこれがこの上もなく重要なことを説明しよう。将来、この夜をふり返って見た時、満足があるか後悔があるかは全てこの決心にかかっているのだ。もし、あなたの家がこれから更に栄えたいのであれば、私に従うことだ。いかなる災厄も降りかからないことを私の騎士の名誉にかけて誓おう。もしこの危険を冒すことなく満足していたいのなら、部屋に残っておればよい。来た時と同じく私は去って行くから」

「騎士よ、何故に私の将来の安全がいつに現在の決断にかかっているなどといわれるのか」

「今ここで語るわけにはゆかないのだ」にべもなく男は応えた。「伝え得る限りのことはもう説明したはずだ。時間がない。私の言葉を信じるなら、急がねば。早く決断することをお願いする」

男爵は黙考しながら、騎士を見つめていたが、今では相手の顔つきに妙な厳粛さが漂っているの発見した。

（ここでルドヴィコは小さな物音がしたように思ったので、視線を部屋の隅に走らせた。そして、更によく確かめようとランプを持ち上げたが、別に驚きを与えるようなものは何も発見できなかった。彼は再び本をとり上げ話を追った）

男爵は沈黙したまま、しばらくの間、部屋を往き来した。その心の内では、男の異様な申し出が嵐となって吹き荒れていた。認めることも恐ろしいが、拒絶することもまた恐い。遂に彼は思い切って打ちあけた。「騎士よ、あなたは私にとって全く見知らぬ方です。私にあなた自身のことを説明して下さい。でなくて、どうして、このような時間に、淋しい森の中で自分を見知らぬ方に預けておくことができましょうか。少なくとも、あなたが誰であるのか、そしてまた、この部屋にあなたを隠す手助けをしたのが誰なのか教えて頂けないでしょうか」

この懇願をきいて男は眉をしかめ、顔つきが一層厳しくなった。短い沈黙が降りた。やがて、「私は英国の騎士だ。名はランカスターのベヴィス卿という。聖都では少しは名を知られているものだ。そこから生れ故郷の地に帰る途中であったが、途中森の中で行き暮れてしまったのだ」

「あなたのお名前は少しは知られているという位ではありますまい」男爵は応えた。「確かにお名前を耳にしたことがある」（騎士は傲慢なようにも見受けられた）「しかし、いくら私の城が真の騎士たちをもてなすことで知られているとはいえ、なぜあなたの御到着が告げられなかったのでしょう。どうして晩餐においでにならなかったのですか。あなたが御出席されれば多分大歓迎をお受けになったことでしょうに。どうして城の中にお隠れになったり、真夜中に私の部屋などに忍び込んできたりなさるのか」

男はしかめ面をして、おし黙ったままあらぬ方を向いた。男爵はなおも訊き続けた。

「私はここに」遂に男は遮った。「質問に答えに来たのではない。真実を公けにするために現われたのだ。もし、これ以上知りたいと思うのなら、私についてくるべきだ。何度も繰返すが、騎士の名誉にかけて、あなたを安全にお返しする。早く決断するようお願いしたい。もう行かねばならぬ」

更に幾莫かのためらいを残した後、男爵はこの見知らぬ男に従い、この尋常ならざる要請の結果を見極めることに同意した。そこで、再び剣を抜き放ち、ランプをつかんで、騎士に道案内を頼んだ。男はうなずいた。そして、部屋の扉を開いて、控えの間へと入って行った。そこでは、男爵があっけにとられたことに、小姓たちが皆眠りこけていた。驚きはやがて怒りに変り、彼はその不注意さを罰しようとした。が、騎士は手の合図でそれを止め、男爵に強い眼射しを浴せたので、彼はその憤怒を押えて、通り過ぎて行った。

階段を降りきったかと思うと、騎士は、男爵だけが知っているものと信じ込んでいた秘密の扉に手をかけた。そして、狭いまがりくねった廻廊をいろいろと抜けて進み、やがて、城壁の向うに通じる小門へとたどり着いた。この秘密の廻廊が至極簡単に他人者《よそもの》にも知られていると解り、危険だけではなく裏切行為にも直面しているように感じた男爵は、この冒険から早く足を洗いたい気持になった。と同時に、自分が武装している事を思い出し、またその様なことにそぐわぬ案内者の高貴で礼儀正しい雰囲気をすぐ側に感じて、勇気が再び舞戻った。そして一時ではあるがこのように弱気になった事を恥ずかしく思ったので、秘密の源を絶対につきつめようと固く決意した。

今彼の居る所はヒースの台地であり、眼前には彼の城がそびえ、見上げてみると、部屋に退った客たちの様々な窓から明りが洩れているのに気がついた。こうして吹きわたる風に身を縮み上らせて、あたりの暗く人里離れた光景を眺めていると、頭の中に、焚木の輝きによって元気付けられていた暖い部屋の心地良さが、現在の状況と重なり合って思い起こされ、奇妙な現実感に襲われた。

（ここでルドヴィコは少し休憩し、炉を見つめると、それが燃え上るように掻き起した）

風はうなり、男爵は今にも消え入りそうに見えるランプの火を気にしながら歩み続けた。知ってか知らずか、炎は大きくゆらめきはしていたものの消えはせず、彼は忠実に男の後を追った。男は時々ため息をつきはするものの、なにもしゃべらなかった。

彼らが森の境についた時、騎士は振返って、まるで何か言問うかのように頭を上げてみせた。しかし、それでも唇はしっかりと結ばれており、沈黙したままだった。

暗く枝がおおい茂った下に踏み込もうとして、男爵は、そのいかめしい風景に圧倒された。彼はそれ以上進むことに難色を示し、後どの位行かねばならないのかを尋ねた。騎士はただ身振りだけでしか応えなかったので、仕方なく男爵は疑わしげな眼付とおぼつかない足どりながら、はっきりとしない複雑な道を抜けていった。かなりの道のりを来た時、遂に彼はどこまで行くのか教えなければ、それ以上進む事を拒否すると重ねて要求した。

彼はこう言うと、自己の剣を眺めわたし、今度は頭をふるだけの騎士を見つめた。しかし、その意気銷沈した顔をしばらく見ていると、疑いは段々と薄れて行った。

「私が導こうとしている所は、ほんのもう少し先だ」男はやっと口を開いた。「災厄はあなたにはふりかからない——これは騎士の名誉にかけて誓ったはずだ」

この再確認をとりつけて、彼は再び黙って後に従った。まもなく彼らは森の奥深くひきこもった所に出たが、そこはうっそうとした高いとちの木が繁り、空を完全に隠してしまっていた。下ばえも又、繁茂していたので、進むのは困難であった。騎士は通り抜ける間深くため息をつき、時々休んだ。そして、やっとのことで、木々がかたまって群生している場所へと出た。彼は振返るや、恐ろしい顔つきで地面を指さした。男爵の眼には一人の男が手足を伸して横たわり、血に染っているのが映った。恐ろしい傷跡が額にあり、死が既にその容貌を変えてしまうほど蝕んでいた。

　男爵はこの光景を見て恐怖にうたれ、騎士に釈明を求めようとした。そして身体をかかえ起して、生命の残りかすでもありはしないかと調べた。が、騎士は手を振って無駄であることを示し、その身体に真剣で悲痛な眼射しを注いだ。これは男爵を諦めさせると同時に、驚かせもした。

　しかし、それも、死体の特徴をよく見るためにランプを近づけた時の驚きに比べれば問題ではなかった。その顔はつい今しがた驚きと疑問から見上げた案内者の、見知らぬ顔に酷似していたではないか。じっと穴があく程見つめる男爵の前で、やがて騎士の顔が変わり、色褪せ始め、ついには体全体が徐々にその驚くべき実体を消し去って行った。（男爵はその場に突立ったまま、動けなかった。その耳元に声だけが響いた）

　（ルドヴィコも仰天して本を脇においた。というのは、部屋の中で声が聞えたように思えたからである。彼は寝台の方を見たが、ただ黒い棺おおいと支柱があるだけだった。耳をすませ、息もほとんど止めてみた。しかし聞えるのは遠く離れた嵐の海の咆哮と、窓に吹きつける一陣の風の音だけだ。結局、自分のため息の空耳をきいたと思い、本を取上げて物語を最後まで追った）

　男爵はその場に突立ったまま動けなかった。その耳元に声だけが響いた。

「英国の高貴なる騎士、ランカスターのベヴィス卿の身体は汝の前にある。今晩、聖都から故郷に帰る途中、彼は待伏せられ、殺された。この騎士の名誉と人間の道を守らねばならぬ。即ち死骸《なきがら》を教会の墓地に埋め、殺人者を罰するために捕えねばならぬ。汝がこれを守るか怠るかにより、平和と幸福、或いは戦いと悲惨が訪れるであろう。それは永遠に汝と汝の家族にふりかかる運命なのだ」

　この冒険が引起した恐怖と驚愕からさめると、男爵は城へととって返し、すぐにベヴィス卿の身体を運んだ。そして翌日、城の教会では、ブランヌ男爵の宮廷を飾る高貴な騎士と貴婦人の列席する中で、名誉ある騎士の理葬が行なわれた。


　ルドヴィコはこの話を読み終えると、本を傍らに置いた。少し睡くなってきたようだ。そこで炉に薪を新たにつぎたし、またワインをもう一杯注ぐと、暖炉の上の肘かけ椅子の中で姿勢を楽にした。夢の中でも、彼は自分が実際に居る部屋を眺めていたが、その肘かけ椅子の高い背もたれの後ろから、男の顔がみつめているような気がして、不完全な眠りから覚めることが一、二度あった。やがて、この気持に更に強くとらわれたので、彼は眼を上げて、自分に注がれていると思われる他者の視線を何とか見出そうとした。最後には椅子から立ち上って、その後ろ側を見まわした後ようやく誰もそこにいないということに確信が持てた。

　こうして時間は過ぎて行った。

　伯爵の方は夜どおし、一睡もできず、翌朝早く起き上るとルドヴィコと話を交わすために、すぐさま北面の部屋へと向った。が、一番外側の部屋は前夜と同じく、鍵がかけられたままであった。彼は仕方なく入室の許可を得ようと大きな音でノックした。応える声もノックの響きも聞えては来なかった。更に大きな声で呼びかけてみたが、後に残されたものは静寂だけであった。一連の呼びかけが何の効果も及ぼさない事実に、伯爵はなにか変事がルドヴィコの身の上に降りかかったのではないかと気になり始めた。想像上の存在に対する恐怖から気を失ってしまったのではないだろうか。そこで、彼は扉を一まず残しておき、それを開けるために、階下で朝早くから動きまわっている召使いたちを集めにかかった。

ルドヴィコの身に関して何か見たり聞いたりしたかという質問に対して、彼らは驚いたように、一概に前夜から城の北側には行こうとしなかったと答えた。

「では彼は熟睡しているに違いない」伯爵は考えた。「あの錠が下りていた一番外側の扉からかなり離れた所で寝ている筈だから、部屋に入る許可をとりつけるには、外側の扉をこじあけねばならん。道具を取ってまいれ、わたしについて来るのだ」

召使いたちは元気なく、おし黙っており、伯爵の命令が実行に移されたのも、家族がほぼ全員揃ってからのことだった。そうこうする内に、ドロテーが、大階段から大広間の奥の控の間に通じる廻廊の扉を知っていると言いだした。その方が寝室に遙かに近い上に、それを開けようとする試みに、ルドヴィコが容易に気づくだろうという利点があった。こうして伯爵はそちらの方を選んだ。しかし、これも先に外側の扉で行なった試みと同じく何の効果もないことがわかった。今はもう、真剣にルドヴィコの安否を気遣っている伯爵は、手ずから道具を持って扉を打破ろうとしたが、その奇妙な美しさに魅かれて、手を一瞬さし控えた。それは一見したところ、黒檀で作られたもののようであり、肌目は黒く細かで、強い光沢を放っていた。が、よく見ると、ただのカラマツの木であることがわかった。その森によってプロヴァンスの名が高まったといわれる位どこにでも繁っているものである。しかしそのみがき上げられた光沢と繊細な彫刻とは伯爵の心に保存しておきたいという欲望を湧き上らせた。そこで彼は再び裏手の階段から通路へと戻り、遂にその錠をこじあけて、最初の控の間へとおし入った。後に従うものはアンリと幾人かの最も勇敢な召使いたちで、残りは階段と踊場でその探索の結果を待ちわびていた。

伯爵が通る部屋はどれも沈黙があたりを支配していた。大広間に着くと、彼は大声でルドヴィコの名を呼んでみたが、それでも返答はなかった。寝室の扉を大きくあけ放つと、彼は部屋に飛込んだ。内部の深い静寂はルドヴィコに対する懸念を確固たるものにした。人っ子一人の寝息も聞こえてはこなかった。部屋には鎧戸が全て降されており、暗すぎて、とてもその中に存在するものを判別できなかった。それが一層の焦躁となって気遣いを増した。

伯爵は召使いに命じて鎧戸を上げさせようとした。命を受けた者は部屋を横切ろうとして何かにつまずき、床に倒れた。その悲鳴は、ここまでついてきた仲間のほとんどに恐慌をひき起し、彼らは先を争って逃げ出した。伯爵とアンリが残され、彼ら二人が役を果すこととなった。

アンリはすばやく部屋に飛びこんだかと思うと、鎧戸を引き上げた。そこには、ルドヴィコが坐っていた炉端の椅子の上に倒れている先程の召使いの姿があった。しかし、ルドヴィコの姿はもはや椅子の上にはなく、部屋にようやく射込んできたほのかな光の中で探しても見つからなかった。伯爵は、これには驚いたらしく、より詳しく部屋を検分できるように他の鎧戸もすぐさま開いた。が、ルドヴィコの気配はかけらもなかった。自分の感覚を信じきれないような、中途半端な不安を感じて彼はしばらく立尽した。眼は寝台の上をなおもさまよっていたが、満足がゆかず、まだそこで眠っているのではないかと手で確かめもした。が、無駄であった。今度は張出窓に近よってみたが、全て前夜の状態のままだというのに、ルドヴィコの姿だけがかき消すようになくなっていた。

ようやく驚愕から脱した伯爵は、ルドヴィコが場所的な淋しさと恐怖の無意識的な換起によって圧倒され、夜の間に部屋を脱け出したのかも知れないと思いたった。が、例えこれが事実であったにせよ、それにはそれで社会から隠れるのにもっと自然な方法があった筈である。召使いたちも誰も彼を見ておらず、外の部屋の鍵は内側からしっかりとかけられている。故に彼がそれを通り抜けて行ったと考えることはできない。それに調べてみると、この屋敷の外に通じる扉は全て内側からしっかりと錠をさされ、鍵がかけてあることが判明した。そこで、最後に窓を通って抜け出したと考えねば説明がつかなくなり、伯爵はそれも試してみることにした。しかし、人が通り抜けるのに充分な広さを持つ窓を全部調べてみた結果、どこにも注意深く鉄の棒か鎧戸が下してあり、誰かが通ろうとした痕跡などは全くなかった。ルドヴィコが、扉を通って安全に外へ抜けられた筈なのに、何も首を折る危険を犯してまで窓から跳出すなど、考える方がおかしかった。

余りの不可解さにその驚きは言語を絶したものだった。もう一度、彼は寝室を検分しに戻ったが、先ほど転がった椅子とそばの小卓を除いては、乱された跡が全然といってよい程みあたらなかった。その上には、ルドヴィコの剣、ランプ、読み終えた本、ワインの小壜などが残されていた。足元には夜食と薪の残りと共に籠が落ちていた。

アンリと召使いたちは今やあたりを憚らず、亡霊の事を口に出していた。伯爵自身も口数こそ少なかったが、その態度の端々に深く衝撃を受けたことがみてとれた。それでも、ルドヴィコはきっと何か秘密の廻廊を通ってこの部屋を抜けだしたに違いないと考えたりもした。伯爵にとっては、この出来事に超自然的な要素がからんでいるとはとても信じることができなかったのだ。が、例えその廻廊があったにせよ、何故彼がそれを通って去ったのかは到底究明できる事ではなかった。更に驚くべきことは、普通辿ればわかるはずの彼の痕跡が皆無であった事である。部屋はあたかも平然と歩き去ったかの如き様相を呈していた。

最後の手段として伯爵は、もし扉が隠されているのなら、それを見つけようと、寝室や大広間、果ては控の間の一つに到るまで、壁に掛っているアラスの織物をかかげて調査した。が、この苦労も結局は徒労に帰した。遂に彼は控の間に厳重に施錠して立去った。鍵は自分で保管した。そしてルドヴィコを発見するために、城だけではなく、近隣にまで、周到な探索を行なうよう命令を下した。その後、彼はアンリと自室に閉じこもり、かなりの時間をさいて熱心に話しこんだ。その論議が何であったにせよ、この時以来、アンリは持前の快活さを失くしてしまった。彼の振舞には奇妙に陰鬱であたりを憚る様が目立ち、あの伯爵の一族を驚異と衝撃とで震憾させた出来事が起った際も、それが崩れるような事はなかった。

城には伯爵がその住人となる前に住んでいた者たちがあった。彼は、外壁が未知の地下にある洞穴へと続く、一連の階段や廻廊を隠しているのに気付かなかったのだ。故に彼は一番外側の部屋だからと思いこんで、そういう部屋の片隅にある扉を見つけ出そうとはしなかった。ここに秘密の戸口が隠れていたのである。城は（この章ではユドルフォと考えないで頂きたい）ランゲドックの海岸に位置していた。その洞穴には海賊の巣窟があり、彼らは建物に侵入しては人々を誘拐し、超自然的幻影とみせかけてきた。この海賊たちがルドヴィコを運びさったのだ。

降霊術士《カバリスト》ハンス・ヴァインラント

Le cabaliste Hans Weinland

エルクマン・シャトリアン
秋山和夫訳

エルクマン＝シャトリアンErckmann-Chatrianは所謂合名作家で、つまり、エミール・エルクマンEmile Erckmann（一八二二―一八九九）およびアレクサンドル・シャトリアンAlexandre Chatrian（一八二六―一八九〇）のことである。

初期の作品群「ヴォージュの山賊」Les Brigands des Vosges、「三人の縊死者の宿」L'Aubeye des trois pendusなどは、初め地方紙に載せられていたがやがてパリの雑誌に進出するようになった。「名高きマテウス博士」L'Illustre Docteur Mathéus、「見えない眼」L'Oeil invisible、「壜の中の市長」Le Bourgmestre en bouteil、「幻想小話集」Les Contes fantastiques、「山岳小話集」Les Contes de la Montagne等には、ホフマンの影響が強い。

彼等は、二人の共通の故郷であるアルザス地方の生活、風俗等、地方色豊かな世界に、伝説的、超自然的色彩を加えたのだったが、次第に、共和政や帝政時代の歴史的な現実世界に接近していくようになる。「ライン河畔物語集」Contes des Bords du Rhin、「ダニエル・ロック親方」Maître Daniel Rock、「わが友フリッツ」L'Ami Fritz等から、「狂人イェーゴフ」Le Fou Yegof、「テレーズ夫人」Madame Thérèse、「一八一三年の一新兵の物語」Histoire d'un conscrit de 1813、「侵略、戦争」Invasion, LA Guerre等の作品群がそれを示している。

今回紹介する「カバリスト・ハンス・ヴァインラント」Le cabaliste Hans Weinlandは、「ライン河畔物語集」の一篇である。これは、「子盗み女」La voliuse d'enfants、「白と黒」Le flanc et le noir、「鴉のレクイエム」Le requiem du corbeau等八つの小品から成り、バルザック風の人物再出法によって、クリスチャンやツァハリアス等が別の小品に登場したりしている。

その語り口の巧みさ、構成の緊密さ、簡潔な文体による強い喚起力には定評があり、一時期のフランスでは、ほとんどの家庭に、一冊は彼等の著作が見られたというこのエルクマン＝シャトリアンについては、フランスでもすでに声名は定っており、広範な全集が編まれ、完結したのはつい先年のことである。

フランスの土壌に育ったこのホフマン的メルヘンの世界については、また折に触れて紹介していきたい。

（荒俣）

ぼくたちの形而上学の教師ハンス・ヴァインラントは、降霊術士《カバリスト》たちが呼ぶ原型さながらに、背が高く痩せていて、肌は鉛色、赤い髪、鉤鼻、灰色の眼、そしてプロシア風の長い口鬚の下に、皮肉っぽい唇が突き出ていた。

ぼくたちは、彼の論理の展開や、議論のつなぎ具合に感嘆していた。それに、辛辣で嘲笑をまじえた言いまわし、それは、まるで茨のしげみに付きものの刺のように、まったく自然に彼の口から出てくるのだった。

大学のあらゆる伝統に反している、この風変りな人物は、普段は、鶏の羽根の載った大きなトロンブロン（上部がラッパ状に広がった帽子）を被り、ブランデンブルク風のフロックコートと非常にだぶくしたズボンを着用し、銀の小さな拍車の飾りの付いた乗馬用長靴を履いていた。こうしたことは彼にいかにも好戦的な風采を与えていたのだった。

さて、或る日の朝のこと、ぼくをとても可愛がってくれ、おかしい位に眼をぱちくさせながら、ぼくのことを《碧い神の息子》とたびたび呼んでくれるハンス先生、そのハンス先生がぼくの部屋に入って来て、こう言った。

「クリスチャン、私は君に、君が別の形而上学の教授を探してかまわないということを言いに来たんだよ。私は一時間もしたらパリに出かけるんでね」

「パリへですって!……。パリへ何をしにいらっしゃるのですか?」

「議論し、討論し、そして難くせをつけに……それからいろくさ」

彼は肩をすくめながら言った。

「それならこちらに留《とど》まられた方がましでしょう」

「いいや。何か大きなことが持ち上がりそうなんだ。それに私には、逃げださなくてはならない特別な理由があるんでね」

それから扉の所へ行ってそれを小開きにして、誰かがぼくたちの話を聞いているかを見てから、彼は戻ってきて、ぼくの耳元でこう言った。

「いつか分るだろうが、私は今朝、クランツ副官の腹に三尺の剣を突き立ててやったんだ」

「あなたが?」

「そうとも。——いいかい、このたわけ者は、昨夜、満員のガンブリヌスのビヤホールで、大胆にも、霊魂は純粋に想像上の問題であると抜かしていた。で、私は我慢できなくなってね。当然私は大ジョッキを奴の頭の上で叩き割ってやった。で、都合よく、今朝われくは河にすぐ近い場所へ行った。それで、そこで私は彼奴《あいつ》に第一級の物質主義的論拠をお見舞してやったという次第だ」

ぼくはすっかり仰天して彼を見つめた。

「それでパリにお発ちになるのですか?」

一寸沈黙した後でぼくはこう言った。

「いかにも。二、三日前に四半期分の俸給は貰ってあるし、それだけあれば旅行には充分なんでね。だが一分とて無駄にはできない。きみも決闘についての厳しい法律は知っているはずだ。まあ少なくても二、三年は格子の中で過さなくてはならないだろう。だが、まったくの所、私は、勝手気ままな方がずっと良いんでね」

ハンス・ヴァインラントは、ぼくのテーブルの端に坐り、長く細い指の間で巻たばこを転がしながら、ぼくにこうしたことを語っていた。それから彼は、クランツ副官と彼との出会いについて少し詳しく語ると、やがて、ぼくが最近フランスを旅行してきたのを知っているので、ぼくに外国人用のパスポートを貰いに来たのだと言った。

「私がきみより八歳か十歳位年長なのはたしかだが……」

と、彼は終りにこうぼくに言った。

「私たちは二人とも髪は赤いし、とても痩せている。口鬚を切るのは覚悟の上だし」

「ハンス先生」

と、ぼくはすっかり興奮して答えた。

「おっしゃるようなお役に立ちたいのは山々なんですが、でもそれはぼくにはできません。ぼくの哲学上の主義に反するのです。ぼくのパスポートは、書き物机の抽斗《ひきだし》の中、カントの純粋理性の傍にあります。ぼくはこれから、アカシア広場を一まわりしてくることにしますから……」

「結構！　結構だ！」

と、彼は言った。

「クリスチャン、私にはきみの良心のためらいが分るよ。連中はきみのことを誇りに思うだろう。私にはそれを頒ち合うことはできないが。さあ抱き合おう、後は引き受けた！」

数時間たつと、町中は、形而上学の教授ハンス・ヴァインラントが、剣の激しい一撃でクランツ副官を殺害したことを知って、茫然としていた。

警察はすぐさま下手人の逮捕に乗り出し、アルエット街の彼の小さな下宿をくまなく調べ回った、が、こうしたすべての捜索は徒労に終った。

この異常な事件のおよそ十五ケ月後に、ぼくの尊敬する叔父、前大学総長のツァハリアスは、ぼくの学問を完成させようと、ぼくをパリに送った。彼は、ぼくに彼の高い地位をいつか継いで欲しいのだ。彼はいつも言っていたのだが、ぼくを学問の松明とするためには彼はどんな出費もいとわなかった。

そこでぼくは、一八三一年の十月の終りに出発した。

セーヌ河の左岸、パンテオン（フランスの偉人を合祀する廟、パリにある）やバル・ド・グラース（一六四五―六五にかけて建設されたパリの有名な記念的建築物）や、ジャルダン・デ・プラント（直訳すると植物園だが、植物の他のものも見物できる公園。以降は、植物園と訳しておく）の間に、ほとんど人気の無い地区が拡がっている。そこの建物は高層だが荒れ果て、通りは、ぬかるみ、住民たちは汚ならしい。

もしあなたがこの方角に足を向ければ、人々は通りのすみにたたずんで、あなたをじっと見つめ、また別の人たちは、屋根窓から顔をのぞかせるだろう。彼らはあなたをもの欲しそうにじろ〳〵と見る。その視線はあなたのポケットの奥まで届くのだ。

この地区の外れのコポー街に、百年を経たかと思われる何本かの楡の木が黒ずんだ枝を上に拡げている囲い塀の古風な城壁があり、それにはさまれて、あたりから孤立した狭苦しそうな一軒の家が建っている。

この家は、まず足元に、低いアーチ形の門が開き、その門の上に、夜には、鉄の柄に釣り下げられた一個の角灯が閃き、その角灯の上には目やにの垂れているような三つの窓が、暗がりの中で、ぎら〳〵と光を反射させ、またその少し上に別の三つが、といった具合に七階までつづいている。

帝政時代に、後述する旅館に住んだことがあるのを思い出した。

学部長ヴァン・デンボッシュ氏からの紹介状を手にして、ぼくが荷物と本を運ばせたのは、そこ、つまり近衛師団、前師団長、ジァンティ閣下の未亡人、ジァンティ夫人の邸だった。

この忌まわしい住いで、冬の間、熱よりも煙の方を多く吐き出す小さな暖炉の傍に坐り、体が衰弱し、病気になり、実際信じられないほどの貪欲さでぼくから暴利をむさぼったあのジァンティ夫人に附き纏われて過した悲しむべき日々のことを思うと、ぼくはまだ身震いがする。

六ケ月にわたる霧と、雨と、ぬかるみと雪の後で、太陽が一寸ばかり光をのぞかせたある朝、そして植物園《ジャルダン・デ・プラント》の格子戸をくぐり抜けて、若葉が萌え出てくるのを見たあの日のことを、ぼくはいつでも想い出すことだろう。ぼくはとても感動したので、腰をおろすと、まるで子供のように涙にくれてしまったのだった。

そのとき、ぼくは二十二歳だった。それでもぼくはあの黒ケ森《シュバルツ・バルト》の緑の樅《もみ》の木に想いを馳せていた。ぼくの耳には、故郷の若い娘たちが楽しそうな声で歌っているのが聞えていた。

ラン、ラ、ラ、ラン、夏がまた訪れた！

だがぼくはパリに居たのだ！　ぼくはもう太陽を見なかった。巨大な都市の中に見棄てられ、ぼくは孤独をかみしめていた！……。ついにぼくの心に熱いものがこみあげてきた。ぼくはもう我慢できなかった。あの一にぎりの緑が、ぼくの内臓の奥底までゆり動かしていたのだ。自分の故郷のことを想いつつ涙を流すのはとても心に触れるものだ！

しばらくの間何もかも忘れてぼんやりと時を過した後、ぼくは希望を新たにしてぼくの宿に戻った。そして勇気を奮いおこして再び勉強に取りかかった。若さと生命の奔流がぼくの心臓の鼓動を速めていた。ぼくは、こう独り言を言ったのだった。《ツアハリアス叔父さんがぼくを見ることができたら、きっとぼくのことを誇らしく思うだろうな！》

だがここに、神秘的で恐ろしい、そしてそのことを思い出すとぼくは茫然としてしまい、しかもまだぼくの哲学思想の全てを覆《くつが》えしたままにしてしまっている或る出来事が起るのだ。百回もぼくは、それを何とか理解しようとした。だが無駄だった。

通りの反対側、二軒の背の高いあばら家の間、ぼくの部屋のちっぽけな窓の真正面に、一つの空地があり、暗い影を好む——あざみ苔、丈の高いいらくさ、そして茨のような——名も知れぬ雑草が所きらわず生い茂っていた。

五、六本の李《すもも》の樹が、乾いた石造りの古びた壁によって前方を塞がれた、このじめ〱した囲い地の中に枝を拡げていた。

一本の木製の貼札が崩れかけた城壁の上に立てられていて、そこには、こう書かれてあった。

売　地
四二五平方メートル
公証人、ティラーゴ氏に照会された
し、……、……。

四つに裂け、所々に虫の食った一個の古い樽が、周りの軒庇から水を受け、それを草の中に洩れ散らしていた。気体のように（ガス）ゆらめく翼をつけた何千という微粒子、家蚊や蜉蝣が、この緑色がかった溜り水に群がって渦を巻き、偶然屋根の間から陽の光がそこに落ちかかると、黄金色（きん）の埃（ほこり）のような生命がそこに、またたく間に拡がっていくのが見えたのだった。二匹の大きな蛙がそのとき平べったい鼻面を見せ、青浮草（あおうきくさ）の上にその長い縞模様の入った脚をひきずって、無数に彼らの甲状腺腫に吸い込まれてくる昆虫を、たらふく食べていた。

最後に、その汚水溜りの奥底に、湿って黴（かび）の生えた板屋根が、帽子のひさしのように張り出していて、その上を一匹の大きな赤い猫が散歩にやって来て、木々の間で羽根をばたくさせている雀に耳を傾けたり、欠伸したり、また憂いに満ちた様子で腰を曲げたり、爪を伸ばしたりしていた。

ぼくは、しばしば、この世間の片隅を、一種の恐怖を抱いて見つめたものだった。

ぼくはこう独り言を言っていた。

《全ては生き、繁殖し、そして互いをむさぼりあっているんだ！太陽の光線の中で旋回している微小な粒から始まって、無限の深みの中に消えて行く星に至る、この存在の涸れることのない流れの本源とはどんなものなのだろうか？……一体どんな原理が、この涯しなく、止むことのない、そして永遠の潤沢さの第一原因を、ぼくたちに理解させてくれるのだろうか？》

そして額を両手ではさんで、ぼくは未知の深淵の中に身を躍らせていくのだった。

さて、六月の或る夜、十一時頃、ぼくがそんな風にして、部屋の

窓の横木に肘をついて夢想に耽っていたとき、ぼくは一つのぼんやりとした人影が城壁の下を滑り抜けると、つづいて扉が開き、軒下に近付くために誰かが茨を横切ってやってくるのを見たような気がした。

そうしたすべては、周りを囲んでいる楡の樹の陰で行なわれていたのだから、もしかしたらぼくの気の迷いかも知れなかった。だがその翌日、五時頃からその汚水溜りを見つめていたぼくは、実際、一人の背の高い快活な感じの男が、一軒の平家から進み出るのを認めた。彼はとても背が高く、痩せていて、着ているものはかなり傷んでおり、その帽子ときたらふるいのように穴だらけだったので、ぼくは、きっとそいつは追い剥ぎで、昼の間は警察から逃げるためにそこに身をひそめ、夜になるとその隠れ家から出て、人から物を強奪したり、首をしめてでもしているに違いないと思ったのだ。

だが、この男が帽子をひょいと持ち上げてぼくにこう叫びかけたときの、ぼくの驚きがどんなものであったか判断して欲しい。

「やあ！　今日は、クリスチャン。今日は！」

ぼくが、口をぽかんと開けて身動きもせずにいたので、彼は囲い地を横切り、扉を開け、人通りの無い通りへ進み出た。

ぼくはその時になってやっと、彼が太い棍棒を持っているのに気付いたので、彼と面と向って対面していなかったのを悦んだのだった。

この男は、何処でぼくを識ったのだろうか？……。ぼくをどうしようというのだろう？　ぼくの窓の前にやってくると、彼は、いかにも悲壮な様子でその細く長い腕を上げた。

「降りてこないか、クリスチャン」

と、彼は叫んだ。

「私がきみを抱擁できるように降りて来なさい……。ほら！　私を焦らさないでくれたまえ！」

ぼくが彼の誘いにそんなに急いで返事をする気にならなかったのは、分ってもらえると思う。そのとき、彼は、その赤みがかった口髭の下に白いみごとな歯をぼくに見せながら、笑いはじめた。

「それじゃ、きみには、きみの形而上学の教授のハンス・ヴァインラントがわからないのかい？……。私はきみにパスポートを見せなくちゃならないのかね？」

「ハンス・ヴァインラント！……そんなことって？……そんなに頬がこけて、眼の落ちくぼんだハンス・ヴァインラント！……。そんなボロを纏ったハンス・ヴァインラント！……」

だが、もっと注意深い一瞥を与えると、ぼくは、彼を思い出した。言いようのない憐れみの気持がぼくをとらえた。

「何ですって！　先生、あなたでしたか？」

「私さ！　降りてきなさい、クリスチャン。落ち着いて、もっと話をしようじゃないか」

「あゝ！　懐しい先生！」

ぼくは眼に涙を一杯浮べて叫んだ。

「こんな所でまたお目にかかるなんて！」

「いやなに！　私は元気にやっているよ。これは本質的なことだ」

「でも、ぼくの部屋の方に昇っていらっしゃいませんか……着ているものもお替えになる方が……」

「どうしてだね？……。私には、これが素敵だと思えるのだがね……。いやはや！」

「もしかしてお腹がすいては？」

「全然さ、クリスチャン、全然だ。永い間フリコトーのところで兎の頭と雄鶏の脚を食べていたんだ。飢餓の神が私に下されたのは、いってみれば一種の修練のようなものだったよ。今日こそ、私の真価が発揮されるのだ。萎え縮んだ胃なんて、もうただの神話にすぎない。胃だって、その要求が無駄だとはじめからわかっているなら、もう何も欲しがらないだろう。私はもう食事しない、時々パイプをふかす。それだけさ。エローラの老行者が私に陶酔をもたらすだろうて！」

そしてぼくが疑わしそうに彼を見つめていると、彼はまたこう言った。

「驚いたかね？　だが、ミトラ神（古代ペルシアの太陽神、光と戦争の神）の奥義伝授というのは、われわれにすさまじい力を授ける前に、こういったいくつかの一寸した試練を受けなくてはならないということを承知しておくと良い」

こんな風に話しながら、彼はぼくを植物園《ジャルダン・デ・プラント》の方へ引っぱっていった。格子扉が開かれたばかりで、ぼくたちが近付いていくのを見ていたその門衛は、みすぼらしいぼくの先生の風貌にすっかり驚いてしまい、一瞬は、ぼくたちの立入りを禁じるような顔付きを見せたのだ。だがハンス・ヴァインラントはその素振りに気づきもしない様子で、静かにその歩みを進めていた。

園内にはまだ人気は無かった。蛇の檻の傍を通り過ぎながら、ハンスは、ぼくに彼の棍棒でそれを示して、こう囁やいた。

「可愛らしい生き物じゃないか、クリスチャン。私は、この種の爬虫類には、ずっと好みがあってね。こいつらは、尻尾を振りたてながら進んでいくときは、必ずといっていい位嚙みつくんだよ」

　それから右へ向きなおり、レバノン杉の方へ登っていく迷路の中へ、先に進んで行った。その樹の根元で、ぼくは彼にこう言った。

「ここに停まりましょう」

「いや、見晴らし台の処まで登ろう。そこからならずっと遠くまで見える。私は、パリを眺めたり、新鮮な空気を吸うのがとても好きでね。その展望台で何時間も過ごすことがよくあるんだ。それがあるので私は、きみが住んでいる地区に引き留められてもいるのだ。どうだね。クリスチャン！　人は誰でも僅かずつでも弱味を持っているものだ」

　ぼくたちは頂塔の所にやって来ていて、ハンス・ヴァインラントは、その塔を背にして置かれてある大きな古めかしい二つの石の一つに腰を下ろしていた。ぼくはというと、彼の前に立ったままでいた。彼はまた言った。

「ところで、クリスチャン。きみは今何をやっているのかね？　きみは、ソルボンヌやコレージュ・ド・フランスで講義を受けているんじゃないか、そうだね？　やれやれ！　形而上学は、相変らず面白いのかね？」

「まさか……それほどじゃないんです」

「ふむ！　そうじゃないかと思っていたよ……。そうじゃないかと。だがまったく何という講義だね！　あれは全く！——或る男は**形相**《けいそう》にしがみついていて、自分のことは**観念論者**だと信じ切っている。何故なら、美、理想美は、**形相**《けいそう》の中にあるからというんだが……いやはや！——で別の男は、実体について語る。彼にとって**実体**というのは根本概念なのだ。これがわかるかね、クリスチャン、実体、根本概念？　彼奴はきっと間抜けに違いない！

　一番力のある奴は、それでも或る長所には欠けていない小僧っ子でね。そいつときたら、あちこちに積み上げられていた切れっ端を集めてきてさ、それこそ道化の操り人形の衣裳でも造るように、ちっぽけで俗悪な体系をデッチ上げげた。フランス人たちは、形而上学がとても得意なんでね。彼のことを、現代のプラトーンと命名に及んだというわけだ！」

　そしてハンス・ヴァインラントは、蝗《いなご》のような長い脚を伸ばして、神経質な笑い声をあげたが、急に静かになって、こう続けた。

「ああ！　ねえ私のクリスチャン！　あのアルベルトゥス・マグヌス（およそ一二〇六―一二八〇、スワビアのラウインゲン生れのドミニク会士、神学者、哲学者）の、レエモン・ルル（ライムンドゥス・ルリウス、一二三二?―一三一五、パルマ生れの錬金術士、哲学者）の、ロジャー・ベーコン（一二一四―一二九二、イギリス、フランシスコ会修士中世の代表的学者、哲学者）の、アルノー・ド・ヴィルヌーヴ（一二三五?―一三一〇、カタロニア生れ、中世の代表的錬金術士、医者）の、パラケルスス（一四九三―一五四一、スイスの錬金術士、医者）の、あの偉大な学派はどうなってしまったのだろう?——あの**小宇宙**《ミクロコスモス》は？　知性界、天界、基本大素界の、あの三つの原理は、どうなってしまったのだ？　パトリス・トリカッス、コクレス、アンドレ・コルニュ、ゴグレニウス、ジャン・ド・ハーゲン、モルデナート、サヴォナローレ、そしてその他多くの人々のその応用は？　グラゼーの、ル・サージュの、ル・ヴィグルーの、あの奇妙な体験は？」

「でも先生、そういった人々は皆、害毒をまき散らした人々じゃありませんか！」

　と、ぼくは叫んだ。

「害毒をまき散らしただって？……こうした人々は、近代の最も偉大な占星学者、**カバラ**の唯一の継承者たちなんだ！　本当に、そして唯一、害毒を流しているのは、詭弁と無知の学派を構えているあのペテン師共すべてさ。**カバラ**のあらゆる玄義が、今まさにその応用の途を開かれようとしているのを、きみは知らないのかい？　蒸気圧、電気の原理、化学分析、こういった類のものは、もし占星学者たちでないとしたら、一体誰が、その驚嘆すべき発見の栄を荷うのだね？――そしてわれ〳〵の心理学者、形而上学者たちだ、彼らは、他人を無知呼ばわりし、自らは賢人をもって任じているが、こういった連中は、有益なもの、応用可能なもの、真実なものを発見しただろうか？　だがそんなことは、放っておこう。私の胆汁が煮え立ってしまう」

　と、そのときまで無感覚だった彼の顔が、荒々しく残忍な表情になった。

「クリスチャン、きみは出発しなくちゃいけない」

　と、彼は突然叫んだ。

「きみは、テユービンゲンに帰らなくちゃいけない」

「どうしてです？」

「復讐の時が近付いているからだ」

「どんな復讐なんです？」

「私のさ」

「あなたは、一体、誰に向って復讐したいのです？」

「全世界にだ！……。あゝ！　みんな私のことを愚弄した……マハ＝デヴィを侮辱しおった……。学派は迫害され、……私は狂人扱いされ……妄想家《ヴィジオネール》扱いされた。**黄色の神**を崇拝せんがために、**青の神**を冒瀆した……。だがよろしい！　こうした感覚主義者たちに呪いの下されんことを！」

　そして立ち上がると、広大な都市を、その眼差しで抱きしめ、彼の灰色の眼がらん〳〵と輝くと、彼は微笑をうかべた。

　数隻の船がゆっくりとセーヌを下り、庭園は緑が青々とし、はるか地平線の奥には、運送用の荷車や、ブドウ酒の積荷車、野菜を載せた馬車が、牛や羊や豚の群が、数条の街道で、埃を巻き上げていた。その都市は、あたかも蜜蜂の巣のようにざわめいていた。これほど素晴らしく、これほど雄大な光景を、ぼくは見たことがなかった。

「パリ！　蒼古たる都市、崇高なる都市」

　ヴァインラントは、鋭い皮肉をこめて叫んだ。

「理想のパリ、感傷に満ちたパリよ、おまえの巨大な両の顎を開け！　さあここに、おまえの動物精気を回復しようと、地平線のあらゆる所から、液体や固体が運びこまれているのだ。食らいつけ、飲みほせ、歌え、そしてほかは何も恐れるな。全フランスは、おまえを養おうと精根を尽しているのだ。

　この信心深い国は、おまえに心地よいゆとりを与えようと、朝から晩までつるはしをふるっている。おまえに何が不足というのだ？　フランスはおまえに、良質のブドウ酒を、家畜の群を、四季折々の野菜を真っ先に、若さにまばゆく輝いている美しい娘たちを、大胆な若者たちを送り込む。しかもその代りに望むものときたら、革命と新聞ばかりじゃないか。

　親愛なるパリよ！　あらゆる光、文化、そしてその他諸々の中心。パリ！……。逆説的な約束の地、パリシテ人（文芸を解さない野蛮な俗人）たちの天上のイエルサレム、知的ソドム、感覚主義と**黄色なる神**の全体を司どる首府！……。おまえの運命を誇るがいい。おまえが一たび咳をすれば、大地は揺れ動き、おまえが身じろぎすれば、世界は身を戦かせる！　おまえが欠伸をすると、ヨーロッパは眠りに就くのだ！　化生を受けた物質的力に比べれば、**精神**など何だと言うのだ？　無だ！……。おまえは目に見えない諸力に立ち向かい、それらをあざ笑う。だが待て、待っていろ。マハ＝デヴィと女神カーリの息子の一人が、おまえに、形而上学的な一つの教訓を与えてやろう！」

次々に生気をつのらせて、ハンス・ヴァインラントは、こう口に出していた。悲惨な境涯が彼の脳髄を狂わせているのだと、ぼくは信じて疑わなかった。

住むに家ない一人の哀れな男《ディアブル》が、このパリの都市に対して何が出来ただろう？

そうした威《おど》しが突然おさまると、迷路をつたって何人かの散歩者たちが登ってくるのを見て、彼は、ぼくに従いてくるように合図し、やがてぼくたちは庭園を出た。

「クリスチャン」

と、彼は歩きながら口を開いた。

「私はきみにお願いがあるのだよ」

「何でしょう？」

「きみは私の隠れ家を知っているね……あそこで、私はきみに全てを話そうと思う。だが、きみは私の命令を、万遺漏なく従うことを、名誉にかけて、誓ってもらいたい」

「そうしたいのですが、でもそれには一つの条件が……。つまり……」

「あゝ！　落ち着きたまえ。そいつはきみの良心をどうこうしよう筈はないんだ」

「それじゃあ、そうお約束します」

「それで良い」

ぼくたちは例の囲い地の前までやって来ていた。彼はその扉を押し、ぼくたちは中へ入った。

その巣窟の丈の高い雑草を横切って、その平家の縁下の暗がりの中に、うず高く積まれたおびただしい骸骨を発見したとき、ぼくを貫いたあの恐怖の感覚を言い表わすのは、至難のわざだろう。

ぼくは逃げ出したくなったが、ハンス・ヴァインラントは、ぼくを凝っと見つめていたのだ。

「そこに坐りたまえ」

と彼は、絶対的な調子で、屋根の支柱の間にある、大きな石を指差しながらぼくに言った。

ぼくはそれに従った。

彼は、それから、ポケットから一個の小さな陶製のパイプを取り出し、それに、何か黄色味がかった物質を塡め、それを深く吸いはじめた。脚を拡げ、あの太い棍棒を膝の間に置いて、彼はぼくの前に腰を下ろした。

「クリスチャン」

と、彼は呟くように言った。しかし何か得体の知れない筋肉のひきつれが、彼の頰深く皺を刻み、鼻孔を斜めに持ち上げていた。

「よく聞くんだ。きみが私の目論見を満たすことができるためには、私たちの玄義の一つをきみに説明しておくことが、どうしても必要なんだ」

彼は沈黙した。眼は暗くなり、額には皺が寄り、唇はきっと結ばれてその縁もよく分らないほどだった。

「そう」

と、彼は鈍く籠った声で言った。

「きみは、ミトラの玄義の一つを知らなくてはならない！——この世の中で最も不思議なことには、いいかい、クリスチャン。この地球の半分は、全く光に満ち、もう半分は闇に包まれているのだ。だから生命ある存在の半分は、もう半分が目覚めているときには、眠っていることになる。ところで、何一つとして無用のものを創らない自然、全てを単純化する、そしてそのようにして絶対の統一の中に無限の多様性を保持する術《すべ》を心得ている自然、全ての生きている存在は、時間の半分をまどろみの内に留まるべきだと決定したその自然は、それからして、二つの肉体にとって、たった一つの魂で充分であろうと考えたわけだ。だからこの魂は、半球の一方から一方へと、思念と同じ位に速く移動し、二個の存在を代る〳〵に、育くんでいるのだ。その魂が対蹠《せき》地に在るとき、その存在は眠っている。その諸能力は彷徨し、物質は休息する。また、その魂が諸器官の統制を執りにやってくると、すぐさまその存在は目覚め、物質は、その精神に余儀なく服従するのだ。

これ以上きみに語る必要はないだろう。こういったことは、きみの哲学の講義には入っていない。というのは、きみたちの教授連中は非常な学者だが、何も理解していないからだ。だがこのことは、きみの脳髄にしば〳〵巣食う不可思議な観念や、きみの夢の異常性、きみが見たことのない世界の直観的認識、さらにまたこうした類の他の様々の現象を、きみに説明してくれるのだ。全身強直症《カタレプシー》とか、気絶とか、忘我状態、動物磁気的透視力、つまりあらゆる形態をとって現われる睡眠の現象の総体は、同一の法則から端を発しているのだ。私の言うことがわかったかね。クリスチャン？」

「はっきりと。これこそ崇高な発見です！」

「それは、ミトラの玄義のほんの一端なのだ」

と、奇妙な微笑を浮べて彼は言った。

「これは、奥義伝授の第一段階なんだよ。だが、その原理の帰結を聞きたまえ。私について言うと、——私を動かしている魂は、ジョウンプールの南国境の、シロヒ地方、アブジ山の麓の住人で、マハ＝デヴィの目撃者の一人のものでもあるのだ。彼は、アゴリ人、というかむしろ、その苦行と、殺戮と、聖徳で有名な、アゴラパンティー族の一人だ。彼は私と同じように、第三段階まで、奥義伝授を受けている。彼が眠るとき、私は目覚め、彼が目を覚ませば、私は眠るのだ。——わかるかい、きみ？」

「はい」

と、ぼくは身慄いしながら答えた。

「よろしい！　さて、私がきみにお願いすることだが。私の魂は、デエサの、女神カーリの洞窟に、二日の間《あいだ》引き続いて滞在しなくてはならない。私がそう望むのだ！　でそのために、私の肉体は不活性のままでいなくてはならない。今、私が喫っているのは、阿片なのだが……。もうまぶたが重くなってきた……もうすぐ……私の魂は、私から離れていくだろう……。もし私が……決められた時刻より前に……目を覚ましたら……、いいかね、きみ……時を移さずきみは、新しく阿片を分量だけ私に与えるのだ……。きみ……きみは誓ってくれた……。不幸が、もし……」

言い終える暇もなく、彼は急速に、深い昏睡状態に落ちた。

ぼくは、頭を日影に、そして脚を草叢の中にして彼を横に寝かせた。交互に、速くなったり、緩くなったりしている彼の呼吸がぼくを戦慄させた。だがこの男がぼくに明かしてくれたばかりの神秘、一秒とたたない内に彼の魂は広大な空間を飛び越えていったに違いないという確信が、あたかも未知の世界がぼくの眼前に開かれているかのような、一種神秘的な恐怖をぼくに呼び起こしていた。ぼくは、血の気がすーっと失せていくのを感じた。望みもしないのに、指がわなヽと震えた。活力流体が、髪の毛の先まで、ぼくを貫いた。

二軒の古さびた廃家の間に、日中の熱気が集中され、近くの沼地の腐敗した発散物が、そして、緑がかったぬかるみの中で、憂鬱そうな二重唱をはじめていた、二匹の蛙の鳴き声が、永遠の輪舞を繰り拡げる無数の虫の、大きなざわめきが、それに加わっていた。だから、夕方に至るまで、ぼくの精神の内部に相ついで起った。様々の無気味な印象を理解してもらえるだろう。

ぼくは時々、すっかり汗にまみれている、ヴァインラントの蒼白い顔を見つめた。するとそのとき、何かわけのわからない恐怖が、ぼくを捉えていたのだった。ぼくは、何か恐ろしい犯罪に荷担しているように思えた。そこで約束してはいたが、その眠っている男の手を力荒く揺すぶってみた。しかし彼はぐったりとしたままで、別の感覚の中にのめり込んでいるのだった。時として彼の呼吸は、奇妙な響をあげ、悪魔の嘲笑そのままに、ヒューヽと音を立てて吐き出されていた。

こうした永い時間の間に、ぼくは、またミトラの神秘について想いをめぐらせていた。ぼくはこう自分に言い聞かせていたのだ。おそらく玄義伝授の第一段階は、動物的生命を理解すること、第二段階は、霊魂の本質と機能を理解することに違いない。そして第三段階は、神なのだ！　だがどんな人間が、創造されず初めから存在するその力に、大胆にもその視線を据え、傲然としてそれを説明することが出来たのだろうか？

こうした瞑想に耽るうちに、時間は刻々と過ぎていった。日がまさに暮れ落ちようとしていたとき、聖エチアンヌ・デュ・モンの大時計が八時を打ち鳴らしたときになって初めて、ぼくは自分の部屋に昇って行き、数時間の休息を取ったのだった。

ぼくはそのときには、もう、ハンス・ヴァインラントの仮死的昏睡状態が、そのまま翌日まで続くことを疑ってはいなかった。

実際、その次の日、朝六時頃に彼を見に行って、ぼくは、彼が同じ姿勢のままでいるのを見た。彼の呼吸は、むしろ規則的になっているように思えた。

ぼくの親しい友人たちよ、ぼくはきみたちに何と言ったら良いのだろう？　その日もまだ、そして続く夜も、前日と同じ夢想のうちに、同じ不安のうちに過ぎたのだった。

二日目の終り、夕方の六時頃、もう疲れと空腹しか感じられなくなって、ぼくは軽く何かを食べるために、聖ブノアの修道院に駆けつけた。ぼくは、行きつけの料理店の主人、オベール親方の所に七時頃まで、腰を落ちつけていた。

そこから戻ってくる途中で、クローヴィス街を通っていると、突然後から従けられているような気がした。振り向いて見ると、誰も見えないのでぼくは驚いてしまった。

陽が落ちたばかりとは言え、むっとするような熱気が、静まりかえった街に重くのしかかり、開け放たれた扉も一つとして、夜のすがすがしい冷気を呼吸していなかった。舗道の上には、ずっと遙かまで、人っ子一人として見あたらなかった。植物園《ジャルダン・デ・プラント》の宏大な地区には、生命あるものの動きも、物音も、一つとして無かったのだった。

　歩みを急がせて、ぼくはやがて、例の囲い地の扉の所にいた。ぼくが手を凭《もた》せかけると、それは音もなくスッと開いた。そこでぼくが草叢の中を進んでいくと、死よりも蒼白なハンス・ヴァインラントが、ぼくを見つけてはね起きると、こう叫んだ。

「逃げろ、クリスチャン！　逃げるんだ！……」

　彼の両の手はぼくを押していた。そのひきつった顔、どんよりとした眼、わな〳〵と震えるその唇には、非常な恐怖が、あり〳〵と現われていた。

　ぼくは通りに突き飛ばされていた。

「さあ！……さあ！……」

　と、彼は叫んでいた。

「隠れるんだ！」

　ジアンティ未亡人は、家の敷居の所に駈け寄っていたが、ヴァインラントがぼくに強盗を働いているものと思いこんで、金切声をあげた。だが彼は、彼女を肘で押しつけると、庭の小径にぼくと一諸に躍り込み、悪魔のように笑い声を立てた。

「ハッハッハッ！……老いぼれ女か……老いぼれ女がきみの身代りだ……。昇れ、クリスチャン……大急ぎだ！……。怪物がもう街に居る、私には感じ取れるんだ！」

　そこでぼくは、まるで死の亡霊がその爪をぼくに向けて展げているかのように、階段を大股に駈け登った。ぼくは跳び上がりながら矢のように昇っていった。部屋の扉が開き、ぼくたちが入ると同時に閉じた。そして雷にでも打たれたように、ぼくは長椅子に身を投げ出した。

「あゝ神よ！　神よ！」

　顔を手で埋めて、ぼくは叫んだ。

「何があったのだ？　すべてが何と恐ろしいんだ！」

　ヴァインラントが冷やかに言った。

「つまり、つまりだね。私は、二日で六千哩の遠くからやって来たんだ。エヽ！　さあ！　さあ！　私はガンジス河のほとりに着いた。いいかねクリスチャン。で、そこから素敵な仲間を連れて来たのさ。聞きたまえ、外で起っていることを」

　そのとき、耳を澄ますと、一団となった群衆がコポー街を駈け降りて行くのが、そして混乱した喧噪が聞こえた。

　そのとき、ぼくの眼がハンスのそれと出会った。暗い、地獄のような悦びがそれを輝かせていた。

「青コレラだ！」

　と、彼は低い声で言った。

「あの恐ろしい青コレラだよ！」

　それから急に、元気づいて、こう叫んだ。

「アブヂ山の峰々から、椰子の樹や柘榴の樹、タマリンドの樹々の緑色をした縞模様を越えて、あの太古からのガンジス河が曳行している峡谷の奥底まで、禿鷹に交って、それが死体の上をゆっくりとゆらめいているのを見た。私は彼に合図した……するとそれはやって来た……そして今ここで仕事に取りかかっているのさ。ごらん！」

何かに魅入られたようにぼくは通りを見やった。群衆の一人の髪を縮らせた男が、肩をむき出しにして、頭を仰向け、脚を垂らし、腕も力なくぶらくゝさせている一人の女をかついで走って来た。多数の人間を後に従えたその男が、ぼくの部屋の窓の下を通りすぎるとき、その不幸な女の顔が青みがかった色あいを帯びているのをぼくは見た。

彼女はとても若かった。コレラは、稲妻のように彼女を襲ったばかりだった。

ぼくは振り向いて頭のてっぺんから爪先まで震えあがってしまった。ハンス・ヴァインラントは消えてしまっていたのだ！

その同じ日、一刻も猶予せず手回り品を取り纏めると、必要なお金を持ち出すほかは何も構わず、ノートル＝ダーム＝デ＝ヴィクトワール街の馬車発着場に駈けつけた。

一台の乗合馬車が、ストラスブルクに向って出発しようとしていた。ぼくは、溺れる者が救いの板片に身を任せるように、それに乗り込んだ。

ぼくたちは出発した。

皆は笑い、かつ歌っていた。誰もまだコレラがフランスに侵入したことを知らなかった。

ぼくはと言えば、馬車の乗り口から身を乗り出して、乗り継ぎ駅ごとに、こう訊ねていた。

「コレラは、此処には無いね？」

そしてその度に笑われた。

「この可哀想な若者は、気が狂っている！」

と、ぼくの旅仲間は言っていた。

彼らはぼくを、人前で嘲り、笑っていた。

だが、三日後に、ぼくは、幸運にも叔父のツァハリアスの腕の中に身を投げ、恐怖に半ば狂乱しながら、この不思議な出来事の一部始終を語ったとき、彼は、厳粛な面持ちでぼくの話に耳を傾けていたが、やがて、こう言った。

「可愛いクリスチャン。おまえは、よく帰って来てくれたよ。そうとも。おまえはよくやったんだ。この新聞をよく見てごらん。千二百人の人間がすでに斃れている。恐ろしいことだ！」

夢

The Dream

メアリ・W・シェリー
八十島　薫訳

メアリ・ウォルストンクラフト・シェリー（一七九七―一八五一）は、あの〝悪名高い〟社会理論家ウィリアム・ゴドウィンを父に持ち、十代の若さで詩人P・B・シェリーと結ばれた美しい淑女である。結婚生活二年にして夫と死に別れた後は、未亡人生活の大部分を彼の遺作の出版に捧げるかたわら、彼女自身の文学的才能を磨き上げる意味でペンを執ったりもした。代表作『フランケンシュタイン』は余りにも有名であるが、空想科学ロマンスの系譜に属する長編傑作『最後の人間』のほか、本編のような短編にも示される通り、彼女こそは〈古城・亡霊・運命〉といったゴシック趣味の旧套を誰よりも早く脱ぎ棄てた先覚者である。

（紀田）

ここに語られようとする小さな伝説の起こった時代は、フランスのアンリ四世の御代《みよ》のはじまりと時をおなじくしている。王の即位と改宗は、その即位せる王国に一応の平和をもたらしはしたものの、反目する両派が互いに加えあった深手《ふかで》を癒《いや》しきるには、それで足れりとは言えなかった。いま、余所目《よそめ》には手を繋《つな》ぎあって見える者たちのあいだにも、私的な争いと殺戮《さつりく》の記憶は厳として残っており、白々しい友誼《ゆうぎ》の挨拶をするために不承不承さしだされ握りあった手と手が離れた刹那、その手が短剣の柄《つか》に飛び、たったいま交した儀礼の言葉よりも雄弁にかれらの秘めたる宿怨《うらみ》を晴らしあうといった例も一再ではなかった。強硬なカトリック派の多くは遠く離れた田舎に退き、心に疼《うず》く不満を押し隠してはいたが、だからといってあきらめたわけではなく、おのれの気持を大っぴらに表わせるときが到来するのを心待ちしていたのである。

　ナントの町からさほど遠くない、ロワール川を見晴らす急な崖のうえに築かれた、巨大な、砦《とりで》のような城《シャトー》に、一族の最後のひとり、一族の遺産の相続人である、うら若い美貌のコンスタンス＝ド＝ヴィルヌーヴが住んでいた。彼女はその前年ずっと、このひっそりとした住まいにまったくの独りで暮らしていた。そして彼女は死んだ父とふたりの兄、さらには内乱の犠牲者たちのために喪服をまとっていたが、その喪服は彼女が宮廷に姿を見せ、その催しごとに加わらないことに対する優雅で恰好の口実となっていた。しかしひとり取り残されたこの女伯爵には高貴な家名と宏大な領地が遺されていた。やがて彼女の後見人でもある国王は、余はそなたがそれらの遺産をそれを受くるにふさわしい由緒ある生まれの者に与え、あわせてその者の妻になることを切望する、という旨の書状を送った。コンスタンスはそれに答えて、わたくしは入道の誓いを立てて修道院に隠遁する覚悟でありますと伝えた。それに対して国王は、そのような行為に出るのは悲嘆のあまり感性が麻痺してしまった結果であり、しばらく時が経《た》てば青年のあたたかな思いやりによって心の雲は晴れるにちがいない、として、熱心かつ断固としてその行為を禁止した。

　一年が過ぎた。女伯爵は依然として譲らなかった。強要することを良しとしない国王は、服喪の期間も明けたことでもあるので、かくも若く、かくも美しく、かくも運命の愛顧にめぐまれた女がどうして修道院に花の身空を埋めてしまおうと願うのか、その理由をおのが目で確かめるべく、彼女の城《シャトー》を訪れるつもりであることを発表した。さらに王は、余が訪れてもなおそなたの決意を変えることができぬとあれば、そのときはそなたの望みを叶えてつかわす、と付け加えた。

　幾多の悲しい時間、幾多の涙の日々、幾多の悲嘆に眠れぬ夜をコンスタンスは過ごしたことか。訪《おとな》う者すべてに対して門を堅く閉ざし、『十二夜』のレディ・オリヴィアさながら孤独とすすり泣きだけにおのれを閉じこめようとした。おのれを失っていない彼女は、家来たちの哀願と忠告をいともたやすく沈黙させ、おのれの悲しみを育てていった。彼女はそれを愛していた。しかしその悲しみは慈《いつく》しみ育てるにはあまりに鋭く、あまりに辛く、あまりに熱いものだった。若くもあり活力にも満ちていたコンスタンスはそれと闘い、もがき、なんとか振り切ろうとはした。しかしその悲しみはそれ自体愉《たの》しいもの、外観的に人を美しく見せるものであり、したがってそれから抜け切ることはできないでいた。彼女にできる精いっぱいのことは、おのれの悲しみを忍耐づよく背負ってゆくことだけだった。悲しみに身を委ねることは重荷を背負うことではあったが、いったん委ねてしまえばそれに苦しめられることはなかった。

　コンスタンスは城《シャトー》を出て近隣の土地をさまよい歩いた。彼女の住まいは高い土地にあり広々としていたが、四方の壁に囲まれるのがどうにも堪らなかった。広々とひろがる高地や太古の森は、彼女の過去のいとしい思い出にことごとく結びつき、幾時間も幾日も、彼女をその木の葉の隠れ家から離さなかった。梢《こずえ》をゆする風や葉陰《はかげ》を透《す》かして漏れる日差しなどの停《とど》まることのない動きと変化が、彼女の気持をなだめ、仮借のない強さで彼女を城《シャトー》の屋根の下に押えつける鈍い悲しみから彼女を誘い出してくれた。

　木の欝蒼と生い茂った狩猟園の外れにひとつの場所があった。そこに立つと、先の土地がずっと見渡せたが、その場所自体も木蔭の多い厚い森のなかに隠れているのだった。この場所に彼女は二度と来まいと誓ったものだったが、無意識のうちにどうしても足の先が向いてしまい、そして今もまた気がついてみると彼女はこの場所に来てしまっていた。彼女は草のうえに腰をおろし、この緑の隠れ家を飾るためにかつて自分の手で植えた花を沈んだ目でながめた。彼女には愛の思い出あふれる寺院だった。彼女は国王からの書状を手にしていた。彼女をこんなにも苦しめているおおもとである。その顔には失意が浮かび、そのかよわい心は、こんなに若く、こんなに独りぼっちの自分が、どうしてまたあたらしい形のみじめさを味わわなければならないのか、と運命に向かって問いかけていた。

「わたくしが願うのは」と彼女は考えた。「父上のお屋敷に——わたくしが子供のころから馴れ親しんだ場所にひとり暮して、わたくしの愛した人びとのお墓に涙を思うまま流したいだけ。そして、あの狂った夢のような仕合わせがわたくしのものであったこの森のなかで、永遠に希望を弔《とむら》っていたいだけ」

　と、梢がさやさやと音を立ててコンスタンスの耳を打った。胸が高鳴った。しかしふたたび静寂。

「愚かな娘よ！」彼女はなかば独りごちた。「自分の恋心がつくりだした空想にだまされるとは。わたくしたちはこの場所で逢瀬を重ねた。わたくしはここに腰をおろして胸を轟かせて待った。すると今のような音がしてあのいとしい方が近づいて来たのだ。だから、兎が動いただけでも、小鳥が静寂を破っただけでも、あの方を思い出してしまう。ああ、ガスパール！　かつてわたくしのものだったひと。二度とあなたはこの思い出の場所に姿を見せてわたくしを喜ばせてはくれない、もう二度と！」

　ふたたび茂みがかすかに動き、叢《くさむら》のなかに跫音《あしおと》が聞こえた。彼女は立ちあがった。心臓が早くなった。マノンが呼びに来たにちがいない、おせっかいな女。しかし聞こえてくる跫音は彼女の下女のものとは異なり、ゆっくりと、しっかりと歩いていた。そして木蔭から姿を現わした闖入者を彼女は目の当たりに見た。驚きのあまり彼女は飛びあがるところだった。もう一度あのひとに会えて声を聞けるとは。しかし、修道院にはいって永遠にふたりの間の絆を断ち切る前にもう一度こうしてふたり並んで立ち、時がつくった広い隔たりを埋めるのは、死者の霊を汚すことにはならず、かえって彼女の頰をかくも蒼白くしている深い憂悶をやわらげるかと思われた。

　そして今、かれは彼女の目の前に立っていた。かつて永遠の貞節を誓った恋人。かれもまた悲しげな目をしていた。そして彼女は、もうしばらくでもここにいてくれと哀願するようなかれの眼差《まなざ》しに抗《あらが》うことはできなかった。

「わたしはやって来たが」と若い騎士《ナイト》は言った。「あなたの固い決意を曲げることができるとは思っていない。ただ、聖なる地に旅立つ前に今一度あなたにお会いして別れを告げたかっただけだ。どうかわたしのような憎い敵《かたき》ひとりを避けるためだけに修道院にはいるなどということはお止めください。もう二度と顔を見ることはないのですから。わたしが死のうと生きようと、どのみちフランスには金輪際もどらない覚悟なのですから」

「それが真《まこと》ならば恐ろしいこと」とコンスタンスはいった。「ですがアンリ国王は、あなたのようにお目をおかけになった騎士を手離すはずがありません。王位を確立するのに力あったあなたです、これからも護ってゆかねばなりません。いえ、昔のよしみで言わせてください、どうかパレスチナには行かれぬように」

「あなたからひとこと言葉をもらえたら、いや、頬笑んでくれるだけでもいい、そうすればわたしは残る、コンスタンス」そう言うと若い恋人は彼女の前にひざまずいた。かつてはあれほどいとしく、あれほど馴れ親しんでいた男の姿ではあるが、今は近づいてはならない禁制だった。そのことを考えた彼女の胸に無情な決心が戻ってきた。

「もはやここに居てはなりません！」彼女は叫んだ。「頬笑みもやさしい言葉も、もう二度とあなたのものではありません。どうして、どうしてあなたはここに来たのですか。ここは死者の霊がさまよう場所、木蔭もなにも、みなかれらのもの、かれらの神聖な休息の場所を、よりによってかれらの生命《いのち》を奪った張本人によって汚《けが》させたとあってはこのわたくしの顔が立ちません」

「まだふたりの愛が若くあなたがやさしかったとき」と騎士は答えた。「あなたはこの森の入り組んだ道をわたしにおしえてくれ、この秘密の場所に迎え入れてくれた。そしてこの場所で、あなたはわたしのものになると誓ってくれた――この古い森のなかでも構いはしないと」

「あれは邪悪な罪でした」とコンスタンスは言った。「父の敵《かたき》の息子に屋敷の戸を開いたのですから。いまその報いを十分に受けています」

彼女が話すのを聞いて若い騎士は勇気を得たが、いつ逃げ去るかもわからない彼女を少しでもその場に停《とど》めておきたい一心で、敢えて軀《からだ》を動かそうとはしなかった。かれはゆっくりと答えた。「あのころは仕合わせだった、コンスタンス、恐れも大きかったが、それだけ悦びも深かった。夕暮れになるとわたしはあなたの許《もと》にやって来た。あそこにある陰気な城には憎しみと復讐の空気がただよっていたが、この星の輝く木蔭だけは愛の神殿だった」

「仕合わせ？　みじめそのものでした！」すかさずコンスタンスは言った。「おのれの一族を裏切ってもそれは悪いことではないと思いこみ、父への不孝も最後には神によって赦されると勝手に考えていたのですから。どうか愛など口にしないでください、ガスパール。わたくしたちの間には永遠の血の海があるのです。わたくしに近づいてはなりません！　わたくしの愛する死んだ人びとが今でもわたしとあなたの間に立ちつづけていて、その蒼白い影はわたくしの罪を告発し、われらの暗殺者の言に耳を傾けてはならぬ、とわたくしを戒めるのです」

「それはちがう！」と青年が叫んだ。「よいですか、コンスタンス、われわれは互いの一族の最後のひとりなのだ。死の苛酷な仕打ちによって独りきりにされてしまった。だが、ふたりがはじめて愛しあったころはこうではなかった。親や、縁者や、兄が、いやわたしの母までもがヴィルヌーヴの家を悪《あ》しざまに罵っていたけれども、それでもわたしはそれを祝福した。わたしはあなたに、いとしいあなたに会うことができるわが身を祝福した。平和の神がわれわれの心に愛を植えつけ、ふたりは神秘と秘密につつまれて夏の夜な夜な星のきらめく谷間であいまみえ、朝の光が見えはじめるとふたりしてこの隠れ家に走ってその鋭い日差しを逃れたもの。そしてまさにこの場所で、わたしが今こうして切にあなたにお願いしているこの場所で、ふたりはひざまずき、誓いあったではないか。あのときの言葉は真《まこと》ではないのか？」

恋人の言葉によってかつての幸福な日々が胸によみがえり、コンスタンスは頬に涙した。

「嘘ではありません」と彼女は言った。「決して偽りなどでは！　ガスパール、あなたにはわかるはずです。きっとわかってくださるでしょう、敢えてあなたから離れてゆく女の信念と決意が。戦《いくさ》と憎しみと血の雨とが怒り狂っているときにも愛と幸福とを語り合ったわたくしたちではありませんか。ふたりの手が地にまき散らしたはかない花びらは仇敵同士の血みどろの戦いによって踏みにじられました。あなたの父上の手にかかってわたくしの父は果てました。ですが、あなたは否定なさいますが、わたくしの兄が誓って申しましたには、父を手にかけたのはあなたであると。ですがわたくしには父にとどめの一撃を加えたのがあなたなのかそうでないのか、それはどうでもよいこと。あなたが父を討った人びとの一員だったことは確かなのですから。もうなにもおっしゃらないで――ひとことも。あなたのお言葉に耳を傾けるのは、いまだ休まることのない死者の霊に対して不実を働くも同じことです。去って、ガスパール、わたくしのことはお忘れになって。勇敢かつ寛大なアンリ国王にお仕えつづけるなら、あなたの行く末は明るいものとなりましょう。そしてかつてのわたくしがそうであったように、いつの日か美しい女人があなたの誓いに耳を傾け、それにより恍惚となることでしょう。さらばです！　聖母マリアの祝福があらんことを！　わたくしは修道院の房にあってキリスト教の最良の教訓をいつも忘れないようにいたしましょう――汝の敵のために祈れ。ガスパール、さようなら！」

彼女は足早に木蔭から去った。空地を急いで駆け抜け城《シャトー》を目指した。孤独の自室に戻るやいなや彼女はあふれ出た苦しみに身を委せた。それは彼女の胸を嵐のように襲った。その苦しみほど苛酷な苦しみはなかった。かつて知った悦びに泥を塗り、至福の思い出に自責の念を侍《はべ》らせ、生きた人間を屍体に縛りつけた暴君さながら、愛の記憶に罪の意識を結びつけるのだ。と、突然、ひとつの考えが彼女に浮かんだ。最初はたわいもない迷信じみたことだとして一蹴した。しかしその考えはなかなか去らなかった。彼女は急いで下女を呼んだ。「マノン、おまえ、聖カトリーヌの寝台に寝たことはありますか？」

マノンは恐れおののいて十字を切った。「めっそうもございません！　わたしが生まれてこの方、たったのふたりしか寝た者はございません。ひとりはロワール川に落ちて溺れ死にましたし、もうひとりの方は狭い寝台を見ただけで、家に戻ってきてひとことも言わなかったそうです。それは恐ろしい場所でございますよ。寝ようとする者の日頃の行ないが良くないと、聖なる石に頭を休めたとたんどんなことになるやら」

それを聞いてコンスタンスも十字を切った。「わたくしたちの生命《いのち》のことを言うなら、正しく生きようと願うなら主《しゅ》か聖者にすがるより道はありません。わたくし、明晩あの寝台で休みます！」

「まさか、お嬢さま、王さまは明日お着きになるのですよ」

「ならばなおさらのこと。このように烈しい苦痛がひとの心に宿り、しかもそれを治す術《すべ》がないなどということがあってよいものでしょうか。わたくしは両家の争いに平和をもたらすことを願ってきました、わたくしのその努力が茨《いばら》の王冠につながるかどうかは天が決めてくださります。明日の夜わたくしは聖カトリーヌの寝台に休みます。そしてもし、言い伝えのとおり、聖者が、眠っている信者の夢のなかに現われてお告げをなさるのなら、わたくしはそれに従いましょう。それはそのまま天のお告げなのですから、結果がたとえ最悪のものであってもあきらめるつもりです」

パリからナントに向かう途上にあった国王はこの夜、コンスタンスの城から数マイルと離れていない城に泊まっていた。夜明け前、ひとりの若い騎士《ナイト》が王の寝室に通された。騎士《ナイト》の表情は真剣そのもの、いや悲しげですらあった。姿も形もじつに美しい若者であったが、どこかげっそりとやつれて見えた。アンリ王の前に立った若者は黙したままだった。元気で陽気な王はその活気に満ちた眼差《まなざ》しを来客に向けて、優しく言った。「やはりおまえは強情な彼女が好きだというのだな、ガスパール」

「彼女はふたりのことは叶わぬこととしてあきらめているのです。ああ、殿、彼女がわたしの幸福を犠牲にするのは少しも構わないのです、どうかお信じください。ですが、彼女自身の幸福まで犠牲にしてしまうことだけは」

「余がわざわざ出向いてきて口説こうとも首を横に振ると申すのか？」

「王さま、そのことはお考えなさらぬように！　そんなことはあり得ません。わたしは心から王さまのお心尽しに感謝いたしております。しかし、かつての恋人のわたしが言葉を尽して説得いたしましても、過去の記憶がいまだ残っており、隠遁生活にも馴れすぎてしまっているため、どうにも説き伏せることができません。これはいかに陛下のご命令であろうとも同じことかと思われます。彼女の頭には修道院にはいることとしかないのです。ですからわたしはこれでお暇《いとま》つかまつります——今よりわたしは十字軍兵士となります」

「ガスパールよ」と国王が言った。「余はそなたよりは女性《にょしょう》を心得ておる。彼女を勝ち得るには下手《したて》に出て乞い願っても無駄じゃ。彼女もまだ若い身空、縁者の相継ぐ死が、心に重くのしかかっているのも当然のことではないか。城《シャトー》に幽居し、悔恨の情にだけ浸りきっておるから、自然、天そのものがそなたたちの合一を禁じておるなどと思いこんでしまう。この世間の声を彼女の耳にとどけようではないか——世間的な権力の象徴たる余の声と、世間的な優しさにあふれたそちの声とを——一方は命令するように、そして一方は哀願するように。さすれば両者は一体となって彼女の心に反応を呼び起こし、そうなれば余と聖なる十字架の名において、彼女はそなたのものとなる。だがこの計画はまだ秘密じゃぞ。さて、そろそろ馬の用意だ。夜もだいぶ明けたし日も昇ったぞ」

国王は司教の館に到着し、直ちに聖堂《カテドラル》にてミサを行なった。豪勢な祝宴がそれに続き、ロワール河畔の町を抜けてナントを少し上ったヴィルヌーヴ城に一行が到着したのはもう午後になっていた。若い女伯爵は門前で国王を出迎えた。国王はガスパールの言葉から想像して、憂悶に蒼白くやつれた頬と絶望に打ちひしがれた姿とを胸に描いていたのだが、その期待は裏切られた。コンスタンスの頬はほんのりと赤く、動作はきびきびしていて、声にはいささかの震えも見られなかった。「あれはガスパールを愛してはおらんぞ」とアンリ王は考えた。「さもないとすると、すでに余の言葉に従う気になったのか……」

軽い食事が国王のために準備された。やがて彼女の陽気な物腰を振り切るようにややためらったあと、国王はガスパールの名を口にした。それを聞いたコンスタンスは蒼白になるかわりに赤面し、すかさず答えて言った。「陛下、どうぞ明日まで、明日までご猶予を――明日になればすべてが決まります――神の僕《しもべ》となるか――それとも――」

彼女の表情にまごつきが浮かんだが、国王は吃驚《びっくり》するのと同時にほっとして、言った。「では、そちはド＝ヴォードゥモンの息子を憎んではおらんのだな――あれの軀に流れておる敵《かたき》の血を許すと申すのだな」

「敵を許せと、敵を愛せよとおしえられております」女伯爵は軀を幾分ふるわせて答えた。

「さてさて、若いに似ず出来た返答よな」と国王は笑いながら言った。「ホッホーッ、変装しておる若武者よ、前に出て恋人の愛に感謝を述べたらどうだ」

誰にも悟られぬように巧みに変装した騎士《ナイト》は家来たちの後ろにいて、コンスタンスの振舞いとその冷静な表情とを驚愕の念をもって観察していたのだ。彼女の言葉は耳にはいらなかった。しかしこれが前夜からだを震わせて泣いたコンスタンスなのだろうか？――情熱と忠義との葛藤に心を引き裂かれたコンスタンスなのだろうか？――おのれの生命《いのち》以上に恋い焦がれた男と自分との間に親や縁者の亡霊が立ちはだかっていると言ったコンスタンスなのか？　それは解くことの出来ない謎だった。国王が自分を呼んでいる声のなかに苛立ちを感じ取ったかれは急いで前に進み出た。そしてコンスタンスの許《もと》にひざまずいた。彼女は努めて平静を装おうと懸命だったが、やはり情に抗することはできず、かれを認めた刹那あっとひと声漏らし、気を失って床にくずおれてしまった。

すべてが不可解なことだらけだった。下女が躍起になって、コンスタンスを正気に戻らせはしたが、すぐにまた発作が起こり、それから次は滝のように溢れ出る涙だった。その間国王は大広間で、食べかけの料理をながめ、女の気まぐれを称える歌を口ずさみながら待っていたが、がっくりと失望し不安の念を隠し切れないヴォードゥモンの視線に会ってもどう返答してよいやらわからなかった。と、ようやくコンスタンスの下女頭がやって来て、詫びの言葉を伝えた。「お嬢さまはご気分がたいそうお悪くいらっしゃいます。明朝さっそく陛下の許《もと》に参上して非礼の段をお詫びし、あわせてご自分の意図も明らかにされるとのことでございます」

「明日――またしても明日だ！――尋ねるが、明日という日はそんなに意味のある日なのか？」と国王は言った。「どうかこの謎を解いてくださらんかな、お嬢さん。いったいどんなおもしろい話が明日聞けるというんだな。すべてが明日にかかっておるとは」

　マノンは顔を赤らめ、下を向き、もじもじした。だがアンリ国王は貴婦人の下女に取り入ってその秘密を聞き出すことにかけては名人だった。それでなくてもマノンは主《あるじ》の計画にすっかり肝を冷やしている。女主人が依然頑固にそれを実行するつもりでいることがかえってマノンの口を軽くした。聖カトリーヌの寝台で眠る。深く滔々《とうとう》と流れるロワール川に懸かる狭い岩棚《いわだな》に休むのだ。そしてもし仮に、そこから川に転落せず無事戻れたとしても、そのような窮屈な眠りによって引き出された幻影を天の言葉として受け入れるなどというのは、アンリ王の目からしても、並みの女には不可能な気狂いじみた芸当だった。だがしかし、美しさと一緒に高い知性も備えているコンスタンスが、あらゆる人がその高貴な心と豊かな才を称えるコンスタンスが、このように思い詰めることがあるのだろうか？　情熱に駆られると余人もこのような突拍子もない行為にでるのだろうか？——死がそうかもしれない、魂の貴族階級まで一律に均《なら》してしまい、富者も貧者も、賢者も愚者も、いっしょくたに奴隷階級に突き落としてしまう。不思議なことだ——しかしコンスタンスは実行するにちがいない。そう決心するまでにはずいぶんためらいもあったろう。この上は聖カトリーヌが意地悪をしないことを願うのみである。それさえ無ければ、夢によって決まるということを、醒めているときの考えで変えるということもできるかもしれない。それよりもっと具体的な危険に対してなんらかの安全処置を取ることが必要だ。

　なにが恐ろしいといって、人間の弱い心のなかに入りこんで、良心の導きに反してまでも抑えきれない衝動に駆り立ててしまうその感情ほど恐ろしいものはない。禁じられた愉悦ほど快いものはないとも言う。気性の荒い人間、戦うことや競うことの好きな人間、人と争うことに幸福を感じ、熱情の葛藤に悦びを見出す人間にはそれが当てはまることもあろう。だが温柔なコンスタンスの気性は遙かに穏やかで優しさに溢れている。そして愛と忠義との板ばさみになった彼女は胸も潰れんばかりに苦しみ抜いている。彼女がそのような行為に出るのは宗教に、あるいはそう言って良ければ迷信にすがったのだ、と考えるならばまだ救いがある。じっさい、その行為に伴う危険があるために熱意もまた燃えるのである——かれのために危険を冒すことは幸福ですらあった——目的達成に到る道程が困難であればあるほど彼女の愛は深い充足を覚え、同時に彼女の気持をやるせない絶望から逸《そ》らすことにもなるのだ。またもし、彼女があらゆるものを犠牲にしなければならぬというお告げが出たとしたなら、死の危険などというものは、お告げによって一生彼女が背負いこまねばならない苦悶に比べたら、まるで取るに足らないものだった。

　その夜は嵐になりそうな雲行きで、荒狂う風は窓を揺さぶり、木木は、怪奇な踊りを踊り狂い、あるいは命がけの喧嘩をしている巨人のように、広げたその黒々とした腕を震わせた。コンスタンスとマノンはふたりきりで地下道を抜けて城《シャトー》を出、丘を下っていった。月はまだ昇っていなかった。その道はふたりとも歩き馴れた道であったが、マノンはしょっちゅうよろめいた。一方コンスタンスはと言うと、彼女は絹のマントを軀に巻いて坂道をしかとした足取りで下っていった。川岸までやって来るとそこに一艘の小舟が舫《もや》ってあった。ひとりの男が控えていた。コンスタンスは身軽に乗りこむと、怖気《おじけ》づいている同伴者に手を貸した。しばらくの後かれらは川の中ほどに漕ぎ出していた。なまあたたかい、嵐を内に含んだような風がかれらの上を吹いてゆく。喪に服してからというものこの時はじめてコンスタンスの胸にわくわくするような愉楽が湧き起こった。彼女はその感情を二重の嬉しさで歓迎した。あれほど逞しく、あれほど心の広い、あれほど高貴なガスパールを愛することを天がお禁じになるはずがない、と彼女は思った。ほかの殿方を愛することはできない、かれから引き離されたらわたくしは生きてはいられない、この心、この手足、燃えるような恋心に光輝いているというのに、わたくしはすでに若くして死なねばならぬ運命にあるのだろうか？　ああいやです！　わたくしの軀のなかにはこんなにも生が溢れているのに。わたくしは愛するために生きるのだ。あらゆるものがなにかを愛しているではないか——風は流れゆく川にささやきかけ、水は花咲く岸辺に接吻し、海の水と交りあうために進んでゆく。天と地とは愛によって支えられ、愛によって生きたものとなるのではないか。それなのに、真の愛情が限りなく湧き出る深い井戸のような心をもったコンスタンスひとりがどうして、泉に石を置いて永久にそれを塞いでしまわねばならぬような破目になるというのか。

やがてこうした考えは楽しい夢想へと変化していった。コンスタンスは盲目の神の伝説にかなり詳しく、だからしてそういう空想を進んで受け入れた。彼女が甘い感情に浸っていると不意にマノンが片手をつかんだ。「お嬢さま、ごらんを」とマノンは叫んだ。「舟が来ます——ですが櫂《かい》の音が全然しません。ああ、聖母さま、お護りください！　早く城《シャトー》に返してくださいませ！」

黒々とした舟が一艘かれらの舟の側を過ぎて行った。黒いマントを被った男が四人、櫂を漕いでいたが、マノンの言葉どおり櫂の音は少しも聞こえなかった。舵《かじ》のところにもうひとり男がいた。男もその他の男たちのように黒いマントで軀を包んでいたが帽子は被っていなかった。男はかれらの方から顔をそむけてはいたが、コンスタンスはそれがおのれの恋人であることを認めた。「ガスパール」と彼女は大声で呼んでみた。「あなたは生きているのですか？」——しかし舟の上の人物は振り向きもしなければ返事もせず、舟はたちまち暗い水面《みなも》に姿を隠してしまった。

いまやコンスタンスの夢想はすっかり姿を変えてしまっていた。すでに天はその呪文をかけはじめており、目を細めて暗闇の先をみつめた彼女は、不気味な姿のものが回りにいるのを見た。帆船のようなものが見えたが、もう一度見ようとするとその姿は消えた。これが彼女の恐怖を誘った。今度はまた別の船が見え、死者の霊を乗せている。そして彼女の父が岸から手を振り、死んだ兄たちが彼女を見て嘆かわしそうな顔をしている。

そうしているうちにも舟は岸に近づいていった。彼女は舟を小さな入り江に繫いで岸に立った。軀に震えが走り、引き返してはというマノンの言葉に従いたい気持になった。しかしこのとき下女は不用意にも国王とド＝ヴォードゥモンの名を口にし、明日与えるはずの解答のことをしゃべってしまった。いまここで引き返したなら明日のための解答が聞けないことになってしまう……

彼女はグングン進んで土手の荒れ土を上《のぼ》りその上を歩いていった。するとやがて、じかに川の流れの上に懸かっている小山に出た。そこに小さなチャペルがあった。震える指でコンスタンスは鍵を取り出し、ドアを開け、ふたりして内部《なか》にはいった。聖カトリーヌの像の前にある小さなランプが風に揺らめいてかすかな光を送ってくるほかは一面の闇だった。ふたりの女はひざまずいて祈りの言葉を唱えた。立ちあがるとコンスタンスは陽気な口調で下女にお休みと言い、小さな、低い、鉄のドアの錠を外した。その中は洞窟になっていた。向こうからは水の咆哮が聞こえてくる。「マノン、おまえは来る必要はありません」とコンスタンスは言った——「もっとも、そう望みもしないでしょうが——この冒険はわたくしひとりのものです」

なんの希望も恐れも、愛も苦悩も持っていない下女ひとりを震えながらチャペルに残すのはあまり褒められたものではない。しかし当時の下男下女はしばしば軍隊でいうところの副官の役目を務めさせられ、名誉は主人に取られ、殴られ役ばかりをおおせつかったものである。それにマノンは聖なる場所にいて安全である。その間コンスタンスは狭い曲がりくねった通路を暗闇で手探りしながら前へと進んでいった。ようやく、長いこと暗闇に馴れていた彼女の目に光と思しきものが映った。川に懸かった丘の中腹にあり、真下にロワールの急流を見おろす洞窟の先端に着いたのである。闇夜がそこにあった。ロワール川はかつてと同じように——変化には富んでいるけれどもやはり変わらず——流れつづけていた。天は雲に厚くおおわれ、梢を渡る風は暗殺者の墓石を吹き過ぎるかのように悲しみに満ち、かつ不吉な予感をはらんでいた。コンスタンスはわずかに躯を震わせて寝台に目をやった——絶壁の端すれすれのところに土と苔《こけ》むした石とでできた台があった。彼女はマントを脱ぎ捨てた——それはまじないのための条件のひとつであった——そして首を曲げて、編んであった黒髪をほぐし、裸足になった。そうすることによって夜の寒さをもろに味わう準備を整えて彼女は狭い寝台のうえに身を横たえた。躯を動かす余裕は殆んどない。そしてもし睡眠中に動きでもしたなら、下を流れる冷たい水にまっさかさまである。

最初彼女はこれでは寝つくことはできないのではないかと思った。吹きすさぶ風に躯を晒し、身動きならない危険きわまる場所にいたのではとても瞼など閉じることはできない。しかし次第にコンスタンスは甘く宥《なだ》めるような夢想に落ちこんでいった。感覚も徐々に混乱していった。いま彼女は聖カトリーヌの寝台に横たわっている——下にはロワールの急な流れ、そしてあたりには吹きすさぶ風——そして今——かの聖者は何を語ろうとするのか? コンスタンスをして絶望の淵に追いやろうとするのか、それとも永遠の祝福を授けようとするのか?

荒れた丘の麓、暗い川面《かわも》にもうひとりの人物がいた。かれは様々のことを恐れていたが、そのどれをも願ってはいなかった。かれは彼女よりも先に行くつもりだったのだがつい時間がかかってしまい、それに気づいて息もつかず櫂の音を殺して舟を走らせた結果、コンスタンスを乗せた舟に鉢合わせしてしまったのである。しかし彼はコンスタンスから誹りを受け戻ってくれと命令されるのを恐れて、彼女の呼び声にも振り向くことはしなかった。彼女が通路から現われ崖から身を乗り出したときは思わず躯が震えた。かれの見守る中で彼女は白衣をまとって前に進み出た。白衣のお蔭で、頭上に突き出た岩棚に彼女が横たわるのがはっきりわかった。ふたりの恋人のなんという夜明かしだろうか!——コンスタンスは夢想にすっかり心を奪われ、かれはかれで思っている——愛のために、自分に対する愛のために彼女は今あの危険な寝台に寝ているのだ、あらゆる危険が周囲に迫っているが、彼女はふたりの運命を決する夢を自分の心にささやく小さな静かな声にだけ耳を傾けているのだ、と——そしてその意識はかれの心に言うに言われぬ感動を与えた。彼女は恐らくは眠っているだろう——しかしかれは起きて見守っていた。あるいは祈り、あるいは代るがわる立ち現われる希望と不安に恍惚となったかれが、頭上に眠る白衣の恋人にじっと目を向けているうちに夜が明けてきた。

朝——あの雲のなかで苦闘しているのは朝なのか？　朝は彼女の眠りを醒ますことができるのか？　彼女は眠ることができただろうか？　そして眠りのなかでどのような幸福の夢、どのような悲痛の夢がコンスタンスの胸に宿ったのか？　ガスパールは待ち切れなくなった。漕ぎ手たちにそのまま待てと命じるとかれはひらりと飛び降り、絶壁をよじ登りはじめた。漕ぎ手たちは、そんなことをするのは無謀だ、不可能だと止めにかかったが無駄だった。かれは崖のでこぼこの斜面にしがみつき、足場らしきものも見当たらないところに足をかけた。崖自体はそれほど高くはなかった。危険はむしろ、あれほど狭い聖カトリーヌの寝台に眠るのであるから、少しでも動けば真下の急流に落下してしまうということの方にあった。急な傾斜をガスパールは休むことなく登ってゆき、ようやくのこと、頂上近くに生えている一本の木の根本にまで達した。その枝を支えにしてガスパールは岩棚のぎりぎりの端のところに立つことができた。すぐ目の前の枕のうえには恋人の、帽子も何も被っていない頭があった。両の手は胸のうえに組んで置かれてあり、黒髪は喉のまわりにだらりとこぼれ、頬が際立って見えた。静謐な寝顔であった。そこには何もなく、あるのはただ無邪気な眠り、いたいけな眠りだけだった。荒々しい感情はことごとく鳴りを潜め、胸は規則正しい呼吸に従って上下している。胸のうえに組み合わされた白魚のような指が上下するので彼女が息をしているのが知れた。いかな大理石で彫られた像といえ、これほどうつくしい姿はないであろう。そしてこの得も言われぬ寝姿の胸のなかには、この世にふたつとあろうはずはない真実の、優しい、献身に満ち溢れた魂が住んでいるのだ。

彼女の天使のような面持ちに現われた静謐さから希望の色をつかみ取り、どれほど深い熱情をこめてガスパールは見詰めたことか！　コンスタンスの唇に頬笑みが浮かび、それに吉兆を見たガスパールもまた我知らず頬笑んだ。と、そのときにわかに彼女の頬に赤みが差し、胸がふくらみ、黒い睫《まつげ》から涙が一粒そっと走り、やがて留めどなく溢れ出し、いきなり彼女は軀を起こして叫んだ。「いや！——かれを死なせはしません！——わたくしがあのひとの鎖をはずします！——わたくしがかれを救います！」ガスパールの手がそこにあった。危険な寝台から今にも落ちようとしたコンスタンスの軽い軀をかれは捕えた。コンスタンスは目を開き、運命を決する彼女の夢を見守り、そして彼女を救った恋人の姿を見た。

夢を見たか見なかったかはいずれとして、その夜すっかり眠りこんでしまったマノンは、朝目醒めると大勢の人びとに取り囲まれているのに気づいて仰天した。荒れ果てた小さなチャペルは綴《つづ》れ織《おり》で飾り立てられ——祭壇には金の聖餐台が置かれ——勢揃いしてひざまずいた見事な騎士《ナイト》たちに向かって司祭がミサを朗読していた。アンリ国王も列席しているのにマノンは気づいた。姿が見当たらないもうひとりの人物を目で探していると、洞窟の通路に通ずる鉄のドアが開いて、見るもあでやかな姿のコンスタンスを導いたガスパール＝ド＝ヴォードゥモンが入場してきた。コンスタンスは白い衣をまとい、黒髪は乱れていたが、言葉では言い尽くせない深い感情を、せめて頬笑みと赤面とで表現し、祭壇に歩み寄り、そして愛する男と共にひざまずいて、ふたりを永遠に繋ぐ誓いの言葉を述べた。

　幸福なガスパールがその夫人から夢の秘密を聞き出したのはずっと後のことだった。今は申し分なく仕合わせを味わってはいるが、それでも彼女は、愛を罪悪と考えた日々のことを、そのことに繋がるすべてのことが恐ろしげな外観を呈して見えた日々のことを、振り返るまいとしてずいぶん苦しんだものだった。「いろいろな夢を」と彼女は言った、「その晩わたくしは見ましたわ。天国にいる父と兄たちの霊も見ましたし、異教徒に混じって勇敢に闘っていらっしゃるガスパールさまのお姿も拝見しました。それから、アンリ国王の宮廷にいて、とても目をかけてもらっているあなたの様子も見ましたわ。それにわたくし自身のことも――修道院で嘆き暮らしているかと思うと今度は花嫁で、自分に与えられた至上の幸福を天に感謝しているかと思うと、いつの間にか自分の哀れな境遇を思って泣き暮らしているのです――すると突然、わたくしは自分が異教の地にいるのに気がつきました。そして聖カトリーヌ、彼女自身が、見えない姿のままわたくしを異教徒の町に案内してくれたのです。ある宮殿にはいると、異教徒たちが勝利に歓喜の声をあげていました。わたくしたちは地下の土牢に行こうとして湿った地下道を手探りしながら降りてゆき、天井の低い、黴《かび》の生えた通路を通りました。するとそこに、ほかの牢よりずっと暗く気味の悪い牢がありました。床に男がひとり横たわっています。垢染みて引きちぎれた服、ぼさぼさの髪の毛にもじゃもじゃのひげ。頬はやつれて落ち窪み、目はその光りを失い、軀はまるで骸骨同様。肉のすっかり削《そ》げ落ちた骨には鎖がだらしなくかけられていました」

「それで、コンスタンスの堅い心を溶かしたのが、そのものすごい恰好をしたわたしの幽霊だったというわけかい？」そのあり得そうもない想像に頬笑みを浮かべながらガスパールが訊いた。

「そうだったのでしょうね」とコンスタンスは答えた。「それが証拠に、わたくしの心は、これはわたくしの仕業《しわざ》だ、と幾度もささやきましたから。それに、あなたの脈搏のなかで次第に弱まってゆく生命を呼び戻すことが、蘇らせることが、直接手を下した人間でなくて誰にできるでしょうか？　わたくしは、あの夜の夢のなかでわたくしの足元に横たわっていたときほど、あなたのことをいとおしいと思ったことはありません。目からヴェールが取り除けられたのです、目の前から闇が払い除けられたのです。思うに、そのときはじめてわたくしは生のなんたるかを、死のなんたるかを悟ったのです。わたくしは、生を仕合わせなものとするには死者を傷つけないことだと信じさせられてきましたが、憎しみと敵意を徳とし是とするその考え方がいかに邪悪で、いかに空しいものであるかを知ったのです。あなたは死ぬべきではない、わたくしが鎖を解いて救い出し、愛のために生きさせてやろう。そこでわたくしはパッと前に飛び出したのです。あなたのためにどうしても認めることができないと思った死は、実はわたくし自身の死だったのではないでしょうか――わたくしがはじめて生きることの真の価値を知ったあの時、もしあなたがその腕でわたくしを救ってくれなかったなら、その優しいお声でわたくしに永遠の祝福を与えてくださらなかったなら……」

子供たちの迷路

Das Labyrinth der Kinder

E・ランゲッサー
條崎良子訳

エリザベート・ランゲッサーElisabeth Langgässer（1899―1950）はライン河畔の小さな町に建築家の娘として生まれた。小説「プロスルピーナ、ある幼年期の神話」短篇三部作「夢魔の三連祭壇画」等のシュールリアリズム的傾向の作品によって、文壇に認められるに至ったが、大戦中は〝半ユダヤ人〟という理由で執筆を禁止された。戦後のドイツ内外に大きな反響をよんだ長篇「消えないしるし」（'46）、短篇集「トルソー」（'47）「迷路」（'57）、遺稿「マルク地方のアルゴ号乗組員の旅」（'50）といった散文の他に、「夏至のダフネ」等のすぐれた抒情詩集もある。彼女の描く作品は、首尾一貫して〝救済によっては把握されない力〟、即ち、神の神秘とは全く異質の悪魔的な異端の神秘を問題としている。その作品における独特な比喩や象徴的な言葉によって表現された自然には、つねに、〝不気味に足下を戯れる地下的な力〟が感じられ、それが作品の上いっぱいにはびこり茂っているといった印象を与える。なお、「子供たちの迷路」は、短篇集「迷路」の一篇である。

（荒俣）

小さな女の子は庭にくると、通路に面した台所から、母親がいつものとおり無表情に、自分を呼んでいるのをきいた。彼女はいつもきまって同じことをいった。「遠くへ行ってはいけませんよ。もうすぐお食事よ」女の子は同じように無表情に、ちょこちょこ歩いて、庭の階段を五段ほどあがっていった。左右には、ゴールドヘンルーダ（薬用・観賞用のみかん科の多年草）やヒエンソウやゼニアオイ、花の咲いたトリカブトといった薬草が、高く、ぼうぼうに伸びている。ここでは、ゴールドヘンルーダはまったくの雑草と化してた。むしりとればとるほど、次から次へとはえてきた。隣りの庭にはえうつり、瓦礫の山にまでも根をおろしていた。庭の径は埃にまみれ、芝生が、毛むくじゃらの背中をした灰色がかった緑色の毛虫のように、径に沿ってのびていた。カブとニンジン畑、レタスと香辛野菜、虫に喰われた甘味エンドウと萎えたタバコ、芝生はそれらのあいだを、腹立たしげに、不機嫌そうに、うねっていた。重そうに水を運ぶ人間の足にたえず踏みつけられている自分の運命――それは同時に、いっさいの事物に自分が付随しているという、あの好ましいともいえるぐらいに曖昧模糊とした気持でもあった――に不満があるとでもいわんばかりに。子供は芝生の端をとおって垣根にきた。垣根は、折れさがったり、二、三本の針金で繋がれてたりしていた。この針金は、現実のものというよりも、何か象徴めいていた。それは、野うさぎやこそ泥の常習犯や学童や〝ルンペン〟と呼ばれてきた連中――今は別の名前をあてがわれたのに、いっこうに良い名では呼ばれないそういった連中を、寄せつけなかった。

　朽ちかけた木の柵のあいだには、ひどく大きくてはなやかな、いく輪かの芥子の花が、庭と所有者のない土地との境に、誰の手でまかれたわけでもないのにポツンと咲いていた。白や紅や紫色をした芥子の花は、まだ咲いているのもあれば、もう枯れ落ちてしまったのもあった。骨壺を思わせるような子房が、大きくひらききった花のかたわらで、熟しつつある種嚢を孕んでていた。そのなかでは、芥子粒が、もうゆっくりと熟しはじめている。夢、麻痺、そして永遠の忘却をいっぱいにつめて。一ぴきの蜂が、暗青色の脈状の花のなかを転げ回っていた。それは、あおむけにひっくりかえり、飛びあがろうとしては、酔ったように、あっちこっちに倒れこんだ。むきなおり、そしてまたひっくりかえり、またもや転げまわり、狂ったように翅をバタバタさせて。子供はそれをじっと見ていた。そして地面のうえに寝そべった。暗青色の脈状の柔らかな地面に。それは、子供の下で息づき、子供の金色に日焼けした、裸の背中を、やわらかなシーツでも敷くように、うけいれた。蜂は足で、小さいがしんぼう強い六本の足で、空という〝ベッドの天蓋〟を支えたくてしようがないとでもいうようにあちこちを踏みまわり、四枚の翅で――子供がうもれている花と同じように柔らかい脈状の翅で、子供のほうをつっついた。子供のうえには空があった。それ以外の何ものもなかった。とてつもなく高く、ぎらぎらと輝く空は、無慈悲なくらいに青かった。最初のうちは明るい青、それからハガネみたいな青色になり、そして紺色に変っていく空は、最後にはただの黒一色になるのだった。長くはないわ――そう子供は考えた。そうしたら、またあの飛行機が空を通るだろう、まず誘導機、それからそのあとには別の機体が続く。四発爆撃機の音が、地下ごうのなかにいても聞きとれる。砲弾が炸裂して地上に落下しないうちに、もう直撃してくるのが感じとれる――でも、ここにいる限り危険はなかった。まったく柔らかな青色の脈翅に覆われた支柱に見事に支えられたこの地下ごうのなかでは、絶対に、何も起こるはずはなかった。ごうごうと響く衝撃音はますます鋭くなる。きっと今は空じゅうが戦闘機だらけにちがいなかった……

もう完全に花を落としてしまったあの芥子の花の茎の上にぴったりと付いた緑色の種嚢は、乳色の種をぎっしりつめて、かたく口を閉じていた。種嚢も、種も、いっさいがまだ柔らかかった。が、じきに種嚢は固くなり、種は黒ずんでいくだろう。黒ずみ、阿片を、一粒一粒のはかない夢、その夢をぎっしりとつめこんで。ふと見ると、茎には、花と実の両方とがあった。種嚢は無表情に彼方を見やり、花は何事にも応じず、ただひたすら花であることを続けていた。

……そうしているうちに母親は思った。さあて、あの子ったらお庭へ行ったのかしらね。十二時半の飛行機が家の上を通ったら、あの子を呼んでこなくちゃ。そうだわ、時間になったら、あのおちびさんを連れてきましょう。あの子ったら、またすれちがいに目覚ましをおっことしていったわ。いつも玄関からお庭へ出ると、きまって目覚ましを倒していくのだから。もっともあたしがあの時計をドレッサーの鏡のしたのスツールに置いたことだって、へんだったかもしれないけど……彼女はじゃがいものはいった鍋を火からおろし、ふたをあけて、フォークで突いた。もうあと五分ほどでいいわね、と彼女は思った。いくつかはすでに皮が破れている。パサパサした澱粉質のじゃがいもだった。

国境警備員にびくびくしながら、それでも苦労してマルクの村から買い出しにいっただけのかいがあったわ、と彼女はまた思った。去年の秋、お庭の地下ごうを埋めたて、肥料をまめにやっておいて、本当によかったわ。今年はきっと収穫があるわ……なるほど、そこにうめられたじゃがいもは、もう葉をつけて高くのびていた。すくすくとよく育った草や木は、まるで、もっと良いときを約束しているかのようだった。みんなが満足していた。まず第一に、彼女自身はもちろんだったが、二人の息子にしてみても、地下ごうの柱や板きれを地面から掘り出すのにひどく骨をおり、あくせく働かなければならなかったことを忘れるくらい、満足していた。そして、はじめのうちは気がすすまなかった父親さえもが、しまいには協力を惜しまなくなった。タバコの一件は、彼には気の毒であった。タバコは、大きな息子たちを養うのに、とってかえられた。新たにできた畑の一画は、タバコではなく、じゃがいもがしめてしまったのだから。その上さらに、彼が捕虜の身から釈放されたとき持ってかえった、チェスターフィールドの最後の残りも、車一台分の堆肥と替えられてしまった。何が必要なのかを決めるのは、妻だった。それは夫ではなかった。この二、三年間と比べると、今はもう、夫の重要性はずっとなくなっていた……どっちみち、最後には、彼が折れる運命にあったのだ。ただ小さなラウラだけが、今日もまだ不機嫌だった。じゃがいも畑を通るとき、彼女は必ず顔をそらした。おそらく、彼女はこう考えたことだろう——地下ごうといっしょに、あたしを護る秘密の妖精も追い出されちゃったんだわ。妖精のまっ白なシャツも取りあげられ、姿を隠しちゃう頭巾も、意地悪なママに、奪われちゃったんだわ。あれは、あたしだけのものだったのよ——と。そして、彼女は今、裸でそこに立っていた。寒さにふるえ、金色に輝く肌をさらけだして。それは一目瞭然なことだった。少女は自分自身の一部を奪われてしまったのだ。少女が自分の家のように思っていた生活の一部が、こっそりくすねとられたのだ。だから、西のほうから飛行機が二本の松の間に見えてきて、家の上を通るたびに、母親は、おちびさんがどんな気持でいるのかよく理解することができた。しかし、実のところ彼女に分かったことは何もなかった——どう理解してみても、分かるのはせいぜい半分ほどだった。もっと厳密にいえば、彼女自身があの子であり、あの子がなおも彼女自身である以上、半分より上の理解はどう考えてもできるわけがなかったのだ……

とにかく、母親のもう片一方の分身として生きる小さなラウラは、大人たちなんか死んじゃえ、と願った。もう数年来の知りあいだといい張っては、剃りそこなった顔をあたしの頬にこすりつけるパパも。まるでお人形のように、あたしの腕をぐるぐる振りまわしたり、お鼻にかみついたりして、おもしろがるお兄ちゃんたち。それからママもよ。朝ごはんのパンをはかるとき、ママはいつも最後の一かけらをはかりからとって、あたしにくれるの。でも、ママはそれをまたお皿からはかりにもどしてしまうけれど——ひょっとして、ママだけは生かしておいてもいいかしら。いいえ、ちがうわ、ママもだめよ。ママこそだめよ。だって、地下ごうがとりはらわれたのは、ママのせいなんだもの。あれはママ以外の誰でもないわ。ママはいつもいってたわ。今度は地下ごうをかたづけなくちゃ、って。地下ごうはとりはらうのよ。それがあったからって、どうだっていうの。梁がくさりはじめたし、まあ何てこと、階段のしたにネズミの巣があるわ。ネズミの巣といっしょだなんて良くないわ——母親はあの頃、地下ごうや、そこにとりつけられた階段、そして古いベンチに、小さなラウラが夢中になるのをなおそうと思って、そういったものだった。古いベンチ、子供はそこにいつもすわっていた——ひどく静かに、人形をかかえて、物思いにふけっていた。それは醜い歪んだ顔をしたぼろぼろの人形で、子供の親友だった。人形はロージーという名前で、返事に窮するような奇妙な質問を、ママのラウラにしていた。

「本当にそう思って」人形のロージーがたずねた「あすさっそく、子供たちがつかまっちゃうってこと——」

「あたし、わからないわ」

「でも、あんたはついさっきいったじゃない。男の子たちが少しばかり大きな斧とのこぎりを何本か、かくしていたって」

「ええ、あの子たちはもっているわ。でも、自分を打ち殺すのに、斧がいるかどうかなんて、あたしわからないわ。きっと、そうやって自分を殺しちゃうのかもしれないわ。ひょっとしたら、はじめにパパを殺して、そのあとで自分をやることもあるわね」

「それがいちばんいいわ」ロージーが応えた「そうしたら地下ごうはそのままだわ、だってそうでしょ、〝あそこにいる人〟がたった一人で梁を掘りおこせると思って?」「どうかしらね。でも〝あそこにいる人〟があたしのママだなんていっちゃだめよ」小さい方のラウラはそう応え、ロージーをピシャリとぶった。

「あたしのママは魔女のゴルガックスなんだから。とにかく何でもきこえてしまうの。ゴルガックスったら、お台所から地下ごうまで耳が利いちゃうのよ。あたし、よおく知っているわ。スカートのしたに、お耳があるの。とっても小さな、草色のお耳よ。そこに小さなふたがついているの。あの人がそのふたをあけると、なんでもみんな聞こえちゃうのよ——どんなところからでもよ。地下室からだって、お庭からだって、きいちゃうのよ。もちろん、あたしたちのことだって」

「そのふたを彼女はあけたの」

「たぶんね。そしてたっぷりきいてしまうと、またピシャリと閉じてしまうの。それだから、彼女は一度きいてしまったら、決して忘れないわ。絶対によ。ぜんぶ覚えているし、ぜんぶ知っているの、大魔女ゴルガックスは、あたしのママよ」

……魔女ゴルガックスは台所にたち、またフォークでじゃがいもをつきなおした。それから鍋を火からおろして、じゃがいもの水をきった。そして、また鍋をほんのしばらく火にかけ、水気を蒸発させてから、はじめはパクッと口のあいたもの、それから形のくずれていないものの順に、皮をむきはじめた。彼女はそのとき、耳を、頭にある耳とスカートのしたのとってても小さな耳とを、大きくひらいて立っていた。なにしろ、彼女は、目覚ましの時間を合わせるのに、十二時半の飛行機がいつブーンと音をたてて通過するか、きき耳をたてていなければならなかったから……

　じゃがいもの皮をむき、それからあがってくる湯気をみつめていると、魔女ゴルガックスの弟《ブラザー》が、じゃがいものけむりのなかからでてきた。小さなかわいい、セーラー服をきた男の子だった。男の子は、おそらく、せいぜい七つをこえるかこえないかぐらい。そして彼女自身はといえばやっと九つだった。彼女は魔女ゴルガックスであり、自分が望む一切合財を弟にやらせる力を持っていた。

「これではじめられる」弟《ブラザー》がいった。

「ママはいっちゃったよ」

「そう。戸棚からパンをだしてちょうだい。それにナイフもね。貯蔵室からサラミソーセージをもってきて、ジュースを一びん、棚からおろしてちょうだい。ブラックカラントかグーズベリーのが、いちばんいいわ」

　弟《ブラザー》は、けげんそうに彼女をみて、おそるおそるいった。「カップもでしょ。もしかして、鳥が二羽描いてある青いのは」

「だめよ。ひびがはいっているわ。ホーローびきのをもってきて」

　二人はパンとソーセージ、グーズベリージュースとホーローびきのカップとをもって、台所を出て、地下室にいった。そして、りんごを二、三コ、服のポケットにつめこんだ。それから子供たちは、さっと器用に、地下室のあいている窓をスルリとぬけて、庭に出た。そして、背の高いいぼたの垣根に沿って、身をかがめてこっそりと這っていった。垣根はテラスへ通じ、小さな噴水のまわりをかこんでいた。噴水の噴出口には、苔がつまっており、カラカラに乾いていた。水盤の底にも水はなく、草や可憐なカーネーションが板石のあいだに、芽をのぞかせていた。この噴水はテラスの下方へ続いていた。テラスは誇らしげに前へ胸をそらした婦人のように、広くでっぷりと、庭に――日本の松や異国的なかんじのする灌木類や良種のくりの木、それにアーモンドやクワの木の植えられた庭に、突きでていた。それらの草や木のあいだは、それぞれ、石灰石の小人や、横たわったポーズの鹿や、小鳥の水飲み皿とで、入念に分けられていた――庭全体が陰うつなのと同時に、そこには過度にうっそうとした印象があった。それは、不自然な折れた円柱の切れはしのある、どこか南方的な庭園というかんじであったが、それでいて、小さな糸杉としだれ柳の姿には、マルメーゾンローズの背の高い植こみにおとらず、冥府的な要素にも欠けてはいなかった。マルメーゾンローズのまえには、籐製のいすがいくつかと、やはり籐製のベンチと、低いテーブルが一つ置かれていた——決して使われたことのないただの家具。それだけに幽霊ぐらいにしか利用されないような、そんな家具だった。二人の子供が住んでいた、この奇妙な庭と家は、ある小都市の郊外にあった。とうもろこし畑へ移行していく道は、しだいに坂をなして、ぶどう畑の丘陵へとあがっていった。そして、家々や庭や野原のまわりをうねりながら、ぶどうの収穫期には、芳醇な香りを、ネクターが流れるように、どっとふりそそいでいた。酔いしびれさせ、意識をしどろもどろにさせながら、遠くに——無限に遠く——魔女ゴルガックスが後《のち》住むことになるはずのもう一つの庭からも、ずっと離れて。そこでは芥子とじゃがいもがとれ、折れさがった木の垣根が、針金で繋がれるはずだった。

　子供たちは噴水をとおりぬけて、庭のテラスのしたへ、四つんばいになって這っていった。テラスの床下は、弓形にそっていて、古い酒蔵庫のようにひからびていた。くもの巣だらけで、雲母や片麻岩とできらきら輝いていた。いつもは、テラスの床下が光ることなんてもちろんなかった。噴水のまわりをかこんでいるいぼたの垣根がつくる、緑色の影を受けた穴ぐらは、いつも永遠の暗闇のなかにあった。しかし、今日は、子供たちが、良く見えるようにというので、その暗闇に光が放たれていた。地面には一本の太い蠟燭がたてられ、子供たちがここへ寄せ集めてきたものを、照らしだしていた。多彩色のつぎはぎカーペットと、はぎれをつなぎあわせたかぎ針編みのクッション、物置からひっぱりだしてきたマットに、床にほおってあったトランクから失敬してきたパパの旅行用のひざかけ。

「あの子はここが気にいると思って」魔女ゴルガックスは、いばるように弟《ブラザー》にたずね、彼をじっと見すえた。それから彼女は返事をまたずにはなしを続けた「ジプシーの馬車が、今日はまだとまっているわ。あしたは共同畑にですって。あたし、そうきいたわ」

（ついでに、彼女は何でもきいていた。草のはえる音も、巣のなかで雛が殻をやぶる音も。少なくとも、魔女ゴルガックスはそういったし、弟《ブラザー》は弟《ブラザー》で彼女のいったことを頭から信じていた。）

「あたしたち急がなくちゃ。わかっているでしょ。あの子をさらうつもりならばね。あの子は明るい青色の馬車のうしろの、小さな木の階段にすわっているわ。きっと」彼女は謎めかしげにしゃべり続けた「きっとあの子は、昔さらわれたことがあるんだわ。ジプシーはみんな、ブロンドの捲毛の子供をぬすむものよ」

　弟《ブラザー》は反論しようとした「でも」彼はいった「この馬車にのっている連中はジプシーなんかじゃないよ。あいつらは、指《さ》しもの師か、鋳掛け屋にちがいないって、ぼくたちのエルゼがいっていたよ」

（〃ぼくたちのエルゼ〃は、二十歳の、ふとった意地悪な子守り娘で、いつも魔女ゴルガックスをからかっていた。それで魔女ゴルガックスは彼女を心から憎んでいた。そして、〃ぼくたちのエルゼ〃を、恐ろしい方法で、気付かれないように、のろった。彼女が生む最初の子供は、頭の二つある、ひきがえるのようなおなかになるはずであった。）

「あんた、知っているでしょ。エルゼが口をひらくときは、嘘をついているのよ」魔女ゴルガックスは、不機嫌そうにいった「それに、罰として、エルゼの子を魔法で変えたことも知っているでしょ」彼女はいい足した「馬車の連中が、本当に、ジプシーでも、指しもの師でも、鋳掛け屋でも、そんなことどうでもいいことよ。あの子はあたしたちのものなのだから」

「でもあの子がいやがったら」

「ここの穴ぐらと、あたしたちの食べるものを見たら、きっと承知するわよ。ああいう馬車の子たちは、雑草のほかは何にもありつけないのよ」彼女は弟《ブラザー》にそう教えた「そして、いがとわらの上に寝るんだから」

「いがの上に」弟《ブラザー》はびっくりしたようすできさかえした。

「そうよ、そしておとなしくしていないと、パパやママにいらくさの鞭で、ひどくぶたれるのよ」

二人の子供は、突然、びっくりしたような目をして、互いに見つめあった。

「でも、ぼくたちは――ぼくたちはそんなことはしないよ」弟は小さな声でいった。魔女ゴルガックスが、小石を地面からひろいあげて、すきまからそれを投げつけ、そのあとできっぱりといった「しないわ」

二人の子供たちのあいだには、しばらく沈黙が続いた。魔女ゴルガックスは退屈して、ぼんやりと前のほうを見つめていた。

「ぼく、うれしいよ」弟《ブラザー》のおどおどした声が、あらためて魔女の耳にひびいてきた。「あの子がしあわせになるなんて」

「ふーん」彼女はもったいぶっていった「あの子をさらうことに、あんたが気がすすまなくてもいいのよ――こっちにはどうだっていいことよ」

「ぼくだって」

彼女は急に笑いだし、あざけるように、彼の髪をひっぱった。

「おばかさん、あんた本当に、あたしたちがあの子をさらうって思っていたの」

彼女は、いらいらするのを抑えられなくなって、ひざで高く飛びあがり、天井に頭をぶつけた。とてもかたい、小さな頭だった。ドシンという音がしたのに、魔女は小さな声さえあげなかった。

「子供がほしかったら、ぬすむ必要なんかないわ」魔女ゴルガックスは、ひどく高慢にいった「だって、魔法をかけることができるんですもの、あたしを喜ばせてくれるのだったら、あたしのお人形をあの子に変えて、その代わりにあの子を人形に変えることもできるのよ」

弟《ブラザー》は、ほんのちょっとのあいだ、考えこんで、慎重にいった。

「それはそうだね、人形のほうがずっとあつかいやすいよね。食べることもそうだし、ほかのことだって」

子供たちは、今度は、うろたえながらも、すぐに新しく手に入れた状況をせいいっぱい心のなかに描きはじめた。そして、彼女のラウラ（明るい金髪で、捲毛だった）を、穴ぐらの子供に変えようと決めた。

「でも、そうしたら、もう、彼女をラウラって呼んじゃいけないわね。この名前では、美しすぎるもの。名前をかえなくては」魔女はそう考えた。

今や、彼女は真剣になって考えこみ、その女予言者みたいな小さな顔を、その子供らしい手でおおい、おごそかにいった「ムズィカンテイア。あの子にはムズィカンテイアという名がいいわ」

「ムズィカンテイア――」なかば問いかけるように、なかば答えるように、この親しみをこめた響きは、あたりにひびきわたり、壁から外へと流れでていった。

今でもなお、魔女ゴルガックスは、じゃがいもの皮をむくと、この名前をふと思いだす。そして、〝ムズィカンテイア〟という言葉のもつ、やわらかな重みと感触とを思いうかべる。それは、子供の心を彼女によびもどし、彼女の心にふとのしかかる。さながらブーンブーンと音をたてて、うなり声をあげながら、花の縁に、大きくひらききった花の縁にしがみついて、地上へ——迷路へと、身をそらせる一ぴきの蜂のように。彼女は蜂が飛んでいるのをきいた、そう、彼女は小さな草色の耳で、一切合財をきいてしまうのだった。そして、今、飛行機が空を通過していくのがきこえた。明るい青色から紺色に変わり、最後に闇のように真黒となる空を、飛行機はまるで、深いやすらぎのうちに解き放たれた思い出のように、彼方へと飛び去っていった。

小さなラウラは、顔をうえにあげて、飛行機を見あげ、同時に、自由の身となった蜂を見つめた。すると、やっと花のふところを手放し、花粉をいっぱいに詰めこみおわった蜂が、大気のなかへ飛んでいく姿がみえた。

「いらっしゃい」母親はいった。「お家のなかにはいっていらっしゃい」彼女はもう、子供のかたわらにいた。そして身をかがめて、芥子の種嚢をやぶり、種を子供の手のうえにおいた。「種ばかりよ」彼女はいった。「来年は、これを、いまじゃがいものある畑にまきましょうね」

「地下ごうのうえにでしょ」、子供はそういった。

別棟

The Other Wing

アルジャナン・ブラックウッド
隅田たけ子訳

イギリス怪奇幻想文学の頂点をきわめたブラックウッドには、初期の『空家』をはじめとして『邪悪なもの』『下宿のエピソード』『聴いている者』など幽霊屋敷をあつかった未訳の作品がいくつかある。処女短編集の表題にもなった『空家』は殺人のエピソードをもつ〝憑かれた家〟の探検譚だが、ブラックウッドとしては水準以下の作品であり、『邪悪なもの』は裕富な銀行家の未亡人と幽霊屋敷に泊った男の異常な心理を扱った作品でかなりの力作であるが、ここでは『下宿のエピソード』『聴いている者』同様、紙幅の関係から掲載することができない。そこで、かれ後期の代表集『昼と夜の物語』（一九一七）から本編を選んで訳出することになった。作品前半をつつむ柔らかな幻想味と、地味ながら驚きを秘めた結末をふくむこの一編は、巨匠ブラックウッドの本質にも触れる清らかな魂の囁きといっていいだろう。

（荒俣）

1

彼がよく頭をひねったことというのは、暗くなると誰かが寝室のドアのかげからちょっとのぞき、顔を見きわめるひまもないほどすばやくまた頭を引っこめてしまうことだった。事件がおこるのは、燭台を手に乳母が出て行ったあとのことである。「お休みなさいまし、ティムぼっちゃま」彼女はいつも光が彼の目を射らないように、片手で燭台をおおいながらそう言った。「ばあやの夢をごらんなさいまし、ばあやもぼっちゃまの夢を見ますからね」彼女はのろのろと出て行った。くっきりしたドアの影が、汽車のように天井をよぎる。外の廊下からきこえてくるひそひそ話は彼のことにきまっているが彼はひとりぼっちなのだ。古びた大地主邸の奥へと乳母の足音は消えて行った。ちょっとの間は、ホールの石の床をふむ足音がきこえ、時おり召使たちの宿所のベーズばりのドアがしまるにぶい音も彼の耳に届いたが、やがてしんとなってしまう。しかし彼女の姿が見えなくなり、物音が絶えさえすれば、例の顔は隠れ場からあらわれ、ドアのかげからちらりのぞくのだ。それはまたきまって、彼が「じゃあ眠ろう。もう何も考えないんだ。お休み、ティムぼっちゃま、楽しい夢を見なさい」と言っている時にやってくる。彼はひとりでそう口にするのが好きだった。二人の人間が話しているみたいに、友だちがいるような感じを抱かせてくれるからなのだ。

彼の部屋は古い邸宅のいちばん上の、大きくて天井の高い部屋で壁ぎわのベッドには鉄の手すりがめぐらしてある。そのなかにいると、彼はまったく安全に守られている感じを受けるのだった。部屋の向こう側にはカーテンがひかれてある。彼はどっしりしたひだの上にゆらめく炉のあかりを見守りながら横たわっていた。尾の長い鳥をかん木の茂みのほうへ追い立てて行く、スパニエル犬をあらわしたその模様は、彼の興味をひき、おもしろがらせた。その模様は何回となくくり返されている。彼は犬の数や鳥の数、木の数をかぞえたが、一度もその数を一致させることはできなかった。模様のどこかにからくりがある。もしそれを発見できさえすれば、犬と鳥と樹の数は〝ぴったり合う〟のだ。彼は何百回となくこのゲームをしてあそんだ。模様のなかのからくりは、どちらかに味方したし、鳥や犬は敵方だったからなのだ。しかし勝つのはいつもむこうだった。自分の側が有利になってくるちょうどその時に、ティムはいつも眠りにおちてしまうのである。ゲームの間じゅう、カーテンはたいていゆるぎもせずにかかっているが、彼には一、二度それがちょっと動いたように思えた。彼を勝たせたいために、犬か鳥を隠しているのだ。例えば十一羽の鳥と十一本の樹を数えあげ、こう口にしてしっかりおぼえこむとする。「鳥は十一羽、樹も十一本だけど犬は十四だけだ」そうして十一匹目の犬を見つけようとさっと視線を戻すと、カーテンは動いて彼の計算を再びぜんぶ混乱させてしまうのだ。十一匹目の犬は隠れてしまったのである。彼にはそうした仕掛けがひどく気に入らない。カーテンがひとりでに動くはずはないので、うたがわしい気分になるからなのだ。しかしふつうは、犬の数をかぞえることに熱中するあまり、彼には歴然たるしるしが見わけられないのだった。

彼の向かいには、石炭がいっぱい赤と黄に燃えているファイヤプレースがありベッドのなかで横を向くと、炉格子の間をまともに眺めることになる。石炭が軽い、くずれそうな音をたてて下へ落ちると、彼はカーテンから目をそらして火床を眺め、どのかけらが落ちたのか、正確なところを突きとめようとした。赤く火が燃えているかぎりは、その音は快かったが、時おり夜おそくめざめて、暗い大きな部屋に炉の火も消えているとなると、あまり気持のいい音とは言えなかった。それは彼をぎくりとさせる。石炭はひとりでに落ちるのではない。誰かが用心ぶかくつついたもののように思えるのだ。炉格子の前の影はひどく濃く、朝の消えつきた炉の火、空かんを叩くような、ちりんという音をたてる氷のようにつめたい石炭の燃えがらは、彼の心になんの感動も呼びおこさないのだった。

たいていは彼が眠くなるのを待っていて、カーテンや石炭をつかうゲームにもあき、「もう眠るんだ」と言いかけるまさにその時点に、わけのわからない出来事はおこるのだ。消えかけている火を眠そうに見つめ、あるいは高い手すりにかかっている靴下やらフランネルの着物をかぞえている、すると突然、誰かが電光のような素早さで戸口からなかをのぞき、彼が頭をまわして確かめるいとまもあらせず、再び消え失せてしまうのだ。それが姿をあらわすのと消え失せるのとは、いつも驚くほど迅速に行なわれるのだった。

彼に見えるのは頭と肩で、その速い動きは影のような軽さと静けさをともなっていた。ただ、それは影ではなかったのだ。ドアのふちに手をかけ、ぱっとあらわれた顔が彼をひと目見て、また電光石火の速さで引っこんでしまう。それほど素早くて鮮かな進退のできるものは、ほかには何一つとして彼の頭には思い浮かばなかった。飛ぶようにあらわれて、音もたてずに行ってしまうのだ。しかし、それは電光のような一瞥のあいだに彼をくまなく眺め、検分し、何をしていたかを見てとってしまうようだった。彼がまだめざめているか、それとも眠ってしまったかを確かめようというのだろう。しかも去ってしまってさえも、それはまだ遠くから彼を見守っている。どこかで待っているのだ。彼のことは何もかも承知しているに違いなかった。それがどこで待っているか言い当てられる者は誰もいない。たぶん家のむこう、屋根のほうからやって来るのだろう、しかしいちばん見込みのありそうなところは、庭か或は空からだった。しかし奇妙なことに、彼は恐ろしさを感じなかった。親切で、保護してくれるもののように思えたのだ。その時が来ても、彼は決して助けを呼ばなかった。と言うのもただ単に、その時がくると声が出なくなってしまうからのことなのだ。

「あれは悪夢の通り道を通ってくるんだ」と彼は断定した。「でも、あれは悪夢なんかじゃない」彼にはそれが不思議でたまらなかった。

それればかりか、時おりそれは一晩に一度ならず訪れることがあった。彼が本当に眠りこんでしまうが早いか、それは部屋に入りこんでくるに違いないと、彼はかたく信じていた。絶対的な自信とまではいかなかったが。たぶんそれは消えかけた火のまえに腰をおろすか、どっしりしたカーテンのかげにしゃんと体をおこして立ちつくすか、或は彼の兄が学校から家に戻っている時に使うベッドに横になっていることすらあるだろう。カーテンのゲームを楽しんだり、石炭を突ついたりもするかもしれない。いずれにせよ、それは十一匹目の犬がどこに隠れているかを知っているのだ。彼の部屋に出入りしていることは確かだし、人に見られたがらないこともまた確かであった。なぜなら、一度ならず不意に真暗な深夜にめざめた時、ティムはそれがベッドのすぐそばに立ち、彼のほうにかがみこんでいることに気づいたからだ。彼はその存在を、耳でというよりは肌で感じとったのである。それはそっと立ち去って行った。その動きは驚くほど静かだったが、彼には確信があった。言わばその相違、つまり今まで彼のそばにいたものが立ち去ってしまったということがわかったのだ。彼が再び眠りにおちると、それもまた戻ってくるのだった。しかしその深夜の去来は、初めの内気な、かりそめの接近とはきわだって異なっていた。火あかりのなかではそれは一人きりで訪れるのに、暗いしんとした時刻には、他のものをともなって訪れるからなのだ。

彼はやがてその素早い音もない動きは、それに翼があるためだと判断した。それは宙を飛ぶのだ。また、闇のなかでそれとともに訪れるのは、その〝子供たち〟だった。彼はまたそのどれもが好意的、保護者的、激励的であり、なぜか悪夢の通り道を通って彼のところへやって来はしても、それらは絶対に悪夢ではないと断定した。「ねえ、こんなぐあいなの」と彼は乳母に説明した。「大きいほうは一人だけでやってくるんだけど、ぼくがよく眠ってる時にだけ小さいほうを連れてくるんだ」

「じゃあ眠るのが早ければ早いほどよろしいでしょう、ティムぼっちゃま?」

「もちろんさ」と彼は答えた。「いつだってそうだよ。ただ、あれがどこから来るかってことがわからないなあ!」しかし、それは薄うす感づいているような言い方だった。

しかし乳母はそういうことにはひどく鈍感で、彼はそちらを断念すると父親にあたってみることにした。「もちろんそれはぜんぜん誰でもないか、さもなきゃ眠りがおまえを夢の国へ連れにやってくるのさ」多忙だがやさしい父親はそう答えた。やさしいが少々ぶっきらぼうな口調だったのは、ちょうど領地の付加税のことが気にかかっていて、ティムの空想的な世界のことに身をいれるのは、その時点の彼にはとうてい無理だったからである。膝の上に抱きあげ、キスし、お気に入りの犬かなぞのように軽く叩いてから、彼は再び敷物のうえにさっと息子をおろした。「母さんのところへ行ってきいてごらん」彼はつけ加えた。「母さんはそういったことは何でも知っているから。そしたら戻ってきてわたしに話しておくれ——いつかあとでね」

母親は別の部屋で、炉のまえの肱掛椅子にかけ、同時に編物をし、本を読んでいた。それは彼にとってどうにもわからない、不思議なことだった。彼が入って行くと彼女は顔をあげ、眼鏡を額のほうへ押しやり、腕をさしのべた。彼は母親に何もかも打ちあけ、父親の言葉で話をしめくくった。

「ねえ、それはジャックマンでもトンプスンでもないんだ、ああいう人じゃないの」彼は大声で言った。「ほんとの人なんだ」

「でも誰かがおまえのことを気にかけていて、ぶじに気持よくすごしていることを確かめに来てくれるなんて、けっこうなことじゃないの」彼女は言った。

「うん、それはわかってるの、でも……」

「お父さまの言う通りだと思うわ」彼女は急いでつけ加えた。「眠りがそんなふうにドアのかげからひょっこりあらわれたに違いないわね。眠りには翼があるといつも聞かされたものよ」

「じゃあほかのは——あの小さいほうは?」彼はたずねた。「あれはただのうたた寝みたいなもんだと思う?」

母親はちょっとの間答えなかった。本のページを折るとゆっくりと閉じて、そばのテーブルのうえにおく。それからいっそうゆっくり毛糸や編針をとりまとめながら編物を片づけた。

息子を近くに引き寄せ、不思議そうな色を浮かべた大きな目をのぞきこむように、「たぶんそれは夢なのよ!」

彼女がそう言ったとたん、ティムはぞくぞくっとした。一、二歩あとずさってそっと手をうちあわせる。「夢だって!」夢中になり、すっかり信じきって彼はささやいた。「もちろんそうだ! ぼくはぜんぜん思いもしなかったな」

母親はその抜け目なさを証明したわけだが、すぐに間違いをおかした。自分がうまくやったことに気づくと、そのままにしておけばいいのにさらに念を入れ、解釈をつけ加えたのだ。ティムに言わせれば〝しゃべりすぎた〟わけである。それで彼はそちらには耳もかさずに自分だけの思いにふけり、ほどなく独自の結論をくだして彼女の長広舌をさえぎった。

「あの人がどこに隠れているかわかったよ」かすかな畏怖のこもった口調で彼は言った。「つまり、どこに住んでいるかということ」と言いなおすと、きかれるのを待たずに自分の知識を披露した。「別棟のなかなんだ」

「おやまあ!」母親はびっくりして言った。「おまえはなんて賢いんだろうねえ、ティム!」――こんな具合に彼女は彼の考えを固めさせてしまったのである。

それ以来というもの、眠りとそのお供の夢が、昼のあいだ別棟と呼ばれているエリザベス朝風大邸宅の使われていない一劃にひそんでいるという考えは、彼にとって確固としたものになってしまったのだった。この別棟には誰も住む者はなく、廊下には誰ひとり足を踏み入れず、窓には鎧戸がしまり、部屋はぜんぶ閉鎖されていた。緑色のベーズばりのドアがほうぼうについていたが、それを開ける者は絶えてなかったのだ。何年となくその部分は閉めきられており、実のところそれは子供たちにとっての禁断の場所だったからである。少なくとも彼らが立ち入れそうな場所としてその名をあげたことは絶対になく、鬼ごっこの時でさえそこへ隠れようとは考えてみなかった。その別棟にはそれとなく近づきがたさをおぼえさせるものがあったのだ。影とほこりと静寂とが、建物全体を支配していたのである。

しかし何ごとによらず独自の考え方をするティムは、別棟に関して特別な見解を抱いていた。彼はそこに人が住んでいると思いこんでいたのだ。幾つもならんだ空き部屋を使い、ひろい廊下を行き来し、鎧戸をとざした窓の背後をあちこちと動きまわっているのが誰なのかは、彼にもしかとはわかっていない。彼はこの居住者たちをかれらと呼んでいたが、そのなかでもいちばん重要なのは〝支配者〟だった。別棟の支配者は、大きな力をもつ、ずっとかけ離れた神のようなものであり、常に存在しながら、しかも一度として姿を見せはしないのだった。

この支配者について、彼は小さな子供にしては実にすばらしい考えをいだいていた。どうかしてそれを自分の計り知れない想像力、わけてもいちばん奔放な想像力と結びつけていたのだ。言うなれば、彼が月や星や海底探険の話をつくりあげる時、目的地へたどり着くためにはいつもきまって別棟の各室を通りすぎなければならない。悪夢の通り道もその道筋に含まれている、こうした廊下やホールは、旅の第一段階だったのだ。一たん背後に緑色のベーズばりドアがゆれながらしまり、行く手に長い薄暗い道路がひろがれば、冒険はかなりはかどったことになるのだった。悪夢の通り道を通りすぎてしまえば、つかまるおそれはなくなってしまう。窓の鎧戸が荒々しくあけられて、彼のまえに広大な世界が開かれるのだ。光がそそぎこみ、彼の行く手を示してくれるからである。

子供にしては奇妙な考えかただった。それは別棟の秘密の部屋と、彼の内的存在である、そこに住むものの正体はただ臆測するしかない部屋との間に、対応関係を確立したのだ。彼が真に迫った冒険を見出すためには、こうした部屋や暗い廊下、時には危険な、でなくとも少なくとも怪しい噂のある通路を通りぬけなければならないのだった。鎧戸をあけると、とたんにさしこむ光で、あたりのあらゆるものがいっぺんに明らかになる。ティムがこうしたことをすべて実際に考えたわけではなく、ましてやそのことを口にしたはずもない。しかし気づいてはいたし、感じてもいた。別棟は緑色のベーズばりのドアのむこうにあると同様、彼自身の内部にもあるのだ。彼の不思議な内なる地図は、それらを二つながら含んでいたのである。

しかし今生まれて初めて、彼は誰がそこに住んでおり、誰が支配者であるかをさとったのだ。鎧戸がひとりでにあき、光がそそぎこみ、彼が推量し、母親がそれを確認したのだった。眠りとその子供である大勢の夢は、昼の居住者であり、暗くなるとそっと外へ出て行く。あらゆる冒険は夢によってはじまり、そして終る――それは別棟を最初に通りぬける者によって見いだされるのだ。

2

こうして問題を片づけてしまうと、目下の彼の望みは、地図のうえで探険と発見の旅に出ることであった。彼自身の内部の地図ならすでに知っているが、別棟の地図はまだ目にしてはいない。彼の想像力は、心のなかにはっきりと部屋やホールや通路を思いえがくことができたが、彼の足は一度も、昼の間埃と影が夢の群を隠しているひっそりとした床を踏んだことはないのだ。彼は眠りの支配する大きな部屋のなかで、支配者とむかいあってその顔を見たいと切望した。別棟のなかに入りこもうと、彼は心をきめたのである。

この決心を実行に移すのは、なまやさしいことではない。しかしティムは頑固な少年で、やってみるつもりでいたし、成功してみせるつもりでもあった。まずとくと思案を重ねる。夜間にはとてもやってのけられはしないだろうし、いずれにしても支配者とそのホストたちは暗くなれば出て行って、世界をとびまわるのだ。別棟は無人になるだろうし、無人の部屋は彼をおびえさせる。したがって、どうしてもそれは昼間でなければならないし、彼はそうする決心を固めていたのだ。彼の思案はなおも続く。計画の実行にはルールと危険がつきまとう。それは禁断区域の逸脱と、見られる危険、ひまで詮索好きな大人に疑いをおこさせる必然性が存在することを意味する。「いったい今までどこにいたんだ?」とかなんとかだ。彼はこうしたことを慎重に考えたすえ、何の結論にも達しなかったにもせよ、万事うまくいくだろうという安心感をおぼえた。つまり、危険の存在することを認めたのである。こうして準備をととのえるということは戦いが半ばすんだも同じであった。彼を驚かせるようなことは何ひとつとしてあり得なかったのだから。

庭のほうからそっと入りこむという考えは、ただちに放棄された。赤い煉瓦にはぜんぜん出入口がなかったのだ。中庭から入る案も不可能として斥けられた。たとえ爪先立ちしても、彼の手は広い石の窓台に届かなかったのだ。一人で遊んでいる時や、フランス人の女の家庭教師と散歩している時、彼は外部から入りこむあらゆる可能性を検討した。収穫はゼロ。彼の手が届いたとしても、鎧戸は厚くて頑丈だったのである。

その間も機会さえあれば、彼はすきまなく並んだ赤煉瓦にもたれて立った。頭上には別棟の塔や切妻がそびえ、軒をざわざわとすぎる風の音がきこえる。彼は建物の内部にひそやかな動きや翼の音を聞きつけたような気がした。眠りとその子供たちが、せっせと夜の旅の支度をしているのだ。彼らは隠れてはいても眠っているわけではない。この使われていない別棟、今までに見た田舎のどの邸宅よりもひろい邸のなかで、眠りは翼をもった夢の群をしつけ、教えこんでいるのだ。それはじつにすばらしい。おそらく彼らはこの州一帯を受け持っているのだろう。しかしそれにもましていっそうすばらしいのは、支配者自身がわざわざ彼の部屋へやってきて、夜の間じゅうみずから彼のことを見守ってくれているという考えだった。それはまったくすてきなことである。やがて彼の想像力豊かで詮索好きな頭に、さっと思い浮かんだことがあった。「たぶんあの連中はぼくをいっしょに連れて行くんだ！　ぼくが眠りこんだその瞬間にだ！　だからあの人はぼくに会いに来るんだよ！」

とは言いながら、彼のおもな関心のまとは、眠りがどうやって外へ出るかということだった。もちろん緑色のベーズばりのドアからだ！　消去法によって彼は一つの結論に到達した。彼もまた緑色のベーズばりのドアから中へ入り、見つかる危険を冒さねばならぬということである。

このところ、電光石火の訪れはとだえていた。物言わぬ、矢のように往来するその姿は、以前していたようにのぞきこんだり、消え失せたりはしていない。今の彼はすごく早く寝入ってしまう。ジャックマンがホールへ行き着くよりも早いくらいだし、炉の火はとうに消えかけている。また、カーテンの犬と鳥はいつも樹の数とぴったり一致し、彼はしごくやすやすとゲームに勝ってしまうのだった。犬が一匹とか鳥が一羽多すぎるというようなことは絶対になく、カーテンが動くことも決してない。彼が両親に打ちあけた時以来、ずっとそうした具合なのだった。そこで彼は第二の発見をした。彼の両親は、心底彼の見たかたちを信じてはいなかったのだ。彼女はそのために近づいて来なくなったのだし、彼らに疑われたので身をひそめてしまったのだった。彼女を探しに行こうとする彼の動機は、そこにもまたあったわけである。ティムは彼女のために心を痛めていた。彼女はあんなに親切だったし、ずいぶんと骨も折っている――それも大きながらんとした寝室にひとりぼっちで寝起きしている彼だけのためにだったのだ。それなのに彼の両親は、彼女のことなどまるで重きをおいていない口ぶりだった。彼は彼女と面とむかって、自分は彼女を信じているし、愛してもいると言いたかった。そう言われたがっているに違いないと確信していたからだ。彼女は彼のことを気にかけてくれている。この頃は、彼女が訪れるはずの時間よりもずっと前に寝入ってしまうけれども、彼はこれまでに見たどんな夢よりもずっとすてきな夢——旅する夢を見るのだ。それは彼女が与えてくれるものに違いない。それればかりか——彼は彼女が自分もいっしょに外へ連れ出して行くのだと思いこんでいた。

三月のある日の夕暮れどき、チャンスが訪れた。しかもそれは、もう少しで間に合わなくなるせとぎわの時であった。兄のジャックが明日学校から戻るはずになっており、もう一つのベッドにジャックが眠っていれば、彼らは誰も姿をあらわしはしないだろう。それぱかりでなく、明日は復活祭であり、その時のティムはまだ知らなかったが、復活祭がすめば彼はとうとう家庭教師に別れを告げて、ウェリントンの予備校の通学生となるはずだったのだ。そのうえ、チャンスはごく自然にやってきたので、ティムはためらうことなくそれを受け入れた。不審を抱くことはなかったし、ましてや拒絶するつもりなど毛頭ありはしなかった。明らかにそうなるべく運命づけられてあったのだ。彼は思いがけず緑色のベーズばりのドアの前に立っており、そのドアは前後にゆれていたからである！　誰かがたった今、そこを通りぬけたに違いないのだ。

ことの次第はこうだった。スコットランドのイングルミュアの猟場に出かけていた父親は、あくる朝戻るはずになっていた。母親は復活祭のことか何かで教会へ行っており、家庭教師はフランスの自宅で休暇をすごしている。したがってティムは自由に家のなかを行き来し、お茶の時間と就寝時までの間をおおいに利用していたのだ。乳母や執事のような二流どころの邪魔者はまったく無視することができたし、彼はたいへんな熱意で徹底的にあらゆる禁断の場所を探険してまわり、とうとう父親の書斎の聖域へたどり着いた。このすばらしい部屋は大邸宅のまん中にあり、彼はずっと前にそこで樺のむちで打たれたことがあったが、そこはまた父親がおごそかな、しかし笑いを浮かべた顔でこう言ってきかせたところでもある。「ティム、おまえに新しい友だちができたのだ。おまえの妹だよ。うんと親切にしてやらなくてはいけないよ」父親は彼にそう言ったのだ。同様に、そこはお金をぜんぶしまっておくところでもあった。部屋のなかには彼のいわゆる〝父さんのいい匂い〟——狩猟用むちや煙硝の匂いが風味をそえる、書類やタバコや書籍の匂いが強くみちていた。

初めは畏怖をおぼえて、彼は戸口のすぐ内側に身じろぎもせず立ちつくしていた。しかしまもなく平静をとり戻すと、用心深く爪先立ちで、重要書類が乱雑に積みあげてある大きな机のほうに歩み寄った。そうした書類には彼は手をふれなかったが、その素早い目は、それらのかたわらに父親がクリミア戦争から持ち帰って、いまは文鎮として使っているぎざぎざした砲弾を見つけた。しかしそれを持ちあげるのはとてもむずかしかった。彼はかけ心地の良い椅子によじのぼり、ぐるぐると回転させた。回転椅子のクッションの間に体を埋めるようにして、彼は魅せられたように目の前にある大きな机の上の、さまざまの奇妙なものをじろじろと見やった。やがて目を転じると隅のほうにステッキ立てがあった。それならさわっても叱られないとわかっている。前にもそういうステッキで遊んだことがあるのだ。そこにはたぶん二十本もあったろうか、どれも世界の至るところから運ばれてきた、奇妙なかたちに彫った柄のついている長いステッキだった。その大部分はおかしな遠い土地で、父親が自分で作りあげたものなのであった。ティムはそのなかのいつもすごくほしがっていた、象牙の柄のついている、すんなりした磨き仕上げのステッキに目をとめた。それは、彼が大人になったら使おうと思っているようなステッキだったのだ。そのステッキはたわみ、ふるえ、宙で打ちふると乗馬むちのようにわななき、ぴゅうと唸りをたてる。しかしそうしなやかでありながら、きわめて丈夫なのだった。家宝であると同時に過去の遺物でもある。それは曾祖父の散歩用のステッキだったのだ。前世紀のいくぶんかが、いぜんありありとそれにまとわりついている。形そのものに、威厳と気品と安逸とがうかがえるのだ。突然彼の心に浮かんだことがあった。「ひい祖父《おじい》さんはこれをなくしてどんなにさびしがってるだろう！　もう一度取り戻したがっているんじゃないかな！」

どうしてそうなったか、はっきりしたことはティムにもわからない。しかしそれから数分後、彼は百年前のかなり年輩の紳士然と、廷臣のように得意げに、聖ジェームズ公園の大樹陰路を行くダンディーさながらステッキをふりながら、人気のないホールや廊下を歩いていた。ステッキは肩まで届く長さだったが、彼はいっこうにとんちゃくなく適当にステッキを握り、肩で風を切りながら進んでいった。彼は一つの冒険へと出立したのだ。ステッキが彼を、前世紀にそれを使っていた老紳士の時代へと運び去ったかのように、抜け道から別棟の内部へと飛びこんで行ったのだった。

もっと小さな家に住む者にとっては奇妙に思えるかもしれないが、このむやみに建増しされたエリザベス朝風の邸宅には、ティムにとってさえ不案内な、見なれぬ部分がままあったのだ。彼の頭のなかでは、別棟の地図は、日ごと彼が旅している土地の地形よりもはるかに鮮明であった。廊下や薄暗い照明のホール、絵画陳列室のむこうの長い石の廊下。四段くだり、すこしして二段あがる羽目板ばりの連絡道路、せりもちに守られた人の住まぬ部屋。すべてが柔らかな三月の薄明りのなかに浮かびあがり、何もかも当惑するくらいに無視されている。天性の腕白からくる冒険心が、彼をして無とんちゃくに不案内な領域のいっそう奥へと進ませていた。ステッキをうちふり、青いサージのスーツの脇の下に親指を突っこみ、軽く口笛を吹きながら、気負いたち、しかも油断なく気をくばって。そのうち不意に、彼はそれ以上前進することをはばんでいる、一つのドアの前に出た。それは緑色のベーズばりのドアで、しかも揺れている。

彼ははっとして足をとめた。まじまじとドアを見つめ、ステッキを握りしめた手に力を加え、息をこらす。「別棟だ！」彼はあえぐように小声で言った。

それはこれまで一度も見たことのない出入口だった。どのドアも暗記していると思っていたのだが、これだけは初めて気づいたのだった。何分間か彼は身じろぎもせずに立ちつくしたままドアを見つめていた。戸口は二枚のドアから成っていて、その片方だけがゆれている。そのゆれも、空気を切る小さな音を立てながら、ひとゆれごとに間がつまっていって、とうとう静止した。最後の動きはひどく短く、早かった。そして少年の心臓も、同じく早鐘のように高鳴ったのち、静止した——つまり、当面のあいだは。

「誰かが通りぬけて行ったところなんだ」彼は息をのんで言った。そう口にしたとたん、それが誰か彼にはわかった。その瞬間に確信が生まれたのだ。「ひい祖父《おじい》さんだ、祖父さんはぼくがステッキを持っていることを知ってるんだ。これがほしいんだ！」すぐこれに続いて、もう一つの驚くほどの確信が彼の頭にひらめいた。「祖父さんはここで眠ってるんだ。夢を見てるんだ。死ぬってことはそういうことなんだな」

したがって彼の最初の衝動は、「父さんに教えてやらなきゃ。父さんはすごく喜ぶだろう！」ということだったが、第二の衝動は自分のこと、つまりこの冒険を終りまでやってのけるということだった。当然ながら、勝ちをおさめたのは後者のほうだった。父さんにはあとで教えればいい。彼の最も重要な務めが、あのドアを通って別棟のなかへ入って行くことにあるのは明らかだった。彼はステッキをもとの持主に返さなくてはならない。手渡してやらなくてはならないのだ。

意志と性格の試練の時だった。ティムには想像力があり、したがって恐怖の意味も知っている、しかし彼には臆病なところはぜんぜん無かったのだ。彼だとて同じ年頃の子供たち同様、そうした振舞が要求される場合には泣きわめきもするし、金切声をあげたり、地だんだを踏むこともある。しかしそれがどんな場合かというと、彼が自分の意図を妨げられてかんしゃくをおこしたためであり、しかもそうした行為は、計算通りの効果を生み出すために、なかば〝装った〟ものだったのだ。目下のところ、彼の意図を妨げようとするものは誰も存在していない。彼はまたなぜ虚無がおそれられるかも、それも表むきの理由もなしにおそれられるかも知っていた——それは単に〝臆病〟のためにすぎないのだが。そうした場合にぶつかった時、彼はほかの誰よりもがたがたびくついてしまうのだった。

しかし現実のものに直面するだんになると、ティムの性格があらわれてくる。彼は拳をかため、筋肉を引きしめ、歯をくいしばる——そして自分がもっと大きかったらいいのにと思う。しかし決してひるむことはない。想像力が豊かなので、ことが起こるまでに何回となく最悪の場合を想定し、しかも決定的敗北をこうむっても男らしく乗りこえるのだ。彼には最高の勇気——感じやすい人間の勇気がそなわっていたのである。八つか九つの少年にはいささか荷の重いこの特殊な時にあたっても、それは彼を見捨てなかった。彼はステッキをあげて、自在ドアを大きく押しあけ、別棟のなかへと踏みこんだ。

3

緑色のベーズばりのドアが彼の背後でゆれた。彼には、うしろをむいてしっかりした手でドアをしめられるほど、自分をコントロールすることすらできた、揺れるドアがたて続けにたてる、こもったような音を耳にしたくなかったからなのだ。しかし彼は自分の立場をはっきりと意識していた。自分が大変なことをしようとしているのだと承知していたのだ。

ステッキをきつく握りしめると、彼は目の前にのびている廊下へ、敢然と足を踏み出した。その瞬間からあらゆる恐怖は消えて、穏やかな、微妙な驚きにそのところをゆずったように思われた。彼の足はまったく音を立てずに宙を行くようで、暗黒や、彼の予期した薄明りの代りに、半月が雲一つない空を渡る時に芝生の上へ落す銀色の光のような、穏やかな散光が至るところにひろがっていた。

道筋ばかりでなく、彼は自分が今どこにいて、どこに行けばいいのかも正確に承知していた。廊下は、自分の寝室の床と同じように知りつくしている。その形や長さにも見おぼえがあり、彼がずっと前に作りあげた地図とぴったり一致しているのだ。彼の知る限りでは、これまで一度もなかに入ったことはないにもかかわらず、彼はどんな細部までもくわしく知りつくしているのだった。

したがって、彼の感じた驚きはおだやかで、当惑とはほど遠いものだった。「またここへやってきた!」そういったような気がするのである。少しでも驚きの念を起こさせたことがあったとすれば、どうやってここへ入りこめたかということだろう。しかし、彼はもう肩で風を切るように歩いてはいなかった。用心深く、一種の愛情こめたうやうやしさでステッキの象牙の柄を握りながら、なかば爪先立ちで歩いて行くのだった。進んで行くにつれ、光は彼の背後をそっとふさぎ、いま来た道を消し去った。しかし彼はそのことに気づかない。背後をふり返ることはなかったからだ。彼は前方だけを、そこでステッキを手渡さなければならないとわかっている大きな部屋のほうへ、銀色に長ながとのびている廊下だけを見ていたのだ。彼よりも先にこの古びた廊下を通り、ついさっき彼がたどり着いた緑色のベーズばりのドアを通りぬけた人物、彼の曾祖父にあたるその人物は、今ごろその大きな部屋のなかに立って、自分のだったものを受けとろうと、待ち受けているだろう。ティムには自分が息をしているのと同じくらい確かに、それがわかっていた。はるか向こうに、一見して開いた戸口だとわかる、ほかよりは大きな銀色の光の点を認めていさえしたのだ。

ほかにもよく承知していることが一つある。ドアを固く閉ざした無数の部屋の間の、彼がいまたどっている廊下は悪夢の廊下なのだ。何回となく彼が通ったことのある廊下であり、部屋のどれもがふさがっているのだ。「これは悪夢の通り道だ」彼はひとりつぶやいた。「でもぼくは支配者を知ってるんだ――かまうもんか。どんな悪夢だって出て来たり、何かしたり出来やしないんだ」それでもなお通りすぎるにつれて、彼は部屋のうちに彼らの気配を感じ、外へ出ようとして彼らがドアをかきむしる音を耳にした。自分は安全だという気持が彼をむこう見ずにし、余計な危険をおかさせることとなった。彼は、羽目板をこすりながら歩きはじめたのである。強烈なセンセーションそのものを好む気持と、「すごいスリル」を感じたい欲望とに強く働きかけられるやいなや、彼はいきなりステッキをあげて、かたくとざしたドアをとんと突いたのだ!

どんな結果が生じるか、覚悟はできていなかった彼だったが、センセーションとスリルは確かに得ることができた。とたんにドアがぱっと半インチほど開き、片手が出たかと思うとステッキをつかんでなかへ引きこもうとしたからだ。ティムは刺されでもしたかのようにとびすさった。力いっぱい象牙の柄を引っぱったが、彼の力などは、あって無いも同様だった。叫ぼうとしても声が出ない。彼はすさまじい恐怖に襲われた。柄をつかんだ手をゆるめるわけにいかなかったからである。彼の指は、柄の一部分となってしまっていたのだ。この大きな弱味は、彼を無力な人間と化せしめた。恐るべきドアのほうへ、彼は少しずつ引っぱられて行く。ステッキの先端は、すでにせまい隙間のなかへ入ってしまっていた。ステッキを引っぱっている手は見えなかったが、それが途方もなく大きなものらしいということはわかる。今にして彼は、なぜこの世の中はおかしいか、馬はなぜ猛烈な勢いで疾駆するか、汽車はなぜ停車場を通過する時汽笛を鳴らすかを理解したのだ。悪夢のあらゆる喜劇と恐怖が、その冷たい氷のペンチで彼の心臓をしかととらえた。あまりに大きい力の差がいとわしかった。決定的な敗北が迫った時、なんの予告もなくドアが静かにしまって、わき柱と壁の間にステッキが、葦のように平たく押しつぶされていた。ドアのむこうの力は抗しがたいほど強く、丈夫なステッキをも葦の茎のように平べったくしてしまったのだ。

彼はよくよくそれを眺めた。ほんものの葦だった。

彼は笑わなかった。それは悲惨なくらい奇怪で、不条理な出来事だった。磨きあげたステッキがあるべきところに葦を見つけた恐怖――このいまわしい、ぞっとするような末梢的事件には、名状しがたい悪夢の恐怖がこもっていたと言えるだろう。彼は完全にあざむかれた。彼はなぜステッキが本当はステッキでなく、細くてなかがうつろの葦だということに、終始気づかなかったのだろう?

つぎの瞬間、ステッキは折れもしないで無事彼の手のなかにあった。彼はそれを見つめて立ちつくした。悪夢は思いのままにふるまっている。彼は背後の、自分が触れもしなかったべつのドアが開く音を耳にした。せまい隙間からぞっとするほど無気味に彼を招く、突き出された手をかろうじて認め、もうひとつの悪夢が最初の悪夢と提携して働きかけていることに気づいた時、彼はすぐそばにあのやさしく守ってくれる寝室の訪問者の、天井までそそり立つかと思える姿を見たのだった。攻撃を迎えうとうとしてふり返ったとたんに、その存在に気づいたのだ。彼をおそれさせたものは消え去ってしまった。それは悪夢の恐怖にすぎなかったのだ。はてしない恐怖が消えれば、あとには喜劇だけが残る。彼はにっこりほほえんだ。

彼は非常に大きなその姿をかすかに見ただけだったが、別棟の支配者をとうとう見ることができたわけであり、再び自分は安全だとさとったのだった。熱烈な愛と驚嘆の思いをこめて、彼はもっとはっきりその姿を見てとろうと目をこらした。しかし彼女の顔ははるかな高みに隠れ、屋根のむこうの空にとけこんでいるように思われた。彼女は夜よりも大きい、彼はそう思った。ただずっとずっとなごやかで、その翼は母親の腕よりもやさしく彼を抱きしめている。羽根の間には星のような沢山の光の点があり、彼女は一度に何億もの人間を包めるくらい大きいのだ。しかも彼に見てとれる限りでは、彼女は消え失せも立ち去りもせず、ただ彼の視界に入らなくなるくらいにまで広がっているのだった。その翼をいっぱいにひろげて……。

そしてティムは、これがぜんぶごく当りまえなのだということを思い出した。以前にも何回となく彼はこの廊下を通っているのだ。悪夢の廊下を通るのは、新しい経験でもなんでもない。いつもの通りに直面せざるを得ないことだったのだ。いったん部屋のなかに何がひそんでいるかわかってしまうと、彼はそれらを誘い出すという役目を負わされてしまった。彼らの力はティムを引きつけ、そそのかし、魅惑した。彼がふがいなく彼らのほうに引き寄せられるままになったのも、彼らの特殊な力のためなのだ。自分がなぜステッキであの恐ろしいドアを叩きたい気持にかられたか、彼ははっきりと理解した。しかしそうやって挑戦に応じたのだし、これからはすらすらと無事に旅を続けることができるだろう。別棟の支配者が彼の身柄を引き受けてくれたのだ。

快い、無とんちゃくな感じが彼を襲った。水が固体の間を流れるような、何ものも自分を害したり、傷つけたりできはしないのだという気楽な感じなのである。ステッキの象牙の柄をしっかり握って、宙を歩くように彼は廊下を進んで行った。

すみやかに目的地へたどり着く。彼は、ステッキの持主が待っているとわかっている、大きな部屋の戸口に立っていたのだ。背後には長ながと廊下がのび、前方には水晶宮やユーストン駅、セントポール寺院にいるような気分をおこさせる、うんと天井の高い、広びろとしたホールがある。両側の壁には内側に深くえぐれた長くて幅のせまい窓がならび、彼の右手には薪のもえているすごく大きなファイアプレースがあった。天井から石の床まで届く厚い壁掛けがかかり、部屋のまん中には黒ずんだ光沢のある木製の、どっしりとしたテーブルが据えられ、かたわらにはそこここに彫刻のある頑丈な寄りかかりのついた大きな椅子がおかれている。そのうちでもいちばん大きい玉座のような椅子に腰かけ、おごそかに彼を見つめているのは、たいそう年とった老人であった。

しかしせわしく脈うつ少年の心には、なんの驚きも浮かんでいない。そこにあるのはただわくわくするような楽しさと興奮、満ちたりた思いだけだったのだ。老人がそこにいるだろうということは十分承知していたわけで、ちょうどこんな様子をした老人だろうということもよくわかっていた。不安のかげもなく戦慄をおぼえることもなしに、貴重なステッキをその持主に進呈するかのように両手でささえながら、彼は石の床を進んだ。得意だったし、嬉しくもあった。このために彼は危険をおかしたのだから。

老人は静かに立ちあがり、荘重な物腰でかたい石の床を近づいてきた。鷲鼻を突き出すと、その目はおごそかに、しかしやさしく彼を見つめた。ティムは彼をあますところなく見知っていた。光沢のあるサテンの半ズボン、きらきら光る靴のとめ金、品のいい黒っぽい靴下、首と手首のまわりのレースやひだ飾り、うんと胸のところをあげたはなやかなチョッキ――父親の部屋のマンテルピースの上に、二本のクリミアの銃剣の間にかかっている肖像画の細部までが全部、ついに彼の眼前に再現されていたからだ。ただ象牙の柄のステッキだけはそこに見当らなかった。

ティムは近づいてくる人影のほうに三歩踏み出し、両手にステッキをささげ持って、差し出した。

「ぼく、これを持ってきたんです、御祖父《じい》さま」彼は小さいがはっきりした、しっかりした口調で言った。「さあ、どうぞ」

老人はすこしかがんで、垂れさがるレースに半ば隠れた三本の指をさしのべ、象牙の柄のあたりをつまみ、ティムにむかって丁寧に会釈した。その顔には微笑が浮かんでいたが、満足の色こそあるものの、それは沈んだ、悲しげな笑顔であった。老人はまた、すぐに口をひらいた。その声はゆるやかで太く低く、前時代のデリケートなやさしさ、快い礼儀正しさの感じられる声であった。

「ありがとう」老人は言った。「これはわしにとって大切なものでな。わしの祖母にもらったものなのだ。したが忘れてきてしまってな、わしが――」彼の声がちょっと不明瞭になった。

「何です?」ティムがきいた。

「その、わしが家を引きはらった時にじゃ」老紳士はくり返した。

「ああ、そうでしたか」この上品な老人は、なんて立派で優しいんだろうと思いながらティムは言った。

老人はほっそりした指で、大事そうにステッキをなで、満ち足りたようすで、その磨きあげた表面の感触を確かめていた。なめらかな象牙の柄のところでは、特別長い間手をのけかねており、彼がたいそう喜んでいることは明らかだった。

「わしはあまり頭の具合がよくなかったのでな――その、当時はだ」彼は穏やかに言葉を続けた。「少々記憶力がおとろえたのだ」まるで計り知れないくらいほっとしたというように、彼はため息をついた。

「ぼくもものを忘れることがありますよ――時どき」ティムは思いやり深く言った。彼はしんから曾祖父が好きになったのだ。ちょっとの間だったが、彼が自分を抱きあげてキスしてくれればいいなと思った。「ぼく、それを持ってきてほんとによかったと思ってるんです」彼はつけ加えた――「またあなたの手にもどることになって」

老人はやさしい灰色の目で彼を見た。ステッキの上にその視線が落ちると、その笑顔は感謝の色で満ちみちた。

「ありがとう。おまえには本当に世話をかけた。わしのためにおまえは危険なめにあうたのじゃ。以前にもやってみようとした者たちがおったが、あの悪夢の通り道がな――」彼はそこで急に口をつぐんだ。まるで強さの度合いをためすかのように、ステッキで石の床をとんとついた。すこし腰をかがめて、ステッキに体重をあずける。「ああ!」短い安堵のため息とともに彼は叫んだ。「これからは――」

再び彼の声ははっきりしなくなり、ティムには彼が何と言ったのか聞きとれなかった。

「何です?」初めてかすかな恐れをおぼえながら、彼は再びきいた。

「――また歩きまわれる」老人はごく低い声で言葉を続けた。「ステッキなしでは」老いた唇が言葉を発するたびに声をとぎらせながら彼はつけ加えた。「とても……姿を見せるわけには……ゆかなんだのじゃ、あんなふうに忘れてしまうとは……わしとしたことが……まったく…悲しい……言いわけがたたん。ちっ……! わしは……わしは……」

突然その声は風の音にかき消えた。まっすぐ体をおこすと、彼はステッキの鉄の石突きを、続けざまに石の床へ打ちつけた。ティムの両脚が妙にがくがくしはじめた。奇妙な言葉が、いささか彼を驚かしたのだ。

老人は一歩彼に近づいた。その顔はいぜん微笑していたが、それは新たな意味を含んだ微笑だった。彼の品のいいゆったりとした態度は、いきなり厳粛な雰囲気とそのところをかえたのだ。彼の次の言葉は、外に吹きすさぶ冷たい風にのってどこか上のほうから響いてきた。

しかしその言葉は思いやりから出たものであり、きわめて思慮あるはからいだということは、彼にもわかっていた。ただそのあまりに唐突な変化が、彼をぎょっとさせたのである。結局、曾祖父はおとなだったのだ! 遠くからきこえるような声は、冷たい風の吹く外の世界のなにかを、彼に思い出させた。

「おまえにはどれほど感謝したらいいか」そう耳にする間にも、老人の声も顔も姿も、大きな部屋のまん中へと退いて行くように思われた。「おまえの親切と勇気は決して忘れまい。運の良いことに、この恩はいつかかえすことができよう……だが今は、急いで戻ったがいい。おまえの頭と腕はテーブルの上にぐったりとかぶさり、書類は散らばっとる、クッションは落ちておる……おまけにわしの孫が帰ってきておるからな。ごきげんよう！　急いで立ち去ったがよいぞ。ごらん！　彼女《あれ》がおまえのうしろに立って待っておる。彼女《あれ》といっしょに行くのじゃ！　さあ早く……！」

　最後の言葉が発せられるよりもさきに、あたりのものがそっくり消え失せた。ティムは自分のまわりに何もない空間を感じた。そのなかを巨大なぼんやりした人影が、その巨大な翼でか、彼を運んで行く。自分が飛んでいた、空間を突き進んでいたということしか、彼はおぼえていなかった――そのうちに違った声がきこえ、肩にがっしりした手がかかるのを感じた。

「ティム、このいたずら坊主め！　わたしの書斎でいったい何をしていたんだ？　それもこんなに真暗なところで！」

　彼は言葉もなく父親の顔を見あげた。頭がくらくらするような感じだ。つぎの瞬間父親は彼を抱きあげてキスした。

「ろくでなし君！　どうやってわたしが今夜帰ってくると見当をつけたんだね？」彼は陽気に息子をゆさぶり、くしゃくしゃの髪にキスした。「おまけに眠りこんでいたじゃないか。ところで――わが家はどんなようすだな？　ジャックはあした学校から戻ってくるし、それに……」

4

　なるほどジャックは翌日家へ戻ってきて、復活祭休暇がおわると、家庭教師はそのまま本国にとどまり、ティムはウェリントンの予備校へ、違った種類の冒険を経験しに出立した。歳月はどんどんたって行き、彼は大人になった。両親はなくなり、少したってジャックもそのあとを追った。ティムは家督を継ぎ、結婚し、広大な領地に腰を据え――そして別棟を開放した。想像力豊かな少年時代の夢はことごとく薄れてしまっていた。ただ単に彼がそれらを心の隅へ片づけてしまったのかもしれないし、或は忘れてしまったのかもしれない。いずれにせよ、今では彼はそうしたことを決して口にしないし、アイルランド人の妻が古い田舎の大邸宅には一族の幽霊が出ると信じていて、廊下で十八世紀の身なりをした〝ステッキをついた腰のまがった老人に〟出会ったと話した時でさえも、ティムは笑ってこう言っただけだったのだ。

「そうあってくれなくちゃ！　そしたらこのひどい不動産税のおかげでいつかここを売らざるを得なくなったとしても、尊敬すべき幽霊氏が市場価値をあげてくれるこったろう」

　しかしある夜彼が目をさますと、こつこつ床を打つ音がきこえた。彼はベッドの上に起きなおり、耳をすました。背筋がぞくぞくとする。とうの昔にそうしたことは信じなくなっていたのだが、薄気味わるい不安をおぼえたのだ。次第に近づくその音には、軽い足音も加わっている。ドアが開き――つまり、すでに少し開いていたので、隙間がさらにひろがったのだ――戸口には見おぼえのあるような気のする人間が立っていた。その顔は、現実のものを見るように鮮明に、彼の目に映じた。そこには微笑が、何ごとかを警告する微笑が浮かんでいた。その腕があがり、ティムはほっそりした手や、レースの垂れかかるやせた指、その手にしっかり握った、磨きあげたステッキを認めた。二回宙にステッキを打ちふりながら、顔を突き出して何か言ったかと思うと——その姿は消えた。しかしその言葉は聞きとれなかった。唇ははっきり動いたにもかかわらず、明らかにそこから声は出てこなかったからである。

ティムはベッドからとび出した。部屋のなかは真暗だった。明りをつけ、戸口を見やる。いつものようにドアはちゃんとしまっていた。むろん夢を見ていたに違いない。しかし彼は異様な匂いに気づいた。一、二度くんくんと空気をかいでみて——その意味をつかんだ。それはものの燃える匂いだったのだ！

運よく、彼がちょうど間に合うときに目をさましたおかげで……。

彼はその機敏な行動を賞讃された。それからだいぶたって、そこなわれた個所が修復され、昂奮もおさまって再び田園生活の平穏な日常に戻った時、彼は妻にその話を——何から何まで打ちあけた。想像力豊かな少年時代の冒険も話してきかせた。彼女はその古い伝来のステッキを見せてくれと言った。彼女のこの申し出は、ティムがこの年月まったく忘れ去っていた些細なことを思いおこさせた。ふいに彼はステッキがなくなったことや、それが原因で父親が大さわぎをしたこと、果てしない捜索が徒労に終ったことを思い出した。ステッキはついに見つからなかったからで、きびしく問いただされても、ティムはそれがどこにあるかぜんぜん知らないと言いきって、がんばったのである。もちろんそれは事実だったのだ。

夜窓鬼談

石川鴻斎
琴吹夢外訳

石川鴻斎（一八三三―一九一八）は三河豊橋生まれ。明治の詩文家で、芝山外史、雲泥居士などの号をもつ。経史を講じるかたわら注釈本などを多数あらわし、余技として南画にも秀でていた。『夜窓鬼談』は明治二十二年（一八八九）初版で、「風俗画報」の東陽堂から刊行され、若き日の柳田泉らに愛読された。好評により続編を著わし、のち上下二冊本（和本）として出ている。

（紀田）

鬼神を論ず 上

天地の間に人間というものが居る。農耕して食い、機織《はた》りして衣服をつくり、住居を建て、器具を製作し、山をけずり海を埋め立て、水や火を自由にし、禽獣を飼い利用する。およそ呼吸をして生きている物のうちで、人間より智脳のすぐれたものはない。宇宙の間に鬼神というものが居る。幽冥の事柄をよくつかさどり、遠い未来の事も知覚する。見えずに隠された現象を洞察して禍や福を与える。およそ無形のもののうちで、鬼神より霊力のすぐれたものはない。そして鬼神もまた人間のうちにすぎない。聖人君子や豪傑の魂は死なないでいつまでも宙にとどまって、国家を守り、子孫をあわれみ憂え、善を薦め悪をこらし、かくれて賞罰を行うのだが、これを鬼神と呼ぶ。だから聖人君子は鬼神に通ずるわけだ。明かるい場所で形の有るものは、暗い所で自在に振舞えない。鬼神は元来形がないのだから人間の事をすることができない。鬼は人と道理を同じくするけど、それぞれつかさどる事柄は別だ。だから聖人は鬼神を語らない。昔の人間は草を着て木の下に寝た。採収した物を食い、掬《すく》った水を飲む。知識はまだ進まないから欺すこともない。純粋に生まれつきの知恵を使った。よって知識を持たずして天地の神秘に通じたのである。わが国の民がこれである。知識がようやく進むと神秘の知恵が次第に衰える。利口《コザカシク》になるに従って直感力が益々失われる。かくして神と人との間に大きな隔てができた。通じ合うことができなくなった。これが人の世である。かくて聖人君子や豪傑は、開闢以来その幾億もの魂が累々と山をなし列をなして宇宙を塞《ふさ》ぎ、永遠に消滅しない。およそ人や動物は魂を天から授かって産まれるのだ。魂を天に還して死ぬのだ。生と死の間、暫らく形を借りているだけである。だからなんで魂が消滅することができようか。それが人生なのだ。水が氷となるように、汚ない塵埃が固まって見えるようになる。死ぬのは氷が水になるようなものだ。少しずつ流れて海に入る。あとは痕跡も見えない。後世の子孫は、その跡を祭り拝み、その霊をうやまい、その名を奉って、その徳を追慕する。神だって君臣、親子、夫婦、兄弟を思いしたわないわけにはいかないのだ。だから善行があれば福を与え、悪行があれば禍を与え、天に代わって賞罰を行うのだ。少しの誤ちもない。年代が下って久しくなり、思いしたう気持が少なくなったので神は還ってしまった。列禦寇（列子、老子と荘子の中間に出た道家。玄宗より沖虚真人を賜う・訳註）によれば、精神は形から離れて、真の世界に還る。そしてこれを鬼という。鬼《き》は帰である。本来の家に帰るのだ。ここから考えれば死者は真の世界に帰るが、生きている者は仮の世界に居るのである。その形を造った者に借りているのだ。人智が神智に及ばないのは、真と仮《かり》との違いによるのである。神という字をみれば、示と申とから成り、事をもって人に示すことを示と書く。申は伸である。人に伸《の》べ示すからである。神は語らないが、幸福か不幸かで人に伸《の》べ示す。だから聖人が神意を知るために占いに頼る。動物の知恵はもとより人間に優るものではないが、小細工なく欺すことなく純粋な本能の智恵で生きている。だから鬼神がとりついて神意を告げるのだ。しかしばしば機会をうかがって天の能力を盗もうとするものがいる。陰陽を解する人間は鬼にねたまれる。神がつかさどることを盗むのは、すでにして神と人と相隔たってしまったことなのだ。強いて知ろうとすれば迷うばかりだ。朱子は云う。鬼神を理解することができないと知って迷わないのは知者である。昔の賢人が行わなかったことを後世の者がなんで議論するのか。

鬼神を論ず　下

世間で鬼神を説いて喧喧《ケンケン》ガクガク唇が乾いて舌がただれるほどだが、未だ本質を解明することができない。わずかに理窟をこねまわすだけだ。なぜにこれを知ることができないのだろうか。目で見ることができない。耳で聞くこともできない。見ることも聞くこともできないものを基にして原理を解明しようとしてもどうしようもないではないか。聖人孔子は唯だ云っている。それが徳の基となることはなはだしいと。また云う。陰陽をはかるべくもないのが神である。人間は万物の霊長であり、聖人となるとその霊中の霊なのだ。とはいっても聖人は未来を知ることができない。だから亀の甲をあぶって占をする。亀というのは深い水中にひそむものだ。もとより人間とは縁遠いものだ。それが霊中の霊となるのは、水中にうごめく類の動物の知恵を借りて吉凶や福禍を知ろうと志すからなのだ。おかしなことだ。燕は闇夜を避け、かささぎは大きな鳥をよける。魚は針を呑むと洪水を待ち、にんにくを求める。烏《からす》は河豚《ふぐ》を食って人の家へ飛び込んで薬をついばむ。こうしたことは誰が教えて知ったわけでもない。伏儀が聡明だといっても八卦をみることによってのみ、神のような徳を身につけることができたのだ。神農の知識はすべての草を舐めた結果はじめて毒の功罪を知ることができたものによるのだ。動物や魚、虫の類は生きながらにこのことを知っている。千年以上も生きていれば、狐や狸や鹿といえども神秘な能力を帯び、見えない世界を知るようになるが、人間はそうはいかない。聞く所によると仙人という者が居て、深山幽谷人跡未到の場所に棲んで、五穀を絶ち、六欲を去り、気を吸い脂をなめて千年もの寿命を得、見えざる世界の事に詳しいそうだ。わたしは仙人が居るのかどうか知らないが、もしそういう者が居るなら人間とはまるで異なったものだ。人間とははるかに異なるということは神に近くなることだ。幽界に通じるわけだ。人間は昼間の霊であり鬼神は闇の霊である。この明暗は元来異なる途だ。水と火とが相容れないように神は元来形が無いからその霊を観測することができない。動物と仙人は未だ形質から脱出できない。神に通じていても、たったの外側を見るだけだ。もし形質から脱出できたなら神になれるのだが。鬼神は陰である。人間は陽である。陰陽はくっつくわけにはいかない。今、陽なる人間が、陰なる幽神の原理を知りたいと思っている。熱している中で、炭の裏を冷やして氷を求めるようなことは理論では不可能である。聖人はこの理論を知っている。故に見えない世界を探求するには普通の人間のしないことをしなければならない。亀甲や筮竹を使う占いなどがこれである。しかしながら明るい所の人間が、見えない所の神を知らないのは天の定めである。しいてこの摂理を知ろうとすれば、それは天命にもとるというものだ。かの京房や郭璞のように陰陽術に長けている人間は終世官途に就くことができず、また災厄にかかることが多かった。これは無理に幽理（見えない世界の原理）を探って、みだりに天の摂理を邪魔するからである。そうであるから人間は幽界の原理を知らないのを当り前としなければならない。世に鬼を説明する者を見ても、自分から迷って内容が捉え所がなく、いたずらに日々を費し、筆をすり減らし硯に穴をあけて結局何も得る所がない。ああ鬼神の本質は、知らないというのが知っていることなのである。道を行う君子は屋根に雨漏りしても恥ずかしくない。なんで鬼神に媚びることがあろう。もし強いて更にその原理を知ろうとするならば、いっそ鬼となってしまった方がいちばんよい。鬼となることができずして鬼の原理を説くのは迷妄はなはだしいといわねばならない。童子が傍に来て云った。鬼神を知ることができないことは聞いて知っています。しかしあえておたずねしますが、かの仏、菩薩、梵天王、竜神などや、天帝や皇帝、八百萬《やおよろず》の神などのような存在でも同じでしょうか。わたしは答えた。これは皆古典に載った存在なのだからどうしてその存在の有無が確かめられよう。昔の人は云った。天下の事は実は元来その人が行《おこな》ったのではないことでも、行ったようになっていることが多い。それが霊だといえばすでに霊である。人の心がそう思えば、物はどうにでも見える。この理窟でいけば、昔の鮑君や李君のように人が霊力があるとみれば、霊験あらたかとなる。いわんや神仏英雄の像においては云うまでもない。同じ形をしていながら、霊力があるのとないのとがあるのは、人の心がそう思えるか思えないかによるのである。もともとそのものがあったとかなかったとかは関係ないのだ。

また童子はたずねた、星の実質は地球と同じ土塊ではないでしょうか、と。わたしは言った。これを目出度いものとみればそうだし、これを不吉なものとみればそうなる。女と見るか牛と見るかはすべて人が名付けるところである。そして災厄や幸福はまた人が招くものだ。星と地球は幾百万里も隔たっている。なんで地上のこまかい事柄に関係があろうか。すると童子は唯だまって退いていった。かくして私は鬼神論を作ったのである。

牡丹燈籠

享保年間のことだが、江戸に飯島某という侍が居た。代々幕府に仕え、牛込の外れに居を構えていた。家も平和で、つゆという娘が居た。美しいたおやかな娘で、その風情は一際すぐれていた。十七歳のとき母を失った。父は妾を入れ、これを溺愛した。妾は性質がきつく悪賢かったので、家庭内に風波が起りかけた。父はこれを厭がり、つゆを柳島に小さな家を借りて住まわせた。時に春も半ばだった。庭の梅花が紅や白に咲き乱れている。或る日志丈という医者が浪人の萩原なる者をつれて、亀井村まで梅を観に行った帰りに柳島を通り、つゆの家を訪問した。萩原は若冠二十歳で、器量よく優雅ないでたちのうえ、学問や芸術の心得もあった。父が死んだあと、下僕と根岸の里に住んでいる。志丈とは昔から親しい。志丈は医者だが、実際は軽薄な小人で、富豪に諛《こ》びて歓心を得て、生計を立てていた。この日は萩原を、言葉を解する花に会わせようという下心である。つゆは屏風の陰から若者をうかがう。若者の器量や物腰を見て、好意を持ち、侍女に茶菓を出させた。その上、一、二本の酒肴を用意させた。志丈は娘を萩原に面会させようとするが、娘は羞かしがって出て来ないので無理に手を引張って連れて会わした。娘は真赤になって、情を含んだ流し目をした。志丈は杯をとりもって、祝言の杯のような塩梅だ。お互いに親しみ馴れた。日が漸く傾き、厚くお礼を述べて帰還した。志丈はしかし後で差出がましいことをやりすぎたかと怖れて、どちらの家にも現われなかった。

萩原は日夜つゆを思慕し、何度も志丈を招いたが、志丈は来ない。いろいろ計をめぐらせたが、手段がない。思い悩むこと三月になった。寝ても覚めても忘れず、悲しんで日を送った。下僕の伴蔵は主人の憂うつを慰めようとして、散歩でもなさいと頻りにすすめた。その気になって、萩原は伴蔵を伴って、深川へ舟を浮かべた。柳島を過ぎ、飯島の別荘に近づいた。後の庭の門の扉が半ばあいているのを見て、岸に舟をつなげて、そっと庭の中をうかがった。侍女は萩原を見て喜んで走り出て、「お嬢さまがずうーとあなたをお待ちしていましたのに、おいでにならないので、ご飯が喉を通らないありさまで、今にも病に就きそうでございます。お身体は痩せおとろえ、お命まで失われようとしています。どうかおいでになって、お嬢さまの病を慰め申してください」萩原は驚いて、宅内に入り、侍女にひかれて帳の中にはいった。つゆは萩原を見て泣いて喜んだ。互いに心の底を述べ合って、いたわり合って、とても別れられない。日が暮れ、やっと帰ろうとするとつゆは、香の箱を出して、これは母の形見でございます。大事に肌身離さず持っていましたのを、蓋の方をあなたにお贈りいたします。またお会いするときまでお持ちください。萩原が見ると、泥金で秋草を描いて精巧きわまるものであったので男は喜んでこれを懐に収めた。その時突然人が入って来て、声を荒げて云った。「どこの誰じゃ。わしの娘を辱しめに来たのは。すみやかに首を差出し、わしの刀を受けよ」二人はびっくりして仰ぎ見ると父の飯島であった。それが刀を振り上げて若者を斬ろうとした。つゆは若者の前へ進んで父に云った。「罪は妾にございます。妾を殺してください」すると父は怒って即座につゆを斬った。萩原は驚きのあまりおもわず叫び声を出した。そのとき伴蔵が傍で云った。「さあもう舟は山谷まで来ましたよ」萩原は驚いて目を覚ますと、今のは夢であった。汗がしたたり落ち、肌着がみなびっしょりと漏れていた。試しに懐中を探ると香器の蓋がちゃんと有る。おかしな夢だと怪しんで敢て誰にも告げなかった。するとたまたま例の志丈が来て、涙を流しながら娘が死んだことを告げた。若者は驚いて、いきさつを質ねた。志丈が云うには、「何か月もあなたに思い焦れて、打ち沈み、病気が昂じ、たとえ事情を父親に告げてもうまくいかないことを知って、薬も摂らず食べ物も絶って、そのまんま死んでしまいましたよ。わたしはそれを聞いて非常に可哀そうでならない。あなたもどうかお花を供え冥福を祈ってください。あなたが一勺の水を捧げるのは万僧の読経にまさります」萩原もまたたいへん悲しみ、そこで初めて舟の中のおかしな夢を語って、志丈に例の蓋を見せた。志丈もその不思議に驚いた。時あたかも盂蘭盆会（うらぼんえ）になり、わが国の風俗として花や燈明を飾り、野菜や果物を供えて祖先を祭る。萩原も先祖代々の仏壇につゆの霊を加えてお祈りをした。初秋の頃で、暑熱は未だ治まらず、窓をあけて、涼をとりつつ、月が雲間に見え隠れするのをひとり庭に向かって眺めていた。娘のことを悼みなげいて寝られなかった。そのとき垣根の外に下駄の音が近づくのに気づいた。ふしぎに思って隙間からのぞいてみると飯島氏の侍女が牡丹の花の刺繍をした燈りを下げてしずしずと娘を伴って歩いてくるのだ。萩原はそれを見て大いに喜んで早速門をあけて迎え入れた。そして来たいきさつをきけば、侍女が答えて、「お嬢さまはあなたさまにお逢いしてから、恋心がつのるばかりで片刻も忘れることができず、到々病気になっておしまいになりました。父君がこれを心配されて、お婿さんを選んで後継ぎをつくろうとなさりましたが、お嬢さまは厭がり、ひとりでお悩みわずろうばかりでした。たまたま志丈さんが来られて、あなたさまがなくなったと云われたので、お嬢さまは悲しみのあまり髪を剃って尼になろうとなさいましたので妾がやっとお諫みいたしました。そして柳島の別宅を出て、父君にも知らさずに谷中へ参り、ちいさなあばら屋を借りて住んでおります。今夜こうしてお宅さまへうかがいましたのはあなたさまの霊牌を拝ましていただこうと思いましたからなのでございます」萩原は云った。「志丈さんはわたしにもお嬢さまが亡くなったと云いましたよ。なぜ嘘を云うのでしょう」結局二人は部屋にはいった。侍女を別室に休ませて、萩原とつゆは再会を喜び、一緒に歓びを極めた。一番鶏が鳴いたので戸を開けて二人を送り出した。毎晩こうしたことが続いた。男女の間はますます濃密になるばかりだった。

下男の伴蔵は垣根をへだてた隣に小屋をかまえていたが、萩原の寝室から毎夜のこと笑い声が聞こえるのをふしぎに思って、ひそかに垣根のすきまからのぞいた。二人の女が居て、萩原とたわむれていた。女の姿はぼんやりとして霧のようで、生きている人のようには見えない。伴蔵は大いに怪んでこのことを同じ長屋の白翁なる老人に告げた。白翁は易筮を生業としていて、萩原とも懇意だったので、早速朝方萩原を訪問した。そして萩原の蒼白い顔を見てひどく驚いて云った。「そなたの生気はすっかり衰え、邪気が身にまといついていますぞ。きっと亡霊が取り憑いているのでしょう。聞く所では夜毎に来客があるそうじゃが、それは決して生きている人間ではなく、終いにはあなたの命を奪うことになろう。できるだけ速やかに亡霊を避けるようになされ」萩原が答えた。「それは飯島氏の娘で、現在谷中に住んでいる人です。夜毎に下女と一緒に参ります。亡霊などではありません」白翁が云った。「では試しに谷中へ行って、その家を訪ねてごらんなされ。きっとそんな家は無いでしょう」それで萩原は早速谷中へ往って調べたがやはりそういう家はなかった。帰り路に新幡随院の墓地を通ったら、新しい塚が有った。牡丹の花の刺繍をしたあんどんが飾ってあった。侍女が携げて来るのと同じである。そこでこの塚のことを寺僧にたずねた。すると、これが飯島氏の娘の塚だとわかった。萩原は始めて愕然とした。早速白翁に報告して、霊を避けるにはどうしたらよいかをたずねた。翁が云うには、自分の能力ではそれは出来ないが、良石和尚は現代の高徳の僧だときくので、そこを訪ねたらよいじゃろう、という次第。そして紹介の手紙を書いてくれた。萩原は和尚に拝謁して事情を告げ、亡霊から身を護るための教えを乞うた。和尚は「これは前世の宿因である。現世だけの理由ではない。凝り固まった魂がまつわりついて、代々にわたって解けないのだ。代替りして、別の場所に住んだとしても逃れることはできぬ。ただし仏の庇護を得れば、今の世の命を全うすることができるであろう。どうか仏を念じてお経を読みなさい。護符をつくって差し上げよう。これらを窓や戸に貼りつけなさい。必ず幽霊を避けられるであろう」と教えさとした。萩原は拝服し礼を述べて帰宅し、教えの通りに護符を貼った。その夜十時頃、また下駄の音が聞こえた。萩原はそっと戸の隙間からのぞくと侍女が、「萩原さまが心変りなされました、戸を閉じて入れて下さりませぬ、なんと薄情なことでございましょう」と云っている。つゆは泣いて、「もはや堅い約束を交わしたのになぜ背きなさったのかえ、ひとはわからぬものぞえ」と云いながら家のまわりを徘徊したあげく遂に歎き悲しみながら立ち去った。しかしその夜のうちに二人の幽霊は伴蔵の長屋へ来て、霊符を取り除いてくれるように、ねんごろに頼み込んだのであった。伴蔵は恐ろしさのあまり言葉も出なかった。もうかしこまって引受けてしまった。翌日の晩までには実行する約束となった。もし取り除いてないならば明晩も来ますと云われ、伴蔵もやむを得ず、取り除いたのだ。その夜、二人の幽霊は再び萩原の家に入った。翌朝伴蔵は、一部始終を白翁に告げた。白翁は心配して伴蔵をつれて萩原家を訪れてみると、萩原はまだ起きていない。戸をあけてみれば、萩原はすでに死んでいた。

円朝師の講談では、なお飯島氏の下僕孝助の忠心や、伴蔵の邪まな行いや、その妻が横死して、祟りをするなどのことがあるが、枝葉末節の事なのですべて省略した。この話は且て土佐の某氏が横巻物に描いたことがあった。その絵の余白に和文で話が記されていた。しかし萩原が死んだ後のことはすべて省略されている。孝助の復讐や伴蔵が悪事を働く等の事は、おそらく円朝師の付け加えた蛇足のようなものである。

冥府

田直という書生は信州松本の者だ。家は農業である。豊かであった。若い頃に大宰春台に学んだ。或る時父が病いにかかった。百薬を投じたが効能あらわれず、非常に悪化しついに危篤となった。田直は師の所から辞して故郷へ帰った。斎戒沐浴して祈禱し、日夜寝床で看護した。数十日の後にはやっと少し回復したが、気力は元に戻らず、筋骨がいつも痛んだ。そのため草刈り耕作することができず、その上、あらゆる医者にかかって高価な薬を服用したので、田や畑は荒廃し、財産も減る一方であった。病むこと三年でついにみまかった。田直は痩せ衰えるほど歎き悲しみ、死にたいと思った。しかし親戚に慰さめ諭されつつ葬儀は済ませた。それ以後は母親に仕えて孝養をつくした。家の貧窮は重なる一方なので、農業をしようと思ったが、田畑も無く、物を作ろうとしたが、元来そちらの技術が無いのでそれもできない。だから商人になって手取り早く利益を得るのが一番いい。もし機会に恵まれれば一朝にして千金を摑むことも不可能ではない、ということで親戚から資本を借りて、毎日近くの村へ行って雑穀を仕入れた。これを他の市へ行って販売して僅かな利益を得た。僅かすぎて衣食をまかなうのに不足した。或る日隣り村のお祭りに詣でた。男女が雑踏し、出店が賑わう。祠の傍に十数名の博徒がたむろし、ご開帳だった。かの男も傍で見物した。親分が正面に熊皮をしいてすわり、長いドスを置いて、まわりの人間を見廻し得意そうだ。源という奴が、かの男を知っていて誘い込んで云うには「おまえはちっぽけな商売をしてもケチな儲けしかない。一生うまいものを食って、いい着物を着て、皆といっしょに楽しむことができないだろう。どうして、またたく間に大金を儲けることを考えないんだね」田直はひそかに考えた、「もし自分がついていればたちどころに大勝ちできるだろう。もし負ければ命を捨てればいい」そして試みに小銭を賭けたところ、つきが続いて若干の金をもうけた。かれは大いに喜び、鮮魚を買って母に食わせ、衣類を買い、家を修理した。母はふしぎに思って、息子に問い正した。息子は答えた。「蚕を買って利益を得ました」日が経ってまた一仏寺に詣でた。博徒たちが盛大に開帳していた。かれはまたもや大いに勝った。この日源は大敗したので、田直に借金を申し込んだところ、ほんの僅かだけしか貸してくれなかった。源はたいへん怒って「おまえは賭場に来て、しじゅう人をたぶらかして儲けてるじゃないか。おまえがこんなに金を儲けられたのは誰のお蔭だと思うんだ。儲け分を全部おれに呉れたってバチは当らないぞ。そうしないのならおまえの命を貰おう」田直はおそろしくなって、半分程なら与えようと考えた。源は甲斐の人間だ。当日は甲斐と信濃の博徒が寄り集まっていた。信濃の者は田直の方にひいきして、怒り出して、源を罵った。「きさまは田直が若くて弱そうなのを侮って、白昼よくもおどしをかけたな」源は益々興奮して怒り、石を持って撃ちかかった。田直の血が飛び出て顔にかかった。信州人の方はこらえられず刀を抜いて男を斬った。一座は大騒ぎになった。信州と甲州が相対峙した。入乱れての喧嘩となった。忽ちお役人が人数を率いて馳けつけたので、博徒はみんな逃げ散った。死者が三四人も出た。傷ついた者は数知らず。田直も乱斗のさ中に倒れた。同じ村の人がかついで家に届けた。母は非常に歎いた。検べれば、紫斑が出てすでに息が無かった。彼は初めの一撃で気を失い地に倒れた。しばらくして目を開くと茫々たる広野に居た。四方に黄塵がいっぱい立ちこめ、物の姿がぼんやりとして識別できない。立ちどまっていても、物を尋ねる人も居ない。忽然とそのとき二名の小吏が現われた。鉄の鞭を腰にして、棍棒を持って、彼に質ねた。「どこから来たのじゃ」彼は答えた。「某村の者ですが、人に撃たれて気を失い、どうしてここに居るのかわかりません。ここは一体どこなのですか」小吏は云った。「ここは人の世ではない。つまり冥府《よみじ》じゃ」彼は驚き歎いて云った。「ああ自分は死んだわけですか。未だにやる事も仕遂げられずに、中途で悪い奴等のために命を失ってしまいました。今更後悔しても仕方がありません。しかし母の悲しみをどうしましょう」と声を上げて号泣した。小吏が云うには、「汝の業でここに来たのだから、一度閻魔大王の前に出て、罪を裁いて頂き、それに従うことじゃ」そう云って二人は立去った。一里余りも歩くと、大きな鉄門に行き当たった。門の前を、駕籠に乗って過ぎる人が居た。田直を見て声をかけた。「おまえはどうしてこんなに早く来たのじゃ」彼が驚いて見るとそれは父だった。大いに喜んでまずそのつつがない有様を喜びながらも、今度は泣いて顚末をつぶさに話した。父は一人の役人に挨拶して、彼を伴って門の中に入り、次の門も通り過ぎて、三番目の門に来ると、扉が下の方だけあいていた。体を屈してくぐり抜けるとそこが政庁だった。父は息子を白洲に坐らせた。左右に拷問具が陳列しているのを見て、息子はふるえあがった。堂上には十余名の役人が整然と坐り、中央には坐所が空いていて、傍には記録係の役人が居た。すべては江戸幕府の奉行所のようだった。息子が後方を見れば、源と博徒三名が縛られてそこに居た。父は堂に向かって役人達に頭を下げた。そのとき戒めの警声が聞こえ、閻魔王が座に就いた。黒い麻の裃を着、小刀を腰に差し、手に扇を持っている。後には稚子侍が剣を捧げている。前には煙草盆がある。王は温かい声で云った。「直よ、前へ進めよ」田直は膝で堂の下近くへ進んだ。王が云った。「その方は、わしに学問を学んだ。じゅうぶんに考悌忠信の道を知るのに何ゆえに今度の悪行を致したのじゃ」彼はいぶかって顔を上げて王を視れば、大宰春台先生なのだった。彼はすっかり驚き、泣き悲しんで言葉も出ない。王が云った。「その方は世のおきてを破ったが、父母に孝養を尽した。天帝は、その方の至誠を憐んで、もう一度だけ本土に還すことにした。謹んで、国のおきてを破ってはならぬぞ」彼はかしこまって頭を下げるだけだった。王は役人に帳簿を調べさせると、寿命はまだ五十年有った。そこで父親に命じて息子を送らせた。親子一緒に深く礼を述べて門を出た。或る部屋に入って、父もまた息子を厳しく戒めてから云った。「家の梁の上に函が貼りつけてあるが、それには神のお札が入っている。これを開けば再び財を成すことができる」云い終えてから小役人に命じて息子を門外に出した。田直はなお何か云おうとしたが、父はすでに姿が見えなかった。二人の役人と元の広野に来た。一陣の旋風が砂を巻き石を飛ばした。彼は怖れて膝まずき俯伏せとなった。そして目を開くと寝床に居た。母が傍で泣いている。彼は母に声をかけた。「お母さん、ぼくは生きかえりました」母はたいへん喜んで親戚を皆集めた。この日は葬式の仕度も整えて、野辺送りをするばかりになっていたのだが、蘇生したのを見て、皆がこれを祝った。彼は冥府であった事を語った。そして梁に梯子をかけて、函を見付けた。果せるかな昔の金が百枚も入っていた。これを現在のお金に替えて、失った田畑を購入し、農業にいそしんだ結果、数年ならずして元の様になった。子孫は繁殖して、彼は七十歳を越える長生きをした、ということだ。

物の本に、世に地獄変相の図が有る。いわゆる閻魔と称するものは、豹の頭に虎の鬚、巨眼で大口だと云う。唐服を着て、笏を持って帳簿を検査すると云う。他の幕僚もこれに準じている。そして廷中の作り、什具の様子は支那の制度を模している。夜叉が罪人に刑を加えるのには熱湯や火の穴に入れたり、舌を抜き目をくり抜いたり、頭をのこぎりでひいたり、体を臼でひいたりして、その残酷なる惨状は、見る者の毛孔に粟を生ぜしめるほどである。おもうに、これは印度の上古時代の刑法だったのを、地獄図として復元したのだろう。またその地獄図は、唐の呉道元の構図に範を求めている。筆者はかつて京都に遊んだとき知恩院で地獄変相の図、十の構図を観賞した。呉道元の筆と伝えられている。一つの構図ごとに閻魔王が居て、夜叉（鬼）が罪人に刑を加えている。罪人は裸で髪を束ね、白布の犢鼻《とくび》をつけているだけだ。すべて唐様である。わが国の画家が描くのも、十人の王、鬼など殆んど似ている。ただ罪人だけは半髪で、和製の褌を着けている。支那人が、印度の古い形法で日本人を刑罰している恰好だ。地獄はもともと娑婆の罪人のために設けられた所である。なんで閻魔大王だけ唐の様式を真似るのか。最勝王経にいうところの弁才天の弟なるものが、即ち印度古代の閻魔王だ。支那の閻魔もしばしば変わる。聊斎志異などに載っているが、有徳の人が死ぬと閻魔王となる。勤務年月にも期限がある。隋の韓擒が云うには、生きているとき国の忠臣である者が死ぬと閻魔王になる。これが物の均合というものだ。閻魔はもともと一人ではない。それでわが国の閻魔はわが国の冠服を着け、わが国の制度に従わないわけにはいかないのだ。西洋に地獄があるならば、きっと断髪洋服の閻魔諸役人が居ることであろう。そして徒刑としては絞り首の法が行われるであろう。幽冥はどうして現世と異なることがあろうか。今来世を説くと、今までとは違った明治維新の地獄を創造しなければ理が通らないであろう。かくして、小生も、印度国の衣服を着るものを仏や菩薩と見なさないわけにはいかぬわけだ。

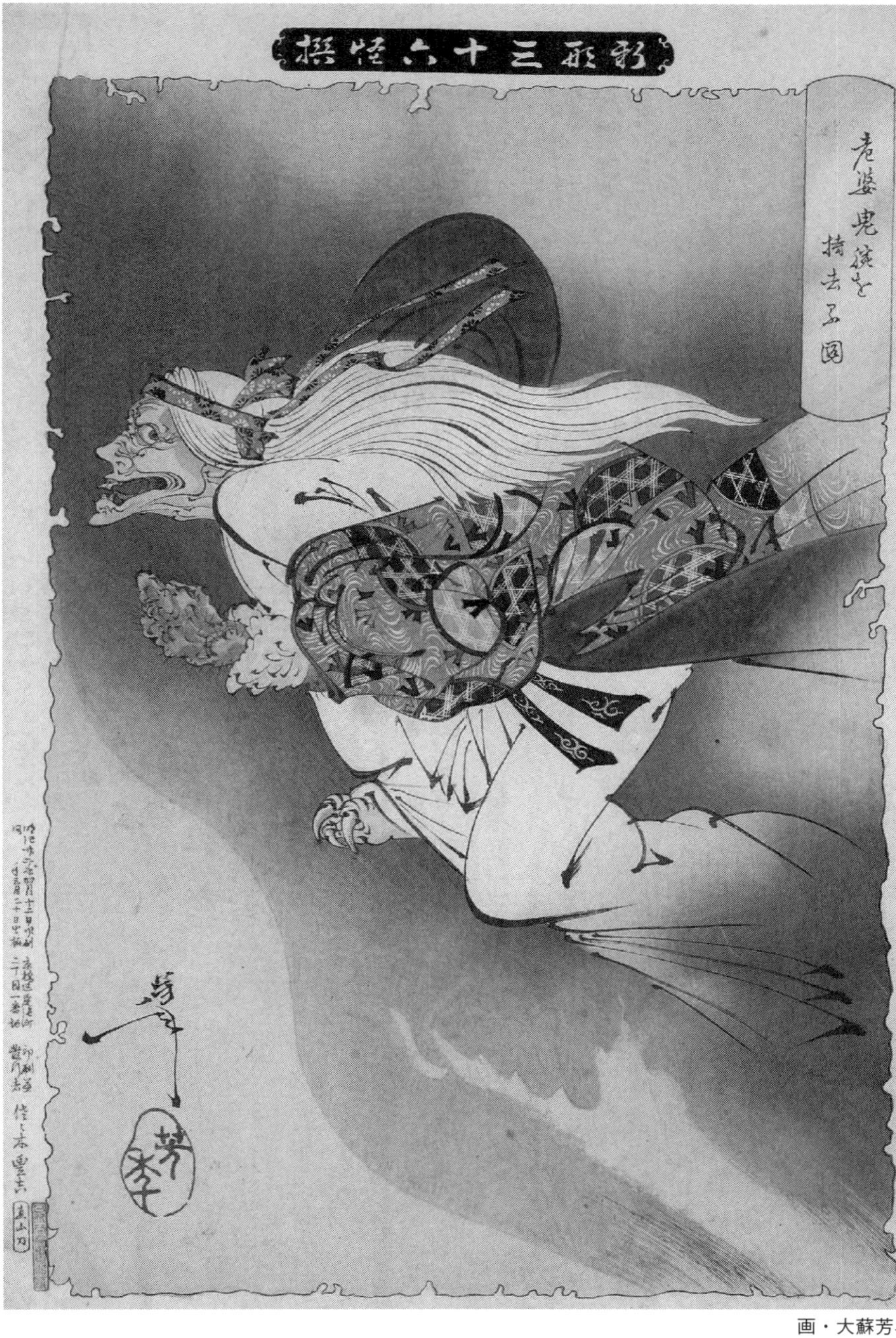

画・大蘇芳年

鬼火の館

桂 千穂

著名な映画脚本家である桂千穂は、怪奇幻想小説においても重要な一人である。恐怖文学セミナーの創立メンバーの一人であり、翻訳は同人誌『THE HORROR』から《怪奇幻想の文学》と『幻想と怪奇』を経て《ドラキュラ叢書》に至った。また、創作も手がけ、一九六一年には『ＳＦマガジン』の「空想科学小説コンテスト」に「私は死んでいた」（島内三秀名義）で応募、奨励賞を受賞している。なお、このコンテストは受賞作なし、眉村卓と豊田有恒が佳作、小松左京が努力賞であった。七一年には第二十一回新人シナリオコンクールに「血と薔薇は暗闇のうた」を応募し入選。黒魔術を題材としたこのシナリオは、のちに自身の手で小説化された（大陸書房　八七年）。

　本作『鬼火の館』は第六号《幻妖コスモロジー　日本作家総特集》に掲載された創作である。この号は、旧作再録と新作書き下ろしを併せた、そのまま日本幻想文学のアンソロジーともいうべき一冊だ。中井英夫「薔薇の獄」、半村良「箪笥」、都筑道夫「壁の影」と、のちに各作家の代表作に数えられる作品が寄せられ、立原えりか、山下武も寄稿する中、当時すでに脚本家として活躍していた作者は、戦時を背景にした生死を超える情愛の物語を発表した。

（牧原）

わたしは夕暮れのたたずまいが嫌い。大嫌い。たそがれの街は、死んでいくひとのようだから。

名もない劇団のステージの、わびしいライトにも似た、夕焼けの赤い光がうすれていくと、卵色をしたマンションの壁も、生垣の緑も、白い舗装道路も、その路を両側からエスコオトするようにつづく電柱の長い列も、電柱をとりどりに彩る看板広告も、みんなみるみる灰色の屍衣に包みこまれてしまう。そして、ついいましがたまで、あんなにも親しげだった家いえや、木立や、丈《たけ》高い植込みなどが黝《くろ》い怪物に豹変して、夜空を背に、ぬっと立ちはだかるのだ。

やがて、ふたつの目をらんらんと光らせた魔獣のような、自動車のヘッドライトが、家路へいそぐ人影も絶え果てた街を、疾駆していく。オートバイやスクーターは一つ目のバンシイ——頭のしんに食いこむうなり声をあげて、とび交《か》う。

けれど、ことにわたしを戦《おのの》かせるのは、自転車のライト。遠い露路の曲り角からふわりと現われ、音もなく近寄ってくるあのほの青い光は、墓場をさまよう鬼火としか思えないのだ。


もう三十年近い昔——。あの頃はだれひとり明日《あした》の生命がどうなるかを知らない、そんな時代だった。

連日の空襲が、たくさんの人びとを、生きながら劫火のなかへ投げこんでいった。みんな恐怖に打ちひしがれていた。そうでない者は、眼前の地獄図にサディスティックな本能を呼びさまされ、勝利を目ざす戦いの歌をわめき散らすのだった。

当時、わたしは夫の残していった古色蒼然たるアン王朝風洋館を、ただひとり守って、空から白い尾をひいて迫る大鴉——敵機と闘いながら、すごしていた。

平凡な見合い結婚をして、一年もたたないのに、一枚の召集令状で夫は、死者の国へ永久に追いやられてしまっていた。

丘の上に建つわたしの洋館を、間断なく訪れてきたのは、敵の爆撃機だけではなかった。それは男たちだった。

そのひとりは、その頃まだ生きていた、わたしの父だった。参謀本部付きの少将で、いつも釣鐘型の将校マントを着こみ、ピカピカ光らせた長靴で、長い石段をコツコツとのぼって、ポーチへ現われる。そして出迎えるわたしの前で、パッとマントをひろげる。その身ごなしにわたしは、翼をひろげる年老いた鷲の、精悍さを感じたものだ。

マントの下から父がとりだすのは、その頃なによりも貴重な、食糧と決っていた。闇米などを取締る警官も、高級軍人の着衣のなかを、調べる権限はなかった。

「これで凌ぎなさい」

「いつも申訳けございません」

「反省しておるなら、いい加減にお母さんの郷里へ引き払わんか」

「お父さま。わたし、絶対に実家《さと》へは帰りませんわ」

父はさとすように言い返す。「まあ聞きなさい。戦死された夫君に、あくまでも操をたてる、お前の気持ちは尊い。だが、お母さんの身にもなってみろ。この邸がお前もろとも炎上する夢ばかり、見ておる始末だ。幸い、故人の弟さんも快く諒承してくれたし、そろそろお前も……」

わたしは大抵の場合、父の説得を最後まで聞いていることはなかった。

「この古いお邸に、夫は生まれて育ちましたのよ。あのひとの匂いが、空気のようにしみこんでしまっているの。この空気のなかでないと、わたし、生きてはいけないんです」

この気障な台詞は、いつもわたしの切札となった。

「お前はさすがにわたしの娘だ。英霊の妻のかがみだ……」そして、わたしをなかば誇らしげに、なかば呆れたように見やると、帰っていった。わたしはできるだけ哀しげな微笑をうかべて、石段の下まで送っていく。

もうひとりは亡夫の弟だった。夫によく似た白皙のハンサムで、育ちのよさがのびのびした長身からにじみでていた。医科大学の三年生なのに、なみはずれた繊細な感覚と、夢みがちな資質に恵まれていた。学徒動員を受け、電器工場の医務室に勤務していた。

偶然にも、その軍需工場は、わたしの邸に近く、街はずれのキャベツ畠に、巨大な姿を横たえていた。

義弟は、仕事の合い間に必ずやってきた。

「強情をはらないで、お母さまの疎開先へいってくださいよ」

「わたしがいなくなったら、このお家はだれが見るの」

「ぼくがときどきくればいい」

「それじゃ用心がわるいわ」

「義姉《ねえ》さんをひとりにしておくほうが、危険だな。この辺には疎開やもめの工員どもがウヨウヨいるんです」

わたしは露骨な表現を感じ、頬を染めた。

「兄があんなことになったせいでしょう。父も母もあとを追うように逝きましたね。ぼくは義姉《ねえ》さんの保護者になったんだ。お願いします。ここを引き払ってください。ぼくらの工場だって、いつ空襲をうけるか――そうなったらここにも爆弾がおちます。ぼくには責任があるんだから……」

「責任なんていわないのよ。まだ子供なんだから」

「年齢《とし》はぼくのほうが一つ上ですよ」

「だってあなたは、かわいい坊やにしかみえないわ」

義弟はプイと横を向く。

「また怒らしたわね、ご飯ごちそうするわ。おわびのしるし。ね、そうしましょう」

そしてわたしは米をとぎ、義弟は薪をつくりはじめる。さし向いで箸をとりはじめる頃には、義弟の機嫌は完全になおるのだった。

わたしにはわかっていた。義弟が説得を口実に、わたしに逢いにきていることを。

重い斧を、懸命にふりあげて、かたいマキを割ろうとする献身的な労働。食事のさなかに、ふっとわたしに注《そそ》ぐ熱っぽい眼《まな》ざし。同時に急須かなにかをとろうとして、わたしたちの指先が触れあう瞬間に、示すおののき――義弟はわたしを恋していたのだ。

だから、陽が沈み、夕風がうすら寒くなってきても、黙って飯盒などを洗いつづけていることが多かった。

「もう帰らなくてはいけないわ。工場のみなさん、心配なさるでしょ」

わたしが見かねて促すと、義弟は気弱に微笑をうかべて軽く頭をさげ、ホウバの下駄をひきずって、石段の下へ消えていく。

四本の石柱にささえられたポーチで、見送っていたわたしは、ほっと吐息をつく。やっと坊やは帰ってくれたわ――それから小走りに、玄関のホールへ走りこむのだ。ホール中央の階段をかけのぼるわたしの足は、傷つきやすい少女の胸のように、ふるえていたにちがいない。わたしの瞳は、プロポーズの返事を待つ眼差《まなざ》しのように瞬《またた》いていただろう。ギャラリーづたいに壁にそって、小窓へとまわっていくわたしの身ごなしは、夢魔にあやつられた犠牲者としか、みえなかっただろう。

小窓は、ポーチの真上の破風にあけられたものだった。その、黒いカーテンをそっと押し開《ひら》くと、向うの軍需工場から、黄昏せまる街並みを抜けて、この洋館が建っている丘の下まで、一直線に続く国道がみえた。

おぼつかなげにほの白く浮かぶ国道を、食いいるようにみつめながら、夜の帷がおりるのを待つのが、わたしのただひとつの生き甲斐だったのだ。

だって夜がこなければ、もうひとりの訪問者は、けっして現われてくれなかったから。

といっても、それは死んだ夫ではなかった。義弟と同じ工場に勤務する技術者だった。真空管の研究家で、わたしより三つ年上だった。

彼はすこしの暇でも、黒いみすぼらしい自転車で、ひそかにやってきた。警戒警報のサイレンが鳴らない晩は、彼の自転車が、黒い家いえの集団のあたりを脱けだすと、そのライトが黄色い点となって、ぽつんと薄闇に浮かびでる。彼が近づくにつれ、黄色い点は猫の瞳のようにだんだん大きくなり、ほの白いビワの実のように見えてくるのだった。

すると、わたしの目頭は熱くなり、きょうもまた一日生きのびたのだわ……わたしの胸に至福感が、いっぱいに溢れる。わたしは転がるように、ポーチへ駈けおりていく……。

彼の声を聞くために、電話をかけることはできなかった。邸の電話は、故障したまま誰も修理にこなかった。通じていたとしても、彼を呼びだす勇気はなかったろう。他人にわたしたちの間を、嗅ぎつけられるような危険は、絶対に冒せなかったからだ。

わたしは待つしかなかったのだ。夕闇を待つほか、手だてはなかったのだ。

彼はいつも戦闘帽を目深にかぶり、ポーチの扉の陰から、そっと現われた。義弟より背はすこし低かったが、ずっと逞しく、浅黒い皮膚や男性的なくっきりした目は、密林で獲物を待つ豹を思わせた。タイプとして、どこかわたしの父に似ていた。

彼の視線を感じると、わたしの軀をささえている梁は、甘美な喘ぎをもらして、崩壊していった。わたしは彼の強靭な腕のなかに、ふらふらとよろけこむのだった。彼がわたしをガッシリと抱きとめ、わたしたちの唇はひとつになる……。

信じられないだろうが、わたしたちはそれ以上の間柄へは、進んでいなかった。

わたしが〝貞女ハ二夫ニ見《マミ》エズ〟といった当時の戒律的道徳を固守していたせいではない。彼に初めて会った瞬間、そんなものは捨てていた。彼がストイックだったわけでもない。そんな男が、あの禁欲万能時代、戦死者の未亡人を、恋の相手に選ぶだろうか。

わたしと彼の舌先が、お互いの口のなかで微妙にもつれあい、陶酔がめくるめくように昂まり、彼のひきしまった体軀が、わたしへ優しくのしかかってくるその瞬間、それはきまったようにやってきた。

わたしたちを引き離そうとする、影が。

まず聞こえるのは、かすかな足音だった。

彼とわたしは、思わずお互いの軀にまわしていた手を、解きはなす。そして、わたしたちはある気配を感じる。わたしたちふたりを、邸の奥処でじっと窺っている、というより、監視しているものの気配を。

「またか……」

わたしたちには躰を離し照れ隠しの微笑をしあう習性が、できてしまっていた。

「死んだ夫なのね、きっと」

「霊魂が存在すると、きみ、本気で考えているのか?」

「わたし、迷信家ですもの……」

「どうも気になるな。あの足音は」

「じゃ、わたしを嗤えませんわ」

「あの足音の主が、出歯亀で、密告屋のおしゃべりかも知れないからだ」

そして、わたしと彼はべつべつの椅子に向きあってすわり、その日出会ったこと、戦いの絶望的な予測などを、囁きあいはじめる。するとわたしたちのまわりから、影はすうっと霧消する……こんな繰返しが、わたしの貞潔を保っていたのだ。

そんな初夏の、ある夜だった。

わたしが掌で押しあげた戦闘帽の下の、彼の精悍な顔に、異常なデスペレートな表情が隠されているのに、わたしは気づいた。

「どうしてライトをつけて、いらっしゃらなかったの。警戒警報もでていないのに」

「……」

「今夜は来てくださらないかと思ったわ。いつまで待っても、ライトが見えないから……」

「バカな話だ」彼は吐きだすように言った。

「真空管の工場で、自転車のライトの乾電池さえ手に入らなくなるとはな」

「まあ、そうでしたの」

「点《つ》かなくなったんで、一箇失敬しようとしたら、あのチンピラ少尉のやつ、交付願を出せという。ムカッとしたから、まァいいです。どうせもう、ライトも要らなくなるんだからって……」

「要らなくなる?」

彼はわたしから目をそらした。ポケットから、クシャクシャの紙片を出し、いまいましそうにピンとはじいた。

わたしは、彼に頰を寄せ、覗きこんだ。

「辞令ね……」

文字が目にはいったとたん、軀じゅうの血の気が退《ひ》くのを感じた。めまいがした。

「大丈夫か?」

わたしは微笑してみせた。でも、彼が微笑と見てくれたかどうか、自信はない。

「本土決戦にそなえて、鹿児島の先のほうに要塞をつくるそうだ。これは機密だが。そこで俺が出向させられる」

「それじゃ、今夜で……」いちばん怖ろしい言葉を口にだすことは、わたしにはどうしてもできなかった。「今夜であなたは……」

彼はとり繕《つくろ》った磊落さで笑い、わたしの肩をドンとたたいた。

「あしたの晩、逢える」

「ね、なかへはいりましょうよ」

扉口で、ドアをあけ放したまま話していたのに気づき、わたしは彼をうながした。

「会社の歓送会を待たせてきたんだ。そのあと、身のまわりの整理をしなくては」

「お手つだいしたいわ」

「今夜のうちに必ず全部片づける。明日の晩、ふたりだけの歓送会をしよう。できるだけ早く、くる……」

「お願いがあるの！」

別離の相談など、これ以上していたくはない。どうしても叶えてほしい望みがある！

「明日、点けていらして。どんなことをしても自転車にライトを。お願い……」

「きみの待っていたのはライトで、ぼくではなかったのか。ひどい女《ひと》……」

あとは言葉にならなかった。わたしの唇を吸いつくすような勢いで、彼の唇が重ねられてきたから。

間髪をいれず、いつもの音が聞こえた。いつもの眼を感じた。薄闇の底でわたしたちを覗き見ている、あの邪悪な瞳を。

でも、その夜のわたしは構わなかった。彼を奪われることで、なかば捨て身になっていた。誰がいようと、どんなことでもしてみせたい気持ちだった。

彼は唇を離した。わたしがそれ以上の愛撫を求めて、彼の国民服のボタンを、ほてった指先ではずそうとすると、彼は言った。

「明日。ライトをつけてきたときに」

翌日は大空襲があった。わたしは、彼の工場が地鳴りのような音をたてて、火の柱を噴きあげるのを見た。彼の無事だけを祈って、ひたすら、夜を待った。

そして、夕暮れになった。警報は解除されなかった。

わたしは崖ぶちの防空濠からぬけだすと、ギャラリーの小窓へ走った。

そこには、家いえの屋根が黒ぐろと静まり返っていた。やがて屋根は、濃くなってきた暗さのなかへ、吸いこまれていった。

彼は自転車のライトを、つけてはこられまい。それより、あの炎の下で彼は生き残ることができただろうか……。ライトなど、もうどうでもいい。彼さえきてくれれば……。

時がたった。だが、彼はこなかった。

わたしは小窓で、いつまでも立ちつくしていた。

気がつくと、わたしは窓わくにもたれて、眠っていた。目の下には、タールのような闇があるだけだった。夢のなかで泣いていたらしい。頬が濡れている。掌で顔を拭う。

その時だった。暗黒のなかに、小さな光の点が現われたのは……。

それは、いつものような速さで近づいてきた。猫の眼がビワの実に、ビワの実が自転車のライトになって……。

わたしは目をこすった。まだ夢を見ているのかも知れない。空襲警報の発令中は、どんなかすかな明りも許されないのに。しかし、まぎれもなくそれはライトだった。

彼のライト。

わたしは転がるように、ポーチへ走った。重く厚いドアをあけた。叫んだ。

「きてくださったのね。やっぱりきてくださったのね、わたし、心配で……」

だが、わたしの声は吹きこんできた夜風のなかに、むなしく流れ去るばかりだった。そこには誰もいなかった。ちょうどその時、階段の下の大時計が、三時を打った。


翌日のお昼ごろ、わたしはホールのすりきれたソファに、ぐったりともたれていた。一夜のうちに赤錆びた鉄屑の尨大な集積になってしまった、工場の廃墟を目の前につきつけられながら、戸外の炎暑と日ざしのなかで、彼を案じていると目がくらんできたから。

その時、ギイッとドアがあいた。

はじかれたように、わたしはふりむいた。

はいってきたのは義弟だった。疲労の色が目の下の隈《くま》に濃かった。

「あなただったの」

「義姉さん！　無事だったんですね……」

わたしは心に慚じた。この義弟も工場で爆撃を受けていたのを、忘れていた。

「あなたこそよかったわ。乾杯しましょう」

配給のビールが冷やしてあった。彼と乾杯するためのものだった。良心の咎めをいささかでも償おうと、提供する決心をし、わたしは台所へいきかける。

「そんなことより……この人を知ってますね」

そして、無造作に彼の名を言った。

「どうかしたの?!」と、わたし。

「昨日の空襲で全身に火傷を……」

「えッ?……」

「……どうにも手の下《くだ》しようがなくて……亡くなられました。ぼくは医務室で最期を看取りました。その時あの人が義姉さんに……知らせてくれと……」

最後まで義弟の言葉を、わたしは聞いていたつもりだった。それなのに、ふっと気がつくと、ソファに寝かされていた。

「ごめんなさい」

脈を取っていた義弟の手を、ふりもぎるように離して、言いわけした。

「空襲、生まれて初めてでしょ。昨夕一睡もできなかったものだから、疲れていたのね」

義弟が優しくうなずいたので、わたしは衝撃を隠しおおせたのだな、と思った。

「……あの人を知っていたの?」

「ええ、初めて会ったのは、ぼくがあの工場へ動員されて三日目です。ぼくと変に気が合って……いい人でした」

「そうだったの……知らせた?　あの人の——奥さんに……」

「彼のフィアンセは、一月の空襲で亡くなったそうです。西の国の人ですって」

「あの人、わたしにはなんにも話さなかったわ……そうだったの……」

彼と知りあったのは、三月だった。

「彼は自分の愛しているひとのことなど、軽率に他人にしゃべるタイプじゃありません。昨夜ただ頼まれたんです。義姉さんに、行けないと伝えるように」

義弟はわたしと彼の関係を、一言も訊ねなかった。デリケートな心遣いが嬉しかった。

「ありがとう。知らせてくださって……」

しばらくふたりとも無言でいた。

「ひとりにして」やがてわたしが言った。ひとりで泣きたかった。

「大丈夫ですか?」

わたしは微笑してみせた。

「じゃ、できるだけ早くきた。医務室は負傷者で足の踏み場もないんですよ」

そして、ポーチのドアへ歩いていった。

その瞬間、わたしの網膜を彼のライトが過《よ》ぎった。わたしは義弟を呼びとめた。

「彼の亡くなった時刻だけど、午前三時だったんじゃなくて?」

義弟はギョッとしたように立ち停った。その表情から、わたしの想像が正確だったのがわかった。わたしは叫んだ。

「言って。三時だと言って!」

「なぜ三時でなければいけないんですか」

「あの人がきた時、あの大時計が三つ、打ったのよ! 自分で知らせにいらしたのよ」

「あの人がきたですって?」

義弟の眼が、心配そうにわたしに注がれた。錯乱したのではないか、とでも思っているように。

「嘘じゃないわ! 嘘じゃないわ」

義弟は、わたしが本気なのを見てとったらしい。わたしからついと目をそらすと、かすかな躊躇いののち、低い声でいった。

「いいえ、けさでした。けさの……六時、六時ちょっと前だったかな……」

戦いは、それから間もなく終った。荒廃の日日が、果てもなく続いた。わたしには心のささえが必要だった。

義弟だけが変らぬ優しさで、わたしの心の深傷を癒してくれようとした。その労りによって、わたしはすべてを忘れて再生する気になった。

義弟はわたしにとって二度目の夫となった。

反対する者は誰もなかった。父はもちろん、心から祝福してくれた。

新しい夫となった義弟は、開業医として着実に成功していった。わたしは一応、しあわせになった。

ただ、努力が要った。爆死した彼との恋の記憶を、忘れ去ろうとするための努力が。

自転車から目をそむけて、わたしは焼跡の道を歩いたものだ。

そして、時が過ぎていった。近代建築が櫛比《しっぴ》し、高速道路がはりめぐらされた市街に、自動車がわがもの顔で走りまわるようになった。自転車は街路を追われた。闇を浮遊するライトも見られなくなった。わたしの心に、執念深く彼をよみがえらせ続けた、残り火は消えたのだった。

わたしは、やっと心安らかに、夫の優しさに身をゆだねることができるようになった。

長身でスマートな夫の躰が、ビール樽のように肥え、学生時代のおもかげはなくなったが、経営する病院は、躰とおなじ調子で膨脹しつづけた。夫は丘の上の洋館を建て直し、明るく瀟洒な病院にした。

その頃までには眼下のキャベツ畑は、一面の建売り住宅街に変わっていた。

ある日の夕暮、病院正面玄関前にある広場で、ピカピカ光る新しい自転車を、漕ぎまわっている夫を、わたしは見た。

夫はわたしのほうへ上機嫌に目をむけた。

「最新型ツアー車だ。下のスーパーで見かけて、フラッと買っちゃったんだ」

忘れかけた悪夢が突然よみがえった。青白いライト。吹きこんで頰を撫でた夜風。陰鬱にひびく大時計の音。

わたしは我を忘れて叫んだ。

「やめて！　自転車だけはやめて！」

「ばかだなあ、車のほうがよっぽど危険だよ。自転車は最近、復権したんだ。躰はスマートになる。足腰も強くなる……」

「ちがうの！　そんなことじゃないの！」

わたしは話した。空襲の夜のできごとを、なにもかも。

黙って聞いていた夫は、やがて、自転車のライトに目をやると、考え深げに言った。

「そう……ライトを点けて、知らせにきたのか……」それから静かにつけ加えた。「だからきみはあの晩、彼の死亡時刻を正確に知っていたんだなあ」

瞬間、わたしは夫をまじまじとみつめた。


「あなた……あの時はおっしゃったわ。朝の六時だ、たしかに六時ちょっと前だって」

「きみに謝まらなければ、いけないと思い続けてきたんだが」夫は語りだした。

「あの頃ぼくは、青年の潔癖さから一途に思いこんでいたんだ。彼がきみを弄んでいるのだってね。だから、勤務をおえた彼が自転車に乗ってでていくと、きっと跡をつけた。きみたちが抱きあうと、物陰で音をたてて邪魔したんだ」

「まあ……あれはあなた？　どうして父や母に知らさなかったの……」

「そんなことをしてごらん。きみまで傷つくじゃないか。きみを心底、愛しているのはぼくひとりだと、盲信していたのさ。だから、彼が死んだのをきみに知らせたあの晩、彼が別れを告げにきたと、きみの口から聞いたとき、打ちのめされたようなショックを受けたわけだ。きみの錯覚だと理性では否定してみても、ぼくはスエーデンボルグなんかに興味をもっていたんでね。否定しきれるもんじゃなかった。彼ときみの愛が、霊的に交流できるほど強かったのを知って、汚い嫉妬がムラムラと頭をもたげてきちまって——つい全然ちがう時刻を、きみに口走ったんだ。しかしその交流の手段が、ライトだったとは……ぼくを許してくれるね」

わたしは胸がいっぱいで、口がきけなかった。死んでまでわたしに忠実だった彼、そして、いわゆる常識人からみれば、そんなお伽噺めいた幻想にまで、嫉妬してくれた夫。

返事のかわりに、わたしはコクンとうなずいた。眼に涙が溢れてきた。

「ありがとう。じゃ、こいつを返してくる」

そして夫は、わたしのとめる間もなく、ペダルを踏んで丘をおりていった。

わたしはそのまま夫を見送っていた。

いつかわたしは、三十年前に返っていた。わたしは彼を待っていた。目の下にキャベツ畠がひろがり、彼方には工場がみえた。

立ちこめた夕闇から、青白いライトが近寄ってきた。

彼が近づいてくる！　ライトをつけて。

突然、わたしは我に返った。けたたましい救急車の音が、わたしを現実に引きもどしたのだ。

わたしの背後には、モダーンな病院の窓どが、不夜城のように耀《かがや》いていた。眼の下には畠などなく、びっしりつまった屋根の海だった。

だがしかし、近づいてくるライトだけは、ちがった。それは消えなかった。音もなくわたしを目ざして漂《ただよ》ってくるのだった。

その時、病院の正面玄関から、事務長が走りでてきた。

「警察から電話です。院長先生が……」

わたしは玄関へ急いだ。きしる急ブレーキの音にふり向くと、救急車が横づけされていた。担架で運びだされてきたのは夫だった。

わたしは茫然とたちすくんだ。

夫は動かなかった。死んでいた。担架がわたしの目の前へきたとき、夫の目がパチッとあいた。わたしを見た。唇がひらいた。

「ぼくだって知らせにきたろう。ライトで」

「あなた！」

担架の付添は、痛ましげに目を伏せて立ちどまってくれた。だが、彼らはだれも夫の唇の動きに気づかなかったようだ。ひとりがそっと夫の瞼を、指で閉じさせていたから。

夫の唇は、夫の言いたかった言葉を低くもらし続けた。

「……彼と同じくらい……いや、彼以上にきみを愛しているからね……」

夫の唇は閉じた。夫の死に顔には、勝ち誇った微笑がみなぎっている……。

わたしは夕暮れのたたずまいが嫌い。大嫌い。たそがれの街は、死んでいくひとのようだから……。

誕生

山口年子

山口年子は一九三四年に生まれ、大阪相愛女子短期大学国文科卒業後、会社勤務を経て、六八年に中央公論社の第十一回女流文学新人賞を受賞した。当時は豊中市に在住。受賞作「集塵」は製版会社を舞台にした作品で、全選考委員（伊藤整、大岡昇平、曾野綾子）にそのリアリズムを高く評価された。翌六九年には長篇『雨と霧のエロティカ』を書き下ろしており、純文学界注目の新人であったことがうかがえる。

　その後は少女小説も手がけているが、SFや怪奇幻想小説の創作に向かったことには、どのような転機があったのか。七四年には『SFマガジン』の「SF三大コンテスト」小説部門の最終候補に「我が名は〝フビト〟」が残り、入選・掲載は逸したが石川喬司や小松左京、星新一に評価された。同年、『幻想と怪奇』五月号に「かぐや變生」が、続いて第八号にこの「誕生」が掲載された。裕福な家庭で起きた三人姉妹の次女の不可解な異変を繊細な筆致で描いた、緊迫感あふれる一作である。なお、「かぐや變生」はアンソロジー『妖異百物語　第二夜』（出版芸術社）に再録されている。ぜひ併せて御一読いただきたい。

（牧原）

高く、短く、鋭い叫声が、二度、続けて起った。

――響子だ！

叫ぶなり、彬行《あきゆき》は立ち上って、靴下のまま、縁側から庭の芝生へ走り下りていた。しかし、ふたたび叫び声は聴えず、初夏の陽を一面に受けて輝く前庭の池も、宏壮な庭園に群生する樹木も、素知らぬ表情で彬行の狼狽した視線を受け止めている。叫声は錯覚であったかと疑われるほどの静謐が庭内を占めていた。彼は数歩足を進めながら、執拗に視線を庭の隅々に送った。が、娘の響子はおろか、休日は庭に放されているはずの北斗の姿さえ、視野には見えない。彬行は眩しげに眼を細めながらも、手で陽光を遮ることも忘れて、まだ不安を抱きつつ耳を澄ませていた。

――あなた、何かございましたの？

縁の方から、妻の莉莎子《りさこ》の声が聴えた。

――いや、何でもない。

彬行は否定して、妻の方に振り返ろうとした。

――何でもないのでしたら、靴下のまま庭に下りることはありませんでしょ？　一体、何がございましたの。もしかすると、響子がまた……

そのとき、莉莎子の声を断つように、高く細い声が池の向こうから聴えた。ただそれは叫声ではなく、自分を呼ぶ声であるのに莉莎子は気づいた。

――おかあさま！　おかあさま！　響子ねえさまが大変！　おかあさま！

――綵子《あや》の声だな。

といいつつ、彬行は池を迂廻する小石を敷き詰めた道の方へ駆け出して行った。

池の裏にはさほど大きくはないが、築山があり、その背後に自然のままの林が残されていた。三女綵子の声は林の中から響いてくる。中年を過ぎてやや肥満した体軀をもてあましつつ、彬行は懸命に走っていた。

林に入ると、靴下だけの蹠《あしうら》を枯枝や石の角が突き上げる。だが、痛みにも気づかないのか、彬行は一心に薄暗い林間に娘の姿を捉えるべく進んで行った。

――おとうさま！　こちらよ。響子ねえさまが大変なの。早く、いらっして！

林はそのほとんどを松に領されているが、陽を遮るほどの密生でもなく、空間は薄明の光が透けていた。綵子は肩を越す長さの髪を振り乱して、しきりに父を呼んでいた。十二歳の華奢な軀を敏捷に運びつつ、そうとうじれたように彬行の方へ走り戻ってきた。

――響子は？

問いかける父の言葉に対して、綵子はうっすらと汗の見える愛らしい顔を背後の樹間へ向けて、無言のまま答えようとした。


響子は純白のワンピースに包んだ軀を、欅《けやき》の樹下にひっそりと横たえていた。近づいた彬行は膝をつき、娘の脈拍を診たり、額に手を置いて発熱がないかをまず確かめようとつとめた。

――おとうさま。響子ねえさまはまたあの、ご病気よ。

いつの間に膝まずいたのか、綵子は父と同じような姿勢で心配そうに覗き込んでいた。

――私がおねえさまの声に愕いて走ってきたら、もう倒れていらっして、どうにもならなかったの。

　長い髪をしきりに耳のところにかき上げながら、綵子は憂いを表情に見せていた。姉と違って半袖の赤いブラウスに紺のパンタロンという子供っぽい服装が、いっそう愛らしく見せているその顔には、さらに新たな汗が滲み出ている。

　彬行は荒くなった呼吸を整えながら、そっと響子を抱き上げた。彼はしきりに話しかける綵子にかまわず、無言のまま歩き始めた。

――ねえ、おとうさま、変なのよ。

　父のクリーム色のセーターに手をかけながら、綵子もまた従って歩き始めていた。

――響子ねえさまったら、倒れた木の空洞《うつろ》を覗いてらっしたのよ。そしてね。いくら綵子が話しかけても、じっと見つめてらっしゃるの。とっても怖い眼になって、空洞《うつろ》の中をじっと見てらっしたのよ。

　彬行は聴きながら、強風によって倒された杉の古木を思い泛べた。それは欅の横手に、根元近くから折れて横たわっていた。しかし、それ以上綵子の話を問い糺す気もなく、彼はただ少しも早く響子をベッドの上に憩わせたいと思った。

――やはり響子でしたのね！

　出迎えた莉莎子は、庭履きで芝生に下りていた。彼女は四十を過ぎてから目立ってきた額の皺をいっそう深めながら、まつわりつくように夫の腕に縋っていった。

　彬行は全身に汗を感じながらも、顔一面にしとど汗をかいている響子に強い不安を覚えていた。彼の腕に重い娘の量感を考えれば自分の発汗は当然のことであるが、蒼ざめた響子の膚に粒となって滲んでいる冷たい汗の正体が何であるかを彼は解しかねて、容易に言葉を出せなかった。

　十六歳になろうとしている響子の軀は意外に重かった。自分に似て細面のうえ着痩せして見えたが、現在《いま》こうして腕の中にあると、あらためて成熟しつつある女の肉体を感じさせたのである。彼は寄ってきた女中達に一瞥も与えず、居間から廊下に出て、二階の階段へと足を進めて行った。

　ロココ風の浮彫り《レリーフ》がある広い階段は、かなり急な勾配であった。途中の壁面に嵌め込まれた焼絵硝子《ステンドグラス》の鈍い光彩によって、異様な色に染められた響子の顔を見遣りながら、彬行はつのりくる不安を抑えるようにさらに強く娘を抱き続けていた。


　莉莎子が響子の軀の汗を拭い終えたとき、初めて響子の脣が動いた。

――ありがとう、おかあさま。でも、あとは私がします。

――そんなことをいっても、着替えはできないでしょう？　とても疲れているようだから。

――いいえ、私がします。おかあさまはあちらへいってらっして。

　胸もとから奥へ入ろうとするタオルを押しとどめて、響子ははだけられたワンピースの前を急いで整えようとしている。母の莉莎子は娘の表情に顕らかな厭悪を見て、思わず息を呑んだ。娘は母の愕きを無視し、ひたすら独りになることを望んでいるようであった。

――わかりませんわ。私にはあの娘《こ》の気持が全然わかりませんの。

階段の踊り場で手摺に身を靠《もた》せて待っていた彬行に、莉莎子は溜息のような囁きを繰返した。

――それはどういうことなのかね？

彬行は高い背を曲げるようにして、小柄な妻の顔を覗き込んだ。

――響子はまるで子供のように私を求めるかと思えば、不意に他人のような冷たさを見せて私を追い払うのですもの。いまだって着替えをさせようとすると、もうよそよそしくなって自分でするといい出すのですよ。

――当然のことだろう。あの時期は得てして矛盾に充ちた行動をするものだ。

――いいえ、あの娘《こ》だけは違うのです。瑛子《えいこ》や綵子にはないものが、響子にだけはあるのです。

きっとあの病気のせいですわ。また再発したらと思うと、私、私、……。

――やめなさい。ここでは聴えるじゃないか。あとでゆっくり話をすることにして、いまはそっと見守ってやることだ。

泣き声に変った妻をなだめようと、彬行は背に指を触れた。が、コトリという音を聴きつけて、彼は綵子の部屋を振り返った。響子の部屋の横には綵子の部屋があり、廊下をへだてた反対側に来客用の寝室と瑛子の部屋がある。重厚な造りではあるものの、やはり二階では娘達に障《さ》わる会話ははばかられた。年齢の低い綵子には聴かせられない内容を含むことが考えられたからであった。

――綵子、階下《した》にいっていなさい。早くいきなさい。

扉《ドア》の背後にいたらしく、綵子はすぐに出てきた。不満が表情に出ていたが、階段を駆け降りていった。

――おかあさま、もうよろしくってよ。お入りになって。

低く落着いた声が部屋の内部《なか》から聴えた。彬行はちょっと妻に目配せを送ってから、独りで入室した。

――どうかね。気分は？

夥《おびただ》しい数の鳥が浮彫りされている古風な寝台《ベッド》に、響子は寝衣《パジャマ》に着替え、横になっていた。やや赤味が甦っている頬を見せながら、右手が唇の辺りに触れている。彬行は不安を押殺しながら、懸命に微笑をたたえて椅子を寝台《ベッド》近くに引寄せた。

――ちょっと疲れたけれど、もういいの。

響子は短く切った前髪を少し振って、父に笑いかけた。彬行は一瞬、娘の笑顔から視線をそらした。ようやく落着きを取り戻した響子をまた刺戟するのは気が重かったからである。しかし、放置するわけにもいかなかった。彼は上布団を軽く押えてから、できるだけ何気ない調子で語りかけた。

――繁みの中に蛇でもいたのかね？

――いいえ。

彬行に酷似した黒い大きな瞳をやや見開くようにして、響子は答えた。

――じゃ、どうしてみんなを愕かすような大声を出したのかね？

問いに対して答はなかった。響子は父の顔に眼を凝らしたまま、ただ布団の縁に顎を埋めて黙っていた。

――いってごらん！　一体、何に愕いたのか……いいなさい。

思わず強くなった語気に気づきながらも、彬行は整った白皙の顔にたたえた微笑だけは保持しようとつとめていた。

——何か不意に出てきたのだろう？　さもないとあのように愕くわけはないのだから。

なおも響子は無言だったが、不安な翳りを帯びたその眼に、彬行は心の動揺を看取《みと》っていた。

——さあ、いいなさい。何に愕いたのかね。

重ねていうと、響子の唇から呟くような声が洩れた。

——ヤ、ミ……。

——ヤミ？　というと、あの夜の闇なのか？

思わず彬行の声が高くなった。

——はい。

——それは理屈にあわないのじゃないか。いまは明るい陽が輝いているというのに。

——いいえ、闇は夜に限っているわけじゃありません、真昼にだって闇は姿を現わすのです。

——奇妙な話だね。闇は夜のものだと思えるが……。

——おとうさまにはおわかりになりませんわ。だって闇は私にだけ近づいてくるのですから。

ふと彬行は響子の額がうっすらと汗を帯びているのを見出した。気がつくと、その眼にも顕らかな怯えが見えている。だが、彬行は追求を断念する意志はなく、今日こそはその真因を糺そうと心を固めていた。

——ほう！　闇が近づいてくるといういい方は、まるで生きているもののように聴えるが。

——ええ。

と、そのとき響子は明確に答えた。

——じゃあ、どんな形をしているのかね。

——わかりません。

困惑した表情で響子はいったが、すぐに焦立つように強い口調で語を継いだ。

——でも私にはわかるんです。闇って、あらゆる処に潜んでいて、たえず無辺の淵から私達の世界を窺っているの。そしていまも私に襲いかかろうとしていることがわかっているんです。

——襲いかかる？

愕いて、彬行は絶句した。幼少から怯えやすい性質の娘であると単純に割切ろうとしていたことに、そのとき彼は危惧を感じた。

——ええ、こんなことは今日が初めてだけど、不意に闇が襲いかかってきたのです。

響子は囁くような口調になって、両手が上布団の縁をしっかりと握っていた。自分に向けられた眼には強い恐怖と救いを求める訴えがこめられているように思えて、彬行は思わず娘の髪に手を触れていた。

——起ったことをすべて話してごらん。怖がらずに、何もかも話しなさい。一体、闇は何処から襲いかかってきたのかね？

——池の向こうにある林の中だけど、最初は別に何でもなかったの。

父の愛撫に安堵したのか。響子の口調は稚いときのような甘えに充ちたものに変った。

——でも風で倒れた樹のところにきたら、私は闇に視られていることに気づいたの。そうしたら、まるで操られているように、私の心とは反対に軀は地面に膝まずいていたの。

――というと、心は遁げることを考えていたのだね？

――ええ、とても怖かったから。

髪を撫でていた彬行の手が止った。

――それから？

――木の空洞《うつろ》を覗いたわ。闇が命令したように。

――闇が命令したというと、声が聴えるのか？。

声は響子の声調にあわせて低くなっていたが、彬行の眼は鋭さを増していた。

――ううん。声じゃないんだけど、何ていったらいいのかしら……私には声が感じられるの。耳で聴くのではなく、脳髄で聴くっていうのかしら、私には闇のいうことがわかるのよ。

――闇は、何というのかね？

いっそう声を低めて、彬行は訊ねた。

――こいっていうの。

――何処へ？

――わからない。でも、くるのだともいったわ。とても強い調子で。

――そのほかには？

――それだけ。ほかには何も。

響子は深く息をついた。彬行は娘の髪から放した手で、自分の額に触れた。気がつくと、彼もまた響子のように冷たい汗をかいていた。

――こういうことを感じ始めたのはいつ頃なのか、憶えているだろうね。

――ええ、闇が初めて私を呼んだのは、おばあさまと別荘から帰ってくるときよ。夜だったわ。おばあさまはリア・シートの右側に坐っていらっして、私は左側の窓際にいたわ。

雨が激しく降った日で、とても遅かったから、上ってくる車もなくて、私たちの車のライトだけが急なカーヴを切るたびに暗い山膚を無遠慮に照らしていたわ。

そのときよ、窓の方から聴えたの。こい。くるのだって。

私はぼんやりと窓を視たわ。いまでも不思議だけど、そこにある窓は窓じゃなかったの。闇だったわ。闇がきていたの。

――闇が……ね。

深くうなずきながら、彬行は一心に響子の眼を見つめた。わずかな心の動きをも見逃すまいという意志も働いていたが、それより響子の真摯な訴えに心を奪われていたのである。

――そのあと、闇は何をするのだ？

――何をする、っていうのじゃないわ。ただ私の方へ闇はくるのよ。うまくはいえないけれど、私がいくら遁げたところで、闇は確実にくるのよ。

不意に響子は目蓋を閉じ、深い疲労を表情に出した。彬行は白く長い指で、娘の額の汗を撫でるように拭った。そして彼は呟くようにいった。

――睡りなさい。そして忘れることだ。

重い樫の扉《ドア》を開けると、怯えたような顔付で莉莎子が立っていた。彬行は立ち聴きの不作法をとがめる気も起さず、もう一度扉《ドア》の隙間から響子の様子を確認するとそっと締め、把手《ノブ》を静かに廻した。

――あなた……。

小声で問いかける妻を眼で制止して、彬行は歩き始めた。階段の手前まで無言のまま歩き、手摺の支柱に刻まれた怒れる獅子の頭《かしら》に手をやりながら、遅れてきた妻を待った。そして横にきた莉莎子の背に片腕を廻すと、彬行は妻の歩調にあわせてゆっくりと降段して行った。

階下へ降りても、彬行は意識的に居間を避け、広く長い廊下を少し歩いて広間に入った。無論、莉莎子も行動を共にしていた。

広間は二十畳ほどのスペースがあり、彬行の亡父が好んだルイ王朝風の調度で統一されている。彬行は薄暗い室内でうずくまるように散在している椅子にさっと視線を走らせただけで、広間を横切って行った。

テラスに面したガラス戸にかかる綾織りのカーテンは、彬行の手にも重く感じられる。が、彼はわざと手荒く、カーテンをさらうよう一気に引いた。

たちまち初夏の陽光が彼の額へ挑みかかるように射し込んできた。ガラス戸はすでに女中が開けていて、テラスの前の花壇で蜜を集めるのに忙しい蜂の翅音が聴えてくる。

――いやだわ。網戸を開け放って……虫が入ると困るのに。

――いいじゃないか。このままで。

乳色に黒斑が混じった大理石が一面に貼られたテラスにある藤椅子の一つに彬行は手をかけながら、胸いっぱいに空気を吸い込んだ。そしてすぐ腰をかけずに、じっと池の向こうの林に視線を送ったまま立ち尽していた。

――あなた、お坐りになりましたら?

いわれて、彬行は腰を下した。

――何か召上ります?

――いや。

視線は相変らず林間に向けたまま、彬行は無言でいた。響子について妻に話すつもりであったが、あらためて林を見るとなおいっそう娘の会話の内容が気にかかった。

数千坪におよぶ上淵家の庭は自然を巧みに生かし、近隣の屋根すらうかがい得ない広さを持っている。しかも人工の手の跡が見えるテラスの芝生を敷きつめた前庭や、日本庭園の典型的な一様式を組入れた池のほかは、ほとんど原生のままの林が残っていた。

上淵家の宏壮な邸宅自体が和洋建築の特色を渾淆させているように、庭園もまた自然と人工を融和させているが、彬行は林間に潜む何者かを見出そうとするように鋭い視線を投げ続けた。

――あなた、響子はやはり……。

感情を抑えきれないまま、莉莎子は声を顫わせていった。彬行は一度口を開きかかったが一瞬ためらい、秀でた額に深い立皺を刻んでからゆっくりと言葉を吐いた。

――聴いていたのだろう?

――ええ。聴きとりにくいところもありましたけど。

――だからといって、即断を加えるのはよくないね。確かに異様な感覚とはいえるが。

――というより、異常な精神状態といえるのじゃありません?

――莉莎子!!

思わず語気を強めて、彬行は妻の顔に視線を当てた。だが、次の言葉は口の中にこもり、発せられなかった。というのは、妻の双眸に泪を視たからであった。彬行は慌てて池の方へ視線を流したまま、妻の心をなだめるように黙っていた。

風が薔薇の香を体内に宿して、テラスに訪れてきた。彬行は意識的に視線を遊ばせてから、ふと思いついたように口を開いた。

——瑛子の姿が見えないようだが……。

——京都へ行っていますのよ。比呂史さんと。あなたからお宥《ゆる》しが出ていましたでしょ。いらしたとき、お休みでしたから、よろしくとのことでしたわ。

——じゃ、夕食は京都だな。

——いいえ、鵜川さまのご一家はきちんとなさってらっしゃるから、夕方には送って下さいますわ。

——車でかね？

——ええ、わざわざ瑛子のためにスポーツカーを買われたとかで、うれしそうにしてらっしゃいましたわ。

——五月の京都で古寺巡りということか。

——それが、博物館ですのよ。古代ギリシャの珍しい出品があるというお話で。

——それはいいね。

やや愁眉を開いた表情になって、彬行はふたたび妻の顔へ視線を戻した。莉莎子はゆるやかなミディのワンピースの裾に軽く手をやって、微笑をたたえながら夫の視線を受入れた。

——一応、落着いたようだし、私としては響子をこのままにして置こうと考えている。

——どうしてですの？　再発ということも考えられますでしょ？

——それは考えられぬことではないが、瑛子のことも考慮に入れておかねばならないだろう。

彬行は莉莎子の心をはかりつつ、明確な口調でいい切った。

——このまま順調に結納へと進ませたいのだ。来月早々、鵜川さんがヨーロッパ視察から帰られたとき、逢うつもりだからね。いまは響子のことばかり考えてもいられないだろう。

莉莎子は無言だったが、その表情に先ほどの興奮は見られなかった。ただ思い詰めたような眼の色だけは変りがない。それに気づいた彬行はやや口調を柔らげていた。

——響子は鋭敏な娘だからね。あのような状態になったのも、私に責任があるような気がするのだ。

黙ったまま、莉莎子は真剣な表情で夫に見入っていた。

——私は子供たちを厳しく躾すぎたように思う。それが些細なことにも病的に反応する素地をつくったのではないかね。

——いえ、あの娘は違いますわ。ほかの娘とまったく違っていると私は思いますの。病的というより、狂気じみているようで不安ですわ。

——そのような断定は下すものではないね。響子の言動は必ずしも狂気だとはいいきれぬものがある。お前自身も考えてごらん。まだ稚かった頃、夜を怕れなかったかをね。私など、夜に独りで離れには行けなかったものだ。

笑いを洩らそうとした彬行は、鋭い莉莎子の視線に射竦められて自分から視線を外した。

——そうでしょうか？　響子は私たちが感じた種類の怕れを抱いているのでしょうか？　あなたはそういいきれます？

彬行は返答に窮した。彼自身、響子の闇に対する怕れが常軌を逸していることを悟っていた。が、それでもなお、彼は幼時の口調で甘えた響子の言葉や、あのつきつめた表情が訴えかけてくる真摯な感情を考えあわせて、狂気だとはいいきれぬものを深く感じていたのである。彬行は両手を胸のあたりで固く組みあわせ、妻にというよりは自分にいいきかせるように強くいった。

――あれは狂気がなせる言動ではないと思うね。響子はこんなことで狂うような娘ではない。

――ではあなたは、闇がくるということを信じてらっしゃいますの？　こんな莫迦げた話があるとしたら、説明をしていただきたいものですわ。

――とにかく……。

といってから、彬行は組みあわせていた両手を放した。

――いまはいけない。いけないのだ。

見つめる莉莎子の視線から逃げるように、彬行は立上っていた。


正門から玉砂利の道をゆるやかに進んだベンツは、軽く石にめりこむ音を残して静止した。彬行は玄関に出迎えた女中の萱《かや》にうなずいて見せてから、右手に続く回廊の上部にある響子の部屋に視線を上げた。そしてレースのカーテンがかかった明るい窓を確認してから、彼は玄関へ入ろうとした。ミラノから取寄せた大理石で亡父が増築した玄関は、外と内とに分れている。外玄関のややクリーム色がかった面に虫喰いのような茶色の小孔が随所にある石壁に視線を這わせながら、彬行は天井灯の白いフードに蝟集する虫に眼を止めた。

――もう夏だな。

と呟いてから、彬行はグレイの地にこまかい格子が入った合スーツのポケットに入れていた右手をぬき、内玄関へと入って行った。

そのとき、彬行の耳は、家の奥の方から陰々と響く犬の遠吠えを捉えた。

――どうした？　あの声は北斗だが。

――はい。暗くなり始めた頃から啼き出して止めないのでございます。奥さまがご心配になったので、勝手口の方に入れているのですが、八時すぎてからさらにひどく啼きまして困っております。

――妙だな、それは。

靴を脱ぎ捨て、皮製のスリッパにはきかえると、彬行は足を早めて廊下に向った。廊下には黒地に真紅の縁取りがある波斯絨毯《ペルシャカーペット》が敷かれ、古風な装飾灯からは柔らかな光が射している。通りすぎたいくつもの部屋には目もくれずに、彬行は厨房へと近づいた。

その間にも声は二度ばかり聴えていたが、厨房の扉《ドア》を開けたとたんに彬行めがけて凄まじい吠え声が襲いかかってきた。

そこにはリノリュームの床に上っている北斗をかこんで、莉莎子、瑛子、綵子に加えて女中のぬいまでが、彬行の入室にも気づかずに大声で話しあっていた。

――どうした？

声をかけたら、女たちはいっせいに振向き、口々に帰宅の挨拶をし始めた。彬行は真直に北斗のもとへ歩み寄った。と、北斗は全身の白毛をそそり立てるように怒気をみなぎらせて、主人にはかまわず厨房の天井を仰いで唸り声を発した。

――北斗！

と呼んでも、いつものように駆け寄ってはこない。彬行は仕方なく愛犬を追って部屋の隅へ行った。さすがに近づくと、北斗は唸り続けながら、尾を振った。しかし、彬行が体側に軽打をくれても、いつものような歓びを示さなかった。純粋種の紀州犬である北斗は、鋭角の耳を立て、白い尾もきりりと巻き、涼しい眼に怒りを見せながら、敵の存在をはかりかねるように焦立っていた。

膝を折った彬行は首輪に手をかけて、いきり立つ北斗を引寄せた。荒い呼吸や舌の動きに常ならぬ興奮が見えているものの、眼に病的な分泌物の付着もなく、鼻頭も適度の湿りをおびていて、病気の徴候はないようであった。

——犬舎に入れなさい。別に体調は悪くないようだ。

——でもご近所にご迷惑じゃないかしら。遠吠えは意外に遠くまで聴えるものでしょう。

——地下室にならよろしいのではございません?

女中のぬいが銀髪を混じえた頭を傾けて、綵子の肩についた犬の毛をとりながら、二人の会話に入ってきた。

——まあ、何にしても、家の中に入れて置くことはないだろう。

最後の軽打を北斗の首筋に与えてから、彬行は立上り、居間に帰ることにした。

——すぐお風呂になさいますか?

——いや、茶をくれ。

萱が差出した手拭きでていねいに拭ってから、彬行は綵子を左腕に縋らせつつ、厨房を出た。

——北斗だけが吠えるのよ、おとうさま。とっても変でしょう?

——いや、北斗は敏《さと》い犬だから、何かに愕いたのかも知れない。

——でもこんなことは初めてだから、みんな一時は大変だったのよ。天災や身近に不幸が起る前兆みたいだって、おかあさまやぬいがお話するんだもの、私、瑛子ねえさまにかじりついちゃった!

——大丈夫だよ。

笑いながら、彬行は綵子を伴って居間へ入った。和室でくつろぐとき、彼はいつも和服に着替えるのだが、すぐ入浴するつもりなのでそのまま座布団の上で膝を崩した。

——響子は?

遅れて入室した莉莎子に問いかけると、それより先に綵子が言葉を返した。

——響子ねえさまはお部屋よ。少し頭痛がするっておっしゃって、お風呂もやめておしまいになったの。私が下へ降りてきたとき覗いたら、寝台《ベッド》に寝て本を読んでらっしゃったわ。

やがて運ばれてきた湯呑に手を伸ばした彬行は、焙じ茶の香気にゆっくりと浸りながら安らぎを感じていた。

莉莎子ともども響子には細心の注意をはらっていたが、幸いに異常な状態はあの一日で終り、もう十日も平穏に過ぎている。響子のことを訊くまでもなく、異常があれば帰宅直後に知らせがあるはずで、彬行自身安心はしていた。

彼は庭園灯が輝く庭先で戯れている北斗の仔犬を、縁の網戸越しに眺めながら、綵子がつけたテレビの騒々しい音声をわずらわしく聴いていた。

不意にその瞬間、燈火が消えた。テレビの明るい色彩が消え、やがて暗くなった。

——いや、停電よ。

ちょうど居間に入ろうとしていた瑛子が声を出したのとほとんど同時に、鋭く高い悲鳴が遠くで聴えた。

——しまった！　響子だ。

暗闇の中で彬行は立上り、大声を出した。

——早く燈火《あかり》をつけろ。何でもいい。早く！

莉莎子が二人の女中の名を呼ぶのを横に聴きながら、彬行は手探りで廊下に出た。

二度目の悲鳴はそのときに起った。まだ暗闇に眼はなれていないものの、彬行は大声で響子の名を呼びながら右手を壁面に滑らせつつ走り出した。

——ぎゃっ!!　という叫びが、また静寂を切裂いた。彬行は階段の縁に足をかけて一度転倒したが、激しい勢いで昇段して行った。

——響子！　大丈夫か！

階上の踊り場について大声を上げた瞬間、邸内の燈火がついた。無論、響子の部屋も明るくなった。

しかし、返答はなく、彬行は不安で心が冷たくなるのを覚えながら、響子の扉《ドア》の把手《ノブ》に飛びついていた。

扉《ドア》を開けた彬行の視界の中央に寝台《ベッド》が見えた。だが、響子の姿はなかった。レモン・イエローの大きな枕は手前の床に落ち、純白のシーツは激しくもがいたのか、よじれ、裂けた上に寝台《ベッド》の向側へ落ちかかっている。そこにはしかし、鮮紅色の花片を散らしたように血の痕がいくつも見えた。一瞬、彬行は瞠目したものの、凍りつくような怕れを覚えて、声高く叫んだ。

——響子！

返事はなかったが、彬行は寝台《ベッド》に直進した。その向こうに脚が見えた。壁と寝台《ベッド》の間は少し開けられていたが、そこに響子は落ちているようである。彬行は名を呼びつづけながら、寝台《ベッド》に膝をのせていた。

響子は壁と寝台《ベッド》との間に落ちた深いグリーンの羽布団の上に、両脚でシーツを巻込むようにして倒れていた。眼を閉じていたが、唇から多量の唾液を流し、壁をかきむしるような形で突出た細い指先から血が出ている。

もはや驚愕のため声を失った彬行は、急いで娘の軀を抱え起そうとした。だが、激しくもがいたのか、寝衣も下着も引裂いている。彬行は響子の半裸の姿に息をのんだ。肌目がこまかい白い膚にはなぐられたように紫や青の痣が無数に見え、しかも脚に巻込んだシーツを響子の下半身から流れ出る鮮血が濡らしていたからであった。彼は急いで羽根布団の中へ包み込むようにしてから響子を抱き上げ、寝台《ベッド》に寝かせた。やがて階段を上ってくる乱れた足音を聴きながら、彬行は響子が水を浴びたように冷たい汗を全身にかいているのを発見していた。

応接間のソファに身をもたせかけながら、彬行は近づく足音を聴き逃すまいと耳を澄ませていた。が、邸内の静寂は淀んだままで、常の夜のような明るい笑い声もまったく聴えない。ただ窓の外に続く回廊の天井灯に群れている虫たちの翅音が、彼の耳に執拗にまとわりついた。

が、やがてスリッパを軽く擦るような足音が近づいてきた。そのような歩き方は家人にはないもので、藤塚医師であることに彬行はすぐに気づいた。

　ノックののち、藤塚は入室し、温和な微笑を見せながら、彬行の前のソファに身を沈めた。

――いかがですか？

　卓上に置かれた燻《いぶし》銀の小匣から葉巻を取上げて差出した彬行に、藤塚は六十をこえた年齢にしては艶のある美しい手を振って拒絶の意を示した。

――葉巻は舌を刺すようで、たしなみません。私のは手持ちがございますから。

　藤塚は手を上着のポケットに入れ、古い鰐皮のシガレットケースを取出した。彬行はずっしりと掌に重い卓上ライターを取上げ、藤塚の方へ差出した。と、唇にくわえた煙草ごと身を乗出した藤塚から、クレゾールともアルコールともつかぬ薬品臭がふっと漂ってきた。

　彬行は吸いかけの葉巻を灰皿の縁に憩わせたまま、じっと視線を藤塚のくゆらす紫烟へ向けていた。烟は彬行の視線を嘲弄するかのようにもつれあい、浮遊しながら、次々に空間に消えていった。

――お嬢さまですが……。

　不意に切出した藤塚は、一度言葉を切った。彼はやや長目の銀髪が額に乱れかかるのを、煙草を持った手の親指で払ってから、ゆっくりと語を継いだ。

――現段階では結論を出しかねます。早急に精密検査の必要があると思いますが、落着かれたら一度入院ということに……。

――それは内科では処理できぬということですか？

　いままで抱き続けていた不安をすぐそのまま、彬行は言葉に出していた。

――ええ、まあ、私一人の判断では処理できかねる症状ですし……他科の専門医にも診断を仰ぎませんと……。

　財界で知遇を得ている藤塚医師の説明は深い配慮が払われた上でのこととはいえ、いまの彬行にとっては徒らに不安と焦燥をかきたてる効果しかなかった。

――ということは精神科ですか？

――いや、精神科に限定した話ではありません。症例としては心臓神経症に酷似していますが、何しろ生理時における女性は非常に複雑な反応を起しますから、一切即断はできかねるのです。

　はっとなった彬行は、純白のシーツを染めた血の痕を想起していた。

――とにかく暫時往診を続けましょう。そのうちお嬢さまも落着かれるでしょうから、そのときにあらためて入院のご相談を申上げたいと思っておりますが。

　彬行は無言でいた。響子の異常な事態に心を痛める一方、瑛子の縁談のことも気にかかったからである。

――しばらく様子をみるのがいいでしょうな。落着くかも知れませんし……。

――そうなさるのが最上の法でしょう。私は息子たちに任せましたので時間は比較的自由ですから、毎日でも参りましょう。

　それはそうと、喬行さまは確か外地でお亡くなりになりましたが、いかなるご病気でしたか？

――長兄は英国で交通事故のため客死しました。

――左様ですか。いや、何、私はみなさまをお世話いたしましたが、喬行さまだけは看取りませんでしたので……。

　何気ない調子であったが、彬行は奇妙に藤塚の質問が心に障った。

――あれは衝突事故でして、兄は即死の状態だったそうです。新聞にも報じられたのですが、幸いなことに兄は運転してはおりませんでした。

　力をこめて説明を加える自分に、彬行はまたしてもいい知れぬ不安を感じていた。精神病がすべて遺伝的要素を含んでいるという説の誤りを知ってはいるものの、藤塚の問いかけに彼は動揺していた。彬行は半ば灰の骸《むくろ》をさらした葉巻へ眼を凝らしたまま、藤塚の心を探るように執拗な沈黙を堅持し続けた。

　藤塚もまた彬行に従うように、しばらくは無言でいた。しかし、一しきり紫烟をくゆらせてから、彼は思いついたように口を開いた。

――お嬢さまのお部屋を階下へ移されたら如何でしょう？　ご両親のお傍なら、何かとお心強く思われるでしょうから……。

――お言葉のようにいたしましょう。考えてみれば親として気づかぬことでした。

　語気を弱めて自嘲気味に呟いた彬行に藤塚は慰めの言葉をよこしながら、ゆっくりと椅子から立上っていた。

　医師の指示に従って、響子はすぐに彬行たちの寝室の近くにある和室へと移された。それは彬行の書斎に隣接する莉莎子の居室であったから、何かと好都合であると思えたからである。響子もまた自室にいることを拒んだので、移動は容易に渉った。

　しかし、響子の怯えは連日の往診治療にもかかわらず、去らなかった。八畳の和室は闇が棲むことを懼れた響子の強い訴えによって、造りつけの家具は別として一切の調度類が部屋から取払われた。掛軸も青磁の香炉も姿を消した床の間は昼でも間接照明の燈火がつけられ、紫檀の飾り棚があった隅には停電の事態も考慮して充電式のライトが、そして他の隅にも机上用のライトが二脚置かれていていずれも光を放っていた。

　しかも広縁に面した障子も取払われ、強い光線が射し込む廊下の天井灯も昼夜を問わず、常時点灯されている。つまりは日が隠れることが生じても、闇が現われることを許さぬ考慮からであった。

　ところが意外にそれが響子を落着かせ、七日経過する頃には独りで仰臥していても気を昂らせることがなくなった。

　その頃には瑛子の方もさらに話が進行し、結納を迎えるという段階にまで煮詰ってきた。それを幸いにした彬行は藤塚医師の同意も得て、精密検査のための入院は結納後にという意向を固めていたのであった。

　異変が知らされたのは、週の終りに近いある朝だった。彬行はいつものように大阪市内にある社屋へ赴いていた。時間厳守であった亡父の遺志を受継いで、彼もまた昼前に出社する他社の重役と異なり、社員の出勤時よりやや遅れる程度の時間を忠実に守り続けている。定刻どおり十時前に到着した彬行を迎えたのは、表情をこわばらせた秘書の檜垣であった。

――先ほど、芦屋からお電話がございました。響子お嬢さまのご容態が変られましたので、すぐ引返していただきたいとのことでございます。

――響子が？

声を放った彬行は一瞬ためらったものの、車を降りた。

——すぐ芦屋を呼出してくれ。事務の電話でいい。

檜垣に指示してから、彬行はさらに運転手にもこのまま待つようにと告げて、社屋内に歩を運んだ。

秘書が差出す受話器を取った彬行が耳を当てると、慌ただしい莉莎子の高声が騒しく耳底に響いてきた。それは内容も聴きとれぬ早口であったので、たちまち彬行は険しく眉を寄せ、大声で妻をたしなめた。

——落着きなさい。一体、何が起ったのだ？　響子の容態が変ったのかね？

その一瞬、沈黙が彬行を待ち受けていた。莉莎子はしばらく、無言だった。思わず、彬行は不気味な予感に襲われて、受話器をいっそう強く握りしめた。

——さらに悪化したのか？

やや声を低めて彬行はいった。

——それが、私には信じられないことが起っているのです。とにかくすぐお帰り下さい。藤塚先生も待っておられますから。

——そうか。では一応必要な書類に眼を通してから、昼前にでも帰るようにしよう。

いい終ったとき、鋭い莉莎子の声が、彬行の耳底を抉るように響いた。

——あなた、すぐに帰って下さい。響子が大変なのです。早く帰っていただかないと、どんなことになるか……私には……わからない。

あとは嗚咽だけが聴えた。

——よしすぐ帰る！。

彬行は受話器を置いた。そして振向きざま、檜垣に帰宅する旨を告げながら、早くも足は戸外へと向きを変えていた。追ってきた秘書に当面の指示を与えつつ、彬行は得体の知れない不安が自分の心を包み込むのを自覚していた。

高速道路に入ってから、彬行は空ばかりを車窓からうかがっていた。彼にとって窓外に展開する遠景より、晴天であるかどうかが気がかりであった。幸い、陽光はまばゆいばかりに天空から降り注いでいたが、逆に彬行の心は不安の黒い帷《とばり》に蔽われていた。またしても響子に異変が起ったと彬行は思った。妻の会話を想起すれば、いままで以上の事態が起っていることが予知できる。彼は幾度も急ぐようにと言葉を継ぎながら、疾走する車の速度を測りかねるように後方へ掠めて去る事物に視線を集めた。

——書斎でお待ちになっていらっしゃいます。

降車した彬行を出迎えたのは女中のぬいだけであった。しかも彼女は足早に馳け寄るなり、長身の彬行に縋るようにして囁いたのだが、その顔を近くに見た彬行は一瞬はっとして眼を凝らした。ぬいの白い顔が蒼ざめて見えたからである。がしかし、それは若葉を樹間に飾りたてた桜の古木の悪戯であることに彼はすぐに気づいた。自嘲を頬の辺りに滲ませながらも、知らず知らず彬行はほっと息を洩した。老女中の表情は平常どおりで、いま、響子に新たな異変が起っていないと悟らされたからである。それにまた医師と妻が書斎で待っているということにも、彼はわずかな安堵を見出そうとしていた。もし莉莎子の緊迫した口調で推測するような事態であれば、響子に附添っているはずだと彼はつとめて不安を殺そうとつとめた。彼は書斎に向かいながら、ぬいに呼ぶまでは誰もこないように告げた。

書斎の扉《ドア》は内部から開いた。そこには蒼白になった莉莎子の顔が覗いていた。たちまち彬行は全身の血が失せるような冷たい怕れを意識した。言葉もなく彼は入室した。莉莎子はもう一度外をうかがってから、扉《ドア》を閉ざした。

藤塚は響子が臥している私室との境にある、厚い樫の引戸の前に立っていた。老医師は莉莎子とは対象的に血の色が薄く見える顔に皮脂を浮べ、ぎらついた双眼を上げて彬行を迎えた。

——とにかくお坐り下さい。どうぞ！。

極度に抑制した声音ながら、藤塚の声質には明瞭に興奮の色が見えていた。彬行は椅子に腰を下し、藤塚と莉莎子の着席を待った。

しかし藤塚は腕を組んだままで、坐ろうとする気配もなく、莉莎子が腰を下してもまだ黙っていた。焦燥のあまり声を上げようとした彬行を制するかのように、藤塚はかろうじて聴きとれるほどの低声で話し始めた。

——奥様には申上げましたが、響子さまはご懐妊です。

愕きの叫びを、彬行は脣から洩した。

——それも……現在は臨月に近い状態で……実に、何とも説明に苦しむ異常が起っておりまして……。

——一体、どういう意味なのです？　おっしゃっていることが、いっこう私にはわかりませんが。

かなり強い怒気を含んで、彬行は問うた。愕きとともに混乱が心中に生じていた。不可解ないい方をする藤塚医師に対して、単純な怒りといい知れぬ不安が衝き上げてくる。

——何故いまになって妊娠とわかったのです？　もっと早く判明することではありませんか！

鋭い視線を突き立てるようにして彬行は藤塚を見据えたものの、彼は老医師の表情に現われた苦渋と困惑に気づいて声を失った。藤塚は悲しみをこめた眼で、彬行と莉莎子を交互に見てから、やがて言葉を継いだ。

——私自身の長年にわたった経験と、その間に最善を尽くして蓄えた知識をもってしても解明できない事実をお話しいたしましょう。

初診の際、私はショックによる心臓ノイローゼともいうべき症状に接したわけですが、これは生理時における少女の異常な興奮とも考えられまして、この種の症例の中でももっとも多い理由の一つを強いて考えまいとしたのです。それが現在となっては千慮の一失でありましたが……。

——廻りくどいご説明は結構です。

彬行は滾り立つ心を必死に抑えながら、言葉を吐いた。

——つまり初診の際における響子さまの症状を考えますと、強姦のショックによる心臓ノイローゼともいえるのではないかと現在では……。

思わず激しい物音を立てて、彬行は立上っていた。

——そんな莫迦な！　響子に限って、そんな莫迦げたことが……。

愕きが彬行の声を高めた。莉莎子は夫の声に身を竦ませるようにして怯えた眼を上げ、囁くようにいった。

――でも、妊娠は事実なのです。正常な状態ではないようですけど、あの子の妊娠は事実なんですって！

不意に悲鳴のような哭き声を上げて、莉莎子は椅子の背に顔を伏せた。

――響子はいまどうしていますか？

反射的に彬行は尋ねていた。

――鎮静剤を打ちましたので、お休みになっております。

藤塚の言葉が切れると、しばらくは重い沈黙が室内に充ちた。

が、やがて、呻くような声で彬行が声を発した。

――誰だ？　相手は誰なのだ？

――わかりませんわ。響子の身近にいる男性といえば、あなただけです。

――莫迦なことを！

――でもほかに誰がいるのでしょう？　私には考えられませんわ。常に誰かが附添っていましたし、あの子はこの十ヶ月間はまったく外出しておりません。まして他人が訪れることなどありませんでしたし、相手が誰であるかを訊かれても答えようがありませんわ。

次第に声高になっている二人の対話をなだめるように、藤塚は言葉を入れた。

――現段階ではお嬢さまの相手方の詮索などどうでもよいことだと思われます。私には生理的な異常の方が気がかりで、この件についてご説明申上げたいと苦慮している次第でして……。

そのときになって、彬行はもっと早く気づくべきであった事実に思い当った。彼はにわかに強い興奮を覚えながら、舌の根がもつれるような早口で藤塚へ質問の矢を放った。

――奇妙ではありませんか。妊娠は人間の場合、出産まで十ヶ月でしょう？　ところがあなたの診察を受けてからまだわずかの日数しか経過していない。ということは妊娠に酷似した症状であるというだけで、響子が子を孕んでいることは有り得ないでしょう？

――しかし、妊娠に違いはないのです。

言下に藤塚は答えた。

――確かに正常の産婦とは異なった経過を辿られてはいますが、私が……特に今日診察して異常な事態に気づいたのですが、もはや臨月に近い状態であることは疑問の余地がないのです。

――莫迦げている！　医学的に有り得ぬことではないですか！

吐き捨てる口調で彬行はいって、失笑を洩した。邸内には自分と北斗以外、男性はいない。以前、飼っていたセパードの雄は一年半前に死亡している。だが、常識的に考えて北斗を疑うのは笑止であり、彼は父親として響子を信じていた。

――精密検査を早急に受けさせせましょう。そうすれば響子の潔白が証明されるはずだ。

やや希望を取戻して彬行は言葉を継いだ。

――精密検査を受ければ明白になりましょうが、やはり妊娠の事実に変りはありませんでしょう。ただ……私には……。

ためらう藤塚の語調に気づいて、彬行は老医師の方に視線を向けた。その額には不安の翳りと、一面に浮いた汗の粒が見えていた。

彬行はたちまち凍りつくような懼れが、自分の心に甦るのを意識した。

――不可解でならないのです。胎児の心音が聴えないのが、何とも理解に苦しみます。妊娠の徴候はすべて認められるのですが、臨月に近い状態になっていて心音が聴えないとは……。

——当然ではありませんか。胎児が腹の中に存在しないと仮定すれば！

勝ち誇ったように彬行は答えて、妻を振返った。だが、莉莎子は夫の眼を悲しげに見つめただけで、首を横に振った。

——響子さまの様子をご覧になって下さい。説明だけでお信じになれないのはごもっともなことだと思われますから。

急激な疲労が襲ったように力無い口調になった藤塚に、彬行はうなずいて見せただけであった。またしても冷ややかな戦慄が、彼の背後で爪を研いでいるのが感じられた。

老医師は拝みあわせに閉じられていた和式の板戸を、両手でそっと押し開いた。

そこには座敷の中央に敷かれた二枚重ねの布団の上に仰臥した響子が見えた。が、羽根布団を掛けたその軀は、腹部のところで異様なふくらみを見せているのが彬行にも一見してわかった。

そのとき、横にいた藤塚の脣から、意味の聴きとれぬ声が洩れた。彬行が見返る間もなく、藤塚は急ぎ足で響子の傍へ近づいた。膝まずくやいなや、老医師は羽根布団をはねのけ、純白のネグリジエを着ている響子を診察にかかった。

彬行は視線を外した。左手にある床の間に頭を向けて、響子は横たわっていた。室内は灯火がつけられたままであったが、その光もたじろぐほどの陽光が廊下から照りつけている。縁の障子も、書院の小障子も締めていたが、カーテンを引いたガラス戸から射す陽光ですべての障子は白く輝いていた。

——いかん。これはいかん。

高い声が、二度続いて起った。彬行は思わず藤塚に近づいた。医師は下部の診察を終えていたが、胸部から腹部にかけては着衣を露わにしたままであった。覗いたものの、彬行ははっとして去ろうとした。が、藤塚は慄えを帯びた声で彬行に告げた。

——ご覧なさい。これを！

指し示した藤塚の指先もまた微かに震えている。彬行は視線を響子の軀に向けた。そこに常識では考えられぬ異様な膨らみが見えていた。まるで人形の首と手足をつけたように、響子の華奢な顔と手足はいっそうか細く生気のない白さになっていた。ところが胴の部分は愛らしい乳房すらかろうじて見出せるほど張り詰めていて、凄まじく膨脹している。

——異常なのです。すべてが！ この斑点をご覧なさい。褐色斑でなく、紺色です。こんな色は有り得ないのですが……。

響子の白い額、首、胸、腹に、一面の藍に近い斑点が出ていた。まるで濃い青汁で皮膚を染めたように、斑点は鮮かで不気味な生々しい色を見せて彬行の眼を愕かせた。

——しかも妊娠腺が異常なのです。腹部の一部に黒い縞のように見えていますが、これがまた不可解でして、私には何とも判断がつきかねます。

——うっ、うっ。

と、響子が声を出して喘ぎ始めた。斑点が浮いた眉間に深い皺を刻み、響子は苦痛の表情を見せていた。

——寒いな。

彬行は呟いた。凍りつくような冷感は単に精神的なものではなく、肉体的にもきているように思えた。

——強過ぎるようだ。クーラーを停めなさい。

背後にきているはずの莉莎子に彬行は告げた。しかし、妻の答はなかった。不審に思って見返ると、莉莎子はすぐ後に立っていた。彬行は鋭い眼付でうながすと、妻はかすれるような声を出した。

——あなた、この部屋にクーラーはありません。

一瞬、彬行は声を喪った。確かにこの部屋には冷房装置がない。数奇を凝らした内装を傷つけまいとして、莉莎子は自室に装置をつけることを拒んでいたのである。

ではこの冷感は何であるのか。彬行は不快なほどの量感をもって吹出てくる冷たい汗を全身に感じた。しかも発汗は彼ばかりでなく、見上げる莉莎子の顔にも、横にいる藤塚医師の頸《うなじ》にも、横たわる響子の全身にも、ことごとく見えていた。

やがて響子の身繕いを終えた藤塚は彬行たちをうながして、和室から出た。音を立てぬように板戸を締めてから、藤塚はなおも無言で書斎を通過し、扉《ドア》の外に歩を移した。

——早急に入院するように連絡しましょう。電話を掛けて参ります間、奥さまはお部屋に、あなたさまは書斎で待機していただきたいのです。きわめて異常な症状ですので、何事が起っても絶対に他人を入れないようご注意下さい。

無言でうなずく彬行たちを残して、藤塚が廊下を歩き出そうとしたときだった。小さな叫びが、短く数回、和室の方から聴えてきた。そして藤塚が踵《きびす》を返して戻りかけた刹那、響子の声であるとは信じられない絶叫が起った。

〝くえ——っ〟という、まるで軀を縦に引裂かれたような凄まじい叫声であった。彬行と藤塚は先を争うようにして書斎を横切り、和室の板戸へ手をかけた。

二人は力を込めて、戸を引き開けた。そのとき、彼等の眼前に在ったのは〝闇〟だった。そこに在るべきはずの陽光が射し込む和室は消滅し、在るのは一面の漆黒の闇であった。まるで冥界の果てを視るように、いい知れぬ奥深い闇の世界がそこに在った。彬行は息を呑み、驚愕しながらも、懸命に響子の姿を見出そうとした。

中空に仄白いものが視えた。彬行が眼を凝らすと、それは彼方の虚空に浮游しつつ、悶えのたうつ響子の裸身であることがようやく捉えられた。響子は裂かれた股間をあからさまに見せながら、何者かに引き込まれて行くようであった。そして螢光を帯び水色に光る臍帯が母体を曳きつつ、その肉管の末端は闇のもっとも濃い部分に消えていた。彬行も藤塚も莉莎子も、なす術を知らず、茫然と立ち尽くすのみであった。

たちまち響子の仄白い裸体は花弁《びら》のように小さく、闇の中にたゆたいながら、やがて白い点となり、消えた。あとにはただ深い闇が、貪婪な暗い腭門《あぎと》を開き、彼等の前に在った。

人でなしの世界

江戸川乱歩の怪奇小説

紀田順一郎

ジャンルの発見

江戸川乱歩は、晩年こう考えていた。

「深夜、純粋な気持になって、探偵小説史上最も優れた作家は誰かと考えて見ると、私にはポーとチェスタートンの姿が浮かんでくる。この二人の作品が、あらゆる作家と作品を超えて、最高のものと感じられるのである」（『木曜日の男』解説、一九五四）

このような断定をくだすとき、彼は軽快である。おそらく彼の推理小説のほとんどは、ポーにもチェスタートンにも似てはいなかったが、そのことはすでに問題ではなかった。活動期を終え、一読者に回帰していた彼が、作家としての労役や鈍重な苦悩から解き放たれ、責任のない審判者になったときの感慨である。軽快さもおそらくここに起因するのだろう。

では、乱歩は怪奇小説において、誰を最高と考えていたのだろうか。この点は、推理小説の場合ほど明確ではない。なによりも彼は比較的晩年にいたるまで、自分のある種の作物が怪奇小説（彼の呼び方に従えば「怪談」）に属することを自覚していなかったという、今日の眼からは信じられないような事実がある。『怪談入門』が書かれたのは一九四八年（昭和二三）から翌年にかけてであるが、この時点にいたるまでの彼の怪談の概念は、主として江戸時代の草双紙に属するものでしかなかったというから、十九世紀末にはじまる欧米の近代怪奇小説の潮流には、ほとんどまったく接触してはいなかったことがわかる。そもそも『怪談入門』という文章は、こうした観念から推理小説を合理主義、怪談を非合理主義と割りきっていた彼が、「最近ふとしたことから英文怪談の傑作集を何冊も読み、そういう本に収録されている怪談の内容が私の考えていた怪談とかなり違っていること」や、推理小説と怪談の間には深い脈絡のあることを知り近代怪談という新しいセンセーショナルな世界を発見したことの報告なのである。

「いわゆる変格探偵小説の大部分は怪談であると云って差支えないことを、今になって」気づいた乱歩は、「ハハァ、すると自分もずいぶん怪談を書いていたのだなあと一種の驚き」を感じる。この驚きには幾分の安堵がふくまれていよう。論理的な本格探偵小説を書くことに使命感を覚えながら、自己の衝動と読者の要請におもねった形で〝変格〟ものを書いてしまったという居心地の悪さから、いっきょにして解放され、それらの作品がいわば市民権を獲得したという安堵である。『怪談入門』という文章が、怪奇小説の歴史的意味づけと体系化に熱心なのも、彼のそうした心情のひとつの反映とみられぬこともない。

しかし、『怪談入門』は資料的制約のためレポートとしても入門の文章としても不足がある。使用されている資料は、オクスフォード・クラシックスの『怪談集』、トムスン編『ミステリ・ブック』の怪談の部、セイヤーズ編『探偵怪奇恐怖オムニバス』の怪談の部、マクスバッデン編の『怪談名作集』、M・R・ジェイムズ編『レ・ファニュ傑作選』、ラブクラフト短篇集『ダンウィッチの怪』、ダットン社編『ブラックウッド傑作集』などであり、それに彼が以前読んでいたポーやウェルズ、日本や中国などの諸作が加味されている（のちにサマーズ編の『スーパーナチュラル・オムニバス』も追加されたが、これらのアンソロジーのなかで最も体系的なものはセイヤーズ編の一本である）。だいたいが一九二〇年代から三〇年代にかけての編さん物であるから、選択が古典的にすぎるのは否めないし、重要作家の傑作をすべて網羅してあるとは云い難い。原則として独・仏・露の作家や、当時現役のウェアード・テールズ系の作家が対象外になっているのも惜しまれる。その意味でこれは、乱歩自身も云うように、読者の入門というより、彼自身の入門的随筆なのである。

そうした限定を付したうえで、とくに彼の好みと思われる作品をこの一文より推測すると、レ・ファニュの『緑茶』、ブラックウッド『柳』、モーパッサン『オルラ』、フイッツ・ジェイムズ・オブライエン『何者』（『あれは何だったか?』）、ヒチェンズ『魅入られたギルディア教授』、ブラックウッド『古き魔術』（『猫町』）、J・K・ジェローム『ダンシング・パートナー』、ビアス『モクスンの人形』（のちにふれるように、これはヘクト『人形のライヴァル』の勘ちがい）、E・L・ホワイト『ルクンド』などがあげられ、逆に低い評価を与えているものにゴシック系やヴァーノン・リーなどの古風なロマンス怪談、M・R・ジェイムズなどの正統怪談などがあげられる。つまり、彼は典型的な幽霊物語にはほとんど興味を示さず、心理的な恐怖を扱ったサイコロジカル・ホラーや、植物怪談、人形怪談、二重人格、分身、疾病の怪異、異次元の恐怖などを対象とした、近代的怪奇小説に強くひかれた。このことは、彼の性向から見て自然だが、「幽霊化物がそのまま姿を現わす素朴な怪談、化物屋敷、ウィッチなどの妖術」が入門の対象外となった結果、欧米怪奇小説の〝主流〟が軽視され、それを把握することによって得られる歴史的、社会的眺望をも失ったことになった。『怪談入門』の最大の弱点はここにある。

もう一つの夜

『怪談入門』において、乱歩が自作のうち怪談との遡行規定を行なったものは、『白昼夢』（一九二五）、『鏡地獄』（一九二六）、『人でなしの恋』（同）、『押絵と旅する男』（一九二九）、『目羅博士』（一九三一）であり、さらに推理長篇『猟奇の果』（一九三〇）、『孤島の鬼』（一九二九）、『人間豹』（一九三四）などに用いた趣向の一部を怪奇小説的発想に拠るものとしている。

　しかし、今日広義のホラーという概念より見ると、『人間椅子』（一九二五）、『踊る一寸法師』（一九二六）、『火星の運河』（同）、『毒草』（同）、『芋虫』（一九二九）なども含めてよいのではないか。全体から推理長篇は除外して、その他の十篇がいちおう乱歩の怪奇小説ということになろう。

　この数字は〝怪奇幻想作家〟の典型と見なされている乱歩としては、予想外に少ないものと思われるかもしれない。しかし、彼の作品のほとんどは怪奇小説的なモチーフをふんだんに用いながら（『幽霊塔』のように「月なみな幽霊や化物屋敷」の趣向で読者を釣る作品もある）、それはあくまで奇抜なトリックや人物像を表現する手段にすぎず、小説のジャンルとしては探偵小説ないしNovel of weird adventureの圏内にとどまるものとなっている点に注意せねばなるまい。

　これら怪奇小説の共通点は、彼が『怪談入門』において示した嗜好が強く反映していることである。つまり、幽霊や化物屋敷、ウィッチといったテーマはまったく扱われていない。ウォルポールの『オトラント城』と異なり、彼の〝幻影城〟には幽霊や超自然現象の棲息する余地はなかったのである。むろん、「うつし世は夢、夜の夢こそまこと」を信条とした彼が、世間で云う合理主義者であった筈はないが、その人間がただちに幽霊信者たりうるという保証はどこにもないのである。彼の夜は、あくまで「うつし世」においては実現され得ぬような合理主義の貫かるべき、特殊の世界であった。魑魅《ちみ》魍魎《もうりょう》が支配するぬばたまの夜ではなく、いまだ知性が目ざめ支配する薄明の世界であった。

　しかし、夢にはさまざまな夢がある。

理性の不在が、沈黙が、休息がもたらす悪夢もある。それは幽霊のかわりに潜在意識が姿を現わす「もう一つの夜」である。その夜は「渦巻くオーロラと、むせかえる香気と、万華鏡の花園と、華麗な鳥類と、嬉戯する人間との夢幻の世界」(『パノラマ島奇談』)を現出したかと思うと、鏡とレンズによる物理的奇術の中に「魔界の美」(『鏡地獄』)をかいま見せる。かと思うと「不可思議な大気のレンズ仕掛けを通して、一刹那、この世の視野の外にある別の世界の一隅を、ふと透見」(『押絵と旅する男』)させたり、生命のない人形を熱愛するという「悪夢のような、或はまたおとぎ話のような、不思議な歓楽」(『人でなしの恋』)に誘いこむこともある。

それらの作品には、当然ながら論理的なつじつまをあわせねばならぬ推理小説におけるよりも、ずっと自然な形で彼の心象、気質、嗜好、願望が色濃く投影されているといえよう。「もう一つの夜」の中でこそ、彼は自らを解き放ち、まことの夢に耽溺し得たのである。

うつし世は夢

乱歩は『怪談入門』において、『押絵と旅する男』と『人でなしの恋』を絵画彫刻(含む人形テーマ)の怪談に、『鏡地獄』を鏡と影の怪談に、『パノラマ島奇談』の趣向を別世界怪談に関係するものとして扱っている。『孤島の鬼』は不具者製造の恐怖談である。とくに明記されてはいないが、『猟奇の果』の前半は二重人格と分身の怪談に相当しようし、『白昼夢』『目羅博士』は、セイヤーズの分類にしたがえば、悪夢・幻影の怪談に属する等である。

『芋虫』は疾病、『人間椅子』は彼の好む隠れみの願望にもとづいた一種のTales of Menace、『火星の運河』はサイコロジカル・ホラーに近い。

このように見ていくと、乱歩の怪奇小説は作品数こそ少ないが、妖魔、吸血鬼以外のほとんどすべてのテーマを包含していることになる。のこされた正統ゴシック風の作品も、『幽霊塔』(一九三八)あたりをそれに見立てることができるかもしれない。

乱歩自身が最も愛惜したのは、これら諸作のなかでも人形をテーマとした二篇であった。セイヤーズはジェロームの『ダンシング・パートナー』とビアスの『モクスンの主人』(『ビアス選集』の邦題は『自動チェス人形』、ただし『幻影城』に描かれている荒筋は、ベン・ヘクトの『人形のライヴァル』)を人形怪談の作表外に選出したが、それにはフランケンシュタイン・テーマと名をつけているように、人形の性格は陽性かつ行動的であって、乱歩における陰性かつ静的な描き方とめざましい対照をなしている。

『押絵と旅する男』と同年に書かれた『人形』というエッセイには、「人間に恋はできなくとも人形には恋ができる。人間はうつし世の影、人形こそ永遠の生きもの」とあって、まさに人形の存在こそは「うつし世」を夢とし、「夜の夢」をまことと考えた彼にとって、最もリアルかつ日常的なモチーフだったのである。「もし資力があったなら、古来の名匠の刻んだ仏像や、古代人形や、お能面や、さては現代の生人形や蠟人形などの群像とともに、一間にとじこもって、太陽の光をさけて、低い声で、彼らの住んでいるもう一つの世界について、しみじみ語ってみたい気がするのだ」と語っているのは、筆のあやではなく本音であろうが、このいわば人形淫溺症の素地は近世の説話や事実談に見られるものと軌を一にしているところから見ると、乱歩一人の趣味というより、むしろ日本人の人形に対する伝統的感覚を拡大したものといえる。

　たとえば『人でなしの恋』は、彼が六、七歳のころ祖母から聞かされた怪異談をそのまま下敷にしたものである。素材じたいは新鮮味に乏しいが、随筆『人形』にも「軽微な死姦、偶像姦の心理が混っていないとはいえぬ」と解釈しているように、この種の異常心理が作品の重要なモチーフとなり、一篇の怪異談に近代的な色あげを施すことになっているのである。

　『人でなしの恋』にくらべると、『押絵と旅する男』は人間が一尺ぐらいの押絵となり、拡大鏡で見ると一本の産毛まで微細にそろっているという「微少なるものの可憐なる怖しさ」（『怪談入門』）を表現したという点で、独創性において勝るものがある。この着想はM・R・ジェイムズの二、三の作品のほかは海外にもあまり作例を見ない。論者によっては乱歩全作品中の最高にノミネートしているが、古き日本の心情より発した恋愛怪談としても、世界的にその存在を主張できる作品であろう。

人形、レンズ、残虐

　人形嗜好が、恐怖よりもむしろ愛着より発したものとすれば、一方のレンズ嗜好は明白に恐怖より生まれた。中学一年のころ憂うつ症にかかって二階の一間にとじこもっていた彼は、ふと雨戸の節穴から畳の上へさしこむ光にレンズをあてたところ、天井に畳の目が拡大されて映ったのを見た。「畳表の藺《い》の一本一本が、天井板一枚ほどの太さで、総体に黄色く、まだ青味の残っている部分まではっきりと、恐ろしい夢のように、阿片喫煙者の夢のように写しだされていたのだ（『レンズ嗜好症』一九三六）。彼はこの現象に真実の恐怖をおぼえるのだが、肝心なことは「それから今日まで、レンズへの恐れと興味は少しも減じていない」という事実である。『鏡地獄』という作品は主人公のつくりだす数々の奇怪なカラクリが非科学的で、かなり興味がそがれるにしても、この作者の恐怖感にリアリティがあるために救われているのである。『湖畔亭事件』（一九二六）の冒頭における覗き眼鏡のカラクリは、これに比すると合理的ではあろうが、レンズ嗜好よりも「覗き」趣味が表面におしだされており、この発想からして怪談のジャンルからは遠い。

これら人形とレンズに取材した作品群が、乱歩の恐怖小説のAクラスである。しいて共通点を求めるまでもなく、彼の玩具嗜好が表面にあらわれていると云えよう。一般に実人生との関わりを回避した作家ほど、幼児の記憶や感覚に強い執着を見せる。それが作家として成熟した後においても、純粋な形で保たれているところにわれわれは惹かれる。つまり、怪奇小説としての完成度よりも、こうした素朴な情念のあらわれが、読者の共感をかちえるものと思われる。

ただし、それが通俗化すると、たとえば人形趣味が石膏像の中に人体をぬりこめるといった方向へと逸脱し、怪奇性よりも猟奇性が色濃くなる。それが、より多数の読者を捉えたというのもまたやむを得ないが。

その他のジャンルでは、まず『人間椅子』の主人公が椅子の中へもぐりこむという発想が、動機づけに用いられている現実逃避よりも、一種の子宮願望の表現として注目される。「まっ暗で身動きできない革張りの中の天地」で全神経をとぎすまし、外界の動きをうかがっている家具職人の姿は、子どもの隠れん坊のスリルを発展させたものだ。ただ聴覚よりも触覚を強調しているため、大人の官能が表現されることになったまでで、発想じたいは幼児の記憶より発した人形嗜好やレンズ愛好癖と表裏をなしている。

つぎにくるのが『芋虫』『孤島の鬼』の両作品にあらわれる、疾病ないし不具者製造の恐怖談であるが、それは彼の指摘にもあるように、「事実とすれば残虐奇談、じっさいには不可能となれば怪談」となるべきジャンルである。しかし、彼にとってジャンルなどは問題ではなかった。なによりもまず郷愁であった。

『残虐への郷愁』（一九三六）という有名なエッセイの中には、「現実の弱者」である彼がなぜ残虐を享楽しうるかという事情が、端的に説明されている。つまり、彼にとって残虐は「遥かなる郷愁」であり、「夢の世界」だけに現われてくる、「ある抑圧されたる太古への憬れとしてであって、まったく現実のものではない」という性格のものであった。両手両足を切りとられて黄色い肉のかたまりと化した芋虫人間にしても、幼児を箱づめにしてつくった一寸法師にしても、ひとたび彼の夢の世界に登場すれば、「生まじめな顔をした可愛らしい残虐の部屋の玩具となる」。つまり、これも乱歩の玩具趣味に属する作品なのである。

人でなしの世界

『芋虫』や『孤島の鬼』は、別の見方を

すればグロテスク趣味の作品である。前述の随筆『郷愁としてのグロテスクへ』で彼は、谷崎潤一郎、広津柳浪、マッケン、さては画家の村山槐多まで引きあいにだして、グロテスクというものの「甘さと恐ろしさと滑稽味」を賞揚している。そしてこの場合も、グロテスクが「人類にとって太古のトーテム芸術への郷愁であり、個人にとって幼年時代の鬼や獅子頭への甘き郷愁」であり、その美は「『今』と現実とから全くかけ離れた夢と詩の世界のもの」と規定される。これは近代美学におけるグロテスクの定義——すなわち奔放な想像力による超自然的で不合理なもの、切り離されたものの不自然な結合、存在するものの疎外、誇張したカリカチュアのもたらすユーモア（ヴォルフガング・カイザー『グロテスクなもの』一九五七）と奇妙な一致を見せるが、おそらく彼自身が想像するよりもずっと深いところで、グロテスクは乱歩文学の基調をなしているのではなかろうか。

それは四肢を切断され、ただ食欲と性欲のみに生きる男と、そのような男にかえって獣欲を煽られる女の性（『芋虫』）、手術によって癒合双体にされた男女と、その地獄のような恋愛（『孤島の鬼』）といった構図に頂点を示すけれども、じつは通俗長篇を含めた彼のほとんどすべての作品に、さまざまの倍音効果を伴って執念深く出現するものなのである。

一例をあげれば『一寸法師』（一九二六）の描写に、「十歳ぐらいの子供の胴体の上に、供物のような立派やかなおとなの顔がのっかっていた。それが生人形のようにすましこんで彼を見返しているのだ。はなはだ滑稽にも奇怪にも感じられた。……どうかすると、とつぜん痙攣のように顔じゅうの筋ばることがあった。何か不快を感じて顔をしかめるようでもあったし、取りようによっては苦笑しているのかとも思われた」という件りがある。さらに『蜘蛛男』（一九二九）には、美人女優のクローズアップを写したフィルムに、赤インキをつけて映写する場面がある。「洋子はまだ笑っていた。今度は真珠のような歯のあいだから、赤いものがにじみ出して来たかと思うと、見る見る唇に溢れて、タラタラと顎を伝い落ちた。五間四方もある大きな洋子の顔が、あでやかに笑いながら血を吐いているのだ。その笑い顔が妖艶であればあるほど、唇から顎を染めて流れつづける血のりの川が、ゾッとするほど無気味であった」。——このような感覚は、〝不自然な結合〟〝不条理なカリカチュアのもたらすユーモア〟の代表的作例であり、乱歩作品のいたるところに拾うことが可能である。

怪奇小説じたい、文学におけるグロテスクの典型的存在である。その理由は、単純に考えれば無気味なデーモンや夜の妖怪変化を多く扱うことによるだろう。グロテスクはわれわれにとって、非日常的で不可能なものに対する恐怖や困惑の表象である。

しかし、インカ帝国の彫像は、その意

味を解釈しえた者にはグロテスクであることをやめる。グリューネワルトのキリスト像も、作者の信仰的意図を解釈できれば、腐敗した肉体のリアルな描写も、高次元の崇高さの表象と写るであろう。同様に妖怪変化を近代的に解釈する現代人にとって、それらはすでにグロテスクなものとしての破壊力を喪失している。乱歩はまさにそのような人種の一人であるから、「幽霊化物がそのまま姿を現わす素朴な怪談」に魅せられることはない。当然、彼の扱うグロテスクは別の領域、いってみれば世界を疎外する特別の深み（彼のいわゆる「夢」「幻影」）のなかに、リアリスチックな世界の表象の特殊な組みあわせを行なうことによって実現されるのである。

たとえば、半殺しにされた蚤がもがき苦しむ図は、それじたいは人の気をそそらないが、五十倍の顕微鏡という手段を用いて視野いっぱいに拡大すれば、断末魔のすさまじいグロテスク模様が実現される（『鏡地獄』）。裸像そのものは陳腐であるが、その部分を切りはなして別の配列に置き、盲人の触覚の世界に移しかえればグロテスクとなる（『盲獣』）。五体健全ではなんら感興をよび起さぬ男性の肉体も、手足を切断した瞬間、異様な性感のグロテスクが実現する（『芋虫』）。

しかし、こうした発想じたい、すでに怪奇小説の範疇を逸脱している。ゴシックいらい、怪奇小説はすぐれて理性的、信仰的なものである。べつにデモンに対する理性や信仰の勝利が扱われているという意味ではない。われわれの拠って立つ世界への最終的な信頼、安堵というものが崩れ去り、われわれの理性や常識が犯されるところに恐怖がありうるとすれば、恐怖を描くにはなによりも理性や常識を描かねばならない、という逆説が成立するからである。欧米のオーソドックスな怪奇小説が、一方に神を強調するのはそのためである。ところが、近代に入って、いかなる理性をもうけつけず、人間の側から意のままに処理することも巧みに適応することもできないような状況を描いた文学の出現は、グロテスクの世界を一変し、怪奇小説のあり方をも大きく変えてしまった。乱歩が自己のグロテスク趣味をきわめた作品群は、この種の文学に近いものであり、そこでは市民生活に有効なカテゴリーは完全に無視されている。いかなる指向も意味も持たない、彼流に云えば〝人でなし〟の世界と状況こそ、乱歩という作家が求めた境地なのであった。したがって『芋虫』が左翼から〝反戦小説〟として賞賛を受けたときなど、彼は戸惑い以外の何ものも感じなかったのである。

——以上にくらべると、第四の作品群たる『白昼夢』『踊る一寸法師』『火星の運河』『毒草』『目羅博士』などは、しいていえばサイコロジカル・ホラーに一括しうるような、性格のあいまいなジャンルに属する。二、三の作品を除いては、とりたてて筋をもたぬ、いわば彼の心象風景を描いたもので、作品密度の点では『白昼夢』と『火星の運河』がグロテスクへの郷愁を含んだ散文詩として、一段上に位しよう。『踊る一寸法師』も、彼の愛した見せ物小屋の世界に残虐なお伽噺の世界を発見したという点で、ユニークな味をだしている。いずれも病める神経が見出した異次元の悪夢であり、純粋な乱歩の世界である。

不吉な匂いがする

乱歩の怪奇小説は、さまざまな技法を駆使しているが、ここではサスペンス効果の点で間断するところのない『人でなしの恋』を例にとって、その技法と彼の本質との内的関連を引きだしてみよう。便宜上、比較対照のために選んだ作品は、彼のあまり好意をもたなかった英国の正統怪談の名手M・R・ジェイムズの『ポインター氏の目録』（平井呈一訳『怪奇小説傑作集』所収）であり、分析の方法はペンゾルトの行なったものに多少の修正を加えた（P. Penzoldt, "The Supernatural in Fiction", 1965）ものである。

まず『人でなしの恋』の導入部は第一章がそっくりあてられている。ここで重要なのは、ヒロインの夫となる人物、つまり主人公が「凄いような美男子」であること（講談社版「全集」で六行分）、変くつ屋であること（同二行分）などが簡潔に語られる。しかし、作者が乱歩であることを知っているか、あるいはこの種の小説を読み馴れた読者以外には、この暗示は暗示として通用せぬほどあっさりしたものである。しかし、第二章で、夫が妻を「可愛がりすぎる」ということと、その愛する「努力」に「実に恐ろしい理由があった」という暗示が出てくると、読者はいやおうなしに不安な期待を抱かされる。しかし、この段階は二重叙述で、小説中のヒロインはいまだ恐怖を実感してはいない。

以下、表にしたがって説明すると、クライマックス（A）は蔵の二階から洩れてくる男女の会話の部分、（B）は第八章における人形の発見とその描写、ヒロインの驚き、（C）は人形の破壊から夫の死によるフィナーレまでを示す。この過程を通じて真相を究明しようとするヒロインの行動がサスペンスを高め、問題解決の行動（人形破壊）を起こすことで、ダブル・クライマックスが形成されるというプロットが見られる。

『ポインター氏の目録』の方は、主人公がロンドンの古本市に出かけて問題の目録を掘りだし、二日後にそれが落札されて手元に届いたこと、目録の中に妙な髪に似た図柄の布が貼りつけられていることを発見することなどが導入部（A）に相当する。暗示といえば布の図柄に対する伯母の感想「なにかこう、髪の毛を思いだすじゃないか。このところどころにあるのが、リボンの結び目でさ。これが全体の地味な色を引き立てているんだね。でもなんだか――」と言いよどむあたり

『人でなしの恋』（江戸川乱歩）			
敍述（数字は段数 （ ）内は章）	暗示（行）	読者の反応	作中人物の反応
導入部			
A. 3（一）	6＋2	この暗示は、怪談を予期している読者には理解される。	なし
B. 3（二）	7	恐怖談であることを予期する。	いまだ恐怖を実感しない。
C. 6（三） 4（四）	12 18	読者は、はっきりと恐怖談であることを知り、怪異が土蔵の中にあることを理解する。	不安
クライマックス			
A. 4（五）	10数行	上述の読者の期待は適中し、クライマックスを期待する。	衝撃
B. 10（六―八）	真相　80行	読者は意外な真相におどろく。	不安の原因を知る。
C. 4（九―十）	破局　87行	予測された破局へ。	行動を起す。

までの約二行分が、毛むじゃらのデモンに馴れているジェイムズの読者や、フォークナーの『エミリーのばら』その他欧米怪奇小説にあらわれる「毛髪」の意味に敏感な読者に通用するくらいであろう。

しかし、これをうける（B）の部分では、図柄をカーテンにする作業を請負った職人の、「不吉な匂いがする」というセリフと、これを主人公に伝える親方の不審な語調が挿入され、まずあたりまえの読者なら、このへんで怪奇談を期待するようになる。ついで、完成して寝室にかけられたカーテンに対して、主人公が漠とした不安を感じ、伯母にそれを告げる十行分が、読者にはっきりした怪異の所在を知らせる。クライマックスは、果して出現した「モジャモジャ」の怪物に主人公の手がふれ、追われる場面で、十数行にわたっている。このクライマックス（A）は、ただちに真相解明の部分（B）へ受け渡され、二十数行分が古文書の引用にあてられている（数字はすべて創元推理文庫版による）。

――タイプの相違を別にしても、二つの作品は構成上まったく対照的であることに気づく。『人でなしの恋』は、導入からクライマックスまで、多少の波はあるが徐々に枚数をふくらませるリタルダンドの構成をとり、『ポインター氏の目録』は、逆に枚数をしぼって加速をつけるアクセルランドの方式をとる。ということは、たとえば前者が導入部を思わせぶりながら簡潔に切りあげているのに対し、後者はまるでさりげなく、主題とは直接に関係のない長たらしい導入部をおいていることにもうかがわれる。読者はジェイムズの場合は焦点が定まらぬ焦燥感を覚えるが、乱歩の場合は冒頭から早くも異様な期待を抱かされる。それでいて、全体としては乱歩が饒舌体、ジェイムズが簡潔体である。

ジェイムズの全作品に見られるテクニックは、日常的なさりげない描写の中に少しずつ怪奇の暗示をふやしていき、読者の意表をつく形で妖怪を登場させることである。しかも、その妖怪の描写は、日常のディテールの細密な描写とはうってかわり、部分的、感覚的である。しかもきわめて短かい。彼の好みである現実離れした妖怪は、くどくどしく描写するとかえって恐怖感が薄らぎ、滑稽に堕することを計算しているからだ。むしろ、いっさいを読者の豊富な想像力に委ねるという技法である。したがってクライマックスの章は短かく切りあげざるを得ない。そこに至るまでの過程を重層的に長くしているのも、この簡潔なクライマックスをひきたてる手段なのである。一篇のほとんどの部分は、彼の本職の古文書学からヒントを得た、寺院史や中世の因縁話、黒魔術、ウィッチクラフトなどのテーマが占めており、むしろ主力はそこにあって、妖怪じたいは一つの景物にしかすぎない。

乱歩の場合は、妖異の対象そのものが問題である。彼は怪奇小説が書きたいの

『ポインター氏の日録』（M.R.ジェイムス）			
叙述（数字は段数）	暗示（行）	読者の反応	作中人物の反応
導入部			
A. 9	2	暗示は怪奇小説に馴れた読者にのみ理解される。	なし
B. 3	数行	ほとんどの読者は妖異談であることを理解する。	主人公以外の、第三者が漠とした不安を覚える。
C. 1	10行	読者は、はっきりと怪談を期待し、寝室のカーテンに注目する。	主人公は不安を感ずるが、その原因を解くことができない。
クライマックス			
A. 1	10数行	読者はクライマックスを期待し、妖異が意表をついた形で現われるのに驚く。	衝撃
B. 2			意外な真相

でなく、人形趣味やレンズ嗜好を吐露することが目的なのである。『人でなしの恋』の場合、クライマックスの人形の描写にはまる一章分があてられており、それも「まっ赤に充血して何かを求めているような、厚味のある唇、唇の両脇で二段になった豊頬、物言いたげにパッチリひらいた二重瞼、その上に鷹揚に頬笑んでいる濃い眉、そして何よりも不思議なのは、羽二重で紅綿を包んだように、ほんのりと色づいている、微妙な耳の魅力でございました」というぐあいに委曲をつくしたうえ、さらに人形の顔が時代がかって手垢がついたためか、「滑らかな肌がヌメヌメと汗ばんで」、いっそうなまめかしい風情をそえているといった調子の描写さえ添えて、一種のトランス（恍惚状態）におちこんでしまう。

この場合、人形の魅力を語ることが彼の創作動機なのであるから、物語じたいは第二義的なものにしかすぎないのである。『押絵と旅する男』にしても同様で、ストーリーの曲折はほとんどない、平板で古風な因縁話である。そうした理由から、構成も下へ重層的に積み重なる方式をとることになるのである。

　ジェイムズをはじめ西欧の妖怪は、暴力的で直接人間に危害をおよぼす場合が多いが、乱歩の場合は妖異じたいは静的で、主人公に対しては心理的な影響を及ぼすというケースがほとんどである。したがって、前者の主人公が多く行動的な社会人でありながら、妖怪に手出しができず、小説もサワリの部分が過ぎると実質的な発展もなく終了するのに対し（例外として『呪いをかける』がある）、乱歩の場合は主人公がそれに働きかけ、ダブル・クライマックスを現出する場合が多くなる。『人でなしの恋』では、妻が嫉妬のあまり人形をバラバラにして夫を死に追いやり、『鏡地獄』では、語り手がハンマーで鏡を打ち砕くことにより、発狂した主人公のショッキングな姿を示してくれる。

楽園に還る

　その他、両者の小説はあまりにも対照的であるが、もう一つ重要なことは日付の問題がある。ジェイムズのほとんどの作品は、事件の展開する日付がきわめてはっきりしている。『ポインター氏の目録』では、冒頭の古本市のシーンが「ある春」の水曜日で、本が落札されたのは金曜、入手が土曜、伯母が布地の柄を見て気に入るのが日曜の朝、というぐあいに明確になっている。これは日常的に物語が逆行しているという感覚を抱かせるに役立っており、主人公が社会生活を営んでいるからには、当然の配慮といえよう。

　逆に乱歩作品の主人公は、非社会的な、幻影の城を彷徨する異人種であり、彼らにカレンダーというものはない。その人物は、因果な生まれや幼児体験によって、常の社会の人間とはかけ離れた宿命をもっている。この宿命が問題なのであり、日程が問題ではないのである。『人間椅子』の主人公は「世にも醜い容貌」をもちながらも、「身のほど知らぬ甘美な、贅沢な、種々さまざまの『夢』にあこがれ」ている椅子職人である。そうした男が、ひとつの椅子ができあがるごとに坐り心地をためし、その作品に腰かけるであろう人物を予想していくうちに、「ふとすばらしい考え」が浮かんでくるというのは、いわば自然のなりゆきであって、この「ふと」が何日の何曜日であったなどということは意味がない。

　ジェイムズの主人公は、たとえ考古癖や猟奇趣味をもっていたとしても、べつに異常な性癖も現実離れした夢も持たない。つまりは想像力に乏しい凡人である。こういうタイプの人間が怪異に直面し、驚きを覚えるには、秩序化された手続が必要であろう。作者としては、主人公の活動圏である日常の規則正しい展開のうちに、徐々に暗示を積み重ねていくほかはあるまい。日付は、その場合の効果的な枠組みなのである。

いうまでもないが、ジェイムズといえども古文書学と怪奇小説に一生を捧げた人物である。その「日常性」が、一般の日常とは意味を異にしていることは当然だろう。しかし、それでもなお、彼の作品には世俗的な意味における健全さ、凡庸さ、常識性といったものが根柢にある。たとえばH・P・ラブクラフトのような、熱狂的な異常性は薬にしたくとも見られない。いかにも英国的な作家と云えよう。

乱歩の怪奇小説は、通俗長篇におけるよりも緻密な計算が行なわれているとは云え、創作の根本にあるものは日常から疎外され、閉ざされた人間が、黄金時代の幼児期の生に還元し、そのことによって自己の生の意味を証しだてようとする熱狂である。ここにおいて椅子や大暗室やパノラマ島の楽園や屋根裏は、彼の子宮であり墓穴なのである。そこにのみ純粋の夜は存在し、現在を持たぬ時間が君臨する。彼がおのれの怪奇小説に求めたものは、まさにそのような世界の構築なのであった。

画・竹中英太郎　江戸川乱歩「陰獣」より

我が怪奇小説を語る

H・P・ラヴクラフト
団精二（荒俣宏）訳

ある幻想作家の私的な日常

——はじめに

二十世紀アメリカが生んだ異貌の小説家H・P・ラヴクラフトには、生前幾人かの親しい友人に宛てて書かれた厖大な書簡がある。変人と呼ばれ、隠者と考えられたこの異質な作家に、おどろくほど穏かな日常と心なごむ交友の日々があったことを、今、こうした書簡のなかに見いだすとき、ぼくたちは、作家としてのかれが神秘と闇とを材料にして紡《つむ》ぎあげた怪奇幻想譚と、その日常生活とのあいだに形成された不可思議な通底管について、深い興味を抱かざるを得ない。その意味で、今世紀最大の怪奇幻想作家ラヴクラフトへの新たなアプローチとして、ここにかれの書簡のひとつを紹介することは、けっして無益ではあるまい。

訳出の書簡は、ラヴクラフトの最も初期からの友人であった怪奇小説とSFの作家フランク・ベルナップ・ロングに宛てたものであり、当時ラヴクラフトが書きあげた名作のひとつ『壁の中の鼠』（既訳）の人類学的背景を語ることからはじまって、幻想小説の朋友クラーク・アシュトン・スミスたちの消息、そして、ささやかだが安らぎに満ちた友人との小旅行、最後に故郷ロードアイランドの山村にあるという不吉と神秘の沼〈黒い沼《ブラック・スワンプ》〉への探索旅行で終わる、ラヴクラフトの生活の確実な一断面を捉えつくした興味つきない日記風の書簡となっている。

さて賢明なる読者諸君、この書簡の最後に語られる〈黒い沼〉のエピソードは、後年かれのどんな作品の材料に使われることになったろうか？

（訳者）

フランク・ベルナップ・ロングに

壁

（訳註・ラヴクラフトの短編『壁の中の鼠』を暗示したもの）

一九二三年十一月八日

元気かね、サニー!

さっそくながら『壁の中の鼠』に引用した人類学的な背景について触れよう——原始人に対する各方面の推論は、とかく曖昧にすぎているから、ドグマにはならないが、たしかにきみの意見は的を射ている。〈人間《ヒューマン》〉と〈非人間《アンチヒューマン》〉のあいだに位置する生物なんて、どう考えたっているはずがない。なぜなら、あらゆる生物界はただ一つの世界であって——そこに存在する差違というのは、単純に程度の差でしかないから、そこに質的な差が生じる余地はない。なるほど、ピルトダウン=ハイデルベルグ型のネアンデルタール人に対して"Eoanthropus"という見かけばかりの単語を充《あ》てて、分類学的に人間とは離れた位置を与えているけれども、実際のところこの生物は、ゴリラ的であるのと同じくらい人間的でもあったのだ。こうした有史前の生物の頭骨がゴリラにも黒人種にも似ていることを、多くの人類学者が探りあてているわけだから、ぼくとしては、かれらネアンデルタールは約四十万年前に生きていた、おそらく原形的な言語を持つ、きわめて下等な、毛むくじゃらな黒人種だった、とでも言ってお茶をにごしておくしかないが、そうした獣のあいだにある種のサディスティックな儀式が存在したと想像しても、そして、その儀式が後世悪魔主義《サタニズム》と呼ばれるものに変わっていったと想像しても、それを荒唐無稽と片づけてしまうわけにはいくまい。また、そうした偏見には、尋常を超えた悪意が籠められているために、そうしたものを想像するのはますます恐ろしいことになる。まったく、多くの下等動物が持つある種の特性は、科学を盲愛することで自分から想像力を枯渇させるような真似をしなかった賢明な観察者ならすぐに気のつくはずだが、あの考えるだけでも恐ろしい、〈進化した人類〉が示す行動の萌芽を、すでにはっきりと暗示しているではないか……。

あの隔世遺伝的なラテン語のほとばしりのすぐ後で聞こえた、わけのわからない譫言（『壁の中の鼠』を参照のこと）は、ピテカントロプス期の人類のことばではなかった。じっさい、類人猿が最初に発した叫び声は、"ungl"というのだ。中間に現われることばは、あれは完全に正当なケルト語——当然きみのような若者が心得ておくべき、毒を含んだ罵詈雑言のケルト的表現のひとつということで、種を明かせば、これを書いているグランパ（Grandpaは『おじいちゃん』の意味、ラヴクラフトは自分をそう呼んだ）がケルト語の言いまわしを使うのに教授に相談もせず、勝手に、サニー、親切にもきみが貸してくれた『異常心理小説傑作集』に収められていたフィオナ・マクラウド（本名ウィリアム・シャープ。ケルト系のスコットランド人で文芸・評論・劇作を物した）の短篇『罪を喰う人』（マクラウドの代表的幻想小説。未訳）から、出来あいの言葉をそっくり借り出してきただけのことなのだ。だからぼくは、きみがすぐにそのことを勘づくだろうと考えていたのだが――どうやら若い人は、記憶をすし詰めにしすぎているらしい。どっちにしても、あの言いまわしについての唯一つの難点は、あれが南部イングランドで使われているキムリ語（ウエールズ地方の言語）ではなくてゲール語（スコットランド地方の言語）だという点だ。けれど――人類学のことにしてもそうだが――細部はどうだっていい。そんな違いに心を停めるような読者は、まずないだろうから。

わが愛すべきエディ（ラヴクラフトの友人）の強い要望に負けて、実はこの作品をマンシー社（当時の有名な雑誌出版社）のR・H・デイヴィス氏に送ったことがあったけれど、みごとに断わられた。経緯を話せば、きみには面白いだろう。リーズの主張はほぼ通ったらしいが、あいにくとデイヴィスは、『壁の中の鼠』を買い上げることにいくらかの利益を見いだしはしたものの、けっきょく甘あまのご機嫌とりに踊らされてきた一般読者の軟弱な感覚にはあまりにも恐ろしすぎる内容だという意見に固執した。リートル・ベアルディ（アメリカの怪奇雑誌『ウィアード・テールズ』の初代編集長エドウィン・ベアードのこと）とは、近ごろ懇意の間柄になった。これからは定期的にぼくの作品を採り上げてくれるそうだ。かれの手紙を同封するけれども、どうかそれは返却を忘れないでくれたまえ。かれはあれから『アーサー・ジャーミン』（『アーサー・ジェルミン』のタイトルで邦訳がある。）を買い上げてくれた。『ヒプノス』（未訳）と『壁の中の鼠』についても希望がもてる。後のほうの作品は、今日これから、かれに送るつもりでいる……。

それから、ぼくの処女作『錬金術師』についてだが――あれは一九一三年ではなく一九〇八年に書いたもので、一九一六年の『ユナイテッド・アマチュア』十一月号に載った。いちおうぼくの文筆の歴史としてその号を郵送するけれど、読むほどの代物じゃない（テキストがたった一冊しかないから――かならず返送してくれたまえ）。本当をいうと、この小説の骨組みを考えあげたすぐあとで、ぼくは、自分が迫力ある物語を書くテクニックを知らなすぎたことに、ハッと気づいた。だからぼくは、その作品と、もうひとつ『洞窟の中の獣』という小品の二つを残して、残りの作品を棄ててしまった。それからというもの、ぼくは都合九年沈黙していた。ぼくが連続的に書き出したのは、アマチュア出版で再発掘された『錬金術師』をたまたま目にしたW・ポール・クック（アメリカの印刷業者ラヴクラフトの古い友人）が（ついでに言っておくと、それは一九一四年にぼく自身が『ユナイテッド』誌を編集していたときだったが）、ぼくを口説き落として、とうとう『墓石』（未訳）と『魚神ダゴン』を書かせられてからのことなのだ……。

ところで、本のほうに話題を移そう――『音のする家』（M・P・シール作の傑作恐怖小説。邦訳がある）がはいった一冊本を別便で送っておいた。タッチが近代的だが、それなりに面白い。

好きなときにアリゾナ州アトール私書函二一五号のW・ポール・クック宛てへ返却してもらえれば、それで結構。もしもぼくが短編集でも出したら、それをあのクックに捧げるつもりでいる。それというのも、もう一度小説を書くようになった原因が、結局クックの激励にあったからというわけだ。もちろん、近い将来に本を出そうというわけじゃない――けれどそう思っているところが、（ラヴクラフトの友人アルフレッド・ガルピンのこと）にはない、土着的なぼくの性質の特長じゃないかと思う。

アシュトニウス（同僚の怪奇小説作家クラーク・アシュトン・スミスの綽名）は、例によって貧乏している――『ホームブルー』誌（出版者ヘネバーガーが出版していた大学向け文芸誌）に最近載った三枚組の挿絵の画料がはいるのを待ちあぐねている最中だ――それに神経を苛立たせている。かれは近ごろ、地元オーバーンの定期刊行物に平凡な諷刺詩を書き出しているが、ぼくの考えるところ、かれはやはり本物の詩作だけに専念したほうが得策のようだ。かれも、それからサミュエルス（友人サミュエル・ラヴマンのこと。ラヴクラフトは友人にギリシャ風の綽名を付ける趣味があった）も、二人してもっと報われることを祈っているけれど、真剣に美学を窮めていく生活が、ほかから見れば愚の骨頂に映ることは、これはもうどうしようもない宿命なのだと諦めるしかあるまい。だから、きみもどうか真摯な美学者になどならないようにと、ぼくは祈る。それよりも、単に趣味を持つ紳士でいて、娯楽に膝を折り、美学的な歓びはできるだけ気楽に享受したまえ。たとえば一般の紳士が、ゴルフやウィスキーやクラブや乗馬を楽しむような調子で……。

ここで特にきみの注意を喚起しておきたいことがある。もちろんきみのことだから、そのへんはとっくに気づいているだろうが、ぼくがいいたいのは、次のような事実なのだ。つまり、フランス人は、ごく表面的な恐怖を描写するのに途轍もなく長《た》けているが、その反面、ポオ氏やマッケン氏やわがダンセイニ卿のごとき偉大な天才の残した作品に、情熱的で宇宙的な狂気を宿らせている、あの美学的な神秘の力を、まったく欠いている。この超自然的な驚異に宿る迫真力――ぼくが舌足らずな幼稚っぽいことばで形容すれば、空間の外縁に存在する黒くてちっぽけな宇宙への微かな接触――は、完全にチュートン系民族の特質であって、ラテン人の洗練さと気取りに対するきみの盲愛を醒まさせる要素としては、どんなに高く評価しても評価したりないくらいだ。ここできみは、美学の観察者として、北方民族の優越性を示すはっきりした証拠を探りだすべきなのだ。アメリカ人としてのきみからは遠く離れた人種の本性を、きみはそこから、正当に評価すべきなのだ。ぼくについていえば、ぼくは自分がチュートン系民族の一員であることを誇りにしているし、自分がチュートン以外の人種と思い違いされるのをひどく嫌う。もしもきみが、きみが本当に帰属する民族の遺産を、もっと正確に評価しさえすれば、柔弱なフランス人のきらびやかな詭弁やイタリアかぶれした理髪師やダンスの名手たちが寄ってたかって剝ぎとってしまった太古の神秘を知る歓びを、もういちど見つけだせるだろう。だから、イギリス人であることに誇りを持ちたまえ。この地上には、現在、われわれ以上にすばらしい民族が闊歩してはいないことを、忘れないでほしい。ぼくたちの精神のなかには、ぼくたちを産んだ巨大な北方の森に対する神秘観と、わが民族と混血したノルマン人が身につけていたラテン的な洗練ぶりとが、混然と存在しているのだ。

＊　＊　＊　＊　＊

宇宙《コズモス》とは、過去から未来におよぶ全ての時間のなかで永遠に存在しつづけ、しかも自律的な運動をやめることのない電子の、永劫的な結合の繰り返しに、過ぎないのだ。ぼくたちが住むこのちっぽけな星と、取るに足りないぼくたちの思索は、その永遠な変転過程にたまたま生まれたごく一時的な出来ごとでしかない。だから、人類の生活も、目標も、欲望も、せいぜい馬鹿らしさと無意味さの極みでしかない。ぼくたちは偶然に、そしてその偶然は不幸にもほんのわずかな間しか続かないのだが——とにかくその間に、次のようなことを知り及ぶのだ。つまりそうした虚しい営みは、ただ単に、ぼくたちの苦悶を軽減し、生きる時間を出来るだけ安逸に過ごさせるだけの役目しかない。「歓びとは欲望と充足のあいだのバランスに外ならない」という古諺があるけれども、可能な限り欲望を減らして、不必要な労働を避けたり、他人の歓びに割り込んだり人に反発を抱かせるような刺激を与えないような、ほんとうにごく穏やかなやり方で、ぼくたちが快楽を得たりしている理由の一部は、つまるところそこにあるのだ。大切な意味を持つものなんて、ひとつだってありはしない。楽園《アルカディア》の素朴な羊飼いのほうが、街の学者や趣味家などよりも、本当に豊かで安楽な日々を送っているのだ。なぜなら、農夫としての幸福は、ごく簡単に手にはいるけれど、後者の場合は幸福を得るために厳しい研鑽をまるまる積みあげなければならない。ぼくも決心して、地位のある地方紳士として中道を歩き、好古家の気質が導くままに楽しみの時間を持つことにした。豚飼いどもの田舎くさい野暮ったさをなじりもせず、偉大な芸術や奥行き深い研究のなかにだけ容易に見い出せる、あの不必要なまでに烈しい感受性を、開きもしないで。ぼくは生活にも単純な好みの問題にも満ち足りたものを感じている。ちょうど、詩人の桂冠や王侯の笏によってすっかり自信を持った〈才能ある人間〉みたいに。ぼくは若い人にいつもこう言う、神聖だとか完全とかいった余計な注意は忘れよう、善良な普通人には、単にリンパ液が意味もなく血液に溶けこんだ現象のひとつとしか考えられないような、そんな余分な感情を、血管から追い出してしまおう、と。そうすれば若者は、自分の傾向というものを正しく研究できて、自分にいちばん歓びとなる楽な行動方法を見定めることができるようになる。同時に、自分が属する社会に与えられた道徳の規範を忠実に護っていくことから生まれる、腹立たしく厄介な〈他人との抗争〉を避けるのも、大事だ。若者の心の安らぎと日々の幸せのために、ぼくはこれからも、誇りと力とを我が手に持つ歓び、先祖への尊敬、そういったものを若者に教えていくつもりだ。そのほうが、苦悶の葛藤や優柔不断や荒廃といった空虚な妄想と憂鬱な内省とに、深く身を沈ませるより、よほどいい。立派な財産を求め屈強な子孫を残すことのほうが、けっきょくは穏やかな安定感と充足感だけの快楽しか与えてくれない陳腐な道楽や名声やアイディアを、飢えた狼みたいに吠えながら追いかけ回すよりも、一人前の男にはずっとふさわしいのだ。世界創造の全計画がまったくの混沌である以上、ぼくたちは現実と幻影に明確な一線を画する必要さえない。あらゆるものは、要するにそれが遠くにあるか近くにあるかの違いしかない。だからこそ、より一層やさしげに、ぼくたちに現実というものを肯定させる気分を起こさせるものが、最良のものなのだ。芸術においても、宇宙の混沌ぶりに注目することは意味がない。なぜなら、この宇宙の混沌ぶりは、あまりにも完璧すぎる。そのために、およそ言葉で書かれたものなんか、問題の核心を暗示することすらできない。もしも宇宙が方向も定まらず螺旋状に配列された小さな点の集合体でなかったら、ぼくは、生命のパターンと宇宙の力に関する真実のイメージを心に描くことなど出来ないにちがいない。そして、ぼくたちが描きあげる現実の点と現実の曲線とは、ほんとうの宇宙と生命が持つ完璧な無定形性や虚無性の表現からは、遠くへだたっている。そのために、芸術家が何とかして描こうとした柔和でおぼろげな現実生活の諸相と対比するとき、そうした宇宙的な規模の描写は、ホープの二行連句みたいに、変に小手先だけの拵《こしら》えもののような印象しか与えないのだ。そういうわけでぼくは、人に重んじられようとして、きみが愛するエリオット氏と同じく、その実皮肉にもきわめて無意味な努力をついやしている。すべての生命と思索とが、何人かの愚鈍な人格にたまさか創り出された一瞬の創造物に過ぎない以上、そしてすべての価値とその価値否定とが――価値の概念そのものの発生がごく一時的で局所的な出来ごとである無限の混沌界にあって――二つともまったく同等に無意味である以上、かれの『荒地』は、たとえば〈真実〉とかいう神秘な実体に対して、『人間についてのエッセイ』や『贋のキリスト』以上に密着していることにはならないのだ。〈真実〉なんていうものは、どうせありはしない。ぼくたちが想像し得る生活は、どれもみな、たまたま自分自身の周囲を取りかこむことになるかも知れない安ピカで気まぐれな網の目を抜けられはしない。あらゆる出来ごとは、偶然と予見との単なる結末に過ぎないことを、ぼくたちは知っているけれど、そういうものを剝ぎ棄てたとしても、得るものはなにひとつない。事実、現実には存在するはずもない蜃気楼を、錆びた股鍬《フォーク》の先で引きちぎるような真似は、およそ馬鹿げた無意味な行為だ。自分をいちばん慰めてくれる納得ずくの幻を追い、ただ無邪気にその幻に耽りつづけることが、理性ある人間にいちばんふさわしいと、ぼくは思う。そうした幻がほんとうにはあるはずがないことを心得た上で、しかも同時に、現実というものが存在しない以上いくら幻を振り棄てても、それで手にはいったり失ったりするものはいくらもないことを、充分に頭に入れておけばいい。さらに言えば、或る一連の幻が他の幻よりも優れた幻であるというようなこともない。なぜならば、幻の価値を測る唯一の尺度は、その幻を心にいだいた人間の耽溺の度合いだけなのだから。

＊　＊　＊　＊　＊

　十月二十一日、ぼくが無気力でいるのを心配してくれたガムウェル夫人（ラヴクラフトの友人の一人）が、一日ぼくを引っぱりまわして、わが家系の歴史に深い関連のある地域をいろいろと案内してくれた。はじめはいやいや連れ出された散歩だったが、終ったときは近ごろ珍しいくらい心が晴れた。ぼくたちはネンタコンハント丘《ヒル》と呼ばれている、街の真西に位置したかなり高い丘にのぼった。岩だらけの頂上から、息を呑むほどすばらしいプロヴィデンス（ラヴクラフトの故郷）とその周辺の風景を眺めた。いままでにこの眼で見たり心に思い描いたりしてきた風景のなかで、これは最高の美しさだった。先端の尖った塔は高く聳え、古都の円蓋《ドーム》はきらきらと輝き、無数の屋根は、太古の丘陵に抱かれる美しい雷文細工となってひとつづりの拡がりのなかに溶けこみながら、東へと伸びていた。遠い、おぼろな丘は紫にけむり、近くの丘は秋の彩りの絢爛たる光に包まれて、とても熱っぽく、しかも華やかだった。そして街の向こうには、郊外地と田園とが、まるで地図でも見るように整然とひろがっていた。だから踵をめぐらして西がわを覗きこめば、原始のまま隔絶しつづけ、堕落した人間の存在も記憶も持たない丘や谷といった——原野そのものが見わたせた。この群を抜いた高みから見る全ての変化と対照、街と人の動き——近代の堕落の巣窟と古いポカセットの麓にひろがる猟場、そういったものが一眼で見わたせるのだ——それこそ、首をひと回しすれば、それでよかった。なぜか修繕もされずにうち棄てられているゴシック風の天文台がひとつ、この偉大な丘の頂上を飾っていた。

　ネンタコンハントを発って、ぼくたちは北と西をそぞろ歩いた。途中、先祖たちと因縁の深い地域を通ったけれど、そこはかれらが暮らした時代から八十年以上も経っているのですっかり荒れはてていた。ときどき出喰わす、見る影もない生産農場風のずんぐりした廃屋のあいだに、切妻屋根と小ガラスを嵌めた窓を持つ堂々たる植民地時代の荘園屋敷が、誇らしげに、あるいは——場合によると——気はずかしそうに、王者のようなネンタコンハントの小高い原野に抱かれながら建っているのを、ぼくたちは覗き見た。なかにはイタリア人の住居に落ちぶれたものもあり、またなかには、死んだ魚の眼みたいな窓から白々と荒廃の情景を見つめている、荒れ放題の廃屋もあった。けれど、まだいくつかは——消え行く民族と文化の最後の残照として——いまにも果てようとする陰鬱な旧家の末裔を、今もその中に宿らせていた。そうした家のひとつで、ぼくたちは、ここ二十年内に見たうちでも最も美しい黒猫がじゃれ回っているのを、戸口のところで目撃した。ぼくは足を停めて、彼女にせきたてられるまで、その猫と遊びたわむれた。

　こうしてぼくたちは、シモンズビルの古い寒村へと足を向けた——そこは、今は〈ソーントン〉と呼ばれているらしい。美的感覚とは縁のない労働者が働く俗っぽい小工場がいくつかある土地だ。村の小路の曲り角の、近代的な建物がごたごたと立ち並んだ場所からは少し離れた小高い丘の上に、（植民地時代の）シモンズ邸の古めかしい建物がまだ建っていた——西の空にくっきりと浮かびあがった巨大な柱廊《ポーチコ》に典雅なイオニア風の支柱を配した、ジュメル邸によく似た白塗りの厳めしい館《やかた》だった。ぼくの祖母は、まだちいさな子供だったころの一八三〇年代に、ここを訪れたそうだ。そのときの祖母が、当時の上流子女のマナーにしたがって愛らしく膝を曲げてお辞儀をしたり、竪琴を爪弾いたり、刺繍の小切れを編みあげたり、クレヨンで絵を描いたりした姿が、その古い大窓の中に今でも見えてくるようだった。ぼくは祖母をはっきりと思い出せる。ぼくが小さな子供だったとき、祖母は高貴な老婦人だった——彼女が死んだのは、きみが生まれるよりずっと前の、一八九六年一月二十六日のことだった。ああ、しかし——輝かしい過去と、ぼくたちが知っている今日のこの日とのあいだには、〈歳月〉という名の深淵が大きく口を開いている。

　やがて情景は、この地方でも滅多にないすばらしく華やかな黄昏《たそがれ》のために、恐ろしいほど荒々しい美しさに包まれた。西の空は、ことごとくが炎と燃え——あの不幸なルシアン・テイラー（アーサー・マッケン屈指の名作『夢見の丘』に登場する不幸な文学青年）の言葉を引用させてもらうなら、「なにか途方もなく巨《おお》きな炉の口をいっぱいにひろげた」ように——赤あかと輝いていた。そしてその古い邸宅は、火葬の火にも似た赤さを背景に、黒々と浮き立っていた。その光景は、この世ならぬ、めくるめくような色彩の饗宴といえた。そこにはほとんどすべての色彩があった——朽ち果てようとしている古いアメリカの、毒による侵蝕と腐敗とを象徴するような、あの鮮かで無気味な緑までが、そこにはあった。それはまるで、ヒステリックなシンバルと金管楽器《ブラス》の奏でる狂気の曲をそのまま光と色彩に移し変えたようだった――それが続くあいだは、叫びと、そして戦慄。そしてその光景がなにより荒々しく恐ろしかったために、皮肉にも譬えようもなく美しかった。黄昏が消え入るまえに――そして全てが消え入るまえに――ぼくたちはシモンズ邸を通り抜けて、さらに古めかしい邸宅の前に立った――ドリア風の欄干と三角形の破風がある厳しい植民地時代の門道を備えた、一七二〇年代の堂々たる荘園屋敷だった。過去へ……過去へ……時代をさかのぼって……。

　暮れていく薄闇のなかで、ぼくたちはヒューズデールへと足を向けた。馬車便はそこで終わるのだ。古めかしい山小屋の窓――ハイウェイから奥へ引っこんだ白い杭の柵がある小さな白塗りの小屋、井戸と井戸つるべがそのそばにちんまりと並んでいるその小屋の、小ガラスを嵌めこんだ窓から――最初の灯がキラキラと輝きだしたころ、ぼくたちは目指す場所に着いた。ぼくたちは四つ角で足を停めた。交叉する道が草の縁取りのあいだをうねうねと伸びている、そんな田舎びた四つ角だった。何軒かの小屋が、地衣に覆われた高い素壁のうしろに隠れこむようにして立ち並んでいた。学校と村の教会が、黄昏の空を背景に白く突き出していた。その片隅に小さな店屋が一軒、客待ち顔に灯をともしていた――ちょうど、血気さかんな農僕や若者たちがプロヴィデンスの暴動（一七七五年にマーケット・パレードで起こった）に参加しようと、火薬や景気づけの酒を仕込みにきた昔と変わらずに、きらきらと灯をともしていた。もうすっかり暗かった。ぼくたちは乗合い馬車に乗って家途についた。次の小旅行（こんどの相棒は新しく知り合いになったクリフォード・マーチン・エデイ・ジュニアというアマチュア作家だ）は十一月四日の日曜日だった。行程は、九月十九日にあの愉快な仲間であるモルトニウス（ラヴクラフトの旧友ジェームズ・F・モートンのこと）と連れだって出掛けたときとほとんど同じだった。こんどの旅は、恐怖とグロテスクを求めての旅だ――エデイが農夫たちから噂を聞きこんできた、あのロードアイランド北西部にある〈黒い沼〉を探索しようというわけだ。噂によると、その沼は非常に遠い場所にあるらしかったが、たいそう不思議な沼だそうで、どこにあるか分からない上に底の知れない甌穴《おうけつ》のために、沼を完全に調査した人間は、まだ誰もいないそうだ。太い枝をびっしりと絡ませた太古の樹々が道を閉ざし、午《ひる》さがりにさえ闇が厚く覆っているという。また、その沼の縁《ふち》に住む農民たちが夜な夜な耳にする人間じみた遠吠え――その遠吠えを発する山猫が、どうしたわけか沼地には滅多に住みつかないという噂などが、いろいろと囁かれている。とにかく、何とも奇妙な場所なのだ。沼の周辺二マイルの範囲内には、人家の建ったためしがない。村の若者でさえ、その沼のことを話す段になると妙に歯切れが悪くなるし、そこまで案内してくれそうな元気者を見つけ出すこともできない。まあ、せいぜい猟師やきこりが職業柄止むを得ず沼の縁に入るくらいだ。沼は、美しい丘の低い屋根に取りかこまれた自然の擂鉢の底に、ひっそりと眠っている。人が通る道からは遥かに遠く、この地方以外の人間にはほとんど知られていない。いちばん近くにあるチェパシェットという村でさえ、沼のことを聞いて知っている人間は二人しかいないというありさまなのだ。エデイがチェパシェットの郵便局でその噂を聞きこんだのは、猟師たちが炉辺に集まって物語をかたりあい、話のついでに、どうして木鼠《りす》や兎がみんなして丘を離れ、平原を越えてコネチカットへ逃げていってしまったかを不思議がっていた折のことで、ある寒ざむとした秋の宵だったと聞く。火打石銃を持った一人の古老がいうことには、**そいつ**は〈黒い沼〉のなかで蠢きまわっていて、原始のころから巣にしてきた地獄みたいな甌穴のなかから、ぬっと首を突き出したりしたのだそうだ。古老の祖父に当たる人が、一八四九年ごろ、まだ幼かったかれに話してきかせてくれたところによると、**そいつ**は最初の入植者がやって来たとき、すでにそこに棲んでいたし、インディアンたちは**そいつ**をいつもそこに棲んでいる化物と信じこんでいたのだそうだ。その火打石銃を持った古老は、〈黒い沼〉のことを聞いて知っている唯一人の生残者だった。

　そんなわけで、ぼくとエデイは、その日曜日にチェパシェット行きの乗合い馬車に乗りこみ、予定した通りの時間に、とある居酒屋の前に降り立った。酒場にいた連中は、〈黒い沼〉なんぞ聞いたこともねえな、と話していたが、酒場の主人に、ホワイト・チャーチの向こうにある道を家二軒ほど下ったところに住んでる町役場の書記に訊いてみるといい、と教えてくれた。その書記なら、この教区についてのことを何でも知っている、という話だった。そこで、この紳士が住んでいる柱廊を配した植民地時代風の家を訪れてみると、温和そうな主人《あるじ》が自ら迎えに出て、ぼくたちを家に招き入れてくれた。完璧な地方紳士、あるいは州選出代議士といった感じの人物で、サー・ロジャーでさえこれだけ風変わりなユーモアを身につけてはいないだろうと思えるくらいだった。かれはさっそく問題の話をしてくれた。〈黒い沼〉は、なるほど奇妙きてれつな噂の囁かれる場所です。あそこへ出かけた者で帰ってきた人間はひとりもおりませんからな。しかし正直いいまして、わたしは沼のことをよく知りません。そこへ行ったこともないのです——と、話してくれた。かれの忠告にしたがって、ぼくたちは道を越え、スプレイグという名のきわめて博識な小地主の住む小屋へ向かった。話を聞くと、この小地主という人は、十二年ほど昔ブラウン大学（ラヴクラフトの生地プロヴィデンスにある大学。現在では地元出身作家であるかれを記念して『ラヴクラフト文庫』を開設している）から植物調査にやってきた紳士の一行を案内して、沼の一部を歩き回ったことがあるらしい。スプレイグは、趣味のいい門口と上誂《じょうあつら》えのマントルと鏡板がある気持のいい植民地時代風の家に住んでいる。あとになって、大学の一行を実際に案内したのはかれではなかったことが分かったけれど、この人は稀に見る世話好きな人物で、大学の一行を直接案内してまわったフレッド・バーンズという男の家を地図に書いて渡してくれた。ちょうどそのとき、たまたまぼくの万年筆のインクが切れたのを見てとったかれは、手持ちのインク壷からインクを吸入させてくれた――いかにも田舎びたインクだから、実物の見本はこの長い手紙のはじめで綴った薄青い文字を見るといい。前にぼくとモルトニウスとで踏破したことのあるその同じ一本道をどこまでも歩いていくと、目の前にグッドマン・バーンズの家が見えてきた。その家の不衛生的な台所で三十分ばかり待たされてから、ようやくバーンズ本人に会えた。かれが戻ってきても、べつにたいした話は聞き出せなかった。けれどかれは、有料道路の南にある巨大な貯水地を遠くめぐる裏道の四つ叉に家を構えている、地主のジェームズ・レナルズに会うといい、と教えてくれた。こうして再度歩き出したぼくたちは、一六八三年に建ったコディの酒場に辿りつくまで足を停めなかった。そこは古い居酒屋だったけれど、人も動物もここをいちばんの楽しみの場にしていることは、今も変わらなかった。エデイにいわせれば、馬車で通りかかった旅人というのは、単に徒歩でやってきた旅人よりも、酒場の主人の注意を強く惹きつけるので、のそのそはいっていくのは作戦上不利になるらしかったが、幸いなことにぼくたちは分相応の丁重さで迎えられ、けっこう味のいい食事にありつけた。ちょうどそのときかれの家庭全体を掻き乱していた不安感がとにかく色濃く見え、この現状が酒場の善良な主人には勝ちすぎた重荷であることは明白だった。それというのも、もとはといえば行きずりの馬車から投げ棄てられたパイプの火が原因で燃えあがったかなり大規模な野火が、その主人の林ばかりでなくその古い宿屋さえも危険に陥っていたからだ。その出来ごとが、たまたま初見参《はつけんざん》でこの地に迷いこんだぼくたちの目前で、情容赦もない大災害をもたらす結果になっていたら、ぼくたちの心はひどく痛んだろうと思うが、うまい具合に、ぼくたちがそこを発《た》つ前に、チェパシェットから消防隊が駆けつけてきて、危険な火を消しとめた。その居酒屋は中央パトナム料金所のそばにある。けれど、あたふたとそこを発って貯水池を越えたあと、すぐ、ぼくたちは南に道をとって裏手の森にはいりこんだ。地主のレナルズの地所へ行くには、好都合の季節だった。目指す紳士は、自宅の中庭にいた。長年裕福に暮してきた人物と見え、かれのあやつる方言は、まず舞台で聞く以外にはちょっと聞くチャンスがないと思われていた、きわめて古い、特徴ある響きを持っていた。かれがいうには、分かれ道を右手に折れて丘を越え、アーネスト・ロウの農場へ行くのがいいということだった。そのロウ氏というのが、他ならぬ〈黒い沼〉の所有者であって、沼の縁で木を切っていたのは、かれの息子だったそうだ。地主の指示どおり、ぼくたちは見事な森と石壁のあいだを走る岩だらけの細道をのぼっていった。そうして、遅い午後の空を彩る炎と黄金を背景にして神秘的に聳え立っている丘の頂に、どうやら辿りついた。次の瞬間、ぼくたちは丘の向こうにひろがる情景に眺めいった。右を見ると、古めかしいロウ氏の農場があり、左には、ぼくたち二人が今まで夢にすら見たことのなかった華やかですばらしい山村のパノラマがひらけていた。誓っていうが、ぼくはその光景をこうして詩に表現する以外、どうやってもきみに伝えられそうにないと思う。

視界のおよぶところ、いずこにとも
旅人の辿る小径ひとつ見えない
そんな　緑ふかい樹々の丘が
ひろがっている
陵のうえに陵を重ね
野火の燃えるその両わきには
斧の味も知らぬ急斜面の森がつづく
ここには谷が落ちこんでいる
ここには牧草地《まきば》が伸びている
また松の林立を縫っては、
さらさらと小川が流れている
遥か遠い山腹はおぼろな紫雲にけぶり
また輝かしい陽光が間近の谷間を
黄金に彩る。
粗岩の壁はたおやかな軌跡《あと》を残して
前後に伸び、
そこでは程よく植えこまれた樹々が
沈みゆく日輪に赤々と
照らし出されている。
取るに足らない人間が
誇らしげに掲げた〈芸術〉に
ひどく気を損われた自然は、
ただひとたび口をひらいて
その〈芸術〉を恥じいらせている

　もしもこの並外れた景観地が手近な距離にあって、町の観光名物にでもなってしまったら、日曜日とか銀行休日とかいった日には、騒々しい観光客でごった返すにちがいない。けれど、人間の手ではどうにもデザインすることのできない驚くべき自然保存をやってのけるのは、いつも、この〈人に知られない〉という単純な要件なのだ。この地域は、どんな大通りからも南に遠く外れたところにあって、おまけにここの北がわというのがひどく単調な眺めで、心に浸みるような景観のないことで有名な場所だ。ひょっとすると、そんなところが地球上にあることを知っている人間は、プロヴィデンスで十人といないかもしれない。確かに、ここは古いニュー・イングランド地方の内奥の魂《スピリット》なのだ。ぼくたちの先祖が、そしてそれ以前には野蛮なインディアンたちが、あれほど膚で親しんできた〈母なる大地〉の、その生気あふれる野生林なのだ。とても魅惑的で由緒ありげな荘園屋敷に住むロウ氏が、実はこのあたりに土地を持つジェントリー階級の一員であるということを、ぼくたちは知った。年令はおよそ六十歳、青い眼をした中肉中背の気品ある人物で、使うことばのはしばしに聞き慣れない方言がうかがえた。かれは――あの〈黒い沼〉でしたら、さっきぼくたちが見た丘のうちの二つに囲まれた遠い擂鉢谷の底にございますよ、と教えてくれた。沼のいちばん近くへ辿り着くには、うねうねと曲りくねる道と牛車しか通らない山径を歩いて、およそ二マイル行く必要があるのだそうだ。またかれは、なるほど沼は確かに奇妙な場所でございましてな、夜に出掛けていこうなどとはもってのほか、それに沼の恐ろしいたたずまいを語る農民の口ぶりは、いささか度を過ごしておりますよ、ともいった。ぼくたちは、かれの親切に深く感謝して、かれの住いのすばらしい環境についてひとくさり賛辞を並べたあと、次の旅に役立てるべき情報を手にしたまま町へ戻ることにした。いま、ぼくたちはいちばん早く沼に着く道を知っている。こんどこそは、要領を得ない質問をあちこちに振り撒いて時間を浪費することもないだろう。きっと、次の旅はすばらしい日帰り旅行になると思う。ぼくたちはまだ、これといって予想外の恐怖を見つけだしたわけではないが、あそこへ出掛ければ、すくなくとも十以上の物語ができるような暗い景物を、たっぷり見てこられるにちがいない。ぼくたちは、山村の夜空を彩る縞瑪瑙と金箔の下を、えんえん十七マイルも歩きつづけて、チェパシェットの街に帰りついた。ぼくはひどく疲れ果てて、ほとんど立つこともできなくなっていた……。

グランパ

FANTASTIC GALLERY

挿絵画家アーサー＝ラッカム

解説　麻原 雄

Alice's Adventures in Wonderland

一九世紀の半ばに発明された写真術は、まさに真実を写し取るという完璧なまでの描写性ゆえに、大いなる衝撃を伴って、新しい視覚時代の到来を約束した。生命をも奪い取ってしまうと当初怖れられたこの小さな暗箱に、人々が次第に慣れ親んでいったとき、一方ではこの機械が密かに画家達の鮮血を吸い取っていた。絵画の未来は、暗箱の後部の磨硝子に映る倒立した光景のように、虚ろで白々しい精気の無い姿を見せているように思われたのだった。

一八六七年ロンドンはサウス＝イーストの中流家庭に生まれ、一種清教徒的な勤勉さの中で画家として立つ日を夢見ていたアーサー＝ラッカムが、この磨硝子の中で逆立ちしている自分の姿を認め、絶望の淵に投げ込まれたような気分になったとしても誰がそれを責められよう。第三のクリスマスの幽霊に己れの死を見せられたディッケンズのスクルージのように、それが自ら蒔いた種の結実であるならば涙を流し身を浄めることで救われる。しかし滔々と流れる機械文明の奔流が齎す渦だとするならば、木の葉のように覚束ない一人の人間にどれ程のことが出来たであろうか。絵画の行く末は、彼の眼にも絶望的なものとして映ったのだった。

写真と絵画の本来的な相違は、内在す

Mother Goose

る時間にある。写真が進行する行為のある一瞬を、線上の一点として定着させるのに比し、絵画は描かれる行為を一つの完結した姿の中に凝集する。それゆえ写真はあくまでも断片としての世界を、絵画は自律した世界を提示する。このことは逆に写真がその領域から絵画を駆逐し覇者となることは決してあり得ないし、それには性格が異りすぎていることの証しとなる。がしかし、この新発明の機械は当時あまりに強い閃光を放っていたために、人々はその実体が本来有する大きさも測定しえなかったのである。

Rip Van Winkle

律儀な人間は、その律儀さゆえに生きる術を心得ている。彼は彼なりに己れを救う道を探し出したのである。しかも写真では決して為しえない領域にその道を見い出すことで、付纏う暗箱の脅威を打ち破った。己れの進むべき方向は挿絵画家として立つこと以外には無いと確信した彼は、自分に言いきかせる。「画家は決して作家の僕《しもべ》ではない。むしろ良きパートナーなのだ」

Seven Fairy Tales

Alice's Adventures in Wonderland
（次頁下も）

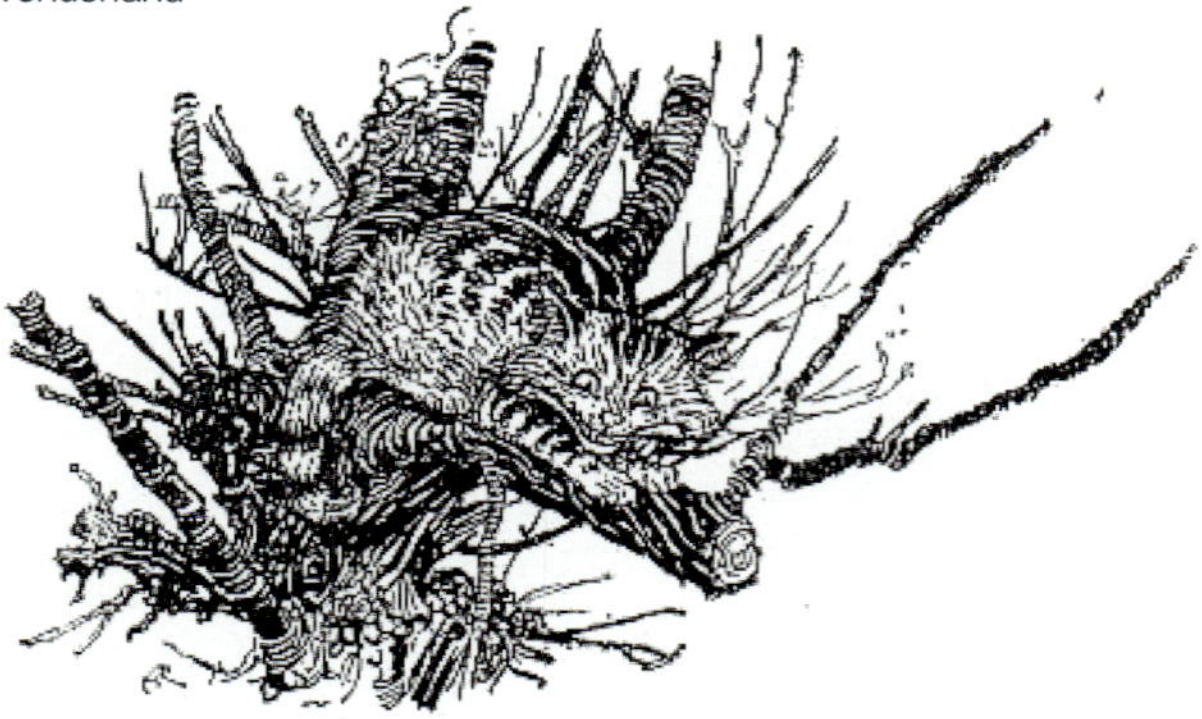

Rip Van Winkle（次頁も）

一九〇〇年に出版された『グリム童話集』のための作品の成功は、彼の地位を不動のものにした。

クリスマスの朝に「これからさき続く晴れやかな笑いの開祖となるべき笑い」を浮べてベッドから起き上ったスクルージと同じく、その時彼は確かに「黄金色の日の光と神々しい空」を見、「これまで聞いたことのないような美しい鐘の音」を耳にしたことであろう。

『ガリバー旅行記』、チャールズ・ラムの『シェクスピア物語』、『リップ・バン・ウィンクル』、『ピーターパン』、『アリスの不思議な旅』、『イソップ物語』、『クリスマス・キャロル』と矢継ぎ早に作品を発表し、イギリスに於ける指導的

な挿絵画家と称されるまでになる。銅版画を思わせる丹念な線の絡み合い。動物図鑑から抜け出たような精確さをもって画面を充す様々な物たち。それらに当時ヨーロッパを席倦していたアール・ヌーボーの影響を見る評者もいるが、彼の場合アール・ヌーボーを特長づける様式化あるいは装飾化された形式は些程うかゞわれない。むしろ彼自身が語っているように、デューラーやドイツ・ロマン主義の残照を浴びたものと見る方が正しいであろう。

勤勉と検約の信奉者であり、アリスが踏み入った世界とは凡そ縁遠い凡庸な日々を棲処《すみか》とした彼が、テキストの行間に咲かせてみせたイマジネイションの花々は、妖精や悪魔、人格化した動物たちという極めて非現実的な夢の素材を花弁としながらも、なぜか軒先や路傍に見られる日常性と、それが生じせしめる親近性とを有している。人間を取り囲むあらゆるものが、じっと息を潜めて我々を見詰める。梢の梟、踞る猫、木々の幹に隠された眼。それらは一瞬たりとも視線をそらすことなく沈黙の中で冷やかに見詰める。これこそ子供の眼に宿る好奇の光なのだ。最初の成功作である『グリ

Unpublished Illustrations

A Christmas Carol

ム』の素描に対して、終生より大きな愛着を持ち続けたラッカム。金色の和毛《にこげ》が風に震える少年時代に遥かなる憧憬を持ち続けた彼が、一九三九年に大地に還ったとき、彼の口唇からは次のような歌が聞かれたかもしれない。

夏ぞらのもとにボートはゆれ
ゆめみるようにもためらっていた。
とある七月のゆうぐれ
――
身じかに三人の子どもはすわり
かゞやくひとみとすなおな耳で
わたしの話に聞きほれていた。

その青ぞらもいまはうすれた。
こだまはたえ、おもいでもほろび、
夏はさびしい秋の霜に追われる。
けれどもいまもなお、まぼろしのよう
うつつの眼にはうかゞえぬ空のもと、
アリスはわたしをおとずれてくる。

かゞやくひとみとすなおな耳の
あの子どもらも、わたしの話を聞こうとして
身をすりよせてくれればよい。
魔法の国で子どもらは夢を見ながら
眠っている、過ぎ去る日々のかたわらで
眠っている、ほろび去る夏のかたわらで
ながれをただよいくだりながら――
金いろのひかりのなかにためらいながら――
いのちとは、夢でなければ、なんなのだろう。
（ルイス・キャロル〝鏡の国のアリス〟
生野幸吉訳）

A Christmas Carol

日本怪奇劇の展開―闇の秩序を求めて―

落合　清彦

一

怪奇ブームがつづいている。わが国に、この種のブームが到来したのは、今回が最初ではない。いわゆる「怪談の系譜」をたどれば、それは遥かな昔に遡ることができる。江馬務氏は、これを五期に分けた。わたくしがこれから考察しようとするのは、さしずめ、その第四期と第五期――すなわち、応仁の乱から江戸時代終末までと、明治以後の時点にあたるだろう。

この期を通じていえることは、戦争と和平の交替という事実である。略《ほぼ》三百年にわたる和平を招来した江戸時代の初めと終りには、それぞれ戦乱があった。そして、その戦乱時代に日本の貌《かお》は海の外に向けられた。明治以降の一世紀の間にも、この日本の貌は頻繁に、海の外と内とにその向きを変えつづけた。

最も近い記憶からいえば、第二次大戦の前と、その後のありかたである。第二次大戦直前にあったのは、大正リベラリズムの夕映えの中にきらめいた消費文化と、それが生みおとした一種の色情文化である。いわゆるエロ・グロ・ナンセンスの社会風潮である。

先般わたくしは『キャバレー』という映画を見た。秀作であった。時代を一九二〇年から三〇年の交、すなわちナチス・ドイツ勃興寸前の時点に設け、第一次大戦に敗れたドイツの人心の荒廃を背景に、いかにしてナチスが人々の心を一定方向に持って行ったか、――いかに人間が、いわゆる「自由からの逃走」にたやすく身心を投ずるかを、直接法によらずにえがいた作品であった。そして、この映画が、ぶきみにアクチュアルなのは、それだけではなかった。当時の世相と風俗——いわゆるアール・デコとよばれたモードが、いま再びよみがえっている、その事実を踏まえて、「はたして歴史はくりかえされるか?」という問題提起をしていた、その点にある。よみがえりつつあるのは、はたしてモードだけであろうか? どうやら事は、そんな上《うわ》っつらだけの現象ではなさそうだ。

その時期、わがくにでも一見アナーキーな欧米風俗の模倣がおこなわれた一方、江戸文化の再発見が試みられた。ディスカバー・ジャパンは、なにも当今が初めてのことではない。

永井荷風、小山内薫、岡鬼太郎といった文学者たちが、二代目市川左団次という俳優のために、埋もれた歌舞伎、とりわけ鶴屋《つるや》南北《なんぼく》の作品を、つぎつぎと復活上演させた。そして第一期の『大南北全集』が刊行され、つかのまの南北ブームを招きよせた。この時期、日本は自分の貌を再び内へ向けたのである。が、それは歯どめを欠いていた。日本は自分の中へ深入りしすぎてしまった。ウルトラ・ナショナリズムにとり憑かれて、日本は破滅的な戦争へ突入した。

戦後二十余年がすぎた。日本は再び大国にのしあがった。そして再び、日本は自分の貌を内側へ向けはじめた。文学は「内向」的となり、新劇人の中に「河原乞食」を志向する動きが生じ、歌舞伎人口は急速に増加している。マス・コミの一部に「終末」の意識が兆し、人々は「内なる日本」を求めて、この狭い国土の中を東奔西走し、『日本沈没』という本がベストセラーになった。一連の怪奇ブームは、こうした状況の中から生じている。しかも、その怪奇への志向が、きわめて伝統的な、日本的なそれを指してもいることは、ほぼ明らかといっていい。怪奇へのアプローチも、また、失われた日本を求めてのそれであることに、まちがいはなさそうである。

二

「国境の長いトンネルをぬけると雪国であった」という書きだしで著名な『雪国』の作家川端康成が昨年自殺した。愛弟子三島由紀夫の自殺におくれること二年。マス・コミは、弟子の自殺の時のようには騒がなかった。が、わたくしは、本質的に川端康成の自殺に、象徴的な「日本の死」を感じるのである。彼はつとに『末期の眼』をもって日本美を追求した。「国境の長いトンネル」をぬけて見いだした『雪国』は、現実にはあらず彼の末期の眼に映じた「他界」だったかもしれない。漂泊の主人公が闇の向うにこの世ならぬ美的なものを発見（あるいは幻視）する、という構想において、泉鏡花の『高野聖』と相似するパターンだが、これは民俗学のいう貴種流離譚《きしゅりゅうりたん》のそれに遠からず、自身が碧眼の遠来の客（まれびと）だったヘルン小泉八雲が、根の国出雲において既に失われつつあった日本の『怪談』を精魂こめて採集したのと、霊妙につながる一連の姿ではなかったろうか。

漂泊の旅人が他界を垣間見《かいまみ》、そこにうごめく神仙怪異のもろもろの妄執のすがたを観察する、という構想は、能楽の殆んどすべてに共通したものである。まさに能楽は、亡霊のみが主格を占める特異な劇文学である。そこに現われ出るのは、山川草木、有情非情の一切の存在が霊化したものであり、その幽玄なたたずまいである。

ふたたび民俗学では、土着神の零落したものが遠来の神に恭順をちかうという形で芸能が発生する、と説かれる。土地に居着きの神は、落ちぶれた神である。それが時として霊化すると、妖怪となり変化となる。能楽も、こうした理法で解釈されうる。その発生の原点においてはとくにそうである。それが徳川時代に武家の式楽となった。この道ゆきはいかにも自然だ。三河武士が天下をおさめたとき、それ以前にあった豪族武族は、この新しい神の下に恭順の意を表さねばならなかった。それを享受する側からすれば、彼らの服従を是《ぜ》とする哲学が必要となる。ここに作用したのが仏教の教理である。修羅の妄執を解脱させる仏教の教理が採用され、それは遂に美にまで結晶された。その美的理念が「幽玄」であり「花」であり「闌位《らんい》」である。

それが、あまりにも﨟たけ、あまりにも玲瓏化されているため、ひとはこれを怪異の劇とは認めないもののようである。けれども、いわゆる現在能を除き、能楽は、神・男・女・狂・鬼の類目をみても分るとおり、あきらかに他界にぞくする精霊の徘徊する別世界である。この世界は、彼岸と此岸のあいだの薄明の裡にある。そして劇の結果は、常にいわゆる成仏に措定されている。それを見とどけるのは、多く諸国一見の僧である。

中世に生まれた能楽が支配者である武家の式楽に定められた江戸時代は、武断政治から文治のそれへ質的に転移した時代である。その「文」は儒学であった。儒学は現実処理の哲学である。この世を仮りのものとする仏教の哲理とそれは対極をなす。江戸時代に仏教は堕落したといわれる。はたしてそうなのか——というより、仏教は変質したのだろうか。わたくしはそれを日本の土着化とみたい。あるいは庶民化とみたい。これは然し風化ではない。江戸時代にまだそれは民衆の中に生きつづけていた。それが本当に風化するのは、明治以降のことである。

かぶきの発生が出雲のお国《くに》の「念仏踊り」にあるとするのは既に定説である。ほんらい彼岸への志向を表わす念仏が〝踊る〟ことで此岸のものとなった。ここに、かぶきの原質的な逆説性がある。そして、かぶきは能楽の庇《ひさし》を借りながら能の仮面を脱いで生身《なまみ》の「人間」を導入した。「憂き世」が「浮き世」になり、かぶきは現世を華やかに肯定するかたちを示した。が、ここでも日本の芸能の根底的なパターンは保持された。かぶきは能楽の形態を初めは模倣してみせた。能を「本行《ほんぎょう》」と呼び、かぶきはそれの「やつし」、すなわち零落の形だと自らを規定した。そしてかぶきは、人間と精霊に「関わり」を持たせた。たえて能楽には見られなかったことである。それは此岸性の濃化ということでもある。幽玄神秘な能の『道成寺《どうじょうじ》』と、絢爛華麗なかぶきの『京鹿子娘《きょうがのこむすめ》道成寺』とを比較すれば、その間《かん》の事情は一目瞭然である。こうして、かぶきは現実性を頓《とみ》に加えながら、民衆とともに成長して行った。

三

江戸後期の文学・浮世絵・演劇・芸能に、やがて陸続と登場してくる妖怪変化類は、土俗性と現実性と遊戯性との特質によって、大衆化された。現実性というのは視覚性というにちかい。例えば、丸山応挙の有名な幽霊図が名品でありながら、肉筆画だということで普遍性をすこしく減じていたのに対し、当代のマス・コミ機関だった木版や劇場というメディアを通じて頒布された妖怪図の類は、ひろく大衆の底辺にまで浸透し、大衆文化の中の一ジャンルともいうべき「妖怪文化（オバケ文化）」を形成した。この時期は、江戸文化の東漸とともに、ほんとうの意味での大衆文化がそこに定着した時にあたっている。

　妖怪文化にかぎらず、文化文政期を始発点とする後期江戸文化は、文学・絵画・演劇というジャンルの統合あるいは連帯によって成立っている。近代におけるように、それらは、おのおのの分立・自立を主張してはいない。むしろ、おたがいが補色関係のような意義をもって共生している。いわば三者連合である。これらの民衆文化の中では最も高踏的なよそおいをみせた読本《よみほん》にしてからが、その挿絵から生じる魅力を考慮しないわけにはゆかず、じじつ、そこから派生した錦絵が原作を逆照するという倒錯関係をみせているのだ。まして、絵を主に文を従とする建前《たてまえ》の草双紙《くさぞうし》類において、こうした動勢がエスカレートするに及んでは、「正本製《しょうほんじたて》」という紙上舞台を現出させた。それは書斎の読者をそのまま劇場の観客たらしめようとする目的の、レーゼ・ドラマならぬ「眺める台本」であった。それらは、登場人物の顔がすべて当時の俳優の似顔絵になっており、プロット、スタイル共に正本《しょうほん》とよばれた戯曲の体裁をとっている。つまりこれは、上演されざる、書斎の机上で観る劇だったのだ。その画も台詞もまぎれもない歌舞伎劇のミニチュアであった。当今のいわゆる劇画と文字づらは似ていても、そして実際、劇画から映画が作られるという関係は似ていても、質においてそれは劇画の比ではなかったといっていい。

　こうした夥しい草双紙や錦絵類に跳梁したのが、ほかならぬ妖怪変化のたぐいである。

はじめ文学と演劇との間には、お互いを守り、他の領分へは踏みこまぬという不可侵条約が結ばれていた。それを、すすんで両者の歩みよりによって素材や趣向を提供し合うようにしたのが山東京伝《さんとうきょうでん》であり、鶴屋南北であった。

文化五年、江戸市村座の夏芝居に、初代尾上松助《おのえまつすけ》が南北の作による『彩入御伽草《いろえいりおとぎぞうし》』を上演した。これは原拠典を山東京伝の合巻《ごうかん》『安積沼後日仇討《あさかぬまごにちのあだうち》』（文化四年刊）に仰いでいる。この狂言は松助が途中で病休、息子の栄三郎《えいざぶろう》（のちの三代目菊五郎）に代役させたにもかかわらず大当りを記録した。

内容は天竺徳兵衛《てんじくとくべえ》と木幡小平次《こはだこへいじ》と播州《ばんしゅう》皿屋舗《さらやしき》とお妻八郎兵衛《つまはちろべえ》の世界をないまぜにした一種の怪談狂言である。

この狂言は、鶴屋南北という作者の特性をみるに便利な作品なので、やや詳しく紹介しよう。

四代目鶴屋南北は前名を勝俵蔵《かつひょうぞう》といった。この『彩入御伽草』上演の文化五年、彼はまだ勝俵蔵と署名している。南北の俵蔵は、下積み作者の時代が甚だ長かった。事実上の出世作となった『天竺徳兵衛《てんじくとくべえ》韓噺《いこくばなし》』を書いて、主演の尾上松助にその才能を認められたのが文化元年、俵蔵が五十歳の夏である。

南北はこの時まで略三十年間を雌伏《しふく》していたわけである。いかに悠長な時代のこととはいえ、三十年はいささか桁はずれである。もっとも全く用いられなかったわけではなく、番付の上にも名前が出てはいるのだが、彼がいわゆる立《たて》作者（トップ・ライター）として迎えられるには、これだけの「じっと我慢の」時間が必要であったのだ。当時の作者制度は近代劇のそれとは全面的にことなり、浄瑠璃劇にならった合作制が行なわれていた。つまり共同執筆である。そのトップの作者が立作者で、作品の執筆者を代表する、という仕くみである。

五十歳といえば人生の終りに当たる年配だ。この年齢から南北は活躍をはじめる。そのきっかけが『天竺徳兵衛』だったのである。

四

「天竺徳兵衛」という人物は多分実在したらしい。播州高砂の船頭で、天竺（インド）まで漂流し、その手記をのこした。帰朝後は大阪に出家して八十九歳まで生きた。没したのは宝永四年という。この手記の中には山田長政の話も出てくるのだが、これをもとにして浄瑠璃や歌舞伎に劇化された。当時一般の人のしらぬ異郷を遍歴してきたということで、彼は神秘的な人間に見られたのは充分想像できる。現代でも例の横井庄一さんのように今浦島的な迎えられ方がされるのだから、鎖国時代にはなおさらだったろう。それが劇作家の想像力で一層伝奇的な色彩をほどこされ、妖術つかいの謀叛人という性格が与えられた。

南北以前に「天徳」（と略称される）劇

は、大阪と江戸でおのおの出自を別にする作によって演じられていたのだが、南北の作があらわれると、これが天徳劇を代表するものとなり、他系統のものは姿を没してしまった。それほど、南北の天徳劇は強い力で定着したのである。この劇の骨子は、真柴久吉《ましばひさよし》（つまり羽柴秀吉）を亡ぼそうとする朝鮮の重臣木曾官《もくそかん》が吉岡宗観《よしおかそうかん》と変名して日本にひそんでいるが、天竺から帰朝した船頭徳兵衛こと一子大日丸《だいにちまる》に蟇《がま》の妖術と名刀浪切丸《なみきりまる》をさずけて自害、妖術体得の徳兵衛は父の遺志をついで久吉を亡ぼすべく、越後座頭《えちござとう》に化けて館に入りこみ、正体をあらわし、蟇の妖術を使って人々をおどろかす――といった筋立てになっている。

　この芝居が受けたのは、題材の異国趣味と蟇の妖術と、夏芝居ゆえに本水《ほんみず》をふんだんに使った早替りと、幽霊の出現とによった。父の宗観が息子の徳兵衛に妖術をさずける件りの呪文が「南無さったるまグンダリギヤ、守護聖天《しゅごしょうでん》、はらいそ、はらいそ」という。ヒンズー教と仏教とキリスト教の三教をつづりあわせた傑作で、天草の乱のキリシタン騒動を匂わせている。このあと舞台が屋台《やたい》くづしになり、おどろおどろしい鳴物とともに、宗観の首をくわえた徳兵衛が、蟇の上にまたがり大見得《おおみえ》を切ると、次が水門の場で、ここから首をくわえた大蟇が出てくる。そして捕手たちと、ゆるいテンポでたちまわり、やがて縫いぐるみの蟇の中から、妖術つかいの華麗な装束に変身した徳兵衛があらわれ、花道幕外《まくそと》で六法《ろっぽう》をふんで退場する。大詰の場ではまず座頭《ざとう》の姿で出て、木琴を弾奏しながら「かねて手くだとわしゃ知りながら……」と唄い、正体を見破られると印《いん》をむすんで、前の池へとびこむ。本水のしぶきがあがる。見物がそれに気をとられているすきに、すぐに揚幕《あげまく》から、長上下《ながかみしも》の上使の姿で出てくる。初演の松助のこの早替りが大そう鮮やかだったので、松助は本当にキリシタンの妖術を使っているのだという噂がたち、奉行所から役人が来たという風聞が伝わり、ますます見物がふえた。が、これは実は南北が考えた宣伝だったという。立川焉馬《たてかわえんば》の『歌舞伎年代記』にも詳しく舞台の様子が描かれており「……此《この》早がはり三ケ津にまねる者《もの》あるまじと大評判《ひやうばん》にて。無人《ぶにん》の夏きやうげん大入大繁昌まことに一流の名人といふべし」と評されている。

　この作が大当りしたので、作者の名もおおいにあがった。そして文化五年六月の『彩入御伽草』の中に再び天徳が組みこまれることになった。

　前にものべたが、この作には、天竺徳兵衛、木幡小平次、播州皿屋舗、お妻八郎兵衛という四つのプロパーがモチーフとして使われている。

　江戸の狂言作者のなかでも、南北は、こうした所謂ないまぜ、書きかえの技巧を極度に駆使している。この四つのプロパーも、その一つのプロパーだけで充分に一編の作品がなり立つ、というよりも、すでになりたっていたものである。それらを斯道の用語で「世界」といった。この「世界」を重層させることの意味には、はなはだ複雑なものがあるが、結果として、禽獣や果実や草花の種の交配で従来の品種とは異なった優良な、あるいは珍奇な変化に富む改良品種を産出させうるのと酷似した着想によるところも多大にあったとみていい。

当節のテレビの例で示せば次のようなことになる。「平家物語」と「国盗り物語」と「樅の木は残った」と「赤ひげ」と「ありがとう」と「お笑い頭の体操」と「八時だよ全員集合!」とを交配させて一つのドラマにする。そんなことは不可能だと人はいうと思う。しかしそれが可能だったのだ。可能にしてしまったのだ。映画では時に見うけられる方法で、たとえば谷崎潤一郎の「刺青」と「お艶殺し」を一緒にして増村保造が映画にした。原作者が同じ場合は比較的容易だろうが、全然ちがった原作をいくつもつないで一つの作品にすることはかなり困難である。その困難なことをあえてした。南北がその代表的作家である。西洋の怪奇物でもう一度例をとると、「フランケンシュタイン」と「プラーグの大学生」と「ドラキュラ」と「アッシャー家の崩壊」とをまぜてしまうわけである。といっても、それぞれを、まるごとソックリつなげるわけではない。作者の趣向で、どこを捨て、どこを取るかの選択が行なわれるのだが、ここにその作者の才能が揮われる余地があった。南北が大作者だといわれたのは、ここにおいてである。彼は、できるだけ接点のない素材を集めて、巧みにそれらをリエゾンさせたり、ミックスさせたりした。そこに南北流の「趣向」があったのである。

五

木幡《こはだ》（小幡）小平次という人間も実在したらしい。出身地は奥州の安積《あさか》郡で、初代尾上松助の下男奉公をしたのち下廻りの役者になったが、三年ほどで故郷に帰り、旅役者として奥州一円を廻った。その間《かん》妻を持ったが、この女が良人の留守中に間男《まおとこ》をこしらえ、共謀して小平次を殺した。小平次は日頃から陰気な性格で、役者仲間から「幽霊」という仇名でよばれていた。小平次の横死をきいた松助は南北と相談して怪談狂言を書き、小平次をその主人公にした。読み合わせの稽古中、夜ふけの劇場の三階の板羽目をトントンと叩く者があった。ここは表が舞台の上に当っていて、そこへのぼる足がかりは全くなかった。サテハ出たか……と松助も怖くなってそこそこに帰宅したが、「お帰りなさいまし」と出てきた妻の顔をみると忽ちそれが男の顔に変わり、鉄瓶の口から熱湯がふきだし、棚からガラガラと物が落ちたという。てっきり小平次の亡霊のタタリだと、松助は両国回向院で小平次の法要を大々的に行ない、大きな卒塔婆を建立した。この法要には多数の見物が出た。そして初日の幕をあけたのが『彩入御伽草』である。

この劇中人物の素性《すじよう》をみると、小平次の女房おとわが播州浅山鉄山《あさやまてつさん》の実妹で、彼女の密夫の多九郎も浅山家の若党あがり、そして九州の菊地家と大友家にまたがる天竺徳兵衛と結託して謀叛の片棒をかついでいる、という設定で、『皿屋舗』と『天徳』の世界に関係をつけている。小平次と女房おとわ（この名は尾上家の屋号音羽屋《おとわ》から着けられた）を松助が二役早替りでみせている。そして小平次を、もとやはり菊地家に仕えた下男ということにしてある。九州の菊地、大友という天草騒動のキリシタン大名ゆかりの名を天竺徳兵衛にからませているのも、前作『天徳』からの関係を仄めかすためである。

山城国螢《やましろのくにほたる》が沼のほとりで、おとわと多九郎は小平次を殺す。小平次が浅山鉄山から妹おとわへよこした密書をよんだからである。この殺し場は、小平次とおとわを一人の俳優がしわけるスリルと、螢と宵の薄月《うすづき》と水の匂いと血のいろとに隈《くま》どられて、陰惨なうつくしさを漂わせる。

次の場は小幡小平次の家で、殺された小平次が亡霊となって現われ、おとわと多九郎を苦しめる。多九郎が水をのもうと流し場へおりると、へっついのうしろに陰火が燃え、水がめのわきへ小平次の幽霊が、ものあわれな姿で朦朧《もうろう》とあらわれ、多九郎の顔をうらめしそうにみつめる。以後、小平次の幽霊は、陰火とともに多九郎の前後左右へ現われては消え、消えては現われる。そして、蚊帳の中に寝ている女房おとわをも悩まし、多九郎が沼に沈めた菊地家の重宝、女龍《めりよう》の印《いん》を、菊地の家臣弥陀次郎時綱《みだじろうときつな》にわたす。とど小平次は、おとわを喰い殺し、その生首《なまくび》をかかえて蚊帳の上へぼおっと小高く現われ、女房の首をすかし見て、にったりと笑うのである。……

この『小幡小平次』の怪談は大あたりをし、以後〝小幡小平次物〟といわれる一連の系譜をかたちづくった。つまり、天徳や皿屋舗とは切り放して上演されるようになったのである。この系譜の中に、有名な『四谷怪談』に登場する小仏小平《こぼとけこへい》も加わっている。そして、数多くの合巻類や読本類、世話講談、怪談噺、歌舞伎狂言、人形芝居などのジャンルに姿をみせながら、近代にまで及び、大正十三年、鈴木泉三郎《せんざぶろう》が『生きてゐる小平次』を書くに至る。この作品は作者鈴木の代表作といわれ、登場人物は旅役者の小平次、囃子方《はやしかた》の太九郎《たくろう》、女房おちかの三人だけで、太九郎の女房おちかに恋をした小平次が、太九郎夫婦に殺されても、なお生きつづけて、どこまでも夫婦のあとを影のようについてくる、というプロットになっている。

わたくしは、ひそかに、この作品を、谷崎潤一郎の『お国と五平』に比較し、前者は後者から、ある種の影響をうけているのではあるまいか、と考えている。ちなみに、『お国と五平』が書かれたのは、大正十一年である。

もちろん、両者の文体は大きくちがっている。『お国と五平』は、いわば純粋な科白劇であり、一幕物である。これに対し『生きてゐる小平次』は三幕物である。そして『お国と五平』は怪談劇ではない。が、怪談劇にしようとすれば出来る。それをしなかったところに谷崎の「文学」がある。が、この文学性は専らテーマの中に凝縮されており、そのため怪談への可能性は、殺される池田友之丞《とものじょう》に内面化され、封じこまれてしまっている。が、江戸時代の作劇術になぞらえると、この二つの作品は、一つにつながるのだ。『お国と五平』はいわば時代物（武家の劇）で「一番目」に該当し、『生きてゐる小平次』は世話物（町人の劇）で「二番目」に該当する。江戸の芝居は、この一番目と二番目を、大きなスケールで前編・後編として一つの作品にまとめるのがしきたりだった。

だから一番目の世界で池田友之丞がお国と五平に殺されたあと、二番目の世界で今度は小平次となり、おちかと太九郎に殺されても亡霊となってつきまとう、という構想が可能になるわけだ。そうした仮構をそそるような相似点が、この二つの劇にはある。まず、場所が那須野原と安積沼と近接し、人間も三人なら、その関係も有夫の女に恋をする男を中心にした三角関係で、殺される男の性格も陰性で執拗で、殺す側の男女が野太く狡かつなのも共通している。ただ、くり返すけれど、谷崎作品では〝殺される側の思想〟がるると展開されるが、鈴木作品では専ら行動と気分が劇を支配している。そして小平次は文字どおり影の存在になり、花々しい妖怪活動をしなくなっている。やはり両作品とも大正年代にできた近代の産物なのだ。近代文学で怪異を正面にすえる例はほとんど泉鏡花だけといってもいいかもしれない。

六

さて『彩入御伽草』のもう一つのプロパー『皿屋舗』も、怪談としての系譜を持つ。この話の原型は、一人の女中が主家の家宝の皿を割った罪を問われて殺され、井戸に沈められるが、怨念がのこり幽霊となって出現し、夜毎皿の数を九枚まで数える、というもので、多くのバリエーションを持っている。南北は播州という地名の連繫から、これを『天徳』の世界へ導入したのである。

この皿屋舗劇については、越智治雄氏が「皿屋舗の末流」という卓れた研究を発表している。（同氏著『明治大正の劇文学』）氏はそこで、前近代の闇の世界が近代に至ってどう変質して行ったかを克明に追及している。

近代における皿屋敷劇としては、越智氏も指摘するように河竹黙阿弥《かわたけもくあみ》の『新皿《しんさら》屋舗月雨暈《やしきつきのあまがさ》』（魚屋宗五郎）と、岡本綺堂《おかもときどう》の『番町皿屋敷』があげられよう。氏ものべているように、『新皿屋舗』のほうでは、怪談としてのウエイトが薄れ、わずかに、お蔦が殺される件りに原型の面影が残るが、むしろ劇のポイントは、お蔦の兄の魚屋宗五郎の酒乱の描写に置かれている。市井劇・生世話劇として、歌舞伎がみせるリアリズムの極限がそこにある。もう一歩のところで、それは「新劇」たりうる底の人間描写が成立している。六代目尾上菊五郎が『忠臣蔵』六段目の早野勘平と同様に完成させた巧緻なリアリズムの演出がそこに定着している。越智氏はこの台本の数種の異同をあげ、しだいにこの劇が心理的写実的に洗いあげられてゆく経過を示した。そして妹を殿様に殺された宗五郎の孤独に着眼し、「その怨恨は晴れるのではなく霧散する。かつての皿屋敷劇と異なり、宗五郎の場面以後黙阿弥はお蔦の亡霊をさえ登場させるのをやめてしまったから、あのお菊の死霊といった超自然な力が世界のいわば秩序を回復することはついにない。（略）古い伝承の枠の中の劇世界が全体を表現するすべを所有していたのにひきかえて、ここに孤独な個人が登場したのである。『新皿屋舗月雨暈』は近代における歌舞伎劇の命運をほとんど象徴する位置にあったのだ」（傍点落合）と的確に結論している。越智氏の結論に誤りはない。が、もう一つの見方もあるのではないか。それは宗五郎の酒乱が意味するものである。彼の名前は「宗五郎」である。民俗学でいう「御霊《ごりょう》信仰」の末裔として彼もこの名を与えられているのではないか。有名な『佐倉儀民伝《さくらぎみんでん》』の主人公の名も「宗吾（郎）」だ。そして佐倉宗吾郎も刑死ののち一族悉くが怨霊と化し、藩主堀田大領《ほったたいりょう》を破滅させる。ハリツケ柱を背負った姿のまま宗吾郎は幽霊となり、怨念を晴らすべく跳梁する。この劇が書かれたのは幕末である。そして宗吾郎を演じたのは木幡小平次も演じた四代目市川小団次だった。この怨霊劇も、近代になると「直訴」と「子別れ」の場に重点が移動して、怨霊活動の場面は切りすてられてしまう。しかしこの劇は『魚屋宗五郎』と同じく、社会劇への志向性を有しながら、一面では、古くからの民俗伝承の御霊信仰をも担っている。御霊信仰とは、怨念をのこして死んだ者が、御霊とよばれる亡霊となり、さまざまのタタリをし、荒れまわるというパターンをさす。曾我五郎・十郎兄弟の物語から作られた「曾我狂言」が江戸の初春芝居として毎年連綿とくり返されたのも、背後に御霊信仰をかかえていたからだといわれる。そしてこの御霊は、「荒し」をともなう。すなわち、暴れまわるのである。御霊と五郎との音《おん》の相似性がそれを証する。とすれば、魚屋宗五郎が酒をのんでから暴れだすという構想も、まさに御霊伝承を踏まえていたといえるだろう。

　越智氏もいうように綺堂の『番町皿屋敷』には、こうした古来からの伝承性は比較的稀薄だ。この作に漂うのは、腰元お菊の怨念のゆらぎではなくて、青山播磨の青春のスツルム・ウント・ドランクの血潮のたぎりであり、自我意識の生新な覚醒だ。これが書かれた時点で、それはまさに時代と個人とをつなぐ必然性を有していた。が、現在の状況はあきらかにちがっている。現在の状況が要請しつつあるのは、奇しくも越智氏のいう「超自然な力が世界のいわば秩序を回復すること」なのである。逆にいえば、現代は、「超自然な力」によらずには「世界の秩序を回復すること」ができなくなりつつある時代だといってよかろう。

　ここにおいて、わたくしがこの拙文の冒頭にのべた怪奇ブームのよって来る所以がようやく明らかになりそうにおもわれる。

　今年の夏、日本全国は気象台はじまって以来の酷暑を経験した。あたかもそれは人智のさかしらを嘲笑うように執拗だった。これに加えて全国各地に時ならぬ動物たちの異常発生が見られた。わたくしの家の小さな庭にも例年になくトカゲの群れがあらわれ出た。そして人々は大地震到来の予兆におびえた。おびえたというより、まちうけたといったほうが適切かもしれぬ。人々は超自然な力を心の底で待ちうけているかの如くである。

　前近代のそれとちがった社会の抑圧が人々の心にのしかかっている。それをはねのけるまえに、人々は再び前近代の闇の秩序を呼びもどそうとしているもののようである。

　日本人はいま、ようやく、百年間にわたってつちかってきた文明に、疑惑をおぼえはじめた。これを、かつてのように戦争というもので外《そ》らしてはなるまい。それは更に日本文化に断絶をもたらす以外の何ものでもないからだ。断絶どころか絶滅に至るは必然である。

　そのまえに日本人は、ほんらいの自国の文化をあらためて顧み、早急に捨て去った特性をとりもどすことが必要であろう。

　近代以降、最も疎外されていたのが江戸時代の文物である。その中で、更に疎外されてきたのが劇文学であり、その中で更にまた疎外され、過小評価されてきたのが、南北を代表とする歌舞伎台本のたぐいであった。

　これらを修正し復権させるには、これまでのような視座と方法では完全ではない。その方法論を定着させるためのノオトといった意味で、わたくしはこの一文を書いた。

　行文は不整合である。論理も分明でない。しかし、〝幻想や怪奇〟を、ただ単なる趣味や逃避とせまいための意図だけは持ちつづけたつもりである。怨念にも歴史がある。それを、わたくしはいくたびも口ごもりながらのべようとした。しかし、ニーチェのことばの通り、「あまり深淵を覗きこみすぎると、今度は深淵が魂を覗きこみはじめる」。

　わたくしは、ここで口をとざすこととしなければなるまい。

閉ざされた庭
――または児童文学とアダルト・ファンタシィのあいだ――

荒俣　宏

　だいじょうぶだともさ、この帽子には魔法がかかっているのだもの。これを被ればおまえたちは、すぐに、ものの中まで見えるようになるよ。パンの精でも、酒の精でも、こしょうの精でもね……

――メーテルリンク『青い鳥』

1　古代人形劇のなぞ

　『パンチとジュディ』という人形劇がある。古代ローマに存在していた『マイム』と呼ばれる無言劇に、そのみなもとを索めようとする説もあるが、今のところ優勢なのは、一六世紀末にナポリで生まれたプルシネラという大道芸を祖先とする考え方のほうらしい。プルシネラは、マスクをつけた芸人と、かれのパントマイムと、それから〈あやつり人形〉か〈指人形〉のどちらかを使う寸劇とで構成されている。いずれにせよ、現在欧米で演じられているクラシックな『パンチとジュディ』は、一八二八年に英国の挿絵画家ジョージ・クルックシャンクと、戯曲家ジョン・ペイン・コリアとが合作した台本を上演の基礎に置いているために、地域による差はちいさい。

　が、『パンチとジュディ』に関してぼくたちがもっとも興味をそそられるのは、パンチという不気味な人形のもつ邪悪な本性だろう。しばらく、『パンチとジュディ』の台本を追いながら、この人形の超人的な行動をながめることにしよう――

　どことなく道化じみているくせに、奸智に長《た》け、しかも倫理感をまるで欠いた人形パンチが登場。女房のジュディを大声で呼ぶと、代わりにトビイという犬が出てきて、パンチの鼻にかじりつく。怒ったパンチは犬を引き剝がし、犬の飼い主であるスカラムッシュを杖で叩き殺す。そのあとでもう一度ジュディを呼ぶ。ジュディ登場。さっそくキッスしようと抱きついてくるパンチに、ジュディは平手打ちを喰わせ、赤んぼうをパンチに押しつける。怒ったパンチが彼女を杖で叩き殺したところへ、愛人のプリティ・ポリーがやって来る。二人、手をとりあって踊りまわる。

——第一幕終了——

つづいて第二幕。飼い馬のヘクターに放りだされたパンチは、わざと泣き声をあげて医者を呼びつける。医者はパンチの奸計にはまり、自分で調合した薬を自分で飲んで死んでしまう。パンチは羊飼いのベルをリンリン鳴らしながら踊り跳ねる。

第三幕。めくらの老人登場。パンチと口論して舞台から突き落とされる。そこへ、スカラムッシュ殺しの一件でパンチを逮捕しに来た警官登場、警官も舞台から突き落とされる。つづいてジュディ殺しの一件で登場した将校も、首切り役人も、立てつづけに舞台から突き落とされる。しかし三人はここで力を結束し、やっとの思いでパンチを投獄する。ところが、パンチはギロチンにかけられる寸前に首切り役人を瞞し、反対に役人の首を切り落として死骸を柩に放りこむ。柩が運び出されたあと、パンチ得意になって歌い騒ぐ——

驚いたことに、パンチは機智を武器に悪魔まで殺して観衆の大喝采を浴びる。かれにとっては悪業そのものが生き甲斐であるかのように、殺人を冒すときのパンチは輝いてみえる。なるほど、パンチのこうした恐るべき奸智に対して喝采をおくった観衆は、そのグロテスクな人形に満たされぬ願望の成就を託していたにちがいない。だが、満たされぬ願望を成就するシンボルとしてだけ、パンチは存在したのだろうか？　たぶん、そんなはずはない。このパターン化した奇怪な人形劇のなかには、心貧しかった個々人の内部でひとつの素朴な想像力がどのように教化され膨らんでいくのかを正確に跡づけうる古典的な「力のモーメント」が見つかりはしないだろうか？

2　なぜ童話が恐ろしいのか

その昔、人形劇は子供たちだけのものではなかった。十世紀から十一世紀にかけて生きたヨーロッパの成人男女は、教会が毎週上演する〈奇跡譚〉をテーマにした素朴な人形劇に熱中したし、その人形劇が教会を追放されて広場へ出たとき、人々もまた広場へ生活の中心を移しかえた。それは、たとえば人形劇のようなファンタスティックで自由気ままな幻想空間への参入が、もともとは肉体年齢にいっさい関わらなかったことの証拠だった。すくなくとも英国が、将来の大人という観点から分離させた「子供そのものの時代」を、その教育制度と社会制度のなかに設定し終えるまでは。

もしそうでなければ、『パンチとジュデ

イ』の内容がいかに無垢で無邪気とはいえ、あれほど血なまぐさく獣欲じみた興奮をそこに詰めこんだりはしなかったろう。大人の物語と子供の物語とが一体化していた時代にあっては、子供たちはおそらく、大人たちと同じ恐怖と同じ興奮にわなないていたにちがいない。そしてそのとき、かれらが語る神話や民話には、息の詰まるような恐怖と、近代の倫理思潮が方程式化した道徳観を平気で踏みにじるほど初源的な〈真の人間の行動様式〉とが、確かに封じこめられていたはずなのだ。たとえば人間が幼児から成人へと成長していく過程で、その昔は善悪という相対的な枠組みで捉えなくとも済んでいた本性的な幼児エゴイズムが、次第に骨抜きにされていくのと同じように、古代人たちがはっきりした生活感覚のなかで目《ま》の当たりにしていた人身御供《ひとみごくう》や入信の儀式や豊饒神復活のための性的な祭礼に関する伝承は、それが物語形式へ移され、たとえば倫理や律法といった人工的な管理システムに嵌めこまれるにしたがって、ただ単純に（それもほとんど物理的な刺激となって）読む者聞く者に注ぎこんだあの衝撃力を、弱めていった。もともと子供に想像力などはない。その時点にあって想像力は、たぶんエゴイズムという運命的な「力」と不可分なのにちがいないのだ。その意味で、大人たちが子供の想像力を高めてやるために再話した全ての物語は、その再話が回を重ねるごとに、エゴイズムを飼いならすための道具になりさがっていった。端的な例を示そう。詩人ロバート・ブラウニングが一八四二年に発表した詩『ハミリンのまだらの笛吹き』は、ヨーロッパに古くからある鼠伝承とまだらの服を着た悪魔的な人物とをひとつにまとめあげた、十三世紀の伝承に材を取った作品である。ぼくは一度、まだらの笛吹きのモデルこそ放浪の医学者パラケルススに違いない、と考えたことがある。この不気味な物語に登場するまだらの悪魔は、ネズミの大群を始末する代わりに「金《かね》」をよこせとハミリンの町長に迫る。しかし、なぜ「金《かね》」なのか？　笛ひとつでネズミの大群を始末できるほどの魔術師が、どうしてそんなものを要求したのか？　そう自問しているうちに、ぼくはパラケルススという手掛かり以外にもうひとつ別の糸口がこの物語に隠されていたことを発見した。その糸口というのは、ジェイムズ・ブランチ・キャベルがDizain des Démiurgesという詩的な副題を付して公刊したエッセイ『生のかなた』（１９１９）が教えてくれた。キャベルはそのなかで女性崇拝に関する珍妙な考察に関連させて、女性が持っている邪悪さ残酷さの根元を暗示する次のような逸話を語っていた――

「イブのおかげで夫アダムを失った最初の妻リリスは、悪の力と結託し、手慰みをもとめて地上に出没するようになった。彼女は、あの許しがたい夫アダムがもうけた人間の子供を憎むあまり、子供たちにたくさんの危害を加えては復讐心を満足させた。そして真の博学者を自称する人々が、わが子を寝かせようとするヘブライの母親たちがゆり籃のそばで〝ララバイ！〟（英語では子守唄の意）と歌う理由を探り当てたのは、まさにこの点である。ララバイというヘブライ語を直訳すれば、それは〝リリスよ、去れ！〟という意味になり、それゆえにわれわれが歌っているすべての子守唄《ララバイ》は、子供のない結婚から生まれたひとつの**結果**なのである」

子守唄の起原に関するキャベルの逸話を読んだとき、『ハミリンのまだらの笛吹き』がなぜ恐ろしいのか分かったような気がした。子殺しこそは、人間が考えだした復讐のなかでもっとも呪わしい行為なのだ。たぶん「金《かね》」は、人間が償える代償のうちでもっとも易しいものだ。笛吹きはそれを知っていて、皮肉にも「金《かね》」と子供とを天秤にかけさせた。これはもともと女の復讐だったのだ。

ぜんたい子供たちが第一に興味をもつ対象が、人を泣かせたり苦しませたり、怖い目にあわせたり殺したりするための具体的な方法でなかったとすれば、ほかに何があっただろう。かれらが、飼いならされたエゴイズムではない形式の「想像力」を獲得するのは、そうした生まなましい生活意識の中からだったはずだ。ジャン・ピエンコスキの愛らしい挿絵を配したパフィン・ブックの近刊ファンタジー『海の下の王国』（１９７１）にも、読みかたによってはおよそ非倫理的な残虐場面が無数に現われる。児童文学ばかりでなく主流文学の面でも重きをなす作者ジョアン・エイキンにとって、そうした生命にかかわる危険な光景の描写は、むしろ子供たちに必要だといわんばかりだ。たとえばそこに収められた十一編のなかのひとつ『幽閉された女王』には、泣き叫ぶ女王を人柱《ひとばしら》として犠牲にする場面がみられ、べつの一編『ババ・ヤガの娘』には、魔法使いを母にもった娘がその母親を殺してしまう物語がかたられている。魔法使いが人間を殺すことは恐ろしいが、人間が魔法使いを惨殺することには、どの場面にもかならず素朴ではあるけれどサディスティックな快楽が込められている。

同じように、グリムの童話集かマザー・グースのわらべ唄をひろげてみよう。そのなかから、子殺しや親殺しや、他人をペテンにかけることといった恐ろしいモチーフを発見することは、実際ごく容易なのだ。『マザー・グースの唄』（中公新書）の著者平野敬一氏によれば、イギリスでは早くも十七世紀に、ジョージ・ウィザーという人が、童謡の多くは子供に聞かせられるようなものではないとこぼしていたし、今世紀にはいってからも、伝承童謡の改革運動——つまり歌詞の書き換え——をすすめる人はあとを断たないのだそうだ。ついでに書き加えておくが、イギリスのハンドリー・テイラーが一九五二年にやった調査を見ると、童謡のうちで道徳に好ましくない唄として人間や動物に対する残酷な取り扱い十二件

①人間や動物に対する残酷な取り扱い十二件②盗みや不正直十四件③不具者罵倒十五件④暴力二十三件⑤人種偏見二件など総数二百にのぼるブラック・リストが掲げられている（平野敬一、前掲書）。だからこそ、こうした逸話に異常な好奇心をそそられるとき、それはそのままあの『パンチとジュディ』を見つめる幼児たちの妖しい眼の光へと結びつく。人工的な善悪が登場する以前に早くも成立していたこれら非倫理的な物語が、飼いならされた想像の粉飾をかなぐりすてて、暴力と行動と——ついにはナンセンスそのものへと純化していく過程で、ぼくたちの想像力はいよいよ根元的なエゴイズムそのものへと還っていく。

　つまり、こうなのだ、「法王を火刑にするための乾し枝」とか「おまえのおやじは寝取られ亭主よ／おふくろがそういってるぜ」とかいった、ぼくたちをドキリとさせる童謡が現に存在するのは、もともとそれが子供たちのエゴイズムにとってただ純粋に面白いものだったからなのだ。

3　教化された想像力・蛮化せる想像力

　想像力のみなもとを形成するエゴイズムから生まれたナンセンスや暴力や悪知恵のたぐいが、子供たちばかりでなく大人たちのエゴイズムにとっても快楽的であった事実を、ぼくたちは『パンチとジュディ』のような古典人形劇のなかに追い求めた。だが問題は、それが追い詰められるかという点だ、本質的にはエゴイズムそのものへ働きかける行動規範を形成してきた古代社会の生活記憶は、童謡や民話やファンタジーという形式に再話されていくにしたがって、もちろん変容を余儀なくされていった。それは子供たちと大人たちを同時に愉しませる代わりに、説話となってかれらのエゴイズムを飼いならし、教化された想像力の働かせ方を教える媒体に変化した。そのおかげで、なるほど近世の説話ファンタシィや再話作品は、素朴な原始記録にくらべて幻想的な装置効果とシィチュエーションの面で数段カラフルになったといえるだろう。たとえば古い童謡で「トム、トム、笛吹きのむすこ、ブタ取って逃げた、と歌われた話が、構成のととのったあの長い物語に作り直されたように。そのとき教養主義者たちの想像力は、「これがAなのだよ」「そら次はBだ」という具合に、ものごとに対して公式的な想像をはたらかせていくための万能方程式と、その想像力の代替物ともなり得る〈語彙としての名前〉——あるいは〈名前の発音のしかた〉——をたくさん教えてくれた。けれどそれは、生命力ある古い俗謡がもっていた生まの想像力の働かせかた——あるいは〈名前そのものの付け方〉に関する教えをすっかり失うことにもなった。『ロマン的魂と夢』の作者アルベール・ベガンは、その失われた作用の本質を次のような美しい文章で説明してくれている——

「これらの幻想《ヴィジョン》の大部分を形成する楽園は、朝の閃光の中で生まれたばかりの真新らしい楽園であり、まだかろうじて創造されたばかりの世界の暁であり、そこでは一つ一つの事物が、その発見者に命名されなければならないのである。夢は、大昔の地質学時代に被造物が輪郭を造られるとき、宇宙を把握する。それにそうした地質学時代は、詩人たちの多くの幻想や未開人たちの神話、また夜の夢想の中に、奇妙にも生き残っていることに気づく、――それはあたかも地球の最古の時代と私たちとのあいだに、想像力が理性では説明できぬ絆を確立しているかのようである」

――ベガンのいう意味からすると、物を見てその名を思い出すことは、教化された想像力の持ち主たるぼくたちにとっても易しい仕事なはずだ。ただ問題は、すばらしい真の幻想世界にはいりこんだとき、その世界の物質ひとつひとつに名前をつけることができなくなった、ぼくたち自身の衰退ぶりのほうだろう。

もっと簡単にいおう。純粋に行動と刺激とから成り立っていた古代民話のナンセンスに対して、現代のアダルト・ファンタシィは、教化された想像力の上で微妙な釣り合いをとりながら存在している。アダルト・ファンタシィを動かしていく想像力の本質は、ベガンの引用文にあった「未知との出会いの世界」や「出会うものに名をつけなければいけない世界」にあるのではない。それは決定的に「思い出し」の作業であり、その物語は帰還という名の遍歴ロマンなのだ。そしてそれが帰還である以上、アダルト・ファンタシィの世界が発展的に拡大していく可能性はまったくない。

しかし、だからといってそれが不要のものだということにはならない。アダルト・ファンタシィの世界は、いいかえれば道教《タオイズム》や禅など東洋神秘思想の描く宇宙と同様、「無」なのだ。こういうアパシイを含んだ読みものが、真の崇拝者にめぐりあうまで味わってきた苦労は、そういう意味で筆舌につくしがたいだろうし、現にその苦労は相変わらず続いていそうだ。

思うべきは、今では教化された想像力さえがいとおしく貴重な存在に見えるこの状況だ。そんなか弱い想像力が、民主主義礼賛の時代に憲法の期待をこめて育てられた善良なぼくたちの日常を、ほんの何%か魔術的にしつづけてきてくれたのだ。

ところが思いがけないことにこの状況は、一九六〇年を境に変わりはじめている。教化された想像力を超えて復活した「蛮化せる想像力」の荒らあらしい息吹きが聞こえだすのだ。すくなくとも文学に関する意識の面で。

それはどういうことかというと、児童文学にも真の悪がヒーローとして登場し、大人たちの物語にも素朴なエゴイズムを満足させる〈閉ざされた庭〉が出現するようになったことだ。そして、それら両分野に共通して流れだした改革のためのフィロソフィーは、偶然なことに、『指輪物語』の作者J・R・R・トールキンが『ファンタシィ』という評論のなかで想像力《イマジネーション》について述べた次のようなことばに集約されることになった――

「想像力とは観念的な創造物に対して、現実の内部的《イナー》な一貫性を与える力である」

　トールキンがいう「現実の内部的な一貫性」とは、要するに一個の精神構造のなかでシステム化された意識に〈現実〉として受け取られる対象――平たくいえば心のなかの別世界のことだ。児童ファンタシィとしては近来希れに見る傑作『トムは真夜中の庭で』を生んだイギリス作家フィリパ・ピアスは、それを〈閉ざされた庭〉と呼んだ。魔神論と神智学に熱を上げるオカルティストなら、たぶんその庭へはいりこむことを〈秘儀への参加《イニシアシオン》〉と呼ぶだろう。ピアスのすばらしい物語にしたがえば、それは大時計が十三時を打つ瞬間の、現実が別の次元へと開かれる刹那的な転機を意味することになるし、さらにC・S・ルイスの代表作『ナルニア国物語』に出てくる愛らしい子供たちにとっての〈閉ざされた庭〉は、眠りと眠りの間《あいだ》にある不思議なナルニア世界とオーバーラップすることになる。例を児童ファンタシィにだけ絞る必要はない。マービン・ピークの大作『ゴーメンガスト城』三部作に仕掛けられた闇とグロテスクの小世界は、もっと徹底して閉ざされた庭になる。『タイタス・グローン』(一九四六)にはじまるこの奇怪な幻想ロマンは、まるで地球終末のさい出来あがったように見えるほど荒れ果てた原野に建つ、蜘蛛の巣と迷路の古城ゴーメンガストを唯一の舞台にして、そのなかにうごめくグロテスクな人間たちの行動を描いた戯画ファンタシィなのだが、そこでは外部世界への関心はまったく無視されている。ゴーメンガスト七十七代目の伯爵タイタスが生まれ育ち、古城のなかをさまよう幾人もの気違いじみた人々と交わりあいながら、最後には原野の彼方へさ迷い出ていくまでの一生を物語るこの作品にとって、ゴーメンガストという閉ざされた庭は、それ自身が主人公にまで昇華しているといってもいいだろう。

　そして、現代ファンタシィが蚕化せる想像力のために作りあげたこれら閉ざされた庭が、ぼくたちにとっても子供たちにとっても或る種の迷路であることに疑いはない。しかし、悲しいことにぼくたち大人はこの迷路の抜け出し方をもう知ってしまっている。皮肉なのは、『指輪物語』や『ナルニア国物語』を通じて培われた児童ファンタシィとアダルト・ファンタシィとの融合がこの事実の前で枝分かれを余儀なくされる、その運命の冷たさだ。同じ〈閉ざされた庭〉にはいりこみながら、ひとりは抜け出し方を探ることにより以上の興味と想像力とを傾注するというのに、他のひとりは抜け出し方を知り尽くしているばっかりに「ここから出なくていい方法」を必死で模索している。一方は迷路を抜け出すことにそのちいさな生命を賭けるのに、もう一方は迷路に残るために死を選ぶ。

もうひとつ、現在アダルト・ファンタシィが帰還の文学に徹しているなかで、児童ファンタシィの方向がやがてタオイストや易教的な運命観に傾き、死を意識するところへ向いていこうとしている事実は、アダルト・ファンタシィへの再接近という意味でぼくたちの興味を惹く。女流SF作家アーシュラ・K・ル・グインが刊行した三巻物ファンタシィ『アースシイ物語』(一九六四—七二)は、大洋に浮かぶ小さな島々に舞台をもとめ、ゲッドという少年の主人公に『成長』と『セックス』と『死』とをシンボリックな航海のなかで体験させる趣向をとっている。ここでは、従来の児童ファンタシィが用いていた〈閉ざされた庭からの脱出〉をひとつの成長の証《あかし》とする手法を見ることもできない。『アースシイ三部作』では、主人公ゲッドはその迷路のなかで成長し、セックスし、ついに死んでいく。これに比べると、あの霊感小説風なアダルト・ファンタシィ『かもめのジョナサン』の甘さをどう考えたらいいだろう? 光よりも速く飛べるようになったジョナサンに、かれの迷路を棄てさせ、この世で空しく老いさらばえようとしているぼくたちに救いの手を伸ばす役目を背負わせるその裏には、LSDや禅やオカルトといった次の文化に対する甘い期待が充満しているようにみえる。この傾向がすすめば、児童ファンタシィはその厳《きび》しさと積極的さとにおいて現在のアダルト・ファンタシィよりもずっと苦い味のする物語へと移行していくだろう。やがてそれは現実《リアリティ》に対する〈内なる一貫性〉から児童文学をもういちど引き離す原動力になるかもしれない。

こうして、児童ファンタシィがつねに不安定で流動的な存在であることを認容する一方で、アダルト・ファンタシィはかたくなに静止をつづけて動こうともしない。

現実《リアリティ》の〈内なる一貫性〉

あるいは〈閉ざされた庭〉

——呼びかたはどちらでもいい。とにかくかれらがかれらの世界を発見するのは、どのみちファンタシィのなかでなのだから。ただ、ファンタシィという言葉がぼくたちの脳裡に浮かびあがらせる不可有郷《ユートピア》の幻影は、現実生活のなかにふと顔を出す異常だけれど刹那的な超世界の噴出ではない。そうではなく、ぼくたちがファンタシィという言葉に寄せるのは、まさにもうひとつの日常——それも魔術的な日常なのだ。ファンタシィの直接的な源流は、今日幻想怪奇小説と呼ばれるサブ・ジャンルのそれよりもはるかに古い。ファンタシィの上流には中世バラッドや北欧のサガがあり、田園文学や有情文芸があり、またギリシアの叙事詩やローマ時代の戦記が存在している。かれらは、それら古代からの魔術的空間のなかで、確実にもうひとつの生活と惰眠とをむさぼってきたのだ。

現実《リアリティ》の〈内なる一貫性〉!

そうだとしたら、次につづくぼくたち

アダルト・ファンタシィと児童ファンタシィの世代は、新らしく再話されることによって開かれる空間のなかで、脱出をこころみはじめるだろうか？　それとも、そのなかで生活し惰眠をむさぼり、そうやって成長しながら、ついには虚無に到達する〈魔術的日常〉を選びとるだろうか？

　ひとつの解答は、たぶんアダルト・ファンタシィの今後と、児童ファンタシィの質的な変容とから導きだせるだろう。

FANTASTIC GALLERY

囚われし人

ピラネージ

解説　麻原 雄

《其処には出口の無い廊下、手の届かない高窓、窖《あなぐら》か竪抗《たてあな》に通じているきらびやかな扉、段と手摺《てすり》が下に向いている信じられないような逆さ階段などがいくらでもあった。そのほか、立派な壁の側面に軽やかに付着し、二、三度ばかり螺旋《らせん》状に回った後、何処にも行き着かずに、高い円蓋《えんがい》の闇の中に消えてしまう階段もあった。私が今数え上げた例の全部が全部、文字通りそうであるかどうかは分からないが、多年、そういうものが私の悪夢の中に跳梁《ちょうりょう》していたことは確かである。あれやこれやの筆の遊《すさ》びによる描写が、果して現実を模写したものか、それとも、夜毎私を悩ませたある怪異なものの姿を模写したものか、最早私は知ることが出来ない。私は考えた。この都はあまりにもおぞましく、単にそれが存在し、永続するというだけで、たとえ秘密の砂漠の真中にあるとは言え、過去と未来を汚し、場合によっては星々をも危くするものだ。この都が存続する限り、この世の人間は勇気を持つことも幸福であることも出来ないだろう。》（『不死の人』J・L・ボルヘス／土岐恒二訳）

　巨大な舞台装置にも似た牢獄。それはまた地下に構築され果しなく増殖する冥《めい》府《ふ》の都。点在する人影は、嘗《かつ》てローマ戦艦の暗い船底で、陽光を再び仰ぎ見る希望もなく、鞭の音に脅え、苦痛に喘ぎながら帝国の勝利を支えた奴隷のものか、それとも死の齎《もたら》す安息と深い眠りとを剝奪され、永遠に続く生の苦役を担《にな》う不死の人のものか。眼前に展開される光景に思わず視線を逸《そ》らせたその瞬間、自らの周囲にも厚い壁が立ち塞がっているのに慄然とする。人は誰しも或る日突然逃れる術《すべ》の無い牢獄の囚われ人である己れの存在に気付くのである。目撃者の眼を通して風景に対していながら、自らもその風景に包含されている。こうした状況を認識する意識、それは醒《さ》めた意識と呼ばれ得るものでありながら、鏡の部屋に起る映像の無限拡散にも似て、拡大される意識は眩暈《げんうん》と分裂の闇に消滅する。この『牢獄』は、その名称の持つ陰惨さと暗さとは裏腹に、宏大で光に充ちている。太い円柱を昇る螺線階段は果しなく続き、鉄柵のついた長い通路は八方に伸び、本来受けるべき脱出不能な印象は、その延長線の彼方へと押し遣られてしまう。しかし人は、実体の把え難い恐怖に

憑かれて出口を見い出そうとする。光に溢《あふ》れた次の穹窿《きゅうりゅう》を目指して階段を上る囚人は、其処にもそれまでいた空間の中で見覚えていた情景が繰り返されているのを知る。出口への道はいたる処に見い出され、その選択は無尽蔵にあるにも拘らず、其処に行き着けば、更に宏大な構築部に出るだけである。通路の片隅に踞《うずくま》ってしまうのと結果は同じであることを知りつつも、囚われた者は、新たな通路へとシシュフォスの重い歩みを進める。舞台を跋扈《ばっこ》するものは、円柱であり、それを取り囲む螺線階段であり、頭上から垂れ下がる太綱や滑車である。人間の尊厳を蹂躙《じゅうりん》する物質の脈動。それは《永遠性の根源的な体験であり、たとえば大地の本質、星、石、死、また言葉の本来の意味での建築といった、特殊な永遠性と内面的に深く係わり合いを持った諸々の体験》（『中心の喪失』H・ゼーデルマイヤー／石川・阿部共訳）なのだろうか。

　ローマの古代遺跡に異常な関心を示

し、それを銅版の細密な線に写し取ったピラネージを、来るべき新古典主義の先駆者と呼ぶのはたやすい。更に《魂を揺り動かすような超時間的な雰囲気を持った監獄の建築》（同）の持つ、《『穴蔵の採光』の中には、既に地下の世界への関係が認められ》《ロマネスク時代のクリプタ（地下聖堂）以来はじめて、建築家の想像力が地下の世界を求めるようになる》（同）ことの中に、浪漫的な魂の洩らす息使いを感ずるのも当然であろう。しかし、彼の提示した世界には、それらの時代を通過して近代の自我が逢着《ほうちゃく》した人間精神の終末がある。宏大なこの牢獄の中を、背後の影に脅えながらシシュフォスの歩みを続けるのは、正に我々自身なのである。

一七四五年二五歳の若さで初版を出した銅版画集『牢獄』の連作は、それから一五年後、二枚を加えた一六枚の連作として再版されている。より厳格で精緻な線から織り出された牢獄の情景は全く同じであった。何が彼をこの『牢獄』に引き戻したのか、それは定かではない。その後二度と『牢獄』には近づかなかったピラネージ。彼は一体、己れの生み出した光景の中に何を見てしまったのであろう。

ジョバンニ・バティスタ・ピラネージ
イタリアの建築家・銅版画家
一七二〇年一〇月四日ヴェネツィア近郊メストレに生まれ、七八年一一月九日ローマで没す。父と叔父より建築を学んだ後、四〇年ローマに向い、G・ヴァシとF・ポランザーニに師事し銅版画を学ぶ。ローマの古代建築を描写したヴェドゥータを始め、古代建築図案の銅版画は一〇〇〇点を越し、ヨーロッパ各国に伝播。ローマ滞在中のゴヤに多大の影響を与えたことは有名。建築家としての活躍は殆んど無い。代表作に『牢獄』の連作がある。

339 b
Camera sepolcrale inventata e disegnata conforme al costume, e all'antica magnificenza degl' Imperatori Romani. Vedonsi in questa le Nicchie e Vasi, ne' quali collocavansi le ceneri de' Servi, de' Liberti, e di qualunque altro della Famiglia. Vedesi ben conservato il sepolcro, in cui stanno riposte le ceneri dell' Imperatore e Imperatrice di lui Moglie. In qualche lontananza comparisce ancora una Piramide, la quale potè forse servire di sepolcro a qualche altro ragguardevole Personaggio della Casa Imper.le Il Ponte poi e le Scale che, osservansi dai gran Finestroni, davano l'ingresso ad ogni angolo della Camera suddetta, e per le stesse discendevasi al più basso piano, ove i Tavoloni di cotto coprivano le Ossa della più bassa Famiglia.

胡蝶の夢——中華の夢の森へ（1）

草森紳一

序章　人間の甘き奢り

明日こそは、この原稿を書きはじめようと自分に言いきかせて眠った翌日の昼ごろ、私は妙な夢にうなされて目を醒ました。

妙だと言っても、夢はみな妙なのであるが、覚えてしまった夢こそ、すべて妙だということで、覚えていない夢は、妙だと首をかしげることもできないのであるから、それはそれでよいのだが、ともかく半年ばかり逢っていない友人のでてくる夢を見たのであった。

このごろは、めっきり体力が弱まってきているせいか、見た夢を覚える気力が、とみに減少している。いや気力は充分あるのだが、肉体がついていけなくなった。夢であると気づくということは、まあ、目が醒めてしまったようなものではあるが、実は半睡半眠の状態なのであり、一種の呪縛で、なかなか起きあがることはできず、またしても、うとりうとりと眠りの中に入っていき、それでも、さあ、起きあがってノートでもしておけ、という自己叱汰の声をさかんにかけているのだが、そうはならず、新たなる夢の中にとはいっていく。

こんども、そんな始末であったので、完全に覚醒した時には、例によって忘れてしまっていた。気力が体力と相和しなかったのだから、しかたがないようなものの、覚えろ覚えろと夢の中で呼号していたせいもあって、一部分だけは、どうにか覚えている。そんな一部分も、今、ここに記しておかなければ、知らぬまに闇の中へ溶けてしまうことだけは、確実である。

だから、今書きしるしているのだが、その夢は友人とどこかでばったり逢い、飲み屋を二軒ほどまわり、一つはバーで一つはいっぱい飲み屋であり、そこでも不可解ないきさつがいろいろあったのだが、そのデテイルはすっかり忘れてしまっている。最後の飲み屋では、もう看板だと言うので、今日は俺が払おうと、ズボンのポケットの中へいそいで手をつっこんだのだが、懐からサッと抜きとった彼の一万円札のほうがいち早く、会計を記した紙キレをもってきた店の女主人に渡してしまっているので、ばつが悪い思いをしたところからは、かなり覚えている。

私はすっかり出遅れて気まずかったのだが、払う気があるぞとばかりに、いくらだったと彼にきくと、九千円だという。料理を何品かとったが、たいして酒は飲まなかったので、案外と高いではないかと思ったが、すぐに「じゃ、半分」と言って、五千円札を彼の手に押しつけた。彼は、俺が払うからいいのにという表情をしながらも、さっさと上着のポケットにしまいこみ、「ここは、料理が自慢だから」と言いわけがましいことをボソボソ呟く。

この店で酒を飲んでいたのは、あきらかに夜中であったはずなのに、外へ出ると、まだ明るい昼間であった。こんなことは、夢の中では気がつかないし、不思議にも思わないのだが、今、書いていると、そういうことになっているので、あわてる。友人は、俺の家へ来ないかという。彼は、最近結婚したばかりで、まだ新居へは尋ねていないことに思いつき、「どの辺に住んでいるの」ときくと、この近くだという。「歩いてすぐだ」とも、言う。どうもめんどうで私も気のりしないのだが、彼も気のりしない顔で、一応は誘っている。

行くことになったかどうかわからないままに、それでも、二人は歩きだす。しばらく見慣れぬ商店街の中を歩いていると、広い畑にでた。「あっちだ」と畑のはずれの森のほうを彼は指さす。その森の上のほうに、マンションらしい高層の建物のてっぺんのあたりだけが、見え隠れしている。どれ位歩いたか、なにを話しながら彼と歩いたか記憶にないけれど、森の中の小径へとしばらく入ると、すぐそばにその建物があり、その真ん前は庭になっていて、植え込みがある。

思ったより、その建物は、古ぼけていて、団地風でもあり、いや病院風でもある。玄関には、でっぱった屋根のあるポーチがあって、白衣の看護婦がでたりはいったりしているので、こんなところを新居にしているのか、彼らしいなと思うけれども、こいつ、あいかわらず気取っていやがるなとも感じ、苦笑する。

しかし、どういうわけか、このあたりから、いま夢を追体験していると、彼の姿は消えている。夢の中では、友人がいつのまにいなくなったことには気づいてさえもいないのは、いうまでもないが、私は、庭の植木のまわりに新しく土盛りしてあるのに気づき、その上へ、急に靴のまま足であがってみたくなり、事実、そうしたのである。

夢は、寝相とも交感しあうものだと信じているが、その時、私の足は、ふとんからはみでていたのかもしれない。さて、その上を、靴で踏みつける。と、その土は、じゅっという音をたてて、水あぶくをだして、靴のまま、ややへっこんでいったが、その時、骨の芯までしみ通るような冷たさを覚えたのだった。それは、嘔吐しそうな、気持の悪くなってくるような冷たさであった。

嘔吐しそうな、と書いたが、比喩ではなく、ほんとうに吐き気がしたのである。喉元から口の中に向ってなにか大きなものが押しあがってくるので、私は、目に涙をいっぱい溢れさせて、思い切ってその異物を吐いた。すると、ごぼっと、たにかが、口から転がり落ちた。

拾いあげると、それは、ひょうたんのかたちをした一個の西洋梨であった。それを拾いあげて見ると、その梨の肌には、ぼつぼつの黒い腐った穴が一面にある。ああ、この病院のような建て物には、ライ病の患者がいっぱいいるんだなと不意になぜか思った。

そのあとは覚えていない。どうして梨が口から出たのだろうと夢の中でいぶかしがっていた最中に、寝床のそばの電話のベルが鳴って、目が醒めたからである。外は、朝からの雪で、今日逢う予定であったが、車がうまくつかまらないから、延期しようと電話の相手は言うのであった。ああ、いいよと言って、電話を切ったものの、そのまま目が醒めるのではなく、ふたたび眠りに戻っていったのだが、やはりあの梨のことが半睡半眠の状態の中でも、ずっと気になっていて、このいやな夢は、どういうことを意味しているのだろうか、と一生懸命に解こうとしているのだが、やはり解けるはずもなく、解けないまでも、目が醒めてからゆっくり考えるためにも、なんとか起きあがって、ノートしておこうと思うのだが、どうしてもやっぱり起きあがる決断がつかず、また眠りにはいり、その続きを見るのではなく、新たな夢を何本も見つづけたのであった。

中国に「詩経《しきょう》」という本がある。日本で言えば、さしずめ「万葉集」に匹敵する古代詩集であるが、古さということでは、千数百年は「詩経」のほうが、古い。「史記」の司馬遷によれば、三千余篇あったものを、孔子が三百余に刪定したものであると言う。古くは「殷《いん》」の時代を含み、「周」を中心にし、新しくは春秋時代にも及んでいて、儒学の重要な経典として尊ばれてきた。この詩集は、詩体の上から「風・雅・頌」に分類し、修辞の上からは「賦・比・興」に別たれている。

このうち、「風」とは、国風であり、十五国の風が含まれている。国風とは、各国の民謡歌謡である。中国の夢を語らんとすれば、当然、見た夢を人は忘失するのが、ならいであるから、記録された文献にあたるしかないのだが、さしあたって、「詩経」あたりから手さぐりし、その夢の密林へ入っていくためのとば口にしようと思いたって、まず「風」の詩からその記載をさがしはじめたのだが、予想していたよりは少ない。

「風」には、一つしか「夢」は見当らなかった。それは、「斉風」にあった。斉の国は、いまの山東省のあたりに築かれた大国であり、周の武王が天下を統一し、功労者の太公望呂尚《たいこうぼうりよしよう》に封じた時よりその歴史ははじまる。その斉国の民謡十一篇が、「斉風」として「詩経」におさめられているのだが、その巻頭の詩篇「鶏鳴《けいめい》」の中に「夢」はある。

この詩は、古来、政治に附会されて、あれこれ理屈っぽく言われてきた詩であるけれど、女性の男への愛によるノイローゼを詠った詩であるともいえる。男へ尽す心のあまり、夜もまんじりと眠ることもできず、たえず目を醒ましてびくびくしている女心を歌っている。切ないと言えば、切ない詩だ。

鶏の鳴き声をきいては、はっと目を醒まし、もう朝だ、起きなくてはと思うが、実はそうではなく、青蝿のぶんぶん音をたてて寝室を飛びまわりはじめたのとまちがえたのであり、そこで、また胸を撫でおろして眠るのだが、それも束の間、はっと目が醒める。東の空が明るんでいたからである。さあ、起きなくてはと慌てるのであるが、実はそうではなく、有明の月の光のせいで、朝だと感違いしたのだということがわかる。そんな杞憂を繰りかえしているうちに、彼女は眠りこけてしまい、気がついた時は、虫が群飛しているすっかり夜の明けた朝になってしまっている。

彼女が、どのくらいの時刻に、目が醒めれば、ちょうどよいのか知らないけれど、多分一番鶏が鳴いた時なのだろう。朝、自分の男をきちんと起こさなければ、人々に彼が指弾されることになるだろうということを、彼女がとてもおそれていて、おちおち安眠することのできないさまを歌っている。この詩の中に、

子《し》と夢《ゆめ》を同《おな》じうするを甘《たのし》む

の句があるのだ。彼と夢を一緒に見て、いつまでも眠っているのは、楽しいけれど、彼の身のためを考えると、そうばかりはしていられぬ、というわけだ。それ故に、朝になることが、彼女にとって、脅迫観念になっていて、たえず目を醒まして、よう眠れないのである。

ここにでてくる「夢」は、夢そのものの内容にまで触れてはいない。男と「同夢」を楽しむと言っているが、男と女が、からだを寄せあって眠っていたところで、同じそっくりの夢を見られるものではなく、河野多恵子の小説「雙夢」のように、二人いっしょに一つの夢を見るということも、稀にはあるにしても、もちろん、この「鶏鳴」の場合は、そうではなく、そ

れぞれの夢を一緒に見るということであり、それはあくまでも、そうありたいという彼女の心持ちでもあって、男のほうは、いぎたなくもひたすら眠りこけていて、夢などは、からっきし見ていないのかもしれぬ。

そんなことは、どうでもよいのだが、彼女がこうも、朝起きるということにびくびくしているようでは、夢もあれこれ見ないわけにはいくまいだろうという気がしてくる。彼女の心配こそが、夢を見させるのだと言えるからである。「同夢」という言葉の背景には、彼女の多夢の経験が横たわっているはずだ。この詩の歌われた時点は、紀元前も紀元前であり、日本などはまだ無人島であった時代の中国人も、夢を見ていたということの証跡ではある。

人間は、いつごろから夢を見るようになったのだろう。人間が、集団をなして社会を作り、文明などというものをもちだした瞬間から、夢を見るようになったのであろう。犬も夢見るというが、実際は、犬からの証言はないのだから、人間の臆測にすぎない。原始の人間も夢を見たかどうかは、わからぬ。しかし人間が、言葉をもちだした時から、「夢」は、その存在を開始したとは言えるであろう。「人間」という文字は、「にんげん」を意味するのは、日本だけであって、和語なのだが、本来の漢語の意味は、社会とか世間を指す。文字通り「人と人の間」の意味である。この斉風の「鶏鳴」の詩で、彼女が夢を言い、夢を見たのは、彼女が、斉という国の社会の中に生きていたからにほかあるまい。「鶏鳴」の詩は、人が夢を見てしまうからくりを、その素朴な感情の表出の中で、しめして、あますところがないからである。

この詩のヒロインは、男と夢をともに見て、つまりいつまでもくっついていたいという本音を吐いているのだが、こういう本音が、本音になりうるのは、そうならざる状況があるからである。それは、二人をとりまく社会環境にほかならない。彼女の恋人、もしくは主人、儒者流に解けば淫蕩なる主君は、朝、早く起きて、人々と逢わなければならぬ状態におかれている。だから、女は、男に迷惑をかけてはならぬと気をつかっているのである。この「気」の行使は、二人が、やはり社会の桎梏の中にあることを示している。

もし、昼までずるずる共抱きして寝過ごしてしまったならば、なんらかの制裁がくだることを彼女はよく知っているのである。彼の寝坊による遅参が、女にいりびたってだらしないせいだと彼が非難されるばかりでなく、女が悪いからだとも言われるだろう。自分が悪者になるのは、かまわないにしても、結局は女ひとり宰領できない彼のせいになり、すべては彼に帰っていく。

そのように自覚する故に、彼女は気を使い、目が覚めては眠り、眠っては目を醒ますということを繰り返しているのである。この彼女の心使いを、「賢夫人」の例として儒者は、解したがるのだが、それは附会というものであり、はばからずに言えば「愛」などというもののなせるわざである。「愛」は、社会に裂かれている故に、「愛」を成立させているところがあり、「恋」のように社会をのりこえていかない。

　夢は、このような心憂の中にこそ、つけこむかの如く、もぐりこんでくるのである。あきらかに彼女は、この世の時間というものにも縛られている。朝という概念が、彼女を縛っているからだ。虫の群飛は、早朝であるにしても、虫たちは、早朝だからと言って飛びだすのではない。鶏が鳴けば、朝だという分別をもっていない。朝とか夜という人間時間への分別が、彼女を心労させ、夢を見させるのである。目を醒ますたびに見たであろう彼女の夢は、「甘《たのし》む」とは言っていても、それはともに居ることを「甘む」という上で言っているにすぎず、その夢そのものには、悪夢もあったはずだ。

「風」には、一つしか「夢」の字を含む詩はなかったのだが、「雅」には三ケ所ある。「雅」は「小雅」と「大雅」に分かれている。これは民謡ではなく、周王朝の雅楽であり、正詩である。「大雅」は、朝廷や宗廟に用いる正楽でもあるが「小雅」は、くだけた「国風」と格調をもつ「大雅」の中間にあるものとされている。その「小雅」の中の「斯干《しかん》」という詩篇の中に「夢」が発見される。

　それは、王の見た夢だ。この詩全体は、天子の新宮落成を祝して歌われたもので、史的には、周王朝中興の宣宗の時代と附会されている。その落成なった宮殿で、天子は、安んじて眠るわけであるが、水沢の中に生えるマルスゲでつくったむしろを下に、竹で編んだスノコを上にかけて、眠る。寝心地は、どういうものか、想像もつかぬが、ともかくその寝床で眠り、そこで目を覚ますのである。

　そして、夢を見た朝は、自分の夢を占わせるのである。「毛詩正義」という最初の「詩経」注釈をこころみた漢の鄭玄《じょうげん》は、「善夢有れば則ちこれを占う」としている。夢に悪夢があるとすれば、善夢もあるわけだが、善夢だけを占わせたのだろうか。占うからには、吉凶の判断が下されるわけであるけれども、悪夢がかならずしも、凶とはかぎるまい。気にかかった夢で、覚えていた夢ならなんでも、積極的に占わせたであろう。

吉夢《きつむ》　維《こ》れ何ぞ
維《こ》れ熊《ゆう》、維《こ》れ羆《ひ》、維《こ》れ虺《き》、維《こ》れ蛇《だ》

「吉夢　維れ何ぞ」は、占者が王に問うたかの如き解釈もあるが、私はとらない。「吉《よ》い夢ではあるまいか、こういう夢を見たのだ、なんと解くか」と王こそが、占者に問うたとみるべきである。「どんな夢ですか」という占者の問い、もしくは表情は、詩には省かれていて、王が自ら「熊とか羆とか、虺や蛇の出てくる夢であった」と答えたと見るのが、自然である。

虺は、まむしである。

自分の見た夢が、吉夢ではあるまいかと、王自身が判断して、占卜者の確認をせまっているところを見ると、王自らも、夢判断していることがわかり、その判断の基準というものは、王によっても学習されていたことを推察することができるのである。

周王朝には、国中をまわって民謡を蒐集する采詩の官がいたように、占夢の官もいた。「周禮《しゅらい》」を見ると、そのことが、記されている。詳しくはのちに述べる機会があるが、王の夢を占うことは、国家の運命を占うことでもあったから、古代の王たちは、夢というものに、対して、きわめて熱心に記憶しようとしていたのではあるまいか。それは、王たるものの義務であったかの如きところもある。同時に、王が目ざめた時、ただちに夢のいかにを問う占夢官が伺候していて、それを聞きとり暗誦し、その吉凶を判断するという風に、王の夢そのものは、管理化されていたのではあるまいか。史書群に王の夢の記事の頻度を見る時、そう思わざるをえない。

詩では、王の夢にたいして、「大人《たいじん》これを占《うらな》う」ということになっている。この大人は、三夢の法を掌り、大卜の官職に属する占夢官ではなく、いわゆる王の側近にある学識ある大人が、即答したのだという説もあるが、ともあれ、彼はどう答えたかと言えば、

維《こ》れ熊《ゆう》　維《こ》れ羆《ひ》は　男子《だんし》の祥《しょう》
維《こ》れ虺《き》　維《こ》れ蛇《だ》は　女子《じょし》の祥《しょう》

熊や羆の出てくる夢は、男の子が生れるしるしでございます。虺や蛇の出てくる夢は、女の子の生れるしるしでございます。と占ってみせたわけである。

鄭玄の箋註によれば、「熊羆は山に在り、陽の祥なり。故に男を生むと為す。虺蛇は穴処す。陰の祥なり。故に女を生むと為すなり」ということになる。中国の古代人は、宇宙の森羅萬象を陰陽にふりわけて思考したのであり、この夢占いにあっても、陰陽の理を適用していることがわかる。

虺蛇は、穴にいる動物であるから、陰であり、穴所を有するのは女と同様だから、女の生れるしるしだと言うのは、女が陰である故に、穿ってはいるけれど、ここですこし疑問を感じるのは、いったい君王は、一つの夢の中で、熊も蛇も同時にでてくるのを見たのであろうかということだ。その夢占いが、適中したとするならば、いったいどういうことになるのか。男女の双子でも生れるしるしとして、熊と蛇が一緒に出てくる夢を見たとでもいうのであるか。

どうも、そういうことまでを、この詩は、責任を負ってはいないように思える。この詩を、忠実に受けとめると、男でも女の子でもよいことになりそうでもある。事実、そのあとの部分を読むと、男子が生れた時は、「貴家君王とせん」とあり、

さっそく宮中のベッドの上に寝かせるのだが、女子の場合は、地に寝かせて、父母に憂いをかけないように育てると詩はつづけて言う。男女には、差別があるのである。王が、「吉夢か」と問うた時、もし後継者をのぞんでいる時は、蛇であっては、女であるから凶夢であるとも言えるのだ。

この詩で言おうとしていることは、しかしそんなことではない。というのは、この詩の王の見た夢とは、実際に彼が見た夢の内容そのものではないからである。王の宮殿の落成を祝っての詩なのであるから、その夢も、見るであろう夢であり、吉夢を期待されている夢であって、現実の王そのものが見た夢ではなく、詩の上で仮託された夢なのである。必ずしも、熊と蛇を一緒くたに見なくてもよいのである。それは、あくまでも詩の修辞なのだ。

ただ夢とその占いという関係が、中国の古代人にとって、切っても切れぬものであったばかりでなく、政治の決定にまで関与していたことが、この詩ではっきりわかるのであるが、同じく「小雅」の「正月《せいげつ》」の詩にも、夢の記載がある。ここでは、夢でことを占うことへの懐疑というものが、すでに出ている。

彼《か》の故老《ころう》を召《よ》び
これに占夢《せんむ》を問《と》う
具《とも》に予《われ》を聖《せい》と曰《い》うも
誰《たれ》か烏《からす》の雌雄《しゆう》を知らん

この詩は、同朝中興の宣公のあとを受けた幽王の悪政を刺ったものとされているが、事実、風刺と憤激の気味の多い詩である。占夢そのものを否定しているわけではないが、能なくもやたら占夢にたよった政治を腐敗として攻撃しているとは言える。

民の間では、謡言が流行しているため、彼等の不安の気持を煽っている。しかるに王の側近たちは、その謡言がなんの根拠もないものであることを、政治の上でしめそうともしない。やたら故老を召集しては、夢占いばかりしていて、いかに政治をただそうかの大計を練るかということはおろそかにしていて、やたらと側近の臣に自分だけが偉いかのように見せかけてばかりいる。烏の雌雄が弁じがたいように、君臣の賢愚も相以て、分別しがたいのだが、これがきちんと見分けがつけられないようでは、ますます政治は乱れるばかりだと憂えているのが、この詩の大意だが、ここにおいて、「夢占」は、否定的媒介として出ているのである。

人は、なぜ夢にまで、占いを求めるのであろうか。司馬遷《しばせん》が「史記」の「日者《にっしゃ》列伝《れつでん》」で宋忠《そうちゅう》と賈誼《かぎ》の言葉を借りて、「天地は曠曠としていて、物は際限となくあり、その様子も、ある時は安らけくある時は危うく見えたりして、一定せず、こんな調子では、どこに身を居いたらよいかわからない」といっているが、夢を占う衝動欲は、人間の想像力や判断の限界

画・井上洋介

に根ざしているのではないか。

　それは、夢占とかぎらず、すべての占い衝動にも通じることであるが、その占いもその当否において、さしてあてにならないものだとしたなら、その逆に占いを頭から否定する根拠もまた稀薄なわけであり、しかし人間が、そういう愚蒙の性の中で、なお生き続けなければならないとするなら、やはり占いというものは、人間がことを決する上にあって、一つの跳躍台にはなるとは言えるだろう。古代人が、現代人以上に、占いを信じているのは、単にシャーマニズムということではなく、一種のニヒリズムがあったと言うべきではないだろうか。どうせ天地の間は、人智では及ばぬもの故、卜占で決めるよりほかはないという棄て鉢の精神が、その信仰の底にはあったのではないか。それは異常信仰にもなって笑止のこともあるが、古代人だからと言って簡単に見くびることはできない。

　司馬遷の生きた漢の時代は、すでに占いへの懐疑に満ちていた。そういった懐疑は、はるかさかのぼる周王朝の時代にもあったことは、「詩経」からも伺えたのだが、司馬遷が「史記」に「日者列伝」を置き、「亀策列伝《きさくれつでん》」を設け、卜人の列伝を書いた背景には、その懐疑が懐疑のまま、いまだ解決をみていなかったからであろう。懐疑であるかぎり、信じている部分をのこしているのである。

　その懐疑は、卜筮《ぼくぜい》のいかがわしさやそれを信じることへの弊害を目撃しているからでもあるが、司馬遷は「日者列伝」の書きだしにおいてつぎのようなことを言っているのは、やはり注目しないわけにはいかない。

「古えより、天命を受けたる者が、王となってきた。王者が勃興する時、卜筮を以ってその天命を決しなかったことが、かつてこれまであったであろうか」

　と。「亀策列伝」でも、やや同じような文句を繰り返すところから、書きはじめている。

「古えより、聖王が天命を受けて建国し、事業を興《おこ》し動かす時、いまだかつて、卜筮を宝器として善き助けとしなかったことがあったであろうか」

　と。この言葉をそれぞれの列伝の巻頭にもってきたところに、司馬遷の底深い懐疑と、その懐疑の空しさ、つまりは人間の智恵ではどうしようもない限界の空しさが横たわっているように見える。変化し流動してやまぬ物ごとへの人間の予測や判断は、絶対と言うものにほど遠い。そのほど遠さを身をもって味わった司馬遷が、そのほど遠さの故にこそ、卜筮でことを決するより他はない要素を不快ながらも認めないわけにはいかないという事情があったにちがいない。そうであるなら、その卜筮が、よい結果を生みだすかどうかは、問題ではない。正しかろうと間違っていようと、いずれにしても人間が判断し決断して生きていくより他はないのだとしたなら、なんによろうと同断ではないかというニヒリズムが、彼の心の底にひそんでいたように思える。他の方法、たとえば人間の智力によって決断しようとしても、やはり正しかろうと間違っていようとの結果しかでないならば、卜筮による決断のほうが、やたら懐疑に心を労されぬだけ、いさぎよいということを、古代人は、悠々と知っていたことに、彼は思いをいたすところがあったのではないか。

　私は、夢占いなどはしないし、夢占いを実際にする人が、現代にも各種の易者と同じようにいるかどうかは知らないし、いても占って貰うかは、きわめて怪しい。だが、この中国人の夢の森の中へ入っていくことを志した私の原稿が、自ら見た夢への不安を曝すところからはじめたのは、その奇なる夢が、現在の自分にどうかかわっているのかを、ひとりでにさぐって心を悩ませているしぐさを発見したからにほかならない。

　それは、私の中に残存するシャーマニズムの尾っぽだということでは納得がつかぬ。なにもわかっていない暗迷蒙々たる海の中にいるということへの不安と恐怖ということでは、古代人といまなお私とかぎらずみな同じであるからである。

「詩経」の「正月」には、はやくも「占夢」への懐疑のあるのを見たが、その詩篇中に、もう一つ「夢」の字が含まれている。それは、見る夢を意味していないが、「夢」の字の由ってくるところを知ることができるであろう。

民《たみ》　今《いま》まさに殆《あやう》し
天《てん》を視《み》るに夢夢《ぼうぼう》たり

　民衆は、政治の乱れによって、人々は不安に惑い、いままさに危殆にひんしている。天を視ても、ただぼうぼうとしていて暗く、どう生きてよいか、摑みどころがなく、ただ途方に暮れているというのが大意である。宋の朱子が「詩集伝」で言うように、「夢夢は不明なり」である。漢の鄭玄流に言えば、「統理安定の意無し」である。

　漢民族は、「天」に対し、宇宙を宰領し吉凶禍福を降すものとして崇拝したのだが、ここでは、天を逆説的に否定している。天は、公平無私で善を助け悪を罰するという思いこみがあるからこそ、崇拝するのでもあるが、そういう観念からすれば、世の乱れは、不公平なる処置を下すものとしてつい怨みたくもなるだろう。だが、人間の納得癖は、天を怨んでもせんのないことを知っていて、世の乱れは、天の罰と考え、むしろ天中心に天を考えるのではなく、人間が悪いから天も感応しないのだと考えるようになる。

　だが、人間が悪いから世は乱れるにしても、その善悪は判定しがたいのであり、また人道中心的に天の存在を考えてみたところで、やはり天はのこるわけであり、それではつい天に向って否定の弁を吐かないわけにはいかないであろう。

「天を視るに夢夢たり」は、天への不信を表明した言葉であるけれど、天の公平無私とは、公平も不公平もないという意味で公平無私なのであるはずであり、吉凶の感覚と判断はまさに人間側にあると言うことは、やはり天をそしるものにも、わかっているはずであり、天のせいにするわけにはいかないのである。だが、天を怨嗟しても、返答はあるはずなく、どうしようもないとわかっていながらも、どうしようもない故に、怨嗟の的にもなるのである。人は天にしか尻をもっていきようがないのだ。天はあてにならぬ故に安心して天をののしるところもあるのではないか。

天とは、いつであっても、「夢夢《ぼうぼう》」として、人智のおよぶところではない。世が乱れていなくても、いつだって天は、夢夢としているのだが、そういう時、人は自己納得がいっているから、天などの存在は考えもしないのであり、考えても公明正大なりと美化して考えるにすぎない。その意味で、人間は利己である。

それにしても人は、なぜ夢にこだわることがあるのか。夢にしても、自分に迷いがない時は、夢になどは見むきもしない。迷いがないというのは、思いこみであって、実は天地のことをなにもわかってはいなく、自分のこともいわんやわかっていなく無知昏蒙にはかわりはないのだが、そんなことはわからなくても平気という心状態にあったのにすぎないから、一度迷うと、あらためてふりかえった世のことも自分のことも、忽ちに不明になるのだ。私の中に夢を見ることへの趣向が生来あるにしても、それほどいつもは、いちいちこだわっているわけではない。梨を吐きだした不快な夢にこだわったのも、すでになんらかの迷いがあったからである。

「夢」の字の「苜」は、「蔑」の字に近く、その形象はトラコーマに罹った形状に似ている。「説文《せつもん》」は、「目を労して精なきなり」の状態であり、目が見えない状態であると言い、また「夢」の字を「不明」の義にしているが、「夕」が「苜」と組みあわさって、いよいよ不明の状態をあらわしているのである。「夕」は夜だからその本義は、夜の暗さを示している。

だが、夢は、暗闇の中でも見えるはずである。不明というのは、おかしいわけだが、これには別に本字があって「寝」なのである。「ゆめ」の意味の字に「夢」を用いるのは、実は「寝」の省字であることがわかる。「宀」は、「屋根の下」を表わし、「丬」は、寝ることを意味し、その右の「夢」は、「ボウ」という発音の表わす意味のほうをとって、明るい意味である。それらを合せると、寝ていて目の前が明るくなるという意味になり、私たちが考えている意味に近づく。（加藤常賢「漢字の起源」）ゆめの日本語が「寝目《いめ》」から来ているのと近づく。

漢字の生成は、一見、理にかなっているようで、案外、身勝手自在な合理性をもっていることが、これでもわかるのだが、「夢」は、たしかに、寝ながらにして見える世界だ。その寝ながら目をつむって見えた世界というものは、目を見開いて見る醒めた世界の認識の習性に照合する時、あまりにも、夜の不明の如く理解しがたい世界なのではないか。だからこそ、人は、夢を占おうとするのではないか。

夢は、「む」と発音するより、「ぼう」のほうが、よりふさわしい。「夢夢」と畳字にして、「ぼうぼう」と読む時、まさにとりとめもなく人の判別の力などというものを閉じてしまう曖昧さのニュアンスが、よりはっきりと感じられる。しかも、この「ぼう」の字音の本来の意味が明るく見える様であるというのは、字形意味と逆で矛盾しているようであるが、暗さばかりでなく明るさもまた、人間にとって、「不明」の世界であることも照合していて、かえってその矛盾は納得がいくのである。

明るい世界が、なぜ不明でもありうるのか。人間の意識としては分別が働いているからこそ、不思議もなく見える世界は、安心できるのだが、もしいったん分別が迷い、停沌した時、たちまちそれも安心できなかった世界であったことが、判明するのである。これが迷いの正体である。

夢の世界も、見える世界である。その意味では、覚醒の昼間の世界とかわからない。ただちがっているのは、その夢の観覧において、はじめから人の分別が凍結しているところがある。分別を働かせながらその夢の現象世界を見ることができないので、ただ見せられ、見ていく一方であり、かくして人は妙だと言うのであり、どう判断すべきかに迷うのであり、その夢を占おうとするのではあるまいか。

古代ばかりでなく、現代もまた「夢」を、不可思議なものとして受けとめているのは、いまだ夢を、分別の意識をもって、眺覧することができないからであろうし、人によっては現実を超えたるものとして、喜ぶのでもある。分別の邪魔さえなければ、夢も現実も同一地平のものにすぎないのかもしれぬが、私たちは分別の魔を棄てきれないかぎりは、夢もまた「魔」として人間に働きつづけるであろう。

私は、これより中国人の夢の記録のジャングルへ入っていく。その宝庫の中へ入っていき、逐一、現代人たる自らを交感させ、中華三千年の人間どもの夢との暗闘ぶりを、しつこく観戦していこうと思うのだ。

地下なる我々の神々　1〜4

秋山協介（鏡明）

1

――それはたとえば、たった今まで談笑していた友人が殺人者の瞳をもっていることに気付くようなものなのかもしれない――

ちょっと古い話から始めなければならないようだね。一九七一年の十一月の「フュージョン」（ロック・カルチャー・ペーパーとでもしておくか）の表紙を見たとき、思わずにやにやしたくなってきちまった。そこにはなんと、コミューン（生活共同体）とH・P・ラブクラフトという大きな文字が並べてあったのだ。「フュージョン」という雑誌は、もともとあの「ローリング・ストーン」紙の成功のあと、やたらに出現した多くの同傾向のロック・カルチャー・ペーパーの一つだった。ところが、一九七一年の六月に、それまでのタブロイド版から、雑誌の体裁をとりはじめた。それと同時に内容もはっきりと「ローリング・ストーン」風のものに別れを告げて、ヤングカルチャーのための評論誌を目ざすようになった。だから、同じUPS――アンダーグラウンド・プレス・シンディケート――に加盟しているといっても、たとえば「イースト・ヴィレッジ・アザー」のようにアンダーグラウンドの生活に根ざしたものとは違って、若干オーバーグラウンドに近い感じのするペーパーなのだ。まあいってみるなら、文化的啓蒙誌といったとこかな。

まったく、コミューンとラブクラフトが同じ号で取り上げられるなど、いかにも「フュージョン」らしいじゃないか。このラブクラフト特集は、特集などというのも気がひける程度のもので、「フュージョン」と関係の深いらしいレス・ダニエルスがたった一人で、ラブクラフトの紹介と現在手に入る作品のペーパーバックのことを、ほんの五、六頁にわたって書いているにすぎない。レス・ダニエルスは、『アメリカンコミックスの歴史』などという本まで共著しているだけあって、幾つかのエピソードをまじえて仲々うまく紹介してくれているのだが、頁数も頁数だし、どうあっても初心者向け記事でおわってしまっている。日本にいるちょっとしたラブクラフトファンなら、そのほとんどがすでに知っていることばかりなのだ。

そこで、つい読みとばしてしまうことになるのだが、しばらくして妙なことに気付いたのだ。考えてもごらん。これは実に奇妙だ。

アメリカのアンダーグラウンドのベストセラーはトールキンだ、などという話もある位で、彼らのファンタジーに対する関心はかなりのものだ。たとえば手元にあるアンダーグラウンドのコミックブックを見てみると、R・E・ハワードのコナンのパロディが載っていたりする。しかもこのコミックたるや、ランサー版の表紙を描いてあるフレゼッタのコナンがマーベルコミックスのコナンを手がけているバリー・スミス描くところのコナンをやっつけてしまうという、いわばこの両方を知らなければ何がおかしいのかわからないという代物だ。

もちろん、これだけで何もかもいっちまおうというつもりじゃないが、少なくとも日本よりはそういった面での知識の豊富なアメリカのアンダーグラウンドピープルたちに、「フュージョン」という自称カルチャー評論誌が、どうしてまたこんなにも初歩的なラブクラフト紹介をしなきゃならないのかという疑問を抱かせるのには十分だ。そうじゃないかい。

たとえば、一人のラブクラフトファンが好き勝手に書いたにすぎないとか、ラブクラフトの作品が恐怖小説というマイナーなジャンルのものだから今まで知られていなかったからだというような、至極単純な論理からは、この疑問への解答は出てこないんじゃなかろうか。なぜなら、この馬鹿げてみえる疑問は、実にアンダーグラウンド・カルチャーの本質的な部分に根ざしている不気味さに関わっているからなのだよ。つまり、ラブクラフトがアンダーグラウンドにこれまで受け入れられていなかったこと、そしてここに至って、表面的ではあるにしろ彼がアンダーグラウンドへのパスポートを手に入れようとしているという事実。これが問題なのだね。

その不気味さとは何だって?

そいつはアンダーグラウンド・カルチャー、あるいはユース・カルチャーが、ようやくそのラブクラフト的な暗黒を露呈しはじめたことに対する底知れぬ恐怖感覚だと、ここではいってしまうことにする。

このコラムでは、その辺の暗黒の構造を問題にしていくつもりだ。たとえばラブクラフトの祭祀的構造も大きな鍵となるだろう。シャロン・テートをぶっ殺したチァールス・マンスンが誰なのかも明らかになるだろう。

　いってみれば、それは地下なる我々の神々の話になる筈だ。

2

　ぼくは何なる展望も希望も持たずにこの文章を書き連ねていることを告白しておかねばならない。


　サタンは単に神の幻想に過ぎない。

私がこの千九百七十年間にわたって行なってきたすべてのことが、今、明らかにされている。私は砂漠におもむき、二千年間にわたって私が、あなたが、人類が犯してきた罪を神に告白した。それが私がここに存る理由だ。私は目撃する者なのだ。

　私は千九百と七十年間にわたって十字架を避け続けてきた。千九百と七十本の釘が十字架に打ち込まれた。私は喜んで十字架に登るつもりだった。


　彼はキリストではなく、聖者ですらなく、〝人の子《マンスン》〟と呼ばれる者だ。彼がかくいう者であるのを知って、ぼくは何をいえばいいのだ。それは異常な国家《アメリカ》の一部として、物珍らしげに目をみはっていればすむものではない。何故現代にサタンが復活し（それは三日後の復活と比較しうる）、暗黒のカルトが取り行なわれなければならないのか。ぼくたちに知らされる解答は、いつもこうだった。

　現代文明への反逆あるいは現代社会からの逃避の一形態なのだと。

　ああ、わかっているよ、彼らはいつもそうなのだ。説明さえできるならば、それは少しも恐ろしいものではなく、危険なものでもないのだ、彼らにとっては。

　だが、見ているがいい。痛い目に合わせてやる、本当に。ぼくは真底、おびえている。そこの影からのぞいているサタンの薄笑いに。だから、一寸先は闇なのだから、ぼくには展望もなければ希望もない。手探りで一歩を進むだけだ。そこにはアリアドネーの一本の糸すらない。

　たとえばボストンの近くのコミューンでは易で一日の行動が決められるという。あるいはサバトの名を借りて、オージーパーティが開かれるという。いったい何種類の占星術の本、悪魔学の本が出版されているのだろうか。サタンのお守りを見たことがある。悪魔の教会があり、聖書がある。かつてフラワーピープルと呼ばれた若者たちは死んだのか。

　サタンは商売であり、ゲームであり、生活であり、神であり、糞なのだ。ぼくはいらつかずにはいられない。サタンはエスタブリッシュ側にとりこまれ、企業として成り立ち、キリスト教の神学者でさえそれを認め、逆に自らの宗教のために利用しようとする。何人の人が神秘を信じているのか。占星術を信じているのか。

サタンを信じているのか。遊びだと思っているがいいさ。もうすぐ逆転する。

オカルティズムの、サタニズムの歴史を述べたてるのはできるだけ避けようと思う。それは何の解答にもならないから。歪められ、ねじまげられ、体制に利用されているようにすら思われても、サタンの領域は地上に広がりはじめ、しぶとくこびりついて離れない。

皮肉にも、聖《サン》フランシスコに位置するサタン教会の信者は一万人近いという。その創始者、アントン・ザンダー・ラビーがいかに食わせ者らしく見えても、教会に対する報道が嘲笑めいていても、信者たちがいかに真剣に自分たちの宗教に対しているかを知ってみれば、もはやそれは笑うべきものではなくなる。ことにサタン教会の特殊性を知ってみれば。

サタン教会が他のサタン崇拝グループと異なるのは、まず彼らが他のいかなるサタン崇拝グループをも認めていない点にある。これは新興宗教における一つの特質といってもいいだろうが、狂信的であればあるほど、その恐ろしさは増大する。教会の構成員たちは、一般に想像されるようなエロティックな、サディスティックな儀式の全てを否定する。それは馬鹿げているからというわけだ。ドラッグは用いられない。秘密主義は彼らの内に存在しない。何を恐れる必要があるのだろうか。彼らは堂々とサタン信仰を世の中に示しているのだ。それゆえ、彼らのいうサタンは変質せざるを得ない。それは神でも悪魔でもない。それは我々の内なる自然のシンボルなのだ。こうして彼らは自らのサタンを正当化し、明るみに引き出そうとする。ストイックに戒律を守りながら、だがどうあろうと彼らの選んだものはキリストではなくサタンなのであり、いかに否定しようとも、その底流は他のサタニズムの流れに連なっているのだ。それは結局マンスンの言葉に近付く。

言語はシンボルだ。私のやることはすべて、シンボルをあなた方の頭にたたきこむことだ。すべてはシンボル的だ。シンボルはあなた方の頭に直接的に連なる。あなた方の体すら、シンボルなのだ。

＊　＊　＊

キリストはシンボルを知っていた。そしてぼくは、他の誰よりもマンスンはキリストに近いのかも知れないと信じ、恐れる。

3

「しかし我々は、どれほど強く魔術を求めようと、心の底では、真の魔術のしるしの全くの支配下で発展するような生に恐怖を持つ」

（アントナン・アルトー）

かつて出現したオカルティストたちは、どれほど優れた能力を持っていたにしろ、それはあくまでも技術レベルにとどまるものであったといってもいいだろう。鉛を金に変えた者がいたのかもしれない。精確に未来を知った者がいたのかもしれない。不治の病を完治させた者がいたのかもしれない。しかしそれは個別の体験に過ぎないのであり、全体のシステムに関るものではなかった。形而上的なシステムは完成に近付いていたかもしれない。しかしそれは結局のところ、一つのカルチャーのシステムとして成立することはなかった。

サタンという概念は、いうまでもなく、キリスト教の成立のために存在したものだし、その意味で相対的なものでしかない。つまるところ、キリスト教という秩序の荷い手に対抗するという一点にこそ、サタンの存在の意味があった。

そして今、キリスト教がついにくたばりはじめたこの時点で、サタンははじめてキリストの呪縛から脱れることに成功したのだ。より大きな体制の秩序に対するチャンピオン（代理闘士）として。

現在、サタンの名のもとに総称しうるような様々な団体、思考、個人、行為のもたらすものは、明らかに一つのカルチャーとして促えることができる。それは過去の偉大なオカルティストたちが、ついに成しえなかったことの成就への端初である。そしてそこには一人のオールマイティな存在はなく、全ては大衆と呼ばれる個人によって可能とされようとしている。

それは根元的な変質なのだろうか。

我々の内なるサタンの解放なのか。

アントン・ザンダー・ラビーは、おそらくサタンを自らの仮面として世間に公示することに成功した最初の人間だろう。

嘲笑から恐怖までの道は決して遠くない。ラビーに対する嘲けりは、容易に彼の主宰するチャーチ・オブ・サタンへの恐れへと変容しうる。

たしかに、このぼくでさえ、ラビーのやり方を笑うだろう。

ラビーはいった。

「サタンの時代は一九六六年にはじまった。それは神の死が宣言され、セックス・フリーダム・リーグが地上に現われ、ヒッピーたちがフリーセックス・カルチャーを形成した年だ」

そしてもちろんチャーチ・オブ・サタンが生まれたのは同じ年のことだ。この芝居じみた宣言と、現状認識をぼくは馬鹿にする。

ラビーは生活する。

「チャーチ・オブ・サタンのインテリアは、チャールズ・アダムスが担当した。壁は黒、灯は赤、部屋はラビー自身の画いた骸骨や、動物の壁画がある。トイレットにさえ黒いタオルとトイレットペーパーが置いてある」

「妻のダイアンとの間にはズィーナという娘と、大学にいっているカーラという娘がいる。ペットとして飼っていたトガーというライオンは、近所から文句が出たためにサンフランシスコの動物園に寄附した」

やはりぼくは大笑いするだろう。

それは有名な彼の言葉にしても同じことだ。

「邪悪（EVIL）を逆に書けば生きる（LIVE）になる」

見事なジョークじゃないか！

だがそれでも、チャーチ・オブ・サタンの信者は一万人にものぼるし、その支部は全世界に散らばりつつある。そしてその事実は決して笑うことはできない。笑っていられるうちはいい。サタン信仰に対する彼の態度のただ一つの点に関して、ぼくは決して笑わない。それこそ真実だからだ。

それは。

ラビーは"The Satanic Bible"の続編ともいうべき"The Satanic Rituals"をつい最近出版した。悪魔儀式集成とでもいうべきこの本は、いってみれば寄せ集めのでっちあげでしかないが、見逃すことのできない部分がある。

この本に収録されたものには、たとえば古典的な"Le Messe Noir"や、"The Satanic Baptisms"といった明らかにでっちあげとわかるものがあるが、それらに並べてラヴクラフトのクトゥルウ神話まで取り込まれているのだ。

"ンガナス・キク・アズーアソス・ルヤラー・ウファ・ズファサ・フルートガ・ナイエオ・フラァグングル"

――その笑いなくせばこの世なかりしアザソスに祈りを捧ぐ――の意。

それはあのラヴクラフト独得のほとんど発音不可能な呪文の羅列である。フィクションをこのように促えるという事実、これを馬鹿らしいとして笑いとばしてはならない。それこそ問題にすべき点なのだ。

ラビーにとってフィクションとリアリティの境界はこれほどまでにあいまいなものでしかないのだということを知らねばならない。現実・創作という判断基準がほとんど存在していない点を見抜かねばならない。

そうだ。これこそすべての神々に対する信仰への第一歩だ。これを信じたからこそ、一万人の信者は自らの内のサタンを解放した。

それは虚構なのだよと悧口ぶってお説教をしてくれる奴らは盲目だ。理性という絵空事にまどわされた糞どもだ。大人と呼ばれる彼らは現実という言葉が単なる呪文であることを忘れ、それが効力を失なったことにまだ気付かない。

現実が虚構と連なる瞬間を信じることのできる者のみが天国への査証を手に入れたことが、かつてあった。それが失なわれた今、サタンの名のもとに同じことが行なわれようとしているに過ぎないのだ。たとえ地下なる神々に対するものであったとしても、この一点は常に真実としてとどまる。

ラビーが偽者であるかどうかは、どうでもいい。ラビーがサタンをどう思っているかも、どうでもいい。それは既成の価値判断では通用しない次元の問題だからだ。

ラビーたちのサタン教会が、サタンと名付けられるものに対する信仰を日光のもとに明らかに示した点は評価すべきだ。それがいかにでたらめに見えても。なぜなら、その根底にはたしかに信仰があり、それは我々すべてに関わる部分を大きく増幅したものなのだから。ラビーはそのきっかけとなるのに適した人物だった。彼はセンセーショナルな登場の仕方を知っていたし、話題性にはことかかない人物だったから、実際にはどうあろうと、サタンへ至る道の告知板としては、格好の存在なのだ。つまりは単なる橋渡しでしかないということだ。

サタン教会という団体と、その考えの一部には賛同するにしても、アントン・ザンダー・ラビーという個人の総体については、ぼくはこれぽっちも信用していない。それははっきりしている。どんな奴でも真実を語ることはある。ラビーは、ぼくたちに近いところにいるが、それでも結局は大人の側に属すべき人間だ。それは決して信用できないということなのだ。

もう常識になってしまったのかもしれないが、ぼくを含むジェネレーションは、大人になることのできなかった最初の集団だ。もちろん子供であり続けることはできないのだから、ぼくたちは宙ぶらりんなのだ。

大人と呼ばれる部族は、二十世紀前半のマスカルチャーを形成する過程で生み出された歪んだ集団にすぎないのだし、ぼくたちのようにすでにマスカルチャーの存在している状況の中で育った部族と決定的に異なっていることを知っておかねばならない。だがそれでもそこには中間の部族がいるのであり、その一人がラビーということなのだ。そしてもちろん、彼に未来はない。

ぼくがラビーを何があろうとも信用できない理由を次に掲げておく。

それは敬愛するチャーリー・マンスンに関わることだ。

「私（ラビー）の知りうる限りにおいて、チャーリー・マンスンはただの狂った殺人鬼である。あの偽者のサタニストたちは、ドラッグに狂った犯罪者に過ぎず、捕えて八つ裂きにすべきである」

体制に属する良識ある大人たちは、とても喜んだだろう。サタン教会といっても、普通の教会と同じだと思っただろう。とても安心しただろう。自分たちの嘲笑の全てが正しかったと思っただろう。

だが、そうはうまくいかない。ラビーが何をいおうと、サタンに統合された軍勢は拡大しつつある。そいつは今や、一人の人間のコントロールできるものではなくなりつつある。サタニック・カルチャーは、自走しはじめたのだ！　彼らが恐れを知るのはもうすぐだ。

4

儀式には音楽がつきまとう。それはト

リップを容易にさせる。

チャールズ・マンスンがビートルズに狂っていたことは、もう有名なことだ。彼の崇拝者の一人は、例のホワイトアルバムが、マンスンをしてシャロン・テート殺しに走らせたとしている。つまり、アビーロードが先に出ていれば、マンスンは未だにシャバの空気を吸えていた筈だというわけだ。

マンスンが最も好んでいたサージャント・ペパーズ・ロンリーハーツクラブバンドに比較すれば、方向性という意味で劣っていることは確かとしても、あのホワイトアルバムは決して駄作とは思えないのだが、まあそういったことだ。

ヤンケロビッチ・モニター・リサーチが大々的に実施したソシアル・トレンドに関する調査報告書によれば、現在のアメリカには、「神秘的な性向」「未知への憧れ」が、「大きなものに対する反発」「セックスの享楽」と同じように存在していることがはっきりしている。

ソシアル・トレンドといった意味からすれば、そこには今後の社会を形成せざるを得ない若いジェネレーションの方向が大きく投影されているのは当然であり、ぼくは悪魔に対する感覚を見出すのだ。

いわゆるロック・ミュージックがぼくたちのジェネレーションに深く関わるようになれば、なるほど、それは儀式的な音楽としての一面を強めなければならない。

日本の或る音楽雑誌が「魔女とロック」なる特集をしたことがある。ああ、あの馬鹿らしさ。ただ一つのエッセイを除けば、それはあまりにも状況的すぎる。知識の羅列、ナンセンスな視点、その程度だろうさ。

ブラック・サバス、ブラック・ウィドウ、ユーライア・ヒープ！　サード・イアー・バンド？　目で見るからそんな不様なことになる。

悪魔的であるか否かは、バンドの方向性の問題じゃない、聴く者の内面に形成される暗黒の領土の広さの問題だ。

ミック・ジャガーをルシファーとして見たてることの無意味さは、逆のヒーロー化ということでしかない。それはミーチャン・ハーチャンの次元だろう？　あんまり明るすぎて、ぼくは眼をおおうよ。自らを悪魔に奉仕するものとして現われたブラック・ウィドウは、卓越した一枚のアルバムを残して消えてしまった。ぼくたちの心の中に潜りこんでしまったのだ。

信ずる者は、いつでも地下に潜らねばならないのさ。地上で歌う者は、結局エスタブリッシュメントの一員だ。それは論理であり秩序であり、何よりもライトを浴びて生き伸びる。何と馬鹿なことを。

サタンは、ビートルズの内にも見出されるのだし、デッドの中にも、ブルー・オイスター・カルトの中にもその嘲笑を見ることができるのだ。トリップさせることさえできれば、内なるサタンを解放しうることを知らなければならない。

ぼくたちの金を絞り取って生きている

ミュージシャンたちがサタンを信じることなどできるものか。ユーライア・ヒープのあの間抜けたステージ、こけおどしの歌詞。笑わせやがる。それでも面影を求めて彼らの音楽を聴き続けているぼくの未練の下らなさ、やっぱり笑わせやがる。トニー・アイオミのいつも変らぬフレーズの中に、ぼくはサタンへの憧れを見るのだが、それでもブラック・サバスは悪魔とは無縁だと自ら宣言してしまうのだ。それは自らに対する裏切りなのだし、流れを見きわめることできぬ時代遅れ者の痴言だ。

何人が目覚めることを知るのかはわからない。いつかは本当に儀式のための音楽を創り出す人間が出てくるさ。

たとえばジム・モリスンは演劇をその音楽に取り込むことで、或る高みまで登ることに成功したが、やっぱりくたばった。明るみに引きずり出された未成熟な地下生物の末路だ。あの男はエスタブリッシュメントが用意した見事な罠にはまったのだ。マスという人間の質量は、その不純物の多さの故に、その底流にもかかわらず、彼をぶち殺す。

心ならずも反体制でなければならぬサタニストたちの主張は、コミカルなものとして、あるいは汚れたものとして、狂気として承認されてしまう。その瞬間にそれは別なものとしての地位が与えられ、体制の内に位置付けられる。残念なことに、ロック・ミュージシャンたちはライトを浴びて生きることに慣れすぎ、サタニストたちはどの危険性も認めてもらえない。打ち破ることのできぬ網目にからめとられて、のうのうと生き続けてやがる。

だからぼくは彼らの音楽の内なるサタンの微かな香りだけで満足していなければならないのだ。何て様だ!

ホラー・スクリーン散歩

リチャード・マティスンの

激突！

瀬戸川猛資

　リチャード・マティスン原作、脚本によるユニバーサル映画『激突！』は、その題材のセンセーショナルな異色さがうけたのか、東京ではかなりのヒットを記録したそうである。

　本誌の読者の方に今さらいうまでもないことだろうが、このリチャード・マティスンという人物、現代アメリカの活字と映像の二つの世界にまたがり、モダンでシャープ、そしておそろしく通俗的な〝恐怖と幻想〟を黙々と描き続ける稀代の才人である。

　小説の方では、『吸血鬼（人類最後の男）』『渦巻く谺』のようなホラー調SF、サスペンス・スリラー『夜の訪問者』、現代ゴシック・ロマン『地獄の家』、といった長篇が邦訳されていていずれもおもしろいが、本領はやはり短篇にある。現代では全くマンネリズムに陥らざるをえない吸血鬼テーマを、パロディ風に逆手にとった『血の末裔』（新人物往来社〝怪奇幻想の文学〟に収録）や、善良な人々の上に災厄をふりまいて歩く男を描いて、平穏な日常の中に黒くポッカリあいた深淵をかいま見せる『種子まく男』（早川書房『十三のショック』に収録）の鮮やかなスタイリストぶりは無類と言ってよい。

　映画では、一部の識者に圧倒的人気を誇る鬼才ロジャー・コーマン監督のエドガー・ポオ原作による一連の恐怖映画——『アッシャー家の惨劇』『恐怖の振り子』『黒猫の怨霊』『忍者と悪女』——のシナリオが最大の仕事だろう。

　本篇『激突！』もまた、いかにも彼らしい秀抜な着想と鋭角的な戦慄がこってり詰まった異色中の異色作である。

　デニス・ウィーバー扮する主人公デビッド・マンは中年のごく平凡なセールスマン。彼が愛用のセダンに乗ってサンフランシスコに向う途中、突然なんの理由もなく一台の巨大なタンク・ローリーに追いかけられる。逃げても逃げても執拗に追いまわされ、あわや死の直前まで追いこまれてほうほうの態になったデビッド・マン、最後にひらき直り、セダンでもって決然と戦いを挑む、という単純極まりないストーリーだ。

　映画は最後までタンク・ローリーの運転手の顔を見せない。即ち、タンク・ローリーそれ自体が一個の巨大な鋼鉄の怪物《モンスター》と化して画面を席巻するのである。

　これは大した着眼点と言わねばならない。果てしなく続くハイウェイとその周囲の広大で牧歌的な田園風景。その最も日常的な平和な光景の中に、突如出現した悪夢のような世界。白昼の中に暗黒を見る、というマティスン一流の恐怖へのアプローチである。TV出身の新人スティーヴン・スピールバーグの演出がまた、相当にリキがある。ともすれば単調になりかねない話を、タンク・ローリーをさまざまな角度から巨大感を極立たせ、まさに息づいている怪物のようにとらえている迫力は見事というほかない。

　が、にもかかわらず、ぼくはこの映画を見終わったあとなにか奇妙にひっかかるものを感じた。具体的に言うと、あーこわかった、けどおもしろかった、という恐怖映画特有のあの無邪気なカタルシスがなかったのだ。

　その原因、どうも主人公デビッド・マンのキャラクターにあるらしい。

　この男、たとえアメリカ人という点を除いたにしても、およそヒロイックでない現実のぼくらに酷似した人物である。映画もまた、タンク・ローリーに追われてただ泣き喚きながら逃げるだけの、この男の意気地《いくじ》なさとだらしなさをことさらに強調する。ここに至って映画ファンなら誰しも、サム・ペッキンパーが『わらの犬』で、ジョン・ブアマンが『脱出』で、ぼくらの前に抜身で提起して今やアメリカ映画の一つの重要な流れとなっている〝男の子試練のための方法論〟とも言うべきあの問題、俗に〝新暴力派映画《ニュー・バイオレンス・シネマ》〟なぞと称揚される一連の傾向の映画、のことを思い浮べずにはいられないだろう。少くとも監督スピールバーグがそれを意識していることは明らかなのである。

　この『激突!』の主人公と同様、『わらの犬』のダスティン・ホフマンも、『脱出』のジョン・ボイトも、突然の理由なき暴力という危難に遭遇したが、その試練を立派にくぐり抜けて最後には男性たりえた。デビッド・マンはどうか? なるほど、勝つには勝った。しかし、それはおよそケガの巧妙的な勝利であり、あっけない闘いぶりだった。

　ぼくのこの映画への不満は、ただこの点にのみ尽きるのである。ここまで方法論を提示した以上、結論はしっかりつけてもらわないと困るのだ。

　もっとも、これはやむをえないことかもしれない。なにしろリチャード・マティスンである。いかに彼が最近のアメリカ映画に影響された脚本を書いたとはいえ、彼はまぎれもなく〝恐怖と幻想〟の世界の住人であり、そこはぼくらの現実とは無縁な世界である。そのおよそ現実的でない世界へ、監督スピールバーグが強引に現実の思想を介入させた結果、つまりマティスンとスピールバーグという、共に秀れながらも全く異質の二つの才能がまさに激突した結果の、奇妙な混淆ではあるまいか。

　一九七三年のアメリカから、純然たる恐怖と幻想を抽出するのがいかに難しいか、ということをつくづくと感じさせる映画である。

日本公開時ポスター（1973）

ホラー・スクリーン散歩

怪物団

石上三登志

いやな映画を見てしまった。

トッド・ブロウニング監督が一九三二年にMGM社で作った、ホラー・フィルム『怪物団』。そう、怪奇映画好きなら、一度や二度はかならず耳にした事のある、あの『フリークス』（原題名）である。

実は、この噂のみにきく映画を、僕はもう永遠に見る事が出来ないものと思っていた。そして、見られない方がさいわいだとも思っていた。ところが、過日イタリアのあるフィルム・コレクターの好意で見る機会が与えられ、僕は考えたあげく、やっぱり行ってしまったのである。

噂の『怪物団《フリークス》』とは、こんな映画である。サーカスの美人ブランコのりクレオパトラ（オルガ・バクラノヴァ）は、情夫のヘラクレス（ヘンリー・ヴィクター）と組んで、財産めあてに小人ハンス（ハリイ・アールズ）と結婚し、その後彼を毒殺しようとする。それを知ったハンスと仲間の見世物奇型児《フリークス》たちが、嵐の夜クレオパトラを襲い、手術で彼女を〝人間アヒル〟にしてしまう。

話そのものも、いたってグロテスクだが、実はそんな事はどうでもいいのである。問題は、つまり噂の原因は、このサーカスの見世物奇型児たちが、世界中から集められた十数人の本物たちである事である。

小人ハンスは勿論、シャム双生児、とんがり頭《ピン・ヘッド》、ひげ女、人間トルソ、手なし、足なし、半男半女、がい骨男……その他あらゆる現実のフリークスが、スクリーン内にたえず出現する、それこそがこの映画最大の呼び物だったのだ。

グロテスクといえば、あまりにグロテスク。悪趣味といえば、あまりに悪趣味。事実この作品、サンディエゴでの当時の試写会は、場外へ逃げ出す女性客で大混乱。アメリカのほとんどの州ではズタズタにカットされて、やっと公開され、イギリスにいたっては三十年間も公開禁止されていたそうなのである。

だから、このフィルム、テレビ放映などは問題外。かんじんのフィルムすら、どこにどうなっているかさえ、さっぱりわからず、何人かのコレクターの手に所有されたものが、ひそかに仲間うちで映写されている。そんな噂だけが伝わってきていたのである。だから僕は、見る事は出来ないのだとあきらめ、しかしその内容からいって見られなくてもいいと考えてもいたのである。

〝見て下さい。これがかつての美人クレオパトラのなれの果て……〟という案内人ではじまり、囲いの中をおそるおそる見た客たちが、何かを発見して悲鳴をあげる。そんな導入部のこの映画、作品としての出来自体は実は大したもんではない。にもかかわらず、いや、だからこそ、次の二つの場面の強烈さは白眉である。

一つは、クレオパトラと小人ハンスの結婚式。集った奇型児たちが、〝彼女も仲間、彼女も仲間〟と合唱しながら、酒をまわしのみするくだりである。あまりのグロテスクさに、最後にまわってきたグラスに口をつける事も出来ない彼女は、ここでついに〝かたわもの！　かたわもの！〟と本音をはきちらす。

そしてもう一つは、嵐と稲妻の中を必死でのがれるクレオパトラに、四方八方から泥の中をいざり寄ってくる奇型児たちの襲撃を描いたクライマックス。いかにたくみなメイクアップでも、とうてい表現出来っこない、これはまさしく地獄図なのである。

これらにくらべれば、最後に暴露される変貌クレオパトラなどは、むしろご愛嬌ともいうべきであろう。ロン・チャニイやボリス・カーロフの奇怪なメイク怪物のそれと、同じなのである。

だが、他の部分はちがう。いかに怪物的に見えるといったところで、彼らは僕らと同じ加工なしの生身の人間である。楽しんで見るなどは論外であり、正直いって僕はほとんど正視出来なかったのだ。そして、にもかかわらずこの作品、強いて分類すればホラー・フィルム以外の何物でもないのである。

これは、作品の気分だけでなく、次のような事実が実証するだろう。この映画の監督トッド・ブロウニングは、例の怪優ロン・チャニイ初代と組んで、『三人』（25年）、『知られぬ人』（27年）、『真夜中すぎのロンドン』（27年、未公開）を作り、ロンのグロテスクなメイクアップを大いに売った男である。そして次に、『十三番目の椅子』（29年、未公開）で組んだベラ・ルゴシと、有名な『魔人ドラキュラ』（31年）及び『古城の妖鬼』（35年）を作り、その後も『悪魔の人形』（36年）、『奇蹟売ります』（39年、未公開）と、ひたすらホラー・フィルムを作り続けているのである。現在でいえばこのブロウニング、テレンス・フィッシャーのような監督なのである。
およそ原則的にいえば、怪奇映画、恐怖映画、つまりホラー・フィルムは、自分に関係ないグロテスクさを楽しむ事を目的とした娯楽である。ロン・チャニイもボリス・カーロフも、あるいはクリストファー・リーも、そんな観客の心を承知の上で、大いに奇怪なメークアップにこった、しかし五体満足な人々である。しかし、ではこの『怪物団』は一体どうなのか。

僕がこの映画が気になり、しかし見たくはなく、でもやっぱりたしかめてみたかったのは、ここにつきる。グロテスクな怪物たちの出現を好む僕ら怪奇ファンの心とは、実は現実の不具者たちをすら怪物視するという、おそろしく恥ずべき心理にまでつながっているのではないのか。そんな、およそ思いやりのない、まるでむちゃくちゃなうぬぼれが、どこかにあるのではないか。怪奇映画作家ブロウニングが、とうとうここまできてしまったようにである。

そんな事を知っただけでも、僕はこのいやな映画を、うす目を開けて見たかいがあるのである。

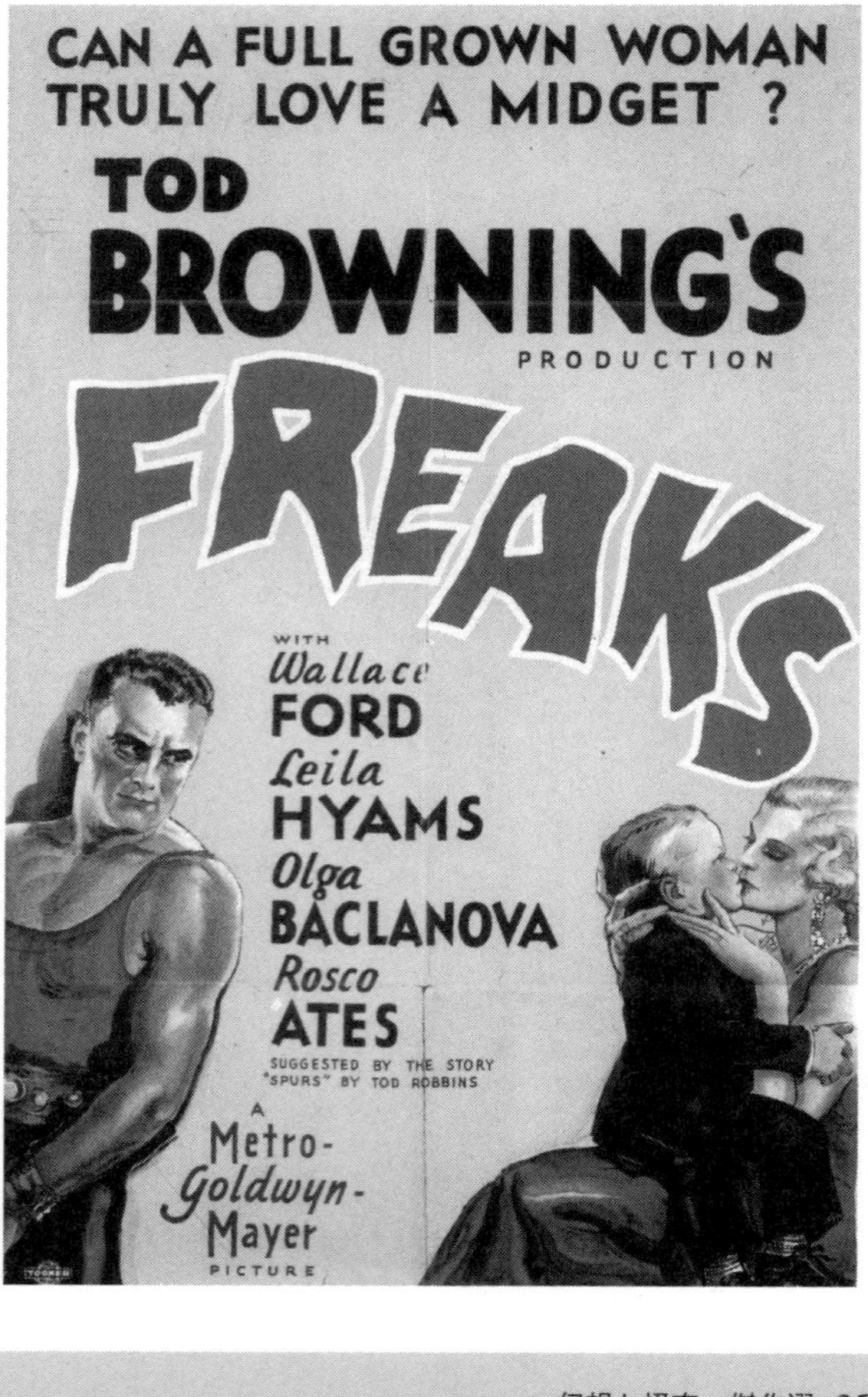

アメリカ公開時ポスター
（1932）

幻想文学レヴュー

ブラックウッド傑作集

（創土社）　山下 武

以前マッケンを読んだときもやはり感じたことだが、特にこんどブラックウッドの「いにしえの魔術」を読み返して、この二人がラブクラフトに与えた影響というものを改めて考えてみないわけにいかなかった。その一番いい例がラブクラフトの「インスマウスの影」である。つまり、猫が半魚半蛙の怪物と置き換えられているだけで、話の大筋はそっくりブラックウッドからの借り物といってもあやまりではない。どちらも有史以前の過去からの呼び声によって危機に直面する男の話なのだ。マッケンの『三人の詐欺師』のなかに出てくる妖精種族（矮人《こびと》にまつわる話）がやはりそうであった。つまり、人間の奥妙よりの復活というテーマがこの三人にひどく気に入ったのである。かれらはそこからゴシック的空想をどんどんふくらましてゆき、スーパーナチュラルな世界へ没入していったのだ。

　ただこの集の巻頭に収めた序文でブラックウッドが繰り返し言っていることからでもしれるように、かれの関心はいつでも人間の《正常な意識の拡張》にむけられていたのであって、かならずといっていいほどかれがいつも平凡な市井人を主人公に選ぶのもじつはそのためなのだ。かれはそこから超現実世界のイメージを強烈に読者に訴える方法を学んだのである。しかし黒いものの復活をかれが本気で信じていなかったわけではない。それは、《ほんものの幻想文学は、人の子であるわれわれすべてが所有している迷信的本能の中核から生まれるもの》だとするその主張からも窺えるだろう。心霊界のシャーロック・ホームズを気取ったジョン・サイレンスなるきわめて個性的な人物は、いわばこの**影の世界**の絵解きをする探偵であり、訳者も指摘するごとく、推理小説風の組立てと当時流行の心霊研究熱を結びつけたのはかれのきわめて独創的な思いつきであった。じっさいジョン・サイレンス物にはブラックウッドの最傑作がいくつか含まれている。たとえば「いにしえの魔術」や「犬のキャンプ」にしてもそうだ。前者は一夜人びとが猫に変身して集《つど》う冒瀆的サバトを描き、後者はストックホルム後方の多島海を背景とした人狼譚である。殊に「犬のキャンプ」は従来の流布本が全体のほぼ¾ほどの抄訳であったのに比し今回は完訳であり、作者が丹念につみかさねた戦慄的な効果が読後いっそう鮮かだ。

　しかしブラックウッドの残した長短併せて三百篇にものぼる全作品のうち、その純粋な感覚や透徹した人生観において真の芸術的作品にちかいものは却って「屋根裏」とか「黄金の蠅」のような小品にあるのではあるまいか。ゾクゾクするような怪談を期待する向きには物足りないかもしれないけれど、こうしたしみじみとした味わいをもつ作品こそ、じつはブラックウッドの一番書きたかったものではなかったかという気がしてならない。事実、かれはゴースト・マンとよばれることを非常にきらったし、その作品が《世間なみの単純素朴な幽霊話にくらべ、より進展した》と信じてもいたのである。むろんテレビ局から〝ゾッとするような話〟を頼まれれば応じもしたが、もし注意深い読者ならブラックウッドの作品から大胆な哲学を嗅ぎあてたはずだ。

　ペシミズムと人間嫌いとはかれの芸術を語る上において見逃すことのできぬ重要な基調《キー・ノート》であろう。かれが《あの俗悪で気ちがいじみた日常》を仮りの栖としかみなかったことはきわめて当然だとしても、執拗なまでに《自然を神聖化》せずにいられなかった背後には放浪時代に嘗めた人生の辛酸がおそらく作用しているにちがいない。だがそれだけではないはずである。「雪女」の主人公ヒバートは《みずからの体質である強烈な詩的想像力と、異教徒的な本能により、おのれの存在の大部分がこの大自然に属するものと直観》する稀有な青年として描かれているが、これは作者がストレートに自分のことを語っているのだと受け取ってもまちがいではない。もっとも、コチコチのキリスト教信者であった父親の厳格な教育方針が逆にかれの内に潜む異教徒的本能を大いにかりたてもしたようだ。当時のおぞましい記憶はじっさいにブラックウッドが多感な少年時代の二年間をそこで過したモラヴィア地方の学校を舞台とする「邪悪なる祈り」に活かされている。

　収録作品の選択には訳者の紀田順一郎氏も苦心を払ったことと思われるが、従来とかく怪談作者としての一面のみを強調されてきたブラックウッドの数ある作品のうちから「移植」とか「炎の舌」のような異色作も入れ、できるかぎりかれの世界を多角的に構成しようと試みた苦心の痕がみえるのはさすがである。ともあれこの一巻によって、積年のブラックウッド党はもちろん、これまでこの巨匠の作品に馴染のうすかった読者も、かれが「これらの小説を通じて夢の深奥の存在に肉迫し、現実と空想との間に横たわる巨大な障壁を打ち破った」（H・P・ラブクラフト）と信じざるをえないことだろう。

ベスト・ファンタジー・ストーリィズ

（Faber, 1962）

石村一男

よく、アンソロジーなどということばで呼ばれる幻想文学精華集のなかには、今日、この種文学の愛好家にとっては絶対に欠かせない基本図書に数えあげられているものが、いくつかある。たとえばあなたが、日本名著全集に収められている『怪談名作集』（日本名著全集刊行会・昭和二年）とか、日本初の翻訳物の全集『世界恐怖小説全集』（全十巻・創元社）とか、そういった書籍をお持ちなら——そして、願わくば国文社で刊行しているフランス・シュルレアリスム系の幻想小説叢書を揃えておいでなら——あなたは、もちろん基本図書の所有者ということになるだろう。

ところが、基本図書というやつは要するに無色であって、残念ながら、その内容から直接あなたの嗜好が明確に打ちだされてくるわけではない。となれば、その次に、自分の好みに合致した個性的な図書を揃えることが問題になる。そして、このような個性的な図書の実例を幻想小説のアンソロジーに限って挙げるとしたら、たとえばそれは、ジョゼフ・フレンチが一九二〇年に編纂した『異常心理小説傑作集』（ここには、ジャック・ロンドンから始まってヘレナ・ブラバトスキーまでの、まさに人間の心の暗黒を描いた傑作が並んでいる）であるだろうし、あるいはまた、アーカム・ハウスが出版した全アンソロジーのなかでも際立って異彩を放つ古今幻想詩の集大成『月の暗黒』（"Dark of the Moon", 1947）、ということになると思う。

そういう観点に立つと、今回紹介する『ベスト・ファンタジー・ストーリィズ』（"Best Fantasy Stories", Faber & Faber; 1962）は、いくつかの点で、後者のカテゴリーに数えあげられる要素をはらんでいる。

まず第一に、作品選定にあたったのが、イギリスSF界の新しい旗手であるブライアン・オールディスであること。古典と呼ばれるものを極力排し、しかも選択に幅を持たせている。

第二に、レルネット＝ホレーニアのようなドイツ語圏の作家を採りあげていること。それからまた、精神分析の観点から書かれた異常心理小説の中編を大胆に収録している点。

　第三に、ファンタジーの焦点を、単に〈恐怖〉や〈想像力〉だけに合わせることなく、ジャック・フィニーやアンガス・ウィルスンの軽妙な諷刺小説にも眼を向けていること。

　この一冊で、幻想文学編纂者としての、かれの力量に、期待が持てるようになった。

　収録作品は全部で十編、うち明らかに翻訳のあるものが、レイ・ブラッドベリ、ジョン・コリア、ジャック・フィニーの三つ、しかし本書の最大の看板作品は、すべて未訳未紹介であるのが嬉しい。

　本書で最も長い超自然ロマン『バッゲ男爵』は、オーストリー作家レルネット＝ホレーニアの代表的な作品――ホレーニアに関しては、前川道介氏の『ドイツ怪奇小説入門』（京都・綜芸舎）に詳しい――で、ロシア軍と戦って重傷を負ったオーストリー指揮官が、生と死の入り混じった不可思議な土地に迷いこむ物語だが、読みどころは何といっても、運命の恋に落ちた主人公バッゲ男爵が、すでにロシア兵の手によって殺害されている〈未だ見ぬ恋人〉と、生と死をへだてて婚礼の式を挙げる場面の劇的な盛りあがりだろう。

　ロシア軍の占領地域にありながら、なぜか戦争のセの字も感じられない楽しげなこの土地で――実は、もうすでに、ロシア兵によって廃墟にされた悲劇の土地で――いつも口論しあってきた上官たちの列席するなかで、遠いむかし母から聞いていた許婚《いいなづけ》と契りを結びあった主人公が、口づけを交わす間もなく、ロシア兵を求めて進撃していく場面の、シンボリックな情景描写。そして、かれを見送る幻の花嫁のささやき、「さようなら、いとしいお方、もう二度とお帰りにはならないお方」というくだりを読むときの感動は、最近ちょっと味わえないものだった。本質的にはムード小説でありながら、この作品に漂うロマンチシズムは、はっきりと精神的浄化《カタルシス》をめざしている。ぼくはこれを読んで、ビアスの傑作を思い出した。

　そして、本書のもうひとつの柱は、イギリス作家ロバート・リンドナーが書いた精神分析風のショッカー『ジェット・プロペラ付きの長椅子』（一九五四）。西インド諸島で、黒人の乳母に育てられ、黒人の子供と同じように性《セックス》を体験したあと、一転して都会女の倒錯的な性に弄《もてあそ》ばれた少年が、やがて精神に錯乱を生じ、ふとした折りに入手した或る幻想冒険小説シリーズの世界にのめり込んでいく過程が、さながら精神分析医の報告書を見るように語られていく。少年は、やがて、その冒険小説の主人公が自分であって、しかもそこに書かれたSF的な大冒険は自分が今後体験するはずのものだと信じこみ、なんと、その物語に登場する異星の歴史・

地誌を克明にノートしはじめる！　この奇怪な精神病者に興味を持った担当医も、いつか患者の幻想世界へ曳きづりこまれていくのだが……

　この作品の最後の逆転は、SF的な衝撃を与える。息づまるような力作にはちがいないが、ぼくにとっては、とくに前半の異常な性体験の描写が――白人と黒人の意識的な問題とも嚙みあわせて――興味ぶかかった。

M・R・ジェイムズ全集　上（創土社）

瀬戸川猛資

ぼくのようなごく月並で単純な〝怪奇ファン〟が海外の幻想怪奇文学に関する解説や評論を読むと、時々、とまどってしまうことがある。
　たとえば、ラヴクラフトにしろブラックウッドにしろ、或いはアーサー・マッケンにしろロード・ダンセイニにしろ、それぞれが皆独自の壮大な幻想宇宙を構築した真から偉大な芸術家たちばかりであり、彼らの著作にはおよそ駄作や凡作などがありえようはずもなく、それがピンとこないのはあなた自身の感受性の鈍さのためなのだ、というような感じを受ける文章にぶつかった時などである。確かにそのとおりかもしれないけれども、それも〝神聖にして犯すべからざる素晴らしさ〟みたいなことを余りに強調されると、いいかげん辟易もしてくる。
　その点、コリン・ウィルスンが『夢見る力』で怪奇幻想文学を論じたのは、さすがに圧倒的な面白さだった。ラヴクラフトなどは二度にわたって取り上げているのだが、オーガスト・ダーレスの絶叫に近いラヴクラフト讃辞をやんわりと皮肉ったりしながら、まことに冷静に明快に論旨を押し進めてこの怪物的作家の全体像を浮かび上らせている。

むろん本書の著者M・R・ジェイムズについても、シェリダン・ル・ファニュのあとに触れられている。

〝ル・ファニュ〟の最も熱烈な讃美者の一人は、M・R・ジェイムズであった……彼は決してル・ファニュほど優れてはいないが、『好古家の怪談集』を読んだ人は、またしても、そこに見られる肉体的な暴力描写に打たれるだろう。……しかし、最も重要な点は、この怪談集には核心・重心が全くないということである。……まるで何人かの作家が別々に書いたもののようにさえ思われるのである〟

鋭い指摘ではあるまいか。〝何人かの作家が別々に書いたもののようにさえ思われる〟というのは、いかにもこの人らしい意地の悪い言い方だが、なるほど確かに、M・R・ジェイムズという作家は前述した四巨匠あたりと比較すると、どうも作家としてのイメージが判然としない。ぼく自身本書を読みながらふと感じたのだが、ここに収められた短篇のうち四篇は確実に読んでいるのだが、読み返してもまるっきり覚えていない。ことに代表作とされる『マグナス伯爵』など少なくとも二回は読んでいるはずなのに、ストーリーはおろか一つの部分的印象も残っていないのだ。にもかかわらず、大変に口あたりのいい面白さだった、という漠然とした記憶のみは頭の片隅のどこかに尾を引いているのである。またそれとは逆に、初めて読む作品なのに、どうもどこかで聞いたような……という感じを受けるものもある。

こういった事柄の原因はどうも作者の創作態度——解説で紀田順一郎氏が述べておられるとおりのM・R・ジェイムズ自身のディレッタント性——に根ざしているように思われる。古文書学者、古物研究家にしてケンブリッジ大学の副総長、というれっきとした正業を持つこのジェイムズにとって、怪奇小説はまさに最高の趣味に他ならなかったのである。心の奥にどうにもならないほど燃えさかるものがあって、衝動の命ずるまま、それが燃え尽きるまでただやみくもに書かねばならなかったラヴクラフトやマッケンとの決定的な相違はここにある。だから、それら書かれねばならなかった作品群がもたらす、ただごとでない鬼気や美的なるものへの陶酔はこのジェイムズには見られない。ある意味でこれほど正常で健康な怪奇作家も珍しいだろう。

そのかわり、なんとも溌剌、嬉々とした感じがどの作品にも登場する。全篇いたるところに登場する古文書に関するペダントリーも含めて、怪奇小説を書くこと、読者を恐がらせることが楽しくて楽しくてたまらない様子が行間から読みとれるのである。

この作家の特色は、恐怖の対象を〝妖怪〟という具体的なかたちに結晶させたこと、と言われているが、『オールベリックの貼雑帖』の黒い毛むくじゃらの怪物、『秦皮《とねりこ》の木』の焼けただれた巨大な蜘蛛、『笛吹かば現われん』の白衣を頭からかぶった妖怪、などはさしずめその代表的なもので読む者の生理に訴えてくる大変な凄味に満ちている。が、一方、ごく刹那的な面白さでもある。夏の夜、怪奇マニアが集まって語り合う怪談話、出るぞ、出るぞ、そら出た！　というあの調子だ。怪奇小説と呼ぶよりは〝語り物〟というにふさわしい気さえするのである。この短篇集に芯がないと感じられたり、読んでいる間はとても面白いが、思い返してみると意外に印象が残っていなかったりするのも、このへんに原因があるのだろう。

つまるところこの短篇集は、本当の意味での懐しい愛すべき〝怪談集〟なのである。純粋に恐怖を楽しみたい方、オーソドックスな怪異譚を心ゆくまで味わいたい方たちには最上の本である。

アーサー・マッケン作品集成（牧神社）

紀田順一郎

英語圏の怪奇幻想文学の移植を、終生の事業として遂行されてきた平井呈一氏が、その本命主題のアーサー・マッケンの集成をついに果たされることになった。「マッケンのものなら、私は今でも書き出しの一行を読んだだけで、もうワクワク胸がときめいてくる。たぶん、マッケンに私は惚れているのだろう」（東京創元社版「怪奇クラブ」解説――一九六〇）

氏は惚れている作家について語ることほど苦手なことはないという。しかし、書評者である私にとっても、短い枚数でマッケンの作品を論ずることは不可能だし、ましてや氏の翻訳といわんよりむしろ〝恋文〟を評することなど、もともとナンセンスである。とりあえず、ここでは紹介という形で責をふせぐことにしたい。

今日の集成は稀覯書カーレオン版全集が底本になっており、回想記を除いてマッケンの代表作がほとんど収められている。当然「夢の丘」や「秘めたる栄光」などの自伝的長編も含まれる。この作家は英本国のみならず、わが国でも読者の好悪がはげしいけれども、自伝的長篇だけは例外であろうと思う。むしろ、新しい世代の読者からバイブルとして迎えられるにちがいないと思う。つまりは平俗な機械文明の中の苦悩を描いているからで、今日の機能主義万能の管理社会にあえぐ世い世代の心情に〝自己表現の書〟として強くアピールするにちがいないと思われるのである。

この書評の〆切までに配本されたのは第三巻（「恐怖」「弓兵・戦争伝説」「大いなる来復」）および第二巻（「三人の詐欺師」「赤い手」）である。「恐怖」（一九一七）は推理小説風ないし、ＳＦ仕立てのところがあって、マッケン入門には恰好の作品であろう。彼自身も誇っているように、この作品は第二次大戦の諜報活動を予言したという特異な性格をもっているが、それよりも登場人物の一人（セクレタン）の手記の形であらわされている啓示としての反戦主張のほうが重要であろう。さらにこの作品はよくいわれるようにミステリ仕立てのため、結末の部分で少々底が浅くなっているうらみはあるが、全体を覆っているマッケンの鋭いモラル感と終末の予感を損うものではない。

「弓兵・戦争伝説」はマッケンの出世作だが、初版本の序文を見ると、彼の既成宗教への不信が創作動機の一つになっていることがわかる。いずれにせよ、この作品を遠い国の伝説としか読めないのではどうしようもない。今日私たちの周辺で伝説や民話のブームが発生していることに思いをいたせば、おのずからマッケンの追いつめられた地点が明らかになる筈なのだ。

その他の作品にはすでに紹介されたものもあるが、〝恐怖〟とか〝怪奇〟の文脈で紹介されたため本質がとりちがえられている。このさいマッケンの創作・動機に遡って再評価さるべきであろう。そのような作業は、妙な先入感をもった世代には無理であろう。マッケンの蘇りは新しい読者に期待するほかはない。

編集後記

not exactly editor

創刊号

創刊の辞

欧米の怪奇幻想文学は、小説形式のうちでも最も特異かつ純粋なジャンルであるが、これまでわが国への紹介は必ずしも満足なものではなかった。

じつに、端をゴシックロマンスに発して、レ・ファニュ、マッケン、ブラックウッドから、現代のコスミック・ホラーやファンタジーにまで延々と絶たれぬ怪奇幻想文学の系譜は、今日までその九牛の一毛にもみたぬ部分が翻訳されたのみで、無限に豊饒なる沃野はほとんど未開拓のままにうち棄てられてきた。

昨今の時代的風潮から、この種文学への関心が高まっているが、いまだその主流にあたる作品が未紹介な現状に隔靴掻痒の思いを抱いている読者も多いことと思われる。

われわれはここに多年の探求と豊富な資料を背景に、このジャンルに理解ある人々の助力を得て読者に〝もう一つの世界像〟を提供したい。埋れた文献の発掘や研究評論、日本の作家の育成にも力をつくしたいと念願している。

たとえばマッケンの孤塁にも比すべき近代の憂思、M・R・ジェイムズの鏤心彫琢ほとんどその類を見ぬ怪異談の技巧、H・P・ラブクラフトにおける恐怖の詩情、デ・ラ・メアにおける魔道の感受性が、闇の彼方からいまや全貌をあらわそうとしている。

幸いにこの挙を賛し、われらをして大成せしめられんことを願うものである。

一九七三年二月

幻想と怪奇・編集室代表
紀田順一郎　荒俣　宏

《第二号》

◆創刊号は圧倒的な好評のうちに、版元の在庫はゼロとなってしまった。真正面からの編集方針が支持されたと思うと、たいへんうれしい。

◆読者カードを拝見すると、テーマ本位の特集を支持する声とそうでないものがある。雑誌に個性をもたせるため、特集形態を原則とする予定である。

◆作家ではラヴクラフトをのぞむ声が圧倒的に多い。アーカム系の作家も人気がある。一方には内外の純文学系統のものをのぞむ声もつよい。本誌はこの両方の読者を満足させていくが、他社の出版物で現在容易に入手できるような作品は採らない。未紹介の幻想怪奇文学の沃野は無限であり、月並みな作品に拘泥している余裕はないからである。続々刊行されるどの号も、惰眠を貪る出版界への直撃版でありたいと願っている。

◆定価を安くせよ、早く月刊化せよというご意見も支配的である。これは安定部数が得られるまでご辛抱願いたい。月刊にすれば、レ・ファニュ、ヴィシャック、ウィリアムズ、ブラックウッド、エーヴェルス、マイリンク、ホイートリその他のすばらしい作品を続々掲載できる。

◆評論をふやせという声が多いが、幻想怪奇の分野は長く等閑視されていたせいで、すぐれた書き手が少ない。とりあえず評論の材料としての作品や資料を提供しながら、新しい才能を育成していきたい。

◆読者からの作品を募集せよという意見もあったが、これは評論やイラストもふくめて歓迎したい。心ある方は編集室へ連絡していただきたいと思う。読者の熱気以外に、こうした雑誌を支えるものはなにもないのである。

◆裏表紙に〝我国最初の幻想怪奇文学研究誌〟とうたったが、もうひとつ、本誌は我国唯一であり、世界でもこれと同じ性格のものはないという点で〝世界初の〟とうたってもよいのではないかと思っている。揃えれば幻想怪奇文学の一大宝庫となるよう索引もつけるつもりでいる。変らぬご支援ご鞭撻を是非ともお願いしたい。

（紀田・荒俣）

《第二号》

◆近代の魔道士としてあまりに高名なレヴィ、ブラヴァツキー、クロウリーらが小説を書いていたということは、怪奇幻想文学にかなり通じている人たちでも、まず十中八九は知らないであろう。この三人の幻の名作を並べた本号は、それだけでも〝オカルト・リバイバル〟の昨今、話題になると信じている。

◆レヴィを正面きって近代思想史に位置づけたのは、澁澤龍彦氏がおそらく最初である。クロウリーについては、翻訳の出たコリン・ウィルスンの「オカルト」にくわしい。ブラヴァツキーも同様である。これらの人々の魔道書の原典は、いずれ本誌で紹介するつもりである。とくにレヴィの「高等魔術の教理と儀式」については要望が多いので、なるべく早く実現したい。

◆近―現代のオカルティストとして、イエーツ、ダイアン・フォーチュン、ルイス・

スペンス、ジェラルド・ガードナーらも見逃せない。それらの人々も小説を書いているので、近く特集形式で紹介したい。

◆本号のもう一つの話題は、マイリンクの「レオンハルト師」と、ノディエの「スマラ」である。いずれも研究書などでモニュメントとして扱われているため、読者カードでの要望も多かったもので、各百枚を超えるものを一挙に掲載した。種村季弘、秋山和夫両氏という最適の訳者を得て、今年度の翻訳出版の一大収獲となったことを誇りたい。

◆カゾット研究の第一人者荒井やよ氏による、処女作「猫の足」が二号にわたって紹介される。この種のメルヘン的幻想文学も本誌のレパートリの一つである。荒井氏はまた十八世紀英仏文学の研究家であるが、その成果を結集して今秋から待望の「ヴァセック」決定訳を本誌に発表されることになった。

◆エリス・ロバーツの「黒弥撒の丘」は、オカルト色一本で押し通した作品で、この種の作品は現在なればこそ紹介が可能となったものである。また、アダルト・ファンタジーは巨匠マクドナルドをとりあげた。マッケンやミラー、ジェイムズなどに大きなインスピレーションを与えた作家で、実力のわりには等閑視されているが、本誌では積極的に扱っていきたい。ラヴクラフト、ウォルポールの各作品もベストテン級のものである。

◆次号はいよいよ、「ラヴクラフト→CTHULHU MYTHOS」特集である。詳細は予告を見ていただきたいが、実力あるラヴクラフティアーナを動員し、今後の研究の基礎とすべき内容にするつもりである。

◆今秋には、日本作家特集の増刊号を予定している。近代最初の創作怪談「夜窓鬼談」をはじめ、大家の埋れた名作、新人中堅の書きおろしを多数収録する予定である。これとは別に新人の創作を求めているので、われと思わん方は応募していただきたい。枚数の制限はなくすことにした。

◆創刊号を求める声がたいへん多いのだが、当社では扱っていないので、直接版(三崎書房＝東京都千代田区三崎町二―十五―十二)へ問合せていただきたい。

(紀田・荒俣)

《第四号》

◆たとえば、ジュラール・ド・ネルヴァルやグスタフ・マイリンクが日本においては少数者のfetishだったように、H・P・ラヴクラフトもまた、まだ幻想怪奇小説の分野が少数者の意識の場にしかなかったころ、たしかにかれらにとって魅惑的なfetishであった。そのラヴクラフトが、cthulhu神話の創造者として、あらたにアプローチされる。今後とも、このデミュールゴス風な精神に裏打ちされた神話体系は、発展も衰退も見せぬまま、終わりのない地球史のサイクルを恐怖の肌ざわりに乗せて語りついでいくことだろう。

◆四号の、この特集をひとつの区切りに

して、しばらくはラヴクラフトから遠ざかっても支障はあるまい。なぜならば、「幻想と怪奇」の行く先には、現在まで総合的に捉えられることのなかった文化としての「ゴシック」探究や、イェイツを中心とするケルト民族の「ドルイディズム」や、世界中の歴史を探してもこれほどまでに人間精神が高揚したことはなかった、あの「ドイツ・ロマン主義」の熱狂、そして、現在を生きるぼくたちの対抗文化的意識から生まれでようとしている新しい幻想イマージュ——といった、数多くの巨大なテーマが立ち塞がっているからだ。そのとき、ぼくたちは、おそらくジュリアン・グラックやW・B・イェイツやノヴァーリスやJ・G・バラードについて語るだろう。そして、そのとき「幻想と怪奇」の紙面には、メーテルリンクの神秘思想やヤコブ・ベーメの「オーロラ」が、不可思議な螢光のように光りかがやくだろう。

◆英・米・仏・独と、大どころをまかなえるだけの翻訳陣が質量ともに揃った。あとはイタリアとスペイン語圏をカバーできるタレントを探せば、海外物の紹介については完璧を期せる。これで、読者からの要望がとくに高い『エジプトのイサベラ』のフォン・アルニムや、『仮面物語』のジャン・ロランや、『アルクトゥルスへの旅』のデビット・リンゼイなどの訳出掲載も、いよいよ実現の段階にはいる。

◆読者のみなさんからのお便りをお待ちします。おこごとでも罵詈雑言でも、あるいはムダ話でもなんでもかまわないのです。そして、その声のなかから、「幻想と怪奇」の新しい紙面づくりに役立つ何かが、かならず生まれ出てくることを、ぼくたちは信じています。（紀田・荒俣）

《第五号》

純粋な想像力の展開と、多様なアレゴリーの含蓄——幻想メルヘンはおよそ幻想的な文学の一つの極北である。今回の特集を編むにあたって、いまだ系統的に紹介されたことのない幻想メルヘンの豊かな遺産のなかから、とりあえずなにをとりあげるかが問題となったが、見本の意味でこれだけを採用した。キャロルやジエイムズのメルヘンは、近く単行本で邦訳が出る。ブラックウッドの「ダッドリーとギルドロイ」は長大なので見送ることにした。なお、本号から連載の「ヴァテック」は待望の新訳である。近く他社より矢野目源一訳の復活版が出ることになっている。

次号は、読者の要望が最も多い〝日本作家特集〟である。近代最初の創作怪談「夜窓鬼談」（石川鴻斎）から畑耕一、平山蘆江そのほか戦前の稀覯作品のみを網羅し、さらに戦後の香山滋、平井呈一を経て、現代のホープ半村良、山下武にいたる豊饒な幻想怪奇文学の系譜は、読者の期待にこたえるに十分であろうと思う。評論や絵画も日本のものを扱う。これまでのバタくさい号と異なり、全ページが国産という思いきった企画である。当然、例号の連載は休みとなるが、ご了承をおねがいしたい。

創刊号からそろそろ一年になり、全体の状況も把握できたので、表紙から内容にいたるすべてを一新する計画である。増ページとユニークな折込企画、評論の充実、レイアウトの変更など、すべてが変る。特集の立て方も、じつは第三号編集の時点から企んでいたのであるが、いよいよ実現する。ちょっとヒントを与えると、近くコルタザールとジャン・パウルの登場する特集がある。また、ジャン・レイやモーリス・サンドの登場する特集は、おそらく読者を湧かせるであろう。このほか、近くベルゲングリーン、レルネット・ホレーニア、パニッツァー、レ・ファニュなどが登場する。

そういう朗報のあとで申しわけないのだが、次号からどうしても定価を改訂させて頂かねばならなくなった。ご承知のように用紙難と値上りで、本誌のように部数の拡張途上にある雑誌は、ショック・アブソーバーがない以上、値上げをもって切りぬけるほかはない。ささやかな雑誌だが、必ずや支持者がいることを信じて灯をかかげたのである。ここで消したくはない。ようやく〝リサーチ〟をおえた段階で、これから要望にこたえるという時期なのである。よりいっそうの内容充実を期す所存なので、ご支援を頂きたいと思う。

紙の不足といえば、M・R・ジェイムズが「二人の医師」という作品の冒頭で、第一次大戦中の経験についてふれている。ノートがないので、古本屋で使い古しの帳簿を買ってきて、空白のページを用いたとある。しかし、このとき日本でも紙の値上りがあった。交戦国が紙不足のため、日本の紙の輸出が激増し、価格が一年間で倍以上になった。昨今の用紙事情はもうすこし複雑で、根底には原料パルプの不足ということがある。この種の危機は二十数年前から予告されていたことが、最近復刊された寿岳文章「書物の世界」（出版ニュース社）を見るとわかる。

幻想怪奇文学のひそかなブームは、米誌「タイム」をはじめ、いろいろとりあげられている。「月刊百科」十月号（平凡社）はこの種文学受容の背景と歴史を特集している。「月刊ペン」は来年度からゴシックの歴史を連載する。そのほか新聞の紹介など枚挙にいとまない。ねがわくは、本誌の支持者増加につながらんことを——。

（紀田、荒俣）

《第六号》

◆ウォルポールが産業革命初期の英国に現われたということは、けっして偶然ではない。怪奇幻想文学が今日あるような形態で成立したのは、近代という時代への予兆と反動が一つの契機となっているのである。しかし、いずれの国であれ、その近代を回転軸として、前代までのさまざまな土着なるものの慌しい再評価と選別が行なわれているのであって、その深度により以後の幻想文学の展開が規定されたといえなくもない。

◆わが国の場合は周知のように、性急な近代化によって民俗的な遺産は広範囲に破壊された。その中で柳田国男や泉鏡花など強烈な個性がわずかに主体性を保ったとはいえ、いわゆる個我の自覚と進歩幻想を核とする近代主義の波にさらされた文学は、土着的なるもののすべてを切り捨てて脆弱な発展をとげざるをえなかった。この過程で、民俗に根ざす説話としての怪異文学は疎外されてしまった。

むろん、そのような大状況の中で自らの嗜好に忠実な異端者の文学が、細々とした流れを形成していたことはいうまでもない。数年前の幻想怪奇文学の復活ブームで、そのような作品群のあらかたに照明があてられたが、じつはまだ十分とはいいがたい。本誌があえて〝日本作家特集〟を組んだのも、こうした現況に一石を投じたいがためである。

◆編集方針は、当初戦後未紹介のものを主軸に、版権取得の可能なものを収録する予定であったが、紙数その他の制約があり、第一回はこのような形に落着いた。雑誌としての鮮度を高めるために、当初よりも現代の作家が中心となった。橘外男、海野十三は要望が多いが、単行本未収録のものは本誌の性格に適したものがなく、今回は割愛した。

◆先号にも記したように、用紙不足のために大幅な値上げを余儀なくされた。値上げを回避せよとの声が多く、申訳ないのであるが、もう一つ実状を知って頂きたいと思う。高度成長期の浪費時代という、日本の経済史上例外的な時代に育った世代の方々にとって、昨今の状況はどうにも理解できないかもしれない。しかし、編者らの青少年期には、大新聞までがタブロイド版の二ページ建てに追いこまれ、雑誌も毎号五割ずつ値段が騰貴するという事態があったのである。戦中から戦後五、六年目まで、休廃刊も日常茶飯事だった。多くの人気雑誌は行列買いだった。抱き合わせもあった。

◆昨今はマスマガジンまでが軒なみ減ページ、休廃刊、合併号や隔月刊化を余儀なくされている。新聞も教科書もピンチである。このような予想以上のきびしい事態となれば、単なる一小出版社の企業努力だけではどうにもならないことも、ご理解いただけると思う。このうえは、熱心な読者にあくまで支持してもらえるように、すぐれた企画性と質的な高さで乗りきるほかはない。

◆次号からは、表紙のレイアウトに〝ROMAN FANTASTIQUE〟が大きく前面に出る。店頭でおまちがいのないようお願いしたい。

（紀田、荒俣）

《第七号》

⊙本号から月刊となった。隔月刊では何かと不便なことも多く、企画も立てにくいので、月刊化は創刊いらいの懸案だった。読者の八割も月刊化を希望している状態だった。コストの上昇で休刊を余儀なくされている雑誌も多いが、本誌の場合は強力な支持者がいるおかげで、かえって躍進が可能となったのである。

⦿月刊ということになると、従来のような編集方式では荷が重すぎるので、すこし身軽にし、機動性を出すことにした。むろん内容の質は落とさず、読者の希望する企画をスピーディに実現していけると思う。新人の紹介、海外の問題作の初紹介などを、意欲的に実行していきたい。長中篇はこれまで通り分載という形をとるが、本誌が好調なら増刊、別冊の刊行も不可能ではないと思う。

⦿オカルト・ブームといわれ、米国などでは「エクソシスト」の映画化が「ゴッドファーザー」の興収を凌ぐという人気だそうである。しかし、ブームというものは社会心理の上では興味もあるが、しょせんは流行で、文学の営みそのものとは無縁である。マッケンもブラックウッドも、さてはラヴクラフトも、ブームなどとはおよそ無縁な地点で生涯の仕事を貫いた。彼らが日本の〝大予言〟ブームなどを見たら、苦笑を禁じ得ないであろう。

⦿むろん、一般の趨勢につれて、すぐれた才能がこの分野に流入し、すぐれた創作を発表してくれるのは大歓迎である。この分野の専門作家は、従来なかなか成立しにくい環境にあったが、いまや情勢がかわってきた。すくなくとも今後二、三年は、幻想怪奇作家が出やすい状態になると思う。本誌としても、息の長い、優秀な新人を発掘していきたい。

⦿本号は「夢」の特集である。だれのことばだったか忘れたが、「夢を語るには醒めなければならない」というのがある。たしかに「ドグラマグラ」などは醒めた意識と綿密な計算によって書かれたものだが、しかし、一般論として醒めた状態によって語られた夢というものは魅力がない。やはり感性は酔っていなければ、夢を文字に定着することはできない。心理学などが科学的手段で夢の世界を合理化しようとすればするほど、その豊かさと可能性はこぼれ落ちてしまう。夢を語る者は幻視者でなければならない。

⦿月刊化に伴う調整のため、予定していた連載その他にやむなく休んだものがある。ご諒承をお願いしたい。次号には掲載できる予定である。近く、読者待望のアルニムの長篇と、セイラムの魔女研究のエッセイの連載をはじめる。

⦿「かぐや變生」で五号にデビューした山口年子さんが、次号に「誕生」を寄稿してくださった。前作以上の力作である。もう一人、二十代の新人岸田理生さんを紹介する。絢爛たる才能と硬質な文体の持主で、今後が楽しみな一人である。次号はこの二作を柱にした中篇特集である。


（紀田・荒俣・鏡）

《第八号》

☆オカルトへの関心は、いつのまにか〝超能力〟ブームにすりかえられたようだ。もともとコリン・ウィルスンの著書が、そのような指向性をもっていたのだが、オカルトの実体認識を素通りして奇術めいた見せ物へと短絡してしまったのは残念だ。
☆過去のオカルト流行も、同じ経過をたどった。井上円了が東大に〝不思議研究会〟を設立したのは明治十九年で、これはケンブリッジ及びオクスフォード両大に心霊研究協会（ＳＰＲ）が設けられて四年後にあたる。当時は透視の御船千鶴子（熊本の陸軍将校夫人）や、念写の長尾いく子（四国丸亀裁判所判事夫人）を中心に霊能者が続々現われたが、多くは詐術を併用して没落した。
☆以後、大正中期の降霊会ブーム、第二次大戦中のコックリ・ブーム、戦後の心霊実験ブームなどがあるが、オカルトの本質とは無縁だ。西欧的な悪魔観念のない日本としては宿命的だが、それなら民俗的な伝承や神道その他宗教的感覚の中に、独自のオカルト思想形成の源泉があろう。輸入オカルトの正しい移植作業と同時に、平田篤胤、折口信夫、友清歓真らの業績の再検討も行なわれなくてはなるまい。
☆さきごろ、東京神田のＳ書店で行なわれた〝幻想怪奇書コーナー〟の催しでは、本誌のバックナンバーも陳列されて好評だった。このところ在庫がよく出て、初期の号には品切れも出ている。大きな媒体にはあまり広告もできないが、徐々に知られてきたようだ。雑誌は軌道に乗るまで最低一年を要するといわれるが、本誌の場合は隔月刊だし、途中で用紙危機という悪条件を背負ってしまった。増刊号を普通号に振りかえるなど、当初の予定はかなり狂ったが、焦らず、地道に目標を達成していきたいと思っている。雑誌であるから、時流と無関係ではいられないが、われわれの先行者が、性急な〝近代化〟の中で切り捨ててきた文学ジャンルをとらえなおすことを主目的とし、幻の名作の紹介や新人の発掘に意力を傾注したい。
☆本誌の性格をめぐるご意見には、純文学色を強めよという声がある一方、アーカム＝ウィアード系の作品をふやせとの要望もある。こうした枠組は監修者としてとくに意識しているわけではない。他誌の企画との競合を避け、本誌なりの姿勢で作品を選択していきたいと考えている。
☆創作の投稿が多くなった。丁寧に拝見しているが、完成度は二の次でよいから、スケールの大きなものを期待している。たとえば密教を素材とした日本的〝ゴシック〟霊界の語りを職とする巫祝《ふしゅく》に材をとったもの、民間信仰や伝説、特殊家系、邪教、妖婚に関するものなどがそろそろ出てもよいのではないか。海外の傑作はみなその国の風土や伝統に深く根ざしたものをもっている。怪奇幻想の分野は、小器用なエンタテインメント的発想だけでは展開が見られないように思う。

（紀田・荒俣・鏡）

《第九号》

⊙西欧の古典的な怪奇小説、幻想小説、いわゆるアダルト・ファンタジー、日本近代の作品など、いままでにひととおりの〝サンプル〟を提供してきた。読者の要望も、七、八割まではこれらのジャンルに属している。現在までに手つかずの分野は、近代以前の日本の作品で、これについては秋成を掲載せよという要望があったと記憶するが、そのほかはまだ関心が熟していないようにも見うけられる。

⦿近路行者「英（はなぶさ）草紙」、「繁（しげしげ）夜話」、伊丹椿園「唐錦」、瓢水子松雲「伽婢子（おとぎぼうこ）」、「狗張子」、草官山人「垣根草」、建部綾足「漫遊記」、林道春「怪談全書」、山岡元隣「百物語」、林九兵衛「玉箒木」、危洛隠士「怪醜夜光魂」、菅生堂人「太平百物語」、筆天斎「御伽厚化粧」、摩志田好話（静観堂好阿）「御伽空穂猿」、山本好阿？「怪談登志男」――といったところが一応のスタンダードで、これらは戦前の活字本で入手できるが、多くの読者にはクラシックにすぎるかもしれない。

⦿ただ、日本にも〝ゴシック時代〟があったことを知っておくのは必要かもしれない。草双子類における怪談の流行は、文化初年ごろから猖獗をきわめ、幕府も弾圧の挙に出ている。「奇病を煩い、身中より火など燃え出し、石に付き怪異の事。人の首など飛廻り候事。葬礼の体。水腐の死骸。異鳥異獣の図」――これらは厳禁というのである。しかし、これは婦女子相手の絵入り合巻本に限られ、大人向けの読本類は目こぼしにあずかった。猟奇ムードが盛りあがったところで、文政八年「東海道四谷怪談」が登場する。歌舞伎が江戸の文化の半ばを支配した当時のこと、怪奇趣味は一世を風靡することとなる。

⦿最近は「オバケを守る会」というのができているようだが、江戸時代にも寛文ごろに百物語の流行があった。瓢水子松雲は「伽婢子」の序文で、「むかしより人のいひ伝へしおそろしき事あやしき事をあつめて、百話（ものがたり）すれば、必らずおそろしき事有りといへり。百物語には法式あり、月くらき夜行灯に火を点じ、その行灯は青き紙にてはり立て、百筋の灯心を点じ、一つの物語に灯心一筋づゝ引きとりぬれば、座中漸々暗くなり、青き紙の色うつろひて、何となく物すごくなりゆくなり」と記している。ここにはまだ素朴な遊戯の精神があり、江戸後期のデカダン趣味とは大きな距離がある。

⦿「雨月」や「春雨」は例外として、今日私たちは「日本霊異記」や「今昔物語」のような説話ものの影響をわずかにとどめた、近世初期の百話系統の作品に主たる興味をもつ。後期の作品は、より今日の私たちの感覚に近いことはたしかだが、異質なるがゆえの断絶感に乏しいということがいえる。わかり易い作品を安直に早呑みこみして、今日の感覚で解釈し去る危険性を、私たちは留意せねばなるまい。異質なものは異質なものとして見つめたい。これは海外の作品にしても同じことがいえる。

（紀田・荒俣・鏡）

《第十号》

■幻想文学は書評の対象になることが少ない。たまにとりあげられても、〝未来の閉ざされたジャンル〟といった、ステロタイプの内容に終始しがちである。いろいろ原因はあるが、やはり受容の根が浅いというほかはない。

一つのジャンルの文学を論じる場合、過去の路標的作品を読み、現在の状勢に通じるには、最低五、六年はかかる。それも、該当ジャンルの作品が、過不足なく入手する手段があっての話である。

ところが幻想文学はそうした条件が満たされていない。底が浅いブームの中で、安直な紹介のみが先行している。原書の入手も、以前よりは楽になったとはいえ、まだSFなみといえない。ブラックウッド一人をとっても、「人間弦」や「ケンタウロス」、さては「ジンボ」を入手し、一読すれば従来のイメージは一変されるのである。

タカをくくった批評だけはごめん蒙りたい。教養主義者の手におえる代物ではないのだ。（紀田）

■いわゆる〝ファンタシィ〟という系列に属する物語は、つい最近まで〈大当たり〉しないというジンクスがあった。スペンサーの『仙女王』にしてもシェイクスピアの『真夏の夜の夢』にしても、従来妖精物語という観点で捉えられてきたファンタシィの場合には、たとえば宗教システムが決定的に違う日本人に受け入れられる余地がなかったことは頷ける。わずかに説話の体裁をととのえた児童読みものや童謡集のなかにファンタシィの命脈が保たれてきたことも、おそらく当然の結果だったろう。

しかし今日ではそんな事情も一変した。純文学と大衆文学のあいだを游ぎわたる新らしい読書集団が、成人文学と児童文学のあいだを行き来しはじめたとき、従来のファンタシィもまた特定宗教システムの説話という枠から外れて、ある新鮮な昔語りを自由にぼくたちにかたりかけてきた。そしてその新鮮な声は、ぼく自身を、再話文学に与えられた〈想像力教化のための機能〉という問題に喰いつかせたまま、いまもこの耳から消え去る気配を見せてくれていない。（荒俣）

■どうも自分で訳したものを讃めても仕方がないのですけれど、ピーター・S・ビーグルはいかがでしたか。

日本では大人向けのファンタシィはうけないというのが定説みたいになっていますが、本号の特集は、そういった既成概念に対する反抗の試みといってもいいと思います。

ことにビーグルあたりの作品の評価が実に興味深いわけですが、少々童話的シチュエーションが強すぎたかなという気はしています。ともあれ、ビーグルが皆さんに十分受け入れられていただければ、彼を筆頭とするモダン・ファンタシィの若手の作品を、もっと紹介できるわけですし、ぼくとしてもそのほうがやりがいがあるというものです。

今月から、こんな形で、ぼくも後記を書くことになりました。これからも、よろしく。（鏡）

《第11号》

■雑誌の編集は試行錯誤の連続である。本誌のように比較的性格がはっきりして、固定読者のきまっている雑誌でも、なおかつ試行錯誤のくりかえしがある。個性的な分野だけに読者も個性的で、一つの傾向に偏すれば不満を招きかねないし、一般性をもたせればかえって支持を失い、雑誌の性格も曖昧化するおそれがある。

■従来の編集においては、幻想怪奇文学のいろいろな領域に、少しずつアプローチすることを試みてきたが、今号からはもう少しこまかく、各領域の中へ入っていくつもりである。また、紹介啓蒙的なテーマでは、どうしても文献的、研究的色彩が強くなるが、号を追って問題提起的、話題的な記事もふやし、全体として知的情報誌としての鮮度を高めたいと念願している。枚数制約により、重量級作品が後廻しになるなど、編者としての苦悩もあるが、安定部数までもう一息なので、全力を投入していきたい。（紀田）

■今月号から表紙が変わりました。杉本典巳氏の絵と、寺沢彰二氏のデザインで、ある程度イメージも定着してきたところなのですが、諸種の事情で二、三号は特集色を反映した表紙にしたいと思います。

■幽霊屋敷特集はいかがでしたか。通読してみて、やはり日本の作品が一つ欲しかった感があります。応募原稿は沢山頂いているのですが、これまでに掲載できたのが三作とは寂しいかぎりです。

■どうやら梅雨もあけ、夏の陽射しが日一日と厳しさを増してゆきます。そんな日本を逃げ出したくなったのかどうか、本誌の連載陣『胡蝶の夢』の草森氏はアメリカへ、『名鑑』の森田氏はドイツへと旅立ちました。そこで、次号は連載はお休みさせて頂き、『ウィアード・テールズ』の全面特集を企画しました。御期待下さい。

■創刊以来編集してまいりましたが、私はこの号で退社することになりました。この場を借りましてお世話になりました諸先生、並びに諸先輩、読者の皆様に感謝の言葉を述べさせていただきます。（早川）

《第12号》

雑誌の編集という仕事は、どんな場合にも楽しみと苦しみが同居しているものらしいが、今号の特集に関するかぎりぼくたちに苦しみはなかった。アメリカのパルプ時代を代表する雑誌『ウィアード・テールズ』を、山と積んで訳載するにふさわしい作品と挿絵を選びはじめたぼくたちは、他人の眼から見ればガラクタとしか映らない宝の山に踏みこんだアラビアン・ナイトの冒険児に変身した、といっていいだろう。選択の途中、伊藤典夫氏と野田昌宏氏から有益なアドバイスをたくさんいただけたのも楽しい思い出だ。

特集を組むにあたって、編集部ではパ

ルプマガジン時代の雑誌づくりをそのまま再現してみようという方針を打ちだした。大正時代の文芸雑誌にスタイルを借りて大正ノスタルジアのムードあふれるLP『乙女の儚夢《ロマン》』を完成したあがた森魚の仕事に、とにかく対抗したかった。そして、その結果がいまここにある。もちろん、たとえばWTの表紙をそのまま使うことは、題字の使用権や法定文字の関係で不可能なことが分かり、版型を大型のパルプ・サイズにという悲願も、コスト上の問題で達成できなくなるなど、妥協せざるを得なかった点もたくさんあった。とにかくすべてが終わったいまとなっては、グチをこぼしても始まらない。与えられた条件のなかで精いっぱい努力したことだけは、自信をもって言っておこう。

そういうわけで、今号は全頁特集だが、『エジプトのイザベラ』だけは、W・Tに〈ウィアード・ストーリー・リプリント〉という古典再録のコーナーがあったので、その形式を踏襲することで異和感なく掲載することができたと思う。ほかに、“Eyrie”と称する読者欄があって、『ウィアード・テールズ』を語る場合これを落とすことができないので本誌に寄せられた手紙をこの形式に従って組み入れる計画もたてたところがエドモンド・ハミルトンの翻訳が意外に枚数を食ってしまい、頭初十ページを予定していた野田昌宏氏の『アート&センス・オブ・パルプ』にまで食いこむボリュームになったため涙を飲んで今回は割愛した。

最後に、この特集に収録した作品はどれもテレやキドリを一切ふくまない純粋に毒々しいパルプ時代の代表作ばかりだと自負している。とくに『お茶の葉』に描かれたあのムードは、『華麗なるギャツビー』と並ぶ古き良きアメリカそのものの表現だ。これらの作品をどう読もうと、それは読む人びと個人の問題だけれど、すくなくともぼくたちは、これらの作品を「ハスにかまえて読む」ようなことはするまい。

（荒俣）

《ごあいさつ》（第12号）

本誌は昨年四月創刊より十二号を重ねましたが、このたび事情により一時休刊させて頂くことになりました。

しかし、新世代の読者が本誌に寄せる期待の大きさは、私たちも痛感しており、さらに創刊の辞にも記しましたように、この種文学への関心も当初より強くなっています。幻想怪奇文学の唯一の専門誌として、本誌の果すべき役割はいよいよ大きなものがあると信じます。

これまでもたびたび申しあげましたように、本誌はまさに安定部数への足がかりが得られようとする時機に、紙不足やコスト高にみまわれ、営業面での苦闘を強いられました。

読者各位にはご迷惑をおかけしますが、近く全面的に想を改め、再出発を図る所存ですので、その節は倍旧のご支援を賜りたく、謹んでおねがい申しあげます。

歳月社

『幻想と怪奇』総目次

牧原勝志・編

〔凡例〕

・記載は掲載順。

・小説はカギカッコつきで表示。

創刊号（隔月刊四月号　一九七三年四月一日発行）＊この号のみ三崎書房刊

表紙デザイン　堀内誠一

《魔女特集》

「魔女の樹」M・R・ジェイムズ紀田順一郎訳

"The Ash-Tree" M.R.James (1904)

「裏庭」ジョゼフ・P・ブレナン　岡田三美雄（桂千穂）訳

"Canavan's Back Yard" Joseph Payne Brennan (1958)

＊THE HORROR創刊号（一九六四年一月）より改訳、再録

「ジプシー・チーズの呪い」A・E・コッパード、鏡明訳

"Cheese" A.E.Coppard (1946)

「白い人」アーサー・マッケン　饗庭善積（紀田順一郎）訳

"The White People" Arthur Machen (1904)

〈エッセイ〉魔草マンドラゴラ　種村季弘

〈エッセイ〉さよなら、ドラキュラ伯　権田萬治

「顔」E・F・ベンスン　鈴木栄吉訳

"The Face" E.F.Benson (1924)

〈Fantasic Gallery〉リヒアルト・ミューラーの世界　麻原雄解説

〈ホラー・スクリーン散歩〉1　ドラキュラ血のしたたり　瀬戸川猛資

「女王の涙を求めて」ロード・ダンセイニ中原儀介訳

"The Quest of the Queen's Tears" Lord Dunsany (1912)

「妖犬」H・P・ラブクラフト　団精二（荒俣宏）訳

"The Hound" H.P.Lovecraft (1924)

「鼠の埋葬」ブラム・ストーカー　桂千穂訳

"The Burial of the Rats" Bram Stoker (1914)

「リーシュリップ城」C・R・マチュリン安田均訳

"Lexlip Castle" Charles R.Maturin (1825)

「焔の丘」アルジャナン・ブラックウッド竹下昭訳

"The Heath Fire" Algernon Blackwood (1912)

〈幻想文学レビュー〉海外　コリン・ウィルスン『ジ・オカルト』石村一男

〈幻想文学レビュー〉日本　紀田順一郎訳『ブラックウッド傑作集』山下武

魔女文学案内　小宮卓

〈コラム〉地下なる我々の神々1　秋山協介（鏡明）

「だれかがエレベーターに」L・P・ハートリー　伊丹皓一（桂千穂）訳

"Someone in the Lift" L.P.Hartley (1955)

＊THE HORROR第二号（一九六四年四月）より再録

「蒲団」橘外男（一九三七）

橘外男氏について　島崎博

人でなしの世界　江戸川乱歩の怪奇小説紀田順一郎

「悪魔の恋」第一回　ジャーク・カゾット渡辺一夫・平岡昇共訳

Le Diable amoureux Jacques Cazotte (1772)

解説（「悪魔の恋」）渡辺一夫

世界幻想文学作家名鑑1　荒俣宏編

創刊の辞　紀田順一郎・荒俣宏

次号予告

第二号（隔月刊七月号　一九七三年七月一日発行）

表紙構成・作品　原田治

《吸血鬼特集》

「魅入られた家族」アレクセイ・トルストイ島本葵（風見潤）訳

"La Famille du Vourdalak" Aleksey Konstantinovich Tolstoy (1839)

「白い巫女」C・A・スミス　米田守宏訳

"The White Sybil" Clark Ashton Smith (1934)

「闇なる支配」H・R・ウェイクフィールド矢沢真訳

"Monstrous Regiment" H.Russell Wakefield (1961)

吸血鬼観念の普遍性　紀田順一郎

〈Fantasic Gallery〉挿絵画家アーサー＝ラッカム　麻原雄解説

〈ホラー・スクリーン散歩〉2　激突！　瀬戸川猛資

「マダレーナ」ホレス・ウォルポール　安田均訳

"Maddalena, or The Fate of The Florentines" Horace Walpole (1825)

「月蔭から聞こえる音楽」J・B・キャベル山田修訳

"The Music from Behind the Moon" James Branch Cabell (1926)

「コンラッドと竜」L・P・ハートリィ　八十島薫訳

"Conrad and the Dragon" L.P.Hartley (1932)

〈エッセイ〉怪奇幻想小説の擁護　権田萬治

〈エッセイ〉怪奇SF問答　石川喬司

「運命」W・デ・ラ・メア　紀田順一郎訳

"Kismet" Walter de la Mare (1895)

「街はずれの家」W・H・ホジスン　鏡明訳

"The Searcher of the End House" William Hope Hodgson (1910)

我が怪奇小説を語る　H・P・ラヴクラフト　団精二訳　＊書簡

〈コラム〉地下なる我々の神々2　秋山協介

〈幻想文学レヴュー〉海外『ベスト・ファンタジー・ストーリィズ』石村一男

〈幻想文学レヴュー〉日本　ヘンリー・ジェームズ『ゴースト・ストーリー』山下武

地に呪われたもの＝生きながらの埋葬者ポオ　竹中芳（野村芳夫）

「悪魔の恋」第二回（完）ジャーク・カゾット　渡辺一夫・平岡昇共訳

次号予告

世界幻想文学作家名鑑2　荒俣宏編

The reader invisible　＊読者投書欄

発行人ご挨拶　（有）歳月社

not exactly editor　紀田・荒俣　＊編集後記

第三号（隔月刊九月号　一九七三年九月一日発行）

表紙構成・作品　原田治

目次カット　小悪征夫

《黒魔術特集》

「霊魂の物語」マダム・ブラヴァツキー　小田佐基訳

"A Story of the Mystical" Madame Blavatsky (1875)

「魔術師」エリファス・レヴィ　饗庭善積訳

"The Magus" Eliphas Levi（原題、発表年不詳）

「降霊術の実験」アレイスター・クロウリー

岡田三美雄訳

"An Experiment in Necromancy" Aleister Crowley『ムーンチャイルド』*MOONCHILD* (1917) 第十五章より

現代魔術の思想と行動 紀田順一郎

「黒弥撤の丘」R・エリス・ロバーツ 桂千穂訳

"The Hill" R. Ellis Roberts (1923)

「レオンハルト師」グスタフ・マイリンク 種村季弘訳

"Meister Leonhard" Gustav Meyrink (1916)

〈Fantasic Gallery〉回帰する闇の画家＝ハリー・クラーク 麻原雄解説

〈ホラー・スクリーン散歩〉3 吸血鬼ドラキュラ 石上三登志

「ラントの妻」ヒュー・ウォルポール 八十島薫訳

"Mrs. Lunt" Hugh Walpole (1926)

「黄金の鍵」ジョージ・マクドナルド 鏡明訳

"The Golden Key" George MacDonald (1867)

異端的神秘主義序説 山下武

〈コラム〉地下なる我々の神々3 秋山協介

〈エッセイ〉火星から来た少年 草森紳一

〈エッセイ〉恐怖小説の古さと新しさ 権田萬治

〈幻想文学レヴュー〉海外『吸血鬼ヴァーニ』石村一男

〈幻想文学レヴュー〉ウィリアム・ピーター・ブラッティ『エクソシスト』狩々博士

「銀の鍵の門を超えて」H・P・ラヴクラフト 団精二訳

"Through the Gates of the Silver Key" H. P. Lovecraft & E. Hoffmann Price (1934)

「スマラ または夜の悪魔たち」シャルル・ノディエ 秋山和夫訳

"Smarra ou les Démons de la Nuit" Charles Nodier (1821)

「猫の足 ジンジムの噺」前篇 ジャーク・カゾット 荒井やよ訳

La Patte Du Chat Jacques Cazotte (1741)

世界幻想文学作家名鑑3 荒俣宏編

同人誌紹介

新刊資料室 大滝啓裕

〈コラム〉The Yellow Mask 酷

次号予告

The reader invisible not exactly editor 紀田・荒俣

第四号（隔月刊十一月号 一九七三年十一月一日発行）

表紙構成・作品 原田治

目次カット 小悪征夫

《CTHULHU神話特集》

クトゥルー神話の神々 リン・カーター 大滝啓裕訳

"H.P. Lovecraft:The Gods" Lin Carter (1957)

「宇宙よりの影」ラヴクラフト&ダーレス 島本葵訳

"The Shadow Out of Space" H.P.Lovecraft & August Derleth (1957)

「石の民」ヘーゼル・ヒールド 綾瀬雅文訳

"The Man of Stone" Hazel Heald (1932)

「ウボ＝サトゥラ」C・A・スミス 広田耕三訳

"Ubbo-Sathla" by Clark Ashton Smith (1933)

ラヴクラフトと彼の昏い友愛団 荒俣宏

〈Fantasic Gallery〉アルフレート・クービン 薄明の世界 麻原雄解説

〈ホラー・スクリーン散歩〉4 ロン・チャニィ・ジュニアの時代 石上三登志

「首」K・H・シュトローブル 村山浩訳

"Der Kopf" Karl Hans Strobl (1901)

「モフレーヌの魔宴」M・シュオッブ 伴俊作訳

"Le sabbat de Mofflaines" Marcel Schwob (1892)

「カタリーナ」ヴィリエ・ド・リラダン 秋山和夫訳

"Catalina" Auguste de Villiers de L'Isle-Adam (1909)

「道具」W・F・ハーヴィ 八十島薫訳

"The Tool" William Fryer Harvey (1928)

「呪われた部屋」アン・ラドクリフ 安田均訳

"The Haunted Chamber" (*The Mysteries of Udolpho* Vol.4, Chapter 6) Ann Radcliffe (1794)

〈コラム〉地下なる我々の神々4 秋山協介

〈エッセイ〉長編怪奇小説 都筑道夫

〈エッセイ〉早過ぎた埋葬防止会 横瀬衛彦

〈幻想文学レヴュー〉海外『ウィアード・テールズ』誌復活 石村一男

〈幻想文学レヴュー〉日本『アーサー・マッケン作品集成』紀田順一郎

〈幻想文学レヴュー〉日本『M・R・ジェイムズ全集』上 瀬戸川猛資

〈幻想文学レヴュー〉日本 エーヴェルス短編集『蜘蛛・ミイラの花嫁 他』鏡明

〈幻想文学レビュー〉短評 藤沢純

骨牌の城——タロット・カードをめぐって 岡田夏彦

「ウィットミンスター寺院の僧房」M・R・ジェイムズ 紀田順一郎訳

"The Residence at Whitminster" M.R.James (1919)

「まぼろしの国」ウィリアム・モリス 小宮山康弘訳

"The Hollow Land" William Morris (1856)

「猫の足 ジンジムの噺」後篇 ジャーク・カゾット 荒井やよ訳

世界幻想文学作家名鑑4 荒俣宏編

新刊資料室 大滝啓裕

〈コラム〉The Yellow Mask ＊無記名

次号予告

The reader invisible not exactly editor 紀田・荒俣

第五号（隔月刊一月号 一九七四年一月一日発行）

表紙構成 杉本潤二

表紙カット ウィリアム・ブレイク

題字 原田治（以降、第十二号まで）

目次カット 小悪征夫

イラスト 山中一正 安田みえ

無題（序文）編集部

《特集 メルヘン的宇宙の幻想》

「ニグルの木の葉」J・R・R・トールキン 重光真友子訳

"Leaf by Niggle" J.R.R.Tolkien (1945)

ドイツ・ロマン派の「童話《メルヒェン》」戸川純一

「ミルテの精のメルヘン」クレメンス・ブレンターノ 篠崎良子訳

"Das Märchen von dem Myrtenfräulein" Clemens Brentano (1827)

現代フェアリー・テールズの系譜 蜂谷昭雄

「ルーネンベルク」ルートヴィヒ・ティーク 福井信雄訳

"Der Runenberg" Ludwig Tieck (1802)

童話における旅 井村君江

〈Fantasic Gallery〉囚われし人ピラネージ 麻原雄解説

〈ホラー・スクリーン散歩〉5 怪物団 石上三登志

《表現主義時代の幻想》深田甫訳

「棺たち」ゲオルク・ハイム "Die Särge" Georg Heym (1911)
「狂人」ゲオルク・ハイム "Der Irre" Georg Heym (1911)
「暗殺計画」アルバート・エーレンシュタイン "Attentat" Albert Ehrenstein (1919)
「或る子どもの英雄的行為」ミュノーナ "Eines Kindes Heldentat" Mynona (1913)
「奇蹟の卵」ミュノーナ "Das Wunder-Ei" Mynona (1915)
「カリフ・ハケムの物語」ジェラール・ド・ネルヴァル　前田祝一訳 "Histoire de calife Hakem" Gérard de Nerval『東方への旅』*Voyage en Orient* (1851) より
カバラの巨匠ボルヘスを語る　狩々博士
〈エッセイ〉イギリスの〝オカルト〟書など　矢野浩三郎
〈エッセイ〉恐怖小説の不気味さ　権田萬治
〈幻想文学レヴュー〉海外『アリスの横顔』――ワンダーランドの新しい案内板　石村一男
〈幻想文学レヴュー〉日本『現代アメリカ幻想小説』山下武
〈応募エッセイ〉吸血鬼考―エロディアードの一族　佐々木滋子
〈コラム〉地下なる我々の神々5　秋山協介
「かぐや變生」山口年子
「降霊術士《カバリスト》ハンス・ヴァインラント」エルクマン・シャトリアン　秋山和夫訳
"Le cabaliste Hans Weinland" Erckmann-Chatrian *Les Contes du bord du Rhin*（一八六二）より
「ヴァテック」第一回　ウィリアム・ベックフォード　中村浩巳訳
Vathek William Beckford
ウィリアム・ベックフォード（解説）筆者無記名
世界幻想文学作家名鑑5　荒俣宏編
新刊資料室　大滝啓裕
〈コラム〉The Yellow Mask（H）
次号予告
The reader invisible
not exactly editor　紀田・荒俣

第六号（隔月刊参月号　一九七四年三月一日発行）
表紙目次口絵デザイン　寺澤彰二
表紙絵　大蘇芳年
イラスト　小悪征夫　篠崎春夫　山中一正　安田三恵
《幻妖コスモロジー　日本作家総特集》
日本の怪奇画家1　大蘇芳年　Q解説
日本怪奇文学の系譜　大内茂男
「夜窓鬼談」（鬼神を論ず上／鬼神を論ず下／牡丹燈籠／冥府）石川鴻斎　琴吹夢外訳（一八八九）
「悪魔の舌」村山槐多（一九一五）
「哀れな者」松永延造（一九二五）
「悪業地獄」平山蘆江（一九三五）
「妖術者の群」藤沢衛彦（一九四六）
「夢」三橋一夫（一九四一）
「妖蝶記」香山滋（一九五八）
「仕舞扇」森銑三（一九四三）
日本の怪奇画家2　竹中英太郎　八木昇解説
「エイプリルフール」平井呈一（一九六〇）
虚在の城　久生十蘭の怯えと情熱　草森紳一
日本怪奇劇の展開　―闇の秩序を求めて―　落合清彦
「薔薇の獄　もしくは鳥の匂いのする少年」中井英夫
「箪笥」半村良
「かもめ」立原えりか
「壁の影」都筑道夫
「鬼火の館」桂千穂
「幽霊たちは〈実在〉を夢見る」山下武
次号予告
not exactly editor　紀田・荒俣

第七号（月刊五月号　一九七四年五月一日発行）
表紙目次デザイン　寺澤彰二
表紙絵　杉本典己
イラスト　山中一正　壇一発
《特集・夢象の世界》
特集　夢象の世界（無記名）＊序文
「廃墟の記憶」H・P・ラヴクラフト　紀田順一郎訳
"The Memory" H.P.Lovecraft (1919)
＊THE HORROR第1号（一九六四年一月）より再録
「夢」メアリ・W・シェリー　八十島薫訳
"The Dream" Mary W. Shelley (1832)
「天堂より神の不在を告げる死せるキリストの言葉」ジャン・パウル　福井信雄訳
"Rede des toten Christus vom Weltgebäude herab, daß kein Gott sei" Jean Paul『ジーベンケース』*Siebenkäs* (1796-97) より
幻想文学と夢――健康と正直のために――　川又千秋
現代の幻覚芸術　諏訪優
「三位一体亭」オスカル・パニッツァー　種村季弘訳
"Das Wirtshaus zur Dreifaltigkeit" Oskar Panizza (1893)
〈コラム〉地下なる我々の神々6　秋山協介
「プープジク」ベルナー・ベルゲングリューン　高橋令二訳
"Pupsik" Werner Bergengruen (1952)
「山椒魚」ユリオ・コルタサル　木村栄一訳
"Axolotl" Julio Cortázar (1956)
「ヴァテック」第二回　W・ベックフォード　中村浩巳訳
世界幻想文学作家名鑑6　荒俣宏編
新刊資料室　大滝啓裕
The reader invisible
次号予告
not exactly editor　紀田・荒俣・鏡

第八号（月刊六月号　一九七四年六月一日発行）
表紙目次デザイン　寺澤彰二
表紙絵　杉本典己
イラスト　小悪征夫　井上洋介　山中一正
《中編小説特集　オカルト文学の展開》
中編小説特集　オカルト文学の展開（無記名）＊序文
「不気味な客」E・T・A・ホフマン　深田甫訳
"Die unheimliche Gast" E.T.A.Hoffmann『ゼラーピオン会員物語』*Die Serapionsbrüder* (1819) より
「誕生」山口年子
「少女のための吸血鬼百科　ちのみごぞうし」岸田理生
次号予告
〈コラム〉地下なる我々の神々6　田村秀秋
＊実際は第7回
オカルト・ゾーン　二笑亭または幻影の城　紀田順一郎
胡蝶の夢　中華の夢の森へ（1）草森紳一　井上洋介画
「ヴァテック」第三回　W・ベックフォード　中村浩巳訳
新刊資料室　大滝啓裕

世界幻想文学作家名鑑7　荒俣宏編
not exactly editor　紀田・荒俣・鏡

第九号（月刊七月号　一九七四年七月一日発行）
表紙目次デザイン　寺澤彰二
表紙絵　杉本典己
イラスト　小悪征夫　山中一正　山田維史　中村竹次郎　壇一発
《特集　暗黒の聖域》
特集　暗黒の聖域　（無記名）＊序文
「ザノニ」エドワード・バルワー・リットン　中村能三訳
Zanoni Edward Bulwer-Lytton (1842)
＊長篇より抜粋
「錬金術の薔薇」W・B・イェイツ　隅田たけ子訳
"Rosa Alchemica" W. B. Yeats (1914)
「秘儀聖典」ダイアン・フォーチュン　各務三郎訳
"The Return of the Ritual" Dion Fortune (1922)
「魔女祭式」ジェラルド・ガードナー　小林宏明訳
"The Witch Cult" (*High Magic's Aid* Chapter 17) Gerald B.Gardner (1949)
次号予告
「街」G・K・チェスタートン　団精二訳
"The Angry Street" G. K. Chesterton (1908)
オカルト文献目録　荒俣・鏡
〈コラム〉地下なる我々の神々8　田村秀秋
オカルト・ゾーン　三人の〝オカルト女性〟　紀田順一郎
胡蝶の夢　中華の夢の森へ（2）草森紳一　井上洋介画
「ヴァテック」最終回　W・ベックフォード　中村浩巳訳
旧刊資料室　山下武
新刊資料室　大滝啓裕
世界幻想文学作家名鑑8　森田暁編
not exactly editor　紀田・荒俣・鏡

第十号（月刊八月号　一九七四年八月一日発行）
表紙目次デザイン　寺澤彰二
表紙絵　杉本典己
イラスト　山田維史　壇一発　池田雅行
《現代幻想小説特集》
現代幻想小説特集　（無記名）＊序文
「子供たちの迷路」エリザベート・ランゲッサー　條崎良子訳
"Das labyrinth der Kinder" Elisabeth Langgässer (1949)
「闇の国の子供」マーヴィン・ピーク　安田均訳
"Boy in Darkness" Meryn Peake (1956)
「死の舞踏」ピーター・S・ビーグル　鏡明訳
"Come Lady Death" Peter S. Beagle (1963)
閉ざされた庭—または児童文学とアダルト・ファンタシィのあいだ—　荒俣宏
嘘を書くこと—現代幻想小説への逆算—　川又千秋
胡蝶の夢　中華の夢の森へ（3）草森紳一　井上洋介画
「エジプトのイザベラ—皇帝カール五世、若き日の恋—」第一回　フォン・アルニム　深田甫訳
"Isabella von Ägypten, Kaiser Karl des Fünften erste Jugendliebe" Achim von Arnim (1812)
次号予告
旧刊資料室　山下武
新刊資料室　大滝啓裕

世界幻想文学作家名鑑9　森田暁編
not exactly editor　紀田・荒俣・鏡

第十一号（月刊九月号　一九七四年九月一日発行）
表紙目次デザイン　寺澤彰二
表紙絵　フェリックス・ケリー
イラスト　山田維史　壇一発　池田雅行　小悪征夫　加固弘史
《幽霊屋敷特集》
幽霊屋敷特集（無記名）＊序文
『別棟』アルジャナン・ブラックウッド　隅田たけ子訳
"The Other Wing" Algernon Blackwood (1915)
『ブレスマンズ館』L・A・G・ストロング　八十島薫訳
"Danse Macabre" L.A.G.Strong (1949)
『赤い館』H・R・ウェイクフィールド　小宮山康弘訳
"The Red Lodge" H. Russell Wakefield (1928)
『地下室の中』デビッド・H・ケラー　伊藤典夫訳
"The Thing in the Cellar" David H. Keller (1932)
『級友』ロバート・エイクマン　大滝啓裕訳
"The School Friend" Robert Aickman (1964)
幽霊文学案内　小宮卓
胡蝶の夢　中華の夢の森へ（3）草森紳一　井上洋介画
「エジプトのイザベラ」第二回　フォン・アルニム　深田甫訳
次号予告
旧刊資料室（無記名）
新刊資料室　大滝啓裕
世界幻想文学作家名鑑10　森田暁編
not exactly editor　紀田・早川

第十二号（月刊十月号　一九七四年十月一日発行）
表紙目次デザイン　寺澤彰二
イラスト　池田雅行
《特集＝ウィアード・テールズ　パルプマガジン》
特集＝ウィアード・テールズ　パルプマガジン（無記名）＊序文
ウィアード・テールズ時代の埋もれた作家たち　荒俣宏
「呪いの系譜」C・ホール・トンプソン　八十島薫訳
"Clay" C. Hall Thompson (1948)
「昼さがりの死」レイ・ブラッドベリ　伊藤典夫訳
"A Careful Man Dies" Ray Bradbury (1946)
「お茶の葉」ヘンリー・S・ホワイトヘッド　高田幸子訳
"Tea Leaves" Henry S. Whitehead (1924)
「恐怖の庭」ロバート・E・ハワード　宮脇正三訳
"The Garden of Fear" The Garden of Fear (1934)
「神々の黄昏」エドモンド・ハミルトン　田沢幸男（今岡清）訳
アート&センス・オブ・パルプ　野田昌宏編　岡田英明（鏡明）文
時間の倒錯—日本のパルプ・マガジン　紀田順一郎
「エジプトのイザベラ」第三回　フォン・アルニム　深田甫訳
not exactly editor　荒俣
ごあいさつ　歳月社　＊休刊の辞

誰もやっていないことを（インタビュー）

桂 千穂

映画も小説も、ホラーはずっと好きですね。なぜときかれても、好きだから、としか言いようがないんだけれど。母親が文学好きで、子供の頃から『雨月物語』などを聞かされていたせいもあるでしょう。

怪奇幻想小説の翻訳も、同人誌の『THE HORROR』（恐怖文学セミナー、一九六四）から『怪奇幻想の文学』（新人物往来社、一九六九、全四巻）、この『幻想と怪奇』を経て、『ドラキュラ叢書』（国書刊行会、一九七六〜七七）とやってきました。我ながら、よく訳したものです。

恐怖文学セミナーの結成の頃、紀田順一郎さんがSRの会[*1]のメンバーに声をかけたけれど、ついていったのはぼくと大伴昌司さんだけ。みんな探偵小説のほうがよかったのかな。あの会では本流ではなかったのでしょう。たしかに、怪奇幻想小説の同人活動なんて、まだ誰もしていないことだったし。紀田さんの行動力のおかげもあって、三人だけでもがんばりましたね。平井呈一先生に顧問をお願いしに、三人で船に乗って千葉の富津まで行ったものでした。はじめてお会いした平井先生は、学者のような雰囲気の、人当たりの良い方でしたね。

『THE HORROR』の翻訳はがんばりましたね。創刊号のブレナン「裏庭」（島内三秀〈桂氏の本名〉・大伴秀司〈昌司〉共訳）は、実際に訳したのはぼく一人。あの頃の大伴さんは英語の翻訳はできなかったんじゃないかな。だいいち、英語嫌いだったし。

その「裏庭」は、『幻想と怪奇』の創刊号に岡田三美雄名義で再録されました。同じ号のL・P・ハートリー「だれかがエレベーターに」も『THE HORROR』の別の号からの再録で、訳者の伊丹皓一もぼくのペンネーム。桂千穂としてブラム・ストーカーの「鼠の埋葬」も訳しているから、三篇も載っているのは、「創刊号だから作品は多くしたい」と紀田さんが言ったからです。いちいちペンネームが違うのは、同じ名前が目次に並ぶのを避けたんじゃなくて、名前を考えるのが好きだから（笑）。

『幻想と怪奇』に翻訳したのは、あとは第四号の黒魔術特集かな。悪魔や黒魔術は好きで、桂千穂のペンネームを初めて使ったシナリオ「血と薔薇は暗闇のうた」[*2]でも題材にしました。あの頃は映画でも小説でも、そんなものを書くような人はいませんでしたし、他の人が書くようなものでは、面白くないですからね。

『幻想と怪奇』創刊前の『怪奇幻想の文学』では、紀田さんに暇だと思われたのか、長いものばかり翻訳を頼まれました（笑）。このシリーズでは、あとでハウプトマンの「海魔」[*3]を、原典のドイツ語から訳しましたよ。

それにしても、『幻想と怪奇』は売れなかった。紀田さんも荒俣さんも頑張っていたけれど。あの頃の文化人といわれる人たちが、怪奇とか幻想とかいうものに無関心だったからかな。だいいち、お金にならなさそうでしょう（笑）。それでも、これは誰もやっていないことでした。誰かがやっていることの後追いではない、自分たちが最初にしたことでした。

一度、紀田さんに「もっと怖くしたらどうか」と言ってみたけれど、受け入れてもらえなかったな。怪奇幻想というものはただ怖いだけじゃない、という主張が、紀田さんにはありました。

『幻想と怪奇』が終わったあとで、紀田さんと荒俣さんが始めた《ドラキュラ叢書》では、ぼくはストーカーの短編集『ドラキュラの客』を訳しました。よく平井先生が、ぼくにまる一冊訳させてくれたな。きっと、紀田さんがぼくを訳者にと薦めてくれたのだろうし、先生も紀田さんを信頼していたからでしょう。平井先生が『吸血鬼ドラキュラ』を訳して、ぼくが『ドラキュラの客』を訳したから、この二人でストーカーを日本に紹介したようなものですね。この叢書の翻訳では他に、フィルポッツの『狼男《ウルフ》卿の秘密』と、紀田さんと共訳したブラックウッドの『妖怪博士ジョン・サイレンス』があります。

やはり、このような怪奇幻想小説の出版企画に、長きにわたって参加できたのは、紀田順一郎というビッグネームの友達がいたからでしょうね。良い友達を持って、ぼくは誇らしく思っています。

《注》

＊1　一九五五年に京都で始まり、現在も全国規模で活動中のミステリのファンクラブ。

＊2　一九七一年、シナリオ作家協会「新人シナリオ・コンクール」入選作。悪魔教団の内部抗争を描いた作品で、応募原稿は黒地に白い文字で書かれ、応募者として女性の写真が添えられていた（作品の全文とコンテストの詳細については、ワイズ出版『多重映画脚本家　桂千穂』を参照のこと）。のちに作者自身が同題で小説化（大陸書房一九八七）。

＊3　一九七七～七九年、新装時に全七巻に増補。そのうちの第五巻に収録。

（採録・文責：牧原勝志　二〇一九年五月　桂氏邸にて）

桂千穂・幻想文学翻訳リスト

＊特記なきものは桂名義。二重鉤括弧は書籍

「裏庭」ジョセフ・P・ブレナン　島内三秀名義　『THE HORROR』第一号（一九六四・一）＊大伴秀司と共訳
→岡田三美雄名義で『幻想と怪奇』第一号（一九七三・四）に再録

「だれかがエレベーターに」L・P・ハートリイ　島内三秀名義　『THE HORROR』第二号（一九六四・四）
→伊丹皓一名義で『幻想と怪奇』第一号（一九七三・四）に再録

「ムーンライト・ソナタ」アレキサンダー・ウールコット　島内三秀名義　『THE HORROR』第三号（一九六四・七）

「ある夏の夜に」アンブローズ・ビアス　島内三秀名義　『THE HORROR』第三号（一九六四・七）

「死刑の実験」ジョージ・ウエイト　島内三秀名義　『THE HORROR』第四号（一九六四・一二）

「死者の饗宴」ジョン・メトカーフ　『怪奇幻想の文学1　真紅の法悦』新人物往来社　一九六九

「求める者」オーガスト・ダーレス　『怪奇幻想の文学2　暗黒の祭祀』一九六九

「判事の家」ブラム・ストーカー　『怪奇幻想の文学3　戦慄の創造』一九七〇

「鼠の埋葬」ブラム・ストーカー　『幻想と怪奇』第一号（一九七三・四）

「降霊術の実験」アレイスター・クロウリー　岡田三美雄名義　『幻想と怪奇』第三号（一九七三・九）

「黒弥撒の丘」R・エリス・ロバーツ　『幻想と怪奇』第三号（一九七三・九）

『ドラキュラの客』ブラム・ストーカー　国書刊行会（ドラキュラ叢書2）一九七六

『妖怪博士ジョン・サイレンス』アルジャナン・ブラックウッド　国書刊行会（ドラキュラ叢書3）一九七六　＊紀田順一郎と共訳。「霊魂の侵略者」「炎魔」「四次元空間の囚」を担当

『狼男卿の秘密』イーデン・フィルポッツ　国書刊行会（ドラキュラ叢書7）一九七六

「海魔」ゲルハルト・ハウプトマン　『怪奇幻想の文学5　怪物の時代』新人物往来社　一九七九

『幻想と怪奇』という試みについて。

鏡明

『幻想と怪奇』は、創刊から終刊まで、わたしがライターとしてだけでは無く、編集サイドで付き合った唯一の雑誌だった。創刊以前から、編集会議というか企画会議のような感じだったが、そこにわたしも参加していた。会議といっても、紀田順一郎さん、荒俣宏さん、わたし、それに編集者、もしかしたらもう何人かいたのかも知れないが、わたしの記憶では、この四人だけだったように思う。紀田さんが三十代の終わり頃、荒俣さんとわたしは二十代だった。

紀田さんは、幻想小説、恐怖小説のオーソリティの一人だった。ことに、正統的なもの、英国の恐怖小説に詳しいように思えた。荒俣さんはわたしと同年代だったが、幻想小説、怪奇小説に関しては、あの時点でも、その第一人者だと言って良かっただろう。正統的なものから通俗的なものまで、例えばロード・ダンセイニから『ウィアード・テールズ』の二流、三流のライターのことまで、かれの知識には含まれていた。この二人がいれば『幻想と怪奇』は成立する。

わたしは荒俣さんに誘われて参加していたのだが、恐怖小説に関してはこの二人には到底及ばなかった。何しろ当時のわたしのお気に入りは、デニス・ホイートリやブラム・ストーカーだったりしたわけで、言ってみれば極めて通俗的な趣味だった。アーサー・マッケンやブラックウッドは今ひとつピンと来るものがなかった。恐怖という意味なら、岡本綺堂の怪談の方が遥かに怖いと思っていた。

幻想小説、ことにファンタシィに関しては、少しは手伝えたのではないか、という気がしている。好きだったA・E・コッパード、W・H・ホジスン、ピーター・S・ビーグルといった作家たちの作品を訳すことが出来た。幻想小説のジャンルは、ほぼ未開発の地で、版権の問題はあったが、選び放題だった。ただし、オリジナルを自分で所持しているのが原則だった。コッパードやホジスンは、アメリカで購入したもので、その当時、年に一度、アメリカに買い出しに行っていたが、その成果だったわけだ。

Googleもアマゾンも無かったわけだから、本屋で現物に当たるしかない。その意味では、サンフランシスコやニューヨークの本屋、古本屋は、宝の山のように思えた。カタログでオーダーするという方法もあったが、わたしは現物を見ないと買う気にならない。けれども、頻繁に本のためだけにアメリカに行くというわけにもいかない。東京中の洋書屋を歩き回ったりしたのだが、ファンタシィなんてそう簡単に見つかるものでは無い。ことにハード・カバーとなると、まず出会うことはなかった。だから、60年代の終わりからバランタイン・ブックスがアダルト・ファンタシィのシリーズをスタートさせたときには、感動さえ覚えた。名前だけ知っていた作品、見たことはあるが、とても手が出なかった作品が次々に出版されたのだ。今見ても、そのラインナップは素晴らしいと思う。それが突然目の前に現れたのだから、夢中にならない方がおかしい。わたしのファンタシィに関する知識の多くはこのシリーズによるものだと言って良い。

バランタインは一九六五年頃からJ・R・R・トールキンの「指輪物語」を出して、アメリカの大学生の間で大ヒットさせていた。その後、E・R・エディスン、マーヴィン・ピークといった古典的な作品をペーパー・バック化していった。ピーター・S・ビーグルもその流れの中で出版された。ビーグルの本にはアダルト・ファンタシィとしてあったが、シリーズの一つということではなかったと思う。《アダルト・ファンタシィ》がシリーズとしてスタートしたのは、一九六八年にリン・カーターが編集者として参加してからで、その最初の作品はフレッチャー・プラットの*THE BLUE STAR*（1969）だった。これ以降、ダンセイニやジェイムズ・ブランチ・キャベル、ウイリアム・モリス、クラーク・アシュトン・スミス、様々な作家と作品を収録し、一九七四年まで六十五作品を刊行した。ファンタシィのシリーズとしては最大のものだ。

リン・カーターは作家としては、高く評価されてはいない。ハワードやバローズそしてパルプ・マガジンのヒーローものをなぞったような作品が多いから、その評価は妥当なところかも知れない。私は好きでかなり読んでいたが、ファン・ライターという感じがある。それでも、《アダルト・ファンタシィ》の編者としては、高く評価されるべきだし、かれの*IMAGINARY WORLDS*（1973）はファンタシィの歴史、作家の紹介としては世界で最初のものので、もっと評価されるべきだと思う。わたしもずいぶん勉強させてもらった。

『幻想と怪奇』が続いていたなら、リン・カーターとは言わないが、このバランタインの《アダルト・ファンタシィ》の特集を組んでも良かったと思う。

『幻想と怪奇』はたった一年半、十二号しか続かなかったけれども、それは日本で最初の試みであった。早すぎたのかも知れない。通俗的であるよりもハイブラウな方向性を保とうとしたことにも無理があったように思う。

わたしはそこでアメリカのオカルト現象を取り上げたりしたが、それは六〇年代に反科学的な風潮がアメリカで生まれ、それがオカルトに傾斜して行ったことに興味があったからだ。オカルトという言葉は、今ほど風化しておらず、裏の歴史と知識という意味が強くあった。そこには近代的な科学や論理では語ることが出来ないものがあるように思えたのだ。それは『幻想と怪奇』の誌面やその読者にはそぐわないものだったかも知れないが、それでもそのようなものを載せる柔軟性があの雑誌にはあった。

『幻想と怪奇』は早すぎたと書いた。だ

がいつの時代なら良かったのか？　もしかしたら現在かも知れないし、逆に遅すぎたのかも知れないとも思う。もう五年ほど早く、六〇年代に創刊されていたら、もっと続いたかも知れないとも思う。けれども、ここでは早すぎたし、早く終わりすぎたということにしておきたい。そしてその試みは、高く評価されることだと信じている。

鏡明『幻想と怪奇』掲載翻訳リスト

「ジプシー・チーズの呪い」A・E・コッパード　創刊号（一九七三・四）
「街はずれの家」W・H・ホジスン　第二号（一九七三・七）
「黄金の鍵」ジョージ・マクドナルド　第三号（一九七三・九）
「死の舞踏」ピーター・S・ビーグル　第十号（一九七四・八）

『幻想と怪奇』の時代

安田　均

いま思うと残念な雑誌だった、『幻想と怪奇』誌は。

一九七三年四月に創刊号が出ている。その前年に、『暗黒の秘儀』にはじまる〈ブックス・メタモルファス〉シリーズが創土社（実際の出版人：井田一衛氏）から出始めた。と同時に、ハヤカワ・ミステリマガジン誌上では例年〈幻想と怪奇〉特集が組まれ、また、創元推理文庫では一九七〇年前後から、平井呈一氏が中心に編集したかつての全集版の文庫化〈怪奇小説傑作集〉が刊行されていた、ちょうどその頃。

つまり、〈幻想と怪奇〉というイメージにくるまれたものが、当時拡大基調だったSFの陰で、もう一つの〝何かおもしろそうなもの〟としてクローズアップされかけていたのである。

それを、雑誌という形で掬いとろうとしたのが、まさしく同名の『幻想と怪奇』誌だった。編集アドバイザーは、この分野でいまや誰もが知っている紀田順一郎、荒俣宏の両氏。この時期の二人によって怪奇幻想小説分野は、同時期の〈ブックス・メタモルファス〉、後の〈世界幻想文学大系〉や〈妖精文庫〉など、そのメインがほぼ紹介されていったと言って過言でない。

特に『幻想と怪奇』誌は雑誌ゆえに、他の叢書よりも中短編が紹介しやすく、そして、怪奇幻想の分野は中短編に傑作佳作が多いのだ。そうした機動性やタイミングから、ぼくには『幻想と怪奇』誌はまさしく時代にぴったり適合して現れたもので、決して巷間いわれるような時期が早かった、ものとは、当時まったく思えなかった。

その頃、ぼくはどうだったかというと、創刊号の翻訳を書いていたのは大学四回生（一九七二〜七三）のときだった。それより前、中高校時代はむしろミステリやSFに浸っていて、特に高校時代はSFに熱中していたが、大学に入ってからはそちらに一直線というわけではなかった。学園紛争の影響で、入学後に願っていたそうした分野のファン活動に出遅れてしまったのである。紛争は激しく（東大入試がなかった）、SF研究会は消滅しており、大学での講義も自主講座以外ほとんどない。一回生をほとんど棒に振り、SFやファンタジーなど趣味の洋書を買って読んだりはしていたが、何か一種のエアポケットに入ったような状態で、旅行や麻雀を繰り返していた（そして、「アクワイア」というボードゲームを見つけるのだが、それはまた別の話）。

これではいけないと二回生で一念発起し、勉学はもはや学部違いだと判断したので諦め、京都で一般のSFファンクラブに参加し、大学でもSF研究会を復活させ、二～三回生では日本SF大会（大阪）や国際SFシンポジウム（東京）に参加し、SFフェスティバル（京都）を開催したりしていた。そうしたおり、SF以外におもしろそうと踏み込み始めたのが、ファンタジーとホラーの領域だった。といっても、これらは児童ファンタジーと怪奇小説が中心であり、現代のようにゲームファンタジーが咲き誇ったり、モダンホラーが超ベストセラーとなる時代ではなかったのである。

ただ、そちらにも気質が向いていたのか、とてもおもしろかった。しかも幸いなことに、この二つの分野はこの頃、トールキンとラブクラフトという、従来とは異なるタイプで現代でも人気の高い、二人の巨匠が紹介され始めたところだった（トールキンは『ホビットの冒険』のみだったので、『指輪物語』の原書を読もうとトライした。ムアコックは楽勝だったが、〝指輪〟は長大で挫折した。ラブクラフトは、基本の「ダンウィッチの怪」くらいしかなく、他は原書で〈アダルト・ファンタジー〉シリーズを漁るしかなかった）。

そこで一九七一年の暮れからSFでは、研究会誌以外で海外最新作に絞った同人誌（おそらくラファティなどはまだ単行本も出ていなかったはず）を出す一方、幻想文学の研究会を最初は大学内で、ついで関西一円の同好の士を集めて開いたりし始めた。ここには、後に怪奇幻想小説の翻訳で著名となる大滝啓裕氏なども加わっている。

やがて、そうした活動から『リトル・ウィアード』などすばらしい同人誌を出している荒俣宏・野村芳夫両氏や紀田順一郎氏とも知りあえた。そして、『暗黒の秘儀』にはじまる『ダンセイニ幻想小説集』『ブラックウッド傑作集』など〈ブックス・メタモルファス〉が刊行され、ぼく自身もクラーク・アシュトン・スミス『魔術師の帝国』の編集・訳出を任せてもらえることとなった（一九七二年、出版は一九七四年）。

そうした広がっていく活気の中、一九七二年後半にはさらに驚くべきニュースがもたらされた。こうした分野を幅広く紹介する雑誌『幻想と怪奇』が翌年出版されるとのこと。これはもう夢のような出来事だった。もともと、SFやミステリでも中短編や雑誌が好きな性格で、〈ブックス・メタモルファス〉もそれらが中心で快哉を叫んでいたのに、雑誌まで登場するとは……大いに意気は上がったのだが、懸念もあった。雑誌の出る時期に、ちょうど卒業後、新入社員として総合商社に入社が決まっていたのである。当時はいまほど二足のわらじに自由が利く時代ではないので、翻訳をするのと一般企業で勤めていくバランスをとるのはかなり難しかった。

　ということで大学にいるうちに、創刊号、二号の原稿を済ませ、それ以降は四号に載ったのみで、一時期、『幻想と怪奇』誌には翻訳が掲載されていないはずである。やはりこの時期、翻訳の仕事はあまりできず、時間の余裕をみて進めた『魔術師の帝国』も二年近くかかってしまった。そうした理由もあってか、雑誌でのぼくの翻訳初期三作は、C・R・マチューリン、ホレース・ウォルポール、アン・ラドクリフと古典ゴシック作家ばかりである。どちらかというと新しめのファンタジー作品を訳したかったが、駆け出しの二足のわらじ翻訳者が勝手なことも言えない。とにかく訳すことができてほっとしたのを覚えている。その後しばらくして、ときどきデビューをふり返る時、やや古めかしいけれども、まあ今でも読めるんじゃないのと思ったりしていた。

　そして、五十年近くがたった。

　ところが意外なことに、今回読み返してみると、訳文が未熟なのはともかく、すべての作品がおもしろいのだ！　内容的にはマチューリンがホラーとして端正な出来をしているし、ウォルポールはいかにものゴシックロマンの開祖らしく、堂々としている。そして、ラドクリフ。掲載された作品を改めて調べて読むと、文学史的に実に興味ぶかかった。

　今回掲載されたのはラドクリフ「呪われた部屋」だが、当初は著名なゴシックロマン『ユドルフォの怪』からの抜粋という表面的な知識しかなく、内容の全体は知らなかった。これ、全四部作の終盤に起こる事件を描いてある。メインのユドルフォ城ではなく、第二のルブラン城での出来事で、背景事情や主人公のエミリーより、ルドヴィコの消失や、枠小説風エピソードがおもしろく読めるということで、よく抜粋される部分だ。全体を知ると、これだけを読むのとまたちがう雰囲気がある（興味のある方は、梗概の載っている『ユードルフォの謎』Ｉ・Ⅱ〔大阪教育図書〕を参照されたい）。何よりもこの作品に、後のジェーン・オースティンやエミリー・ブロンテへの影響が実によく見られるのは驚きだった。あと、イーデン・フィルポッツのミステリ『灰色の部屋』にもおそらく影響しているはずだ。

　こうしたゴシック古典は、おそらく紀田順一郎氏の選択によるものだろう。駆け出しで熱意はあるが浅薄な知識しかない訳者に、後のいろんな知識を得る勉強までさせていただいたとは、今回改めて感謝しきりである。

　このように『幻想と怪奇』誌は、当時まさにひとつの新しい分野を紹介していく起爆剤となった、実に意義ある雑誌だという認識は今も変わっていない。この復刻版が、新しい世代の読者にも寄与することを願って止まない。

安田均《幻想と怪奇》掲載翻訳作品リスト

「リーシュリップ城」C・R・マチュリン　創刊号（一九七三・四）
「マダレーナ」ホレス・ウォルポール　第二号（一九七三・七）
「呪われた部屋」アン・ラドクリフ　第四号（一九七三・一一）
「闇の国の子供」マーヴィン・ピーク　第十号（一九七四・八）

幻想と怪奇　傑作選

2019年11月4日　初版発行

監　　修　紀田順一郎／荒俣宏

編　　集　牧原勝志（合同会社パン・トラダクティア）

発 行 人　宮田一登志
発 行 所　株式会社新紀元社
〒101-0054 東京都千代田区神田錦町1-7 錦町一丁目ビル2F
Tel.03-3219-0921　Fax.03-3219-0922
http://www.shinkigensha.co.jp/
郵便振替　00110-4-27618

題　　字　原田 治
表紙絵・デザイン　YOUCHAN（トゴルアートワークス）

協　　力　岩崎書店／演劇出版社／神奈川近代文学館／盛林堂書房／冬花社／東京堂出版／日本シナリオ作家協会／白水社／早川書房／原書房／ワイズネット

組　　版　株式会社明昌堂

印刷・製本　中央精版印刷株式会社

ISBN978-4-7753-1760-0
Printed in Japan

【特別収録】THE HORROR全巻復刻

『幻想と怪奇』誌の前身ともいえる同人誌『THE HORROR』を、ここに全巻、復刻収録する。

『THE HORROR』は、恐怖文学セミナーが一九六四年一月から十一月までに四号を発行した、日本初の怪奇幻想小説の同人誌である。創刊時の同人は大伴秀司（昌司）、島内三秀（桂千穂）、紀田順一郎で、顧問に平井呈一を招いた。詳細については、紀田氏の解説を御参照されたい。

主に本邦初訳海外作品を掲載し（そのため第三号のビアス「ある夏の夜に」は既訳あるため参考掲載としている）、小松左京の短篇（第三号）を予告するなど、創作にも意欲を見せていた。第二号には同人として、光瀬龍ら、会員には柴野拓美、星新一、荒俣宏、森優（南山宏）らの名も見られる。第四号には「本誌は十三号までの資金を確保しており」それまでは休刊しないと宣言しているが、その後は大伴がSFに関心を移したためか、別冊『SFの手帖』の刊行が最後となった。

掲載の翻訳小説の原題、初出などを下記する。

〈第一号〉

「廃墟の記憶」H・P・ラブクラフト
“Memory”H.P.Lovecraft, *The United Cooperative*, Jun 1919

「裏庭」ジョセフ・P・ブレナン
“Canavan's Back Yard”Joseph Payne Brennan, *Nine Horrors and a Dream*, Arkham House, 1958

〈第二号〉

「なぞ」デ・ラ・メア
“The Riddle”Walter de la Mare, *The Monthly Review*, February 1903

「森のなかの池」オーガスト・ダレット
“The Pool in the Wood”August Derleth, *The Arkham Sampler*, Winter 1949

「だれかがエレベーターに」L・P・ハートリイ
“Someone in the Lift”L. P. Hartley, *The Third Ghost Book*, edited by Cynthia Asquith, James Barrie, 1955

〈第三号〉

「オハイオの愛の女像」アドーブ・ジェイムズ
“The Ohio Love Sculpture” Adobe James, *The Fourth Pan Book of Horror Stories*, edited by Herbert van Thal, 1963

「聴いているもの」ウォルター・デ・ラ・メア
“The Listeners”Walter de la Mare, *The Living Age*, April 29, 1911

「ムーンライト・ソナタ」アレキサンダー・ウールコット
“Moonlight Sonata”Alexander Woolcott, *The New Yorker*, October 3, 1931

「ある夏の夜に」ビアス
“One Summer Night”Ambrose Bierce, *Cosmopolitan*, March 1906

〈第四号〉

「とびら」A・ブラックウッド
“Entrance and Exit”Algernon Blackwood, *Ten Minute Stories*, John Murray, 1914

「死刑の実験」ジョージ・ウェイト
“The Electric Chair”George Waight, *Weird Tales*, January 1925

「ゆめにみた家」アンドレ・モーロワ
“La maison”André Maurois, *Toujours l'inattendu arrive*, Deux Rives, 1946

なお、本誌に掲載された平井呈一のエッセイや翻訳はすべて、創元推理文庫『幽霊島』（二〇一九）に再録されている。（M）

《解説》

平井呈一と"THE HORROR"の思い出

紀田順一郎

『幻想と怪奇』傑作選」の付録として、若き日の大伴昌司（一九三六～七三）と島内三秀（後の桂千穂）および私が創刊した同人誌"THE HORROR"の全巻（B5判、四冊）を収録することとした。別冊として刊行した「SFの手帖」は本誌とは無関係であるし、すでに『大伴昌司エッセンシャル』（二〇一六）に復刻したので、ここでは割愛したい。

各冊二〇ページ以下の片々たる同人誌であるが、大伴にとっては後の怪獣研究やSF評論の出発点となったものといえようし、私にとっても、いち早く会員に加わってもらえた荒俣宏（当時、学生）との出会いを通じ、怪奇幻想文学の研究に大きな足がかりになったという意義を有するものである。私は大伴とは慶應義塾大学に在学中、推理小説同好会を通じて交友が生じ、卒業後も引き続き関西に本拠のある「SRの会」の東京支部に属し、その機関誌としての"SEALED ROOM MONTHLY"（月刊、現存）の編集を行っていた。島内三秀（後の桂千穂）も早くから活動をともにしており、三人とも単にミステリのみならず、SFやホラーをはじめサブ・カルチャー全般に関心があったので、やがて会報のテーマにもSFやホラーを手がけるようになり、他の会員から不評を買うようになっていた。

たまたま一九六三年（昭和三八）夏、そのころ刊行中だった『荷風全集』の第二二巻（岩波書店版、第一次）収録の『断腸亭日乗』（昭和一四年以降）を一読した私は、荷風が高弟の平井呈一を偽筆の廉で破門に付し、さらに筆誅を目的とした『来訪者』という作品により、文壇から葬り去った経緯が逐一記されているのを知り、大変なショックを受けた。

なぜなら、そのころ私たちは「恐怖文学セミナー」の名で、ホラー専門誌の創刊を企画し、できれば平井にその顧問になってもらいたいと考えるようになっていたからだ。平井は当時『魔人ドラキュラ』(後に『吸血鬼ドラキュラ』)や『怪奇クラブ』、『消えたエリザベス』ほかの訳書によって、カリスマ的な人気を博しつつあった。

「一度、会って確認しなければ」という気持ちになった私たちが、千葉県の農村に平井を訪ねたのは、その年の九月ごろだった。当年六一歳の平井が私たちを快活な表情で迎えてくれたこと、「ホラーは文学だが、SFは紙芝居だよ」といった怪気炎に煙に巻かれたこと、『オトラント城奇譚』の草稿はすでに成っているが、出版社が見当たらないと嘆いたことなどは、従来私の回想録(『幻想と怪奇の時代』二〇〇七)などに記した通りだが、現在思い出しても印象的だったことは、その清貧な暮らしぶりである。当時まだ私たちは文壇から発せられた忌避の念がいかに作家や学者にまで及び、一九五四年(昭和二九)のみすず書房版『小泉八雲全集』の企画も学者の非協力により、せっかく四回配本まで進行しながら中絶となった事実も知らなかったし、ましてやこれに義憤を感じたある出版人が『全訳小泉八雲作品集』の出版を引き受け、私たちが訪問したころにはようやくそのゲラが出はじめていたことも、また寡聞にして知る由もなかった。

しかし、一本のタバコを鋏で半分にし、それをキセルに詰めて大切そうにふかすときの平井の表情には、深いしわが縦横に刻まれていた。居間には書棚はおろか家具らしきものもなく、私たちが「『オトラント城奇譚』には絵入り本はあるんですか?」「ブラックウッドには全集はあるでしょうか?」といった素朴なリクエストにも、いちいち「おゝおゝ、それがあるんだよ」と気さくに起ち上がり、隣り合った部屋の、目隠しがわりの風呂敷の陰から、古雅な装丁の貴重書を宝物のように抱えてくる。洋古書特有の黴の香りがプーンと漂い、筆名の「中菱一夫」という墨書の下には「平亭」という落款がクッキリと捺されているのが印象的だった。

荷風の一件は面と向かっては切り出せなかったが、平井の身辺を世話している目立たない高齢の婦人にしても、『来訪者』の中で妖婦まがいに中傷されている女性とはどうしても思えなかった。平井にも落ち度はあったかもしれないが、戦中の異常心理とはいえ、この種の人格攻撃は許されまいと思った。話を同人誌に限ると、私たちは平井に顧問(監修者)就任とあわせ、連載エッセイを依頼し、快諾を得た。帰路、大伴は感激性らしく頬を紅潮させ、「平井さんはどんな時でも本だけは手放さなかったんだな」とつぶやいた。

この雑誌に注いだ大伴の意欲は非常なものがあった。当時はタイプ印刷が主流だから、あまり凝ったレイアウトは出来ないが、彼は原稿用紙の裏にスラスラと各ページの台割を書き込んでいった。ページ数が少ないので、掲載作を選ぶのに苦労した。平井にはとくにハートリーの「怪奇小説のむずかしさ」を訳してもらった。

　創刊号は平井を訪問したその年（一九六三）の年末に三百部が刷り上がり、翌年一月に見本として配布、奥付で会員を募った。催しなどに参加できる同人は一部一〇〇〇円（二ヶ月以上前納）、雑誌だけの普通会員は一部一〇〇円（同、前納）だった。

　結果は同人、会員合わせて二十人程度にとどまったが、その中に「荒俣宏」という未知の人が入っていたことは、いま思えば一つの縁であったろう。大伴はアーカム一派とその総帥ラヴクラフトを紹介することでも意義ありとし、『インスマウスの影』の創作ノートにある図版のコピーを貼り込もうという、手間のかかることを提案した。といっても当時まだ電子式複写器が大手企業の普及にとどまり、わずかに丸の内の一角に中小企業向の不完全な写真式複写器のショールームを見かける程度だったのだが、大伴はそのお試しコーナーに人がいない時間を確かめ、ある日原書を持ち込んで何十枚ものコピーをとってしまった。

　このようにして四号まで続けたのだが、あたかも当時急速にSF界の人脈を築きつつあった大伴が、斯界を展望する資料として『SFの手帖』を作成、これを同人誌の別冊として配布したいと提案、これに私が反対したことから同人活動は休止となった。一時のつもりだったが、雑誌復刊の機会はついに訪れることはなかったのである。

　数年後、荒俣と対面した私は、薄れかけていた怪奇幻想文学に対する情熱が甦るのを覚え、『オトラント城奇譚』初訳を含む叢書『怪奇幻想の文学』（新人物往来社）の企画へと進んでいく。ちょうど大伴も怪獣という独自の世界を発見したころと軌を一にしていたと思う。何もかも過去のことと相成ったが、いまこの雑誌を再読してみると、ホラー文学の歴史性と体系的紹介への固執が目立つ。ホラーが推理小説誌の刺身のツマでしかなく、SFの後塵を拝していた状況に慊りない思いが私たちを駆り立てたのだったが、それはいま考えると、文学の古いだの新しいだのという二項対立の外側に、「古びない」という第三の価値観を見出したいという欲求が存在したからであろう。

THE

HORROR

恐怖文学セミナー 編集

I　古城

西洋の幽霊や妖怪変化は、いったいどんな場所に好んで出没するものだろうかと考えてみる。申すまでもなく、あちらの幽霊は、日本の幽霊とちがって、風流気や俳諧趣味はもちあわしていないから、本物の柳の木の下や古井戸を大道具に使って現われるというのは、あまり聞いたことがないし、むろん仏教思想でも東洋思想でもないから、陰陽の観念や輪廻観なども、思想としては持っていない。西洋の幽霊は、いったいどんなところに好んであらわれるだろうか。

編集部から、欧米の怪奇小説のテーマ分類や妖怪の種類分けは、乱歩先生の「怪談入門」を筆頭に、だいぶもうあちこちに出ているようだから、ひとつ趣向をかえて、怪奇小説の舞台、あるいはそこに使われている大道具・小道具というようなものについて、何か随筆風なものをとの注文なので、このあいだから一所けんめい無い知恵をしぼっているのだが、考えてみると、これはしかし、なかなか生易しいわざではなさそうだ。欧米に何千篇の怪奇小説があるかしらないが、わたしの読んだものなどは、数からいったってその九牛の一毛にも足らないだろうし、だいいち、読むそばから筋を忘れていくような頭の悪いたちなんだから、とてもじゃないがその任でないことは、いまさら当人の口から申し上げるまでもない。どうかそこをご承知の上で、お読み捨てのほどを願っておく。

そこでまず、定石として、昔からある「古い城」をとりあげてみたのだが、城はゴチック・ロマンの元祖「オトラント城」以来、この方面の物語には切っても切れない舞台で、ゴチック小説の先駆でありお手本であるドイツ・ロマン派の怪奇物のなかにも、ティークの「クラウゼンベルグ」、ホフマンの「世襲領」（拙訳「古城物語」）その他、古城を舞台にしたものが数多くある。しかし何といっても、中世の城の構造―礼拝堂、納骨所、地下の窖《あなぐら》、地下道、物見やぐら、トラップ・ドア、どんでん返しの壁などを、小説の舞台や大道具として、いちばん遺憾なく巧妙に使って、しかも古怪妖異な気分を十二分に出しているのは、おそらく「オトラント城」をおいては他にないのではないかと思われる。あれが空前で、同時に絶後なのではないかと思う。中世のあの陰惨殺伐な城のなかの生活なり雰囲気なりを、小説の上であれだけ刻銘に忠実に復原したのは、作者ウォルポールの長年の中世にたいする惝怳と、飽くことをしらない骨董精神の賜物で、そこにゴチック精神復興の大きな文学史的意義のあることは改めていうまでもないが、そういう意味であの小説では、あの城そのものが一つの象徴にさえなっており、見ようによっては、城そのものが小説の主人公になっているとも見られるくらいなのだから、「オトラント」の城は、あれは舞台以上のものと考えなければなるまい。

「オトラント城」以後、イギリスのゴチック・ロマンの一群のなかには、「オトラント」の亜流イミテーションがたくさんあるから、題名に「××城」とキャッスルをつけたものは枚挙にいとまがない。舞台といえば、例の「モンク」ルイズにも、これは小説ではないが、「キャッスル・スペクトル」（古城の怪）という五幕物の芝居がある。コンウェイ城は旧城主レジナルドが弟のオズモンドの悪計に妻とともに暗殺されてから、いろいろ妖しい怪異がおこるなかに、城をのっとった奸悪なオズモンドは、兄の遺児と知らずウェールズの田舎からつれてきた娘アンジェリカを妻にしようとするが、アンジェリカは父の忠臣パーシーを慕って肯じない。城内は前主の家臣たちとオズモンド一味の陰謀をめぐる暗い葛藤のうちに、故主の妻エヴェリナの亡霊がしばしば現われるなど、波瀾は波瀾をよんで、トド刺殺されたはずの故主は忠臣パーシーの手に助けられて、城内の土牢にかくまわれているのを知ったオズモンドが、兄を刃に斃そうとするとき、エヴェリナの亡霊に押しとどめられる隙に、アンジェラがみずから飛び入り、叔父を刃に刺して父の怨みと母の仇を晴らすという、いかにもルイズらしい煽情的な筋だが、当時「オトラント」や「モンク」の流布で、だいぶお化けづいていたロンドンの観客に、この芝居はばかな当りをとったらし

怪談 つれづれ草

平井呈一

(3)

い。もともと芝居であるから、これは文字通り城が舞台で、城内大広間、鏡の間、月下の、城そと、地下の土牢と、舞台効果はなかなかよく出来ていて、アンジェラが自分の出生を知り、オズモンドを父の仇敵と悟るあたりから大詰までの息もつかせぬ盛り上がりは、さすがに構成力に強い才人の作だけあって、全体にみなぎる暗い妖気とともに、なるほどドルリー・レインで大喝采を博したのも道理とうなづける、おもしろい古劇である。

さて古いところはこのくらいにして、降って近代になると、舞台としての城にグッと後退する。大物として第一に挙げられるのは、まあ「ドラキュラ」だろうが、ほかにはレ・ファニュの「カーミラ」を思いだすぐらいで、今ちょっと思いつかない。短かいものだが、ウォルター・スコットの「つずれの間《ま》」は、ヨークシャの城のなかの「つずれの間《ま》」に泊った若い士官が、夜なかに、綴のボロボロに腐った、異様な服装をした女の幽霊を見て、翌日城主にその話をすると、城主が黙って案内してくれた城内の画廊で、あまた飾ってある先祖の画像のなかに、士官は同じ服装をした女を見つけ、城主から先祖のその女にまつわる因縁ばなしを聞かされる話。むだのない、カッチリした、緊密度の高い好短篇だが、どうも新しいところではあまり見当らないようだ。大体、ひとくちに城といっても、西洋のキャッスルはピンから切りまであって、小さな領主の館《やかた》、あるいは辺疆の砦《とりで》のようなものは、よく後の人が別荘に買って、狩猟や避暑につかっているのが多く、「カーミラ」の城などはその一例で、城は城でも、そういうのは何々荘とでも呼ぶような規模の小さなものだが、小規模とはいえ、かりにも城砦であるから、要塞堅固な、人里離れた山間の、峡谷を見はらす絶壁の上とか、怒濤を脚下に見おろす絶海の断崖の上とか、だいたい風光の奇峭幽邃なところが多い。手ごろなものなら別荘に好適なので、うっかり知らずにそういうのを買い入れると、城にまつわる怪異に祟られる。W・H・ホジソン（一八七五－一九一八）の「カーナッキー－ゴースト・ハンター」に、そういう因縁つきの小さな城別荘の幽霊探険にいく話が二篇ある。この作品は九篇から成っていて、どれも主人公のカーナッキーという幽霊探険家が、弟子たちに自分の冒険談を語る形式で、その第一話の「見えざるもの」と第三話の「月桂樹の中の家」の二篇がそれだが、九篇のうち、この二つの話が幽霊探険記として、とくによくできている。ブラックウッドの「空家」やウエイクフィールドの「国境警備隊」と同じ味のものであるが、レ・ファニュのヘッセリウス博士ともちがい、ブラックウッドのジョン・サイレンスともちがい、同じような型におちいりがちな幽霊狩りを、一人の主人公で九篇も連作的に真正面から扱って、何とか趣向をかえ工夫を凝らし、それぞれ迫真の恐怖を味わせてくれるところ、やはりホジソンという作家は、この人の本領である海の恐怖を主題にした作品と併せて、忘れてはならない異色ある一流の怪奇作家だといっていい。海の怪奇を扱った作品は、よくいろんな選集にはいっているから、読まれた方もあるかと思うが、「カーナッキー」のほうはまだ紹介されていないようである。

　さて現代作品になると、城はほとんどもう無縁の状態になってしまっているようだ。フランスのスール・リアリストの連中が、超現実の立場から、ゴチック・ストーリーに関心を寄せているのは衆知であるが、わたしも二つ三つ読んだけれども、これはただゴチック的な城をスールの精神で散文に書いているだけの話で、われわれの喜ぶ怪奇とはあまり関係がない。ゴチック・ロマンの系譜のほとんど跡を絶ってしまっている今日、レイ・ラッセルの近作「サルドニクス」などは、まったく空谷に跫音を聞いたような、異数の例外といっていい。レイはこの二、三年来、「プレイボーイ」あたりから出てきたチャキチャキの新進であるが、「サルドニクス」の一篇だけは、ゴチック・ロマンをひた押しに押し切ったもので、古風といえば古風だが、それで成功している重厚な秀作である。舞台は「ボヘミア」の山奥の、ちょっとドラキュラ城を思いださせるような山頂の孤城で、ここに世にも数奇な運命をもった仮面の男の物語が展開する、といったら怪奇の愛好家は、それだけでもうワクワクしてくるだろうが、近年は怪奇小説といえば、どれもこれもショート・ショート的な、小咄めいた薄っぺらな作品ばかりがのさばっているなかで、これなどは読みごたえのある、うれしい収獲の一つだといっていい。すでに映画化もされたそうで、その製作監督者がウイリアム・キャッスルとは洒落にもならないが。

　冗談はおいて、まあ城といえば申すまでもなく封建時代の遺物なんだから、それにまつわる怪異な因縁ばなしとくれば、まずたいてい、陰謀、暗殺、毒殺、暴君、人質、正義の憤死と、武家時代の殺伐陰惨なものが専売で、こんにち、イギリスやスコットランドをはじめ、ヨーロッパに現存している由緒ある古城には、大なり小なり、そうした因縁をもった怪異譚がつきまとっているらしい。そんなわけだから、出てくる幽霊も大時代でものものしい。ウインザー城にはヘンリー八世やジョージ三世の幽霊のほかに、廷臣や軍人の幽霊も出るというし、ドイツの王室ホーヘンゾルレルン家、オーストリアのハプスベルグ家にも、それぞれ宮廷や居城に怪異のあった記録がのこっているといわれる。イギリスには有名なグレイミス城（創元社「恐怖全集」実話篇に紹介しておいた）をはじめ、曰くのある城はたくさんある。天文学者で心霊研究家のフランスのフラマリオンも、フランスの古城のポルターガイストの記録を幾つか書いている。この次は、こういう現存の城にまつわる怪異の記録を幾つか紹介しよう。

（本稿つづく）

アーカムハウス
1963年

紀田順一郎

「アーカム・ハウスの業績に対しては、賞讃の念を禁じえない。英国にはこれに匹敵するものがないのである」（A・ブラックウッド）

二十四年前、ラブクラフトの遺稿出版を主たる目的に設立され、その後今日まで終始一貫ラブクラフト及びその影響を強く受けた人人の怪奇小説・詩・評論類を出版して来た。その筆頭はいうまでもなく、〃骨の髄までウイスコンシン人〃を自称するオーガスト・ダレットである。

だから、アーカム及びその子会社（マイクロフト&モラン）を称して、ラブクラフトとダレットの本居だというのは必ずしも誇張でない。

来年は創立二十五周年を迎えるが、その記念出版がまずラブクラフト書簡集であり、次に毎度お馴じみのダレットによる補作「ラブクラフト作品集」が二冊、それにラムゼイ・キャンベルやカール・ジャコビ等のいわゆる〃ラブクラフティアン〃の作品集がごっそり控えているのである。

―別表は一九六三年六月現在のアーカム在庫本である。子会社のものは抜萃にとどめた。アーカムのような性格の本には「絶版書目録」も大切だが、それは機会をあらためて掲載する。

以下主要な書物について手短かに解説してみたいと思うが、ラブクラフトについては本誌が近く特集を企画しているので、現在必要な程度を略記するにとどめる。

㉜は、一九二八年クックという印刷会社によって刷られたが、出版にいたらず、のちアーカムが入手して故R・H・バーローが自ら製本したもの。稀本だから八、七五〇円もするが、近年むやみに出廻っているニセ物とくらべれば安価である。二年前まで七五〇〇円で買えたが、今四〇部の残本しかないという。

㉛は五月出版のもので、年々増加するラブクラフト党のために特に編纂された選集である。内容は小説類だけであるが、「アウトサイダー」「壁の中の鼠」等おなじみのものが十六篇。ダレットの序文とブラウン・コイのジャケットがよろしい。

㉙は、いままで各種の遺稿集にバラまかれていた詩を八十一篇も集大成したもので、フランク・ユトバーテルのジャケットとイラスト付きである。この人はラブクラフトの処女出版にもつきあった男で、アーカムらしい凝った企画といえる。なお、当時のイラストを見たい人は㉞の二八八頁をごらんありたい。

㉚は昨年の出版で、ラブクラフトが自分の夢を記した書簡やメモ類を編纂したもの。メモはダレットが短篇として補作している。その一篇が本研究誌掲載の「廃墟の記憶」なのである。

㉝は五九年出版で、マニア用の愛蔵版である。ラブクラフトの六才から十二才にかけての著作（？）が七つ。後期の名作「デイゴン」なども収録し、その他珍らしい写真を五葉挿入してある。ラブクラフティアナによる小説・評論・詩の類も優れている。

㉞の内容は何といっても「インスマウス」の創作ノートが興味深い。また弟子であったブロックの作品を綿密に講評しているメモがあり、これを読むと彼の学殖や怪奇文学に対する気魄がうかがわれる。

以上、長くなるのでラブクラフト関係は省略するが、要するに彼の作品は一つの全体として鑑賞するのが正しい。ポオと同様、この人も狭い猟奇的な把握をされているが、もっと異った角度から照明をあててみることを提唱したい。

その他では㊾のアーカム・サンプラー第二巻（一九四九）が買物である。あと十七部しか残本がないそうだ。ゼリア・ビショップの「イグの呪」②も近日中にO・P（絶版）になるおそれがある。中篇二つに師匠の思い出を収録したもの。

このアーカムは一度O・Pと公告したものを、またぞろ「在庫僅少目録」に入れることがあり、最近では前記のサンプラーと、それにもう一つダレットの編纂した怪談集⑦が掲載された。二十一部残本ということである。

以下作品本位に選んでみる。まずウエークフィールドは近代怪奇小説の名手であるが、㊸には十三篇、㊹には十九篇（有名な序文を含む）入っている。どちらかといえば後者をおすすめする。なお、バランタイン文庫のものはこの抄録であるからご注意願いたい。

同じバランタインでも「九つの恐怖と一つの夢」というブレナンの本は、アーカムの⑤と同じだから、安い文庫本の方をとってもよい。内容は最近の怪奇小説では優秀な方だから、本誌にも一篇採用した。

ホジスンのものは㉓と㉒があるが、後者の幽霊狩りが面白い。本誌の平井呈一氏の解説もあわせご参照乞う。この一篇が最近パンブックのホラーシリーズ第三集に入ったから見本として一読されたし。

③はお買損だと思う。ブラックウッドのものは本年スプリング・ブック（ロンドン）から三十篇も収録した豪華版が出ている。

⑥のコッパードは、例の「アダムとイヴ」を含む重要短篇集。

⑲は二年前別冊宝石で一篇が紹介されたことのある「ジョーケン・シリーズ」の第四冊。

⑮は御大ダレット最高の短篇集。バランタイン文庫の方は抄録であるから止めるべし。

㉑のハートレイは、英国のハミルトン社版を買えば半値以下となることにご注意。ただ、アーカム本には狂的なファンがいて、どんなに高価でもいいということもあるから、ここでは選択についてはトヤカク言わぬ。

㉞ SOMETHING ABOUT CATS AND OTHER PIECES ; H.P.Lovecraft, $3.00
㉟ SURVIVOR & OTHERS ; Lovecraft & Derleth, $3.00
㊱ (THE)FEASTING DEAD ; J.Metcalf, $2.50
㊲ ROADS ; S.Quinn, Illustrated by Finlay, $2.00
㊳ (THE)ABOMINATIONS OF YONDO ; C.A.SMITH, $4.00
㊴ GENIUS LOCI AND OTHER TALES ; C.A.SMITH, $3.00
㊵ SPELLS AND PHILTERS ; C.A.SMITH, $3.00
㊶ INVADERS FROM THE DARK ; G.L.Spina, $3.50
㊷ (THE)CLOCK STRIKES TWELVE ; H.R.Wakefield, $3.00
㊸ STRAYERS FROM SHOEL ; H.R.Wakefield, $4.00
㊹ WITCH HOUSE ; E.Walton, $.2.50
㊺ (THE)WEB OF EASTER ; D.Wandrei, $3.00
㊻ WEST INDIA LIGHTS ; H.S.Whitehead, $3.00
㊼ THE THRONE OF SATURN ; S.F.Wright, $3.90
㊽ ARKHAM HOUSE FIRST 20 YEARS, $1.00
㊾ THE ARKHAM SAMPLER Ⅱ

凡例

◎印は推薦、○はマニア向き、＊は在庫僅少

アーカムハウス在庫目録（1963年6月現在）

○ ① THIS MORTAL COIL, C.Asquith, $3.00
＊ ② (THE) CURSE OF YIG: Zealia.Bishop, $3.00
○ ③ (THE) DOLL AND ONE OTHER ; A.Blackwood, $1.50
④ PLEASANT DREAMS ; R.Bloch, $4.00
△ ⑤ NINE HORRORS AND A DREAM ; J.P.Brennan, $3.00
△ ⑥ FEARFUL PLEASURE ; A.E.Copperd, $3.00
○ ⑦ DARK MIND, DARK HEART ; A.Derleth, $3.50
⑧ DARK OF THE MOON ; A.Derleth, $3.50
⑨ FIRE AND SLEET AND CANDLELIGHT ; ed.A.Derleth $4.00
⑩ (THE) GHOST OF BLACK HAWK ISLAND(for younger readers) ; A.Derleth, $3.00
⑪ 'IN RE ; SHERLOCK HOLMES', THE ADVENTURES OF SOLAR PONS ; A.Derleth, $3.00
⑫ LONESOME PLACES ; A.Derleth, $3.50
⑬ (THE) MASK OF CTHULHU ; A.Derleth, $3.00
⑭ (THE) MEMOIRS OF SOLAR PONS ; A.Derleth, $3.00
⑮ NOT LONG FOR THIS WORLD ; A.Derleth, $3.00
⑯ (THE) REMINISCENCES OF SOLAR PONS ; A.Derleth, $3.50
⑰ (THE) RETURN OF SOLAR PONS ; A.Derleth, $4.00
⑱ (THE) TRIAL OF CTHULHU ; A.Derleth, $4.00
⑲ (THE) FOURTH BOOK OF JORKENS ; Lord Dunsany, $3.00
⑳ SOME NOTES ON H.P.LOVECRAFT ; A.Derleth, $1.25
㉑ (THE) TRAVELLING GRAVE ; L.P.Hartley, $3.00
㉒ CARNACKI, THE GHOST FINDER ; W.H.Hodgson, $3.00
㉓ (THE) HOUSE ON THE BORDERLAND & OTHER NOVELS ; W.H.Hodgson, $5.00
㉔ ALWAYS COMES EVENING ; R.E.Howard, $3.00
㉕ REVELATIONS IN BLACK ; C.Jacob, $3.00
㉖ NIGHTS BLACK AGENTS ; F.Leiber. Jr., $3.00
㉗ (THE) HORROR FROM THE HILLS ; F.B.Long, $3.50
○ ㉘ AUTOBIOGRAPHY OF A NONETITY ; H.P.Lovecraft, (Annotated by A.Derleth), $1.00
○ ㉙ COLLECTED POEMS ; H.P.Lovecraft, $4.00
㉚ DREAMS AND FANCIES ; H.P.Lovecraft, $4.00
◎ ㉛ (THE) DUNWICH HORROR AND OTHERS ; H.P.Lovecraft, $5.00
＊ ㉜ SHUNNED HOUSE ; H.P.Lovecraft, $17.50
㉝ SHUTTERED ROOM AND OTHER PIECES ; H.P.Lovecraft & Divers Hands, $5.00

恐怖文学セミナー

発足宣言

恐怖文学が、エンタテインメントの主流的地位を推理小説やSFにゆずってから、すでに久しい。

恐怖文学は老いたという声もある。しかし、それは世界の老来《おいらく》によって老いたのである。不安な時代と衰弱した精神のために、人が純粋な「娯楽としての恐怖」をもとめることは、今日つとに困難となっている。

しかし、過去におけるすぐれた恐怖文学の遺産は永久に滅びることはないであろう。こころみに、ホレス・ウォルポールを祖とするゴシック・ロマンに端を発し、ポー、レ・ファニュを経て、かのマッケン、ラブクラフト、ブラックウッド、ジェイムズに至る、近代正統派恐怖文学の燦々たる不動の系譜を一べつしただけでも、人はこれらの文学のうちに現代のエンタティンメントの遂におよばぬ豊沃な生命力の脈動を感ずるであろう。

今日恐怖文学を愛するものは、この精神の幽暗な沃野に遊ぶ愉しみを知る者である。騒然たる現代からみれば、これはひそやかで、つつましい愉しみではあろう。しかし文学というものは、さわがしさより静謐の中でよく生きるものだ。

かつてヘンリー・ジェイムズは「真夜中、人が寝しずまってから、どこかの村荘あたりで、レ・ファニュの小説をひとり静かに読むのが、自分の読書の理想境である」といった。このような安らぎと静けさへの希求は、われわれの時代にとって一層貴いものとなってきつつある。われわれは恐怖文学に親しむことによって、それを実現したいと思う。

このような文学の、より広範な発掘紹介とより深い研究批評を目ざして「恐怖文学セミナー」が発足する。

活動目標は、内外恐怖文学の研究と普及を主とし、更に広い視野からの評論研究を行ない、海外碩学との交流も積極的に図りたい。

大方の御支持を心から期待するものである。

（紀田順一郎・島内三秀・大伴秀司）

……怪奇小説には、あらかじめ用意された雰囲気というものが必要である。しかもそれは、自然に、かつ、目に見えるように書かれていなければならないから、怪奇作家はそこにいろいろ工夫を凝らす。

大体、怪奇小説に熱情をあげて精進するなどというのは、多分にこれはアブノーマルな趣味であって、おそらく青春期に、ノーマルな経験にたいして生活なり想像なりが満足に反応しないために、なにか特別なスリルを要求するという、いわば病的な欠陥が、成人してからそういう趣味となって現われる場合が多い。推理小説は、このスリルを、可能性の根源を究めることによってわれわれに与える。したがって、推理小説では、どんな不可能な、

怪奇小説のむずかしさ

L・P・ハートリー
平井呈一・訳

あり得べからざる事件が起っても、理論的にそれは説明できるし、また、理論的に割り切れなければならない。ところが、自然の法則から逸脱している怪奇小説に起る事件は、推理小説のごとくには説明ができない。いってみれば、推理小説が説明できないものを、怪奇小説は合理的に説明するのである。つまり、推理小説ははじめから唯物的宇宙観に依存しているのに、怪奇小説のばあいは、逆に、唯物的宇宙観に反逆する立場に立っているわけだ。

　理性では把握できない世界を創造し、そのうえ、そういう世界の法則を考え出さなければならないのだから、怪奇作家の仕事は至難なわけだ。混沌なんてものでは話にならない。幽霊《ゴースト》にだってちゃんと法則というものがあって、どんな幽霊だって、それに従わなければならない。むかしは幽霊も因習的な行動をとったものが多くて、やたらに鎖を鳴らしたり、家鳴り震動をさせたりしたものだ。そして、大体特定の場所に出たもので、出るところは一カ所にきまっていたものだ。それが近年は、幽霊の自由がたいへん拡大されて、今ではもうどこへでも行くし、どんな方法でも現われる。幽霊そのものは物質的なものではないが、かれらはこの地球上の物質文明のあらゆるものを利用して現われることができるようになった。

　このような幽霊の自由性は、果たして怪奇作家の仕事を易しくしたであろうか？　なるほど、プロットや扱い方が多種多様になった点は、容易になったといえようが、その半面、かえって難しくなったともいえる。つまり、昔のような型にはまった幽霊は捕えることも容易だが、限界不定の近代の幽霊は、まことに捕えるのに手古摺る。鎖を鳴らしたり、扉をギイギイ鳴らしたりする昔の幽霊なら、居どころがすぐに分るが、近頃のように幽霊がだんだん進歩して、幽霊が人間とほとんど変りないものになってくると、いったい、幽霊と人間の区別の源をどこへ引いたらいいのか？

　ここらがまず、今後の怪奇小説のむずかしい点になるのではなかろうか？

　あまり超自然現象の間口をひろげすぎると、なるほどと首肯させるものを見いだすことが、かえってむずかしくなってくる。幽霊は昔から気まぐれなもので通ってきたけれども、しかし、今日のわれわれの正義観や審美観からすると、それでは困るという点も出てくる。幽霊の気まぐれを無批判に許していた昔の怪奇作家は、その点らくだったが、われわれの新しい唯物的世界観から、あれも駄目、これも駄目と、禁止攻めにあっている現代の幽霊に、一体何ができるか、幽霊の新しい可能性を見いだす現代の怪奇作家の困難さは、昔日の比ではない。そのかわりまた、怪奇小説を書くことのむずかしさが厳しくなればなるほど、それを克服し、それに成功した作家の凱歌の声が、いっそう大きくなることも言を俟たない。

廃墟の記憶

H．P．ラブクラフト
紀田順一郎訳

呪わしくも蒼ざめた月あかりが、ニスの谷隈をおぼろげに照らしている。対の角いただいた新月の佗しき光は、巨大なユーパスの兇悪なす葉むらよりしじり落ちている。その光もささぬ黯き地峡の奥津城には、人の眼もしらぬ妖しいもののかたちが蠢めいている。両崖には斜めに鬱林が連なり、朽ち果てた廃墟の石の間を這いまわる、毒々しき巻鬚や蔦のたぐいが、毀れた柱廊や怪異な石像に密密とまといつき、もはや何者が築いたともしれぬ大理石の鋪道をうすみ隠している。

そして、荒寥たる庭苑に生い繁る巨木のうちには、小さな尾なし猿がはねまわり、深き宝物蔵のうちそとには、毒ある蛇や名もしれぬ鱗つきの虫どもがのたうちまわる。

広大な遺跡はじつとり蘚苔に埋れて眠り、崩れた壁に曾つての栄光を偲ぶよすがとてない。昔、これを築くに永の月日を閲した人々は、実にいまなおその気高き奉仕を続けている。──石の下に臥蓐《よしど》さだめる灰じろの墓井守のために。

谷隈の最も深きところ、沼水に鬱悒の草ただようザン川が横たわる。いずこともしらぬ源より湧き出で、地底

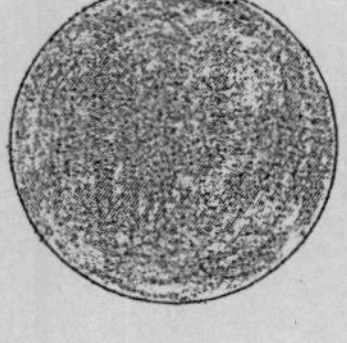

の洞あなへと流れ落ちるゆえ、峡《はざま》の守神すら水の赤きのなにゆえたるかを知らず、それがいずこへ漂いゆくかも知らぬ。

月のあかりとともに姿見せるならいの、太陰の精あらわれ、峡の守神に語りかける。「齢を重ね、わしも古き世のことは忘れ果てた。この石を建てたものは、そのかみ何を求めて生き、いかなる姿をもち、その名を何といつたか。おまえなら知つているだろう」 守神は答えた。「余は記憶の神。すぎしことどものみ言い伝える賢者だが、もの忘れはお互いさまじや。このへんのものについてはザン川同様、わしにもようわからぬ。かれらの行いというても、あまりに一瞬のこと、思い出すこともようできん。その姿といえば、ぼんやり憶えてるようだがの、たしかあそこの木におる尾なし猿に似ておつた。したが、かれらの名だけははつきり憶えておる。なぜというに、この川の名に韻がよう似ておつたのでな。ほんの昨日まで、やつらはマンと呼ばれておつたことじや」

やがて太陰の精は、対の角いただいた蒼き新月に向つて翔り去り、一方峡の守神は、庭苑に生い繁る樹に巣食う、小さな尾なし猿をじつと見まもるのであつた。

私が、はじめてキャナバンに会ったのはもう二十年も昔になる。その頃彼はロンドンから引越して来たばかりだった。

骨董が好きで、古本の愛好家の彼は、このニューヘブンに落着くと、早速古本屋を開いていた。

ただふところの関係で繁華街には店をもてず、町はずれの古いあばら家を借りて古書商組合の鑑札をとった。へんぴな場所で住む家も少なかったが、仕事の大半が郵便を利用している彼の商売にさしつかえることはなかった。

私は、朝のうちに原稿を片ずけるようにして、毎日のようにキャナバンの店を訪れ、昼下りの大半を、古本に埋れ、読みあさった。

それは私の愉しみだった。古本を押売りされたりしないところが好きだった。私のふところを察しているように、なにも買わずに店を出ても、いやな顔さえしなかった。

実際キャナバンは、私を唯一人の上客のように歓迎してくれた。二、三人の客が店にいるときなど、どこか淋しそうにしていたものだ。

手が空くと、彼は、私に、紅茶を入れてくれた。そして古本の話で時のたつのも忘れてしまった。

キャナバンの風采は、稀本を扱うブローカーに似ていた。あるいはその一人を戯化した姿でもあった。なにせチビで、猫背で、鉄の縁ちのいかつい眼鏡ごしにジロリと青い眼を光らせている。

おそらくは屑屋にも劣る収入を苦ともせず、キャナバンは結構うまくやっていた。

実際彼は満足していた。

あの裏庭に気を奪われるまでは ―。

その裏庭は、住いと店舗を兼ねた古色蒼然たるあばら家の裏側の、いばらや長くのびた斑模様の雑草に覆われた庭だった。

何本かの枯れたリンゴの木が、雑草のあいだに黒く朽ちて、ひどく陰惨にみえるのだった。庭をはさんだ両側の板塀も壊れ、もつれ合う雑草の群《かたま》りに呑みこまれ、黒土のなかに沈澱しているように見えた。

まことに不気味な庭だった。なぜきれいに刈り取ってしまわないのか、キャナバンの気持も分らなかったが、私が気にしたところで仕方がない。

ある日の午后だった。店を訪れると、キャナバンの姿が見えなかった。私はせまい廊下を倉庫のほうへ歩いて行った。いつもは倉庫で本を包装したり、荷をほどいたりしてるはずのキャナバンが、その日は窓辺に立って、裏庭をじっと見つめている。

声をかけようとした私は、おもわずハッとなって口をつぐんだ。キャナバンの顔のせいだった。ひどく熱の入ったまなざしで、じっと裏庭を見つめている。まるで何かがそこにいて、すっかり魅せられているようだった。

すぐに、迷いの表情が、彼の硬い顔の上にあらわれた。魅せられてはいても、一方では恐怖を感じている。必死に抵抗している様子が、私にもよくわかった。

キャナバンが私に気づいたとき、まるで飛び上るばかりにびっくりした。はじめて私を見たようにじっとにらみつけている。

いつものやわらかな微笑が、やがて四角な眼鏡のうしろにもどると、頭を激しく動かしながら、話しはじめた。

「ときどき庭がヘンに見えるんだ。あんたもじっと見つめてごらん。何マイルも拡がって見えるから」

彼の話はそれだけだった。私もすぐに忘れてしまった。むろん世にも怖しい怪事件の幕開きのベルになるとは、まったく気づかなかった。

キャナバンはいつも裏手の倉庫にいた。たまに働いていることもあるが、大部分は窓辺に立たずんで、あの淋しい裏庭を見ている。訪れた私にさえ何分間も気づかずにいて、全身の注意力を何者かに集中していた。キャナバンの顔には期待に充ちた喜びの表情と、恐怖の影とが奇妙に交錯していた。

私は何度も大きくせきばらいし、足音を立てて振向かせた。キャナバンはすぐに古本の話をはじめるが、そんなときの彼は、目がさめたように生き生きとしていた。

だが私としては、彼がわざとそんな素振りをしているのではないかと疑っていた。五百年以前に発行された稀覯本の話をしているときでさえ、彼の本心は、あの呪われた裏庭をさまよい歩いているのではないだろうか？

私は何度か、裏庭のことをたずねようとおもった。だが、そのたびに、出かかった質問をのみこんでしまった。私の心のなにものかが言わせまいと邪魔するのだった。どう警告すればよいのか？ どう言えば、どう説明すればよいのか？ 彼は、自分の家の、自分の庭を見ているにすぎないのではないか。

私は沈黙を守った。ずっとあとになってそれを後悔する結果になるとも知らずに。

むろん、商売もさびれた。もともと不景気な店だったが、さらに悪いことが起った。キャナバンの神経が日ごとにやられていったのだ。猫背がますますひどくなり、身体も衰弱していった。だが鋭い目の光だけは、いつまでも輝いている。その輝きは、健康な情熱による光ではない。高熱にうるんでそう見えるのだろうと私は考えた。

あの日の午后も、キャナバンは店にいなかった。家の外で仕事をしているのかと、私は裏窓ごしに庭を見た。

そこにもキャナバンはいなかった。だが、私が裏庭を見渡していると突然、説明のできない荒涼たる気持に威圧された。それは北洋の荒波のように私を呑み込んでいった。

最初の衝動は、窓から飛出したいという欲望だった。しかし私はかろうじて止めた。

いばらと斑模様の雑草の暗い茂みを見つめたとき、私の経験したものは、うまく言えないが単純な好奇心だけだった。冷静で分析的で、情に溺れぬ脳細胞の一部が、突然襲った不怪な気分の原因を解こうとしただけだった。裏庭の奇怪な風景に、知らず知らず魅せられていたのかもしれない。それまでの私は、目のさめているときもシラフのときも、そんな経験をしたことがなかった。

いぜん私は窓のそばに立っていた。背の高い褐色の雑草が、微かに風にそよいでいる。

裏　庭

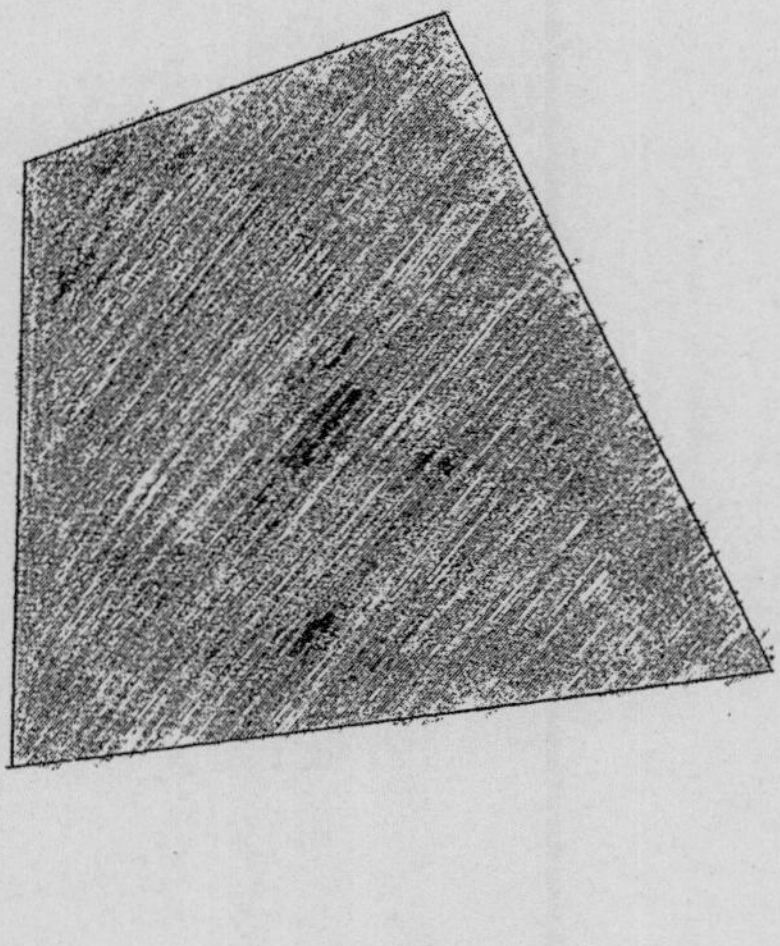

ジョセフ
P．ブレナン
島内三秀
大伴秀司・訳

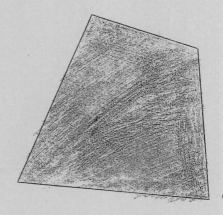

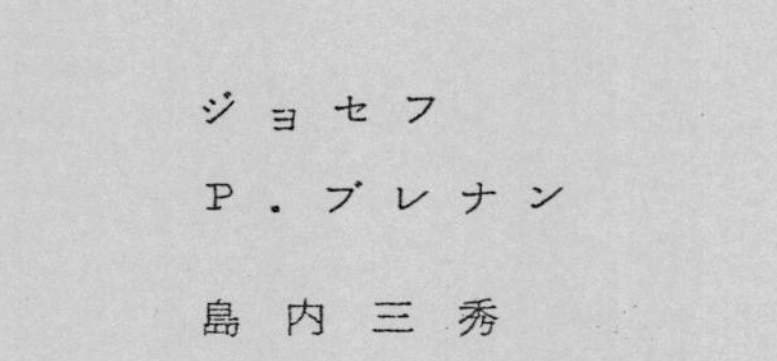

（前頁より）……枯れて黒っぽいリンゴの木が動かずに立っている。一羽の鳥も、一羽の蝶々も、荒涼とした空地の上を飛んではいなかった。長くのびた斑な雑草と、衰えた木と、縺れ合ったいばらの茂みだけが、そこの風景の全てだった。

　だが、そこには、何者かが陰謀をたくらんでいるような、孤立した空気があった。私はパズルをしている気分になっていた。裏庭を眺めているだけで、パズルが解けそうな気がした。

　私はしばらくの間、庭を見ていた。

ふと、奇妙な気配を感じた。

庭の遠近が、ゆっくり変化しているのだ。草や木はもとのままだが、庭の直径が急に拡がってゆく。そんなことがあるだろうか？

　私は考えた。私が想像したよりも庭のほうがずっと大きかったのではないかと。

　しかし、次第に、庭の広さは何エーカーも拡がるようにおもえてきた。

　ついに私は、その庭が果てしなく遠方まで拡がってしまったのだと信じるようになった。向うの端まで行きつくには、何マイルも歩かねばならないだろう。

　私は急に、耐えがたい欲望に襲われた。ここを飛び出し、風にゆれるいばらの海に飛び込んで、どこまで庭が拡がっているのか、真っすぐに歩いてみたい。

　私は、実際、すんでのところで、そうするところだった。だが、そのときキャナバンが現われた。

　彼は、庭の片隅近くの、よくのびた雑草をかきわけながら、突然私の目の前に顔を出した。一分間は完全に迷ったような様子をみせて、まるで自分の家の裏庭を、生れてはじめて見るように、ぼんやり眺めまわしていた。髪を乱し、興奮し、ズボンやジャケツにいばらが巻きつき、古ぼけた靴の穴から雑草の葉先きが突き出ている。落着きなくまわりを見

て、いま飛出してきたばかりの草むらに、もう一度駈け戻りかねない様子だった。

私は窓を強く叩いた。背中を向けかけたキャナバンは、その音でこちらを見た。興奮している彼の顔に、次第に常人の表情が戻ってくるのがわかった。

疲れた足どりで、キャナバンは店の中に入って行くと、椅子にガックリと身を沈めた。

「フランク、お茶をくれ」と私に小声で頼んだ。

やけどをしそうに熱い茶を、キャナバンは一気に飲みほしてしまった。まったく疲れ切った感じだった。話をきくにはあまりに疲れすぎていた。

「当分、外へ出るなよ、いいかね」

帰りぎわ、私がそう言うと、じっとしたままの彼は弱々しくサヨナラとつぶやいた。

次の日の午後、私が店を訪れたときには、キャナバンはすっかり落着きをとり戻し、元気になっていた。

しかし、いぜんとして不気嫌で、沈んでいるさまが私にもわかった。きのうのことはなにも口にしなかった。彼はそれから一週間というものは、裏庭を忘れているようだった。

だが、ある日。

私がまた店を訪れると、例の窓際に、キャナバンが立っていた。彼はなにごとか、ひどく悩んでいるようにみえた。

そのあと、彼は、またもあの奇妙な動作をくり返した。キャナバンは、いまでは完全にあの不快な草むらに魅惑されていたのだ。

私は、彼の商売や健康を心配するあまり、彼に忠告することにした。顧客も失いかけていることも言ってやった。このところ、古本の目録を、何ケ月も発送していなかった。

「魔女のハーフ・エイカーと名づけたあの裏庭をみているヒマに、注文をとったり配達したりできたんじゃないか」

私は、あからさまに言ってやった。

「そんなものに憑かれていると、身体がだんだん弱ってくるぞ」

そして私は、ズバリと言った。

「雑草といばらを何時間も眺めてるのが評判になったら、おやじさん、本当の気違いにされてしまうぜ」

最後に私は、

「あの日、取り乱した顔をして、草むらからとび出してきたけど、いったい何があったんだ？　はっきり言ってくれよ」

キャナバンが、ほっと息を吐くと、四角な眼鏡がちょっと動いた。

「フランクさん」彼は、言った。

「ご忠告ありがとうよ。でも、この庭は、ふつうの庭じゃなさそうなんだよ。なにか秘密があるらしいんだ。さがしてみなきゃ、はっきり分らん。距離とか、直径とか遠近感とか、そんなものかもしれんけど、そいつがなんにせよ、そうなんだ、そいつに戦いを挑んでやりたいんだ。俺は、そいつの正体をあばかにゃならん。あんたが俺を気違いだと思うなら、それでもいいさ。許しとくれ。俺は、どうしてもあのちっぽけな庭の謎を解かねば気が済まんのだよ」

キャナバンが顔をしかめると、眼鏡がもとに戻るのだった。

「あの日の午後も」彼は続けた。

「あんたが窓辺にいたときも、ヘンテコな怖しい目に逢ってたんだよ。窓の外を見ているうちに、とうとう外へ魅き寄せられてしまったんだ。止めようにも止まるものじゃない。冒険するような、なにか起りそうな、わくわくした気持でね、草の中に飛び込んでしまったんだ。ところが、庭の真中へ突進して行くうちに、あんなに張り切っていたのに急にイヤになってきたんだ。俺は、そこで、囲りを見廻して、一刻も早く、出たいと考えた。しかし、駄目だったんだ。信じられんだろうが、たしかに、迷っちまったんだよ！

俺は、つまりは、方角が分らなくなっただけで、どっちへ進めばよいのか、はっきりしなかっただけなんだろう。思ったより雑草がのびていてね。あんたも行くとわかるが、草の向うは、なんにも見えないんだよ。

信じちゃくれないだろうね。でも俺は、一時間もあそこでウロウロしたんだぞ。いちどあの草むらに入ってしまうと、あの庭がものすごく大きくなるんだ。動きまわると、直径も変る。俺の目の前には、いつも、だだっぴろく拡がっているんだ。俺は、とにかく歩いたんだ。何マイルも、ばかみたいに歩き廻ったんだ！」

　キャナバンは首を振った。

「信じなくたっていい。あんたが信じるとは思わないよ。でも、本当なんだぜ。出口が見つかったのが不思議なくらいなんだ。おまけに、外に出るとたんにあののびた雑草が怖くなってね、もう一度戻ってみたいような気持になるんだ！　まったくおかしいよ。荒れはてた気味の悪い草むらなのに、どうしてもそうなっちゃうんだ。

　俺は草むらに引き返すよ。どんな奴がいるか突きとめてやる。俺たちの常識だけじゃ測り切れないものがある。そいつを見つけるんだ。考えたことがあるんで、そいつを実際に試めしてみるつもりだ」

　キャナバンの言葉は、私の心を、へんにかき乱した。あの日の午後、窓辺で見たあの怪事件をどんよりと想い出した私は、彼の話が子供だましの妄想とは思えなかった。私はムキになって、キャナバンを説得しようとしたが、言っても無駄だろうということは、はじめから判っていた。

　午後になって、何一つ事態を好転できない打ちのめされた気持を抱いて、私はキャナバンの店を出た。
　四、五日過ぎ、私がまた店を訪れると、私の不安は現実になっていた。店の正面はいつものように掛金がはずれたままになっていたが、キャナバンの姿はどこにも見えなかった。
　私は、家中の部屋をさがして歩いたが、ついに底知れぬ恐怖感におびえながら、裏庭に通じる扉を開いて庭を眺めた。

　長くのびた褐色の雑草は、風に吹かれてぶつかり合い、乾いた音をたてていた。おそろしげな枯木のかたまりが、草むらのうしろに黒く、しずかに立っていた。夏である。夏なのに鳥も鳴かず、虫も鳴かなかった。裏庭そのものが、耳を澄ませてじっとしているようだった。

　足もとに、ふと異常を感じた。

　見ると、扉のそばから揺れ動く雑草の中へ、太い麻なわがまっすぐ続いていた。瞬間私は、キャナバンが話した〝考え〟とはこれのことたんだなと思った。こうすれば、どんなに歩きまわっても帰れなくなることはなかろう。なわに伝わって戻れば道に迷うことはないはずだ。

　なかなか頭のいい考えだったので、私も内心ほっとした。キャナバンはまだ庭にいる。彼が出てくるのをここで待とう。おそらくだれに邪魔されることもなく庭中を歩くだろう。だれもキャナバンに呪うべき魔力をかけることはできないはずだ。彼も庭を気にせずにすむだろう。

　私は店に戻り、本をひろい読みした。だが一時間もすると、また不安になった。いつまで庭にいる気なのだろう。キャナバンの健康状態を考えると、責任を感じるのだった。ついに私は裏庭の扉を開いた。

　キャナバンの姿はどこにも見当らなかった。

　私は大声で呼びかけてみた。しかしその声はザワザワとなる草むらの、端のほうで消えてしまった。私は不安な衝動にかられた。私の声の音の波が、やたらと茂った裏庭の先端に届くやいなや、その響きは息を止め、行き止り、空しく消えてしまうようだった。

　私はまた呼んだ。呼んでみたが答えはなかった。ついに私は、キャナバンのあとを追うことにした。なわをたよりに前進しよう。必ず彼をさがし出せる。私は考えた。自分に納得させた。茂った草が、彼を呼ぶ声を消してしまったのだ。それにキャナバンの耳が遠くなっているということも考えられる。

　なわは扉の内側の机の足にぐるぐるまかれ厳重に固定されていた。その麻なわをしっかり握って、私は裏庭の草のない平地を突っ切ると、ザワザワとなる草むらへすべりこんだ。

　最初はらくに前進できた。私はどんどん草をかきわけた。だが、進むにつれて草のくきは太くなり、くきとくきとが密集して、乱暴に私を突きとばすのだった。

　何フィートも前進しないのに、私はもう、以前経験したような、底知れぬ荒涼感に圧倒されていた。ここには、たしかに何かがあった。私はまるで突然異次元に侵入したような気持だった。いばらやまだらな草の低くかすかな囁やき声が、秘められた邪悪な息づかいにきこえるような世界へ。

　さらに私は前進したが、突然、なわが見えなくなった。よくみると、なわは、いばらにひっかかって切れていた。その附近の茂みをつついてさがしたが、なわのつづきは見つからなかった。おそらくキャナバンは、なわの切れたのも気づかずに、いまでも引っぱりつづけているだろう。

身体を起こすと私は両手を口にあわせて呼んでみた。しかし私の叫び声は、呪わしい草の壁にさえぎられて、ノドのなかにこもってしまった。それはまるで井戸の底で叫んでいるような感じだった。

不安は増した。顔をしかめ、私は草を踏みわけて前進した。草のくきは益々多くなり、太くなり、ついには両手でかきわけないと、もつれた草むらを進めなくなった。

私は汗をかいた。頭が痛くなり、目の前がぼんやり見えてくるような感じだった。台風が発生して静電気を含んだ空気が充満した夏の午後の、息づまるように圧迫した緊張を感じた。

おまけに堂々めぐりをくり返しているだけで、庭のどのへんに自分がいるのか見当がつかなかった。私は怖くなった。

他人の家の裏庭で、いま迷い子になりかけている。私は次の瞬間、おもわず苦笑しかけた。すんでのところで笑いかけた。

だが、笑うことは許されなかった。なにものかが私を強く押しとめている。私は蒼白になり、重い足をひきずって、歩いて行った。

ふと気づくと、私以外に、だれかがいるようにおもえた。突然ぞっとして身をふるわせた。

誰かが、何かが、私を追ってくる。

草のなかを這ってくる。

物音がきこえたわけではない。おそらくなにもきこえなかったのだろう。

なのに、はっきりと判る。

生きものが、私のすぐうしろから、不気味に這い寄ってくる。私には判る。

私は目をつけられている。そいつは悪意にみちている。

次の瞬間、私は必死に逃げようとしていた。

だが、おもいがけないことが起った。それは私の怒りであった。

私はキャナバンを無性に腹立たしく感じた。裏庭にも腹が立った。あらゆる怒りが急激に爆発して恐怖を追っぱらってしまった。

ちくしょうめ。やつのしっぽをつかまえてやるぞ。こんな庭に頭を痛めたり、ビクビクしたりするのはゴメンだ。

私は、やつらに隙をあたえぬす早さで、そいつのかくれている草むらをかきまわした。

しかし、私はハッとして手を止めてしまった。怒りも、わけのわからぬ戦慄のためにけしとんでしまった。

鉄塔のように長くのびた斑の雑草のくきのあいだをぬって、陽光が、黄色く弱々しく差しこんでいる。その陽光の下に、キャナバンがいた。

キャナバンは、蛙のように四つんばいになっていた。眼鏡をかけず、服は裂け、唇は狂気のように残忍にゆがみ、なかば薄笑いしているように、ねじれていた。

私は立ちすくんでしまった。

キャナバンの目は、うつろだった。憎しみをたたえて私をにらんでいる。

正気ではなかった。灰色の髪に、草や葉っぱがこびりついていた。髪だけではない。ぼろぼろの洋服をまとった彼の全身に、草や切れっぱしがひっついているのだった。まるで野獣がするように地面の上を転げまわってきたかのようだった。

最初のショック、血の凍るような衝動が去った。私はやっと舌を動かすことができるようになった。

私はうなるように言った。

「キャナバン、俺だ、わかるか？」

彼も喉を低くうならせるだけだった。しかも、唇をゆがめ、黄色い歯をむき出しにして、蛙のようなかっこうで、私にとびかかってきたのだ。

戦慄が私を襲い、私は横にとびのいた。キャナバンが突き当ってくる一瞬、私は地獄のような雑草のなかに転りこんだ。

恐怖が私に本能的な勇気を与えたのだろう。つい二、三分前までは、押しわけるのさえ骨が折れる曲りくねった草の間に、頭から飛び込んでいった。背後で草やいばらがポキポキと音を立てた。私は命がけで逃げまわった。

悪夢のなかを歩いているようだった。

草が顔に当っている。ムチのように顔を打

つ。いばらも剃刀のように私を切る。だがなにも感じなかった。

私はすべての力を逃げることに集中させた。悪臭の草むらから逃げ出すことに。追ってくる魔物から逃げのびることに。

呼吸が乱れ、あえぎはじめた。足は重たく、目の前に光の輪がくるくるまわった。

私は走った。

そいつはますます私に迫ってきた。もう数インチである。背後にうなり声がきこえ、いまにも飛びかかってくるような気配を感じた。そのあいだでも、私は気の狂いそうな仮説を信じていた。実際の私は、さっきから同じところをぐるぐるまわっているだけなのだ、と。

もう駄目だ、とおもったとき、私はやっと明るい陽光に通じる最後の茂みを通り抜けた。目の前に草のはえていない空地があった。店がすぐそこにあった。

あえぎあえぎ、呼吸を整えながら、私は足をひきずって扉を開けた。なぜかわからない。なぜかわからぬが、私を追ってきた恐怖は、明るい陽光の下まで追って来るものかと信じていた。そのときも、そのあとも。私はふり返って確かめようともしなかった。

家の中にころげ込むと、私はヘタヘタと椅子に崩れた。荒い呼吸も、ゆっくりと静まった。だが私の心の中は、まじりけのない恐怖のつむじ風と、ぞっとするような憶測にとらわれたままだった。

私は知ってしまった。キャナバンが完全に狂ったことを。

恐ろしいショックのせいで、自分の行く手を横切るどんな動物も残酷に打ちこわしたくなる、呪われた野獣のような狂人になってしまったのだ。私をにらんだキャナバンの目。野獣のように凶暴でどんより濁ったその目を思い出し、キャナバンの神経が、一時的ではなく、取りかえしのつかぬほど完全に破壊されていることを感じた。彼を救えるたったひとつの方法は〃死〃だけだ。

が、キャナバンは人間だった。すくなくともまだ人間の形をしていたし、私の友人でもあった。私が彼を処刑することはできない。

本意ではなかったが、私は警官と救急車を呼んだ。

つづいて気違いじみた騒ぎが訪れた。くどくどしい質問と、精神的に疲労し切ってしまうような要求が、矢つぎ早に私を襲った。

半ダースものイカさないお巡りたちが、午後のいちばん素晴しい時間を、ゆれ動く斑らな雑草のしげみをふみ荒すことに費したが、キャナバンの痕跡は、なに一つ発見できなかった。文句を言いながら草むらから出てきたお巡りたちは、目をこすり、頭をふった。彼らは真赤になって怒っていた。

お巡りたちは何も見ず、何もきかなかったと報告し、ただ野良犬が一匹だけ、うしろの方でうなりながらうろついていたようだが、犬の姿は見えなかったと話した。

うなり声の話が出たとき、私は口を開きかけたが、なにも言わなかった。お巡りたちは私のことを、あきらかに不審な目で見ているようだった。まるで私を狂人のように思っていた。

私は私の見た事実を、二十回もくり返して話したが、お巡りたちは満足しなかった。彼らは家中をひっかきまわし、帳簿を調べ、ほこりだらけの棚を動かし、その下をのぞいて見た。

とうとう彼らは、私と裏庭で出会った直後にキャナバンがなにかのショックを受けて、記憶喪失になって、家からさまよい出たのだろうと、渋々結論を下したのだった。キャナバンについての私の話は、一切が誇張であるとして無視されてしまった。のみならず、今後いろいろお尋ねするようになるかもしれないしお宅を捜索させていただくようにもなるだろうとイヤミをいいながら、やっとのことで私を放免してくれた。

その後も警官は捜索をつづけていたが、新しい事実も、キャナバンも見つからず、急性記憶喪失の結果失踪した一人の男として報告されてしまった。

しかし、私は、満足できなかった。それではあまりに気が済まなかった。

それから六ケ月の間。私は辛抱強く地方大学の図書館に通って、あきあきしながら資料を調べた。

ついに、ある事実をさぐり出すことができた。

私はそれを、口述書にして発表する気もない。決定的な手掛りにするつもりもない。ただの幻想的な信じがたい話として報告しておこう。信じてもらえなくても。

あの事件から数ケ月経ち、なにも発見できないでいた日の午後のことだった。大学図書館の稀購本係りが私の研究室に、得意げに一冊の小さなボロボロのパンフレットを持ってきた。みると一九六五年、ニューヘブンで印刷されたものだった。著作者の名はみられず、「魔女グーデイ・ラーキンスの死」とだけいかついタイトルがつけてあった。

その本は、数年前、年老いた老婆グーデイ・ラーキンスが、隣家の子供を野犬に変えた容疑で告訴された事件の暴露だった。ちょうどサレムの魔女さわぎが世の中を震え上らせている時代だった。クーデイ・ラーキンス婆さんは簡単に死刑を宣告されてしまった。焚刑だけはまぬがれた代り、二週間以上も食物をやらずにおいた七匹の野犬を放されて、法廷から深林の沼池の底深く逃げて行った。老婆を告訴した連中は、これこそ詩的な感動にあふれる立派な裁きだと信じていたのである。

黒い野犬が老婆に追いついたとき、隣人たちは、怒りにみちた呪いの言葉を聞いた。

「われ倒れんこの地、永遠に地獄のものとなれ」老婆は叫んだ。

「ここにとどまりし者、われを死に追いし獣のごとくなれ」

古い地図や土地の史実を調べてゆくうちに、私は満足すべき結論に達した。

キャナバンの呪われし裏庭こそ、昔、グーデイ・ラーキンス婆が呪いの言葉を叫びつつ、飢えた野犬に八つざきにされた沼のあとだった。

私の話はこれで全部である。私はあの呪われた場所に、その後いちどしか行っていない。

その日は淋しい秋の午後だった。

肌を刺すような冷い風が、草むらを、ざわざわざわめかせて吹き抜けていた。

なぜ私がそこを訪れたかわからなかった。

友人だったキャナバンと別れを惜しむ気持からかもしれなかった。たぶん、彼に会えるかもしれないという、最後の望みもあったことだろう。

だがその期待は、板張りの店の裏庭の、草のない空地に足をふみ入れるか入れないうちに間違いだったと気づいた。

硬くゆれ動く草むらを眺めているうちに、私は、葉の落ちた樹木や、黒い野生の灌木が、私をじっと監視しているような気持になった。人間と違った何者かが、まったく邪悪な何者かが、私をじっと観察しているようだった。

そして、あんなに怖れていたことなのに私はまた風にざわめく雑草のなかに飛び込んでしまいたいような混乱した衝動を感じた。何マイルも拡がった風にゆらぐ草むらと、枯れた樹林を眺めているうちに、遠近感と直径を少しずつ変化させるあの怪奇な光景を、私は再びそこに見た。

何者か、草むらに入れと命令するものがいた。あの愛すべき草の中で、お前の生命を捨てるんだ。草の根元にうつ伏せろ。お前を包んでいる莫迦げた障害をかきむしれ。うなるのだ。がっつくのだ。やるのだ。やるのだ。やるのだ。……。

だが。私はうしろを向いた。そして必死で走った。

秋風の街を、私は狂ったように駆け抜けて行った。自分の部屋に転がりこむと、ドアの掛け金をしっかりとおろした。

その後私はいちどもあの庭に行かなかった。もう二度と訪れることもないであろう。

恐怖文学セミナー

HORROR CLUB

この小冊に関する御意見、御感想、御希望を
編集局までお寄せ下さい。
同好の士のご連絡もお待ちします。

監修・平井呈一

編集局・東京都大田区安方町7番地池月荘・大伴秀司

掲載翻訳作品解説

◎「裏庭」(原題・キャナバンの裏庭)は、ジョセフ・ペイン・ブレナンという小詩人が、つれづれに物した怪談の中の一篇。一九五八年にアーカムから「九つの恐怖と一つの夢」と題してまとめられ、その後普及版も出ている。

この人は「地軸」その他詩集の他に、ラブクラフトの傾倒者として幾つかの小論文がある。しかし何といっても、その名声は一九五三年、おちぶれかけた「ウイアド・テイルズ」に"スライム"というSF怪談を発表して、一時雑誌の人気を挽回したことにあろう。「裏庭」は、M・R・ジェイムズの「ハンフリーと彼の遺産」に酷似する別世界怪談であるが、これに憑きものを混ぜあわせた点に独創性がある。

◎「廃墟の記憶」はH・P・ラブクラフト(一八九〇—一九三七)の珍しやショート・ショートである。

ラブクラフトの真骨頂は、小手先のアイデア・ストーリーにはない。彼独自の怪異に対する視覚を通じ、それに映じた世界を息の長いコッテリした文章を重々層々とつらねることによって、一つの異端の世界を構築するのである。怪奇作家というより、恐怖文学の祭司といった方があたっている。

ここに紹介するのも、掌篇ながらよくラブクラフトの息づきをつたえていると思う。

THE HORROR

恐怖文学セミナー編集

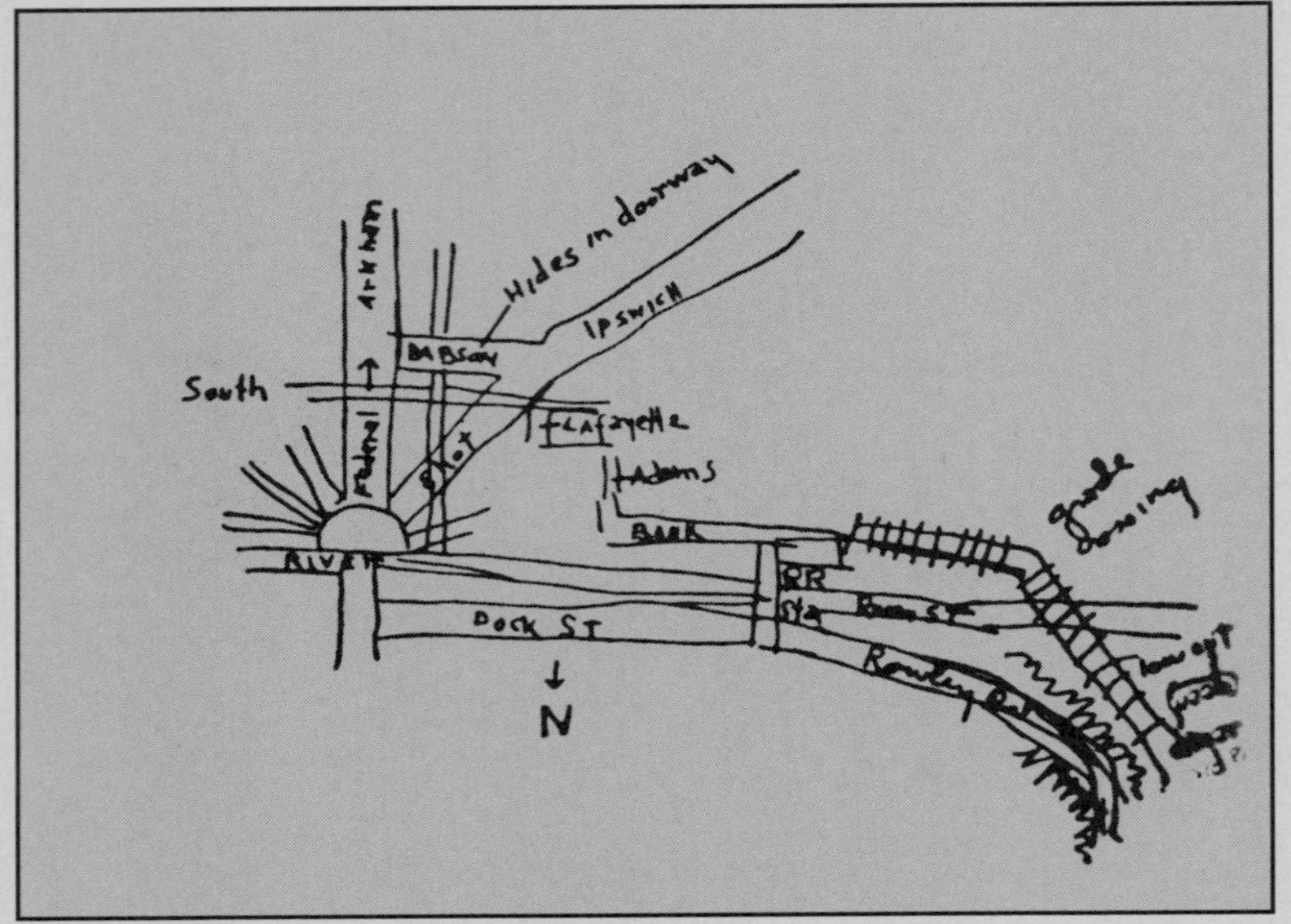

創作ノート

「インスマウスの影」の創作メモより（H・P・ラブクラフト）

アーカムより郡部へ通ずる道からはじまる ― 追跡者の物音。バブスンを通って（アーカムへ）引き返そうと決心し、イプスイッチ道路をとろうとするが、追手がそっちからやってくる。ドアの蔭でやりすごす。仕方なくロウリイへ通う荒廃した鉄路に出ようと、決心を固める。

ラファイエット街、ベイツ街、アダムズ街から、やがて荒れ果てた駅に沿う土堤の上を辛うじて駈けぬける。ゴージの土堤沿いに、半ば落ちかかった鉄橋を渡る ― ようやく渡る。雑木林の土地、塩分を含んだ沼地の中の島。鉄道が茂みを低く切り開くように、入りこんでいる。雑草や薮がからみあっている。追手が来る。気がついたのか？彼らのうちの落悟者も、近道たるボーリー街を通って、主流に流れこんだと見える。（私は）線路に近ずく。一番近いところを横断して、南へ転進する。暫し立ちどまって、茂みにかくれ、追跡者が道を外れていくのを待つ。彼らが道を通りすぎるとき、月光の下に見えたのは：：：。（メモはここで終る）

○「インスマウスの影」の内容 ― インスマウスは米大西洋岸のマサチュセッツ州にある古い港町で、現在（一九二七年）では半ばゴーストタウン化している。この崩壊寸前の辺境の町を調査しにやって来た〝わたし〟は、九十才を越えている老人からインスマウスに伝わる奇怪な物語をきく。日が暮れたのでギルマン・ハウスという荒廃した宿屋に泊るが、この宿の四階の個室で〝わたし〟は空前絶后の恐怖を経験。必死のおもいで屋根伝いに宿屋を逃げ出すが、〝怪物〟は群をなして〝わたし〟を追ってくる。メモはその部分の描写。なおこの町の近くにアーカムという町があり、アーカム・ハウスはこれをとってつけたもの。（邦訳は創元世界恐怖小説全集5巻〝怪物〟に収録されている）

なぞ

デ・ラ・メア　紀田順一郎訳

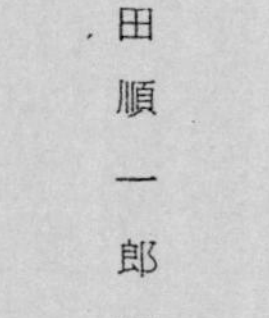

とうとう、子供たちはお婆さんの家へやってきて、いっしょに住むことになったのです。アンとマチルダ、ジエイムズにウイリアム、ヘンリイとハリエット、それにドロテアと、あわせて七人になりました。

その家というのは、お婆さんが小さな時分から住んでいたもので、ジョージ王朝の時代に建てられたものでした。きれいとは言えませんでしたが、部屋数が多く、頑丈で整った感じ。庭には一本のにれの木が四方に枝をひろげて、それがいまにも窓へ届きそうなぐあいなのでした。

二輪馬車から降ろされた子供たちは、（そのうち五人は馬車の中、二人は馭者のわきに乗って来たのですが）いよいよお婆さんにお目どおりということになりました。

お婆さんはいつものように、格子窓の傍らに坐っておりまして、子供たちはその前で、ひとかたまりに小さく身を寄せあいました。

お婆さんはめいめいに名前を訊ね、それから震える声でもういちど、めいめいの名前をくり返しました。そして一人にお針箱をあげ、ウイリアムには小刀を、ドロテアには色のついた毬を、というように、それぞれ年令に応じた贈物をしました。そのうえで、年うえから年下まで全部の子供たちにキスをしました。

「おまえたちよ」と彼女は申しました。

「みんな、ここを明るくて楽しい家だと思ってくれるといいの。わしは年よりじゃから、おまえたちと一緒にとび廻ることはよう出来ん。じゃによって、アンが弟や妹の世話をやかにゃならん、ミセス・フェンがしておったようにな。―ところで、おまえたちよ、毎朝と毎晩、きちんとこのお婆さんのところへあいさつに来ておくれでないか。その笑い顔を見せてくれれば、わしの息子じゃったヘンリイを思い出すじゃろうからの。したが、残りの時間は一日中、学校が終ったらば、おまえたちは何でも好きな遊びをして良いのじゃよ。でも、ここに一つ、たった一つだけ覚えておいて貰いたいのじゃ。ここから見える、あのスレート屋根の上の大きな空部屋、あれは寝間じゃが、隅っこの方に古い樫の長持がある。そうよ、このわしより古いもんじゃ。それはもう、うんと古いもんじゃ。わしのお祖母さんよりもっと古い時代のもんじゃ。

さて、この家のどこで遊ぶのもいい。したが、あの部屋にだけは、入ってはいかんぞよ。よいかの。」

お婆さんは微笑みをうかべながら、子供たちに親切に説明してやりました。でも、彼女はとても年よりで、その眼はもう、この世の何も見ていないようでありました。

さて、七人の子供たちは、はじめのうちこそ薄暗くて淋しいところだと思いましたが、じきにこの大きな家にも馴れてしまいました。このような家にはたくさん面白くて愉快なことがあったからです。

一日に二度、朝と晩に、子供たちはお婆さ

んのところへやってまいりました。お婆さんは日ごとに弱っていくようでしたが、子供たちに向って、自分の母親のことや、少女時代の出来事を話してきかせるのでした。そして、どんなときでも、子供たちに砂糖づけの杏（あんず）をくれてやるのを忘れませんでした。

　こんなようにして日が経っていきました。

　ある日の夕暮、ハリイは子供部屋からぬけ出して、二階へ昇っていき、あの樫の長持を見にまいりました。そして、長持の上に彫ってある果物や花の飾りを撫でたり、隅の方にある陰気な笑いのお面に向って話しかけたりしていましたが、やがてそっと後ろを振りかえって様子をうかがうと、やおら蓋を開けて中を覗きこみました。

　でも、長持の中には宝物などかくされているわけもなく、金だとか、飾り物のように目ぼしいものもありませんでした。

　そうです、長持はからっぽでした。ただ内がわのへりにそって塵にまみれた薔薇《ばら》色の絹がはりめぐらされ、あまい百合香のかおりが漂っておりました。

　こうやってヘンリイが覗きこんでいるあいだも、階下の子供部屋からは笑いさざめく声や茶わんのふれあう音がかすかにきこえてまいります。窓の外はもう暗くなりかかっております。

　そうした物ごとのすべてが、彼のお母さんの思い出をよびさましたのです。

　夕暮れ、おぼろな白いドレスを着て、いつも彼に本を読んでくれたお母さん……。

　――で、彼は長持の中にはいり込んでしまったのです。その上を、蓋がそうっと閉ざしていきました。

　ほかの六人の子供たちは遊びに疲れると、いつものようにお婆さんの部屋に行き、おやすみを言って、砂糖づけの杏をいただきました。

　お婆さんは、ろうそくの灯をたよりに、子供たちの顔を眺め、なにやら考えこんでいる風でありました。

　翌日、アンはお婆さんに、ヘンリイがどこにも見えないと報告いたしました。

「おやまあ、そうかい。それならあの子は、ちょっとのあいだだけ居なくなったのじゃろうよ」とお婆さんは申しました。「したが、みんなこれだけは覚えておき、あの樫の長持に手をふれてはいかんぞよ。よいかの」

　しかし、マルチダは弟のヘンリイを忘れることができず、遊んでいてもすこしも面白くないのでした。それでいつも、木のお人形を手にかかえ、弟を思い出すような唄を低く口ずさみながら、彼を探しに家中を歩きまわっておりました。

　こうして、ある晴れた朝のこと、彼女は長持の中を覗きこみましたら、それがとてもいい香りで、あまい秘密がかくされているように思えましたので、お人形を抱いて中に入りこんでしまったのです――ちょうどヘンリイがしたように。

　のこったのは、アンとジェイムス、ウイリアムにハリエット、それからドロテアだけになりました。

「いつかあの子たちもきっと帰ってくるさ」と、お婆さんは申しました。「それでなければ、おまえたちの方で、あの子のいるところへ行くだろうよ。したが、わしがいかんと言うた、あのことだけは忘れんようにな」

　さて、ハリエットとウイリアムは仲よしで、恋人同志のようにふるまっておりました。一方、ジェイムズとドロテアといえば、いたずら組で、狩りや戦争ごっこが大好きでした。

　十月のある静かな日の午后、ハリエットとウイリアムが、スレート屋根の上の部屋から庭の芝生を眺めながらそっと語らいにふけっておりますと、部屋のうしろから鼠どもが鳴いたりはねまわったりする音がしてまいりました。

　二人は一緒になって、鼠の出る小さな暗い穴を探しにかかりました。ところが穴を探し出すかわりに長持に手をふれてしまい、ちょうどヘンリイがしましたように、彫刻にさわったり、あの陰気な笑いのお面に向って話しかけたりしはじめたのでした。

「いいことがある！　ハリエット、きみが眠りの美女になるんだ」とウイリアムが言いました。「ぼくは氷をかきわけてやってくる王子さまになるぞ」

ハリエットは穏かに、いぶかるような眼で兄を見つめましたが、すなおに長持の中に横たわり、眠ったふりをしはじめました。

ワイリアムは、なんて大きな長持なんだろうと思いながら、そうっと中に入ると、かがみこんで眠りの美女にキスをし、その静かな眠りをさまそうといたしました。

ゆっくりと、蓋が蝶番の音もたてずに閉じていきました。そして、ただアンの読書を邪魔するジェイムズとドロテアの騒ぎ声が、階下からきこえてくるだけとなりました。でも、お婆さんはとても身体は弱っているし、眼も悪く、耳ときたらぜんぜんつんぼ同様なのでした。

雪は静かな空から、この家の屋根に降りつもっておりました。ドロテアは樫の長持の中で泳ぐまねをし、ジェイムズはそこを氷の穴に見たてまして、自分は鈷のかわりにステッキをふりまわし、それでエスキモーになったつもりでした。

ドロテアは顔をまっかに、おてんばらしい目をきらきらさせ、髪をふりみだしておりました。ジェイムズは胸に大きな鉤ざきをつくっておりました。

「さあ、がんばれよ、ドロテア。ぼくが泳いでいって助けてやる。今はがまんしてるんだぞ!」

彼は大声で笑うと、長持の中へとびこみました。そして、いつものように蓋がそっと閉じていきました。

たった一人とりのこされたアンは、砂糖づけの杏にはもう飽き飽きする年頃でしたが、それでも必ずおやすみを言いに、お婆さんのところへ通っておりました。お婆さんは眼鏡ごしに、憂うつそうな眼つきをして、アンを見つめるのでした。

「まあ、この子は」と、彼女は頬をふるわせ、その節だらけな指でアンの手を握りしめるのでした。「わしたちは、なんと淋しくなったもんよ、のう」

アンはお婆さんの柔かい、たるんだ頬にキスをしました。お婆さんは安楽椅子にすわって両手をひざにのせ、アンが部屋を出ていくのを、頭をめぐらせてじっと見おくるのでした。

アンは寝床に入って坐りますと、いつものようにろうそくの灯りで本を読むのでした。ふとんの下でひざを立てると、そこに本を置きました。その本には、妖精や小鬼のことが書いてありましたが、物語の中から静かにふりそそいでくる月あかりが、白い頁を照し出すような気がして、そこに気まぐれな妖精のささやき声さえ聴えてくるようでした。そんなに、この大きな家は静かであり、物語といえば夢のように美しかったのです。

やがて彼女はろうそくを消して眠りにつきましたが、そのあいだも耳のそばでは、さわさわと声が聴え、眼の前にはすばしこく動きまわる影が、ぼんやりうつってくるのでした。

― 真夜中、彼女は半分夢の中でベッドから起きあがり、なにも見えないのに眼を大きく開けて、がらんとした家の中をすうっと歩いて行きました。

お婆さんが、とぎれとぎれないびきをかいて、ぐっすり眠りこんでいる部屋を通りぬけ、かろやかな、でもしっかりした足どりで階段のところへやってまいりました。

スレート屋根の上の空からは織女星が透きとおるように輝いてみえました。そして、アンは、ちょうどさし招く手にひかれるように、あの樫の長持の方へと歩いていきました。

そこへまいりますと、彼女は夢の中で、自分の寝床とまちがえたような具合に身を横たえました。古い薔薇色の絹をめぐらし、えもいわれぬ香りのする長持の中に……。

でも、部屋の中はとても静かで、その蓋が閉じる音すら、まったく聴えなかったのでした。

― 長い一日中、お婆さんは格子窓のそばに坐っておりました。口をかたく閉ざして、人や車が行きかう往来をば、暗い、さぐるような眼つきで眺めるのでした。

夕方、彼女は階段をのぼって、あの大きな空き部屋の扉の前に立ちどまりました。

急な階段をのぼったので、すっかり息がき

れてしまい、強い老眼鏡は鼻の上に危っかしくのっておりました。

扉のすぐ前まで来ますと、彼女はそこに手をもたせかけ、部屋の中を覗きこみました。ひっそりと薄暗い部屋の中には、四角い窓あかりがぼんやり見えるだけでした。

でも、お婆さんの眼はとても悪く、遠くの方は何も見えないのでした。窓のあかりも、もう暗すぎました。だから、秋の木の葉にも似た、かすかな香りにも気がつかなかったのです。

とはいえ、彼女の胸の中にはさまざまな思い出が、たくさんしまわれてあるのでした。喜びや悲しみ、今は老いた身の幼かりし頃、やがて友達ができ、いつかそれとも永のお別れをしてしまった話……。

このような思い出を、とぎれとぎれな廻らぬ舌で、自分あいての独り言にしながら、お婆さんはもう一度、あの窓ぎわの椅子へと戻っていくのでありました。

掲載作品解説

「なぞ」

あなたにもし子供さんがいるならば、この美しい詩情がいっぱいに溢れた物語を、冬の夜、静かに朗読してあげてください。幼い心に一生わすれられぬ思い出を残すでしょう。これは童話としても、恐怖小説としても、稀にみる傑作です。こういう物語は単なる創作力からは生まれません。作家の心に神が宿った瞬間にだけ生まれるのです。

この物語をつくったのは、ワオルター・ジヨン・デ・ラ・メアといい、一八七三年四月、イギリスはケント州のチャールスタン市に生まれました。詩人ブラワニングの血縁であります。小さい時から静かな夢みがちな子供で、学歴はセント・ポールズ寺院の唱歌隊学校を出たきり。作家としては一九〇二年の「幼児の歌」を皮切りに、詩・童話・小説の分野で活躍し、今日までに数十巻にのぼっております。文学史上の位置は大きく、「ジョージアン・ポエトリー」の一派で、ブランデン等と並び称されますが、エリオットなどが出てくると、もはや現代作家とは言えません。老大家というところでしょう。

その有名な言葉に、「空想的な経験は現実的であり、空想を持たぬ経験より遥かに現実的である」というのがあります。虚構ということが〝権威〟を保持していた時代の話です。

わが国では、西条八十の訳になる詩が沢山紹介されております。この掌篇は一九二三年に発表されましたが、今回のテキストはエヴリマンス・ライブラリーを使用いたしました。

「誰かがエレベーターに」

L・P・ハートレイは一八九五年生まれの英国作家。「恋をのぞく少年」が十年まえ新潮社の「新鋭海外文学叢書」で出たことがある。創元社の恐怖小説全集では、第四巻のM・Rジェイムズ篇に、三篇ばかり翻訳がある。近代怪奇小説の一つの限界として、これ以上になると「なにか別のジャンルへ行ってしまうという、そのギリギリの限界をふみこたえている」作家と平井氏が評しているのは正しい。テキストは「バン・ファク」を使用した。

「森のなかの池」

オーガスト・ワイリアム・ダレット（一九〇九—）は、ウイスコンシン州の生まれ、その地で育ち、教育もそこで受け、以来活動の主点もそこに置いて、精力的な作家活動をつづけている。小説・詩・歴史・ミステリ・怪奇など、行くとして可ならざるはない才筆家であるが、「ソーラードンス シリーズや、自伝「骨の髄までワイスコンシン」の他は、とりたてて傑出したものがない。

恐怖小説全集の展望

紀田順一郎

国内

①「世界恐怖小説全集」東京創元社版、（三三年八月—三四年一一月）

平井呈一先生監修になる、わが国最初にして、唯一の恐怖小説大系である。全十二巻を分って、七冊を本場の英国篇にあて、残りを米・仏・独・露の各国別にまとめた上に、最終巻として実話篇まで編入した、文字どおりの大系版である。遺憾ながら、現在この全集は欠本があり、古書肆を探すほかはないが、恐怖小説を語ろうという者はぜひ揃えておきたいものである。揃いで古本に出ることはまず無く、特に一、四、五、六、七の各巻が少ない。以下に主要目次と定価を掲げる。

第一巻「吸血鬼カーミラ」シェリダン・レ・ファニュ（平井呈一訳）

これはレ・ファニュ（一八一四—七三）の代表的短篇五つを収録したもので、なかんずく標題の一篇は傑作である。内容・白い手の怪／緑茶／仇魔／判事ハーボットル氏／吸血鬼カーミラ（二六七頁、解説十頁のうちにゴチック・ロマンス紹介を含む）

第二巻「幽霊島」アルジャーノン・ブラックウッド（一八六九—一九五三）平井呈一訳

近代恐怖小説三巨匠の一人である。（あと二人は、マッケン、ジェイムス）内容・幽霊島／人形／部屋の主／猫町／片袖／約束／迷いの谷（二七八頁、解説九頁のうちに、恐怖小説論の一端を含む）

第三巻「怪奇クラブ」アーサ・マッケン（一八六三—一九四七）平井呈一訳

もっとも特異な作家、マッケンの代表的中篇二つを収めた魅力版である。これを読まずして恐怖文学は語れない。

内容・怪奇クラブ／大いなる来復（二四八頁、解説十頁はマッケンの本質を余すところなく衝いている）

第四巻「消えた心臓」M・R・ジェイムズ（一八六三—一九三六）平井呈一・他訳

この巻には、巨匠ジェイムズの名篇二つと、近代恐怖文学の代表たる、L・P・ハートレイ（一八九五—）およびW・F・ハーヴィー（一八八五—一九三七）の短篇をあわせて収録してある。きわめてユニークな恐怖感を与えてくれる。内容・消えた心臓／マグナス伯爵（以上ジェイムズ）／五本指の怪獣／コーネリアスという女（以上ハーヴィー）／ひとりでに動く棺桶／豪州からきたお客／毒の殺虫瓶（以上ハートレイ）二四九頁、解説九頁。

第五巻「怪物」アンブローズ・ビアース（一八四二—？）大西尹明訳

この巻には、ビアスの短篇三つと、近代アメリカの巨匠H・P・ラヴクラフト（一八九〇—一九三七）の中・短篇三つを収録してある。いずれも傑作中の傑作であり、これ以上の選択はむずかしいが、紙数が許せばこれと同級の名作があるのにと、大変残念である。

内容・壁の中の鼠／インスマウスの影／ダンウイッチの怪（以上ラヴクラフト）／怪物／右足のなか指／豹の眼（以上ビアース）（二六八頁）

第六巻「黒魔団」デニス・ホイートリ（一八九七—）平井呈一訳

英国的な怪奇スリラーで、題材はブラック・マジックである。この方面の愛好者には興趣つきせぬ読物であろう。（四五八頁、解説七頁）

第七巻「こびとの呪い」エドワード・ルー

カス・ホワイト（一八六六―一九三四）ほか十名の英米作家の短篇集である。内容・ラパチーニの娘（ホーソーン）、邪魔をした幽霊（ジェーコブス）、信号手（ディケンズ）、あとになって（ワートン）、あれは何だったか？（オブライエン）、イムレイの帰還（キプリング）、アダムとイヴ（コッパード）、夢の中の女（コリンズ）、人間嫌い（ベレスフォード）、チェリアビン（ローマー）、こびとの呪い（ホワイト）二八五頁、解説五頁。橋本福夫、中村能三訳

第八巻「死者の誘い」ウォルター・デ・ラ・メア（一八七三―）田中西二郎訳

純文学的な長篇。煽情性よりも、心理的な恐怖をじっくり盛りあげている。三一五頁、解説七頁。

第九巻「列車〇八一」マルセル・シュオッブ（一八六七―一九〇五）ほか十一名のフランス作品集である。

内容・ギスモンド城の幽霊（ノディエ）、シャルル十一世の幻覚（メリメ）、解剖学者ドン・ベサリウス（ボレル）、草叢のダイアモンド（フォルヌレ）、罪の中の幸福（ドルヴイリ）、フルートとハープ（カル）、死女の恋（ゴーテイエ）、オンファール（ゴーテイエ）、仮面の孔（ロラン）、フォントフレード館の秘密（レニエ）、列車〇八一（シュオッブ）、幽霊船（ファレール）二九五頁、解説六頁は、渋沢龍彦氏による「フランス暗黒小説の系譜」

第十巻「呪の家」I・S・ベズイメーノフ（生年不詳）ほか六名のロシア作家集である。

目次・真夜中の幻影（アルツイバーシェフ）呪の家（ベズイメーノフ）、犠牲（レーミゾフ）、妖女（ゴーゴリ）、黒衣の僧（チェホフ）、まぼろし（ツルゲーネフ）、カリオストロ（A・トルストイ）二五〇頁、解説八頁は原卓也氏による簡潔なロシヤ恐怖小説史である。

第一一巻「蜘蛛」H・H・エーベルス（一八七一―一九四三）ほか三名のドイツ短篇集。

目次・ロカルノの女乞食（クライスト）、たてごと（ケルナー）、蜘蛛／みいら／死んだユダヤ人（以上エーベルス）、イグナーツ・デンナー／世襲他（以上ホフマン）二八二頁、解説五頁はドイツ怪奇小説史。

第一二巻「屍衣の花嫁」―世界怪奇実話集―平井呈一訳編

記録風なもの、実話、ナンドー・フォーダー博士の講演、という三部に分かれ、世界怪奇実話の粋を紹介している。この分野がまったく未紹介のわが国にあって、まことに貴重なる文献といえよう。目次・インヴエラレイの竪琴弾き／鉄の檻の中の男／グレイミスの秘密／ヒントン・アンプナーの幽霊／エプワース牧師館の怪／ある幽霊屋敷の記録／死神／首のない女／死の谷／女好きな幽霊／若い女優の死／画室の怪／魘のテーブル／貸家の怪／石切場の怪物／呪われたルドルフ／屍衣の花嫁／舵を北西に／鏡中影／夜汽車の女／

浮標／ベルウイッチ事件。二八七頁、解説四頁。

②「世界大ロマン全集」中の四冊

以上に述べた「恐怖小説全集」十二巻は、その発刊の動機を、同じ出版もとの「大ロマン全集」中の恐怖小説篇四冊の好評によっている。したがって、ロマン全集の方に収録された作品は、恐怖小説全集には載っていない。ここにその四冊を掲げておく。

第三巻「魔人ドラキュラ」ブラム・ストーカー（平井呈一訳）―最近文庫版が出た。

一八七七年刊行以来、洛陽の紙価を高めている、最高の恐怖スリラー。三四六頁。

第二四巻「怪奇小説傑作集I」

第三八巻「怪奇小説傑作集II」

二冊とも江戸川乱歩編で、訳者には平井呈一、宇野利泰両氏があたっている。内容I・幽霊屋敷（リットン）、エドマンド・オーム卿（ヘンリ・ゼイムス）、ポインター氏の日録（M・R・ゼイムス）、猿の手（ジャコブス）、パンの大神（マッケン）、いも虫（ベンスン）、秘書奇譚（ブラックウッド）、炎天（ハーヴィー）、アウトサイダー（ラヴクラフト）／II・ボドロ島（ハートリー）、みどりの思い（コリア）、帰って来たソフィ・メイスン（デラフイールド）、船を見ぬ島（スミス）、泣きさけぶどくろ（クロフォード）、スレドニ・ヴアシュタール（サキ）、人狼（マリヤット）、卵形の水晶球（ウエルズ）、テーブルを前にした死骸（アダムズ）、

恋がきた（ベン・ヘクト）、住宅問題（カットナー）、合計五五七頁。

第四九巻「運命のSOS」世界怪奇実話集（牧逸馬著）

かつて中央公論に発表された三十篇のうちから十篇をよりすぐったもので、その語り口のうまさは、さすが往年の流行作家のことだけはある。

目次・運命のSOS／ワンベルト夫人の財産／カラブワ内親王／ロウモン街の自殺ホテル／消えた花婿／チャーリーはどこにいる／肉屋に化けた人鬼／海妖／斧をもった夫人の像／殺人鬼ジャック。二四一頁。

海外

海外の全集もので、比較的新しく、纏りもよいのが一組ある。ジャニパー・プレス（米）の十巻ものである。六三年十月に完結、特製が二十八ドル（約一万一千円）、紙装本が十五ドル（約六千円）である。

叢書名は別表の通り「忘れられたミステリの古典」となるが、四巻以后は「忘れられた」を取ってしまった。商策上不利だからであろうか。

この叢書の特色は、マッケン、レ・ファニュなど英国の正統的怪談作家に思い切ったページ数を与えていること、アメリカのウエイトが比較的軽く、欧州ものに重量がかかっていること、推理小説の古典もいくらか含まれていることなどである。長篇はダイジェストしてあるから、厳密なテキストとしては役に立たない。しかし、古風な怪談のたぐいは、こうした方が現代の読者に親切であろう。

以下、巻ごとに特色を記す。

第一巻のコリンズ傑作集は、高名な「夢の女」「ミイラとり」「奇妙なベッド」など全十篇が収まっており、彼の傑作怪談はこれで充分たんのうできよう。テーマとしては怨霊つきものが多く、背景も十九世紀初頃の英国の片田舎など、古風な筋立てが必ずしも今日の読者には喜ばれまいが、恐怖小説を読もうという者なら、かえってこの雰囲気をこそ愛するのかもしれない。ただし、コリンズの良さは、手法とか、作家の眼の異様さにあるのではなく、この点では十九世紀のストーリーテラーの域を出ない。伝説、奇談のたぐいを咄々と語る呼吸が良いのである。

第二巻の、「アメリカ・ミステリのオムニバス」というのは、ビアス、ポー以下二、三流まで動員した傑作集で、すでに翻訳紹介されたものも多い。未訳のものでは、「泉の傍の女」クロフォード、「神秘的なカード」モフェット、「消えた部屋」オブライエン、「反重力の物語」ストックトンなど、それぞれ趣向をこらしているが、最大の読みものは「ウイーランド」C・B・ブラウンである。これはポーの奇談を去ること二十年前に出た、アメリカ幻想文学の古典であり、なんとも陳腐といえばそれまでだが、その神秘感は今日でも読む者を圧倒する。完本は「ドルフイン・ブックス」ですぐ入手できる。

第三巻の「シェリダン・レファニュ傑作集」は「緑茶」や「幽霊屋敷」が抜けているが、「飛龍亭」という拾いものがある。パリの同名の宿屋をめぐる、一連の奇談であり、とくに恐怖小説として秀れているわけでもないが、息つくひまもない。作品価値から言えば、やはり「カーミラ」であろう。「サイラス伯父」は抄本である。

第四巻の「スティーヴンスン」は主として伝奇ものを集め、全部邦訳されている。高校教科書にもなっているから多言を要しない。

第五巻の「英国ミステリ・オムニバス」は標題の下に「抄出」とあり、いったいどれがそうなのか、詳しく調べてもいないので、はっきりしたことは言えない。ビッグ・ボオなど、ちょっと気がつかないから、きわめて巧妙な抄出である。目次を見ればおわかりのように、ほとんど邦訳があるが、コンウエイの「運命の家」やアメリア・エドワーズの「暗い森のはずれにて」などは未訳にして、しかも読みごたえのあるスリラーとなっている。前者は女性の執念を描いたもの、後者はドイツの辺境を旅していた男が、殺人者に遭う話である。

第六巻の「アーサー・マッケン篇」は、まず「パンの大神」が創元社ロマン全集に、「三人の詐欺師」が「怪奇クラブ」として、恐怖小説全集に収録されている。未訳の四篇も代表作として聞えているものである。この秀れた作家のものを、これだけ纏って読めるのは、現在この一冊しかない。貴重である。

第七巻の「ユドルフオの秘密」（アン・ラドクリフ）は、一七九四年に発表されたゴシック・ロマンスであり、このエディションでは抄本である。完本は、エヴリマンス・ライブラリーに二冊で入っている。内容は、要するにゴシックもののパターンを一歩も抜けているわけではない。古城と幽霊、美女と悪僧。複雑怪奇な因縁話。ルイスの「マンク」（創元社版）でもおわかりのように、物語を抜きだしてみせることは難しいし、あまり意味もない。製作年代は、スターンやスモレット、それにフイールデイングが活躍していた頃で、大時代なのも無理はない。かえって、この抄本の方が一般むきかもしれぬ。

第八巻の「欧州ミステリ集・I」は、明らかに未訳の巻末の一篇（ホンブルグ殺人事件）と、無名氏の「恐怖」を除けば、あとは邦訳がある。そのうち、巻頭のドルヴイリの「真紅のカーテン」は、スリリングな情事の果て、相手の女が死体になっているのを発見する騎士の驚きと逃走を描いたもので、本集では最高の出来である。デュマやモーパッサン、それにメリメについては文庫や全集本について参照されたい。

第九巻の「欧州ミステリ篇・II」は、若干珍らしいものが入っている。最初の「切断された腕」（ベルグゼー）はオランダの作家のもので、解剖研究用の骸骨から紛失した腕が、数々の異様な事件を惹起す話。次のリットンのものはあまりに有名。創元版の平井氏訳はつとに名訳の声が高い。三の「イネス・ド・ラ・シエラ」は、十九世紀はじめごろ、フランスの兵営内に出現した女の幽霊を描いたもの。作者は詩人・批評家として「トリルバイ」などの著作がある。創元版恐怖小説全集では、

森のなかの池は夜のように暗かった
ー樹木がみっしり寄りあって、光線を
締めだしていた。
男は池のまわりをぐるぐる歩きまわった。
暗い水が暗い地面とあうあたりを。
水のほとりを歩きながら
男は暗い水のなかに眠っているものを
見つけようとして、

森のなかの池

オーガスト・ダレット

平井呈一訳

しけじけと水底をのぞきこんだ。
何かが目にとまった。—
何だか知らぬが見なれたものだ、とうから知ってる、
知ってるものだ
自分の影から生い立って、
年来ひとりで蓄《た》めこんだ、疑惑、失敗、不安感、
そいつを育てたものらしい
自分とおんなじ面をして
同じように人知れずくすぶっている何か。
心の道標《しるべ》からは歓迎されないが、
どうにも逃れられない、無情な何か。
ふいに男はふり向いた。ふり向きながら、絶叫し、
絶叫しながら、とんで逃げた。
まるで死人の顔から逃げるように
—夜のように暗い自分の脳髄の池から
光をさえぎる髑髏《されこうべ》から逃げるように。

「ギスモンド家の幽霊」が入っている。次のロスナーについては、詳細不明。内容も陳腐な推理小説である。

「テレッザの城」の作者ベルガはイタリアの小説家。単なる伝奇小説的な結構だが、ラストで女の幽霊が出現するくだりが読ませる。

プーシュキンの「スペードの女王」については多言を要しない。

ヘイスの「アンドレア・デルフィン」は、恐怖小説ではない。一七六〇年代のベニスに材をとった、貴族の古風な運命悲劇。発表は今から百年前である。

次のアラルコン（伊）の「釘」も、かなりありふれた運命悲劇である。たまたま馬車にのりあわせた美人が、実は殺人者であり、断罪のまぎわに赦免されたが、絞首台の下でこと切れていた——と、これだけ抄出しても何が面白いのだかわからない。（そして、恐怖小説のプロットといえばこのようなものにすぎず、その面白さはあくまで恐怖の趣向にある。それを書いてしまえば身も蓋もない。だから恐怖小説のガイド・紹介は難しいのである。従来は、バケモノのテーマ別分類というのをやっていた（乱歩など）が、恐怖小説の大部分については、はっきりした分類など出来るものではない。やたらに「怨霊・つきもの・幽霊」の項目ばかりふやしても無意味であるし、この三つのどこに区別があるのか、また、区別のつけられぬことも多いのである）

第十巻の「バルザック篇」は、大半は「ゴンドルヴィルの秘密」であり、この名前を聞けば、「暗黒事件」とおわかりの読者もあるだろう。邦訳は水野亮（岩波）がある。残りの短篇二つは、いずれも奇談のたぐいで、前者が幽霊屋敷もの、後者が恋愛悲劇である。

⑦ Mysteries of Udolfo by Ann Radcliff(Condensed) 383P.

⑧ An Omnibus of Continental Mysteries(1)
〔The Crimson Curtain-d'Aurevilly/Solamge-Dumas-Pere/The Hand-Maupassant/The Horla-Maupassant/The Venus of Ille-Merim'ee/Horror-Anonymous/Clarimonde-Gautier/The Homburg Murder Case-Rosenkranz 382P.

⑨ An Omnibus of Continental Mysteries(2)
〔The Amputated Arms-Bergsoe/The House and The Brain-Lytton/Ines de Ias Sierras-Nodier/The Versegy Case-Rosner/The Castle of Trezza-Verga/The Queen of Spades-Pushkin/Andrea Defin-Heyse/The Nail-Alarcon/Bourgonev-Anonymous 377P.

⑩ The Mysteries of Honore de Balzac
〔The Gondreville Mystery/La Grande Breteche/Ferragus 381P.

THE FORGOTTEN CLASSICS OF MYSTERY

① The Best of Wilkie Collins

(The Dead Alive/The Dead Hand/Mr.Lepel and the Housekeeper/The Terribly Strange Bed/The Lady of Glenwith Grange/The Dream Woman/A Plot in Private Life/The Stolen Letter/Mad MonktonThe Bitter Bit/The Yellow Mask 383P.

② An Omnibus of American Mysteries

(The Boarded Window-Bierce/Thou Art the Man-Poe/In the Fog R・H・Davis/The Woman by the Fountain-Crawford/The Mysterious Card-Moffet/The Cut on the Lips-Aldrich/Corpus Delicti-M・D・Post/Wieland(Condensed)-C・B・Brown/The Upper Berth/F.M.Crawford/The Lost Room-O'Brien/What was It?-O'Brien/The Lady or the Tiger/A Tale of Nagative Gravity-Stockton 383P.

③ Sheridan Le Fanu

(The Inn of The Flying Dragon/Carmilla/Uncle Silas(Condensed) 384P.

④ R.L.Stevenson

(The Suicide Club/Thrawn Janet/The Pavilion on the Links/The Sire de Maletroit's Door/The Wrecker(Condensed) 383P.

⑤ An Omnibus of British Mysteries(Abrgd.)

(The Biq Bow Mystery-Israel Zangwill/The Iron Shroud-W・Mudford/Hunted Down-Dickens/The Monkey's Paw-Jacobs/A Night on the Borders of the Black Forest-A・B・Edwards/The Hound of the Bas-Kervilles-Doyle/The Knightbridge Mystery-Reade/The Three Str-angers-Hardy/The Judge's House-Stoker/The Fatal House-H・Conw-ay 384P.

⑥ Arthur Machen

(13) (The Great God Pan/The White People/The Inmost Light/The Red Hand/The Shining Pyramid/The Three Imposters. 381P.

（編集部註）
① Ⓐ１９１０ Ⓑ邦訳なし
② Ⓐ１８９４ Ⓑ平井呈一 Ⓒ創元大ロマン２４巻（２２０円）
③ Ⓐ１９０４ Ⓑ邦訳なし
④ Ⓐ１９０２ Ⓑ田村隆一 Ⓒ早川ミステリィ２６８巻「幻想と怪奇」下巻（１７０円）他
⑤ Ⓐ１９２９ Ⓑ大西尹明 Ⓒ創元恐怖小説全集５巻（２３０円）
⑥ Ⓐ１９１１ Ⓑ未訳
⑦ Ⓐ１９２３ Ⓑ未訳
⑧ Ⓐ１９２３ Ⓑ未訳
⑨ Ⓐ１９１２ Ⓑ未訳
⑩ Ⓐ１９１０ Ⓑ宇野利泰 Ⓒ創元大ロマン全集「怪奇小説集１」（２００円）

現代篇

① Ｌ・Ｐ・ハートリイ　地底から来た客（Visitor from Down Under）
② ジョン・メトカーフ　二人提督（The Double Administer）
③ ＨＲ・ウェイクフィールド　国境警備（The Frontier Guards）
④ オーガスト・ダーレット　ズールーの足跡（The Trail of Thulhu）
⑤ レイ・ブラドベリ　笑う人たち（The Smiling People）
⑥ ダヴィッド・Ｈ・ケラー　死んだ女（The Dead Woman）
⑦ ジョン・コリア　夢占い（Interpretation of a Dream）
⑧ レイ・ラッセル　サルドニクス（Sardnicus）
⑨ スティーヴン・グレンドン　ジョージ氏（Mr・George）
⑩ ブレナン　カラマンダーの櫃（Calamander Chest）

（編集部註）
① Ⓐ１９３２ Ⓑ未訳
② Ⓐ１９３１ Ⓑ未訳
③ Ⓐ１９２５ Ⓑ未訳
④ Ⓐ１９３５ Ⓑ未訳
⑤ Ⓐ１９５２ Ⓑ未訳
⑥ Ⓐ１９３２ Ⓑ未訳
⑦ Ⓐ１９３１ Ⓑ村上啓夫 Ⓒ早川書房異色短篇集（３５０円）
⑧ Ⓐ１９６１ Ⓑ未訳
⑨ Ⓐ１９４９ Ⓑ未訳
⑩ Ⓐ１９５３ Ⓑ未訳

MY TWELVE NIGHTS

① ＡＪアラン　My Adventure of Germyn st.
② シンシア・アスキス　The Corner Shop
③ Ｐ・Ｈ・ベンソン　My Own Tale
④ Ａ・Ｍ・バレイジ　Nobody House
⑤ アメリア・Ｂ・エドワーズ　The Phantom Coach
⑥ ポリドリ　Vampyre
⑦ チャーロット・パーキン・ギルマン　The Yellow Wall-Papers
⑧ メイ・シンクレア　The Villa Desiree
⑨ Ａ・Ｅ・Ｄ・スミス　The Coat
⑩ ヒュー・ウォルポール　Mrs.Lunt
⑪ イーディス・ウォートン　Afterwards
⑫ アレキサンダー・ウールコット　Full Fathom Five
※ ⑪のみ邦訳あり。橋本福夫、創元社恐怖小説全集７（２３０円）

怪談つれづれ草（第２回）

英米恐怖小説ベスト・テン

平井呈一

古典篇

①　レ・ファニュ　吸血鬼カーミラ（Carmilla）
②　バルワー・リットン　幽霊屋敷（The Haunted and The Haunter）
③　ウィルキー・コリンズ　恐怖のベッド　（Terribly Strange Bed）
④　ブラム・ストーカー　吸血鬼ドラキュラ（Dracula）
⑤　ポー　アッシャー家の崩壊（The Fall of The House of Asher）
⑥　ヘンリー・ジェームス　ねじの回転（The Turn of Screw）
⑦　アンブローズ・ビアーズ　魔物（怪物）（The Damned Thing）
⑧　スティーヴンスン　マーカイム（Markheim）
⑨　キップリング　幽霊人力車（The Phantoms Rickshaw）
⑩　マリオン・クロフォード　死人の微笑（The Dead Smile）

（編集部註）Ⓐ発表年代　Ⓑ邦訳　Ⓒ収録出版物（定価）
①－Ⓐ１８７１～２　Ⓑ平井呈一　Ⓒ創元恐怖小説全集（２３０円）
②　Ⓐ１８５７　Ⓑ平井　Ⓒ創元社ロマン（２２０円）
③　Ⓐ１８５６　Ⓑ小倉多加志　Ⓒ南雲堂不死鳥文庫（２８０円）
④　Ⓐ１８９７　Ⓑ平井呈一　Ⓒ創元文庫（２００円）
⑤　Ⓐ１８３９　Ⓑ河野一郎　Ⓒ創元社ポー全集，新潮文庫（佐々木直次郎）その他多数
⑥　Ⓐ１８９８　Ⓑ佐伯彰一　Ⓒ筑摩版世界文学大集４５巻（５５０円）現代アメリカ文学全集６巻（３００円）その他
⑦　Ⓐ１８９３　Ⓑ大西尹明　Ⓒ創元恐怖小説全集５巻（２３０円）
⑧　Ⓐ１８８７　Ⓑ伊藤　整　Ⓒ小山書店（絶版）
⑨　Ⓐ１８８８　Ⓑ岡本綺堂　Ⓒ改造社（昭４　絶版）
⑩　Ⓐ１９１１　Ⓑ邦訳なし

近代篇

①　ブラックウッド　ウエンディゴ（Wendigo）
②　マッケン　パンの大神（The Great God Pan）
③　MR・ジェイムズ　「若人よ　口笛を吹け」（"Oh, Whistle ……… "）
④　ジェイコブス　猿の手（The Monkeys Paw）
⑤　ラヴクラフト　ダンウィッチの恐怖（怪）（Dunwich Horror）
⑥　オリヴァ・オニアンズ　手まねく美女（The Beckoning Fain One）
⑦　W・H・ホジソン　国境の家（The House of Borderland）
⑧　デ・ラ・メア　シートンの叔母（Seaton's Aunt）
⑨　W・F・ハーヴィー　炎天（August Heat）

「誰かエレベーターで降りてくるよ、ママ」
「誰も降りて来やしませんよ、坊や」
「だって格子から見えるんだもの、のっぽのおじさんが」
「見えるだけよ。でもね、たゞの影。さア御覧。からッぽでしょ？」
いつもこんなふうだった。

　こんな台詞や、似たようなやりとりを、ブロンプトンホテルに来てからというもの、モードン夫妻と息子のピーターは、ちょいちょい繰返してきた。そのホテルで、一家はクリスマスを迎えようとしていた。家の中のゴタゴタが片附かなかったからだ。ホテル暮しが初めての少年は、見たこともなかったエレベーターに夢中になってしまった。両親のうちのどちらかがボタンを押す時、いつも少年は少し離れて、降りてくるエレベーターを見守っていた。

　一階の天井は高かった。だから箱が見えるのは、床まで降り切る何秒か前からだった。そしてその時、ピーターは、はじめてエレベーターの箱の中に、その人影を見た。

　その影は、向って左手の隅の、いつも同じ所にいた。勿論ハッキリ見えるわけではなかった。二重の格子扉、つまりエレベーターのシュートの扉と、箱の扉が邪魔したからだ。そして二つの扉は、エレベーターが動き出す前に固く閉められるのが常だったからだ。

　ピーターは、独りでエレベーターに乗ってはいけないと云われていた——ムダな注意だった。というのはピーターは、エレベーターを大人が扱うもんだと決めてかゝっていたので、大抵の子供達とちがって、大人の特権をわけて貰いたがりはしなかった。つまり、不思議がったり、讃嘆しているだけで満足していた。エレベーターがメカニズムというより、魔法として映ったのである。

　魔法とおもったピーターが、一目見た時、エレベーターにはぬしがいるんだと信じてしまったのは無理もない。最後にカチッと音をたてゝ停る時、箱の主の影も形もない、というハッキリした事実があったのだが……。

「ママを信用しないならパパにお聞き」

　お母さんに云われてもピーターはそうしたがらなかった。二つのわけがあった。一つのほうがもう一つの理由よりは、説明しやすかった。

「パパったらいつも僕のこと、バカっていうんだもの」と、ピーターは云った。

「まア、バカなんで仰云りゃしませんよ」

　これはあまり本当とは云えなかった。充分教養のある近代人の例に洩れず、モードン氏は、優しい年頃の息子の心を、傷つけるのをおそれた。その心理的な結果は芳しくなかったように思われる。だが、フロイドだろうとなかろうと、父親はやはり父親である。だからピーターにイライラさせられると、モードン氏はいつも諦らめることにしていた。父親好きな子ではあったが、ピーターのお父さんに対するビジョンは、お揃いの父子を見た他人が想像するより、もっと権威があり、何処かこわい人だった。

　ピーターが洩らさなかったもう一つの理由はもっとバカバカしいものだった。彼はお父さんには、ママに対するような質問をしたことはなかった。というのは、お父さんと一緒にいる時は、エレベーターの中に人影が見えなかったからである。

　モードン夫人はやりとりを覚えていて、夫に教えた。「エレベーターは暗い所にあるでしょ」彼女は云った。「だからキットあの子には何かゞ見えるのよ。背が低いからズット床に近いでしょ。格子戸の影が私達に見えないような模様になるのかも知れないわね。あの子、影が怖いのかどうか判らないけど、あなたも何か云ってやったほうがいゝわ」

　初めのうちピーターは怖がるより面白がっていた。そのうち、彼の学説が、進化しはじめた。もしあの影がお父さんがいない時に限って現われるんなら、あれはお父さんのかも知れない、ということになりゃしないか？お父さんの筈だ。いや、お父さんでなきゃならない。ピーターが、意識下の領分で信じたこのことは、説明し難かっただろう。だが、想像上の目的のために彼は敢えて信じた。そしてその人影を〝エレベーターのパパ〟と名づけるようになった。

　エレベーターの中にパパがいるというアイデアはピーターを怖がらせた。そしていつも

だれかがエレベーターに

L・P・ハートリイ
島内三秀・訳

うろついていたエレベーターのまわりが、おっかない場所になってしまった。

　クリスマスが近づき、ホテルはモミの木を飾り始めた。エレベーターの前の、階段の降り口に吊り下げられたのは、ヤドリギの束だった。モードン氏に、ある考えを思いつかせたのは、このヤドリギだった。

　モードン父子がその下に立ってエレベーターを待っていた時、氏はビーターに云った。

「ママが云ってたが、お前はエレベーターの中の、居もしないものが見えるそうだね」

　氏はその気はなかったのだが、声は責めるように響いた。ビーターは縮み上がった。

「うゝん、今は見えないよ」彼は必死に云った。「ほんとに時々なんだよ」

「いつも見えるってママは云ってるよ」父親は云った。また、思いがけなく厳しい☆

☆調子になってしまった。「それでだ。パパがそいつを何だと思ってるか、知ってるかい？」
　こわがって喘ぎながらビーターは叫んだ。

「云わないでったら！」

「どうして。バカな子だね」父親は冷静に云った。「知りたくないのかね」

　臆病が恥づかしくなってビーターは、考えていた事を云った。

「モチロン、サンタクロースさ！」

　そう言ってしまってから彼はホッとした。

「でも、サンタクロースさん、煙突から下りてこないのかな？」彼は尋ねた。

「それは昔さ。今は違う。エレベーターに乗って来るんだ」

　ちょっとヒーターは考えた。

「今年はサンタクロースになってくれる？」彼は頼んだ。「ホテルにいるけども」

「なるよ」

「エレベーターで降りてきてくれる？」

「いゝとも。降りるためにあるんだ」

　こんなことがあってからヒーターは、格子戸の向うの影のような乗客を見ると、楽しくなった。サンタクロースは誰もいじめる筈はない。たとえそれがパパと同じ人であっても。

　今や彼はそう信じていた。

　まだ六才にしかなっていなかったが、二度のクリスマスイブを思い出すことが出来た。パパはサンタクロースのなりをして、ステキなスリルだった。今度のイブは待ち切れないぞ！　エレベーターの隅から出て来たオバケが、とうとうホントになるんだ。

　だが、あゝ！　クリスマスの二日前に、エレベーターは故障してしまった。地階から五階までの、六つのドアハンドルのどれにも〃故障〃と注意した札がブラ下がっていた。

　ヒーターは人並みに大声でブツクサ云った。でも、誰にもわけを云わなかったが、こっそりエレベーターがもう動かないのを喜んでいた。そして自分の部屋まで四つも階段を上らなければならないのを、気にしなかった。

　その階段は両親の部屋に面していて、昇降口にはドアもついていた。昇り降りの途中でエレベーターの職人達に出逢った。どの階でいつ働いているのかは、分らなかった。故障についてのホヤホヤの情報を聞いた。おじさん達は残業しなきゃなんねえ。だから御同様に、仕事の上がる時期は気になるさ。時々、ピーター達はとてもぞんざいな口を、利き合った。

いつも、いつ出来るの？　と訊くと、彼
「遅くともクリスマスイブ迄にはな」と、彼等は答えた。

ピーターは疑わなかった。彼にとって、職人達の云う事はゼッタイだった。エレベーターを支配している秩序ある法則を、中断させる魔力を持っている職人達の云う事は。

見ろ、エレベーターを開け放しにして、あの恐ろしい穴の上下で、お互いに叫び合ってる。ホテルに他のお客がいるなんてことなんか、てんで気にしないんだ！　お言葉を下さるのは、たゞ僕にだけなんだ。

クリスマスイブが来た。朝が過ぎた。午後が過ぎた。だが、依然としてエレベーターは動かなかった。職人達は額を寄せ合って、慌たゞしく修理を続けていた。ピーターがベッドへ行きながら「お休みなさい」を云ったのに振り向きもしてくれなかった。ベッド！

クリスマスデイナーまで起きていさせて、と、また一度頼んだのに。ピーターは云った。サンタクロースがくるまで眠れないの、分ってるんだもの。彼は職人達のうるさい叫び声を聞き、いつになったらハンマーの音がやむのかしら、と考えながら目をあけて横たわっていた。そして、喧騒が鎮まると眠りにおちた。

夢みながら、しばらく漂っているように感じた。真夜中の筈だ。違う。何故なら両親が、デイナーを食べに下へ降りてもいゝと、とうとう承知したのだから。さあ、時が来た。

禁じられたエレベーターから眼をそらしながら、彼はそうっとおりていった。ホールには柱時計があった。しかし停っていた。食堂にはもう一つ時計があった。だが、その食堂へ敢えて一人で入って行くのか？　誰も守ってくれるものもなく、皆で見つめられる食堂へ。

彼は侵入した。そしてそこにあったテーブル―勝手に坐るといつも怒られた―に、お母さんを見た。お母さんもピーターを見た。そして怖い顔もしないで、スイスイとテーブルを縫って歩いてきた。

「坊や」彼女は云った。「どこにいってたの。誰も知らなかったわ。こゝにいたのね！」お母さんに連れられて、ピーターは腰を下ろした。「パパもいらっしゃるわ。二、三分したら」その二、三分が経った。突然ものの凄い音がした。その音は奥の方かららしかった。多分、調理場からだったろう。微笑が、テーブルの人達の顔に泛んだ。傍のテーブルにいた男が笑って云った。「何か階上にいるんだ。誰か行って見ろ！」「何だろ？」

ピーターは囁いた。昂奮しすぎて大きな声が出なかった。「誰かやられたの？」

「まあ、そんなことを。坊や、誰かゞお盆を落しただけよ」

ピーターにとってこのことは、クライマックスのぶちこわしのように思われた。こんなつまらない事故で、万雷の拍手に迎えられる筈のパパの登場が、メチャクチャになるなんて。彼は、お父さんがサンタクロースに扮装して入ってくるのを、疑わなかったのだ。不安が耐えられない程高まった。「ホールへ行って、パパを待ってもいい？」お母さんはためらった。それから、いゝわと云った。

ホールは淋しかった。ポーターさえ居なかった。これでいゝんだろうか。ピーターはいぶかった。もしエレベーターの傍で待っていたら、欺されるんじゃないか、それともワッと、おどかされるんじゃないだろうか？　魔法というものには、背いてはならぬ法則がある。しかし今やピーターは、エレベーターの前のお馴染の場所にいた。そして、ボタンを押せば、エレベーターは降りてくる。

彼は押してはいけないのが分っていた。禁じられていた。もし押せば、お父さんが怒るということが分っていた。

しかし何も起らなかった。エレベーターは降りて来なかった。何故だろう？　誰か不注意な人が、ドアをしめるのを忘れたのだ。〃エレベーターをいたづらする〃と、パパが云っていたっけ。多分、職人が忘れたんだろう。家へ帰るのを急いで。することがたった一つだけある。どの階のドアが開けっ放しか見つけるんだ。そしてそれを閉めるんだ。

開けっ放しなのはピーター達の泊っている階だった。そして、黒々とした穴が開いていて、その中を見下ろす勇気がピーターにはなかったけれども、エレベーターがそこに停っていないのも夢の中では不忠議に思わなかった。ドアがカチリと鳴った。彼は意気揚々となった。その気分が浮き浮きとさせた。彼はボタンを押して一階へ戻った。機械が、その一押しに応じた時、今迄に知ったこともなかったゾッとするような力が、身体を貫いた。

だが、どうしたことだろう？　エレベーターは下から上ってきた。上からおりて来なかった。それに、天井がどこか変だった――ギザギザの穴があいて、光がさし込んでいた。

でも、あの人影は見慣れた隅にあった。そして今度は消えなかった。まだ消えない。十字に交差した、迷路のような格子を通して、ピーターには見えた。白く縁取りをした赤い服を着て、赤い頭巾を被った人影だ。パパだ、サンタクロースだ。

エレベーターのパパだ。だけど、どうして僕を見ないの？　それにどうして白いヒゲが赤い縞模様になっているの？

ピーターが押すと、二枚の格子戸は巻き戻った。オモチャの数々が、お父さんの足許に散っていた。だがピーターには、それに手を触れることが出来なかった。赤過ぎたから。エレベーターの床同様に、赤くて濡れていたから。彼の頭を貫いて、脳味噌を引き裂いたギザギザの稲妻のように赤かったから……。

読者のみなさまへ

日本唯一の恐怖小説研究誌「ＴＨＥ　ＨＯＲＲＯＲ」第二号をお贈りします。

今号、デラメアの「なぞ」は短篇小説としても卓越した秀作で、その巧みな構成や近代的な感覚は、四〇年も前に書かれた作品とは信じがたいような、すばらしいものです。

「だれかがエレベーターに」も子供が主役の童話的な傑作。二作とも恐怖文学の代表作の一つとしてご観賞下さい。

巻頭の「インスマウスの影」創作ノートも貴重な資料で、古典的名作の原案をラブクラフト自身のメモ帖から転載したものです。今后も本誌では、恐怖小説の未訳の名作や、入手困難な資料類を、積極的に紹介する予定です。ご愛読を期待します。

なお（まことに申しにくいことですが）諸般の事情により一般ご寄贈先きには今号をもって送付を終らせて頂きたいとおもいます。一号、二号をごらん頂いてこれならとお考えの方は、どうぞ会費（五冊分五〇〇円）を事務局までお送り下さい。では、よろしく。

会員のみなさまへ

たいへん遅くなりました。二ヶ月に一冊の予定でしたが、経済的な事情などから、すっかり狂ってしまいました。今后もスケージュール通りに出ない場合があるとおもいますので、会費のほうは、一冊分百円として計算します。規程では一ヶ月五〇円で二ヶ月に一冊刊行ということでしたから、結局は同じ計算なのです。（同人は一冊分千円）

第一号をみて熱心な方々から入会のお手紙を頂きましたが、いぜんとして採算の合う絶対数にはほど遠く、大赤字の状態がつづいています。どうかお知り合いでホラーに興味をお持ちの方がおいででしたら、一言ご宣伝下さい。計算では会員が百名にならないと動きがとれないのです。三号雑誌に終らないようせめて十号までは頑張ります。どうぞ、よろしくご協力のほどお願いします。（事務局）

（同人）紀田順一郎・島内三秀・大伴昌司・光瀬　龍・田波靖男
（特別会員）柴田和夫・曾根平八郎
（会員）萩原啓一・大日方俊子・島田幾夫・宇野利泰・右原彰子・柴野拓美・井阪次男・星　新一・曾根興治・石田忠正・岡井吉隆・田村良宏・荒俣　宏・森　優　（二月現在）
（監修）平井呈一

次号予告　（第三号　五月初旬刊）

（初訳）
近代恐怖小説三巨匠の随一、ブラックウッドの異色傑作「異次元への扉」　紀田訳
未知の世界に消えた男ビアスが描く恐怖のムード「ある夏の夜」　島内訳
（長篇創作）連載開始！新しき恐怖の土壌をさぐる試作「夏の黄昏」第一回　大伴昌司
（資料）書誌、研究紹介など多数

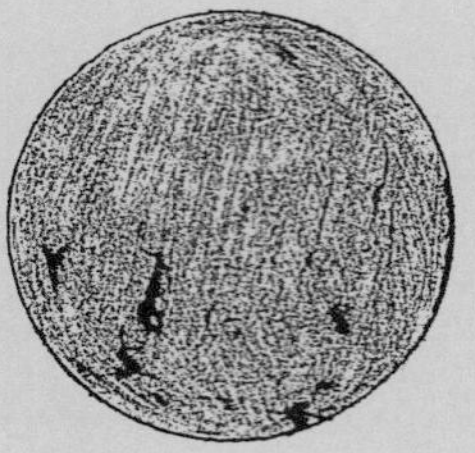

恐怖文学セミナー

HORROR

この小冊に関する御意見、御感想、御希望を
編集局までお寄せ下さい。
同好の士のご連絡もお待ちします。

（THE HORROR 第2号・1964年4月）

編集局・東京都大田区安方町7番地　池月荘・大伴昌司

本号・目次

THE HORROR

恐怖文学セミナー編集

黄金なす髪の乙女の祈り
罪びとのとがを浄めり
ときにアーモンドの枯木
花開き
幼な児の涙にて洗わるとき
家はしずまりて
カンタービルに平和来らむ

オスカー・ワイルド「カンタービルの幽霊」より

THE HORROR №3 1964年7月30日 © 編集・大伴昌司

オハイオの愛の女像

アドーブ・ジェイムズ／紀田順一郎・訳

ぼくの趣味を申そうならば、——こいつにはまったく一生を賭けているといってもよい——好色本の蒐集なんだ。

防火装置をこらし、盗難予防をくふうした書斎には、一万五千冊の好色本が揃っている。その多くはキリスト様の昔からあるというしろものさ。まったく、こいつらを蒐めるには手がかゝった。延べ二百万マイルを渉猟したあげく、大枚三千五百万ドルがとこ、すっちまったんだからなあ。

ところで、それと同時にぼくはいわゆる好色芸術というものにも、ご趣味をお持ちなんだ。くだらないって？いや、どうして君、この手のものは金がかゝるんだよ。たとえば、だ！　かってぼくはカンボヂアの洞穴壁画を、まるごと剝がして荷造りし、地球を半周させてニューヨークの拙宅まで運ばせたこともあるんだ。いまじゃ、ぼくの書斎の宝になってるがね。ちょっと汚れを落して、適当にライトをあてると、その壁画の穏された部分がうかびあがる、という寸法。誰かが書斎に入ってくるや、薄暗い光が徐々に明るくなり、それにつれて何百というパネルに描かれた、ありとあらゆる愛の姿態が、めくるめくばかりに映し出されるという仕掛けだ。こいつがあまり実感があるもんで、見学にくる物好きは異口同音に、長く見てると動き出すようだ、なんて言い出す始末さ。

なにゆえこうゆうものに夢中になるのか、といえば、理由は簡単、好色芸術こそ人類の歴史を通じて終始一貫、まったく変らずに伝承されているものだからさ。英雄も救世主も、来たかと思えば去る。文明、人種、国家は興亡常なく、宗教・政治・道楽の類いも生まれたと思う間もなく、歴史の塵芥の中に沈んでしまう。忽然と山や砂漠が現われたかと思うと、次には海が押しよせてさらっていく。そうだ、たったひとつ永久不変のものと言えば、エロティカだけさ。

メソポタミヤ、エジプト、アナトリア、フエニキア、ペルシャ、インド、中国、日本、オーストラリア、ポリネシア、アフリカ、ギリシャ、イタリー、そしてアメリカ……と、どこを見ても君たちは、このエロティカの不滅性に気付くだろう。それは結局のところ慰安性ということに尽きるだろう。

また、よく質問されるんだが、いったいワイセツと好色芸術とどこがちがうんだ、ということだ。これには答えは存在しない。そういう質問をする奴には、はじめからどんな回答も理解できない。せいぜい言えることは、ワイセツ物はワイセツ物、という程度だ。好色芸術は……そうよ、好色芸術にちがいない。そのちがいは、灘の生一本とドブロクほどもあるんだ。アメリカの法律屋どもの中には、この相違が呑みこめぬ救いがたい馬鹿ものが居るが、まったく残念だよ。

　例の、オハイオ州の「愛の女像」事件、あれを見ても、いまぼくが言ったことがよくわかるだろうと思う。

　ぼくがはじめてその彫像のことを知ったのは、ニューヨーク駐在・トルコ公使館員のアリ・S・レーイムからだった。どうやって彼が一件を嗅ぎつけたのかは知らない。とにかく彼は同病憐れむ者のよしみで、ぼくに教えてくれたというわけだ。

　忘れもしないあの晩のこと、アリとぼくと、もう一人の友人ハロルド・カボットがクラブで夕食をとっていた。ハロルドは最近手にいれた沙翁のソネット本について自慢していた。それは世界に七部しか存在していないものだが、実はぼくが二部持っているということを、控え目に教えてやった。——いや、話が脱線した。アリがわれわれ何か気がかりなことでもあるようで、われわれ話も聞いていないようだった。ハロルド先生、いささかムッとして、

「ところで、アリ君よ、あんたこのごろ何か堀り出しものがあったかね」と、辛辣な口調で言ったものだ。

　アリが溜息をついたとき、その巨軀は大きく震えた。

「なにもないよ。つまらん話さ買おうとしたら……売り物じゃないといわれてね」

　たちまち、ぼくの蒐集家としての本能は、風のまにまに漂ってくる何物かを嗅ぎつけた。ちらとハロルドをみると、奴は何も気ずかずに、蒐集家に必要な嗅覚神経というものには、あいにく持ち合わせがございませんてな顔をしていた。

　アリは胸の痛みに耐えかねるように語りだした。

「あいつは、たちの悪いイタズラかもしれないが、とにかく、オハイオのアンボイなんていう田舎に、値打ち物があるなんて、ちょっと信じられんだろう。もちろん俺は出かけてった。情報をもってきたやつが信用できる人間だったもんでね。まったくアンボイの住民ときたら、わがトルコのアグリ・ダギ地方の住民と、いくらも変らんようだった。ともかく住所は聞いておったので、畑を横切り、お話にならないほど汚ならしい豚や鶏をかきわけて行くと、その家にたどりついた。ノックをしたが返事はなし。もういっぺん叩いてみたが、あたりはしいんとしている。そこでおれはかまわず納屋へ入りこんでみた」

　アリは煙草を深く吸いこみ、眼を細めた。

「——あったんだよ！」

「なにがあったんだ？」ハロルドが我慢しきれなくなって呼んだ。

「オハイオの愛の女像さ。——その美しさ、何という美しさ、完全さ。三人の女が粋なポーズをとって、ビロードのベッドの上に横たわっている。そのうちの一人ときたら、脚をこんな具合にして……」とアリは自分の手を使って説明を補足した。その彫像はかれこれ六、七十年もたっており、カララ産の大理石に似た材質の上に、マンチエイリ派の画家による採色が施されてあった。その表情はといえば、閉ざした唇は欲望と情熱を秘め、はち切れんばかりの胸といい、すんなりとのびたふくらはぎといい、そのすべてが信じがたいほどの官能美にあふれていた。

「おれはしばらく身うごきもできなかったよ」とアリは汗をかきながら語った。「これでもおれはアジャンタの第三十窟も見ている。破壊される以前のアギーナ・アフロディトの納骨堂も見ている。ロートレックやゴーガンのすごいやつも知っている。ところが、このオハイオのやつと来たら、……もうそんなものとは比較にならない」と、ここでアリは声を張りあげた。「おたくの壁画とくらべてもね、アンドリュー君」

「続けたまえ」とぼくはおだやかに言った。心中ひそかに、大したものじゃあるまいとタカをくくりながら、そのくせオハイオまで何時間で行けるだろう、なんて考えていた。ハロルドは意味ありげに沈黙していた。やつも競争に加わるというのか？

アリは顔をしかめて言った。「おれはその彫像にさわろうとして一歩ふみ出した。とたんにカチリと鉄砲の音がした。驚いてふりかえると、薄汚ない、血走った眼付きの、汚れた前掛けをしたやつが立っているんだ。無言だったが、その銃がすべてを語っていた。おれ達はそうやって二、三分睨みあっていたが、やがておれは言った。

〃私はアリ・レーイムだ。ニューヨーク駐在のトルコ公館員だ〃

　そう言って身分証明書を見せてやったが、やつは目もくれなかった。おれは、やつの彫像を賞め讃えた。反応なし。それから、おれは幾らで譲ってくれるかと聞いてやった。

　やつは始めて口をひらいた。陰惨な幽霊みたいな声だった。

〃あれは売り物じゃねえ。けえれ、でなきあぶち殺すぞ〃

　こっちは脅されて引っ込んでもいられない。もう一ぺん取引をしようと思って、

〃これくらいじゃどうだね……え、……二万五千ドルだ〃

　奴は首をふって銃をかまえた。そいつはおれの胃にさわった。

〃十五万ドル！〃

　おれは呼びながら納屋から退却しはじめた。やつは怖しい声でもう一ぺん言いやがった。

〃売り物じゃねえ！〃

ここでアリは聴き手を見た。「おれは誓っていうが、やつはキ印だよ。世界史上最も天才的な、多分最も偉大な彫刻家だが……しかしキ印だ。やつは永久に売らないだろう。というのも、翌朝おれは十六万五千ドルの小切手をもって、出かけていったんだ。やつはおれの頭を狙って発砲しやがった。一週間まえだ。あれ以来夜も眠れない。あの美しい彫像、鶏小屋で埃をかぶってる女像……」

　とつぜんハロルドが、なにか頭痛がするとか言い出して、まるで駈け出すように部屋からとび出した。ぼくも、アリに対して無作法じゃないかとは思ったが、その後を追うようあわただしく逃げ出した。

　畜生、ハロルドなんかに出し抜かれてたまるものか。よし、こちらはジェット機を雇えばいいんだ。アリに別れて三時間のち、ぼくのジェット機は早くもオハイオ州レバノン空港に到着していた。それからあと四十五分で、目的地にたどりついてしまった。

　汚ない道をたどって、その家を目指した。冷たい風が、とうもろこし畑の切株を吹きぬけた。真夜中をかなり過ぎていたが、二階には灯りが見えた。家は腐れかかっていた。玄関に放っぽりだされた椅子からは、まるで魔女の髪の毛みたいにスプリングがとび出ていた。強い風が蝶番の壊れた扉をバタバタさせ、屋根に貼りついた紙をピラピラさせていた。

　ぼくはノックした。

　しばらくたって、家の中に足音がし、ドアが音を立てて開くと、そこにアリが言ったとおりの彫刻家が立っていた。背が低く、汚れて、いやな臭いがした。アリが言うとおり、陰惨な感じの男だ。

　ぼくは自己紹介してから言った。「彫刻を拝見にまいりました」

「とっと失せろ！」男は言った「あれは売り物じゃねえ！」

　男の顔は敵意まる出し、手には一挺の銃とおいでなすった。

　こっちは予想どうりだから、あわてることはない。まあまあという具合に手をあげて、

「わかっているよ。あれは芸術作品だからね。天才の作品だ。値段のつけられないものを、取引の対象にすべきじゃないと思うよ」

　こんなセリフは陳腐だ。しかし効目があった。男は呆気にとられ、怒りは宙にとまどった。顔をちょっとかしげて、

「おめえ……あんたは……あれを持っていこうとしてんじゃねえのかい？」

「持っていくものか」ぼくはうそをついた。「ぼくはただ、美と完全さとを聞きつたえて、その作者に敬意を表しようとやって来ただけだ」

　まともな人間なら、こんな歯の浮くような言い草は受けつけまい。ところが男は、ぼくの言ったことよりも、声の調子に聴きいっているようだった。

　やがて彼は銃口を下した。涙があふれ、鷹のような鼻の両わきを流れおちた。

「みんなが、おれのかわいいやつをふんだく

男は絶望的にぼくを見た。もはや疲れきったといいたげだった。

　そんなことにはおかまいなく、ぼくは男の肩に両手をまわした。「そんなに美しいものなのかい？」

　男は防風ランプをとると、納屋に案内した。「目をつむって」と彼は言った「夜は採光に注意せんといかんのでな」

　あゝここに真の鑑定家がいる、とぼくは感動した。彼はいかにして芸術作品から最上のものを享受するかをよく心得ている。彼はちょっとの間、ごそごそやっていたが、すぐに、恥しそうに命令した。

「目をあけて」

　光は影像の上に流れていた。息がとまった。官能の波が、腹の真中に一発げんこを喰ったかのように押し寄せてきた。ぼくの蒐集すべてを見廻しても、こんなに凄いのは一つもなかった。ぼくの情熱の行きつくところが、ここだったんだ。これこそが、ぼくのコレクシヨンのクライマックスでなくて何だろう。かくも強烈な美と、かくも性的にリアルな代物は見たこともなかった。これからも見ることはないにちがいない。

　おわかり頂けるかな。もっと若かった時代を思い出してみても、この影像に感じたほどの胸のときめきを覚えたことはついぞなかった。ぼくの口は欲望に乾き、心臓は檻の中のけものよろしく、今にも跳び出しそうに喚き立てた。どのくらいの間、そこに立ちすくんでいたかも覚えていない。しかし、とにかくやっとの思いで分別をとりもどしたんだ。

　この影像を手に入れるためなら、ぼくは何百万でも、いや魂さえ売りとばしただろう。ぼくはこの作者を憐んだ。なぜなら、だれでも躊うことなく、この男を殺すことを考えるだろうからだ。

　ぼくは口を開いた。そして、この陰気な、偏執狂の頭の中に、ぼくが信用できる人間だということを納得させようと、苦しい努力を続けた。ほとんど一時間もかけて、この世には、いくらでも泥棒がいるという事実を叩きこんだ。ついに彼は泣きながら、疲れ果てて隅っこにしゃがんでしまった。おびえて目を見開いた子供のようだった。さあ、クーデターの時がきた。ぼくは唇をなめてから、とどめをさすように言った。

「もちろん、もし君がこの場所を好まんなら…もし、この影像を秘密の場所に隠しておけるなら…そこで君は守衛になればいいんだ…」

　男はとびあがった。「それだ、それだ！　さあ隠そうじゃねえか」

　ぼくは首をふった。「いいや、この近くじゃやつらは嗅ぎつけるぜ。しかし…ぼくが場所を探すとなれば…かなり遠いが…ニューヨークとか…」

　男は膝ずいて、ぼくのズボンの裾をつかんだ。

「おねがいだ、どこか隠し場所を見つけてく

掲載作説解説

「オハイオの愛の女像」

(The Ohio Love Sculpture)

作者アドーブ・ジェイムズについては詳細がわからない。テキストは、ヴアン・サル編の「ホラー・ストーリーズ」第四集（六三年刊）にとつた。従つて、米国産の比較的新しいユーモア・ホラーである。とだけ言つておく。


「ムーンライト・ソナタ」

(The Moonlight Sonata)

アレキサンダー・ウールコット（一八八七—一九四三）は米国の作家、新聞記者、批評家である。本国では高く評価されている文人であつて、選集がポータブル・ウールコット（ヴアイキング版）にあるほどである。悟談の代表作は、ほとんど「ローマが燃える間に」（一九三四）に収録されており、中でも好評なのがここに訳出した一篇であつて、各種のアンソロジイに採用されている。他に有名なのは「たつぷり五ひろ」という、悪魔を扱つた掌篇である。


「とびら」

怪談の雑誌といえば、ブラックウッドを無視するわけにはいかない。一八六九年ロンドン生れ、狂心的なキリスト教徒たる父親と、

れ、たのむ！」

「あゝ、よしよし」とぼくは、あたかも思いやりのある判決を下すかのように宣告した。

「秘密の美術館にかくすようにしてあげるよ」

男の眼がちょっと細くなった。ぼくはつけくわえた。「もちろん、君が昼夜ぶっとうしに番をするんだ。あれは君のものだからね」

ここにいたって、男の警戒心はすべて消しとんだらしい。

荷造りは夜明けに終った。用心しながら農場のボロトラックに積み込んだ。彼が運転をして七十二時間後に、ニューヨークに到着することになろう。

つぎの三日間は、ぼくにとって永遠とも思えるだろう。しかたがない、ぼくが運べば、彫刻家の疑念を高めるからだ。最後に灯りを吹き消したとき、かすかな朝の光が女の顔にあたっているのが見えた。心なしか、幸わせに微笑んでいるようだった。ぼくらはそれに毛布をかけ、綱でしっかりゆわえた。
二、三分後、ぼくは彫刻家に別れをつげてニューヨークへ帰った。つづく二、三日は熱病にかかったような具合だった。赤いビロードを張ったローマ風の寝台をあつらえ、美術館に据えつけた。絵のある壁から離れること、約二十五フィート、ここならぼくの客が魂消げてぶっ倒れてもかまわないだろう。
電話が鳴ったとき、ぼくはてっきり彫刻家からだろうと思って、とんで行った。

ハロルド・カボットだった。声がちょと変であった。

「君にお祝いを言いたくてね」

「あゝ、もう聞いたのかね」ぼくは幸福感と誇りを押えようと苦労した。

「おれが着いたときにゃ彫刻家は行っちまったあとさ。また君に遅れをとったよ」

ぼくはハロルドを憐んだが、彫刻家が見つからないうちに出てくれてよかったと思った。

恐しい予感がぼくを打ちのめした。ハロルドがこんなことを言った。

「君にはただお気の毒さま、と言いたいだけだ」

「お気の毒さまだって？　いったい何のことだ？」

「今朝の新聞を見てないのかい？」

「いいや！」ぼくののどは急に痛み出した。

「やつら、ぼくの彫刻に手を出しやがったのか？」

ハロルドは長い間沈黙していた。ぼくには彼の息ずかいが聞えた。やっと彼は形容できないような悲痛な声で話し出した。

「どの新聞にも出てるさ、第一面にね。彫刻家とオハイオの愛の女像事件。交通事故の車中から、警察は彫刻を発見ー」ここで彼は声をひそめた。

「アンドリュー、やつらはー警察は、彫刻をこわそうとしているぜ」

「こわす？　神よ！　それはいかん！　そんなことさせるもんか！　あれはワイセツ物じゃない、警察はどこだ？　ぼくは出かけて行

マンチエスター公爵の未亡人を母として厳格な少年時代を過し、その反動から青年期には心霊術や魔術に親しんだ。その后各種の職を転々として人生のどん底を経、三十七才のとき処女作集「空屋」を出し、以后四十六年間に怪談ばかり二百十余篇。質量ともに近世三巨匠のナンバーワンである。

一九五三（？）年八十三才で逝去。わが国でも短篇の代表作たる「猫町」「犬のキャンプ」「柳」「秘書奇譚」「秘密礼拝式」が訳されているが、とくに心霊界のホームズを狙った「ジョン・サイレンス」シリーズが、その怪奇への分け入り方において一頭地を抜いている。

本号に紹介した一篇は、比較的晩年の作とされるが、作者特有の四次元への関心と、心霊的な扱いが端的にあらわれているが、それよりもSF的な材料を、がっちり怪談のステージにおいて捉えた腕を見ていただきたい。短篇の技巧を味うのにもよい。なお、テキストは、ピーター・ネビル社の紙型をチエッコスロバキヤで印刷させ、ロンドンのスプリング・ブックスというところが出した珍本を用いた。

って、責任者に面会して——」

「だめだよ、アンドリュー。そんなことしたって何にもならない」

「どうしてだい、この阿呆、彫像は芸術なんだぞ！　わからないのか！」ぼくは金切り声をあげた「あれは芸術だ、破壊することは許さん。ぼくのものだ、そしてあの彫刻家のものだ！」

ハロルドが何か言った。その声は遠くの方から、気の抜けた調子で聞えてきた。そして、ぼくの心に何か黒いものが忍びこんできた。

ぼくが何も言わないので、ハロルドが今言ったことをもう一度くり返した。

「彫刻家だって？　いやちがうよアンドリュー。——あの男は彫刻家じゃないんだよ、剝製師だったんだ！」

前号で全集叢書類を紹介したから、次はアンソロジイである。海外に於てはテーマ別の分類も行われているが、日本のものは良くて通り一ぺんの見本市式、悪く言えば思いつきの羅列にしかすぎぬものが多い。

ここでは、現在、多少なりとも価値のあるアンソロジイを内外にわたって紹介する。戦前絶版のものは、マニヤにはいざ知らず、まず興味がなかろうから原則として省略した。

日本篇

日本といっても、日本の現代作品をあつめたものは一つもない。日本訳を集めた海外作品集というので、情ないことである。

①「幻想と怪奇」全二巻、十八作品収録。当時三六〇円。早川書房一九五五・八月刊。

これはポケットミステリの二六七——二六八として出たもので、当時編集にあたった都築道夫氏のうんちくを傾けた佳作である。作品選定といい、訳といい、今日でもこれを凌駕するアンソロジイはない。解説は十年前のものだから、資料として不正確になっている。この9年間に、もっといろいろのことがわかっている。この点を除けば、国内ものでは第一に推薦できる。改定版をのぞむ。

（内容）上巻・緑茶／レ・ファニュ、上段寝台／M・クロフォード、人間嫌い／ベレスフォード、魅入られたギルディア教授／ヒチエンズ、アムワース夫人／ベンスン、柳／ブラックウッド、パイプを吸う男／アームストロング・下巻・ルクンド／ホワイト／マクスこの人形／ビアース、猿の手／ジェイコブズ、人形の家／ジェイムズ、ダンウイッチの怪／ラヴクラフト、胸の火は消えず／シンクレア、開いた窓／サキ、ハロウビー館のぬれごと／バンクズ、ビールジーなんているもんか／コリア、蛇／スタインベック、ミリアム／カポウティー。

②「世界怪談傑作集」別冊宝石一〇八号、宝石社、一九六一・十刊。十八作品収録。

ゾッキになってやっと売り切ったほど評判は良くなかったが、これはなかなか貴重な作品が入っている。「宝石」の増刊のなかでは一番値打がある。将来は高くなるだろう。

（内容）ビールジーなんているものか／コリア、秘密礼拝式／ブラックウッド、マグナス伯爵／ジェイムズ、子供にはお菓子を／ブロック、怪毛／アラン、アムワース夫人／ベンスン、噛む／バウチャー、ダンシング・パトナー／ジェローム、牝猫／ストーカー、遙かなる隣人たち／ダンセイニ、考える機械／

ビアス、開いた窓／サキ、ハーボットル判事／レ・ファニュ、井戸／ジェイコブズ、故エルヴシャム氏の話／ウェルズ、啞妻／バーク、冷房装置の悪夢／ラヴクラフト、アメリカから来た紳士／アラン。

③「世界怪談名作集」岡本綺堂編、一九二九年八月刊、十七作品収録、改造社。

戦前のもので、いまでも古書店の人気ものである。バラ売りではめったに買えない。内容は大したものではないが、選択に時代色が出ていて、骨董的な面白さがある。

（内容）（原文のまゝ）貸家／リットン、スペードの女王／プーシキン、妖物／ビヤーネ、クラリモンド／ゴーチエ、信号手／ディッケンズ、ヴヰール夫人の亡霊／デフォー、ラッパチーニの娘／ホーソーン、北極星号の船長／ドイル、廃宅／ホフマン、聖餐祭／フランス、幻の人力車／キプリング、上床／クラウフォード、ラザルス／アンドレーフ、幽霊／モウパッサン、鏡中の美女／マクドナルド、幽霊の移転／ストックトン、牡丹燈記／瞿宗吉。

④「SFマガジン・一九六一年九月増刊・怪奇恐怖特集号」十四篇収録、早川書房、絶版。

「SFマガジン」か、SFならぬ普通の怪談集を出し、しかもそれが当って同誌飛躍の一因となったという、記念すべきアンソロジイ。厳密にはアンソロジイと言えぬかもしれぬが、ここにはスタンダード・ナンバーや、新しい傑作が含まれているのが見逃せぬ。

有名なものでは、コリアの「特別配達」、ディケンズの「信号手」、ウェルズの「赤い部屋」、ホジスンの「闇の声」などがあり、新しいものではブラドベリの「死人使い」、ブロックの「影にあたえし唇は」などもあるが、なんといってもこの号の話題をさらったのはグルーバーの「十三階の女」であった。

他に外国作家四篇、日本作家三篇にあわせて、「銀幕のお化け紳士録」（岡俊雄）など。

恐怖小説アンソロジイの展望

紀田順一郎

⑤「SF・マガジン・一九六二年九月増刊・特集・恐怖と怪奇」十二篇収録、早川書房

前年の増刊に気をよくして、同じ柳の下のどじょうを狙ったが、どうやらパッとしない出来に終った。内容のうち目ぼしいものは、「泣き呼ぶ女」ブラドベリ、「死よ驕るなかれ」ウールリッチ、「熊人形」スタージョン、「ブロンドの犬」ストウメン、「灯」クリスティ、「葬式」マテイスン、「生えてくる」ワンドレイ、「骨」ウオルイハム、「幽霊ステーション」ワットナー、などに創作が「岬の女」石川喬司、「夜の声」星新一、ノンフィクションと称する「吸血鬼、わが告白」ヘイグがサービスだが、いささかマユツバくさかった。

エッセイは「英米の幽霊屋敷」田中潤司、「私の出会わなかった幽霊たち」都筑道夫のほかに平井呈一氏の「海外怪談散歩」が載っている。

（付）「怪談奇譚名作集」近世物語文学第6巻、雄山閣一九六〇年六月刊。三〇〇円。

江戸時代の読本をあつめて、自由訳したもので、内容豊富な点はいいが、どこまで権威があるかは疑わしい。これもゾッキ本だが、読者は正直なもので、この怪談篇は冊数が少ない。現在ではゾッキ価では買えない。

内容、雨月物語／六篇、唐錦／三篇、伽婢子／十六篇、狗張子／十一篇、繁野話／四篇、恒根草／五篇、春雨物語／二篇、漫遊記／十三篇、英草紙／三篇。（未完）

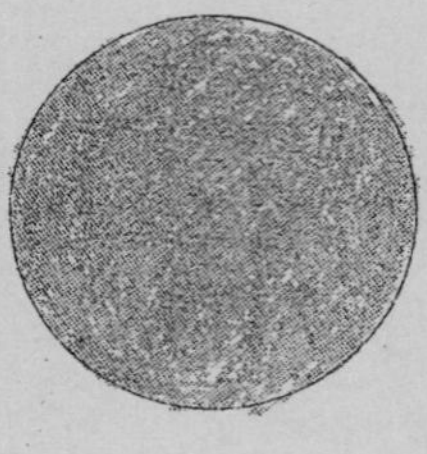

「どなたかいるかな」と、旅人は
月のさやかな戸を敲く。
馬はしずかに羊歯の床
森の下草食《は》んでいる。
鳥が一羽、
頭の上の物見から飛び立つた。
旅人はまたも二どめの戸を叩く。
「どなたかいるかな？」
だが、誰も降りてはこなかつた。
落葉が埋めた窓べから
身をのりだして旅人の、灰色の目を
のぞきこむ顔もない。
旅人は思案にくれてたたずんだ。
だがそのとき、この一つ家に住む物の怪《け》どもは、
人の世からのその声を
月の光りの静寂《しじま》のなかで
耳を澄まして聴いていた。
暗い階段にさす淡い月かげ
そこを降りればがらんとしたホール、
寂しい旅人の呼ぶ声に

聴いているもの

ウォルター・デ・ラ・メア

平井呈一・訳

おののき顫える夜気のなかに立つて、
ものの怪どもは、耳をすまして聴いていた。
旅人はわが呼ぶ声に
あたりが素知らぬ顔して静まり返つている
のが気になつたが、
馬の方は、木の葉がくれの星空の下で
もぞくざ芝を食べている。
たちまち、旅人は戸をドンドン叩くと、
声はりあげて、
「おれが来たのに、返事がない。おれは約
束を守つたと、そういうてくれ」
旅人のことばはひとことずつ、
静かな家の闇のなかに
木魂となつてひびいたが、
耳をすましているものは、
そよりと動きもしなかつた。
おや、旅人の足があぶみを踏まえた。
それ、石に鳴る馬蹄の音がきこえる。
やがて、かつかつと蹄の音が消え去ると、
静寂《しじま》は、汐のようにしずかにかえつてきた。

ムーンライト・ソナタ

この記録をこの英国で出版しようなどということにでもなったら、私はドギマギしそうである。「登場人物はみんな仮空の人物である」と、言おうか言うまいかと。というのは、英国の名誉毀損の法律はとても厳しい。だから、一寸ばかり困ったことになりそうだ、と思うからだ。

ほんとうは、登場人物の中に仮空の人間は一人もいない。それにクレメンス・デインからキャスリン・コーネルに、コーネルから私にと伝わった、このオハナシは、私の智識と信念にかけて、ある若い英国人医師の身の上に実際に起った出来事を、伝えていると断言出来るからだ。

その医者をオーバン・バラックと呼んでおこう。何故なら、本人はたまたまそんな名ではなかったからだ。

それは二年ほど前、彼がケントの古い友達を訪ねた時の、今まで報告されなかった始末記である。友達の名は、エラリイ・キャザレットとして置く。彼は昼間は、殆んどゴルフ場ですごし、夜のあらかたを物思いにふけってすごしていた。崩壊してゆく荘園の家の、跡取りに生まれた身の上にのしかゝる、いまいましい義務から、どうしたら逃れられるのだろう――と。

この邸はコンプトン・ウインイエイツにとっては、落ちぶれたイトコにあたった。チュードル朝風の赤い屋根瓦が、昼下りの太陽に照らされると、家は親しげなたゝずまいに見えた。そしてヘンリイ八世が、紅顔の少年だった時代から飽きもせず、冴えない鐘の音が、一遍に銅貨をバラ撒いたような音をたてゝ、時を告げるのだった。

邸の中ではキャザレット夫妻がブラブラと日を暮していた。そして、昔、贅を備して作られた庭園が、たった一人の庭師の手で、今も昔と変らずに夫妻を楽しませていた。

その庭師の名前だけは、危険を冒して本名を書こうと思う。こんなかぐわしい香りの花を、育てられる庭師が、ほかに居そうにないからだ。ジョン・スクリプチュアという名で、気違いの父親に、時々仕事を手伝わせていた。正気に戻ると、父親は閉じこめられている焼物を焼く小屋から、いつも引き出された。その小屋は、ケバケバしく装飾的に刈り込んだ、デラックスな、生垣のまん中にあった。

医者はステキなゴルフと、甘い夜長と、ついでに、彼の御趣味の一・二匹の幽霊を楽しもうとして、暇をみつけてやって来た。キャザレットに日どりを知らせる手紙にケント州・セブンオークス・バケモノ殿と、宛名を書いたのも、彼のあまり気の効かぬユーモアだった。

着いた時、邸の主は、ずっと遠くに出かけており、約束の時間になっても帰って来なかった。バラックは待たなかった。うさん臭そうに見ているセッター種の犬を相手に、たった一人で食事した。寝室は一階にあり、天井から床まで、美しい板張りだった。ヘンリイ四世の時代に、不注意な召使いが、黒ニスの鑵をひっくりかえして、スバラシイ彫刻に汚点をつけていたけれども。

代々、キャザレット家に嫁いだ藤色の衣裳の花嫁の、一人が持って来た持参金がいくつもの豪華な浴室に投資されていた。そして、その浴室の一つが、タンスを置いた寝室に改装されていた。そこにはたった一本、燭台が置いてあった。だが、満月の光は、風に鳴る窓硝子を通して、キラキラ差し込んでいた。窓には縦の仕切りがあり、カーテンを半分ほど引いてあった。

この、博物館みたいな部屋で、バラックは眠りにおちた。眼が覚めてみると、どのくらい眠っていたか、分らなかった。

しかし、部屋の中で、何かゞうごめいているような気がした。身を起すのに手間がとれた。だが、遂に彼は、床に落ちた月影の中に、こんもりと盛り上った人影をありありと見きわめた。そいつは、ドアの傍の

ウールコット／島内三秀訳

椅子にすわってうつむき、何かに没頭していた。そいつは手だった。いや、むしろ体全体が手だとも言えた。動いていた。不規則なコースを描いて、空をぐるぐると掻いていた。最初、見馴れぬうちは、髪をいっているような手つきだった。それから、バラックは気づいた。縫い取りをしている女の手の動きだ。ピンと張った、通し難い材料を通る針の動きに似て、手の動きは止ったり、スッと糸を抜くように素速く大きく動いたりした。

ギョッとしたこのお客様にとって、この動きは、今迄噂に聞いた幽霊のしわざのうちでは一番怖くないもののように思えたが、たった一つの考えだけが、頭を占領した。大至急に部屋から逃げ出そうと言うことだった。心が慌たゞしく状況を分析した。ホールへのドアは問題外だった。気違いが、邪魔していたからだった。少くともフラフラと揺れている腕のすぐ傍を、通らなければならなかった。ブラインドの窓から、下のトゲだらけの灌木の中へとび込むのも、ハダシで霜の凍てついた芝生を横切ってゆくこともムリだった。勿論、浴室があった。だが逃げ込んだとしても、他へ逃げられるドアがなかったとしたら、あまり愉快なことではなかった。

そんなことをいろいろ考えているうちに、彼はいつの間にか、呼吸も絶え絶えながら、だが妨たげられもせずに、回廊に達していた。ずっと向うの方の、玄関のホールに、輝くランプの光が見え、主の馬車がガタガタと正門に近づいて来る音が聞えて来た。

バラックが、慌たゞしく闇の中へ走り出て迎えると、キャザレットは大変喜んで愛想よく、やあ、と言った。そして寒い中を遠くまで出かけて腹がペコペコだから、すぐ食堂を襲撃にかゝろうと言った。たった今、恐ろしい目にあって、オドオドしていた医者は何も言わなかった。そこで、すぐ飯にしようということになった。ゆらめく燭台を高く挙げて、掠奪の一隊は台所を襲った。そして我が主は、冷えたローストビーフやチエダーチーズやミルクの、深夜食としての長所を、こまごまと述べながら、床の上　にかゞみ込んだ。いつも台所に、何か残しておいてくれる、年老いた婆さんの悪口を、愉快そうに喋りつゝ、今夜は何があるか探そうと、彼は身をかゞめた。すると、燭台が低く下がり、一生忘れられぬ、ある物を照らし出した。胴体だった。首がなかった。血まみれの肉切り包丁が横たわっていた。

「スクリプチュア！」キャザレットが叫んだ。その瞬間、バラックは思った。静かに燭台を、片手に握りしめると、彼は友達をひきづるようにして、果てしない家の中を、逃げ出して来た部屋へと戻った。静かにしろ、と手真似で注意しながら、忍び足で最後の一足を運んだ。そんな警戒は無駄だった。何故なら、部屋の中でまだ進行中の儀式にウットリと満足している男が、二人を邪魔しようとしなかったからだ。年老いた狂人は、ドアの傍の椅子を離れてはいなかった。膝の間に、――まだ殺した女の首を挿んでいた。丹念に、愉しげに、鼻唄まじりに動作をつゞけた。一本一本、女の白髪を抜いていた。

参考掲載

ビアス／ある夏の夜に

島内三秀訳

埋葬されているという事実も、ヘンリイ・アームストロングにとっては死んでいることにはならないようだった。つまり、彼は呑み込みの遅い男だった。・ホントに埋められてるんだぞ・感覚が証言し、それを彼に認めると迫っていた。

仰向けになって、胃の上で掌を組んで、簡単に壊せるかやって見た処で事態を好転さすことは出来ない物に束縛された彼の姿勢、窮屈な幽閉状態、闇黒、それに深い静寂、そういった条件が、ヘンリイに、自分が死んでいをかどうか思い回らせないようにしていた。だから、文句を言わずに、そう認めるより仕方がなかった。

しかし死んでいた―いや、たゞ、ひどいひどい病気だっただけなのだ。結局、仮死状態であり、見舞われた異常な運命に余り関心が無いと言った処だった。彼は哲学者でもなかった。たゞの平凡な男で、今迄のところ病理学に無関心だった。成り行きを恐れなければならぬ筈の、組織が冬眠に陥っていた。だから、これからすぐ先の未来に対し、特別な懸念ももたないで、眠りにおちていた。そしてすべてはヘンリイ・アームストロングにとっては平和だった。

だが、ある事が頭の上で起っていた。それ[illegible]の夜で、時たま、稲妻のかすかな光が、西の空に低く垂れている雲を静かに照らしながら、嵐の前兆を告げて閃めいていた。この、束の間の、とぎれとぎれの電光が、鬼気迫る明瞭さで、石碑と墓石を浮び上がらせ、踊らせているように見えた。信用できそうな証人なら、誰も墓場をうろつきたがりそうもない、そんな夜だった。だから、そこに来て、ヘンリイ・アームストロングの墓を掘っていた三人の男達は、割り切って安全と感じていた。

三人のうちの二人は、何マイルか離れた医大の学生だった。三人目は大男のニグロで、ジェスと呼ばれていた。ジェスは何年もの間、その墓地に雑役夫として傭われていて、どの墓の幽霊ともお馴染みさ、と冗談を言うのが趣味だった。彼がいまやっている仕事の性質から推察すると、どうもこの墓には、登録簿に載っているだけの人口は無さそうであった。

壁の外の、公道から最も離れた処に待たせてあったのは馬と、幌をつけた荷車だった。

発掘作業は難しくなかった。少しの間、墓をルーズに覆っていた土も、すぐ抵抗するのをやめてしまった。棺を取り出すのは、ほんの一寸骨が折れた。だが、それも済んだ。ジェスに手当をはずんでやらせたのだ。ジェスは注意深く釘を抜くと、蓋を取って傍に置き黒ズボンに白シャツという服装の死体をひき出した。

その瞬間、稲妻が光り、雷鳴の一撃がゴロゴロと夜気を震わせた。そしてヘンリイ・アームストロングは音も無く起き上った。訳の分らぬ叫び声をあげ、恐怖に駆られて男達は逃げ出した。それぞれ違った方向へ。この世の何物も、三人のうちの二人には、帰ってくるように説得出来そうもなかった。だが、ジェスだけは人間が違っていた。

灰色の朝が来た。心配と、冒険の恐怖で、蒼ざめやつれた二人の学生は、まだ激しく血管をドキドキさせながら、大学で顔を合わせた。

「見たか？」一人がわめいた。

「見たとも！　どうしよう」

二人は建物の裏手へ回った。そこには馬が

軽幌馬車に繋がれていた。その馬車は解剖室の扉のそばの、門柱につないであった。機械的に、二人は部屋に入っていった。薄闇の中の長椅子に、黒ん坊のジェスが腰をかけていた。ニヤリと笑いながら立ち上がった。白眼を剝き、歯を剝き出して。

「支払いを待ってたぜ」と言った。

長い台の上に、素ッ裸にされたヘンリイ。アームストロングの死体が、ぐったりとのびて横たわっていた。その頭は、くわの一撃で附けられた泥と血にまみれていた。

出版

小泉八雲作品集

平井呈一全訳

ラフカディオ・ハーン、すなわち小泉八雲の作品は、だれにも一度は読まれながら、愛読書とされることは極めてすくない作家である。これは、その文学の性質によるというよりは、はじめの出会いが、ごくつまらない環境、すなわち学校の英語教室で行われ、しかもごく一部のお伽ばなし的な性格の作品に限られているからでもあろう。これは不幸なことである。

もちろん八雲文学一般の問題として、その中心にある心霊感覚が、現代文学を追い求める読者などにはついて行けぬということもあろう。古く美しき日本の発見者という点からも、これは今日流行の文学に最も遠いものにちがいない。

しかし、このことがすなわち、八雲文学の非現代性を意味するものではない。それどころか、以上に述べた非流行性そのものが、逆に最も現代的な要求に応え得るということ、またそれだけの水易の実質を所有しているということが、八雲文学の価値であり、偉大さであると言えよう。今回の平井呈一氏による作品集の刊行は、そのことを確認するによい機会である。

選ばれた書目は後に掲げる通りであるが、とくに日本に関するものが網羅されている。この企画は賛成である。現代の若い読者が八雲に接する意味といえば、まだ知らぬ日本の姿に目を見はり、日常生活の中に再発見し、それをいつくしむ心情を芽生えさせることに尽きるからである。

八雲の描いたのは日本人の伝統的な心であった。心はひとりで保存されるものではない。八雲という、半ば西洋人の独自な感性によって、奇跡的に保存された心なのである。八雲、いや、ハーンという西洋人が存在したことは、日本にとってどれだけ幸福であるか、測ることもできないほどである。

平井呈一氏は、いわばその半生をハーンの飜訳紹介に努められてきた方である。ハーンへの傾倒、そのわけ入りの深さにおいて、現左右に出る者はいないといえる。

ここにのぞみうるかぎり完璧の訳者を得て、内容装釘ともに最高水準の八雲作品集が陽の目を見ることになったのは、われわれにとって大きな喜びである。（A5・クロース装。箱入り・毎月刊・定価一、八〇〇円）

◎「全訳・小泉八雲作品集・全十二巻内容」

第一巻・印象派作家日記抄　クリオル小品集　中国怪談集
第二巻・飛花落葉集　きまぐれ草
第三巻・第四巻・仏領西インドの二年間　チタ　ユーマ
第五巻・第六巻・日本瞥見記（上・下）
第七巻・東の国から　心
第八巻・仏の畑の落穂　異国風物と回想
第九巻・霊の日本　明暗　日本雑記
第十巻　骨董　怪談　天の川綺譚
第十一巻・日本　一つの試論
第十二巻・小泉八雲伝（平井呈一著）

　この三人　老いた物理学者と若い女、それにもう一人は彼女の婚約者である国教徒の青年が、いま郊外のとある邸の窓辺にたたずんでいた。カーテンはまだ降ろされていなかった。眼前にひらけた庭園のかなたには、松の林が黒々とそびえ、その頂は蒼ざめて二月の寒空に向って、くっきりとシルエットをつくっていた。いましがた止んだばかりの雪が、芝生や丘に降りつもり、満月の光に輝いていた。

「そうなんだ、あの森なんだよ」と老学者が言った。「しかも、五十年前のちょうど今日にあたるんだ。…　二月十三日、一人の男があの森の暗やみの中に消え失せてしまった。なんと言ったら信じてもらえるか、とにかくわれわれの眼前から消滅して…　どこか別の世界へ行ってしまったんだ。〃呪われた森〃と言っても、あなた方にはピンとこないだろうがね」

　と、彼は笑ったが、それがいやに思わせぶりな調子であった。

「いったいどんなことがあったのです?」と女が声をひそめて訊いた。「いまはちょうどわたし達だけですし、もしおさしつかえなかったら……」

　はたして彼女は好奇心をあおられたのだ。しかし、そう言いながらも、チラと婚約者を仰いだ眼には、なんとはなしに不安の色が浮んでいるようだった。

　一方、相手の婚約者は、そのハンサムな顔に生真面目そうな熱心さをうかべながら、老人の話に耳を傾けているようだった。

「この自然の中には」と老学者は、なかば自分に言いきかせるように言った。「空間のいたるところ、真空や谷間や陥穽をかくしているように思えるんだ。(こういう考え方について誰かが評したように、この学者の傾向が空想的、いや幻想的すぎるということがよく表われていた)…じつさい、三次元というものに対して、もう一つ高次の次元がある。

　それはボイルや、ガウスや、ヒルトンなども指摘しているとおりだ。ところで、もしきみに想像力というものがあれば、だが」と、ここで彼は青年に向きなおった。

「空間も時間も存在しない、もう一つの領域が想像できるかな。そのなかにある物体は、きまった形や大きさというものがないのだ。言いかえれば、いかなる形、いかなる大きさでもありうる。〈四次元世界〉というわけでね」

「あら、そういうお話は……」あまり漠然としすぎて、さっぱり理解できないとばかりに、女が遮った。「アーサーはもっと聞きたいかもしれませんけど。この人ったら、そういう妙なお話がとても好きなんですのよ」

　彼女は微笑しながら、しかしいくぶん不安そうに男によりかかった。ちょうど彼の魂を護ってやるんだ、と言わんばかりであった。

「それならお嬢さん、あの怖しい事件について話すだけにしましょうか。まったく、いっぺんに十も年令をとったように思ったものでしたよ……」

◇　◇

　その日も今日のように、よく晴れて寒い夕方だった。雪が降り積もり、月も出ていた。だれかが私の父に「森のなかから奇怪な物音と、人間だかなんだかわからぬが、叫んだり喚いたりしている」と、知らせてきた。

　父ははじめのうちこそ気にもしなかったが、私の妹までが同じことを言いはじめると、さすがに放ってもおけなくなった。そこで一人の男を調べにやることにした。

　明るい夜だったが、その男はカンテラを提げて行った。私たちはちょうどこの窓から、男が森のなかへ消えていくのを見まもっていた。…　すると、揺れていたカンテラの光が、とつぜんピタリととまった。そして、そのまま動かなくなったのだ。

　私たちは半時間もぼんやり待っていた。それから、忘れもしないが、父が興奮してこの部屋から出ていった。私たちも震えながら、そのあとを追った。

　男の足跡をたどっていくと、それはカンテラの傍らで途切れていた。

　最後の一歩は、およそ人間には不可能と思われるような大股であった。あたりの雪を見まわしても、往きの足跡のほかに何もなく、男は完全に消滅してしまったのだ。

　そのときだった。私たちは彼の悲鳴をきいたのだ。

…私たちの頭上に、背後に、前の方に、あらゆる方角から一時に、しかもどの方角からでもないような声がして来た。

　私たちは呼び返したが、彼は返事をせず、それどころか叫び声は、だんだんかすかに遠去かっていく。ちょうど、非常な遠方へ引っ張られて行くような感じで、とうとうその声はまったく聞えなくなつてしまった。

「それで？　その人はどうなりました？」と聞き手二人は同時に言った。

「還ってはこなかった。あの日以来、今日に至るまで姿を現わしていない。事件以来一週間か、一カ月ばかり間をおいて、彼がいまだに助けを求めている、という報告があった。やがて、そんな話も耳にしなくなり、それでも私たちは、耳の底に男の声がきこえるような気がしたものだ」――老学者は声をひそめて「これで私の話は終りだ。ほんのあら筋だけだったがね」と、つけくわえた。

　若い女は美しい眉をひそめた。とりとめのない話だったが、老学者の話しぶりが、いやに確信にみちていたものだから、失望しながらも、半ば恐怖の念にとらわれたのである。

「あら、ごらんなさい、みんなが帰ってくるわ」と彼女は救われたように言った。一群の人影が、松林の傍らを通り過ぎて、こちらに向ってくるところだった。

「さあ、お茶の用意をしなきゃ…」

　彼女が忙しそうに盆を運びだすと、召使いが窓のカーテンをひき降ろした。

A・ブラックウッド

紀田順一郎／訳

とびら

　しかし、青年はいまの話に非常な興味をおぼえたので、そのまゝ老学者と話しこんでいた。それが低い声だったので、女にはよく聞きとれもしなかったが、語尾の一言二言がきこえて、それが馬鹿馬鹿しい内容ながら、変に気になるのであった。

「――ということは浸透性の問題でしょう」と青年が言った。二つの物体は、同一の空間を同時に占めることができると思います。おかしいのは、声はすれども姿が見えないので、

これは空気の波動が音を伝えても、エーテルの波が映像を伝えないからでしょうか」

　老学者は答えた。「自然の中には、そういう奇現象を起す場所がある。生命体の表面から異常な力が現われることがあるように、地表にも、特にほかとちがった現象が起ることがある。島とか、山の頂きとか、松林とかだ。まっさらな処女地を掘りおこしたときにも妙なことがある、ときいている。このように土地が生きているという現象は……」

このとき再び声が落ちて、そのさきは聞きとれなかった。

「…人間の精神状態が、土地に影響をあたえることがありますね」という青年の声がきとれた。「音楽をきくとか、精神力を集中して耳をかたむけるとか、ミサのある時間の恍惚状態とかいったものが……」

「ねえ、どうお思いになって？」と、一人の少女が叫んだ。このとき部屋のなかには、ツウイードの服を着込んで、草原の匂いをまきちらした一団が、にぎやかに挨拶をかわしているところであった。

「わたしたち、あの〃呪いの森〃の傍を通ったの。そしたら、またあの物音がきこえて来たじゃないの。誰かが、すすり泣いてるようなの。そうしたら、このシーザーが吠えて駈け出したの。ハリーったら必死に止めようとしたわ。憶病ったらありゃしない！」

　みんなはわらった。

「いや、人間の声というより、なんだか罠に

かかったウサギみたいだったが」と、ハリイが照れくさそうに弁解した。「そんな老いぼれウサギにかまっていると、お茶が冷めると思ったまでさ」

　そのお茶が出てから、しばらくして、若い女は相手の青年が部屋に見えないことに気づいた。いやな予感がして、彼女は老学者の書斉にかけつけた。

　二人があわただしくカーテンをあげてみると、…青年が雪を踏みわけて森の方へ向う姿がはっきり見えた。

　月が冴えて、夜の世界は銀一色であった。遠去かりゆく人影は、銀色の雪によく映える黄色の光を放ったカンテラを提げていた。

「ああ、神さま、早く！」彼女はまっさおになった。「早く！間にあいませんわ！アーサーはこんなことになると手がつけられないんです！　あゝもっと早く気がついてたら！わかっていたことなのに。しかも今夜はちょうどあの晩とそっくりだし……　あゝ、怖いわ！」

　その間に老学者は外套を着こみ、女をひっぱって裏口からとび出した。

　カンテラは揺れながら松林にさしかかっていた。夜は氷のように静かで、寒さはきびしかった。息つくひまもなく、二人は走った。

　中途で、青年の足跡は本道から外れて、まっすぐ森へ向っていた。

　風もないのに頭上の梢がざわめいた。ちょうど、森のさわぎについて、ひそひそとささやき交しているような感じだった。

「私から離れてはいかんぞ！」老学者は鋭く叫んだ。彼はすでにカンテラが、持主の手を離れて置き去りにされているのを見ていた。人影はどこにも見あたらなかった。

「ごらん！足跡はここで終っている！」

　カンテラの上にかがみこんでみると、それまでは規則正しかった歩幅が、そこで奇妙なよろめき具合を見せていた。雪が掻き乱されていた。最後の一歩は非常に幅が広かった。

「まるで背後から押されたみたいだ」と老人がつぶやいた。「――いや、前方から何かに引っぱられたと言った方が、あたってるかもしれん。ちょうど身体が落ちこむような具合にな」

　女は駈け出そうとしたが、老学者に抑えられた。その手をすり抜けようとしながら、彼女はとつぜん悲鳴をあげた。

「お聞きになって！　声がきこえる！」

　二人は固くなって耳をすました。

　夜の神秘よりも、なおいっそう深い神秘が、彼らの胸にじわじわと忍びよってきた。生と死を超越した神秘、ただ大いなる悲哀と恐怖のみが、魂の底から喚びさましてくるような神秘であった。

　五十フイート先の森の真只中より、かすかに、かすかに、叫び声がきこえてきた。なかば喚くがごとく、なかば歌うがごとき調子であった。

「たすけてくれ！　たすけて！」

　その声は夜のしじまを突きぬけてきた。

「神よ……どうか……お祈りを…」

　もの憂いようなざわめきが松の枝葉を通りすぎた。そしてふたたび、その奇怪な叫び声は、二人の頭上から、前方から、背後から、たえまなく襲いかかるのであった。それはあらゆる方向から響いてきた。しかも、だんだんと、まるでどこか地獄にでも入りこんでしまうかのように弱まっていった。

　だが、見まわしたところ、森には風のそよぎばかりで、生きたものの影ひとつなかった。どの方向にも足跡はなかった。月は黒々とし木影をつくり、世界は凍えていた。このようなしじまの中に、死の影と苦悶の叫びにふれるということは、まさに戦慄のほか何ものでもなかった。

「だって、お祈りっていったいどういうこと？」女は怖れのあまり、すっかりとりみだして叫んだ。そして老学者を見ると――彼はひざまずいて祈っていた……。

「われらが祈りと、意志と、のぞみによりていずこにありとも彼を嘉したまえ」

　そして一瞬後、女も雪の中にひざをついて祈った。心のそこから祈った……。

　捜索の結果は予期したとおりであった。当局ばかりでなく友人や新聞社の調査があり、やがて全国的なさわぎにまでなったが、しかし、この「異次元の冒険」についての最も奇怪な事実といえば、その終末の段階にあったのだ。すくなくとも、現在「終末」とされているものの様相にあったのである。

それは三週間後のことであった。三月の風が邸宅の前庭を吹きあれていた。

その庭を横切るように、小さな黒い人影が、邸の方へ這いずってきた。

彼はやせて幽霊のように蒼ざめ、疲れ果てていた。しかし、その眼だけは、人が見たら驚くような、かって何人も見たことのないような光が宿っていたのである。

※

それは、あるいは考えぬいたあげくの行動だったのかもしれぬ。あるいは単なる記憶喪失だったのかもしれぬ。だれにもはっきりしたことは言えなかった。とりわけ、青年を生と死の扉口で引っぱり戻すことに成功した、若い女にとってはなおさらであった。

とにかく、話が驚くべき失踪にふれてくると、青年はなにひとつ話さなかった。

「ぼくにはなんにもきかないでおくれ」と彼は健康が回復してからも、くりかえし彼女に言いきかせたものだ。「

どうしてって？

それは簡単に言えないからだ。どう説明してよいかわからないんだよ。だけどいいかい、ぼくはいつも君のそばにいたんだよ。それと同時に、この世界いたるところに存在していたんだよ……」

新刊 ビアス／悪魔の辞典（西川正身選訳）

ビアスがサンフランシスコ・クロニクルの記者をしていたころ、同紙に連載、圧倒的好評を拍したものであるが、一九一一年単行本にまとめるにあたって大はばな増補を行った。一種の警句集で、ビッター・ビアスの定評を恥しめない秀作だが、五〇年の時代のずれは争えない。今回の飜訳もこれを承知のうえで、原書二千項目のうち、現代にも通用しそうなもの半数だけを採録している。この企画は成功したといってよい。また、原書の各項目には、たいていエピグラムが付いているが、おもしろくないのが多いために、この訳書ではすべてカットしているのも適切な処置であろう。怪奇党よりも、一般に奨める。（岩波書店刊）

読者のみなさまへ

まず、お詫びを三つ申上げねばなりません。

前月予告のうち、ビアスの「ある夏の夜」は、すでに邦訳（宝石一九五〇年度）があることがわかりました。本邦初訳、初紹介をむねとする本誌としてはまことに申訳けないミスですが、予告したことでもありますので、参考作品ということで掲載しておきました。とのかわりといっては言い訳けじみますが、巨匠ウォルコットの「ムーンライト・ソナタ」新人アバーブ・ジュイムスの「オハイオの愛の女像」の二作をご紹介します。いずれも、HORRORの佳作といえる短篇。堀り出し物といってもよいでしょう。

次に、今号から連載することになっていた「夏の黄昏」ですが、諸々の事情から、どうしても二、三号遅れることとなりました。こんなことでは先きが思いやられるとの、お叱りの声がきこえそうですが、どうかお許し下さるよう。

また、平井先生の「つれづれ草」も、平井先生が小泉八雲全集に全権力を傾けておられますので、今号では休載しました。全集の仕事が終るまで、詩や散文などの初訳稿を掲載いたします。なお今号、予定より遅れて発行したこともあわせてお詫びいたします。（大伴）

寄贈先きのみなさまへ

ホラー第三号、いかがでしょうか。

日本唯一の恐怖文学研究、専門誌であるHORRORは、日本での最高権威である平井呈一先生を頂点として、正しい研究、普及活動をつづけています。

お問合せ、ご質問などございましたら、ご遠慮なくお申し出下さい。今后ともよろしく。

会費　同人、一冊千円（二ヶ月以上前納）
創作恐怖小説の発表、研究、資料蒐集、映画制作、企画制作
購読会員／一冊百円（五ヶ月以上前納）
HORROR購読、会合、資料配布

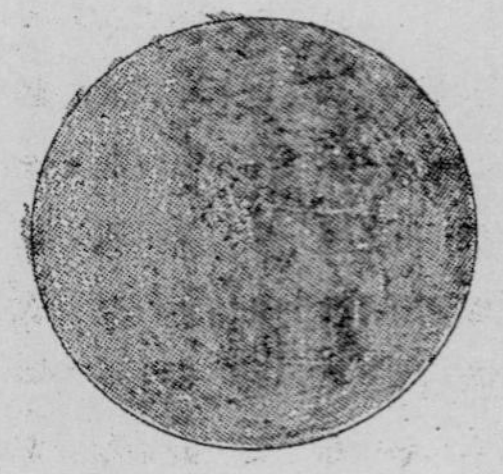

恐怖文学セミナー

THE HORROR

この小冊に関する御意見・御感想・御希望を
本部までお寄せ下さい。
同好の士のご参加を歓迎します。

監修・平井呈一

本　部・東京都大田区安方町７番地　池月荘・大伴昌司

今号・目次　（第三号）

次号予告　（第四号・九月刊行）

（短篇）本邦初訳
MRジェイムスの古展名作「十三号室」
新人ジョージ・ウエイトの最新作チラー・
ストーリー「死刑の実験」　その他
（創作）
小松左京　（題未定、短篇）
（資料）
MRジェイムズのすべての作品
（詩）　平井呈一訳

（会員・募集中）

THE HORROR

恐怖文学セミナー編集

東西怪談・恐怖小説番附

東

番付	作品／作者
横綱	雨月物語／秋成
張出横綱	繁野話／近路行者
大関	東海道四谷怪談／南北
関脇	青蛙堂鬼談／綺堂
小結	怪談／八雲
前頭	牡丹灯籠／円朝
〃	日本霊異記／景戒
〃	対髑髏／露伴
〃	高野聖／鏡花
〃	夢十夜／漱石
〃	人面疽／谷崎
〃	見えない影に／橘外男
〃	都会の幽鬼／豊島
〃	魔術／芥川
〃	鬼火／吉屋信子
〃	ペット／星新一
〃	山霧の深い晩／北条秀司
〃	往生要集／慧心
〃	あやかしの鼓／夢野
〃	鱶女／石原慎太郎
〃	押絵と旅する男／乱歩
〃	灯台鬼／田中貢太郎
〃	黒髪変化／円地文子
〃	抒情歌／川端康成
〃	真景累ケ淵／円朝
〃	月見草／吉村冬彦
〃	白蟻／香山滋
〃	怪談宋江館／火野葦平
〃	鬼火／横溝正史
〃	怪談全書／林羅山

蒙御免

行司　恐怖文学セミナー

頭取　オトラント城奇譚

勧進元　聊斎志異

西

番付	作品／作者
横綱	ドラキュラ／B・ストーカー
大関	ジョン・サイレンス／ブラックウッド
関脇	チャーチル・デクスターの病症／ラヴクラフト
小結	怪奇クラブ／A・マッケン
前頭	黒猫／E・A・ポー
〃	サイラス伯父／レファニュ
〃	十三号室／M・R・ジエイムス
〃	十の手／ジエイコブズ
〃	フランケンシユタイン／M・シエリー
〃	蜘蛛／H・H・エーヴエルス
〃	ルクンド／E・L・ホワイト
〃	五本指の怪獣／ハーヴエイ
〃	千の足を持つ男／ロング
〃	動く棺桶／ハートレー
〃	いも虫／E・F・ベンスン
〃	放浪者メルモズ／マチユーリン
〃	なぞ／W・デ・ラ・メア
〃	モクスンの人形／ビアス
〃	みどりの思い／コリア
〃	ジキル博士とハイド氏／スティヴンソン
〃	毒娘／ホーソーン
〃	夢の女／W・コリンズ
〃	ねじの回転／H・ジエイムス
〃	ズールーの足跡／ダレット
〃	オルラ／モーパッサン
〃	開いた窓／サキ
〃	なにかが道をやってくる／ブラドベリ
〃	夜は千の眼をもつ／ウールリッチ
〃	めくら頭巾／カー
〃	黄金宝壺／ホフマン

THE HORROR No. 4 1964年11月30日 © 編集・大伴昌司

死刑の実験

ジョージ・ウエイト

島内三秀訳

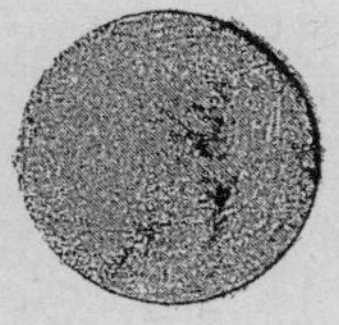

ある午後のアセニアムクラブの喫煙室での四方山話が、ことの起りだった。エインズワーズ博士はクラブの会員の一人だった。話は死と、死の恐怖の原因に移っていった。俳優のモーティマーは、人が怖れるのは死そのものではない、死後に控えている未知の状態だ、という意見を出した。ハムレットを引用して、常識なんだよと云わんばかりに自分の説を強調した。

すると、ハーリイ街に住む大脳生理学者のハミルトンが議論に加わった。

「それがほんとなら」彼は考え深そうに云った。「死の神秘よりもっと異様な神秘に直面した場合、人はその大きな神秘より死を選ぶということになりますな。それは疑問ですよ。大変疑問だな」

「バカな！」探険家として有名な軍人のワーズワースが、突然口をはさんだ。

「戦時中になにかで読んだはなしを思い出したよ。ドイツ軍の大尉が、イギリスのスパイを捕えた事件だが、銃殺するかわりにチャンスを与えたんだ。三十分間スパイたちを、ドアが二つついた部屋に入れる。むろん一人一人別々だ。それから大尉は一同に云った。ドアの一つを開けると、銃殺を執行する射撃隊が待っている。だが、もういっぽうのドアの向うに何があるかは教えなかった。めいめいの選択に任せたわけだ。このドイツ野郎はかなりの凄腕と評判の男だったそうだ」

「そして彼らはみんな射撃隊のほうを選んだ — というわけですな」モーティマーは穏やかな声で云った。

「そう」ワーズワースは静かに続けた。「彼らは考えたな。何かゾッとするような恐ろしいものが、もう一つのドアの向う側で待ち伏せとるんじゃないか？　たとえば拷問とか、生体解剖とか、絞首刑とかな。こうして彼らは避けられないと知りつゝ、銃殺のほうを選んだんだ」

アーサー・シンクレアは、それまで議論に加わっていなかった。若い作家で、第二次大戦の日々を繊細なイマジネーションで、まじめに描いた〝かすかな希望〟という作品を、御記憶のかたもあるかも知れない。その彼が。確信にみちた口ぶりでわりこんできた。

「それはヘンです！」彼は云った。「もう一つのドアを開ければ自由になれたかもしれないのに。スパイたちみんなそれを知ってたはずだッ！」

「まさにその通りだった」

軍人は静かに結論へ進んだ。

「わしはそのドイツ野郎は、恐怖についてのかなりのエキスパートだと云ったはずだ。つまり、スパイには勇気がなかったんだ。そりゃ彼らは勇敢な人間には違いない。さもなけりゃ戦争中にスパイなんかになるはずはない。だが彼らは未知の恐怖に立ちむかう勇気は無かったんだ。だから死のほうを選んだというわけだ」

しばらく沈黙がつゞいた。だれもがこの話を、自分なりに解こうとしていた。

「そうかなア。そうかなア」エインスワーズ博士は、なかば独り言のようにつぶやいた。

「そうかなあ」

2

一月《ひとつき》ほど経ってシンクレアは、エインズワーズ博士から、食事に来ないかと、邸へ招待された。シンクレアは意外だった。

博士は個人的にシンクレアが気に入らないのか、それともシンクレアが博士の姪と婚約したことを頑固に反対して、熟練した魅力的なハウスキーパーの彼女を失う破目になったのが原因で不気嫌なのかはわからなかった。

結婚式の日が近づくにつれて、博士の反対は消えるどころか、むしろ激しさを増していった。だから流儀を変えて食事に招かれるとは、博士もついに白旗を掲げたのかな、とシンクレアは首をひねった。

とにかく、その日の博士はまったく敵意を示さなかった。

食事が始まると、博士はシンクレアの隣りに陣取って、まるでゴマスリのカタマリみたいな態度をとった。姪のミルドレッドを、テーブルの反対側に坐らせシンクレアの隣の席にはつかせなかったけれど。

食後の葡萄酒が出されると、ミルドレッドは煙草をくゆらす二人を残して出ていった。あまり早く戻って来てはいかんよ、と博士が言った。彼女が部屋を出て行くと、博士はまた酒をすゝめ、熱心に雑談を続けた。

くわえ煙草の白い灰が一インチ半にもなったとき、博士は椅子を押してテーブルから立ち上った。

「ミルドレッドが帰らないうちに、見てもらいたいものが二つ三つ、実験室にあるんだ。きみにも興味があると思うよ」

博士は云った。そして応接間のドアをあけて階段をのぼると、最上階へつれて行った。そこに、博士が研究に没頭している部屋があった。

シンクレアはまだその研究室へ入ったことがなかった。一目見て中学時代の理科室を思い出した。ちょうどこんな型のビンや、壺や奇妙な器具がズラリと並んだ部屋で勉強したものだ。こゝのほうが沢山器具が置いてある。それだけが異っている。彼の注意は、部屋の右手の蠟細工の入っている箱《ケース》に惹きつけられた。すぐには、なんだか分らなかった。調べてみようとしてそっちへ寄った時だった。気味の悪い、めまいのするような気配が彼に忍び寄ってくるのにはじめて気がついた。

部屋が暗くなった。彼は倒れかゝった。なにも分らなくなるほんの一瞬、博士の声がきこえてきた。とても遠くから聞えるようだった。

3

かすかに意識が戻ってきた。シンクレアは目を開けた。彼の脳味噌が、ぼんやり活動を開始した。なんだか、閉じこめられている感じだった。手を動かそうとして動かないのに気づいた。頭もマンリキできつく押えられている様だ。

ゆっくり、意識が回復するにつれて、シンクレアはまわりの情況がわかりかけた。博士が部屋へ入って来たのを憶えている。それから暗くなったのだ。自分はまだ実験室にいる。卒倒したらしい。きっとあの不気味な気配のせいだ。

彼は大きな硬い椅子に行儀よく坐って居るのに気づいた。博士の姿は見えなかった。

具合をたしかめでもするように、ゆっくりと頭を回そうとした。何かゞ頭を押えているようだった。動かせないのがわかった。めまいがまた彼を圧倒した。身体が急に痳痺したのか？　……そんな想像が脳裡を掠めた。

努力の末、やっと自分を抑制した。少なくとも、眼は動かせるのだ。これはたいしたことだぞ、とにかく。

この刹那、視線が椅子の腕木にもたれた手にとまった。手首のところが鉄のバンドでグルグル巻きにされている。そして鉄の鎖が腕木にしっかりと縛りつけてあった。すっかり混乱して、彼は手を動かそうとした。六インチほど動かしたが、鎖はピクともしなかった。

彼は目を閉じた。悪夢を見ているに違いない。そう思うのをやめようとした。

この瞬間、足音が聞えた。再び開いた目の前に、いつの間に戻って来たのかエインズワーズ博士が微笑みながら彼を見ていた。

「気がつきましたね」　エインズワーズは、満足そうな調子で云った。「どうだね、とても楽しいだろう？」

シンクレアは手をふって抗議しようとした。手が縛られている事をおもい出した。彼はバカみたいに相手を見つめた。

「なんのマネですか!?　いったい」

「ちょいとした実験だよ。ほんのちょいとしたやつさ」

彼は踵をめぐらして鏡をもってきた。それを目の前においた。

シンクレアは見た。頭に金属性のキャップがかぶせられている。キャップにはヘンな針金がついている。

「ぼくにはわからない」彼はつぶやいた。「気を失ってたんですね」

博士は笑った。

「そうとも云えんな」彼は云った。「うん。そうとも云えん。きみのコーヒーのなかにある物質を入れたことは、気にしとるがね」

シンクレアは驚いて首を振ろうとしたが、まったく動かなかった。鏡を見てわかったのだが、頭はマンリキで椅子の背にしっかりと押えつけてあった。

「わからない」彼は繰返した。「どうするんです？　お願いだから説明して下さい。どうしてこんな風に縛ったんです？」

博士は鏡をそばに置くと、シンクレアに向き合って立った。背後には何に使うのかわからないおびただしい器具と一緒に、ラベルを貼った薬びんの長い列が一種特有の舞台装置になっていた。

博士の動きは、教室で講義するような調子になっていた。

「きみの記憶を少し前に戻さなければならん」彼は始めた。「きっと思い出してくれるね、ドイツ軍の大尉と捕虜になったスパイの大変面白い話をだ。憶えてるね、確実な死を選ぶか、謎を秘めた自然の成行きにまかせるか、選択の自由を持ったスパイの話だ」

シンクレアはほとんどそんな話を忘れていた。だがいまは思い出している。

「あの話の犠牲者はみんな狙撃隊にぶつかるほうを選んだ。たしかきみは……」彼は懐かしい思い出でも話すように続けた。「きみはクラブでこの話を軽蔑したね。スパイたちは〝自由へのドア〟のほうを選んだ筈だ、と断言したっけね。個人的にぼくはこんな心理学上の問題にとても熱中しているんだ。面白い賭けだと思った。とても面白い賭けだ、とね。ところが今夜はこうしてこの最高に面白い心理学上の問題を、二人で実験しようとしているんだ」

彼は一息入れた。

「それに、きみは問題を解決する道具になっていただける」

シンクレアにはまだ、これからなにが起るのか理解できなかった。だが、ぼんやりと悪い予感を感じた。

「多分きみは、なぜきみが実験材料に選ばれたか不思議に思うだろう」エインズワーズ博士は、ますます講演の調子を強めた。「これには二つの理由がある。だいちは、あとでわかることだが鋭敏で繊細なイマジネーションの持ち主が必要だった。第二は、きみとミルドレッドとの結婚をぼくが極めて不快に思っているのに気がついていたね。二人の結婚がぼくには最高に不愉快だった。しかし、こんな事情は科学者にとっては、常に二次的なものだ。きみを選んだ理由にはたいして影響はしてないがね。むろん心理学上の実験が最大の理由さ」

シンクレアは、この異常な老人の精神状態に深刻な疑問を感じ始めた。

「ぼくをこの椅子になぜ縛りつけたかまだ説明していない」彼は云った。「少なくともお礼を云わなくてはならないのはぼくのほうだろ？」

エインズワーズ博士は、明るく頷いた。

「こういうことだよ。ぼくは、今云ったが、きみを実験に使うことに決めた。憶えていると思うが、問題はこうだ。もしも一人の男が二者択一を迫られたとしたら――。一つは確実に死を意味している。そしてもう一つはある未知の運命だ。自由になれるかも知れない

一方、ジワジワと嘔気がするような拷問にあをも同じことをするんだ。ご希望なら薬を選ん
って、胸糞の悪くなるような殺され方をする一瞬のうちに苦痛も感じないで死ぬかも知れないがね。
までの幅もあるわけだ。もしある男が運命をそこがミソだ。そいつが確実に予定される死結果は同じことかも知れない。
決めざるを得ない状況にあったら、どっちを多分た♀の水が入ってるだけかも知れない。きみはなかなか面白い冒険をすることになる。
選ぶだろうか？それがぼくときみの論題だ。への道なんだ。あの話の狙撃兵に当るんだ。あるいはこっちの試験管と同じ細菌が入って
そして今夜ぼくはきみを充分に観察してこシンクレアはおののいた。わかるかね？」いるかも知れないし、別の試験管と同じ脳膜炎の病源
の問題を解き明かそうというわけなんだよ」　「さて今度は選択権だ」エインズワーズは菌の試験管をつまみ上げた。「その場合きみ
若者はぎょッとして悲鳴をあげたが、博士続けた。「不確実なほうの因子だ」の生命はあまり長くない。三、四日経つと症
は気にもとめず、優しい声で続けた。　彼は引出しを開けると、小さな注射器をと状が出て、三週間で死ぬだろう。あんまり愉
　「もちろん、きみをこゝに連れてくるのは比較的簡単だったよ。この問題の因子を再構りあげて光にかざした。見上げると、無色の快な死に方とはいえないけれど、比較的早く
成することがちょいと厄介なんだ。ぼくは液体がいっぱい入っていた。死ねる。それからむろん脳脊髄膜炎の細菌も
この実験についてかなりよく準備した。きみ　「シンクレア。ぼくが研究した病源菌についたくさんある。これがそうかも知れない。
はこの椅子をあまり気にしていないらしいが、いて聞いたことがあるかね？ぼくはひとついつもあまり気にいらないようじゃないけれ
よく注意して調べてみるんだね」の細菌で、良く知られている細菌との二つに分離することに成ば破傷風。ますます気にいらないようだね」
彼はちょっと休み、次に喋る言葉の重大な功したんだよ。ご覧の通り部屋じゅう色んな液博士の声は物憂げな調子を湛えて低くなっ
意味を強調しようとした。体の入った試験管がある。それぞれ、病源菌た。博士はもはや椅子の中の犠牲者を、ほと
　「そいつはアメリカで使われている電気椅が入っているものと、そうでない菌のものとんど見てはいなかった。注意力をガラス管に
子だ」博士は言葉を継いだ。の二種類だ。例えばこれだ」博士は手近かな管集中して、一つずつ取り上げては説明してい
　「さっき鏡で見たように、きみの頭の上のを一本抜き取った。「脳膜炎の病源体が入れった。とてもたのしそうだった。
金属のキャップの針金が二本蓄電池に通じててある」彼はまた一本小壜を取り上げると右手にか　「これがルパス菌だ。標本があるがね」
いる。蓄電池は見えない。きみのまうしろにざした。彼は続けた。「東洋
あるからね。右手は」医者は椅子のすぐわきに　「こいつは毒薬か、ただの水か、そいつがの病院だよ。標本をろう細工の人間の首の入
の小さなテーブルセットを指した。いまですぐ問題だぞ。つまりきみはこの薬を注射するか、った部屋を横切ると、ろう細工の箱を持って
シンクレアはそれに気がつかなかった。「ス自分で決めようと、あの話の男た戻った。鼻は全く朽
イッチだ。このスイッチを右に押すと、強烈ちに囲まれていた。これほど胸がわるくなるようち果て、唇が腐り、剥き出しになった歯がつ
な電流が、うん、ハッキリ何ボルトあるか云電気椅子で死刑になるか、自分で決めようとき出した舌のまわりをネックレスみたいに取
うと、きみが震え上がるからやめとくが、電するんだ。覚えてるだろう、あの話の男たり囲んでいた。これほど胸がわるくなるよう
流が椅子を通って頭の上の金属のキャップにちは現実には自由になれる運命を選んだはずな代物をまだ見たことがなかった。
流れる寸法になっている。電流はきみの身体だ、……ときみは言ったっけね。さあ、きみ　「むろんこの標本は、病状が最も進んだ患
者のものだ。きみの場合は、病気が一、二日の
うちに進むかもしれんし、こんな風になるの

(6)

に何年もかゝるかもしれない。だが、こんな
実験をやった日にはきみも僕も飽きてしま
う。自分で見ればわかるが、他にもたくさん
試験管があるんだから」

彼は手を振って薬瓶の列を示した。

「これで充分わかったと思う。もしきみが
この液体を注射するほうを選ぶとすれば、き
みは死の恐怖か、でなきゃ死よりも何千倍も
凄い悪性の病の恐怖に何年も悩まされるだろ
う。あるいは液体は無害かも知れん。こ
れをきみの左側に置くよ。きみはこれを注射
するか、スイッチを押して即時無痛に死刑に
なるか、お望み通りという充分な自由を得た
わけだ。選択権はきみのものだ」

彼は言葉をやめ、この犠牲者を面白そうに
ながめた。そして若者の心がどっちにきめよ
うとしているかを注視しようとした。

「心を決めるまで三十分あるよ」

○　　　○

物凄い努力で、シンクレアは、押さえ込ん
でくる恐怖をかなぐり捨てようとした。そし
て、話をすることでやや冷静を取り戻した。

「まったく馬鹿げている」彼は抗議した。
「あんたが本当らしい冗談を云ってるのか、
そうでないのかぼくにはわからない。もし冗
談なら、非常識きわまる悪趣味だぞ。ともか
くぼくのやる事は断然、どっちを選ぶことも拒否する」

博士はその檻を少し離れた腰掛けに置いた。

「きみがどうしても選ばなきゃならんように、
手間をかけて仕掛けをしといた。いずれにし
てもぼくの勝ちだよ」

博士は部屋のすみへ行き、大きな金属のシ
リンダーを引きずって来た。そしてシンクレ
アの真ん前に置いた。

「ここに毒ガスの供給装置がある」彼は続
けた。

「この針金が見えるだろう?」

彼は長い配管をさした。

「こちらの端はシリンダーの弁の口に通じ
ている。そっちの端は、部屋のすみにある掛
時計と連絡させようと思う。時計が鳴ると自
動的に弁が開いて、ガスが出てくる」

博士は決して声を高くしなかった。

静かに話しつづけた。かえってそれが恐怖
を高めるのにうってつけの効果を出した。

シンクレアは唇をなめた。唇は乾き切って
いた。

「みんなおどしじゃないんだなッ?」彼
は詰問した。

「むろんその点を納得して貰うことがとて
も重要さ」博士はその点は認めた。「さもないとこの
実験の心理的な価値がむだになってしまう。
きみはこのさゝやかな実験に満足してくれる
だろうね」

彼はシンクレアの背後に姿を消した。戻っ
てきた時、手に小さな金属の檻をもっていた。

「ご覧のとおり、檻の中にねずみがいるね。

「きみの頭の上のキャップのターミナルる
檻の格子に接続する。次にこのゴムのチュー
ブをガスシリンダーの蓋にしっかりつける。
こういうぐあいにね。さあ、このガスシリン
ダーから出ている針金の振子に結びつ
ける。この実験の目的にしたがって時計の針
は九時二分前に合わせる……これでよし。ほ
んの小さな動物だから、ガスも少量で充分だ
ろう。蓋をすぐ回わすと、マスク
は要らない。安全地帯にいるも同然だから」

彼はハンカチーフをなにかの液体に浸すと、
シンクレアの鼻と口を結んだ。

「これで防げる」彼は云った。「電圧も下げてある。ぼく
たちの必要のために、スイッチになにかを仕掛けた。
イッチを押すんだ。ぼく
博士はちがうスイッチになにかを仕掛けた。

「まだ一分ある。見たまえ」

シンクレアにとって、次の六十秒は永遠の
ごとく長かった。彼の視線は、時計と運命の
ねずみとのあいだをさまようように往復した。

ついに時計がなった。シンクレアは、針金
がガスシリンダーをぐいとあけるのを見た。

ほとんど同時に、博士は手をのばしてシリ
ンダーを閉めた。だが、ガスはすでに目的を
終えていた。シリンダーからつながっている
ゴムのチューブの先端は檻から何インチと離
れていなかった。突然、ねずみが床の上に仰
向けにひっくり返って、激しくもがきだした。
ちょっとのあいだ、博士は悶えるねずみを

見ていた。

「スイッチを入れろ！」　突然博士は命令した。

機械的にシンクレアはスイッチを右手で押した。青白いスパークが、檻の格子に閃めいた。ねずみは幽かにふるえると、永遠にもがくのをやめてしまった。

「ほら。完全に死んでる」博士は云った。「スイッチを切って」

しばらくのあいだ、部屋の中に沈黙が流れた。博士はターミナルをシンクレアの頭の金属のキャップに結び直し、時計の仕掛けを調整するのに忙しかった。時計は再び正確な時間に合わされた。九時半であった。

こういった手続きに満足すると、博士は犠牲者をふり返った。

「電気椅子とガスシリンダーは、おどかしではない。納得したろうね。注射液の瓶もむろん納得したろうね」

シンクレアは、額に汗が滲み出るのを感じた。

「これじゃまったくの殺人だぞッ！」彼は最後の抗議をした。「もし俺がこの部屋で死んでるのが発見されたら、あんたは絞首刑だぞ。そのくらいわからないのか!?」

博士は微笑した。

「ぼくの身の上まで心配していただいてうれしいよ」

彼は云った。「だが、ぼくほどの科学的才能があれば、きみの死体を跡形なくかたづけるぐらいたいして手間がかからんことも確かだ。きみの趣味は電気椅子のスイッチってことも、いつも考えてる。さあ、はじめるかね。時間は三十分ある。十時にガスが出るんだ。きみがボタンを押すのがわかったらガスが出ないようにほんのちょっと前に戻って来るよ。ごまかそうとしても絶対にむだだ。いうまでもないことだが、きみが慎重に考えた結果を心をはずませながら待ってるよ」

エインズワーズはドアの方へ行った。しきいのところで立ち止った。

「もう一言。この部屋には防音装置つきだ。大声を出しても、呼吸切れるだけむだだねえ」

一瞬後にドアがしまった。

4

三十分のうちのはじめの何分か、シンクレアが助けを求めて大声をあげたのはむりもないことだろう。だが結果は、エインズワーズが本当のことしか云ってないことがわかっただけだった。

彼はすぐにわめくのをやめ、自分の置かれた立場に焦点を合わせようとした。しかし、恐怖はあまりにも物凄く、頭脳は痳痺しそうになった。痺れるような恐怖が、ただただ彼を掴んで放さなかった。ねずみの実験でおどしではないことが納得できた。時計の針は刻刻と、考えた選択さえもが、彼が今おちいっているディレンマよりもずっと恐ろしい作用によって否認されるであろう瞬間にむかって進んでいった。視線が、絶望的に、すぐ右手にあるスイッチから、同じ位手近なところにある皮下注射液に移って行った。

どちらかに決めなければならないと云う義務感が、次第に根を下ろし始めた。

彼は電気のスイッチを見た。たしかに、即時無痛、だが――死につながっている。

注射液は害がなさそうに見える。たぶん水だろう。だとすれば人体に害がなかろう。だが、それも確実ではない。それに効き目が後にならなければ現われないものもある。一年経っても、二年たっても、三年、四年――それともっと長くわからないかもしれない。標本のような凄い病気がいつ発病するかと恐れながら、どうして生きて行けるだろうか？どんな治療法が効くのか誰も知らないのだ。

静かだ。世界中はキラキラ輝いて魅力的な愛に充ちているのに、自分だけが突然死ななければならないとは……。

こう思ったとき、もう一つの問題が心の中に浮んできた。

注射液を引いて、しばらくの間でも生き長らうるとする。そのあとは何をしたらいゝのだろう？　死とは何だろう？　純潔で迅速なものか？　（戦争の五年間に見た死は、目をカッと見開くような恐ろしいものではなかった。むろん死ねば腐る。臭気をいやがる人もいる。だが、何事にも厭な面はあるものだ。

気持が、用意された死をえらんだスパイの話へ戻っていった。その話を信じなかったことを思い出した。

眼をしっかり閉じて、小さく息をすると、シンクレアはスイッチを押した。

十時三分前だった。

5

博士が食堂から戻ってきた。姪のミルドレッドに実験の結果がわかるまで邪魔されたくなかった。煙草に火をつけると坐って賭けの結果を待った。

冥想はすぐ破られた。ミルドレッドが突然ドアに姿を現わしたからだ。

「どれだけ待たせるおつもり？」彼女はなじるように云った。部屋の中へ入って来ると、博士一人なのに気づいた。

「あら？　アーサーは？」

博士は時計を見た。そのときは、まだ十時十五分前だった。

「いま、ちょっとした実験をやってるんだ。とても魅力がある実験をね」博士は続けた。「いいかね。どうなると思うか予想しておくれ。おじさんにはどうなるのかどっちともわからないんだ」

博士は、ふつうの実験の体験でも話すような調子で、これまでの経過をおさらいした。ミルドレッドの顔に浮んだ恐怖の表情すら気がつかなかった。

「まア！　おじ様はあの方を殺すのね!!」彼女は飛び上って叫んだ。

博士は、狂乱する彼女を見ておどろいた。それからゆったりと微笑した。

「ところがお前、それが全然無害なんだよ」彼は云った。「危険はないんだよ。部屋を出る時蓄電池の電流を切っておいたんだ。なにも危いことなんか出来やしないさ」

「でも、注射があるわ！　そっちを選んでるかも知れないわ！」

博士はにっこり笑った。

「あれはただの水なんだよ。むろん彼にはあとで説明してやるがね。あとはガスだが、そいつも切ってある。わかったかい、まったく平和的なんだよ」

時計は十時五分前を指した。

「アッ！　おじ様、急いでッ！」

「とにかくお前、これはいままでやったなかでいちばんたのしい実験だったよ。きっと今ごろ、彼も決断を下してるさ」

博士はひきずられるように階段を上った。

「おじさんはいつも想像していた。人間心理の実験が、あらゆる実験のうちでいちばん魅力的だろうなあ、ってね。そいつが正しかったのが、いまわかったよ。もし、お前の彼氏が注射液のほうを選んでさ、そうしてもし、血液が汚れたかもしれんと思ってお前との婚約を取消してくれと云ってきたら─注射が無害だとわかる前にだよ─、おじさんはお前の結婚に対する異議を撤回するよ。これこそ最も魅力がある問題だね」

○　○

エインズワーズ博士は実験室のドアのハンドルを回した。

「おじさま、早く！　早く！　彼、とてもこわがってるに違いないわ！」

博士はくすくす笑った「その通りだ」

その通りだった。

二人がかけつけたときには、シンクレアは完全に死んでいた。


─終─

掲載作品解説

「死刑の実験」

(*The Electric Chair*)

作者ジョージ・ウェイトについては新人というほか、詳細はわからない。「マガジン・オヴ・ホラー」第二号に掲載された佳作である。同誌の編集者はこの作品にキャプションをつけて「この物語の発端の打話が実話かどうかはわからないが、この作品のモチーフとしては真実である。」としている。（一九六三年十一月発表）

「ゆめにみた家」

(*The House*)

作者アンドレ・モーロワについては、フランスの文豪とだけ言えば充分だろう。今日いささか老大家に属しているが、この掌篇は若き日の手なぐさみとして面ない。同巧の実話もあるが、話の手になると群を抜いている。

小説書きには、まだ年季も大して入れていないし、手持ちのものなども余りたくさんはない。小説といっても、ほかの種類のものは書こうと思ったことがないから、まあ怪奇小説だと思うが、でも、ときおり頭を掠めたもので、物にならずじまいだった話を、折にふれて思い出しては楽しむことはよくある。物にならなかったというのは、つまり、なかには実際に筆を下したものもあるということで、そんなのが今でもどこかの抽出のなかに眠っている。よく引合に出されるウォルター・スコットの言葉をかりると、私も「そんなものは二度と見もしない。」ごくつまらないものだ。もっとも、話の趣向がこちらの企てた道具立のなかでは花が咲かなかったわけで、別の形だったら、おそらく活字ぐらいにはなったのだろう。まあどなたか、おれが一つ書いて見ようという奇特な方のために、二つ三つ思い出してみることにしよう。

フランスを汽車で旅した男の話がある。自分の座席の向かいに、よくある無精ひげをはやした、お固い顔つきの、中年のフランス婦人が坐っていた。あいにく当人は、読む物といっては装幀が目当で買った、「リヒテンシュタイン夫人」という古臭い小説本しか持ちあわせていない。窓外の景色も見飽き、お向かいの婦人の観察にも飽きて、男はうつらうつらページをくりながら、二人の作中人物の会話のところで一休みという体《てい》である。会話は、マルシリ・ル・エイエの大きな家に住む見知りどしの婦人に関するやりとりで、邸の描写などがあって、ここで婦人の夫が謎の失踪をするというヤマになる。そのまえに婦人の名前が出ていたが、わが主人公は、なにかべつのことで、前からその名前を知っているような気がしてならなかった。おりから汽車は、とある田舎の駅で停まり、男は開いた本を手にしたまま、ハッと眠りから目をさますと、おむこうの婦人がちょうど今降りていくところ。婦人の下げた鞄のラベルに、男は、小説のなかに出てきた名前を読みとったのである。さて、男はそれからトロワイエへ行き、そこから名所めぐりと洒落《しゃれ》こみ、さてある日昼飯どきに着いたところが、なんと、マルシリ・ル・エイエ。大通りのホテルのまん前に、きざな破風の三つついた家があって、そこから美装をした、見かけたことのある婦人が出てきた。給仕に聞いてみると、はい、あの方は未亡人だとか申しますが、旦那様はどうなされたのか、どなたも存じ上げませんという話。ここで打っちゃられる。旅の男が読んだと思った会話など、むろん、小説のなかにはどこにもなかった。

つぎは、郷里の家でクリスマスを過した、二人の大学卒業生のちょっとした長い話。そこの地所の次の相続人にあたる叔父が、近くに住んでいる。この叔父の家には、おべんちゃらなカトリックの学僧が寄食していて、ばかに二人の青年に愛想がいい。ある晩、叔父と晩食を共にしたのち、暗い夜道の帰るさ、藪をぬけると、なにかガサガサいう妙な音がした。翌朝見ると、家のまわりの雪のなかに、見なれない足跡があった。客をおびき出して、あるじを一人にしておき、暗くなってから外へつれだそうとしたのが、けっきょく、使魔が今ひとりの犠牲者を阻んで、逆ねじを食わせ、学僧は完全に敗北して死んだというわけである。

さて、これも十六世紀のケンブリッジ、キングス・カレッジの二人の学生（ともに、妖術の心得があった）の話で、フェンスタントンの魔女を夜間探訪に行ったところ、ハンティンドン街道のロルワースへ行く曲り角のところで、一人の曳かれ者をひいてくる一団のものに出会った。フェンスタントンへ着いて、魔女の死を聞き知った二人が、魔女の新墓の上に何か坐っていたものを見た……という話。

以上の話は、書く舞台があれば、一部だけでも書けた話だが、以下のものは、ときおり頭をチラリと掠めるだけで、ついに物にならなかった話である。たとえば、ある男が（もちろん、なにか思案の最中）、ある夜書斎にいると、、微かな物音がしたのにハッとして、急いでふり返ったら、窓のカーテンの隙間からのぞいている死人の顔を見た。目のない死人の顔である。いきなりカーテンに駆けよって、サッとひらいたとたんに、ボール紙の面が床の上にバタリと落ちてきた。が、べつに誰もおらず、面の目はただ穴が明いているばかり。これなどは、どう扱うべきだったか？

日がとっぷり暮れ、暖かい部屋、明るい灯を慕いながら家路を急いでいるときに、いきなり何かが肩先に触れる。ハッとふり向いたひょうしに、諸君はそこにどんな顔を、どんな顔でないものを見るか？

　これと似たような話で、ミスター・悪玉がミスター・善玉をやっつける肚をきめて、狙撃の場所に、道の右手の薮のなかを選んだ。ミスター・善玉と何も知らない友人がそこを通りかかったら、ミスター・悪玉が道のまんなかにつんのめっていたという話がある。ミスター・悪玉のいうところによると、薮のなかに何かが待っていて、こちらを手まねぎしていた。何であるかは、覗いて見るまでわからなかったという。こういうことは、いかにもありそうなことだが、さてそれを適当に按配して、話を構成するという段になると、今もって私の力には及ばない。

試作のこと

M・R・ジェイムス／平井呈一訳

　クリスマスの爆竹、あれなども、中から出る辻占にまともなご託宣が書いてあれば、まともな人が糸をひいたばあい、可能性があるかもしれない。そういう人は気分がすぐれぬとか何とか言って、早目に引き揚げるだろうが、どうやら前もって長座するといった約束の方が、ほんものの言訳になりそうだ。

　閑話休題。報復の手段にはいろんな物が用いられる。報復に出なければ、それが怨恨の手段になる。公園の馬車道などで、落ちている包みに手を出すことは注意した方がいい。中味が爪の屑だの髪の毛だったら、とくに注意すべし。家へなど持って帰るのは、ゆめゆめ禁物だ。おそらく、それだけでは納まるまい。……（この「……」を、現代作家はなかなか有効に使っているようだ。わけないものだから、もう二つ三つ打っておこう。……）

　月曜日の夜おそく、私の書斎へ蟇が一匹はいってきた。蟇が出たって、べつにこれまでそれでどういうこともなかったけれども、用心に如くはないと思った。ひょっとすると、それに輪をかけた恐ろしい亡霊が現われて、目をひんむかれるようなことが起るまいでもないから。

　お退屈さま。

新刊紹介

新着洋書の中より、めぼしいもの二点をご紹介する。

① *The Sleeping and The Dead*
編者はオーガスト・ダレット。収録作品集十五編。一九四七年版の廉価本だが、内容は非常に充実している。その理由は、第一に典型的アンソロジーを避けようとしたことである。ワートンにしても「あとになって」などはどのアンソロジーにも入っているから、ここでは「小間使の呼び鈴」が収録されている。レ・ファニュは「シェイペンゾッドの乱暴もの」、E・ホワイトは「アミナ」、M・R・ジェイムズは「死刑台の丘」など、全体として正統を外して、しかも水準に達した編集ぶりである。（フォア・スクェア・ブック　二七〇円）

② *Ghost and More Ghost*
ロバート・アーサーの少年向きボラーだが、アイデア・文脈ともに成人の観賞に耐える。「見えぬ人の足跡」、「ミルトン氏のおくりもの」ほか八篇収録。著者が二十年間にわたって書きためたもので、水準に達している。（ランダム・ハウス　二五〇〇円）

考古学や聖書研究の泰斗として重きをなすジェイムズにとって、怪談は余技にすぎない。しかし、三十余篇のことごとくただの一つもクズがないというのは立派であって、専門作家も脱帽せねばなるまい。

一八六二年生、イートン校卒業。博物館長や学校長の職務のかたわら、数多くの学位を得、一九三〇年メリット勲章を授与され、その六年後に死去した。

職業柄、古代史研究にヒントを得た題材が多く、それを作りあげると学生に読んで聞かせた。

別表のとおり、三十一の小説と、二つの序文があるが、これらは㉝を除いてすべてがアーノルド版の全集に収録されている。初版一九三一年、四版を重ねたのち現行の袖珍版になり、合計十版を重ねて六一年に至っている。彼の後継者は、カルデコット、マルデン、マンビーらで、このうちカルデコットを除けば現在入手可能であるが、愚作が多い。

ジェイムズの作品は各種アンソロジイにとられているが、最も頻度が高いのは②④である。これは版権の関係もあるので、同等の傑作は他にもある。

①から⑧まではペンギン叢書の九一番に、⑨から⑮までが同じく一三四七番に、それぞれ収録されている。

邦訳は次のとおり。

②「消えた心臓」平井呈一「世界恐怖小説全集4」（創元社）

⑥「マグナス伯爵」平井呈一、「右同」丸本総明「別冊宝石（旧）一〇八号」

⑰「ポインター氏の日録」平井呈一「世界大ロマン全集24」（創元社）

㉑「人形の家」高橋豊「幻想と怪奇」（ポケットミステリ・二六八）

㉝「解説」平井呈一（意訳）「世界恐怖小説全集4」（創元社）

以上のとおりで、たいへん少ないが、これから日本人向を考慮して紹介すべき作品は次のようになろう。訳名は私の提案である。

③「銅版画の幻想」（メゾティント版という銅版の中の人物が、画面の中で不気味に動きまわる。雰囲気がものすごい）

④「トネリコの妖魔」（ジェイムズ最高の傑作。中世の魔女をテーマに怨念を描く）

⑤「十三号室」（あるべからざる十三号室が出現、その中に何かが蠢めく。サスペンスに充ちた秀作）近く本誌で全訳紹介

⑦「笛ふけば現われよう」（妖魔の笛を拾った男が、ひとたびその笛を吹くや……）

⑧「秘宝を守る妖魔」（僧院長のかくした宝さがしと、その怖るべき結末。推理小説的要素もあり）

⑨「学校奇譚」（殺した男の執念につきまわれた高校教師）本誌次号で全訳紹介

⑮「迷路の遺産」（親ゆずりの遺産は、奇怪な迷路の中央にあった。最長篇）

㉔「死刑台の丘」（魔術に凝った職工の手になる双眼鏡。それをのぞいたばかりにのりかかる災難）

㉛「書けなかった怪談」（最も短い作品ながら、怪談の真髄を伝える。㉗も同様）

以上でジェイムズ的なムードに馴れたら、⑪⑫⑬⑯の寺院史夜話を手がけるとよい。

なお㉛は、本号に「試作のこと」として全訳されたものである。

㉗ *There was a Man Dwelt by a Churchyard* (1925)

㉘ *Rats* (1925)

㉙ *After Dark in The Playing Fields* (1925)

㉚ *Wailinh Well* (1927)

㉛ *Stories I have Tried to Write* (1931)

㉜ *Preface to "The Collected Ghost Stories of M. R. James"*

㉝ *Preface to "The World Classics, Oxford Edition"* (1924)

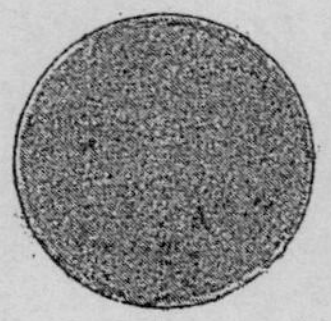

M. R. JAMES

全著作目録及び解説

紀田　順一郎

① *Canon Alberics' Scrap-book* (1894)
② *Lost Hearts* (1894)
③ *The Mezzotint* (1904)
④ *The Ash-Tree* (1904)
⑤ *Number* 13 (1899)
⑥ *Count Magnus* (1904)
⑦ *"Oh, Whistle, and I'll come to you My lad"* (1904)
⑧ *The Treasure of Abbot Thomas* (1904)
⑨ *A School Story* (1911)
⑩ *The Rose Garden* (1911)
⑪ *The Tractate Middoth* (1911)
⑫ *Casting the Runes* (1911)
⑬ *The Stall of Barchester Cathedral* (1911)
⑭ *Martin's Close* (1911)
⑮ *Mr. Humphrey's and his Inheritance* (1911)
⑯ *The Residence at Whitminster* (1919)
⑰ *The Diary of Mr. Poynter* (1919)
⑱ *An Episode of Cathedral Histry* (1919)
⑲ *The Story of Disappearance and an Appearance* (1919)
⑳ *Two Doctors* (1919)
㉑ *The Haunted Doll's House* (1925)
㉒ *The Uncommon Prayers Book* (1925)
㉓ *A Neighbour's Land Mark* (1925)
㉔ *A View from a Hill* (1925)
㉕ *A Warning to The Curious* (1925)
㉖ *An Evening's Entertainment* (1925)

ゆめにみた家

アンドレ・モーロワ

紀田　順一郎　訳

「五年まえ、私が重い病気にかかったときのことです」と彼女は語りはじめた。

毎晩つづけて同じ夢を見たのです。いなか道を歩いて行くと、遠くに屋敷が見えます。白い壁、低い軒並みで、周囲は菩提樹にかこまれています。左手はポプラの繁る牧場があり、それが屋敷と気持よく調和していて、菩提樹の上から、このポプラの梢がそよいでいるのが見えるのでした。

夢の中で私はこの家に魅せられてしまい、その方へ歩いて行きました。入口には白塗りの門がありました。それにつづいて気持よくカーヴした小道があり、両側の並木の下には桜草やら、つるにち草やら、アネモネの花が春の香りをいっぱいにまき散らしていましたが、それを摘みとろうとする瞬間に、花は消えてしまうのでした。道がつきたところに玄関の石段がありました。

家の正面は、よく刈りこまれた広い芝生で、紫や赤や白い花の咲いた花壇があって、緑の芝生によく映えている感じでした。白い石造りの家に、青い屋根が載っていました。扉は明るい色の樫に彫刻を施してあって、右段の真上にありました。家の中を見たかったけれど、だれも私の声に答えて出てくる者はありません。失望のあまり、ベルを押したり、どなったりしているうちに、とうとう目がさめてしまうのでした。

これが私の夢でした。そして何カ月にもわたって同じ夢を見ているうちに、きっと少女時代にこれと同じ屋敷や庭を見たのにちがいないと信じ始めました。しかし確信はできませんでした。

その考えが私にとりついて離れなくなったので、とうとうある夏の休暇中に車の運転を習って、夢に見た屋敷を探しにフランスの国道沿いに走ってみることにしました。

この旅のくわしいことはどうでもよいでしょう。私はノルマンディやツーロンやポワトーを探してまわりましたが、何も見つけられませんでした。十月に入って私はパリに戻りましたが、その冬中、私は白い屋敷の夢ばかり見ました。

去年の春です。私はパリの郊外を探してみようと思いたちました。そしてある日のこと、オーレアンズに近い丘を走っているとき、とつぜん快よい胸さわぎを覚えたのです。ちょうど長いあいだ会わなかったなつかしい人や土地にめぐりあった時のようでした。

でも、私はこれまでこの地方に行ったことはありませんでしたので、そこにきっと私の求めていた家があるものと確信しました。

菩提樹の木立のうえにポプラの葉なみがそよいでいました。木立を通して、まだはっきりとは見えませんが、そこに家があるにちがいないという予感がしました。

そして、私は夢の中の家をこの眼で見ました。国道を横切って百ヤードばかり彼方に、狭い道すじがつづいているのを、私は知っていました。私はその道に入って行きました。白い門があり、何べんも通った小道が続いていました。木立の下につるにち草や桜草やアネモネがやわらかいじゅうたんのようにひろがって、それを私はうっとりと見つめました。

菩提樹のアーチを抜けでますと、そこに緑の芝生と、小さな石段、そして明るい色の樫の扉がありました。私は車を降りて、いそいで階段をのぼり、ベルを押しました。誰も出てこないのではないかと、とても心配しましたが、思いがけなくもすぐに一人の召使いが顔を出しました。ゆうつそうな、よぼよぼの老人で、黒い服を着ていました。私を見て彼はびっくりしたようで、一言もいわずに注意ぶかく私を観察しているようでした。

「ごめんなさいね」と私は言いました。「たいへん妙なお願いですけれど、このお家がどなたのものか存じませんが、中を拝見させていただけたらありがたいのです」

「この家は貸家になっとりますで、奥さん。いつでもお見せしましょう」

「貸家ですって？　何という幸運でしょう。こんな魅力的なお家に、どうして持主のお方が自分で住まないのかしら」

「住んでは居りました、奥さん。でも幽霊屋敷になってから引っ越しましたので」

「幽霊ですって？」私は叫びました。「……でもそんなことがあるかしら。いまどきフランスの郊外で、幽霊を信じる人がいるなんて……」

「私も信じていなかったのです、奥さん」と召使いは厳粛な表情で答えました。「私の主人を追っぱらった幽霊に毎晩お目にかかるまではね」「何ということでしょう」私は叫びました。思わずふきだしそうになってから、ここで妙な胸さわぎを覚えました。

老いた召使いは不気げんな顔で私をさえぎりました。

「奥さん、すくなくともあなただけは、この話を笑うことはできませんよ。――その幽霊というのは奥さん、あなただったんで……」

読者のみなさまへ

△日本唯一の恐怖小説、怪奇物語の専門誌*HORROR*の第四号をお送りします。
△今号は本格派の*M*・*R*・ジェイムスの〝小さな特集〟をこころみました。リストははじめて編さんされたもの、「試作のこと」はハーン選集でご多忙の平井先生が選んだ珍しいエッセイです。実はこのほかに「十三号室」の初訳を予定していたのですが、スペースの関係で掲載できなくなりました。同じジェームスの「学校奇譚」の翻訳も完成していますので、なんとか次号以後スペースをさいて、必ずご紹介します。
△もうひとつ、予告の小松左京さんの創作怪談も次号に延期します。怪談というものは並みの短篇などよりもよほどむずかしいといわれます。小松さんもさぞやシンドイことだろうとおもいますが、きっと面白い話ができるでしょう。ご期待下さい。

会員のみなさまへ

△発行日が遅れて申訳けありませんが、本誌は十三号までの資金を確保しております。発行日が遅れても、十三号までは絶対に休刊しませんから、今後ともよろしく。
△とはいっても、資金はすべて借入金です。一人でもたくさん会員が増えることが急務です。お知合い、ご友人にご吹聴いただければ幸いです。
△次号は三月中旬に発行できるとおもいます。

HORROR　次号予告（来年一月）
十三号室（又は）学校奇譚／*MR*ジェイムス／紀田。本邦初訳
（新作短篇二本）島内、大伴。本邦初訳
研究、資料、新刊紹介、怪奇映画資料

恐怖文学セミナー

△本会は恐怖小説と恐怖ノンフィクションの研究家、作家、読書家の集りです。
△未紹介の作品、作家を重点的にとりあげて紹介するほか、テレビと映画の企画制作、創作の発表などを行います。
△海外及び国内の資料の整備を進めています。洋書、日本書、映画スチル、台本等を処分されるときは、ぜひお知らせ下さい。
△「恐怖小説」「恐怖映画」「テレビ映画」「怪奇ノンフィクション」「怪奇*SF*」以上に関するお問合せはご遠慮なく本会までお寄せ下さい。
資料は完備しています。
△同好の方々のご入会（購読会員は一冊百円単価で五カ月分前納）同人参加（一冊千円単価三カ月分前納）を歓迎します。

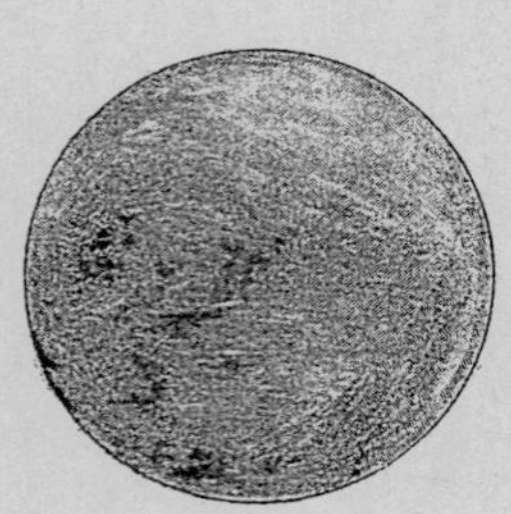

恐怖文学セミナー

THE HORROR

この小冊に関する御意見・御感想・御希望を
本部までお寄せ下さい。
同好の士のご参加を歓迎します。

本　部・東京都大田区安方町7番地　池月荘

既刊内容　（全篇本邦初訳）

（一号）ブレナン／裏庭、ラブクラフト／廃墟の記憶、*LP*ハートリイ／怪奇小説のむずかしさ、平井呈一／怪談つれづれ草、古城篇、アーカムハウス一九六三年度在庫リスト、その他。—頒価四〇〇円

（二号）デ・ラ・メア／なぞ、ハートリイ／誰かがエレベーターに、ダレット詩／森のおかの池、平井呈一／怪談ベストテン一覧、紀田順一郎／恐怖小説全集の展望、インスマウスの影の創作ノートとスケッチ、その他。—頒価三〇〇円

（三号）*A*・ジェイムズ／オハイオの愛の女像、ブラックウッド／とびら、ウールコット／ムーンライト・ソナタ、デ・ラ・メア詩／聴いているもの（平井訳）、紀田順一郎／恐怖小説アンソロジイの展望日本篇、参考掲載ビアス／ある夏の夜に、小泉八雲作品集紹介、その他。—二〇〇円

今号・目次　（第四号）一〇〇円

（短篇・初訳）ゆめにみた家／アンドレ・モーロワ（紀田順一郎訳）
死刑の実験／ウエイト（島内三秀訳）
（随筆）試作のこと／*M*・*R*・ジェイムス（平井呈一訳）
（資料）*M*・*R*・ジェイムス全作品リストと解説／紀田順一郎
（番付）東西怪談・恐怖小説番付

（会員・募集中）